LA FLAMME ET LA CENDRE

CORRESPONDANCE

CATHERINE POZZI
PAUL VALÉRY

LA FLAMME ET LA CENDRE

CORRESPONDANCE

Édition de Lawrence Joseph

nrf

GALLIMARD

PRÉFACE

Détruite ? Perdue ? Séquestrée dans les profondeurs des bibliothèques publiques ? Pendant trois quarts de siècle, toutes les rumeurs, chacune traînant sa part de vérité, ont couru sur le destin de cette correspondance, réputée sulfureuse. On en parlait peu dans le monde, encore moins, forcément, dans la presse. Dans les publications où il était impossible d'esquiver le sujet, on s'ingéniait le plus souvent à occulter le nom des correspondants. Mais les temps ont changé, les mœurs aussi, et la voici enfin, exhibée au grand jour, cette étonnante correspondance, ou du moins ce qu'il en reste : un grand pan d'une histoire d'épanouissement amoureux et de crise affective et intellectuelle — sans doute l'essentiel. Sur fond de salons parisiens et d'opulentes villégiatures que peuplent le beau monde et les têtes pensantes des années vingt (croquées d'un trait volontiers acerbe) se déroule une relation houleuse, où, de part et d'autre et de façon répétée, un désespoir insondable succède à une indicible plénitude. Disons-le : ces lettres forment, dans leur genre, une manière de chef-d'œuvre.

Paul Valéry et Catherine Pozzi font connaissance en juin 1920 lors d'un dîner à trois au Plaza-Athénée, où le poète a été convié par une amie commune, la baronne Renée de Brimont, petite-nièce de Lamartine, elle-même écrivain de talent. Au début du repas, Valéry ne fait guère attention à Catherine qui pourtant est leur hôtesse, une jolie laide fort élégamment mise : « tunique noire, précise-t-elle dans son *Journal*, sans *rien*, et 100.000 francs de perles ». Mais au cours de la conversation, Valéry s'étonne de l'adresse avec laquelle elle jongle avec des concepts scientifiques et mathématiques puisés chez Carnot et Einstein. Un dialogue s'amorce ; Mme de Brimont s'ennuie, s'éclipse ; la conversation à deux se prolonge dans le restaurant qui se vide. Les deux invités en sortent envoûtés l'un par l'autre, Catherine au point de se représenter son départ en vacances, peu après, comme une fuite.

À cinquante ans, auteur renommé de *La Jeune Parque* et du « Cimetière marin », Valéry approche du sommet de sa gloire. C'est le fils d'un Corse, inspecteur des douanes à Sète, et d'une mère italienne fière de compter dans son ascendance quelques hommes illustres aux titres nobiliaires. Monté à Paris et devenu le disciple préféré de Mallarmé, il délaissera la poésie pendant vingt ans à la suite d'une crise provoquée par sa passion inassouvie pour une jeune femme à qui il n'a jamais adressé la parole. C'est au moyen d'une rigoureuse gymnastique intellectuelle qu'il parvient à exorciser ses « idoles » trop attirantes — femme idéale ou rêve poétique — qu'il relègue au rang de fantômes imaginaires. Grâce à Mallarmé et à Degas qui ont arrangé l'affaire, il épouse en 1900 Jeannie Gobillard, nièce de Berthe Morisot, et par là entre dans la très bourgeoise tribu des Manet et des Rouart. Il aime tendrement cette jolie jeune femme, estime beaucoup ses multiples talents, et lui donnera trois enfants. Pendant quelque temps, il travaille comme rédacteur au ministère de la Guerre avant de trouver la sinécure qu'il gardera vingt ans : secrétariat particulier d'Édouard Lebey, fondateur et administrateur de l'agence Havas. Cet emploi l'oblige à se rendre tous les jours avenue du Bois chez Lebey, qui, atteint de la maladie de Parkinson, a besoin de Valéry pour lui lire les journaux du matin et transmettre ses ordres en Bourse.

Catherine Pozzi — que ses amis appellent Karin et qui se plaît à signer CK (Catherine-Karin) — sort d'un tout autre milieu. C'est la fille d'une belle héritière de Lyon dont la fortune entretient le train de vie fastueux de son volage mari, l'éblouissant professeur Samuel Pozzi, chirurgien et gynécologue célèbre, que sa patiente et maîtresse, Sarah Bernhardt, appelle « docteur Dieu » et d'autres femmes « l'amour médecin ». Catherine Pozzi voit le jour en 1882 dans un appartement somptueux du 10, place Vendôme et grandit ensuite, avenue d'Iéna, au milieu des meubles, tableaux, statues et monnaies achetées par son collectionneur de père. Elle voit défiler dans ce décor opulent des savants, des hommes d'État, des peintres, des acteurs et des écrivains — tous ceux, en somme, qui comptent dans le monde artistique et intellectuel à Paris. En 1907, pour fuir la mésentente de ses parents, elle se réfugie à l'université d'Oxford où elle réussit au-delà de toute attente et où elle souhaite continuer ses études. Sa mère, cependant, parvient à la persuader de rentrer en France en lui faisant miroiter un automne de chasse à courre chez des parents dans les Pyrénées — et en lui rappelant qu'à vingt-cinq ans elle n'a pas encore de mari. Catherine Pozzi en trouvera un en la personne d'un ami d'enfance, Édouard Bourdet, alors jeune agent de change mais bientôt auteur dramatique à succès, futur administrateur de la Comédie-Française. L'échec de leur nuit de noces fournit le sujet de sa première réussite, *Le Rubicon.* Malgré la naissance d'un fils, Claude, le ménage se défait et Catherine, sans divorcer, reprend son indépendance. En 1920, c'est une jeune femme du monde, grande, mince, habillée par Callot, Poiret, Lelong, Vionnet, mais c'est aussi un esprit assoiffé de connaissances : elle parle déjà couramment l'anglais et l'allemand, a beaucoup lu dans ces langues ; elle sait le latin, étudie le grec, la philosophie, les mathématiques, la physique et les sciences naturelles. Mais elle cherche encore sa voie intellectuelle.

Quelques semaines après leur rencontre, Catherine invite Valéry à faire un séjour en automne à La Graulet, propriété de sa famille paternelle près de Bergerac. Ce n'est pas un château mais plutôt une gentilhommière du XVIIIe siècle, située dans un domaine que Samuel Pozzi a beaucoup agrandi et embelli. Valéry y arrive à la mi-septembre en plein désarroi, dormant mal, tiraillé entre son désir de Catherine et la fidélité qu'il doit à sa femme, mais surtout humilié d'avoir perdu le contrôle, une fois de plus, de son esprit et de ses émotions. On l'installe dans une chambre récemment quittée par la meilleure amie de Catherine Pozzi, Marie de Régnier, fille de l'auteur des *Trophées*, José Maria de Heredia. Il y passe des heures dans le fauteuil préféré de Leconte de Lisle, poète dont Samuel Pozzi avait été l'ami intime et l'exécuteur testamentaire. Un soir, dans un pavillon proche de la maison et parfumé de roses, Valéry se risque à un timide aveu suivi, peu après, d'une visite surprise, de nuit, dans la chambre de Catherine.

Contrairement aux apparences, contrairement à ce que l'on a cru à l'époque (leur liaison deviendra un secret de polichinelle dans le beau monde parisien), il ne s'agit pas d'un simple adultère mondain mais d'une relation qui engage tout ce qui est le plus profond dans la vie affective et intellectuelle du couple. On en voit la preuve ici dans leurs échanges épistolaires qui témoignent d'une étonnante érotisation de la pensée. Pour Catherine, seule la danse des idées, le jeu qui consiste à penser à deux, peut donner droit à la caresse qui comble ; quant à Valéry, la simple présence de sa maîtresse suffit pour faire affluer en lui les idées en foule. Tour à tour Muse et Méduse, même absente, elle lui communique une puissante impulsion créatrice. Portée à une incandescence angoissée et douloureuse, cette liaison retentira sur l'œuvre littéraire de chacun des partenaires et prendra des proportions telles qu'elle deviendra de part et d'autre un enjeu dont l'issue leur semblera être la vie ou la mort.

Tenant à son orgueilleuse solitude, Paul Valéry avait sans cesse rejeté avec mépris les façons de sentir, de penser et d'écrire ordinaires, souhaitant se faire un esprit sur mesure. Ses héros : Descartes dans son poêle, d'où il reconstruisait le monde selon ses propres principes, ou bien Robinson sur son île. Mais sa rencontre avec Catherine Pozzi met en question ce rêve d'autonomie narcissique, maintenu depuis 1892, année où il avait chassé de son esprit l'« idole » féminine qui l'avait bouleversé. Perplexe, profondément troublé, il écrit à Catherine Pozzi peu de temps après l'avoir rencontrée : « Puis-je être plusieurs ? Suis-je compatible avec le nombre ? » Il s'étonne de trouver en cette femme un autre lui-même et de pouvoir ainsi sortir de sa solitude sans l'abandonner. Ce paradoxe le conduit à confier son ahurissement à ses *Cahiers* : il a l'impression de réaliser le but impossible de Dieu, c'est-à-dire de « se réchauffer à cette vie qui ne brûle que pour vous, tendre ses mains froides à cette pensée qui est vous [...] dans un corps qui n'est pas vous — à la pensée de soi dans un corps toi[1] ». Mais, dans cet amour, il n'est pas seulement question de reconnaître soi-même dans l'autre, mais également — aspect encore plus troublant — d'accueillir l'autre dans soi-même. Écrivant à Catherine à propos d'un de ses poèmes les plus célèbres, il avoue : « tout "Narcisse" parle de vous ». Un passage dans ses *Cahiers* éclaircit cette déclaration en précisant le véritable sujet du poème : « non la beauté revenant sur elle-même » mais plutôt « substitution essayée d'un être autre et indépendant à la partie spontanée du moi » (VII, 627). Il s'agit, donc, non pas d'une simple identification avec l'être aimé mais d'une sorte de transposition réciproque du moi essentiel des amants[2].

Catherine Pozzi, elle aussi, pense sortir de la solitude dont elle avait jusque-là toujours souffert, ayant été élevée dans un ménage désuni par des parents passionnément aimés, mais qui ne cachaient pas leur préférence pour ses frères. Ceux-ci ne se gênaient pas pour lui témoigner leur dédain. Tandis qu'ils allaient au lycée, elle avait dû se contenter du faible savoir de ses gouvernantes, avant de fréquenter un cours médiocre réservé aux demoiselles. Ainsi privée d'études à la mesure de ses talents, elle se juge incomplète : l'éclat de sa personne et de ses robes, sa morgue, son humour décapant masquent l'intime conviction de son insuffisance. Dans son amour pour Valéry, elle pense enfin trouver le moyen de se compléter et de réaliser le rêve de ses quinze ans lorsqu'elle écrivait des lettres à un amant imaginaire paré de toutes les qualités spirituelles et morales dont elle était en quête pour elle-même. Elle reprendra cet épisode de son adolescence dans sa nouvelle autobiographique, *Agnès*, où l'héroïne épo-

1. Paul Valéry, *Cahiers*, 29 vol., Centre national de la recherche scientifique, 1957-1961, VII, p. 627. Les citations suivantes des *Cahiers* se réfèrent à cette édition.

2. Cet amour suscite chez Valéry un certain nombre de projets inaboutis dont on lira plusieurs exemples en annexe, notamment une ébauche de pièce de théâtre, *Orphée*, et quelques poèmes de circonstance. Il entreprend également une *Béatrice* dont il est impossible de déterminer le genre littéraire — dialogue, traité ou roman.

nyme dressera, « comme un devis d'architecte », un programme de réfection personnelle fondé sur une relation amoureuse avec un amant chimérique.

Valéry, lui aussi, cherche — et trouve — dans son amour pour Catherine Pozzi un accroissement de toutes ses facultés : « Pour que tel être atteigne son rendement apparent le plus élevé, écrit-il dans ses *Cahiers*, pour que la sensation la plus extrême lui soit tirée de lui-même, pour que la connaissance de soi etc./ il faut au corps et aux sens le secours d'un objet extérieur, et une certaine harmonie entre eux. Ce qui tire de quelqu'être son plus haut événement, son optimum, son plus puissant effort compensé, c'est cela qu'il "aime" » (VII, 634). Ailleurs, il explique : « L'être aimé est celui dont nous croyons que la possession spirituelle et corporelle porterait au degré le plus haut notre sensation d'être — Il est une pièce essentielle de notre fonctionnement le plus élevé — Au physique —. Au moral » (VIII, 140). C'est au moyen d'autrui et grâce à un phénomène qu'il appelle « résonance », ou bien « syntonisation de systèmes » (VIII, 461), qu'il cherche à s'atteindre, se posséder et se dépasser.

Comme Catherine Pozzi, il voit dans l'amour une construction, mais une construction d'un type tout particulier. Déjà en 1915, il avait évoqué dans ses *Cahiers* « un pressentiment de la volupté comme *moyen* » grâce auquel il pourrait « faire de l'Amour quelque chose » (V, 806). Sa rencontre foudroyante avec Catherine Pozzi, en juin 1920, fait renaître cette vieille ambition. Quelques mois plus tard, il écrit : « L'intelligence mêlée à l'amour, ou se substituant à lui insensiblement, peut faire quelque chose de ce trouble étranger » (VII, 647). Ce qu'il entend par « quelque chose » demeure vague mais on comprend qu'il s'agit d'une entreprise spirituelle de dépassement des limites humaines qui confine au mysticisme. Lucide sur lui-même, il avoue que, d'une part, il « pense en rationaliste archi-pur » mais que de l'autre, il « sen[t] en mystique » (VII, 855). Sans Dieu, à l'instar de son *alter ego*, M. Teste, il entreprendra inlassablement de décortiquer ce mysticisme natif provoqué par un échange réciproque, charnel et spirituel, porté et rehaussé à l'infini : « Image de l'un dans l'autre, écrit-il. Cela fait 4 personnages, ou miroirs parallèles. Infinité de l'un et de l'autre, dans l'autre et dans l'un » (IX, 321). Ailleurs, il puise dans le vocabulaire de la foi pour parler de cette mystique amoureuse comme d'une nouvelle religion, une ascèse qui retranche tout de la personne sauf l'universel : « Il y avait ceci d'étrange dans ces amants, et dans leur amour que l'un et l'autre le ressentaient, non comme une affaire particulière entre eux, et comme l'amour d'une personne et d'une personne, mais comme nécessité d'une intelligence parfaite entre des systèmes vivants [...]. Ils désiraient l'un et l'autre ce que l'autre présentait d'"universel" [...] Le corps, par la volupté, se fait comme intelligence et semble chercher le point précis de *sa transformation en dieu* [...]. L'esprit qui d'abord troublé, puis surexcité, fondant une religion nouvelle, [...] a joué un rôle de plus en plus actif et subordonné, — expire ici et le cède au sentiment pur de l'être. Il va renaître dans une étrange paix » (VIII, 593-594). Une lettre à Catherine Pozzi précisera, plus brièvement, la visée ultime de cette étrange entreprise : « Tout mystique poursuit une alchimie : la transmutation réciproque de l'être et du connaître. » Ce but que Valéry recherchera, en vain, toute sa vie est, en effet, le ressort fondamental de son amour pour Catherine Pozzi.

Toutefois, le poids et l'agitation de la vie parisienne, qui entraîne doutes, malentendus et récriminations, ne cesse de porter atteinte à de telles ambitions. L'un et l'autre étant mariés, la discrétion s'impose, nécessitant la mise en place de stratagèmes humiliants : les amants en sont souvent réduits à des rencontres furtives dans un meublé ou à des apparitions dans des salons cancaniers, s'efforçant d'y observer une certaine retenue. Valéry attache une très grande importance à leurs relations sexuelles qui, de toute évidence, sont escomptées ou remémorées (comme dans son poème « Les pas » qui en est inspiré) plus que pratiquées. Quant à Catherine Pozzi, elle ne tient pas autant à ces ébats qui ne semblent nullement l'épanouir. Le plus souvent, elle a l'air seulement de les tolérer — quand elle n'exprime pas une nette aversion pour la personne de son amant. Souffrant de tuberculose depuis 1912 et secouée périodiquement de graves crises, elle répond souvent avec réticence aux avances de Valéry.

Peu de temps après être devenu son amant, Valéry propose à Catherine une manière d'accommoder leur liaison avec les usages de la vie mondaine en lui conseillant de revenir à son mari. Outrée, elle refuse ce compromis. Elle est, du reste, en proie à une peur tenace car elle pense alors être enceinte d'un enfant de Valéry qu'elle choisit fièrement de porter à terme, et ce en dépit de l'avertissement de son père sur le risque vital que lui ferait courir une deuxième grossesse. Mais ce sera une fausse alarme.

Trois semaines après leur rencontre, avec le sentiment de jouer son destin, Catherine confie à Valéry deux feuillets de l'essai philosophique auquel elle travaille depuis 1915, *De Libertate*, qui ne verra le jour qu'après sa mort sous le titre *Peau d'âme*. S'il s'abstient de tout commentaire, ce n'est pas par manque d'estime, bien au contraire. La preuve en est qu'il commence à lui communiquer les *Cahiers* dans lesquels, entre quatre et huit heures du matin, il se livre à des réflexions, le plus souvent abstraites, mais qui concernent parfois sa vie personnelle. Catherine accueille ces feuillets avec ravissement, éprouve une sorte de volupté à laisser tomber ses travaux à elle pour se consacrer à ceux de son amant. Lectrice fine, sensible et exigeante, elle ajoute à ces feuillets de nombreuses remarques de sa main — expressions d'admiration, objections, demandes de précisions — qui, dans l'édition photolithographique du C.N.R.S., prétendument intégrale, ont disparu. Ce n'est pas un hasard : un examen du manuscrit révèle qu'on a collé des caches sur les endroits où figure l'écriture de Catherine Pozzi. De même, l'édition plus récente des *Cahiers* dans la Bibliothèque de la Pléiade[1] se borne à constater la présence d'une « main étrangère » sur beaucoup de ces feuillets. En commentant ces *Cahiers*, Catherine Pozzi établit, pour classer les fragments qui les constituent, un système de rubriques et de sigles maintenu, en partie, dans les éditions actuelles. Ébloui par l'accord profond de son esprit avec le sien, Valéry en vient à charger Catherine Pozzi d'extraire de la masse informe de ses *Cahiers* les grandes coordonnées de sa pensée. De plus, il propose de lui léguer ces manuscrits et,

1. Éd. Judith Robinson, Gallimard, 2 vol., 1973-1974.

pour s'assurer de leur publication, la nomme son exécuteur testamentaire pour ce qui est de ces *Cahiers*.

Mais, au-delà de ce travail de critique et de conservation, le plus important est que Catherine Pozzi stimule la pensée de Valéry simplement en lui donnant la réplique lors de leurs discussions quotidiennes dont elle consigne parfois le résumé sténographique dans son *Journal*. Dès l'apparition de Catherine Pozzi dans la vie de Valéry, le dialogue intérieur, qui avait toujours été le mode caractéristique de sa réflexion, s'extériorise. Il reconnaît ne pas pouvoir se passer d'elle pour déclencher la syntonisation et la résonance dont les effets intellectuels — et physiques — l'émerveillent. Parfois, ce dialogue devient tellement serré qu'il est difficile de discerner qui est l'auteur de telle ou telle pensée — symbiose qui deviendra par la suite un sujet de litige.

En dépit de ce rare accord intellectuel — et de l'attachement sensuel qui en résulte — les relations entre Valéry et Catherine Pozzi s'avèrent fragiles, instables et tendues dès le départ. Leur mésentente se place, tout d'abord, sur le plan philosophique. Pour Valéry, seule compte la pureté et la rigueur de sa pensée. Il s'autorise, par conséquent, à faire bon marché de valeurs morales conventionnelles telles que l'héroïsme et le sacrifice qui relèvent, à ses yeux, de concepts insuffisamment révisés. Cette orgueilleuse religion de l'intellect, valeur suprême dans laquelle il entrevoit la source de l'être, lui permet de diviser commodément sa vie : d'une part, sa vie intellectuelle, ardue et sans concession ; de l'autre, sa vie quotidienne qui admet compromis et accommodements. Catherine Pozzi voit dans le scepticisme invétéré de Valéry, dans sa mise en question constante des valeurs communément admises, un nihilisme qui la choque profondément. Au fond, leur différend se réduit à ceci : elle est d'une nature foncièrement croyante et lui non. Petite-fille de pasteur, elle adhère aux valeurs morales d'origine chrétienne tout en soutenant une conception unitaire de l'être humain. Pour elle, le corps et l'esprit, c'est, en dernière analyse, la même chose, si bien qu'on doit essayer d'appliquer dans la vie de tous les jours la même rigueur et la même pureté que Valéry réserve au seul domaine intellectuel. Cette attitude lui rend de moins en moins acceptables les compromissions inévitables d'une relation adultère. Elle a du mal, par exemple, à accepter de partager Valéry avec sa femme et souhaite qu'il trouve le moyen d'espacer ses rapports avec elle — sans, pourtant, demander le divorce. Elle supporte encore moins ce qu'elle juge la servilité de Valéry dans les relations qui favorisent sa carrière littéraire, réservant ses foudres les plus percutantes à sa voisine, Jeanne Mühlfeld, dont le prestigieux salon est une pépinière d'académiciens. Elle éprouve un intime chagrin à voir son amant, prince dans le domaine de l'esprit, se conduire en laquais auprès de cette protectrice qu'elle accable de surnoms infamants : Mühlpilate, par exemple, ou bien, parce qu'elle est atteinte de coxalgie, La Tordue. « Si je n'ai pu vous pardonner, moi, quelque chose, écrit-elle à Valéry, c'est d'être divinement celui que j'ai toujours voulu, de l'être follement, d'accomplir en vie et jusqu'à démentir toutes les habitudes de la vie le vœu dont je me sens être chair et forme ; cependant que vous me refusez, m'abandonnez, ne me suivez pas. »

Pris entre ses obligations de père de famille, ses soucis professionnels, son goût de la vie mondaine et les exigences de sa maîtresse, Valéry va de plus en plus mal au physique comme au moral. Curieusement, cette angoisse semble stimuler ses forces créatrices. Se tournant vers son passé en 1940, il écrira : « La littérature pour moi est un moyen *contre* ces passions imaginaires de tendresse et de jalousie. [...] Mais ces sensations cependant furent un puissant excitant intellectuel — le mal exaspérait le remède. — *Eupalinos* en 21, *La Danse* en 22, écrits dans un état de ravage. Et qui le devinerait ? — » (XXIII, 534-535.) En effet, les deux premières années de son amour pour Catherine Pozzi témoignent du plein épanouissement de sa carrière poétique — qui s'achève en 1922 avec la publication de *Charmes*. Tout au long de cette liaison de presque huit années — et même au-delà — Catherine Pozzi figure dans l'œuvre de Valéry, de façon codée, non seulement comme partenaire, « résonateur » indispensable, co-sujet de sa pensée, mais aussi comme son objet. C'est elle, la « K, Béatrice, Bice, B., Laure, Vénus, Eurydice » qui suscite tant de méditations angoissées dans ses *Cahiers* et dont l'image imprègne tant de ses œuvres littéraires.

En octobre 1921, un incident malencontreux provoque une crise dans les relations du couple dont les conséquences seront graves et durables : pressé par l'heure du dîner familial, Valéry ne se décide pas à accompagner Catherine Pozzi dans le taxi qui l'amène gare de Lyon d'où elle doit partir pour Vence et s'installer dans une grande villa bourgeoise, La Collinette. Cette maladresse s'ajoute aux multiples griefs que Catherine a additionnés dans sa comptabilité sentimentale et fait enfin déborder le vase de ses récriminations. Elle refuse désormais de répondre aux lettres, de plus en plus plaintives, de son amant qu'elle met ainsi au comble du désespoir. Ayant intériorisé l'image de Catherine Pozzi, Valéry ressent ce mutisme comme une agression qui le prive d'un élément indispensable pour fonctionner intellectuellement à haut régime ; son « résonateur » s'étant tu, il éprouve une déchirante diminution d'être. Malade d'angoisse, il s'humilie, supplie Catherine de l'accueillir à Vence, engage Renée de Brimont, et même la mère de Catherine, à plaider sa cause. En dépit du refus obstiné de Catherine de le recevoir, Valéry s'apprête à partir pour Vence quand, le 14 février 1922, un événement imprévu l'en empêche : la mort de son vieux « patron », Édouard Lebey. Ce coup conduit Valéry à se considérer « à vendre ou à louer », obligé qu'il est de rester à Paris en quête d'une nouvelle situation. Le regain d'énergie dont il fait preuve en cette extrémité le rehausse provisoirement dans l'estime de Catherine Pozzi, mais de nouvelles bévues le font déchoir aussitôt — et sa maîtresse en vient à lui asséner des propos d'une extrême dureté. Lorsque Valéry se met en route pour le Midi, en dépit de rebuffades répétées, il commet l'impair de ne pas arriver directement à Vence comme le souhaite Catherine Pozzi dans son for intérieur. Il fait escale à Nice où Renée de Brimont l'héberge à l'hôtel de Paris — dans une chambre contiguë à la sienne. Catherine, furieuse, refuse de venir à leur rencontre.

Enfin, quand Valéry qui, depuis des mois, nourrit des pensées suicidaires et qui porte en secret une arme (c'était son côté corse, dira-t-il plus tard) arrive à Vence le 1er avril 1922, craintif mais résolu à entrer chez Catherine, si besoin est, par effraction, il est stupéfait de retrouver une amante toute disposée à l'accueillir. Il restera un mois à La Collinette, mais ses relations avec Catherine ne seront plus jamais tout à fait comme avant car la crise qui vient de secouer leur couple a porté un coup décisif à leur rêve commun d'amour transcendant. Toutefois, même si leurs rapports sexuels s'espacent, ils demeurent toujours unis par le plaisir qu'ils prennent à leur communion intellectuelle. Dans les années suivantes, Catherine va aménager sa maison de Vence en fonction du confort et du plaisir de Valéry qui s'arrangera pour y séjourner autant que possible, y passant des vacances et faisant étape à La Collinette au cours de ses voyages de conférencier. Devant la maison, elle aménagera un jardin dessiné par lui où elle fera planter deux arbres symboliques dont les racines s'entremêlent.

En été 1924, elle tombe sérieusement malade. Un abcès tuberculeux mal soigné provoque une infection généralisée la mettant, comme elle l'a rappelé plus tard, « à l'agonie » pendant presque un an. Valéry vient souvent à son chevet, accompagné parfois de sa femme, dont Catherine Pozzi avait fait la connaissance peu de temps avant de tomber malade. Dans son *Journal*, elle se plaît à désigner Jeannie Valéry, avec une hauteur méprisante, par son nom de jeune fille, « Mlle Gobillard », mais en vient à tolérer sa présence et finit par la traiter en amie. Ou plutôt en alliée car, offusquée par une lettre maladroite de Valéry, elle décide — simple naïveté ou agressivité diabolique ? — de solliciter son aide pour éloigner définitivement son mari. Pour cela, elle va commettre un geste irréparable. Quand, en mai 1925, Jeannie Valéry, venue lui rendre visite, déclare « J'ai tant de sympathie », Catherine lui répond : « Je suis la dernière pour laquelle, Madame, vous devriez vous servir de ce mot. » Mme Valéry met du temps pour comprendre le sous-entendu, puis prend rapidement des mesures pour briser la liaison de son mari et, par la même occasion, pour fermer à Catherine Pozzi les portes des salons où elle avait l'habitude de briller. Elle échoue dans ce premier effort mais réussit dans le second.

En 1925, sa santé provisoirement rétablie, Catherine Pozzi reprend sa liaison. Lors de ses séjours à Paris, elle s'installe chez sa mère, rue de Longchamp, où Valéry lui téléphone ou bien lui rend visite presque quotidiennement. Sa vocation littéraire, mise en sourdine pendant des années, s'affirme de plus en plus ouvertement, perturbant davantage ses relations avec Valéry. « Vale », poème d'amour et d'adieu écrit en mai 1926, le premier en date des six grands poèmes canoniques qui fondent sa réputation posthume, est un exemple insigne de ce regain d'énergie créatrice. C'est, en effet, une réponse à un poème resté longtemps inédit, « Ode à la sage », dans lequel Valéry reproche à une « Eurydice » — lire Catherine — de s'être dérobée à ses avances. Dans « Vale », Catherine Pozzi adopte le vocabulaire et la forme prosodique du poème de Valéry et fait, en outre, une allusion discrète à l'un de ses poèmes les plus célèbres, « Le vin perdu ». Vu dans ce contexte, « Vale » apparaît comme un geste de rivalité littéraire, sinon de vengeance. Tandis qu'au début de leur relation, Catherine Pozzi s'était sentie fière de sacrifier son œuvre pour aider Valéry dans la sienne, elle se met désormais à lui en vouloir de ne pas avoir suffisamment encouragé ses entreprises littéraires. Face à la célébrité de Valéry, elle s'irrite de devoir toujours rester dans l'ombre, ayant de plus la fâcheuse impression d'être pillée par son amant. Elle lui reproche de ne pas avoir eu scrupule à introduire dans ses écrits, dans *Eurêka* et dans *Rhumbs* par exemple, des idées et des formules qu'elle prétend empruntées à son essai philosophique *De Libertate.* Trouvant, un jour, sur la table de travail de Valéry un projet de conte qui semble s'inspirer d'*Agnès*, nouvelle dont une première version remonte à 1922, elle se hâte de l'achever et de la publier dans *La N.R.F.* en février 1927 sous les initiales énigmatiques C.K. Valéry, par discrétion, refuse d'écrire une préface pour l'édition allemande de cette œuvre anonyme dont certains lecteurs lui attribuent la paternité — ce qui ne manque pas d'agacer son véritable auteur à qui, cependant, les éloges des critiques et l'accueil enthousiaste du public procurent un vif plaisir. Jean Paulhan, directeur de *La N.R.F.*, finira par percer à jour l'identité du mystérieux ou de la mystérieuse C.K. et, ayant pris connaissance d'un de ses poèmes, supplie Catherine Pozzi de l'autoriser à le publier. Elle finit par accéder à cette requête avec beaucoup de réticence, si bien que « Ave » figure au sommaire de *La N.R.F.* du 1er décembre 1929, le seul de ses poèmes à avoir paru de son vivant[1].

En 1927, à l'âge de quarante-cinq ans, Catherine Pozzi affirme son indépendance intellectuelle en réussissant la deuxième partie de son baccalauréat (elle avait échoué à cette épreuve en 1920). Les portes de la faculté des sciences de Paris lui étant ainsi ouvertes, elle s'y inscrit tout de suite pour acquérir les connaissances en biologie qu'elle estime nécessaires pour mener à bien son essai philosophique, *De Libertate,* qui prétend fonder la liberté humaine sur une théorie de la sensation. Grâce à Marie de Régnier qui a ses entrées au *Figaro,* Catherine y publie plusieurs articles de vulgarisation scientifique mais en tire peu de satisfaction, car elle vise plus haut que le grand public de la presse quotidienne.

Quant à Valéry, académicien depuis 1925, il se tourne — sans relâcher ses liens avec Catherine (ni avec Mme Mühlfeld) — vers d'autres femmes capables de favoriser sa carrière, notamment vers Marie-Louise Bousquet et surtout vers Edmée de La Rochefoucauld. Catherine, à qui ce manège n'a pas échappé, en conçoit une vive rancune. Lasse des servitudes imposées par une relation clandestine, exaspérée d'être privée de « la gloire de l'amitié », elle laisse éclater sa frustration, un matin de janvier 1928 : lorsque Valéry arrive chez elle, comme d'habitude, pour leur entretien quotidien, elle lui donne subitement congé, sans explication. Il en est consterné, meurtri, et lui envoie de loin en loin des rappels par la poste. Elle ne les lit pas, en jette un dans les toilettes.

L'éloignement de Valéry laisse dans la vie de Catherine Pozzi un grand vide que ne réussiront pas à combler plusieurs nouvelles amitiés, avec le poète Pierre-Jean Jouve, le critique Julien Benda, le savant allemand Ernst Robert Curtius — et plus tard avec Louis Massignon et avec Jacques et Raïssa Maritain, qui essaient de la ramener à un catholicisme orthodoxe. Sa santé déclinant, elle a de plus en plus recours aux drogues

1. Son œuvre poétique a été réuni dans *Très haut amour/Poèmes et autres textes,* éd. Claire Paulhan et Lawrence Joseph, « Poésie/Gallimard », 2002.

pour soulager ses souffrances. Obsédée par le souvenir de Valéry, elle glisse vers la paranoïa, soupçonnant son ancien amant de vouloir comploter avec des amis haut placés comme Briand et Blum pour la persécuter et récupérer ses lettres, qu'il devait estimer compromettantes. Elle transforme Valéry dans son imagination en personnage proprement diabolique qui souhaite exercer un pouvoir politique occulte dont elle serait la première victime. Avec sa lucidité coutumière, Valéry analyse le mécanisme par lequel l'amour, aigri, tourne en exécration : « Mais la plus grande haine est celle de ceux que sépare seulement l'être ; et qui se comprennent le plus profondément, qui se devinent à fond, qui sont le Même contre le Même » (VIII, 497). Semblable à Valéry, qui parvenait à écrire des chefs-d'œuvre « dans un état de ravage », Catherine Pozzi, rongée par le regret, voit ses meilleurs poèmes lui arriver comme dictés d'en haut : à « Vale » et « Ave », s'ajoutent « Scopolamine », « Nova », « Maya », « Nyx », autant de plongées dans son passé où elle puise un mythe grandiose à la fois cosmique et personnel.

Catherine Pozzi s'éteint le 3 décembre 1934, à cinquante-deux ans, dans l'immeuble construit par ses parents, au 47 avenue d'Iéna. Informé de ce décès quelques jours plus tard, Valéry écrit (en italien) dans ses *Cahiers* : « Je ne sais quoi ressentir. Et beaucoup de tout. Je me souviens que le premier à disparaître devait faire signe à l'autre. » En effet, tout se passe comme si l'ombre de Catherine Pozzi s'acharnait à tenir parole, en premier lieu par le truchement d'un notaire, Pierre Joubert. Trois mois après le décès de Catherine Pozzi, il écrit à Valéry pour l'informer de la destruction — ordonnée par elle — de la totalité de leur correspondance. Valéry en éprouve un immense soulagement, mais en même temps ne peut se défendre d'être assailli par des regrets cuisants qu'il expose quelques mois plus tard à une jeune femme, Renée Vautier, autre « Waterloo » de son cœur : « J'imagine que c'était là, certainement, *ce que j'ai pu écrire de plus... remarquable*, car pour répondre à cet amour — et puis pour le ressusciter — il n'est pas de débauche d'idées, d'inventions, que je n'aie faite, dépensée, généralement à cette heure-ci même où je vous écris, à la pointe du jour — pendant des années[1] ! » En 1942, un autre déboire sentimental suscite une nouvelle réflexion dans un de ses *Cahiers* sur la pensée et l'imagination qu'il a prodiguées, toute sa vie, en pure perte : « La femme que l'on aime est un monstre — et l'on ne peut aimer qu'un monstre. [...] On ne peut aimer que l'on n'assemble à l'être aimé une quantité de propriétés ou qualités — qui justifient cette passion — Comme on donnait au griffon des puissances d'aigle et de lion./ "*Memento* K !" » (XXVI, 211) ; l'année suivante — il a alors soixante-douze ans — elle lui apparaît en rêve : « Très gaie, bondissante [...]. S'occupe aussi de mon travail en cours — Vient l'envahir. Une espèce d'émotion de conserve. Ceci donne naissance après réveil à divers souvenirs... » (XXVII, 95.) En fait, il n'arrivera jamais à exorciser le fantôme de Catherine Pozzi. En témoigne le dernier de ses écrits, « L'Ange », poème en prose commencé au milieu de sa grande crise amoureuse et intellectuelle de 1921-1922 et achevé quelques jours seulement avant sa mort en 1945. Ce texte est soustendu par le souvenir de Catherine Pozzi et les difficultés majeures rencontrées par leur couple, notamment le problème de l'identité : « Puis-je être plusieurs ? Suis-je compatible avec le nombre ? » s'était demandé Valéry au début de leurs relations. Se dominer, s'emparer de l'autre transformé en soi, effectuer la métamorphose de l'amour en esprit et de l'être en connaître — et réciproquement —, en somme, rehausser la vie au niveau des dieux : tels sont les enjeux de la lutte angoissée de Valéry avec Catherine, et celle de l'Ange en pleurs avec son insaisissable image. Cette sublime entreprise se solde par un constat d'échec, dans la vie comme dans le poème. Le destin de cet orgueilleux écrivain comme celui du plus orgueilleux des anges sera de subir un châtiment diabolique : « Et pendant une éternité, il ne cessa de connaître et de ne pas comprendre. »

Lawrence JOSEPH

1. Voir *infra*, p. 661, la lettre de Valéry à Renée Vautier du 9 avril 1935.

NOTE SUR L'ÉTABLISSEMENT DU TEXTE

> Je veux et entends que les lettres et papiers de la main de Mr. Paul Valéry soient détruits par mon exécuteur testamentaire devant témoin, et qu'un procès verbal de cette exécution soit dressé. [...] L'on avisera Mr. P. Valéry de la destruction de ses lettres afin qu'il retrouve une certaine paix ; je ne les ai pas condamnées par colère ni aucun sentiment qui puisse blesser ; seulement elles représentaient des valeurs spirituelles qui, n'étant pas inaltérables ni singulières, n'étaient que la simulation de la valeur et que la simulation de l'esprit.

C'est ainsi qu'en 1929 — un an après sa rupture brutale avec Paul Valéry — Catherine Pozzi décrète par testament l'anéantissement de leur correspondance. La testatrice étant morte en décembre 1934, il échut à son notaire, Pierre Joubert, d'exécuter ce vœu. Selon un procès verbal dressé en mars 1935, il le fit de la manière suivante :

> [...] il a été brûlé, tant dans une cheminée d'une pièce au rez-de-chaussée que dans les foyers du chauffage central de l'immeuble sis à Paris 47 avenue d'Iéna : neuf cent cinquante-six lettres, dessins et photos provenant de Monsieur Paul Valéry et trois cent quatre-vingts lettres émanant de Madame Pozzi.

Connaissant l'extraordinaire éclat littéraire et historique de cette correspondance, Catherine Pozzi n'eut jamais le courage de la détruire de son vivant et la gardait chez elle, relique sacrée, dans plusieurs boîtes de fer soudées. Mais elle craignait qu'après sa mort Valéry ne parvînt à reprendre ces feuilles, peut-être au moyen d'un procès, pour nourrir son œuvre propre de leur substance intellectuelle, ou, bien pis, pour fausser ou effacer les traces d'une liaison de huit années qui avait très mal fini mais dans laquelle elle voyait une aventure spirituelle unique. En fait, pour Catherine Pozzi, ordonner la destruction de cette correspondance ne signifiait nullement le désir d'effacer toute trace de ses relations avec Valéry ; c'était, bien au contraire, une tentative désespérée, paradoxale — et finalement réussie — pour garder le contrôle de leur histoire.

Comme on le voit, malgré l'holocauste de l'avenue d'Iéna, toute évidence de leurs rapports n'a pas disparu. Des lettres de Valéry réduites en cendre ont subsisté néanmoins des copies, intégrales ou partielles, de beaucoup de celles que Catherine Pozzi avait consignées dans son *Journal*[1] et qu'elle avait abondamment commentées. Ont été conservées également, peut-être à dessein mais plus probablement par négligence — la sienne ou celle de son exécuteur testamentaire —, beaucoup de lettres qu'elle avait adressées à Valéry et qu'en honnête homme il lui avait rendues à sa demande. Elle avait classé beaucoup de ces documents et, songeant aux lecteurs futurs, en avait annoté quelques-uns. Dans les liasses de ces lettres restituées par Valéry en 1924, elle avait trouvé des copies d'un certain nombre des réponses du poète, laissées là par erreur, souvent accompagnées de leurs brouillons et de notes les concernant. Ces témoignages, joints à d'autres lettres de Valéry épargnées fortuitement, portent atteinte au désir de Catherine Pozzi de faire accréditer sa seule façon de voir leurs relations. Mais, malgré cela, elle a, dans une large mesure, réussi à imposer son point de vue, aidée par le hasard qui a préservé beaucoup plus de ses lettres que de celles de Valéry. En outre, en tant qu'éditeur de cette correspondance, moi-même, pour suppléer à son caractère lacunaire, ai cru bon d'y adjoindre de courts extraits du *Journal* de Catherine Pozzi ayant trait à ses échanges épistolaires avec Valéry. Des missives reproduites ici, plus de deux cents sont de Catherine Pozzi mais seulement une centaine de Valéry, remontant pour la plupart à la période 1920-1924, c'est-à-

1. Catherine Pozzi, *Journal 1913-1934*, Éditions Claire Paulhan/Phébus *libretto*, 2005.

dire aux premières années de leur liaison. C'est au lecteur d'essayer de tenir compte de cette disparité : on entre dans cette correspondance comme dans une ruine — temple ou palais — dont les murs imposants restés debout parlent puissamment à l'imagination, y faisant surgir le monument disparu avec un singulier relief.

À bien des égards, la présente édition doit être considérée comme un travail d'archéologie littéraire : une fois recueillis les textes qui la composent, tels les tessons extraits d'une fouille, il a fallu en assembler les fragments, les déchiffrer et, dans la mesure du possible, les ordonner chronologiquement. Catherine Pozzi a presque toujours daté et signé ses lettres ; Valéry presque jamais. De ce fait, certaines dates données ici sont forcément conjecturales, fondées sur de simples allusions et sur des recoupements avec d'autres lettres. Dans les rares occasions où, sur une lettre de Catherine Pozzi, manque la signature, cette absence est signalée ; en revanche, l'omission de signature n'est jamais relevée dans les lettres de Valéry en raison de l'incertitude, dans bien des cas, de leur statut : s'agit-il de véritables lettres envoyées par la poste, ou bien de copies de la main de Valéry, plus ou moins fidèles à la version définitive, ou bien de brouillons ou de simples ébauches ? Il est souvent difficile de répondre à cette question avec assurance, peu d'enveloppes ayant été retrouvées. La plupart de ces textes ont été vérifiés d'après les manuscrits autographes ou d'après des photocopies. Les missives reproduites d'après une copie faite par Catherine Pozzi dans son *Journal* sont signalées par un astérisque.

Pour faciliter la lecture de cette correspondance, un certain nombre d'autres conventions ont été observées : dates et lieux ont été ajoutés ou complétés entre crochets ; le cachet de la poste est indiqué uniquement quand la date est différente de celle indiquée dans la lettre ; la mise en page des manuscrits n'a pas toujours été respectée, les alinéas ayant parfois été réunis ; les abréviations ont été remplacées par les mots écrits en toutes lettres (« vous », par exemple, pour « vs »), de même que les noms de personnes que les correspondants désignent souvent par des initiales ; la ponctuation a été normalisée (sauf pour les deux points [..] en fin de phrase) et les rares erreurs patentes de grammaire et d'orthographe ont été parfois corrigées pour éviter l'emploi de *sic*. Les extraits du *Journal* de Catherine Pozzi, dont quelques-uns sont inédits, ont été établis d'après les manuscrits autographes. Nombre de passages accusent de menues différences par rapport à la version publiée précédemment.

Les documents présentés ici sont aujourd'hui réunis dans les fonds Catherine Pozzi et Paul Valéry à la Bibliothèque nationale de France sous les cotes Naf. 25741-25765 ; 25768, 25769 ; 19010, 19011 ; 19015 ; 19168 ; 19201 et dans le fonds Marie de Régnier à la Bibliothèque de l'Arsenal sous la cote Ms 15117.

La correspondance Gide-Valéry se trouve à la Bibliothèque littéraire Jacques Doucet sous les cotes 8469 et Vry ms 1857.

Ayant veillé à la destruction de la plus grande partie de la correspondance de sa mère avec Paul Valéry, Claude Bourdet avait, par la suite, vivement souhaité la parution des documents subsistants, restés longtemps impubliables par égard pour les personnes, alors vivantes, auxquelles ils font allusion. Il n'a pas vécu assez longtemps pour voir son vœu exaucé, mais je tiens à exprimer ma gratitude envers son amical soutien, que m'ont renouvelé ses enfants, Nicolas, Catherine et Louis Bourdet. Je remercie également Martine Boivin-Champeaux et les autres membres de la famille Valéry, ainsi que Catherine Gide, de la bonne grâce avec laquelle ils ont bien voulu autoriser la publication des textes de Paul Valéry et d'André Gide. Michel Jarrety m'a généreusement fait bénéficier de sa prodigieuse science valérienne. M'ont aussi apporté, de diverses façons, une aide précieuse : Sylvia Roubaud, Siri Nomme, Chantal Bamberger, Dominique Buisset, Jean Darquet, Erica Durante, Jean-Marc Frigerio, et Marie-Odile Germain. Ont également contribué à cet ouvrage par leurs éclaircissements et leurs conseils : Roger Grenier, Florence de Lussy, Jean-Paul Ballorain et Judith Ryan. Qu'ils veuillent, tous, trouver ici l'expression de ma reconnaissance. Je sais gré, enfin, à Smith College et à la Fondation Bogliasco de la générosité qui m'a permis de mener à bonne fin ce long travail en France et en Italie.

L. J.

LA FLAMME ET LA CENDRE

RENÉE DE BRIMONT[1] À PAUL VALÉRY

[*En-tête :*] 14ter Avenue Bosquet

Ce Mardi [*15 juin 1920*]

Cher Monsieur

Si les hasards favorables vous trouvent libre après-demain Jeudi à l'heure du dîner — 7h ¾ — ma très charmante amie Mme Bourdet-Pozzi serait heureuse de nous recevoir ce soir-là. Elle habite l'hôtel Plaza et repart Samedi pour Montpellier. Prière de lui faire donner une réponse — oui ou non — mais nous voudrions que ce soit *oui* ! (Plaza — Ave Montaigne Tél : Passy 25-23)

Que j'aime le « Cimetière Marin[2] ! »

R. Brimont

1. La baronne Antoine de Brimont (1880-1943), née Renée Bonnin de La Bonninière de Beaumont, familière des salons parisiens, est la petite-nièce de Lamartine et l'auteur de trois recueils de poèmes.

2. « Le cimetière marin » vient de paraître dans *La Nouvelle Revue française* du 1er juin 1920.

5 juillet [*1920*]

Je sais bien ce que je puis vous répondre, ô mon miracle, et vous le lirez. Peut-être qu'alors je serai morte. Mais vous le lirez, et de cette encre violette même, sous vos yeux qui ne m'ont jamais regardée.

Votre lettre de ce soir est, à toucher ce papier, posée là, qui m'interroge, comme si j'étais la Pythie, ou l'obscur écho qui ne rendra qu'un peu plus sourd le timbre de votre voix : « Puis-je être plusieurs ? Suis-je le seul ? Suis-je compatible avec le nombre ? »

12 juillet [*1920*]

C'est à présent que je suis votre prisonnière, puisque vous tenez deux feuilles du *De Libertate* entre vos mains[1]. C'est à présent que j'ai joué mon destin. [...]

Vous avez reçu ma lettre vendredi et c'est lundi ce soir. Voici donc mon beau cœur d'autrefois, inusé, inusable, désespéré d'espoir au-dedans de moi. Quel besoin ai-je que vous preniez mes mains tendues ? Quel besoin que vous vouliez jouer à ce dialogue qui rend fou, à ce jeu de voir son visage, le même, en l'esprit qui est différent mais pareil ? Ou il a compris *De Libertate*, ou non. S'il ne l'a pas compris, pour qui l'écrire ?

21 juillet [*1920*]

Vous ne m'avez pas répondu.

Le 10 juillet — le jour où peut-être vous receviez ces pages du *De Libertate* et la longue discussion sur la différence, j'ai

1. C.P. vient de confier à Valéry le manuscrit de l'essai poético-philosophique auquel elle travaille depuis 1915. L'ouvrage sera publié chez Corrêa, inachevé, en 1935, après la mort de l'auteur, sous le titre *Peau d'âme*.

perdu l'étonnant anneau d'or qui m'avait été apporté de Java la semaine où je vous ai connu et que, stupidement, j'associais à votre rencontre. L'instant même, sur la montagne[1] où j'ai vu qu'il était tombé de mon doigt, j'ai vécu l'horreur de vous perdre. J'ai cherché comme une misérable ce bijou auquel je ne tenais pas. Je ne l'ai pas retrouvé.

22 juillet [*1920*]

Décidé d'aller à Paris où vous étiez peut-être encore. Cinq lignes nettes pour vous prévenir. Votre réponse le surlendemain.

Vivre. Travailler, consentir à moi-même. Atteindre, en allant au bout de ma raison, le point extrême où, peut-être, vous m'attendez.

Paris [*lundi*] 2 août [*1920*] pleine nuit

Mon bien-aimé, c'est donc, ce sera, par vos mains, le don royal. Dix jours, et deux soirs. Presque votre tendresse. Et sûrement, votre adieu. Pour la première fois, j'abandonne et refuse, et pour avoir renié ma vie depuis si longtemps, c'est seulement aujourd'hui que je me retire d'elle.

Je serai morte avant l'hiver, absent, ô présent moi-même : morte, et tu vivras[2].

La nuit n'est pas finie ; elle va finir. — Tout ce que ce corps a connu, et ces nerfs, d'extrême douleur depuis qu'ils existent, se lève et résonne ; mais avec une sorte de gravité paisible, et comme on entend, dans un coquillage, tranquille et vague, l'immense mer.

1. C.P. fait une cure à La Bourboule en Auvergne.

2. Le jugeant « théâtral idiot », C.P. supprime ce passage d'un texte plus long communiqué à Valéry. Voir *infra* la lettre qu'elle lui adressera le 8 février 1921, p. 130.

À PAUL VALÉRY[1]

[*La Graulet*[2],] Mardi soir [*14 septembre 1920*]

Et maintenant, Cathode, vous allez savoir pourquoi vous êtes là, furieux, poussiéreux et dégoûté[3].

= Pour la santé.

Vous creviez de transitoire et d'événements incoordinés, hein. Fuir au paradis ne s'arrangeait pas, ça c'est quand même une porte. Il faut me pardonner de l'avoir ouverte — (avec l'affreuse lucidité que vous ne soupçonnez pas) et considérer que vous faites Châtel-Guyon ou Vichy ; supporter avec un égoïsme physiologique l'embêtement thérapie, admettre un régime, et vouloir dormir.

Je ne suis pas venue à la gare, pour vous éviter une conversation, *vous n'êtes pas là pour parler*, ni pour être intelligent. Je n'ai pas réussi à ce qu'il fasse à peu près beau — (il y a 5 jours c'était étincelant *of course*[4]) mais vous aurez du feu. Le pays est nul, à Bergerac-immédiat, mais beau un peu plus loin où je vous ferai conduire. On refait le toit de la maison et vous entrerez dans plâtras, mais fini demain. Veuve Troisier[5] est un nirvâna légèrement alcalin, mais vous ne la verrez qu'aux repas. Il n'arrive quelques gens que dans huit jours — et seulement mon frère[6] avec deux orphelins eurythmiques. Girondeau a mission de faire enregistrer votre malle pour… Cours de Pile[7], un train la descendra vers 4 h ½.

Anode *of* Pile

1. Dessin d'un arc bandé sur la couverture d'une liasse de lettres sur laquelle C.P. écrit : « Attention arc tendu/Octobre-Novembre/1920/πρεμιερε σεπαρατιον » [première séparation].
2. C.P. écrit de la propriété de la famille Pozzi près de Bergerac en Dordogne.
3. C.P. a invité Valéry à La Graulet où il restera du 15 septembre au 6 octobre. La lettre suivante adressée par Valéry à André Gide fait état de son désarroi.
4. Bien entendu.
5. Mme Émile Troisier, mère des camarades d'enfance de Catherine, Jean et André, habite à Paris le même immeuble que Thérèse Pozzi au 123, rue de Longchamp.
6. Il s'agit soit de Jean Pozzi, né en 1884, soit de Jacques, né en 1896.
7. Valéry descend de train à Bergerac. Girondeau, chauffeur de Thérèse Pozzi, est chargé de faire parvenir la malle de Valéry à Cours-de-Pile, village voisin de La Graulet.

P.S. : *admirez violemment les chiens de Maman.*

[*Enveloppe :*] Attendre train dix heures moins vingt

Monsieur [*papier déchiré* [1]]

PAUL VALÉRY À ANDRÉ GIDE

La Graulet, chez Mme Pozzi, par Bergerac
(Dordogne)
[*Vers le 21 septembre 1920*]

Cher vieux,

Je suis ici. Parti voici huit jours de Paris dans un état plus mauvais (et qui l'était toujours plus depuis deux mois) que je ne m'en suis jamais connu. État étrange, qui ne le cède qu'à demi à la paix extraordinaire de cette campagne, si calme que le vent y est comme inconnu. (Je n'ai pas encore vu une feuille bouger ; s'il en tombe quelqu'une, c'est à la mode des marrons, du zénith au nadir). Je suis merveilleusement reçu, soigné, prévenu, promené en auto — mais hélas ! j'y *suis,* j'y *suis* toujours ! Je veux dire que ces étrangetés continuent ; ce sont brusquement des sensations profondes d'inexistence, des chaleurs *insupportables aux mains,* de l'accélération du pouls, de la faiblesse. Tout cela créé, orchestré, déclenché par un estomac désastreux et par un système de nerfs qui est dada. Vraiment mal, mal. Pour m'achever, des devoirs de vacances terribles avec des dates qui s'avancent et qui me touchent presque, et presque *rien* de fait[2] ! Je me donnerais des coups de pied au derrière pour avoir accepté de tels travaux, que je ne puis,

1. [Au crayon :] « Octobre 1920. Lettre confiée à l'auto qui a été chercher Mr PV à gare Bergerac. »

2. Il s'agit de sa préface à une nouvelle édition d'*Adonis* de La Fontaine. « Au sujet d'Adonis » paraîtra dans la *Revue de Paris,* 1er février 1921, pp. 540-562.

ne veux, ne sais faire, qui renvoient *ad Kalendas*[1] mon livre de vers[2] et que le souci de Mammon m'a fait accueillir. Et puis, je paye bien des mois de fatigue, de dîners, de prose, de vers, de notes et de conversations. Je blanchis comme un chocolat.

Les miens sont toujours au Mesnil[3]. Claude[4] a fait un petit séjour aux environs de Dieppe, sur lequel je ne sais pas grand-chose, sinon qu'il a beaucoup vu Sickert[5] et qu'ils doivent avoir visité *many* dancings...

Je ne sais si tu connais Catherine Bourdet-Pozzi qui m'a invité à venir ici ? Son insistance a eu raison de la terreur que j'avais fini par concevoir du chemin de fer. Sa mère, qui est la veuve du chirurgien célèbre, me fait infiniment songer à Madeleine, ta femme. C'est le même regard, la même allure. J'ai dix fois par jour l'impression d'être à Cuverville[6]. [...]

P.V.

À PAUL VALÉRY

[*La Graulet, dimanche,*] 26. 9. [*19*]20 [*1922*]
Midi

Dear heart, this is too sad. Je commence à croire *that the gods are opposed to Una being Uno*[7]. Voulez-vous vous soigner avec toute l'intelligence possible, afin que ceci ne dure[8] ? Mme Troisier m'a envoyé hier des Granules des Vosges (Aco-

1. *Ad kalendas graecas*, c'est-à-dire à un avenir très lointain.
2. Valéry songe à l'*Album des vers anciens 1890-1900* qui paraîtra en décembre 1922 chez Adrienne Monnier dans *Les Cahiers des amis des livres.*
3. Propriété de la famille de la femme de Valéry près de Juziers en Seine-et-Oise.
4. Fils aîné de Valéry, né en 1903.
5. Walter Sickert (1860-1942), peintre anglais qui vit à Dieppe.
6. Propriété de Gide en Normandie.
7. Cher cœur, c'est trop triste. Je commence à croire que les dieux s'opposent à ce que l'Une soit l'Autre.
8. Valéry est tombé malade à La Graulet.

nit[1]) qui m'ont fait du bien, et dormir. Essayez-en. Il faut je crois être à jeun pour les prendre. J'en mets 3 là-dedans, volés, ne perdez pas.

Je lis le livre de Cuénot, où il n'y a pas pour vous, ce que j'espérais — et qui ne contient, sur ce qui m'intéresse, que ce que je sais[2].

Je suis un peu prise Tête Gorge, et ne sortirai pas. Vais faire ce que vous m'avez trouvé comme travail. Guérissez-vous, chère chose indispensable !

I dare not write more — except this : I can't do without you.

This means everything. Read it, comme je l'écris[3]...

[*Au crayon rouge :*]

Granules sont dans coton. Serait mieux rester lit. Vous écrirai encore.

[*Sans signature*]

[*Verso, au crayon rouge :*]

Dearest

I wish you were well. I want you to be strong, fit, & pleased with the world (i.e. cosmos) & pleased with CK (very much so) & free & able to be nearest & safe, & sure, & knowing that one will not fail to the other but will be there to make things clear[4].

[*Feuille au crayon rouge, probablement jointe à la précédente :*]

1. Plante potentiellement toxique qui agit sur le système nerveux central, utilisée pour soigner une variété de maladies dont l'arthrite et le rhumatisme.

2. Il s'agit, sans doute, d'un ouvrage du biologiste Lucien Cuénot (1866-1951), spécialiste de la génétique.

3. Je n'ose plus rien écrire, sauf ceci : je ne peux pas me passer de vous. Ceci veut tout dire. Lisez-le comme je l'écris.

4. Mon chéri, je voudrais vous voir en bonne santé. Je vous souhaite fort, bien portant, content du monde (*i.e.* cosmos) et de CK (très) et libre et capable d'être le plus proche et en sûreté, et assuré, et sachant que l'un ne manquera pas à l'autre mais sera là pour rendre claires toutes choses.

Sur le pli jaune, avant de l'enfermer, K écrit
« Dearest ... Nearest[1] »

Remerciez L

[*Enveloppe non affranchie, au crayon rouge :*]
Mr Valéry

À CATHERINE POZZI[2]

[*La Graulet, septembre-octobre 1920*]

Kloc — Kloc, de ma jeune amie
J'entends la langue claquer.
C'est qu'elle vient d'attaquer
Vos prémisses, ô chimie.
Comme une autre attaquerait
Je ne sais quoi de secret

À PAUL VALÉRY[3]

[*La Graulet, septembre-octobre 1922*]

extrait de Pindare

ὦ καλος καγαθος
γε συις φουτυε δε σομμειλ
αβσολυμεντ ιμποσσιβλε

1. Le plus cher, le plus proche.
2. Au verso, fragment d'un brouillon d'« Au sujet d'Adonis » par Paul Valéry.
3. Au verso de cette feuille volante, d'une autre main : « Madame C. Pozzi doit 3 paquets de Melachrino à 1f50 = 4f50 ce 1er Septembre 1920. »

διρε *χαῖρε* ιλ νι α πλακε
πουρ τοι κε δανς μον
ρηυε ; δονκ *vale* jusqu'à δεμαιν[1]

[*Feuille volante, message en style télégraphique de la main de Paul Valéry, le reste de la main de Catherine Pozzi :*]

[*La Graulet, septembre-octobre 1920*]

Président Tribunal Seine
Palais de Justice
Paris

deux mots rayés nuls

Apprends que Monsieur Bourdet a introduit ~~référé~~ requête divorce, et que référé doit être pris aujourd'hui même. N'ayant reçu aucune signification et ne pouvant être Paris avant huitaine, ~~prie~~ vous prie respectueusement remettre cette affaire[2].

Catherine Bourdet-Pozzi

Expéditeur : Bourdet Pozzi
La Graulet-Bergerac

1. Ce texte composite en grec (fautif), latin et français est évidemment une plaisanterie :

Ô bel et bon
je suis foutue de sommeil
absolument impossible
dire *chaire* [salut] il n'y a place
pour toi que dans mon
rêve, donc *vale* jusqu'à demain.

2. C.P. et Édouard Bourdet divorceront en 1921.

À PAUL VALÉRY

[*Feuille volante :*]

[*1920 ?*]

Je ne suis pas avec les autres.

Je pense en partage

Incipit Journal d'un C

Le public, l'avenir, c'est ce qu'Il approuve.
I am two[1].

À PAUL VALÉRY

[*1920 ?*]

Mon cher cœur je ne vous ai rien dit. Je sais qu'infirme, et lente à me prendre moi-même, je ne vous livre rien de ce que je n'appréhende que dans le dur effort. L'instant simple de soi, que vous saisissez comme les seuls Grecs l'ont saisi, et pouvez m'envoyer en deux lignes, je ne le rencontre pas toujours en deux pages. Quelles pages. Et puis, ce que vous souhaitez, n'est peut-être que beaucoup plus simple.

Ô ma nuit, si vous m'étiez encore livrée, quelle torture de joie je vous rendrais.

[*Sans signature*]

1. Je suis deux.

À PAUL VALÉRY

[*En-tête :*]
Hôtel Plaza Athénée
25, Avenue Montaigne — Paris

Samedi 9 Octobre [*1920*]
11 heures moins le quart

Assise sur mon lit encore en robe de dîner. La chambre est déjà redevenue celle du monsieur anglais de demain qui va me remplacer. Je ne suis déjà plus de cet espace, et se tend en moi le lieu dont l'autre extrême est — Où est-il ? Vers l'Avenue des Champs-Elysées. Chaque pas que vous faites vers votre maison tire un peu plus et me fatigue. Lionardo mio tu m'as dit de dormir.

Mon amour, fais alors que je n'aie pas peur et que ce poids de toi que je porte m'apaise, non pas m'effraie. Dis-moi ce que je sais si bien et qu'une enfant folle en moi ne croit plus : que nous avons trouvé l'explication de la vie et de nous-mêmes, que le hasard ni les mains humaines ne peuvent pas défaire cet ordre splendide que dans tes bras et contre ta pensée je me sentirai pour d'autres jours et d'autres nuits d'accord avec mon passé le meilleur, avec ce qui dans le temps que je me fais, est sincère.

Je t'aime mon bien aimé, du plus simple — et presque du plus humble de ma vie ; et me sens si nouvelle et si nue, tombées toutes les marionnettes de l'orgueil, que je ne comprends pas que tu veuilles de ce rien tendrement serré sur ton corps. Seulement deux yeux jusqu'au fond de ton esprit ; seulement — une rose.

Karin[1]

1. En signant ses lettres de ce surnom qu'elle s'est donné et dont usent ses intimes, C.P. écrit parfois la première lettre de façon qu'on puisse la lire, soit comme un « chi » de l'alphabet grec (χ), soit comme un « K » français. Nous ne tenons pas compte de cette ambiguïté ici et transcrivons toujours « Karin », nom qui rappelle « kharis » (χάρις), grâce, charme, joie, désir de plaire.

À PAUL VALÉRY

[*En-tête :*]
Hôtel Plaza Athénée
25, Avenue Montaigne — Paris

Dans le train
Banlieue de Paris

[*Dimanche, 10 octobre 1920*] Matin 8^{h}

Mon chéri,

Vous contre moi la plus seule — Le soleil est bas encore, n'est pas blanc encore. Claude lit, et il n'y a qu'un vieux monsieur sur la banquette en face, un vieux couché de toute son âme dans un conte du *Matin*.

De l'herbe et de la brume ; je te retrouve mon bien aimé, ce toi que j'ai tenu sous les arbres sous le ciel — non plus cette ville affreuse où la torture de t'aimer m'a été apprise ô mon bonheur. Je sais que tu regardes vers moi, la tête dans tes mains mais sais-tu, toi, que je suis plus près que ces jours de Paris je n'ai pu l'être et qu'enfin ce n'est plus que toi et moi dans une paix amère, profonde. — Je suis assez lasse ; mais ça ira bien jusqu'à Avignon. Édouard Bourdet fut correct. Il a porté mes sacs, pas dit de mots pénibles, m'a confié Claude comme si désormais j'étais responsable de lui, seule. Nous nous sommes quittés comme des époux ordinaires qui seraient sans tendresse voilà tout.

— Impossible mettre ceci à la poste avant quand ? et il y a une lettre n° 1 écrite hier soir, que j'aurais pu poster à Paris si j'avais été seule. Elle est d'ailleurs également idiote — et ne dit pas ce qu'elle aurait dû dire qui est « tiens-moi serré tant que j'aurai une Karin temporelle quelque part — (ne réponds rien d'intelligent !) » Le vieux dort tout à fait. Je vais mettre ceci sous enveloppe et chercher un timbre que je n'ai pas. Et puis fermer les yeux, revoir votre visage, celui de vos visages qui était — tu l'as dit un instant qui n'a pas pu durer — « presque heureux » dans le coin du grand salon hier soir. Lionardo mio, tes yeux qui ne me refusaient plus rien de ce paradis de ton esprit que tu détestes et pour lequel je suis faite, et créée, et présente, afin qu'existe la joie.

K

À PAUL VALÉRY

[*Avignon, lundi 11 octobre 1920*]

Ceci va partir ce matin lundi — arrivera demain vers 4 heures et je pense que vous passerez à la 42[1] (où il y a déjà 2 lettres mises hier matin en route). Je n'écrirai pas Mardi ni Mercredi. (Si j'ai à vous parler, le ferai chez vous carte postale). J'écrirai Jeudi au 42 — passez-y Vendredi soir. Règle générale : j'écrirai Dimanche matin et Jeudi matin. Vous pouvez m'écrire 14 Avenue Assas[2] et télégraphier avec absolue liberté.

Je vous demande à présent de faire à votre vie sa discipline nouvelle, avec une volonté « *indomitable* » comme disait Poe, pas de Mühlfeld[3], mais Barney[4] ou Tonnerre[5], pour jouer (ne joue pas trop, canaille) — (on joue avec du chameau). Forcez-vous à marcher dans l'avenue, à suivre un régime (je t'en prie). Défendez-vous de toutes ces mites à Psyché que vous tolériez. Orphée mûrit au jardin d'or. *Je le sais.*

[*Dans la marge :*]

1. C.P. adresse ses lettres poste restante au bureau de poste n° 42 situé au 10, rue de Balzac.
2. Résidence de la mère de C.P. à Montpellier.
3. C.P. voue une haine tenace à Jeanne Mühlfeld, voisine de Valéry, qui tient dans la rue Georges-Ville un des salons littéraires les plus prestigieux de l'époque.
4. Natalie Clifford Barney (1876-1972), lesbienne notoire d'origine américaine, recevait le Tout-Paris des lettres et des arts le vendredi dans sa maison de la rue Jacob.
5. Élisabeth de Gramont, duchesse de Clermont-Tonnerre (1875-1954), « Lily » pour ses amis, autre amante des femmes, tient salon rue Raynouard.

Déchire cette page et si tu veux renvoie l'autre parce que je te ressentirai plus que moi-même plus tard. C'est pas pour Barthou[1] mais pour que K se souvienne. Non pas se souvienne, mais se retrouve. Dites-moi heure par heure ce que tu fais et dis comment tu vas. Et que ce soit « bien », ma vie arrachée de moi, si tu veux que je vive. J'aime ta force et ta dureté, non ton inquiétude. Voici mes lèvres et mes bras. Excuse gribouillage très difficile écrire ainsi —

C

À PAUL VALÉRY

[*En-tête :*]
Avignon
Hôtel d'Europe

Dans le train

Lundi matin 11 octobre [*1920*]

Une Provence infernale sous un ciel de fumées, le double, l'*eidolon*[2] de la vraie — seulement des photographies de cyprès enclos en des photographies de montagnes et les wagons le long de la voie sont là comme des barques échouées avant l'embarquement pour Nulle Part. Et j'existe pour la première fois ce sentiment Teste de méprise, d'étonnement de mon corps et de mon lieu, de rêve en acte. Ma vie ne me colle à l'être que si mal — si maladroitement taillée, je ne l'avais pas vue — qu'elle glisse le long de moi et pour un peu resterait sur la plaine. Pardonne-moi Karin prime, de déchoir ainsi : c'est un Bourdet qui passe, comme le chloroforme vainqueur.

Il y a une semaine, l'enfant aux dents blanches dansait parce qu'elle se trouvait rose et que ça allait bien avec le

1. Louis Barthou (1862-1934) collectionne des manuscrits de valeur. Président du Conseil en 1913 et plusieurs fois ministre, il écrit sur la musique (Wagner, Beethoven) et sur la littérature française (Lamartine, Hugo, Vigny, Baudelaire), s'appuyant sur de nombreux documents inédits.
2. Simulacre, fantôme.

lierre, parce qu'une tendresse au milieu de laquelle comme dans le simple profond paysage on était sans crainte ni limite, obligeait la jeunesse à la fois, la santé, l'esprit. Lionardo, cela que tu appelles « la vie ».

Comme ce Spinoza est clair, *Éthique* Partie III — (je crois bien III) dans la page perfection = réalité. Mais comme il n'a pas vu (je crois bien *Court Traité*, préambule) que tout le possible d'une vie ne peut devenir le réel que par l'amour.

Les maisons grises de Tarascon, ces toits plats charmants cet air de cimetière heureux. Claude lit. Nous avons bien dîné et bien couché pour 5 louis à l'Europe. Claude a découvert que j'étais chic et fait un virement sur moi de son attachement viscéral. La voix du sang c'est la trompe de l'auto.

J'aboutis d'ailleurs 14 Assas vide même de vos cinquante frs (dont merci, qui furent nécessaires). Lionardo je suis très pâle ce matin. Tu n'aurais pas besoin de me peindre en vert comme la dame d'une histoire Renaissance que son amant voulait garder des yeux. Mais si tu me laisses à l'étonnement agité dont la circonférence est partout mais le centre nulle part, tu perdras qui tu as créée. Je crois bien qu'Eurydice choisit, va choisir *eis Haidaou dômon*[1] — J'aime mieux le grand moi du silence, que voir bousculer mon géométrique destin par ces mains bien parisiennes.

— Cette nuit je sais que j'ai crié vers toi (puisque ma voix m'a réveillée). Hier à 9^{h} ½ quel ciel, ils étaient tous là : Sirius et la Lyre et cette poussière de la *galaktée** qu'on aurait pu dénombrer presque avec ses yeux. Mais Claude et Karin au seuil fermé de la science buvaient l'infini sur le pont d'Avignon, en baptisant de travers ses têtes étincelantes.

Je t'aime
CK[2]

* Ils disent *galaxy* en anglais. Je n'aime pas voie lactée.

1. Expression incorrecte, faussement homérique signifiant : « dans la demeure d'Hadès », le dieu des Enfers.

2. C'est-à-dire Catherine-Karin. En faisant ce paraphe, C.P. le plus souvent superpose le K sur le C.

À PAUL VALÉRY

[*Montpellier,*] Mardi 4 heures
[*12 octobre 1920*]

Je voudrais reprendre ces trois lettres, jetées du train. Car c'était à PV qu'elles étaient écrites ; non point encore à moi-même. Il ne faut pas les garder ; encore moins, les renvoyer. Tout ce que tu voyais, est vrai. Je ne savais rien, tout fuyait vers demain que je ne souhaitais pas ; et le présent ne m'était même pas douleur. Une fatigue dominatrice ; et l'image, penchée sur ma vie, d'un homme jeune et lourd aux traits réguliers, maussades, indifférent et obsédant, qui se tait mais me suit de loin, tend des bras, un poing — qui me perd, qui m'a perdue — qui me rattrape — ô Lionardo mio, toute grâce venant de toi, chassée — La fuite d'arbres, de prés et de terre, ne m'éveille pas ; ce n'est pas Zénon qui mène le train sur la Bourgogne ou le Lyonnais ; c'est l'autre.

Où étais-tu, que faisais, pensais, voulais-tu, de 8 heures à ce soir transparent d'Avignon — Je ne t'ai retrouvé que là-bas, sur une petite place, fermée par un arc romain, — près du fleuve — dans la nuit. Mais tu n'étais, toi aussi, qu'un homme. L'homme de ma vie, mais un homme. Soudain bizarrement étranger, dissimulé, inaccessible — ennemi — un homme qui me parlerait demi-vérité ; qui songerait ailleurs ; qui me traiterait en soi comme un des termes d'une équation à construire, un parmi N possibles — qui me placerait, souvenir, dans un jardin de mots ; avenir, dans une quelconque, une passante heure future ; un homme qui me changerait d'espace pour que ça l'arrange ; m'oublierait sur une table ; me renierait trois fois chez Mühlpilate[1] ; trouverait enfin que c'est trop fatiguant — et puis aurait Des Ménagements — —

… Toute la Karin la plus rebelle, ramassée sans même savoir qu'elle est ainsi, marche et s'assied et s'en fout. —

1. Jeanne Mühlfeld.

Montpellier — la maison — le savon — l'eau fraîche. Tous les livres, le bureau d'érable. Et cette chambre de jeune fille. Quelle étape depuis Juin — PV — et puis PV — et enfin PV.

C'est donc ainsi. S'endormir sur ce lit, qui a été mon corps ignorant, et revenir faite femme. Taisez-vous ma chère joie, ne me retrouvez, ne m'attendez pas. Ne revenez pas tu me fais mal, ici. J'ai dormi huit heures. Au-dessus de moi, dans l'étrange construction familière où se dressaient et retombaient des idées endormies, il y avait un parc, il y avait une antichambre dallée gardée par un *kerberos*[1] gong, à l'aboi bémol si ton doigt le frôle. Il y avait des feuilles de rose, des feuilles de rose.

6 heures vingt. Mademoiselle Barthélemy est un petit encrier jaune, avec deux mamelles en tussor. Elle est là — dans cet univers — pour apprendre à de vertes jeunesses les nombreux noms des choses résistantes et secrètes, qui ne se laissent pas expliquer. Si tu les récites à l'endroit, Anaxagore te donne un laurier vert et t'imprime ton nom dans l'*Éclair*.

Mon amour, mon sang et mon contentement, mon cher chéri, mon corps de peine et de douceur, votre seconde lettre — celle de lundi — est venue pendant le discours de cette dame. Je n'ai pas bougé, j'ai pensé, violemment sage « il n'a mis qu'une coupure de journal dedans, ou une recette, ou peut-être copié quelque chose... » Mais si tu m'écris ainsi, comment veux-tu que je ne meure pas en toi (ne *me* meure pas.)

Quel Dieu s'amuse à dépasser ma plus grande prière, quand le plus bel amour que j'avais pu créer devient acte ainsi. Lionardo, il n'était qu'entéléchie, centre de souhaits — et puis, il était devenu éthique (éthique de refus : zut aux autres qui n'étaient pas Lui) — et puis, mépris, orgueil. Mais vous êtes ce que je n'étais pas assez Dieu pour parfaire, et le radieux démenti au désespoir. Tu es vivant, étranger, cependant ma pensée la plus haute et la plus difficile — celle que je n'aurais eue que demain. Et tu es mon corps. Cette

1. Cerbère, chien à trois têtes, gardien des Enfers.

étreinte de moi que je ne puis pas me donner — cet appel et cet élan de ma solitude, et le refuge parfait jusqu'à la plénitude mystérieuse du bonheur.

Lionardo, ces choses que tu me dis, je ne puis presque pas les porter. Elles sont trop celles que j'aurais dites, si l'on pouvait être à la fois le chanteur et la musique, la pensée et le mot. Elles font notre histoire si belle, si belle, mon amour, que je voudrais ne plus exister après elle, que je n'ai jamais été aussi sage qu'en voulant bien la payer de tout mon sang. Pourquoi n'y avait-il pas, surgi du Mardrus où Cazalis rêve[1], un nègre féroce attendant derrière la porte qui grinçait, un nègre avec une longue lame bleue pour le long corps en soie rose qui revenait de l'absolu.

8h ¼ soir. Je ne devais écrire que Jeudi. Et ceci sera mis à la poste Mercredi matin. Je ne voulais pas permettre que tu attendisses (isses c'est pour Barthélemy) rien en dehors des jours fixés, parce que je ne veux point l'inquiétude du doute, du voyage inutile vers ce 42 mystique. Mais tout m'est souci, qui n'est pas te rejoindre.

Il est une chose qui me blesse l'esprit, c'est que tu ne sois seul que dans la rue. À peu près le genre de torture à quoi ce que je suis ne résisterait pas. N'y a-t-il pas un André Lebey[2] qui te fasse une salle de travail chez lui ? Si mon frère Jacques a un appartement, je lui demanderai de te donner une pièce, où tu puisses lire, fumer, inventer, sans jamais entendre de voix même amie — une pièce où crever de solitude jusqu'à ce qu'un Lionardo major surgisse et donne courage. Mon chéri, où donc puis-je venir, s'ils t'entourent sans cesse ? Et quand te prendre dans mes bras — si penché sur une phrase de pierre, tu n'entends pas qu'elle entre, et

1. Le docteur J.-C. Mardrus avait achevé sa célèbre traduction des *Mille et Une Nuits* en 1910. Henri Cazalis (1840-1909), cousin de C.P., auteur d'une *Histoire de la littérature* hindoue (1888), avait publié sous le nom de Jean Lahor un grand nombre de poèmes d'inspiration exotique recueillis notamment dans *L'Illusion* (1re édition 1875).

2. André Lebey (1877-1938), écrivain et homme politique, ami de jeunesse de Valéry, de Gide et de Pierre Louÿs. Il est le neveu du « patron » de Valéry, Édouard Lebey (1849-1922), fondateur et administrateur de l'agence Havas.

s'approche sans dire, et lentement baise tes cheveux jusqu'à ce que ce visage des visages, cette âme humaine épuisant toute mon âme, soit pâle, et défait de toute chose pour un instant.

Bientôt neuf heures. Nous avons été Claude et moi, au Peyrou[1], quand le soleil était couché. Derrière les petites rues, des amoureux serrés, que Claude prenait pour des assassins et voulait attaquer avec sa carabine à plomb [à] air comprimé. Un vaste brouillard, que le plateau du grand jardin surmontait comme un Walhall — Montpellier nageant, au-dessous, dans les vapeurs ; une ville énorme, des tours. Ne trouvez-vous pas incohérente, la fille qui passe là-dessus en fredonnant « j'ai cassé le do de ma clarinette… » Bonsoir. Je ne t'ai rien dit du tout. Moi non plus, je ne puis pas.

La préparation de l'ammoniaque m'est égal ; quant au procédé Solvay[2], je le — Une heure délicieuse pourtant, ce matin, sur la *République* de Platon. Si tout était là, on serait bon. J'ai retrouvé Kant. Le silence est partout ici. Mon cabinet de travail est vert tilleul, et calme.

Je n'ai vu personne. Vous voulez savoir quelle heure je préfère ? Onze heures — 23 heures. Et puis l'aube, quand en plein oubli, l'avertissement le plus léger signifie que le reste est indifférent

CK

Reçu ce matin lettre de dimanche.

Je veux toutes les photos possibles. Consentirez-vous à porter nos CM[3] au relieur, à choisir deux reliures frères ? Dites, pourquoi m'avez-vous apporté le 1er exemplaire, si vraiment

1. Jardin de Montpellier.
2. Le procédé de Solvay est une méthode industrielle conçue par le chimiste belge Ernest Solvay (1838-1922), pour produire le carbonate de sodium.
3. Il s'agit, sans doute, de deux séries de « cahiers maudits » dans lesquels C.P. écrivait son *Journal* et Valéry ses pensées du matin.

— si vraiment — vous ne me vouliez pas ? Chère lucidité désespérée, est-ce vrai que tu ne savais rien.

Ces taches ne sont pas du miel mais de la rose.

À PAUL VALÉRY

[*Montpellier,*] Mercredi soir 13 Oct[*obre 1920*]

Je ne sais si tu attends que j'envoie une lettre demain. Et ne le sachant pas, j'enverrai ceci, afin qu'à tout hasard il y ait Vendredi au 42, une minute de présence, s'il t'est nécessaire de l'aller chercher. Pourtant je ferais aussi bien de ne pas écrire, tant je sais peu qui est celle de moi que j'enferme ici. Certes pas la fille de Zeus — ni le moine de Firenze — même pas l'ironique serpent. Un immense ennui de demain, et l'odeur irrémédiable de la Faculté-coquille, où cinq cents escargots bavent sur du bois noir[1].

Il faut que j'aille dormir. Travaillé comme un imbécile, comme on pousse un poids devant soi. Ces diplômes, dont je me fiche — qu'il faut avoir pourtant. Je sais bien que je ne travaillerai plus qu'à comprendre votre pensée. Plus difficile — mais enfin, plus beau, que créer la mienne. Et puis, il le faut, pour la richesse future des hommes, si votre radieux possible a besoin de [*sic*]. Bonsoir. Ne relis pas ces lettres. Je n'aurai de génie que dans quinze jours. Il fait un temps très doux. Le Peyrou était encore bleu. J'ai eu grand pitié de nous une heure ; et dans ce jardin, une détresse de toi dans les membres comme si tu étais une vie exténuée. Ensuite, le cœur qui tombe entre mes deux pieds — là, floc. Le sable d'or tendre, le ciel gris, de l'eau dans les bassins, qui mangeait la pierre. Une Karin interne en diamant se défaisait comme un composé instable. Voilà.

Je voudrais changer d'astre. J'appelle l'Ange. Viens Ange. Viens quand je suis encore indomptable et brave, et folle de mépris et violente pour la vérité et libre. Ô lève-moi Ange en-

1. C.P. se prépare pour l'épreuve du baccalauréat.

lève sans prévenir. Déjà deux mains qui sont les miennes, qui ne sont pas les miennes, sur ma nuque, et mon autre âme faite chair mêlée à moi, et je vais donner comme une perdue, le secret esprit autour duquel deux cellules ont tricoté mon corps.

Jeudi matin.

Votre lettre de Mardi.

Mon chéri fantôme gris bleu qui êtes une heure sans défense, et simple et tendre contre ma volonté livrée, mourante, vivante ; que je regrette cette lettre d'Avignon, si peu celle que je veux vous écrire — qui me vaut cette réponse où il n'y a pas — cherche bien — un mouvement de mains ni d'idées vers moi. Tu m'interroges, Karin de l'autre espace, tu ne sais plus si je suis vraie. Que fais-tu chez ces gens ? Où vit Orphée ? Orphée seul est vrai comme je suis vraie. Mon ami chéri je ne suis pas une image, une feuille d'album un voile dans le vent. Je suis là, quand tu m'as perdue, serrée contre toi ou couchée à tes pieds. Je te regarde mon amour et recueille ta fatigue et j'appelle cet espoir que tu ne connais pas. Je vois en toi avant toi-même, le possible présent qui sera parce que je l'adore ce paradis de pensée fait de ce moi que je n'ai donné parce que je m'aimais. Ô toi qui es tout ce que je ne vais pas être mais tout ce que je puis aider à devenir. Embrasse-moi mon frère chéri, puisque tu n'es entier qu'en tenant ma vie dans la tienne, — vous souvenez-vous ?

Karin

Jeudi matin

Pourquoi ne me renvoies-tu pas mes lettres ? Si tu ne peux les relire, laisse-moi garder ces signes des heures, où il n'y a que vous et que vous. Je sais que tout ce présent poignant me sera rendu, quand je le voudrai, rien qu'en respirant ces écritures de peine et d'élan ; maladroites qu'elles soient. Et si vous ne me permettez pas votre écriture, pour plus tard, il faut aussi que ce qui fut mon âme je puisse le retrouver ? Je n'y renoncerais que si cela vous était une aide.

— Mio, pige ce truc : quand j'étais intoxiquée de présences, j'ai trouvé un refuge que tu connais, vas-y : la Nationale. On y est absolument à soi. Emportes-y le dossier Karin ; écris-m'y. Tu verras quel calme 2 heures par jour, donnent là. — Je ne me représente pas votre appartement. Où écrivez-vous ? Faites le plan. Votre table est-elle donc dans la chambre à coucher ? Ô mon cher petit frère, il n'est pas de moment où je ne sois défaite par l'image de ce que vous subissez. Ne l'avez-vous pas subi avec trop de faiblesse ? Vous n'êtes pas dur, *gorgô*[1], quand il s'agit de votre bien. Vous ne savez pas lutter, pour défendre ce qui est plus précieux que le pauvre présent des autres. Allez voir Jacques (47 Avenue d'Iéna) mais faites attention que Jean ne vous y voie, ou du moins vous imagine son ami : Jean le hait. Qu'il ne croie donc qu'à de la vague camaraderie. Ce bout de papier était sur mon bureau, je te l'envoie fétiche. Temps clair comme une idée grecque. Je sens que je vais être pas admissible, si le vieux coco était mal disposé. Saurai ça demain et écrirai chez vous. Adieu Moi.

τὸ πρῶτον οὐ σπέρμα ἐστὶν ἀλλὰ τὸ τέλειον[2]

Aristote

À PAUL VALÉRY

[*Montpellier,*] Jeudi soir [*14 octobre 1920*]

Mon amour, pourquoi vas-tu tous les jours chez cela[3] ? Je ne lui donnerai que du neutre ; je sais qu'elle est destinée, quand

1. Monstre mythologique à la chevelure faite de serpents et dont le regard pétrifiait.

2. « Ce qui est premier, ce n'est pas la semence, mais l'être parfait », Aristote, *Métaphysique*, II, 1073 a, trad. J. Tricot (Vrin, 1962), p. 685.

3. Chez Jeanne Mühlfeld.

la sale petite flamme aura fini, sur son carbone peint de vanille, de pétailler au nez des académies, destinée à rouler de sphère en sphère et vomie chaque fois par le cercle de l'Esprit[1].

C'est une âme en vous que je ne comprends pas. N'avez-vous pas l'horreur du toc — de la caricature — de l'à peu près — de à la manière de ? N'aimez-vous pas la réalité = ce qui est ce que ça est ? Ne croyez-vous en rien ? N'avez-vous pas gardé, inaltérée, entêtée, impitoyable, une forme de la beauté morale que vous passez invisible sur l'ami qui passe, et comme elle ne va pas, crève, ami ? N'avez-vous pas connu de héros, mon frère, pas de saint ? Mais Mallarmé.. Comment te permet-il ces b…ls à Psyché ?

Dites-moi ce que vous faites. Nous devions écrire une fois par semaine. Et voici, tous les jours. Après tout, c'est beaucoup plus intelligent. J'ai reçu ce matin la lettre insatisfaite de Mardi (… « du souvenir à l'oubli, tous deux plus fragiles l'un que l'autre… ») Vu, que je n'existais guère, qu'expression Graulet animée — tant, que peut-être, c'est cette maison qui fut votre maîtresse — ou bien, les délicieuses protestantes d'autrefois, aux yeux de spirituel velours ? J'ai reçu ce soir la lettre de Mercredi. Et certes me serais endormie ce soir heureuse serrée contre votre épaule (l'épaule de Pélops[2], l'excellente, — la très excellente — —) s'il n'y avait pas vraiment un peu trop de Tisiphone[3] dans cet aujourd'hui.

Il est 9^{h} 20 soir. Je suis exténuée de travail. Je ne fais que cela ; seulement sortir ½ heure pour la poste, et ½ heure au soleil couchant, dans l'avenue, qui va vers les vignes — d'où l'on voit le léger, solide et fin temple grec du Peyrou sur un nuage.

Je commence à croire que cela ira lundi — (pensez à l'enfant vers 7^{h} matin). Si je puis avoir un sujet où déverser Spinoza Platon, nous sommes bon. J'ai souhaité vous parler

1. C.P. songe au cosmos orphique constitué de plusieurs sphères célestes.

2. Héros tué par son père, Tantale, qui donne son cadavre à manger aux dieux. Trompée, Déméter dévore son épaule. Les dieux le ressuscitent en remplaçant l'épaule dévorée par une prothèse en ivoire.

3. Surnom donné par C.P. à Jeanne Mühlfeld. Tisiphone, fille de la Nuit et de Cronos, est une des trois déesses de la vengeance, sœur de Mégère et d'Alecto.

ce matin après avoir repris l'*Éthique*. Mais vraiment, pas le temps d'atteindre ma conscience. Un torrent de mots m'oblige — pour une semaine. Je suis étonnée des pauvretés que je t'écris. Tu ne sais pas ma fatigue.

Si tu étais là, cependant. Je suis dans le fauteuil de citronnier, qui se renverse, où tu peux dormir. Il y a cent livres au mur dans mon dos ; la grande baie qui ouvre sur l'*Aqua Claudia* est fermée par un rideau de velours gris vert — et l'autre baie sur ma chambre, par un taffetas tilleul aux cassures brillantes. Deux sépias de Venise sur la cheminée, et mes colliers ; un divan vert aux coussins verts et violets, et puis le paravent qu'envoyait l'ambassadeur de Chine, or argent noir et blanc. Cela sent bon encore, des encens et des cigarettes consumés. Et dès que je serai hors les chimies, il n'y aura plus, sur les tables, que les PV — brochures, ou fragments. Quelle fumerie de PV !

Bonsoir mon esprit chéri ; veuille bien attendre que je revienne de crétinothérapie. Dans huit jours, et sans doute avant, je m'embarquerai sur votre œuvre. Je sais que tout ce que j'ai lu, pensé, cherché, depuis toute petite — à travers la jeunesse qui finit ici — m'a menée vers elle ; que je suis construite pour l'entendre, et si Dieu le veut, l'aider. Je sais aussi que tu verras mieux, le regardant en moi, ce qu'à mesure tu crées. Et peut-être t'aimeras-tu mieux dans cette pensée-miroir. Veux-tu le croire, veux-tu m'attendre — veux-tu ne pas m'empêcher de te donner, avec moi, celui de toi que j'adore et que je connais.

CK

À PAUL VALÉRY

[*Montpellier,*] Samedi 6 heures soir
[*16 octobre 1920*]

Ma chère vie vivante, je t'ai écrit du train après Avignon, et posté en arrivant Lundi matin. Je n'ai pas écrit Mardi, mais j'ai écrit Mercredi, Jeudi et Vendredi — pas aujourd'hui, puisque ceci ne partira que demain matin. P.V. sans nom, mon étonnant bonheur, il faut que je t'avoue quelque chose : en cet instant pour la première fois, je crois en nous — et tu ne m'apparais plus « séparé ». Depuis que je suis partie, une impitoyable en moi, scalpel sur tout délice, t'avait proprement jardiné, taillé, replanté, si bien que tu étais enfin le PV d'avant, le monsieur très intelligent mais — mais adventice, mais fourré dans un tourbillon dilettantique où point je ne daigne nager. Tu étais parlant, fumaillant, errant de fauteuil en chaise, sur de la dame. (Sale stylo[1].) Tu n'allais plus nulle part ; et moi, le cap sur Apex, j'écrivais bien « je t'adore », mais déjà c'était au rêve que je l'écrivais. Non, ce n'est pas rêve qu'il faut dire, rien n'est moins rêve : c'était à ma volonté que je l'écrivais.

Et maintenant, six heures et quelque, soir, =je t'adore. Mon amour, mon petit frère chéri, que les sublimités restent au fond de ce stylo qui crache. Point ne souhaite que tu me donnes mieux que « ma chérie », que tu traces d'un sale vieux bureau et d'une écriture faite, [*illisible*] autre chose, « encore un mot pour ne pas te quitter ». Et je te demande pardon de toutes les lettres où je serai intelligente.

Mais la vague de joie qui me rafle, en cette heure-ci, quand devant Barthélemy-ès-lettres on me donne ton écriture de Mercredi (Barthélemy tout hérissée de doutes pour avoir vu, sur ma botanique, après une latine nomenclature « j'aime MIEUX L'AMOUR ») — ma joie de toi porte aussi sa peine. *Je ne veux pas*, Lionardo mio, mon cœur-esprit, *je ne veux pas* que l'on te dise « l'ami » de cette — de cette — vieille tordue de larve-salon[2]. Je suis hors de raison, à cette idée. Oh que cela te fasse rire, je le veux bien, mais moi — ça me fera pleurer, si vous y tenez.

Ne riez pas de cela, mon intelligence chérie. Ne permettez pas que ce nous si parfaitement simple — la résonnance d'or — soit approché par une telle image. Je ne peux pas le supporter, je ne veux pas. Voilà tout. Oui mon bonheur, nous

1. Tache d'encre sur la page.
2. Jeanne Mühlfeld.

verrons des galaxées [*sic*] et des soleils, nous lirons vos papiers couchés devant la mer, nous inventerons, hors d'eux, les plus belles pensées, celles que seuls entre beaucoup nous saurions obliger, nous saurions tenir.

[*Sans signature*]

Voulez-vous que nous numérotions lettres, si tu crains perdre ? J'en ai eu 5 de toi et t'en ai écrit : 3 du train et (avec celle-ci) 4 ici. Celle d'après, marquerai 8.

À PAUL VALÉRY

8e

[*Montpellier,*] Dimanche matin — 10h ½
[*17 octobre 1920*]

Je vais sortir, porter la lettre d'hier soir. J'en ajoute une, que voici, avec du Mariecotte[1]. Renvoyez-moi cette inappréciable consultation, qui me touche, si cette personne folle de soi, m'aime.

Orage cette nuit. Réveils avec le coup de poignard au cœur d'un mal encore presque invisible, qui vous est étonnement — ton mariage à Tisi[2], ô mio stupide ; si vous saviez ce que j'en ferai ! Si vous connaissiez ma calme violence, et que je ne puis supporter une certaine espèce de dégoût dans la huitième chambre où n'accède personne (où vous êtes, hélas.) Non, mon frère, non, il n'est pas question du sentiment jaune. Il est, que le moi de silence est balayé de ses paroles, de vos réponses, — et que je souhaite fuir. Je n'en parlerai plus. Mais souviens-toi que je n'ai pas de pitié pour les cho-

1. Marie de Régnier, née Marie de Heredia (1875-1963), poète et romancière, épouse de l'académicien Henri de Régnier et amie intime de C.P.
2. Jeanne Mühlfeld.

ses du royaume de Dieu. Je leur tords le cou, si elles se galvaudent.

— Arrivée du valet Émile et de Pomme de Pin[1], qui me détruit d'embrassements. — Quel soleil doux soudain, dans le platane.

J'ai reçu 4.000 et quelques, de la vente d'une tour à Montclard (près du pays le plus seul, où nous fûmes après avoir bu le petit vin dur). Et j'ai l'idée (l'Idée !). Permets que je vous les confie en dépôt, afin d'en faire le loyer de deux pièces que je vous charge de trouver. Deux pièces où je mettrai mes livres, des fleurs, du caporal ordinaire, un tapis persan,... un chat persan (ou grec) — et où je travaillerai quand je serai à Paris. Le reste du temps, vous en aurez la clef, afin d'y être f[outrement] tranquille. Ça sentira bon, à mourir (à vivre). Voulez-vous chercher ? Je serais si heureuse de savoir qu'il y a un lieu calme où vous serez à vous, moi absent.

Au revoir mon bien aimé.

Mon cher cœur je ne vous ai rien dit. Je sais qu'infirme, et lente à me prendre moi-même, je ne vous livre rien de ce que je n'appréhende que dans le dur effort. L'instant simple de soi, que vous saisissez comme les seuls Grecs l'ont saisi, et pouvez m'envoyer en deux lignes, je ne le rencontre pas toujours en deux pages. Quelles pages. Et puis, ce que vous souhaitez, n'est peut-être que beaucoup plus simple.

Ô ma nuit, si vous m'étiez encore livrée, quelle torture de joie je vous rendrais.

[*Sans signature*]

1. Chien de C.P appelé aussi Yorick.

À PAUL VALÉRY

[*Montpellier, Lundi*] 18 octobre [*1920*]
19 heures et demie

Dans un léger vieux lit de noyer,
dans la chambre bleue. [*n°*] 9

Ô la la
ώ la la.

ῶ lah lah. Lever à six heures matin. Habillage dans l'aube. Départ avec ma robe noire, *clergy-girl* ; dans la poche droite, une bouteille de café ; dans la poche gauche, des croissants. Le papier des croissants est couvert de notes — tais-le !

La cour Faculté. Cent cinquante Alcibiades, dont un beau. La salle. L'appel. « Melle Bourdet ».... Les pupitres. Le sujet. Têtes des 150 Alcibiades : deux sujets de logique, et un sujet mixte. J'y vais du mixte. Une enfant, qui ressemble, derrière, à Monna Delza, gémit[1]. — Onze heures. Sortie. Si tu as le moindre sens humour, tu goûteras l'extrait vert, posté à 3 heures, des idées-brouillard. Plus toi, de l'absence d'idées. Karin prime, Karin chéri, ne pas penser est un devoir, pour un devoir. Hein. D'où, historique et citations. Quelle chose j'aurais faite, pour moi — pour nous — en *outline*[2] du subjectivisme scientifique. Mais il n'y fallait point aller. Et puis, en 3 heures, et quand on t'a réveillé trop tôt. Ne pleure pas sur ce devoir vert, je te fais l'honneur de croire que tu crois que ce n'est pas moi. Exténuée cependant. Midi. Piqûre de cacodylate piqûre d'huile camphrée. Kola.

3 heures. Le cœur qui bat comme un vanné. Anna, ne vous en faites pas, j'aurai une syncope. Départ. La cour. Les 150. Je retrouve Monna Delza. Je lui demande : en quoi êtes-vous bonne ? — « En rien », qu'elle dit. Les sujets. Ah, ça ne

1. Il s'agit d'une étudiante dont la silhouette rappelle une vedette de music-hall.
2. Dans les grandes lignes.

sera pas la Machine de Gramme[1] et l'induction, ni la physiologie de l'oreille. Quoi, Monsieur ? que dit-il ? « Machine de Gramme. Induction. Oreille. »

Fla fla fla, la faridondaine,
Fla, fla, fla, la faridonda.

Monna Delza, je t'aime. Oui, j'ai le filon. Si tu peux copier, ma lune ? Oui voui, je te le passerai. Vive la Société des Nations.

Monna Delza n'apapeur. Elle copie. « Mettez votre papier comme ça », et puis « tournez. » — Si on nous voit, je trinque pour vous. Enfin, soyons généreux. Une vilaine âme en moi résiste. Mais je lui ai quand même tendu le papier. Je ne pense pas qu'on puisse faire mieux : c'est le cours de Curie[2], entendu en Juin, et dont je me suis souvenue, et c'est la dynamo du buvard du pavillon[3].......... Oh mio que je suis fatiguée. J'ai des yeux bleu marine. J'ai le dos disloqué.

Claude pleure parce que c'est son premier jour de collège.

Qu'il fait immobile. Me voici sur mes pieds, mio, après avoir passé cet obstacle ridicule mais rude. Si peu, — tant. De si pauvre savoir ; de si difficile humilité. Se faire tout petit pour une porte que l'on dédaigne, quand on se ressent si grande — quand l'on rit des gardiens qui disent, « passe », *viator*[4]. Sans doute quelqu'un de vous méprise qu'à cela je condescende. Mais je sais que je ne fais qu'accomplir avant de mourir, l'espèce de labeur dont mes vingt ans ne voulaient pas la peine. La longue patience que je n'ai pas eue, elle commençait ici. Pour elle, au lieu d'elle, je tendais à l'amour. Il n'y a pas eu d'amour, et le voici, quand je veux être sage. Quel drôle d'univers.

Karin.

1. Allusion à la première dynamo présentée à l'Académie des sciences en 1871 par l'électricien belge, Zénobe Gramme (1826-1901).

2. Marie Curie (1867-1934), célèbre pour ses recherches sur la radioactivité, Prix Nobel de physique et de chimie, fut la première femme nommée professeur à la Sorbonne.

3. C.P. se livre à ses études scientifiques dans un pavillon séparé de la maison principale, à La Graulet.

4. Voyageur.

CATHERINE POZZI, *JOURNAL*

Mardi 19 octobre [*1920*]

Vous m'avez écrit tous les jours sauf un jour. Et puis, vous n'avez écrit, ni avant-hier, ni hier. Vous êtes capable de n'avoir pas écrit aujourd'hui. *Aucun moyen de savoir rien de vous.*

À PAUL VALÉRY

[*Montpellier,*] Mardi soir 18^{h} ½
[*19 octobre 1920*] [*n°*] 10

Rien de toi.

La lettre de Samedi est arrivée lundi, naturellement, matin. Que tu n'aies pas écrit dimanche = duc[1]. Mais hier. Mais hier. Il fallait décider que nous n'écrivions qu'une fois — ou deux — par semaine. Après t'avoir retrouvé chaque jour, c'est aller au souci, puis à l'intolérable, qu'un silence de 48 heures. Et je sais que vous ne m'aurez pas écrit aujourd'hui. Je ne veux point tomber au pauvre des doutes connus ; c'est bon pour les autres. Je crois qu'une part de ma lettre de Samedi, que lundi vous reçûtes, vous a déplu. Je suppose que je sais quelle. Mais dis-moi que tu n'es pas malade, ma vie, qu'il ne t'est arrivé rien. Je suis clouée ici jusqu'à lundi prochain.

Lettre d'Edouard Bourdet — Longue lettre. Amicale. Il préfère divorcer. Il croit qu'à présent, nous le ferons avec des sentiments calmes, propices à l'entente. Exactement, la lettre que j'aurais souhaitée il y a trois mois. (Houdard[2] pas étrangère à ce divorce.) Et puis, qu'importe. Mon père croyait que je n'irais pas au bout, si le destin y menait, de l'acte majeur. Moi, je ne sais. Mais je ne vois plus d'espace

1. Le dimanche 17 octobre, Valéry a déjeuné au château de Dampierre, dans la vallée de Chevreuse, chez le duc de Luynes, en compagnie de Jeanne Mühlfeld, de Philippe Berthelot et de quelques autres.
2. Non identifiée.

devant ma vie. Je vois le vide, avec une étonnante sérénité. Pour cette raison, peut-être serait-il meilleur que tu gardes mes lettres, ô moi, ou que je les garde pour toi. Si cependant tu n'as pas besoin de cette légère compagnie, brûle-les ; le « paradis de pensée » te donnera, comme elles, Eurydice.

Même jour — 20 heures

J'ai passé la journée au lit ; et il en faudrait beaucoup pour atteindre la plage de repos parfait où l'on gît, yeux clos sous un battement d'ailes heureuses. Cette secousse de Paris, ce retour, ces concours ; et tout ce que Karin ne veut pas savoir qu'elle doit connaître, demain. Le bleu de ma chambre est semblable à la mer de Gênes, vous l'aimeriez. Je suis redevenue visage, parce que j'ai jeté les livres, et repris la Rose, et une chemise de satin blanc qui fait l'œil noir, tu comprends. Pourtant le doyen n'est pas venu auprès du couvre-lit de dentelle chipé à Lalla[1]. Le doyen[2] attend le résultat des élections, pour lâcher l'âne, ou sourire à sa gloire. Cher moi, où êtes-vous, que fais-tu, je ne te sens plus. Cher moi, j'imagine que tu peux très bien ne plus écrire ; tomber de moi comme un collier de perles. Étonnant possible, vrai possible. Quelque beauté dans cette horreur. Une sadique Karin en reconnaît l'harmonie. Cher moi, je t'ai résorbé ; je ne t'avais manifesté dans le jardin de mes pas, que parce que mon esprit au sommet de sa courbe avait envie de se voir. Mais l'être humain qui porte le nom que je t'ai donné continue à présent sa course étrange, et toi, cher moi, réintégré dans mon silence.

Mercredi 20 Oct[*obre 1920*] 10^{h} matin ½

Rien de toi.

Ô ma volonté réalisée, je vous demande une chose. C'est la seule que vous entendrez, demande. Plus qu'une de-

1. Surnom de Thérèse Pozzi, mère de Catherine.
2. Jules Valéry, frère aîné de Paul, doyen de la faculté de droit de Montpellier.

mande d'ailleurs. Ceci : permettez qu'il n'y ait jamais entre nous rien que je ne comprenne. J'ai la force qu'il faut pour n'importe quel mal du monde ; le pire ne me fait pas baisser les yeux. Mais je veux que ma conscience se l'explique, et qu'il y fasse pour cela, assez clair.

Le « mystère », le « doute » le « sur-le-point-de-devenir-sans-savoir-qu'il-est », — « cela qui n'est pas ce que cela est, ou qui est autre chose que cela se croit », — me donne horreur. Vous dites avoir l'œil clair. Pour les idées ; mais pour vous ? Il est à penser que je vous saurai toujours plus tôt que vous-même. Cependant, vous sachant, soyez avec moi d'une netteté mathématique ; et n'ayez pas de pitié, car je suis votre égal. Je n'ai moi-même guère pratiqué la pitié, sauf avec les femmes, — et Maman. Le coup de scalpel est un mouvement si beau — —

Ceci pour que tu entendes, que je suis de ces gens à qui l'on dit adieu en face. Je ne pense pas, de moi à moi, que tu puisses me dire adieu. Et je pense un sentiment qui, probablement, créera votre colère : c'est que je suis votre génie et toute la flamme que vous aurez. Ce mot pour journaliste, cette phrase pour romancière, figurent cependant quelque chose.

J'ai relu la *Jeune Parque* hier tout le jour. Il n'y manque qu'une chose : cela que je suis. Il y manque la douleur, mon amour, et l'élan vers un bien clairement conçu. C'est une musique égale à la musique, mais inhumaine, un jeu beau comme l'eau des fontaines de la Villa d'Este, — mais un jeu, qui aurait pu ne pas être. Orphée ne peut pas ne pas être. Orphée, réponse à la seule question : « puis-je être plusieurs ? » L'âme commence par s'amuser à vivre, ne croyez-vous pas ; et puis, au point précis où toutes ses forces sont conscience — et à ce point là seulement — elle se perçoit comme divisée, faite homme et femme — (Barney ne tient pas à la différence) — et cette division affreuse oblige le bonheur. Elle oblige, si le mythe est vrai, encore, la liberté, ou du moins, l'espèce de liberté qui consiste à sortir du monde. Eurydice aux Enfers. Pouvait-elle ne pas aller aux enfers ! C'est alors qu'Orphée crée la musique, et que, demeuré seul, errant entre larves tortues et démones israélites et ducs amis des arts, il charme ces animaux par des ondes de douceur immortelle.

Mais laisse mes lèvres sur tes yeux, pendant qu'encore je suis ici.

CK

À PAUL VALÉRY

[*Montpellier,*] Mercredi 20 Oct[*obre 1920*] — 4 heures.

Je crois que c'est la 10e[1]. Avez-vous reçu la lettre où il y avait de la rose sur un coton qui d'ailleurs avait pleuré sur la feuille ?

Ô dure douceur, je viens de vivre un temps (la montre dit un quart d'heure) de durée $\varepsilon = \infty$. Je suis véritablement tombée de cercle en cercle, en une gyration de désastre, — cela se passait entre le platane et le divan couleur d'espoir, il entre tout le soir d'été par la baie verte. Le troisième courrier sans lettre de vous. J'avais vu le facteur, envoyé à sa rencontre « Madame, il n'y a rien. » Mon amour chéri, j'ai eu quatorze ans. Je suis tombée sur les coussins en répétant « qu'est-ce que je lui ai fait. » Mon corps m'a paru plus lâche que de l'eau. Mais le temps de tourner deux fois, dans la douce lumière, revient une Brangaine de bonheur : « Madame, il avait oublié les lettres » tenant Lundi et Mardi de Karin de Paris. Ne me demande pas de te dire quoi que ce soit, d'intelligible. Je vous entoure de mes bras, je pleure contre vous mon amour. Hélas vous êtes donc l'amour.

J'ai peur que ma lettre de ce matin ne vous donne souci. Ne croyez pas que je mourrai jamais, Orphée, que je vous serai jamais absente. Ne croyez pas qu'il m'arrivera du mal. Cette terrible tendresse suffit à m'expliquer ma vie et la pré-

1. Cette lettre semble être la onzième.

server du destin. Je t'aime, idée qui es cette chair — ô mon bien si follement cherché.

Il commence de sonner une cloche d'église, très loin, très loin. Les feuilles ne bougent presque pas. Parfois pourtant une vague de vent, et les feuilles font un petit clapotis comme la mer. La mer est tout près de cet automne immobile. À travers les arches de l'aqueduc, — l'arbre n'en laisse voir que deux, que quatre, en été — des ronds de ciel aveuglant vont jusqu'à Zeus. ——————

Il est trop tard pour vous écrire chez vous le résultat de l'écrit, tout est dit au 42. Vous avez même un brouillon vert. Idiot brouillon vert. Je suis plus intelligent que ça, tout de même, mais il ne faut pas me faire lever à 6 heures du matin.

Je sais exactement le devoir qu'il fallait faire, et n'ai pas fait. C'était un beau devoir. Mais cette Monna Delza perdue dans mon dos, qui ne cessait de me parler. Et puis l'heure qui talonne, et le sommeil des dernières vertèbres, — celles d'en haut se sont réveillées plus tôt — les lombaires, ah la la, elles n'en veulent plus ; et cet appariteur qui dit « Messieurs, vous n'avez plus que... » Et les copains exténués — Si jamais vous lisez le *De Libertate*[1], vous verrez que je puis suivre une idée. Barney, écrit gentiment qu'elle n'essaie pas, que ça va trop loin (dans son livre[2] — en ai lu ¼ — elle ressemble beaucoup à l'amie américaine dont je vous ai parlé[3]. *Elle me plaît.* Mais il n'y a rien à en faire comme pensée. C'est du type étincelant de mon amie Violente[4], qui bondit d'un méridien sur l'autre, et on ne peut jamais faire le point.) Je lui ai écrit, chez vous. Peut-être ne trouverez-vous pas que je l'ai

1. Voir *supra* le *Journal* du C.P. du 12 juillet 1920, p. 30.

2. Natalie Clifford Barney, à qui Rémy de Gourmont avait adressé les *Lettres à l'Amazone*, parues en 1914, vient de publier *Pensées d'une amazone* (Émile-Paul, 1920). Le 11 octobre 1920, Valéry lui a écrit : « Pouvez-vous envoyer un exemplaire de *Pensées d'une amazone*, avec cette mention : "Sur la suggestion de M. Teste" à Madame Bourdet-Pozzi, 14, avenue d'Assas à Montpellier (Hérault) ? »

3. C.P. s'était éprise d'Audrey Deacon, jeune fille rencontrée en Engadine au cours de l'été 1903, morte à Florence l'année suivante à l'âge de dix-neuf ans.

4. Surnom de Suzanne Poncet, fille du professeur Antonin Poncet. Amoureuse de C.P. depuis leur rencontre en 1916, elle mourra, démente, en 1934.

assez remerciée. Mais je ne veux pas, mio, qu'elle se trompe sur moi.

Déjà cinq heures. Et je n'ai rien fait, rien, que vous — que toi — depuis ce matin : je t'ai écrit à 10^h et à 11 j'ai été *à la gare* (à la gare ! c'est pas ici) pour mettre ma lettre là, afin de voir si elle arriverait le lendemain. Veux-tu me dire quel jour tu l'as reçue (ce matin Mercredi). En revenant, j'ai perdu ce crétin de Pomme de Pin, qui suit mal le tramway. Il a fallu remonter la nationale, pour le voir apparaître, terrifié, rampant et jaune, et galopant en sens inverse. Je l'ai mis en laisse, et nous sommes revenus par un Peyrou libre, aéré, solitaire et bleu. C'est un peu de Grèce, cher moi. Assise sur le bord extrême de pierre, d'où l'on regarde les collines heureuses. Un jeune blond bien vêtu (il ne doit pas être d'ici) traçait des cercles dont j'étais le centre moqueur.

Six heures et demie soir.

Je vous ai emmené une heure au Jardin. Mio, écoutez. L'air est bleu perle, s'il est une perle bleue ; d'une seule teinte pour tout le ciel. Si transparent qu'on peut compter les plumes des oiseaux. Je suis toujours assise sur la balustrade de droite, celle qui sépare de l'horizon grec — côté collines, non côté Méditerranée. À pic au-dessus de moi, par un fil à plomb de vertige, une lune étincelante, — étincelante de soleil. Tous les rayons du soleil qui descend, dessinent ses gouffres immobiles ; et l'on voit une frange d'ombre gris-bleu mordre son quartier recourbé. Ce soleil sur la lune, tu ne sais pas ce que c'est. Elle est vivante. Je lui parle. Je lui pense de toi. « Ô lune, comme je l'aime. Comme je l'aime. » Je n'ai baissé les yeux que pour trouver le regard d'or de Yorick, pierre en gueule, électrique, attentif. Le soleil est descendu. Le gris des pierres de la cathédrale s'est empourpré, une merveilleuse fumée, passant haut, était le seul mouvement de l'image. La Grèce, derrière moi, est devenue le Japon. Nous ne disions rien ; tu étais serré contre mon épaule ; nous faisions l'équation de la beauté. Les rares passants, étaient des schémas d'existence. Nous suffisions au radieux univers. Une plume de cygne est tombée à mes pieds ; est-elle comme les plumes de cygne près desquelles se lamentait ta jeune folie[1] ? Ô mon cher moi, *je suis venue ici petite fille, aussi ; j'y ai aussi rêvé.*

Il y a une chose que je veux vaincre pour toi : c'est cette continuelle présence des autres. Il n'y a pas d'autre raison à ta fatigue, — et cette fièvre, et ces nuits, — et ces peines du corps que j'avais guéries. Je sais que c'est intolérable. J'ai été mariée dix ans, on a eu le droit aussi d'ouvrir ma porte n'importe quand. Il y a là-dessus des pages à la Swift dans *De l'ovaire à l'Absolu*[2] — (un Swift de ménage.) Mon amour, je souffre de votre stupide existence, dans mon nerf le plus conscient ; et je *ne puis pas la supporter.* Il n'est pas question que vous puissiez achever votre œuvre — et l'énorme possible des *Cahiers* — ainsi.

Vous n'avez pas répondu à mon histoire de tour : Je la répète. D'ailleurs, vous ne changez rien à ce que, sans vous, j'aurais fait : figurez-vous qu'avant la guerre, arrivée au point de saturation, j'avais exigé, *obtenu*, la permission de louer un étage n'importe où, où je serais certaine d'être seule. Imaginez quelle confiance je devais inspirer pour que Mr Bourdet m'accorde cela. Et j'avais trouvé un lieu de délice (quai Bourbon, je ne sais plus si c'était 53 ou 93), l'ancien appartement de Stuart Merrill[3], avec un balcon au-dessus de la Seine, et Notre-Dame. J'allais le louer quand la guerre a éclaté. Eh bien, ce paradis pour être seule, je le veux encore ; trouve-le-moi. J'y mettrai quelques meubles — très peu, et vous en aurez la clef, quand je serai absente. Voulez-vous ? Et puis, je ne te demande pas si tu veux. Il le faut. Voici des coupures de journal, allez voir ; et coupez-en d'autres. Le *prix m'est égal.* Me permettez-vous de vous en-

1. Dans un court récit, « Enfance aux cygnes » (*in* « Mélange », *Œuvres*, I, p. 297), Valéry raconte un incident de sa petite enfance : abandonné par sa bonne dans un jardin public de Sète, il tomba dans un bassin où il faillit se noyer entouré de cygnes.
2. Titre qu'elle donne à son *Journal*, repris en 1913.
3. Poète symboliste d'origine américaine (1863-1915).

voyer tout de suite les 4 000 de la tour ? et comment ? par mandat ? chez vous ? J'aimerais quelque chose sur la Seine... ou alors, au Bois.

[*Sans signature*]

À PAUL VALÉRY

[*Montpellier,*] Vendredi 22 Octobre [*1920*]

Étranger que vous êtes, j'ai reçu l'A2 hier soir[1]. Est-ce l'A2, ou moi-même : vous m'apparaissiez loin, comme par beaucoup de temps, beaucoup de faits. Le soir d'hier, j'essayais en vain de vous écrire. Quelqu'une de moi renonçait à vous obliger à *croire.* Toutes ces questions de la grammaire logique que vous posez, sont bien mondaines. « Où, quand, comment[2] ? » et le commentaire : « l'improbable est avec nous. Heureusement » (!) Il n'y a vraiment devant nous qu'une menace : c'est que je quitte cette contrée d'ici ou doive la quitter. Ceci serait une sorte d'adieu. Cela signifierait : me reconstruire une vie, absolument coupée du passé. Alors peut-être, le travail pour de bon (pour de mauvais) et la nouvelle étiquette sociale à se coller au νους[3]. — Mais hors ce possible, pour lequel ce ne sera pas trop du trésor de courage, il paraît que les dieux ont dix fois béni votre amour. En vous donnant la plus plausible des raisons de visite en cette ville ; en me donnant la liberté de Paris quand et comment — et où — je voudrai.

1. Valéry lui a envoyé le premier (A2) d'une seconde série de ses *Cahiers* désignés par des lettres de l'alphabet. Il contient des textes datés de novembre 1915 à janvier 1916. Dans son édition des *Cahiers* (Gallimard, Bibliothèque de la Pléiade, 1973-1974), Judith Robinson remarque que ce cahier, comme beaucoup des suivants, comporte des annotations « d'une main étrangère », c'est-à-dire de C.P.

2. « La métaphysique est un fait. C'est une partie de la littérature écrite ou parlée ou pensée... On peut grouper une collection d'ouvrages qui ont pour caractère commun de poser les questions : *cur, quomodo, quis, quando, ubi,* au sujet de quoi que ce soit, sans égard à la possibilité de répondre ni à l'intelligibilité de la demande », *Cahiers,* V, p. 768.

3. En grec : esprit.

J'ai passé la soirée dans des papiers d'il y a quatre ans. Parfois je souhaite que vous lisiez ces choses. Je pense que vous les lirez, si « la plus grande profondeur, » — si « le soi en commun » doivent être. Il y a même, sur un des cahiers, épinglée une lettre de 1913, écrite de La Graulet, à *vous*. Je vois la fille folle et mince et fermée, penchée sur la table, au salon, traçant pour le type imaginaire cela qu'on ne postera pas[1].

Je ne demande aucune photo que l'on me refuse. Quel papier m'apprendrait ces yeux ! — Et que savez-vous de PV, je vous prie. Qu'en savais-je, alors que déjà j'en savais tout, et cette indifférence pleine d'égards qui ne trompait pas en moi une secrète, une violente certitude. Le saisissement de cet esprit-ci, lisant l'*Introduction à la méthode de Léonard de Vinci*[2] ; par un ordre vraiment lié à la plus sûre des lois inconnues, le même moment (poignant, épouvanté, ravi à soi) en votre présence, par votre personne passante, indifférente, un entre tant, un et le seul. Car j'ai su — dame que j'étais, dame à perle, dame à phrase, — que le seul dont l'étreinte pouvait atteindre le plus secret pays de moi-même, était là.

Je le sais encore. C'est pourquoi je ne me défends pas de toi.

Il y a le visage où le dur ennui de l'effort est écrit, celui que vous appelez Vous Même — avec insolence pour le miroir — et le visage agressif contre lequel l'amitié casse — et le visage qui renonce. Mais le vrai, tu ne le connais pas. Il est d'un dessin si pur, si jeune, si dur et tendre — si latin, ma chère petite heure pâle, qui riez et fermez les yeux.

CK

1. *Agnès*, nouvelle autobiographique parue dans *La N.R.F.* le 1er février 1927, consiste en une série de lettres adressées par une jeune fille à un amant imaginaire.

2. Ce texte, paru dans *La Nouvelle Revue* en 1895, a été réédité en 1919 aux Éditions de la Nouvelle Revue Française.

À PAUL VALÉRY

[*Montpellier,*] Vendredi soir [*22 octobre 1920*]

number 11 ou 12
n° 12[1]

Eh bien, mon petit frère, le devoir vert a une très mauvaise note et m'a fermé le seuil sacré[2]. Que veux-tu, c'est comme ça. Je n'ai pas traité la question selon le cours du vieux coco[3]. Étant donné ce que je sais dudit cours (je l'ai entendu une fois) j'aurais dû être plus maligne. Et se présenter en ϕilo à Montpellier c'est de la démence ; — (Voilà huit mois avant de recommencer. Mais j'irai à la session de Paris en Juillet. —) Je le soupçonne de n'avoir pas entendu une ligne de mon grec. Je suis quand même embêtée (malgré *the fun of the thing*[4]) parce que mon hiver sans tâche ne sera pas drôle — il va falloir organiser autre chose. Et puis, à cause de vous, qui allez certainement me trouver Bête. Mais j'ai juste assez d'orgueil pour n'avoir pas de vanité. Sais-tu que Poincaré[5] fut collé au bachot de math ? Du moins, c'est George qui le raconte[6]. Je conviens que mon devoir était sans génie ; mais il devait être de niveau avec celui du fils Truc, qui a été reçu, et dont le colloïde est pas électrique je te jure. Il fallait avoir le cours de Foucault et le lui revomir. — S'il n'y avait pas eu Paris et

1. Au crayon bleu.
2. En effet, son échec à l'examen écrit du baccalauréat l'empêche de poursuivre des études de sciences naturelles à la faculté.
3. Marcel Foucault (1865-1947) est professeur de philosophie à la faculté des lettres de Montpellier et auteur de nombreux ouvrages sur la psychologie, dont une thèse de doctorat, *La psycho-physique* (Alcan, 1901) et un *Cours de psychologie* (Alcan, 1926).
4. Le côté amusant de la chose.
5. Henri Poincaré (1854-1912), mathématicien illustre très admiré par Valéry.
6. L'écrivain et musicologue André George est le préfacier, annotateur et traducteur de plusieurs ouvrages sur de grands noms de la science moderne (Pasteur, Fermi, de Broglie, Einstein, Planck, Rostand, etc.). En 1926, il publiera « Qu'est-ce que la science ? [...] Réponse d'Henri Poincaré [...] » dans les *Cahiers de la Nouvelle Journée, 5* (Bloud et Gay, 1926).

Bourdet[1], j'aurais été moins éreintée en composant, mais le résultat ne pouvait varier... ici.

—Je viens d'enfermer tous mes livres. Si sûre j'étais d'avoir la Mention, que je piochais déjà la question d'orient. Adieu *labours*[2] lourds.

La grande pièce est soudain vide de papiers, le bureau, de notes. Des chrysanthèmes roses sur le piano. Demain, le monde des sons va revivre, et le Jaëllisme acharné[3], aux silencieuses patiences. — Mais que faire de cet hiver ? Le *De Libertate,* naturellement. Mais mieux : l'édition des *Cahiers.* Peut-être tout est-il selon l'ordre le meilleur. PCN[4] m'attelait à 3 heures de travaux pratiques debout, chaque jour ; aucune manière de faire sans vos directions le travail pour lequel vous n'avez pas de temps.

Bonsoir. Je suis étonnée comme si j'étais tombée de cheval ; un peu moins honteux que lorsqu'il m'arrivait de perdre un championnat de tennis. Mais certes, très très lasse.

Si vous voulez imaginer Karin cette semaine, ne voyez que la plus frivole des créatures — appliquée à ses ongles rougis par Guerlain et à sa peau poudrée par Coty. Elle attend une petite robe de dix sept cent, la robe du recalé ; mais il va falloir ABsolument aller à Paris acheter un CHAPeau avec des affûtiaux et des canaris du Mexique, pour Monsieur qu'aime pas le ciré. (D'ailleurs le ciré c'est pour le wagon, pauvre être. Il faut être Madame Murat[5] pour voyager en Paradis.)

Est-ce que tu m'aimes, même Âne ? Ô Descartes, ô néo Leibniz, est-ce que tu ne me te retires pas du cerveau, comme une épine ?

J'ai ouvert la caisse des livres achetés de la Bibliothèque de mon père[6], et l'énorme Dante la tenait tout entière. Il y a

1. C.P. a revu son mari, Édouard Bourdet, à Paris pendant cinq heures le 9 octobre.

2. Travaux.

3. Depuis son adolescence, C.P. est une disciple fervente de son professeur de piano, Marie Jaëll (1846-1925) qui, convaincue de l'unité du corps et de l'esprit, préconise le perfectionnement spirituel au moyen d'exercices digitaux.

4. Physique, chimie, sciences naturelles, propédeutique à la première année de médecine, en vigueur jusqu'en 1968.

5. Il s'agit sans doute de la comtesse Joachim Murat.

6. Après la mort de Samuel Pozzi en 1918, sa bibliothèque ainsi que sa collection de tableaux et de monnaies anciennes ont été mises aux enchères.

cette note, de la main de Marcel Schwob[1] : « C'est l'édition la plus rare et la plus recherchée du XVe, avec le commentaire le plus curieux. Cet exemplaire vient de la collection Maglioni. La date se trouve dans une petite pièce de vers au dernier feuillet. » — C'est un prince des livres. Le toucher est une richesse.

Ne pas regarder à *la loupe il n'y a que* les pieds de bien ; et ce coup de soleil sur la moitié pensive[2]. Cette tête prend le soleil de travers sur tous les kodaks. Coupez-lui donc la tête. Comme elle est sage. Est-ce qu'on dirait [que] Lionardo travaille là-dedans. Il écrit « statue » « dureté » « durée ». Non, il n'écrit pas. Il attend. La Reine des crèmes Troisier envoie ses kodaks. Il y a un PV du Pavillon[3]. Non, je n'en ai qu'un, je le garde. Et surtout, sur un chemin au bord de la Dordogne, — contre Mouleydier[4] — il y a le dos de P et le dos de K, qui s'éloignent ensemble. Et c'est d'une telle intensité de présence et de douceur, que j'en gémirais — si je ne savais que tu reviendras, mon bonheur, ma sincérité, mon intelligence.

Samedi matin 11 heures 20

Il y a un système qui est très bon : c'est d'écrire en plusieurs fois, à des temps différents du jour. Ainsi j'ai des complexités de PV, et je le *touche* tellement mieux qu'en une lettre d'une haleine. Mon chéri, en cette minute vous marchez peut-être vers le 42. Attendez une nouvelle bien déplaisante : Karin sera à Paris dans huit jours. Tout le fait prévoir. Je m'ennuie subitement à bloc, parce que la machine-travail, courant coupé. Il faudra peut-être un mois, avant que je ne monte une autre dynamo, — je la monterai, c'est certain — mais en attendant, je fais gamin triste devant le port. Quel navire prendre ? Je crois que je recommencerai des humani-

1. Marcel Schwob (1867-1905), érudit, auteur de *Vies imaginaires* (1896), ami et patient du professeur Samuel Pozzi et mentor de C.P.

2. Épinglée au feuillet : une petite photographie de C.P. en train de marcher tout en lisant devant la maison à La Graulet.

3. Le Pavillon, séparé de la maison principale, dominait la terrasse à La Graulet.

4. Village près de La Graulet.

tés, — tout en continuant ces sciences à pal[1]. Hier soir, Claude échoué sur une version, cela m'a fait plaisir de l'en tirer ; de sentir que je savais encore le chemin d'une période latine. Naturellement, je re philo en Juillet — N fois s'il le faut, ils n'auront pas mon entêtement, les vieux moisis. Et je leur crache Boirac, comme un visqueux apport[2]. Mais il est très possible de faire des sciences d'une main cet hiver, et de prendre par exemple Lucrèce que je ne connais pas, — et puis un texte grec. Seulement, jamais je ne pourrai passer tout l'hiver à Montpellier, sur ma seule patience, comme les hivers d'avant. Je crois que je viendrai à Paris plus souvent que vous ne l'attendez. Sans doute, détaché d'un si faible élève, ne tiendrez-vous guère à le voir. Alors il deviendra méchant méchant et montera des psychés de Chaumeix[3] autour de l'Arc de Triomphe.

4 heures Samedi

Chère chère lettre de Mercredi, et très excellente Jeudi, je vous sais par cœur. Je ne sais si vous m'écrivez d'autres choses en dedans, quand vous battez les trottoirs, devant des parfumeurs — mais celles-ci, je les entends, cher vrai doux toi par-dessus tout.

Mon chéri, est-ce que vous voulez bien que je vienne, entre le 3 et le 5, pour jusqu'à la fin du mois ? Je descendrais au Plaza parce que ma chambre chez Maman ne doit pas être prête. Peut-être trouverions-nous la maison d'Orphée. J'ai déjà toutes les toiles de Jouy rose-pourpre, achetées à Jacques[4], afin de vous donner une demi-Graulet.

Je suis particulièrement absente d'esprit aujourd'hui — comme le type est absent de respir après avoir f[outu] la

1. Serait-ce une façon d'évoquer la difficulté de ces études scientifiques par association avec le supplice du pal ?

2. Émile Boirac (1851-1917), professeur de philosophie, recteur de l'académie de Dijon, auteur de *Cours élémentaire de philosophie,* (Alcan, 1892) et de *L'avenir des sciences psychiques,* (Alcan, 1917).

3. André Chaumeix (1874-1955), critique littéraire, directeur de *La Revue des Deux Mondes,* rédacteur en chef du *Figaro,* futur académicien.

4. Jacques Pozzi, frère cadet de C.P.

barre par terre à l'Hippique. Je tourne, étonnée, entre mon paravent d'or, et tous mes Schwob — (aussi un beau Mallarmé, avec Rops). Mais vraiment, tu sais, mes 3 devoirs étaient bien. Barthélemy-mamelle dit que l'histoire des 2 copies pareilles physique a dû être mauvaise[1]. J'ai envie de danser — de boire du thé âcre en entendant un jazz — de dormir sur des fleurs — de mettre ma tête sous une épaule de jade.

Cela sera, tu le sais bien, — non pas comme un homme et une femme dans ce qu'ils appellent la faute, mais dans la sérénité. Vous n'êtes pas ma faute, ô mon simple moi, Karin meilleure. Comment vous déciderais-je faute, vous pour qui je me suis construite, dressée, élevée, vous à qui j'ai toujours pensé ; vous qui fûtes ma pudeur, mon orgueil, — mon ascétisme. Si je vaux quelque chose, c'est par l'idée de vous, qui m'obligeait ; et quand, ne vous attendant plus, j'ai su que vous étiez, je n'ai pas eu la minute d'hésitation, la question de scrupule, qui prouvent que l'on voit deux idées du Bien. Tout ce que je pouvais faire, était de ne pas vous chercher — non parce que j'hésitais, mais parce qu'il m'est impossible et affreux de faire de la peine, et que tu étais lié à une femme, en dehors de toute raison qui me faisait être cette chose pour toi.

Mais puisqu'il a fallu que nous nous fussions présents — oh le reste, les dieux et le ciel, et Dieu tout seul, le savent, le reste, n'est que vivre enfin jusqu'au bout d'un moi le plus digne, — oh mon chéri, le plus honnête, le plus fort.

Vous dites que vous êtes mal, que vous souffrez, et je ne sais si cela signifie la fièvre d'avant ? Quand voudrez-vous essayer une vie plus calme, hors ces salons que je déteste.

Bulteau[2] t'a regardé ? Elle sait sans doute que vous avez été à La Graulet.

1. La camarade de classe qu'elle appelle « Monna Delza » a copié sa feuille d'examen.

2. Augustine Bulteau (1860-1922), romancière, écrit dans *Le Figaro* sous le nom de Fœmina. C.P. a pris cette amie de son père comme confidente de ses problèmes conjugaux. Mme Bulteau tient l'un des salons littéraires les plus prisés de l'époque, fréquenté notamment par Anna de Noailles, Hélène de Caraman-Chimay, Maurice Barrès, Henri de Régnier, Léon Daudet, Maxime Dethomas, Henri Gonse et Jean-Louis Vaudoyer.

J'ai toutes vos lettres, mais comment ne recevez-vous pas les miennes ? Si tu as été à la poste aujourd'hui, (Samedi) tu as dû trouver deux lettres une de Jeudi et une Vendredi (ne vas donc qu'après 4^h). Mais je t'enverrai quelques lignes (tu parles de quelques lignes) tous les jours. Horrible hier sans rien de toi.

Pluie étonnante : fleuves, abîmes. Le château d'eau a dû crever un canal vasculaire, c'est Venise en-dessous. Faudra aller lundi matin à la Faculté en bateau. Je t'enverrai un mot en rentrant pour vous apprendre si je suis satisfait (pas s'ils me font analyser l'idée de patrie et les sucs du pancréas[1]). Je suis assez pâle (voyage Paris + travail) mais jeunet ; et puis tout est dans tout ; qu'il pleuve, si tu m'aimes !

Au revoir, moi le plus doux. — oh moi nécessaire. Garde-moi couché serré sans qu'on me voie, contre le vous que je possède — ma soif, mon repos.

CK

Il y a une photo de Karin — la seule jamais où j'aie vu Karin — ici. J'ai failli vous l'envoyer. Je ne l'ai pas fait : parce que je n'étais pas sûre que vous l'aimiez absolument. Car cette photo-là, elle ne peut appartenir qu'à moi-même ou à un autre moi-même. On l'a retrouvée dans les papiers de celui qui a été tué[2]. Mon corps chéri, c'est une Karin que je respecte, quelque chose comme une sainte issue de moi — il ne faut la demander que — que si — vous l'estimez de toute votre âme.

1. Il s'agit de l'épreuve du baccalauréat.
2. André Fernet, dont C.P. s'était passionnément éprise, mort à la guerre dans un duel aérien en Lorraine en 1916.

À PAUL VALÉRY

[*Montpellier,*] Samedi soir 23 Octobre [*1920*]
— 9 heures ¼

Un petit feu dans le marbre jaune. Seulement parce qu'en rentrant à la nuit, l'air doux fin avait une poussière de brume. Mais il ne fait pas froid. Plus l'automne, pas l'hiver. Un chien sur la route aboie trois fois, et soudain, ainsi, déploie le silence.

Mon bien-aimé, ma certitude, je reviens dans tes bras après m'être fait des bosses à l'esprit chez ces vieux hommes. Docile j'étais assise à leur table, et ils me passaient leurs fuligineuses digestions. J'en ai goûté de ces dents blanches ; et puis ils m'ont renvoyée, voyant que je n'avalais pas. J'avais perdu les vergers du Serpent ; j'ai cru que je mourrais de faim.

Je t'ai écrit une lettre Bête ; j'ai couru dans la ville comme une d'ici ; j'ai pris un bain, j'ai acheté une robe ; je suis rentrée dans la nuit. Sous les contreforts du Peyrou, dans l'ombre admirable, une espèce de goût poignant de la vie a surgi de moi — du vieux humain moi ; est monté jusqu'à ma peau, jusqu'à mes mains, mes yeux.

Des Karins s'étaient promenées dans la nuit. Dans des nuits. Quelles nuits, quelles Karin ? L'infini passé de mes nerfs — *Lust, tiefer noch als Herzeleid*[1]. Mais cette chaîne impossible à deviner d'expériences, n'est pas dispersion. *Une*, reste la même. Cela, je veux que tu l'entendes — parce que cette identité est mêlée à toi.

Mon amour je ne sais d'où vous venez — quelles terreurs, quelles richesses — quels voyages. Mais je sais que l'extrême passé tout entier — ses luttes, ses folies, ses figures — vous dirige vers l'extrême présent que je suis. Vous l'avez appris, mon âme — vous le croyez. Mais pourquoi m'interrogez-vous « est-ce au moins — métaphysiquement vrai » ? Quelle in-

1. « Le désir, plus profond que l'affliction », Friedrich Nietzsche (1844-1900), *Also sprach Zarathustra* [Ainsi parlait Zarathoustra], IV, 12.

quiétude, Stellio, quelles « questions infinies » ? La distance entre nous, ne la sentez-vous pas finir ?

C'est la plus grande des aventures de l'univers d'ici, et que certes peu rencontrent ; et je pense à tous ces haschichs de la gnose (où se faisaient emporter mes vingt ans) : palingenise [*sic*] : le deux fois né : « nul n'atteindra l'*ogdoade*[1] s'il ne naît deux fois »... Dites quelle genèse nous construisons, dans cette peine et cet élan, (— tu m'as ébauché une autre vie.) Nous apprenons à n'être qu'un, ô toi ; et je sais quel travail sur moi-même, quelle espèce de prière, quel renoncement à tout, cela demande. Mais si l'instant existe où je sente la différence tomber, alors la *paix absolue*. Ces mots sans visage signifient-ils quelque chose ?

Il n'y a plus que des braises, j'ai un peu froid. Ils dorment. Pourtant il n'est que dix heures. Je vais aller dans la chambre bleue. Elle est intense et veloutée comme un caillou marin. J'y ai été abandonnée de tout, et de mon propre désir. Et puis, plus vivante que la jeunesse. Maintenant, je ne la rejoins que pour dormir, chaque soir avec le même tourment. Nous n'aurons jamais la paix mon bien-aimé, que pour si peu d'espaces. Cela sans nom qui est en nous — vous ne voudriez pas l'appeler du nom des romans jaunes — est d'un ordre étranger à la vie (à cet arrangement frivole de malheurs, qui est vie.) — Que lirez-vous de ceci ? Penchée, volontaire, pendant une heure je vous ai trouvé. Que les mots maladroits et la phrase haïssable vous passent, — c'est vous qu'ils m'apportent. Peut-être que je n'écris que pour vous créer, regard sans quoi je ne puis plus vivre.

CK

1. Dans la mythologie égyptienne, les huit forces élémentaires du chaos qui précédèrent la création du monde.

À PAUL VALÉRY

[*Montpellier,*] Dimanche [*24 octobre 1920*]

Pas pu aller à Palavas hier, comme je te disais dans lettre Villejust ; nous le faisons, Claude et moi, aujourd'hui. Il fait très beau encore, mais [il] y a de la brise. La mer sera bleu marin.

Le chameau du Turkestan (grand'tante[1]) déjeune, ce jour du Seigneur. Sa considération pour moi est à l'inverse du carré depuis 2 jours. De génie (après les notes foudroyantes de l'an dernier) je glisse idiote. Je voudrais cependant bien comprendre quelque chose à cette histoire. Mon devoir de physique (j'ai comparé, en rentrant, sur livres et notes) devait faire 8 sur 10, certainement ; — l'anatomie contenait sans omission toute la science de Caustier[2]. La ϕilo n'était évidemment pas le devoir demandé, mais croyez-vous que beaucoup des veaux pâles aient fait mieux ? Savez-vous le point donné par Foucault à ça ? 12 sur 40. Physique et anatomie ont eu moyenne. Comme je savais admirablement les questions, il est à jurer que je ne ferai jamais mieux, du moins en sciences. D'ailleurs, il y avait de pâles hiéroglyphes sur le papier aide-mémoire du croissant ça je ne peux pas le dire ; mais mon grec exact, Spinoza itou. Et puis crotte de bique et zut. Donc, tout à fait inutile d'insister, ici. J'irai ailleurs. — Vous les retrouvez, les maîtres de tes vingt ans ? Il paraît que Foucault a dit que « certaines » de mes citations inexactes, or j'ai contrôlé en rentrant, et pas un iota n'est différent dans Platon. (Dans ton brouillon, je n'ai pas mis les accents, mais ils y étaient.) Vous voyez cette bonne fac ! Détail : j'ai été *une* fois au cours de Foucault cet hiver, puis dé-

1. Thérèse Cazalis, dominicaine, est la sœur de la grand-mère de C.P., Félicité Loth-Cazalis. Dans un passage inédit du *Journal* du 7 février 1924, C.P. qualifie sa grand-tante de « chameau de Turkestan qui se nourrit indignement d'hosties ».

2. Eugène Caustier, professeur aux lycées Saint-Louis et Henri-IV, est l'auteur de nombreux manuels classiques, souvent réédités, dont *Anatomie et physiologie animales et végétales à l'usage des élèves de cinquième année des lycées et collèges de jeunes filles* (Vuibert, 1914).

claré — un peu trop et à trop de gens — qu'il était au-dessous du nul, et que c'était une honte pour l'enseignement. Je n'y peux rien, c'est vrai. Et sa bouche ressemble à la cathédrale de Reims, je t'assure.

Je suis pourtant assez troublée. J'ai si impérieusement besoin d'une discipline. Hors l'asinarium, je cherche un autre harnais. Conseille-moi. Une chose, comprends, qui *m'oblige, du dehors.* Serait-ce, une collaboration fixe quelque part, avec n'importe quel machin à livrer à intervalles forcés ? Tout ce que j'ai fait, toujours, ne m'était imposé que par moi ; ou alors, donné à d'autres (j'ai bâti un livre pour ce Morin[1]. Il l'a écrit, malheureusement, avec de l'encre d'Évian.) Voulez-vous vraiment que je rassemble les membres de votre philosophie ? Ai-je eu tort d'en parler à Villejust ? Ce serait un travail de Titane. Mais plus qu'aucun autre, c'est mon travail. Je ne sais quel daimon me souffle, qu'on m'a mis sur ton chemin pour ça (et dans ton lit ?) (Mais nous disons, comme Aristote et Barney, hein.)

Cette Barney, avec son monisme à plaisir ! Quel coup du sort, de vous présenter d'abord une telle éthique, et puis l'exercice pratique... Saviez-vous devoir être un tel élève ? Mais si elle savait ! — Dis, je crains que ma lettre ne lui ait déplu[2]. Mais je ne puis aller chez elle, comprenez. Tout au plus une fois.

Et l'abjecte T[3] ? Vous allez m'apprendre avant Mercredi si tu y es allé tous les jours. Si tu ne me le dis pas, je n'écris plus. Et si tu dis que tu l'as fait, je n'écris plus. Sors de là. Se

1. Avant de rencontrer Valéry, C.P. était fiancée à Gaston Morin, professeur à la faculté de droit de Montpellier. Elle l'a aidé à rédiger *La révolte des faits contre le Code* (Grasset, 1920).

2. C.P. lui a écrit de Montpellier le 20 octobre : « Madame/Je ne pensais pas, au temps où Gourmont entraînait ma jeune fantaisie, jamais rien savoir de l'Amazone, autre que ces charmants caprices d'esprit du *Mercure*./ Et voici qu'elle m'apporte une Éthique !/ "Ceux qui ne mettent pas leur âme dans leur chair sont indignes de la vie."/ Quel sujet, pour une agrégation de philosophie. Aristote s'approchait de ceci, considérant que "la sensation est intelligence". Mais comme âme et chair est plus beau. / Madame, je ne suis qu'un pion, vous le voyez, tout à fait incapable d'apprendre de votre grâce ce qui n'est pas dans mes fumeux bouquins. J'habite, immobile, un platane que Dieu surveille d'un œil jaloux./ Peut-être que votre livre me le fera quelquefois trouver solitaire./ *With thanks, and, if you care, a thought* [Avec mes remerciements et, si vous le voulez, une pensée]./ Karin Pozzi »

3. Jeanne Mühlfeld, surnommée « Tisiphone » par C.P.

peut-il que moi-toi, aies besoin de cet encensoir stupide ! Quand j'en serai sûre — ah, quand j'en serai *sûre.*

[*Sans signature*]

À PAUL VALÉRY

[*Montpellier,*] 24 Oct[*obre 1920*]
Dimanche soir

Mon amour

Puis-je entrer ? Veux-tu de moi ce soir dix minutes ? J'ai l'épaule droite rôtie par le feu. Le même chien qu'hier aboie. Sereine régularité des champs. C'est un fils de Yorick la Pomme (il en a eu 9, en face.) Il y a une bouteille de cognac à côté de l'encrier, mais je te jure que c'est la 1re fois et que j'en ai pas bu qu'une goutte. Le feu fume et me pique l'œil.

Robe de Callot[1], bas d'araignée, pour soi seul et la Vénus Stellaire. *Spicilège* de Schwob[2] est ouvert ; nous nous sommes promenés dedans. Cher Schwob éclatant et secret, que vous me re plaisez. Que je vous regrette. Stellio, voudriez-vous que nous soyions ensemble tous les trois ? (Je ne sais pas pourquoi je t'appelle comme ça, laisse-moi tranquille. Mais si vous n'aimez pas, demandez à votre maman, quelque nom italien de tes ancêtres — parce que je ne puis t'appeler français. D'ailleurs tu es si singulièrement mêlé aux astres, pour moi, que je te laisse celui-ci, en attendant). Si Schwob était là, je crois que vous haïriez ma promenade dans son esprit. D'ailleurs il lui manque quelque chose. Il a tous les matériaux de *cela,* qu'il ne peut faire. Hardi chasseur d'aigle, il sait les pics, il rate l'oiseau. Schwob possède l'univers, il le dit, il le goûte, — et puis quoi ; ce sont des plaisirs de vieillard ; l'univers n'est là que comme départ vers Autre

1. Maison de haute couture, célèbre à l'époque.
2. Marcel Schwob, *Spicilège* (Mercure de France, 1896).

Chose. Ô Moi, qui seul as puissance de découvrir le pays cherché ! Moi plus qu'humain, dont je sais la force, dont j'attends que vous reconstruisiez — — aha ! Ne tombons pas dans le Style Prophète. Mon cher Désespoir tendre, ne me bats pas. Je voulais seulement dire qu'avec la vieille pelote de cervelle, fonds commun, tu feras et fais un chiton[1] à Zeus. Et puis, je voulais te parler littérature. Mais j'ai sommeil et t'embêterais. Quel soir nous aurions, pour le dialogue jamais entrepris, cependant. Je serais couchée à tes pieds. Mais votre voix est si douce, que très vite je ne comprends plus.

Lundi 2 heures

Appréciez-vous le néant des écritures que je vous dédie, quand elles ne sont pas de l'état de grâce ? Sentez-vous, mon maître, les heures où je ne nous sens pas ? où vous êtes image ; non pas [tache d'encre] mon sang. Le pochon veut dire « pas ». Seigneur, Seigneur, dites une parole, et mon âme sera guérie : (ce cognac se laisse boire/c'est la bouteille d'hier soire [*sic*]).

Il ne faut que ces hiéro[glyphes] de ton stylo, Stellio, pour que violent et total et tendre tendre tu t'installes en moi. Ce matin comme j'allais acheter une autre robe (si je ne travaille pas j'achète) tu es entré, mon univers, sous forme de Jeudi Vendredi Samedi. Ô Tristan, je te tiens, je te garde ; aujourd'hui sera brûlant et calme, et je serai comme un arbre percé de soleil. Ne lis pas l'autre feuille, elle est oie. Ô mon amour qui m'aimez, pardonnez cette heure et ces heures de peine, —je savais qu'il ne fallait pas écrire ainsi, mais j'étais — tu sais, j'étais glacée dans l'orgueil qu'on se serre au corps, pour contenir une flamme trop mortelle ; le démon Karin, qui « punit Dieu » — Vous seul pouvez changer ainsi la fille dansante ; tu sais le moyen : amuse-toi à mentir, ou tricote une équivoque, ou Tisi vautres-toi. Cette fois-ci c'était le facteur ; mais sans cette fois-ci, tu ne m'aurais pas écrit ces choses.

1. Tunique.

Alors pardonne-moi si serré que je demeure enfin toi-même.

CK

encore Lundi

Mon adoration, hier vous êtes venu contre la Méditerranée. Nous avons pris le tortillard de une [*sic*] heure quarante, plein de soldats. L'idiot Yorick faisait tomber les jambes des voyageurs. C'est parti dans de l'or, et c'est entré presque tout de suite dans un saphir de Ceylan. Sur la plateforme, dans le vent doux, on ne savait pas où regarder, à droite ou à gauche. Car à droite, il y avait Maguelonne, haut sur un pays de côtes et d'îles, de trois tons d'azur, — et à gauche, il y avait les étangs sur quoi, comment le faisaient-ils ? des nuages aveuglants versaient de petites flaques de pourpre[1]. Des collines d'un brun verni les enfermaient et toutes les maisons qui paraissaient, de loin en très loin, ressemblaient à de plates abbayes. La mer, quand nous sommes descendus avec mon gosse et mon chien, était d'un seul bleu simple avec bord d'écume tranquille. Je me suis couchée dans le sable une heure. J'avais enlevé mon chapeau, et Pomme de Pin me posait, sans s'impatienter, un galet contre la cheville.

Comme je vous appellerais, dans cet été d'avant la nuit, si je n'avais pas peur de perdre ainsi votre visite de décembre ! — Je ne suis plus aussi sûre d'arriver à Paris tout de suite. Maman est en déménagement, et préfère je crois, ne pas me recevoir. Et elle semble vouloir revenir ici bien plus tôt que je ne croyais — (dès milieu novembre) ce qui, si je viens plus tard, abrégera mon séjour. Je lui ai écrit, pour savoir. Je voudrais m'arranger pour être là un peu avant son départ (je resterai seulement quelques jours) et revenir avec l'auto. Voudriez-vous venir ? si cela se fait ? Nous aurions là trois

1. Villeneuve-lès-Maguelonne (Hérault), près de Montpellier, est situé au bord de la Méditerranée et au pied du massif de la Gardiole. Sa cathédrale est bâtie sur une ancienne île qui sépare deux étangs de la mer.

jours entiers (non pas 12 heures, 24) de présence ; la seule difficulté sera, que Maman en fera, pour me laisser partir en voiture dans le froid. Elle ne sait pas qu'avec toi, je suis du sur-Karin qui n'attrape rien.

Je suis fâchée de t'avoir peut-être fâché en n'étant pas très chaude avec Barney. J'ai peur d'une histoire que je connais trop. Et vraiment, ce serait si imprudent, même pour jouer. Mais je l'aime, cette B. — et c'est pour cela que je ne dois pas y aller (non parce qu'elle m'effraie, puisque je suis perdue pour tous, mais parce que je serais trop gentille. Je crois qu'elle lit quelque chose de nous — et cela ne m'est pas déplaisant ; elle est des seules, de vos amis, que j'estime.

Il faudrait pourtant que vous retourniez voir Brimont[1]. Je vous le demande. Si elle vous parle de Bourdet, dites qu'il m'avait priée chez lui, que nous semblions devoir demeurer ensemble, et qu'il redépose sa demande en séparation — faites entendre qu'il est déséquilibré ce qui est hélas un fait.

Comment veux-tu que je regrette la distance, et ce mal de l'adieu — (ce soir où vous m'avez laissée, où je répétais comme une perdue « qu'importe moi » —) puisque tu m'as écrit ce que tu ne me diras jamais — puisque sans l'inquiétude irrésistible de ta présence, que me donne ta présence, quelqu'un de moi s'est approché jusqu'au secret de votre invisible visage, mon bien aimé, mon bien aimé.

Votre gaieté ? Je la connais très bien. C'est la mienne. Une espèce de claquement de feu moqueur, par-dessus un désespoir patricien. Et puis, des danses d'enfant qui se trouve gentil. Oh monsieur doux sec en bleu pâle, il y aura toujours une Karin pour être le revers de vos médailles d'or.

1. Voir *supra* la lettre de Renée de Brimont à Valéry du 15 juin 1920, p. 29.

Lundi soir

PV je ne crois pas vous avoir jamais rien demandé. Et certes pas, ni ne le ferai, aucune dédicace. Mais voulez-vous dater *Adonis* de La Graulet ? Je vous le demande[1].

Il est tard. Triste journée sur un moi qui n'a plus de foi. Vous m'avez arrachée de mes dieux ; et laissée seule. Sans doute j'en créerai d'autres, vous parti ou perdu, tant j'ai de prières à placer. Mais à présent, — un amour qui m'écrit que nous rejoindre est impossible — et le dégoût du travail.

Vous voyez que nous sommes du même indéterminé, de la même inquiétude. Cependant : ne pas geindre sur soi, 1er commandement de l'éthique. Je me tais ; le tragique avenir n'aura pas une phrase de plus.

Aurez-vous été au 42, chercher la seule Karin vraie ? celle qui tombe, chute de 2000^m^ en crucifiée, dans quel soleil. Savez-vous ce que je pensais en regardant le Suisse kodak ? (Alors, mon père avait dit que je mourrais dans l'année) = je pensais « je tombe, et je N'AI PAS PEUR. » Voilà. Le Suisse a gardé cet instant, pour vos yeux. Eh bien, n'ai été au fond, et suis pas morte. L'abîme m'a revomie ; à présent, je repars. Lionardo, je N'AI PAS PEUR non plus ; mais que ce soit — oh, que ce soit le dernier abîme.

Je ne devrais pas vous [tache[2]] écrire ainsi ; vous n'entendrez pas ; rien que le son, et serez *ich weiss nicht wie*[3].

Il pleut mon petit cœur gauche ; le professeur Morin arrive, paraît-il ; entendrai nouvelles Bulteau, vampires et société.

1. Ce ne sera que dans la réédition en 1937 de *Variété*, trois ans après la mort de C.P., que Valéry associera ce texte (en langage codé) à son séjour à La Graulet en septembre 1920 : « Cet essai sur l'*Adonis* fut écrit dans une belle campagne, si vaste et si lointainement fermée de futaies et de lignes paresseuses qu'il semblait qu'elle produisît la plus profonde paix comme le fruit de son étendue offerte au seul soleil et close d'arbres immenses. » Toutefois, la lettre angoissée écrite par Valéry à Gide pendant cette villégiature (citée *supra*, p. 33) rend un tout autre son.

2. En marge : Ça c'est mon doigt t'en fais pas.

3. Je ne sais comment.

Je me vas [*sic*] coucher. Cette maison est souhaitable, sans personne. Sans Maman qui entraîne la tante-amère-en-Christ, sans les valets claqueurs de portes. Je crois que la seule chose dont j'aie absolument besoin, c'est solitude.

Je regrette l'autre côté page. Narcissisme méprisable. Mais si je n'avais pas quelque part sur socle un Karin héros, j'aurais les foies, quelquefois. Et toi ?

Savez-vous qu'aujourd'hui, me suis demandé si je vous aimais. Et répondu non. Je vous appartiens. Je ne vous aime pas comme quelque chose de séparé. Je vous ressens. Cela est terrible : parce que, les gens qu'on aime, on peut espérer que ça finira. Mais qui on existe.

Quelle pluie quel vent. Ô mon pareil, — ô Siegmund[1] fait du même sang, du même passé. Des mêmes questions du même orgueil des mêmes caresses.

Lundi soir neuf heures et demie

Je reviens à toi comme le Chinois à l'opium, ô seule solitude. Je t'éprouve dans mes nerfs comme une manie, toi ma liberté. J'essaie de voir impitoyable, ce qui est en nous de l'ordre du microbe : ce qui est fièvre à courbe, donc fièvre à terme. Y a-t-il cela ?

Vous grandissez en moi comme une fatalité, vous que j'ai *choisi*. Je ne veux point que mon amour aille plus vite que ma conscience. Ainsi il ne serait pas, car elle a toujours eu raison de tout. Je ne souhaite pas te devenir obsession, mais compagnie la meilleure, sincérité qui délivre. Veux-tu m'aider, afin que nous n'allions pas vers des démences sentimentales, ô ma part de moi. Te suis-je seulement cette détresse constante ? Une seule fois, tu m'as dit que j'ai passé « comme un son admirable de pureté » dans le chaos des choses. Une seule fois ?

Cependant vous allez mieux. Vous êtes plus fort ; vous allez lutter pour nous défendre, pour que la porte qui claque,

1. Dans *Die Walküre* de Wagner, Siegmund et sa sœur Sieglinde vivent un amour à la fois adultère et incestueux.

le type qui passe, l'appel, la visite, le journal, le parent, l'ami, — la voisine — (...) n'entament pas notre présent éternel, le beau Temps sans espace que nous nous filons, où ne brille que l'anti-soleil.

« On se réfugie dans "l'esprit" » dites-vous, « et à la fin on a tout contre soi ». Parce que vous y étiez seul, mon âme chérie — mon pareil. Vous ne saviez pas que la plus volontaire et la plus triste vous y rejoindrait passionnément.

Composé d'or, de pierre et d'arbres sombres[1]

Lorsque j'ai lu ce vers — il y a mille ans — j'ai vu dans *my mind's eye*[2], une sorte de paradis inhumain, — avec une sorte d'élément matériel transcendant, et certes une sorte de beauté étrangère, (— cependant, comme pour être faite de passé,) — Solitude, absolue ; n'étaient *possibles* que toi et moi. Et je vous ai écrit ; simplement, en apparence, et parfaitement lucide sous ce corps de convenance — quelque chose comme ceci : « si je dois jamais vous retrouver, que ce soit là. » Vous avez dit : quelle littérature...

Mon amour, enferme-moi en toi. Les arbres, la pierre et l'or qui existent pour nous, quoi peut nous empêcher de les trouver, de les atteindre. Je ne te quitterai jamais.

Mardi 26 Octobre
2 heures

Qu'il est beau, ce fragment orphique[3] ! Et puis encore ? Scoliaste. Je ne sais plus ce qu'il y avait dans ma Vendredi. Mais qu'importe ce qu'il y avait, puisque vous n'y pourriez répondre que par les choses que vous ne me direz pas. Ô très sage folle qui redemandes tes lettres ! afin de posséder quelque rayon de folie où revivre, sous ton platane lointain.

1. « Le cimetière marin », v. 58.
2. Dans mon imagination.
3. Voir Annexe, pp. 665-669.

26 Septembre[1] Quelle main hardie a trouvé Karin penchée près des toiles de Jouy où poussent toutes les fleurs. Quelle heure si brève, si brève, pour une caresse nouvelle, pour aller à l'accord inconnu, dans le goût amer des roses.

Mardi soir 26 Oct[*obre*] 18 heures

Après avoir envoyé une sale carte-lettre de la poste, après avoir erré dans des chemins étincelants, après avoir cherché à louer un petit mas à volets acides, après avoir bu le souffle rose des vignes, après avoir cueilli les pourpres branches des ceps, après être rentrée complètement triste à cause d'une pensée, après avoir mangé une petite sardine de consolation

Cela ressemble à du Walt Whitman[2].

Cependant, cependant !

[*Feuille coupée, verso :*]

Peut-être ai-je eu tort de te donner une chose parfaite. La terre du monde la plus douce à l'âme, et la maison, et la saison, et le prestige égal au rêve ; et le secret, et le silence, et la surprise, et le jardin. Peut-être rien de l'avenir ne peut-il égaler ce passé, si *tu cherches la poésie,* si tu cherches non pas moi toute seule. Alors, Karin prime, sais-tu ce qu'il faut dire ? Il faut dire ça, rien, adieu. Il faut avoir le courage et la lucidité de s'expliquer ce que c'est que le bonheur : une espèce d'œuvre d'art ; achevée, elle est unique, elle ne peut être que souvenir. Je t'expose ça froidement. Je ne sais pas si c'est vrai pour toi. Je le soupçonne. Ce n'est pas vrai pour moi, parce que je t'aime.

[*Incomplète, feuille coupée*]

1. C.P. évoque un souvenir du séjour de Valéry à La Graulet un mois auparavant.

2. Poète américain (1819-1892) auteur des *Feuilles d'herbe* (1855-1892).

2

Je sais que vous me haïssez pour cette page. Cela m'est égal. Vous le méritez. Je n'ai jamais rien donné, par souci d'artiste, et puis, — et puis, parce qu'une sorte de fidélité farouche à Celui qui ne devait pas venir (qui est venu.) Mais j'étais décidée à donner, sous les conditions énumérées. Quelle pauvreté !

Vous préférez ne pas me voir, PV, si les tapis ne sont pas de Chine. Vous en êtes au point de mes vingt ans, avec Monsieur JR[1]. Je ne viendrai pas, ou bien, je ne vous le dirai. Il me faut des chapeaux, donc peut-être cependant voyage. Stellio, est-ce que la belle histoire n'est pas accomplie ? Y manque-t-il un fil ? Ce corps souple qui ne savait rien, qui a su tout, en une nuit ; et puis ensuite l'absence, pour plier dans le papier de quinze lettres, la belle âme. Je n'ai rien d'autre à vous offrir.

Il y a un mois, à cette heure-ci.

---

20 heures et demie.

Détestable lettre. Lettre écrite impardonnable, par cerveau froid. Lettre-expérience, pour voir où *il* pense. L'enverrai-je, l'enverrai-je pas. Que je suis donc moi tout d'un coup. Présent, parfait, acéré tendre. Cigarette brûle ma main gauche. Échantillons de robes partout, bouts gris, bouts bleus, bouts beiges — que choisir. Gris, fond blanc, brodé d'acier. La cotte du croisé.

1. Il s'agit peut-être de Jacques Richet, administrateur-gérant d'une revue éphémère, *Les Essais*, à laquelle ont collaboré un groupe de jeunes amis de C.P. en 1904.

Ô mon sang, que de paroles inutiles. Viens là. Jure que tu déchireras TOUT DE SUITE. Mais viens là. Je veux me faire un soir vivant, réel, sincère. Il est 21 heures moins un quart. Je suppose que vous avez dîné, que vous êtes en pyjama. Si non, mettez-le, ce violet, ce prune. Il va très bien sur le divan vert, qu'a du violet aussi. Ô Stellio, vous entrez, tu tires le rideau (toute porte est voilée chez Karin, qui hait la porte, et y met tant d'entraves qu'on hésite à la pousser. Celle-ci est si malignement emmaillotée, qu'on en accroche le haut dans du velours en l'ouvrant, et reste suspendu.) (Si tu échappes à la porte, tu te fous dans le paravent.) Fin souple, tu es passé. Tu es là.

Lionardo, que vous êtes pâle. Vos yeux sont larges, comme le premier soir. Je ne dis rien.

Et puis, je fais une action curieuse : j'éteins cet électrique d'or et nous ne savons plus que ton corps et mon corps, ô ma folie ô ma raison. Stellio PV, Jade Pozzi, laisse tomber tous tes noms — et aussi cette veste car il y a du feu — parce qu'il faut que je retrouve l'épaule sacrée. Et puis voici la lumière à présent, je veux te revoir. Ô mon visage, ô ma peine chérie, quel cœur vous me créez.

Foucault dira ce qu'il voudra, je suis à genoux tout contre vous. Pourquoi dis-tu « ῶ diablesse… » Rends-toi, tu es perdu. Ce n'est que moi, ton corps d'esprit, qui réintègre sa demeure. Ô vous ! tu me fais mal. Veux-tu rester longtemps, longtemps, sur les coussins que surveillent les livres. C'est mia qu'il faut m'appeler, si tu ne sais plus nous démêler. Maintenant, tu me diras tout. La bouche si près de mon oreille, que tes lèvres m'embrassent en parlant. Et que je n'entends rien. Mais ça ne fait rien.

CK

À CATHERINE POZZI*

[*Paris, mardi 26 octobre 1920*]

[...] En général, nous percevons très peu notre corps. Nous percevons les objets et non l'œil. Nous percevons notre corps le plus dans la douleur et dans l'amour ; et dans ce cas, par le moyen d'un autre corps qui confère au nôtre la faculté de s'aimer[1].

....

Si notre esprit était aussi près de nous, aussi prompt à obéir, aussi prompt à se porter à l'extrême de sa puissance que l'est notre corps..............notre corps y atteint en présence d'un autre corps. Notre esprit serait-il de même ? Mais trouverait-il infiniment plus rarement cet autre esprit avec qui —— « jouir ».

A PAUL VALÉRY

[*Montpellier,*] Jeudi 28 [*octobre 1920*] soir

Vous étiez souffrant Mercredi (hier) ; mais moi si mal, cher *turannos*[2], que je n'ai pu songer à vous écrire le soir comme d'habitude. Après une nuit dont je me passerai de parler, n'étais pas assez d'aplomb ce matin pour aller poste. (Tout cela d'ailleurs de ma faute, mais je ne vous en ennuie pas.) Ai envoyé postale chez vous, pour vous dire que je ne sortais pas et que vous ne recevriez pas je ne sais quel renseignement inventé. J'ajoutais que vous ne le recevriez que vers Mardi.

Mais vous voici mal, avec « trois » têtes et une âme douloureuse, et ce visage las que j'ai vu, qui défait ma dure raison. Ô mauvais enfant, que le juste ciel m'a donné ! Je ne puis

1. *Cahiers*, VII, p. 652.
2. Maître (en grec).

rien contre votre faiblesse : et vous savez bien me faire agenouiller pour l'enfermer dans mes bras. Que de fois, là bas, bien avant de *savoir*, ne vous êtes-vous pas fait recueillir dans la protection passionnée que vous ne vouliez appeler d'un nom. Comme promptement je vous guérirais ! Comme je sens au bout de mes doigts et de mon esprit, l'instant qu'il faut poser sur vos paupières.

Voulez-vous venir ? Tout est un silence d'or et nous aurons autant que vous souhaiterez de solitude.

Qu'est-ce que ces femmes autour de vous ? Je ne les tolère pas. Je les condamne au néant. Soyez grossier, soyez absent. Je t'appartiens pour le rire et le pleur mais qu'il n'en passe pas une entre nous. À la queue d'une je m'en vas [*sic*].

Dès que je remonterai de chez les ombres je reprends mon grec. Rouvert un cahier de notes ; trouvé avec étonnement une quantité de choses sur Orphée, datées 1918-19 — me hantait — avais farfouillé partout, cherchant des textes. Voici quelques références, si cela vous amuse un instant.

Orphée — Zagreus (mythe Thrace) : source principale, Athénagore (*Orphica*, éd. Abel p. 164.)

Origine rites orphiques : Diodore (I, 92) assure qu'Orphée a pris en Égypte les « mythes de l'Enfer ».

Le plus ancien texte sur orphiques est d'Hérodote. Erwin Rohde place origine secte second moitié VIe siècle[1]. Première secte Athènes, sous Pisistratides. Tandis qu'Orphisme pénétrait Italie sud et Sicile où sectes orphiques en relation avec Pythagorisme. — Les vers orphiques si curieux que nous possédons viendraient de ces sectes Italie sud — (d'après Clément d'Alexandrie et Suidas). La question rapports orphisme et pythagorisme, pas élucidée. L'avis de Rohde, est

1. Erwin Rohde (1845-1898), *Psyche : Seelencult und Unsterblichkeitsglaube der Griechen* (Freiburg, Mohr, 1898).

qu'orphisme et pythagorisme viendraient tous deux de fonds commun, dont le mythe Dionysos dépend — et l'orphisme en serait la forme la plus archaïque. La force de l'orphisme en Grèce est qu'à la différence de la théologie d'État, il présentait un corps de doctrine bien définie. Voici le « mystère » de ton saint, en gros, si vous l'avez oublié ou jamais regardé : remarquez qu'il n'est pas question d'Orphée ni d'Eurydice. Orphée, c'est le pape, dont on ne parle pas et n'a pas à parler. Il a rapporté de Thrace la vérité qui est telle : Dionysos est fils de Zeus et de Perséphone. Il est nommé Zagreus (sens Hadès, nuance enfer). Zeus lui confie le monde. Héra-Junon, jalouse, envoie les Titans contre lui. Ils l'assaillent, puis le déchirent et le dévorent. Athénée sauve son cœur, et l'apporte à Zeus, qui l'engloutit. De Zeus cependant renaît le « nouveau Dionysos » en qui Zagreus revivra. Quant aux Titans, Zeus les foudroie ; *de leur cendre naissent les hommes,* en qui le bon (venant des membres de Zagreus incorporés aux Titans) le dispute à la mauvaise essence titanique. L'éthique consiste à dégager, pour l'homme, la part de Zagreus, éliminer le fonds Titan. Ainsi retourner pur au dieu.

J'ai des citations de quoi affoler Foucault[1] ; mais pense tu en as assez. Il y aurait beaucoup à dire sur le dualisme de la religion orphique — (Titan : Zagreus) — d'où je crois nous tenons tous nos malheurs. Curieux aussi suivre le fil dans grands auteurs. Beaucoup dans Euripide, dans Pindare ; Platon naturellement. — Un des derniers passages est le machin d'Anchise[2] dans l'*Énéide.*

Je n'écris plus au 42, mais au 75 L.P.[3]. Cependant, n'y allez pas tous les jours si cela vous fatigue. J'enverrai quelques lignes au hasard. Ne m'écrivez pas tous les jours non plus, si c'est un effort ou une tâche. Si c'est « ah, il faut pourtant que j'écrive à cette K ». Peut-être avons-nous tort de nous

1. Voir *supra* p. 67, n. 3.

2. L'ombre d'Anchise, père d'Énée, conseille à son fils de consulter la Sibylle qui va lui montrer le royaume des morts, les âmes de ses descendants et le dirigera vers l'Italie.

3. Il s'agit de deux bureaux de poste non loin de la maison de Valéry : le bureau 42 se trouvait au 10, rue Balzac, le bureau 75 au 36, rue La Pérouse.

faire des devoirs l'un vis-à-vis de l'autre. Vous n'avez d'autre devoir que d'entrer dans cet esprit quand vous serez mal assis ailleurs. Et, pour commencer, voulez-vous que nous ne nous écrivions que le dimanche ? Jour de Zagreus, justement.

Si tu coupes poils autour de cette Bouche cruelle oublie pas — ah oublie pas les enterrer sous un arbre heureux comme faisait le *flamen dialis*[1] — quelle instruction pour un recalé.

[*Sans signature*]

À PAUL VALÉRY

[*Mandat-lettre :*]

[*Montpellier,*] Ce Vendredi matin
[*c.p. 29 octobre 1920*]

Voici cher Monsieur, mon dû ; en vous remerciant. Si vous vous donnez l'ennui de m'en accuser réception, je n'accepte qu'une carte, et 5 mots dans lesquels vous me donnerez de vos nouvelles car le doyen[2] m'en laisse manquer.

J'ai été assez souffrante avant-hier, mais je vais faire un effort afin d'aller à la Bibliothèque pour vous aujourd'hui.

Avez-vous encore quelque chose de l'air Graulet dans le poumon ? Votre fièvre de 3 heures n'est-elle pas revenue, avec les fatigues ? C'est cela que je voudrais savoir, car vous êtes un bien étrange cas médical. — Il vous restera toujours la ressource de Montpellier thérapie : quel soleil ! Mais il faudrait m'amener A. Lebey, et vous entourer de sorcières du pays. Bien sincèrement

CP

1. Prêtre de Jupiter.
2. Jules Valéry.

Avenue d'Assas, c'est Apex : il n'y passe pas un être ; la qualité du silence vous charmerait. Rien qu'une cloche et qu'un chien.

Nom et adresse de l'expéditeur :

Bourdet Pozzi
14 Avenue d'Assas
Montpellier

Montant du mandat :

50 *fr.*

À PAUL VALÉRY

[*Montpellier,*] Vendredi soir 29 Octobre [*1920*]

Cher Toutes Mes Peines,

Cette lettre d'hier, je n'ai pas pu la porter ce matin. Mon cœur a reçu un gramme et demi de quinine à la figure, et il n'en supporte pas 50 centigrammes (c'est le haut fait de Mercredi). Il bat comme un *Cœur de moineau* (à toi Artus[1]) pour encore bien une semaine, en admettant qu'il se console. J'avais envoyé le mandat ce matin chez toi, pour que tu saches que je ne pouvais écrire, et hier matin, une carte postale. Demain, j'irai à la poste, fût-ce en une heure et demie, mais c'est Samedi et n'arrivera que lundi. Et peut-être êtes-vous inquiet.

J'ai reçu hier la lettre de Mercredi, si fatiguée — c'est à elle que l'autre feuille[2] répond — et Mercredi, avant d'avaler mes cachets, la lettre qui disait « je n'ai rien à vous dire aujourd'hui ». Alors j'ai répondu : ô Karin, qu'importe toi.

1. Louis Artus (1870-1960) est l'auteur de *Cœur de moineau*, comédie représentée au théâtre de l'Athénée en mai 1905.
2. En marge : (je la mets sous une autre enveloppe).

Lionardo mio, quand vous ne m'écrivez pas pour *vous*, ne m'écrivez pas. Quand je ne suis pas la respiration qui te manque et la conscience qu'il faut retrouver — quand je suis extérieure — ne viens pas. Si dans ces aujourd'huis haïssables, j'apparais jamais comme une minute ajoutée à l'horaire : biffe-moi. Voilà tout ce que je voulais dire.

Ô mon sang, mon corps, ô toute mon âme, peut-être regrettez-vous votre ancienne vie simple, monotone, pure comme de l'eau — et peut-être que je regrette l'aride pays dépourvu d'embûches, où je marchais. Mais je ne puis vous arracher de moi qu'avec ma vie ; seulement, je puis devenir pour toi silence ; je puis vous laisser. Le veux-tu, Karin vrai, mon frère étrange ? Prends-moi dans tes bras, embrasse-moi, et dis-moi de partir. Il n'y aura pas de scène romantique, — même pas d'adieu.

J'ai donc le seul visage du monde, et ce regard inoubliable, devant les yeux. Cette photo est parfaite et me donne tant de toi en un instant — ô mon maître, seule main qui rassemblez tout entière l'enfant rebelle, rien qu'en la touchant, quel mal aigu de vous seulement par cette petite image !

Je n'en puis plus, mon bien aimé. Je partirai pour Paris dès que j'irai assez bien — vers le 7 — et vous ne refuserez tout de même pas de me voir ! Je pense qu'après, il n'y aura plus que votre visite en X^{bre}. Je pourrai revenir en Février — et puis un long, un long au revoir.

Si je suis obsédée, hantée, — habitée, mon cher cœur ? Je ne suis plus autre chose, qu'une douloureuse part de vous, qui se hait, qui demeure les yeux fermés, enroulée à votre présence ; qui ne supporte plus rien de l'univers où vous n'êtes pas, et tout l'univers est là, et vous n'y êtes pas. Les merveilleuses découvertes que j'y faisais, sont de l'ersatz informe et mort, qui n'importe plus. Cette science, à saisir en forme d'art, avant qu'elle ne soit figée ; cet élan, à trouver du sensible à l'abstrait, de l'abstrait au parfait ; quelle réalité cela a-t-il, devant les lignes de votre visage qui me conduisent au plus profond de vous ? Ô ma peine, quelle profonde amitié de vous, quelle inexplicable parenté, quelle coïncidence désespérée ! Je saurais demeurer là, contre vos genoux, et reconnaître pendant des vies, en regardant votre pensée dans vos yeux, tout ce qui vaut d'être connu au monde (tout ce que je suis faite, édifiée, préparée, présente, pour connaître.) Pourquoi veux-tu des mots ? Je les déteste. Je suis là pour toi. Là pour votre question, votre patience, votre songe, votre souci ; là pour tous les chemins où vous voudrez aller (ceux du passé aussi) là pour votre hardiesse, votre invention, votre négation, — là pour votre fatigue. Là pour votre plaisir. Là pour rire contre votre bouche.

L'histoire de la première fois ? J'étais allée dans le Pavillon après dîner. Déjà excédée par les autres et ce vous au milieu des autres (qu'à présent je ne pourrais plus tolérer). Le feu brûle doucement, et c'est comme toujours le jardin de roses. Cette fille stupide s'assied devant le feu. Pourquoi viendrait-il ? Évidemment, je l'intéresse. Mais ce vêtement d'indifférence. Cette Nessus d'indifférence. Ô mes mortes dans vos cadres, favorisez-moi ! Donnez-nous cette heure une heure et puis cela suffit. La porte a craqué. « Que faites-vous, devant ce feu ? » Il est là. Un point pour les roses. Il s'assied. Nous parlons rêves. Et pour l'emmener plus haut qu'ici, la toujours stupide raconte une vision, à laquelle le monsieur ne doit pas croire. Vraie, pourtant. Mais il lui dit « chez vous, il y a une chose que je n'ai jamais vue : vous faites des gestes avec les yeux ». Ils se taisent. Et puis, ceci, et tout.

« Si vous n'avez rien à me dire pourquoi me tendez-vous la main » comme dit la baronne de Rothschild. Il a tendu la main pour saisir la sienne, — et — après tout, on n'en pouvait plus. Ah c'est comme de l'eau fraîche sur une soif mourante, dites. Il lâche la mince main frissonnante, et donne une tape sur la tête penchée : soyons conscient : ça dit : « je fais un geste amical, prière de pas d'équivoque » — (c'est ça que ça dit : mais c'est une caresse.) Je ne sais si je m'exprime avec lucidité. Et puis, il ne persiste pas dans l'attitude dégagée ; car il a pris son front dans ses mains. Et la petite fille a gémi très bas : ayez pitié de moi. Il lui a demandé *ce qu'elle voulait* ; elle a dit : rien. Il a voulu savoir comment cette folie était née — mais vous le savez. C'est une folie qui a l'âge de ma tête : elle ne s'est connue raison, qu'en lisant votre nom. Et ce soir, il l'a un peu embrassée ; mais comme on caresse un animal gracieux, et je ne sentais pas ton corps. Seulement, cet air de joie sur vous ô Lionardo, ce visage de joie, ces yeux étincelants que je ne vous savais pas ! Et puis, vous lui avez dit que vous ne pouviez rien lui donner, mais que c'était dur, très dur. Qu'elle comprenne, combien c'était dur. Vous êtes parti, comme quelqu'un qui s'est trouvé.

Le lendemain, le matin, il travaille à la Maison-du-bonheur, de 9 à 12 — travaille. Elle est venue tard. Il le lui a reproché. Je crois que c'est alors qu'elle s'est assise à ses pieds, sachant qu'elle avait vaincu — elle ou les roses — et que j'ai su vos lèvres, mon amour. Mais vous étiez un difficile amour. Je ne crois pas qu'un autre vous aurait obtenu. Il fallait être consciente de l'ongle au cil, et ressentir votre pensée. Il fallait savoir passer, sans un regard, savoir s'en aller, se taire ; savoir penser ailleurs ; — pour enfin, savoir votre désir, et que vous n'étiez plus qu'une attente.

[*Sans signature*]

[*Dans la marge :*]

Ai envoyé photos au 42 avec dernière lettre de ce Samedi.

Ô ces fragments orphiques que vous écrivez en idées la nuit et ne m'écrivez pas[1].

Quand serez-vous généreux, autant pour Karin, que pour son fantôme ?

1. Voir Annexe, pp. 665-669.

À PAUL VALÉRY

[*Montpellier,*] Samedi matin
[*30 octobre 1920*]

Dans une autre enveloppe par la même poste, il y a une lettre d'hier soir. Cette feuille-ci à côté, de Jeudi, écrite dans mon lit, pas pu sortir lendemain. Je sais bien que vous avez dû être inquiet, mais j'ai envoyé 2 messages chez vous, pourtant.

Vous voyez que dans ce Jeudi je fais exprès ne pas parler de nous. Le trouble où vous êtes doit cesser. Je dois vous être une liberté, cela qui abolit l'ennui des choses : quelle victoire ce serait, si j'ajoute un tourment, sous lequel vous ne pouvez vivre !

Il y avait pourtant un espace de joie pour nous, mon amour. Que puis-je, si vous n'en voulez pas. Quelle souffrance est possible *par* moi, puisque je suis à vous et ne *veux pas* me reprendre. (Je ne me reprendrais que si nous allions aux lâchetés et affectueux mensonges des autres.)

[*Incomplète, feuille coupée*]... de cette tête-ci, je n'aurais même

[*Feuille coupée*]

Mais pour Dieu, ne me laissez pas croire que je vous diminue.

Voulez-vous reprendre la vie d'avant ? que je n'écrive plus, un mois ?

Je pense venir à Paris dans une semaine. J'ai besoin de sortir d'ici. Je ne resterais ici que si vous veniez à présent, ce qui est improbable. Je descendrai peut-être au Majestic[1]. Vous viendrez, nous devons causer de moi à moi ; et puis si tu le veux je te dirai au revoir mon petit frère.

1. Le Majestic Hôtel se trouvait au 19, avenue Kléber.

Mais si tu comprends, (cela que je sais être) : que nous sommes l'un à l'autre le plus intense réalité, celle dont seule nous pouvons tirer tout le plus précieux de notre vie — alors, nous construirons un possible qui ne nous sépare pas.

Il y a, entre toi et tes jours, une incohérence qui est toute l'explication de vos maux. Ce mondanisme exaspéré, quand l'ordre est ailleurs ! Je n'ai même pas pu obtenir, que vous n'alliez que de loin en loin chez cette pauvre dame aux idées justes, qui me trouve l'esprit faux et me hait[1]. Je me demande ce que vous penseriez de moi, si je vivais chez un homme qui se dise mon amant, et vous déteste. — Et puis, cela ne suffit pas, à mes images familières, il faut ajouter [*feuille coupée*].

À PAUL VALÉRY

[*Montpellier,*] Samedi 6 heures ½ soir
30 Octobre [*1920*]

I

Devant moi, la carte-lettre exaspérée, de Vendredi (et L., assis sur son portrait, qui regarde une idée[2]). Rien que 15 lignes, 4 fois le mot « méchant », une fois « être affreux », et conclusion haineuse. Dans quel bien je suis, de l'âme au corps. Jamais tu ne m'as rien écrit de si gentil, maître de moi, ô moi.

Je ne comprends pas comment tu n'as eu les 3 feuilles (vraiment, une seule était un peu karinolique) que Vendredi soir. Ont été postées *Mercredi matin à la gare.* Et moi foutumort depuis Mercredi soir à ce matin.

1. Jeanne Mühlfeld.

2. Au crayon : « Portrait est enfermé : je ne le sors que quand je lui écris. » Dans la marge, au crayon : « Encore un instant Mr le bourreau avant bassin du Peyrou. »

Considérez l'homme que vous êtes. Trois feuilles ; une genre aloès, ou cactus ; une genre tilleul ; une, cœur de rose. Tu [ne] réponds qu'au cactus. À la la.

Je ne sais plus de quelle couleur être. On se mord ? on se fuit ? on s'en fout ? on se

Je sais en tous cas que tu aimes mieux ma méchanceté que mon silence. Écoute : je n'ai pas écrit Jeudi Vendredi parce que incapable et cœur en diastole, (d'ailleurs, avec ces postes idiotes, vous ne vous rendrez compte que lundi que je n'ai pas écrit ; le silence de Jeudi [n'] est dû qu'aux fonctionnaires). Mais j'étais dans la logique de ma durée — vive le juif — en n'écrivant pas, et même si j'avais pu je t'aurais laissé vacance ; —

— impression que toi souhaiter respirer, que toi sur le point regarder l'enfant-serpent-de-ton-viscère, comme un embêtement surajouté — tout au moins, une épine.

Mio, préfères-tu l'épine, à rien du tout ?

Ne me brise pas tout à fait sur le jade cruel, (malgré que je sache si bien y consentir). Lionardo mio je t'aime.

Dimanche matin 11^h^

Il pleut et froid mouillé. J'ai mis ordre sur table et cherché PV dans son tiroir, et ma lettre commencée à finir. Je te pose contre une boîte. Tu tiens. Tu regardes vers le lit, vers le mur, à travers le mur, à travers tout. Et ce regard a cueilli Karin au passage, comme l'Anio débordant raconté par Pline dans une grrebendeden de version d'autrefois, — *Anio, delicatissimus amnium, magna ex parte nemora quibus inumbratur fregit et rapuit*[1]...— arrachait les romains platanes. Lâche-moi regard, tu m'arraches à mon passé, à mon présent, à moi-même. Tu m'as enfermée dans ta conscience et je suis rom-

1. *Anio, delicatissimus amnium ideoque adiacentibus uillis uelut inuitatus retentusque, magna ex parte nemora quibus inumbratur fregit et rapuit* [L'Anio, le plus doux des fleuves, et qui semble comme invité et retenu par les belles maisons bâties sur ses bords, a déraciné et entraîné les arbres qui l'ombrageaient de leur feuillage], Pline le Jeune (61-114), *Lettres*, Livre VIII, Lettre 17 (à Macrinus), trad. Lemaistre de Sacy revue par J. Pierrot (Panckoucke, 1829).

pue de ma dure identité. Lionardo mio, je ne sais plus si ton bras est autour de mon esprit ou ta pensée appuyée à mon corps qui te cède.

II

Dimanche 3h

Orphée. Bizarre que ce chanteur thrace vous hante puisqu'il est en relation par un mythe d'ailleurs obscur avec le Dionysos méprisé. Comment d'ailleurs se fait-il, qu'Orphée, déchiré par les femmes thraces, ait donné son nom aux traités de théogonies venant de ce pays. Reinach dirait que ces confusions sont fréquentes[1]. Savez-vous que certains (Brandis[2]) regardent ces théogonies comme beaucoup plus anciennes que la première philosophie ionienne (du VII-VIe) ; quant à Grote[3], que j'ai là en 19 volumes et que je rouvre pour vous, il range les fragments d'Orphée peu avant qu'Onomacrite[4] (sous Pisistrate[5]) les ait rassemblés, c'est-à-dire entre 610 et 510. Hérodote[6] croyait que les disciplines orphiques (interdiction chair animaux, interdiction vêtements laines, etc.) venaient d'Égypte ; ce que j'aime en tous cas, c'est que Dezobry[7] raconte que c'est en Égypte qu'Orphée perdit Eurydice « mordue au talon par un serpent ». En somme : un Orphée chanteur et théologien, imprimé dans la mémoire grecque comme venant de Thrace ou y ayant péri, et associé aux sciences égyptiennes, a servi de prête-nom à la plus grande (à la seule) religion grecque. Restent des écrits à lui attribués : des hymnes d'initiation — un poème sur les Argonautes — un traité sur la vertu des pier-

1. Salomon Reinach (1858-1932), archéologue éminent, auteur d'*Orpheus, histoire générale des religions* (Picard, 1907).
2. Christian August Brandis, *Handbuch der Geschichte der Griechisch-Römischen Philosophie* (Berlin, Reimer, 1835-1866), 5 vol.
3. George Grote, *Histoire de la Grèce* (Lacroix, Verboeckhoven, 1864-1867), 19 vol.
4. Poète et devin du VIe siècle, premier ordonnateur des textes orphiques.
5. Tyran d'Athènes (avant 600-527).
6. Historien grec (484-425).
7. Charles Dezobry (1798-1871), auteur du *Dictionnaire général de biographie et d'histoire, de mythologie, de géographie ancienne et moderne* (Dezobry, Magdelaine, 1857-1861), 2 vol.

res. Celui-ci est à la Bibliothèque de Montpellier, je l'en ai extrait le printemps d'il y a 2 ans, parce que je voulais acheter un saphir. C'est du mauvais grec, mais il n'y a rien à y prendre. J'ai seulement trouvé qu'Orphée me conseillait de piler mon saphir dans du lait, si j'avais des douleurs internes. À toi, Lionardino ! μετὰ γάλακτος[1]. Voulez-vous que je vous aie de l'érudit boche sur Adonis ? Je suis bonne sur les cacas de science, et d'une patience bénédictine, Schwob m'en avait bénie. Pas croire que Zagreus-Dionysos adverse d'Apollon. Sanctuaire tombeau de Dionysos sous rocher de Pythô[2], ça vous le saviez, fils du dieu. Je vais continuer Grote, et puis il faut reprendre Euripide, pour quitter tout à fait les Gens, les Choses et le chameau du Turkestan[3] qui vient de déjeuner, et m'apporter du suc Montpellier très amer.

Envoie-moi cet intelligent Bonsoir. Envoie-moi les trucs machins où on parle de toi. Qui est le sagace fonctionnaire qui te lit à ses invités ? Oui, oui rasez, ou du moins, taillez. Que je voie cette bouche impitoyable.

Mais pourquoi souffrez-vous de la gorge ainsi ? C'est inquiétant, et je vous supplie de voir un médecin. Il vous dira « soleil... repos... » et vous écrirez à Jules Valéry : Cher frère..........

Ces attentions féminines me font mal dans les cordons de Goll[4].

Je VEUX des PRÉCISIONS

D'abord, elles n'ont pas mon cou, ni mes chevilles, ni mon sinus. C'est des rien. C'est des lourdes. Leur noûs[5] est en gelée, elles ont pas de centre. Elles sont colonies de ressemblances à peu près. Elles te réciteront l'opinion qu'il faut, avec un œil dans le tien, et tu cherras. À mort, à mort. Qu'on les tue, qu'on les déblaye de toi. S'il faut pas l'y, enlève-le.

Quid[6], de l'Hôtel ? À quelle hypothèse te rallies-tu ?

1. Avec du lait.
2. Python est un serpent tué par Apollon pour avoir persécuté sa mère, Léto.
3. Voir *supra* la lettre de C.P. du 24 octobre 1920, p. 75, n. 1.
4. Axones du bulbe rachidien du cerveau.
5. En grec : esprit.
6. Quoi.

J'attends le cahier *Lyre* ou le cahier *Compas*[1]. J'ai le pointu de la ψυχή[2] tout à l'air. « Notre esprit » n'atteindrait à l'extrême de sa puissance « qu'en présence d'un autre esprit[3] ». Je l'ai trouvé. Le savez-vous enfin — sais-tu, que pour les dieux, le corps et l'esprit sont une même chose ?

[*Dans la marge :*]

Dimanche 6^{h}

Visite du doyen[4]. Narration rencontre Luynes Dampierre[5]. Vous ne m'aviez pas dit Blumenthal[6] malade. Une de moins. J'ai été doulce. Dit, que ce doyen avait type italien et, dans la phrase d'après, que seuls les Italiens étaient βō[7] d'où syllogisme les Italiens sont βō le D fait Italien le D est βō. D'ailleurs c'est vrai, il est très bien. Gorgone, je te mords.

III

[*Lundi,*] 1er Novembre Toussaint Matin
10 heures

Plus que ma vie,

ce matin dans l'aube profonde (est-ce joli l'aube profonde, — c'est un mot de Socrate — les universitaires tradui-

1. Le *Cahier* comportant un petit dessin d'une lyre est daté d'avril 1919-juin 1920 dans l'édition du C.N.R.S. (VII, 372-492) ; celui orné d'un dessin d'un compas de juin 1920-novembre 1920 (VII, 493-666).
2. Âme.
3. « Je ne puis me souvenir de l'époque exacte où j'ai rencontré votre pensée. C'était il y a un an. Probablement en décembre. Mais je me souviens de l'illumination, de la terreur. J'ai fermé le livre [l'*Introduction à la méthode de Léonard de Vinci*, précédée par *Note et digressions*, Gallimard, 1919]. Je n'ai rien dit ici. [...] "Notre esprit, prompt à se porter à l'extrême de sa puissance en présence d'un autre esprit", "mais trouverait-il infiniment plus rarement cet autre esprit avec qui 'jouir'". » *Journal*, 3 novembre 1920, p. 140.
4. Jules Valéry.
5. Jules Valéry a dû rencontrer Honoré d'Albert, duc de Luynes et de Chevreuse, gendre de la duchesse d'Uzès, dans la prestigieuse propriété de sa famille, le château de Dampierre, reconstruit au XVIIe siècle par Jules Hardouin-Mansart.
6. Mme Georges Blumenthal.
7. Beaux. Notation hybride : ō n'existe pas en grec.

sent : au petit jour) je te regardais l'esprit, et t'expliquais à moi comme moi-même. Il le fallait, et nous sommes réunis à présent. Car une part de toi me — m'empêchait parfois de te souhaiter encore.

10^{h} 5

Le courrier. Ta Vendredi soir. Mon bien aimé, je n'ai voulu — sciemment voulu — te faire mal que parce que tu nous enfermes dans de l'inextricable. Et je n'ai qu'à continuer ceci. Lionardo, c'est cette espèce de démission qu'il y a en toi devant la vie, cette presque lâcheté, toi l'idée d'acier.

Je voyais ce que tu m'aimes ; je suis, cela signifie seulement exister et cela va jusqu'au vrai de l'être : que sont « les choses » auprès de cela ? Cependant, tu sacrifies cela aux choses. *Comment possible ?* Il fallait être toi pour comprendre. Je l'ai voulu, je l'ai été. Et j'ai senti ceci :

Une horreur extraordinaire pour, contre, le donné qui t'entoure. Une capacité de souffrir, aux abords de la démence, de l'univers que l'univers t'a fait : et alors — alors, un NON formidable. Un non, et un départ. Tandis que l'automate anesthésié continue, vous êtes parti ; et parti dans un autre univers si haut et si difficile, que rien et que nul d'ici ne vous y rejoindra. Ainsi depuis des années, vous avez construit en vous cette dérivation étrange : toute puissance et toute action, portée dans une 4e dimension de l'espace, où vous êtes maître seigneur. Mais la rançon : plus d'action, plus aucune puissance, dans cet espace-ci. Une habitude de désintéressement, que les imbéciles nommeraient veulerie, un je-ne-me-mêlerai-pas-de-changer-les-choses-auxquelles-mon-esprit-dit-non, elles n'auront pas un élan de mon doigt. Qu'elles soient ce qu'elles soient et zut —

Ainsi. Mais un jour, dans cet espace humain qui a un haut et un bas, et où vous marchez comme un rêve, vous vous êtes cogné contre une réalité de votre ordre, qui marchait, elle éveillée. Je me *souviendrai toujours* de l'étonnement indescriptible de vos regards, me regardant. Moi hors moi ? Moi dans les choses.

Hélas mon bien, si je ne suis pas mêlée à vous encore — je crois de toute ma force l'être, espace quitté — il faut quc vous comptiez les choses pour quelque chose... il faut que vous leur fassiez l'honneur d'une action et d'une volonté. D'elles hélas, dépend, que je puisse être dans vos bras ; il faut les forcer à y consentir. Il faut que vous exerciez cette dureté et cette rigueur à me donner non trop loin de vous, le moyen de vous rejoindre. Et alors, après, et perdus et retrouvés l'un en l'autre, nous oublierons si tu veux tous ces univers.

J'attendrai pour venir que vous le vouliez, si enfin vous pouvez vouloir un bien extérieur, fût-ce moi. Je puis descendre au Majestic, prendre une chambre et un salon, et vous recevoir, de façon que vous me quittiez par le salon si l'on vient — et ne rencontriez personne. Ou, vous pouvez prendre une pièce au mois dans un Mercédès[1]. Ou, vous pouvez prendre cette pièce (motif travail) à l'hôtel où je serai. Ou, nous pouvons louer un pied-à-terre meublé pour un mois (il y en a des *flottes,* c'est l'appartement non meublé qui est rare). Mais alors sera-ce chauffé ? Le chauffage est indispensable. Ou, vous pouvez demander à Lebey — qu'importe ! Vous savez *fort bien* qu'il ne dira rien. Et il sait fort bien que c'est très naturel, et lui-même vous aurait demandé même chose. Mais si rien de ceci n'est acceptable, vous pouvez venir ici. Je t'annonce que je serai ta maîtresse aussi bien que dans le vieux lit rose : jamais personne ne s'aventure dans mes appartements. Déchire et viens ensuite, ma joie désespérée viens contre moi.

CK

1. Le Mercédès se trouvait au 9, rue de Presbourg.

À PAUL VALÉRY

I

[*Montpellier,*] Mardi soir 2 octobre
[*2 novembre 1920*] 21 heures

On n'entrera pas.

Aux deux pôles de la sphère des jours nous sommes, si depuis que j'ai vingt ans j'ai construit autour de moi du lieu sans passants. On est dressé à cette folie. Les pièces que j'habite, sont celles où jamais on ne cogne à la porte. Il pleut. Il pleut comme un jeu de bêtes légères. Le feu mourant me chauffe les reins ; le paravent d'or m'enferme du monde. Nous avons dîné ici, Claude et moi, en amoureux ; il faisait trop froid dans la salle.

Claude était beau. Je croquais un céleri cru et lisais *Bérénice.* Et puis, Claude s'est couché ; Yorick s'est couché ; je suis revenue à *Bérénice,* qui m'a déchiré l'âme, je ne sais pourquoi.

Mio, un jour viendra où je n'en pourrai plus de ne point vous avoir. Votre lettre de ce matin. Un jour viendra où je ne voudrai plus vous écrire ces phrases, qui se tiennent, qui s'amusent en images, qui ont une ligne bonne pour éditeur, et que quelquefois je relis en riant —

Et où je crierai, sans style, sans vanité, sans orgueil — reviens-moi mon cher amour, reviens-moi, ceci *n'est pas vivre.*

Le feu s'éteint. L'orage vient. Relirai-je une autre Racine ? Si je reste devant cette photographie, je vais inventer la prise de vos mains, et cet élan de vous dont je ne sais plus s'il n'est le mouvement de moi, et ces caresses que vous dites et que je n'entends jamais.

L'orage tombe lourd et traîne des rochers, et les lance, et manque le Peyrou et manque l'aqueduc et manque les platanes et manque Karin.

Mercredi soir entre 5 et 6

La lettre de Mardi.

La folle, stupide, désespérée, tendre, bien-aimée lettre de Mardi. Mio, Mio, je l'attendais comme une perdue. J'avais joué à mettre une jolie robe, seule devant mon feu ; à rougir mes ongles, à me poudrer, à me frotter des roses dans le cou — et puis, tombée sur un fauteuil, et la fièvre Lionardo de l'aorte à la veine cave, — tu ne sais pas ce que c'est. Je vais t'expliquer cette horrible transe : on sent brusquement que le cœur devient anormal — plus petit — plus lent — et qu'on devient faible. On sait immédiatement que c'est UNE PENSÉE. On l'aperçoit, à la pâle lueur menaçante qui s'approche du cerveau. On la déteste, on l'accueille.

La voici. On la regarde. Elle est atroce, inhumaine, immobile. On ne la chasse pas. On la fait asseoir, on la considère, on l'étaye de supports logiques. On appelle tous les souvenirs,

II

et de chacun d'eux, on extrait un vêtement plus vif pour l'horrible PENSÉE. Quand elle est tout habillée, éclatante, sûre, impitoyable, on lui dit : « vous êtes la vérité. »

Ô ma vie ! Ô mon bien aimé qui êtes ma vie ! Ô mon passé, mon avenir, ô tous mes souhaits, ô toutes mes larmes. Quel abandon de toute la terre et de tout le ciel, quand je ne crois plus en vous.

Voici une semaine — depuis Mercredi dernier — que je file ce fil, et que je revêts ce doute, et d'absolu vous fais ami, et d'ami vous fais hasard, et de hasard vous fais passant, et de passant vous fais adieu[1].

Et si adieu, tout m'est égal, entendez-vous. Céder à n'importe quel amant de n'importe quelle heure, mourir, me faire catholique, me faire sainte, me faire — ou seulement, rester là, rester là, et regarder sans fin mon âme misérable,

1. Traits dans les marges de ce paragraphe.

dans l'indifférence complète de ce qui fut sa patience et sa volonté.

Que ce quidam est un divin quidam ! Je l'embrasse sur le nez, sur l'œil, partout. Exactement partout où il voudra. Hé là. Car sans lui, sans sa chère embrassable ineptie, tu n'aurais pas dit ces folies, mon frère adoré, mon seul ami. « Que j'aille, que je vienne, que j'aime, » pourvu que je pense à toi, cher unique idiot, mon enfant chéri ? Comment faut-il vous l'apprendre, ô dure, dure conscience, que vous êtes en moi seul et toujours, tant que je serai. Je crois que vous avez bien fait de ne pas envoyer les 3 lettres « abominables ». J'en serais morte voilà tout. Ne jouez pas à ça, quand ça vous prendra. Cette vie chevillée que j'ai — que rien n'a pu dompter, finir — vous m'en priveriez avec la plus grande facilité. Vous êtes moi, comprenez-vous, stupide. Vous êtes exactement *la seule chose extérieure qui puisse m'atteindre.* Il n'est pas un instant de vous qui ne soit pas du rythme de mes veines ; pas une pensée de vous que je ne mérite d'avoir ; pas un de vos pas que je n'aie fait. *Lionardo mio, che tanto pensate*[1] ! Si vous entendez mon esprit comme mon corps, comment pouvez-vous ne pas savoir que vous m'êtes l'univers, les deux univers, la plénitude de l'immortel et du périssable. Celui qui est là ; celui qui suffit.

Que chercherai-je, quand je t'aurai perdu ? J'ai les yeux trop clairs pour me consoler de fantômes. Il n'y a pas d'ersatz, de ma chair et de mon sang ; pas, de mon âme. Et puis, c'est la même chose.

Je ne suis pas construite en deux, comme Dieu fait tous les hommes depuis Avicenne[2]. Je suis tout un et comme ça. Il n'y a pas d'arrangement possible, pas de rupture possible,

1. Mon Lionardo qui pensez tant ! C.P. écrit ce commentaire italien dans un des *Cahiers* de Valéry de 1913 (V, p. 33). Valéry lui-même l'utilisera dans un *Cahier* de 1921 (VIII, p. 374). Par ailleurs, il avait employé cette citation, avec une variante, dans la conclusion de la *Note et digression* qui précède la réédition de l'*Introduction à la méthode de Léonard de Vinci* chez Gallimard en 1919 : « *Lionardo mio/o lionardo che tanto penate...* » Il note dans la marge : « On peut lire *pensate* ou *penate.* » *Œuvres,* I, p. 1233.

2. Avicenne (980-1037), médecin et philosophe arabe, commentateur d'Aristote et de Platon.

pas de partage dans mes circonstances. Je suis quelque force sans espace, avec très peu de chair autour : et ce que la force entend, la chair veut. Ce qu'elle conçoit, elle aime. L'amour aveugle, kékçékça. Le vertige ? Le poids de la chair ? — Chair ne va, qu'où mène esprit. Je n'ai jamais été atteinte par rien qui ne fût conscience.

III

Je ne sais aimer sans comprendre. Je ne sais pas sentir sans concevoir. Mais si je comprends, j'adore, et ce qui est conscience, est sensation. — Ce n'est pas pour Foucault[1]. D'ailleurs, il est mort ou bien malade ; Claude et moi nous l'avons envoûté[2]. C'est comme je te le dis, avec de la cire, qu'on a fait sa figure, à bougies, et du coton pour barbe, et des yeux verts huître, et il a été piqué pendant une heure dans les couches optiques et l'arbre de vie avec des épingles chaudes. Il fondait ! avec un bruit HORRIBLE. Nous avions des masques d'inquisiteurs et moi une écharpe rouge, de maire. Exquise soirée.

PV, ma nourrice (j'avais trois ans) m'appelait Cœur de Rocher. (Mais que frappe Moïse !) Depuis j'ai peu changé. Regarder les hommes et les reconstruire par syllogisme, et se détourner, parce que les termes sont incohérents. Avoir des sens instruits par la pensée, tant, qu'ils apparaissent seulement comme des prolongements qu'Elle se serait fait, pour aimer le monde.

Quelle solitude, PV. Assister à ces tournois d'une sensualité imbécile, être aimée par qui jamais ne se figurait mon coefficient ; et pourquoi un semblable corps simple eût-il existé ? Être sollicitée à ces jeux dont j'avais soif et dégoût, sans que tout l'esprit en soit. Les voir commettre des combinaisons où leur âme allait à la mer et leur corps à la montagne..[3] et se sentir, soi, le corps si lié à l'esprit, qu'admirer était déjà une sorte de volupté, qu'une victoire sur l'intelligence semblait un droit à la caresse.

1. Professeur de philosophie à l'université de Montpellier qui a mal noté la copie de C.P. à l'examen du baccalauréat. Voir *supra* p. 67, n. 3.
2. Traits dans les marges jusqu'à la fin de ce paragraphe.
3. Ponctuation inusitée propre à Valéry et à C. P. : cf. p. 25.

Je ne sais pas si j'ai mal fait de me donner à toi, Lionardo mio. Mais en vérité, ce n'est pas de ce temps-ci, que tu m'as prise. Tu étais le maître, mon amour, de cette petite fille au regard sauvage, qui serrait son orgueil dans ses poings et te disait dans la nuit de ses rêves : ton Dieu sera mon Dieu.

Cela est bien, que vous connaissiez Gladys[1]. Elle est liée à ma première grande peine. Écoutez. Il y avait, dans un Palace d'Engadine, une veuve américaine maîtresse de prince, et sa fille splendide[2]. Celle-ci, une espèce d'ange, parfaitement pure, d'une beauté étourdissante, — vivait en Dieu et dans une poésie faite des trésors appris pendant ses voyages. Elle s'appelait Audrey Deacon. Je l'ai aimée. Je n'avais jamais rien aimé. Nous nous sommes vues deux mois tout le jour de tous les jours ; elle m'a écrit un an. Elle est morte à 19 ans à Florence en criant mon nom. Elle a refusé en mourant de revoir Gladys et sa mère. — Elle ne m'a jamais quittée. Je lui ai été inhumainement fidèle. Elle est ce que je possède de pur, de vraiment seul.

La photo en ski. Il fallait que vous la possédiez. Je pense qu'elle est enchantée. Je le pense vraiment. Je sais que j'ai *voulu passer en elle* quand on l'a faite, parce qu'alors j'étais par bien 14 médecins « condamnée » comme ils disent gracieusement. Il y avait aussi la Suisse, vingt trois tilleuls, un mépris désespéré, mon ami André en train de se faire tuer, et le sentiment que l'abîme ne voulait pas de moi. C'est *cela* que je regardais, PV, dans la parfaite lucidité, le seul courage.

Je croyais que c'était cela. C'était donc vous, ma tendresse ; ce n'était que l'amour.

Je t'aime je t'aime je t'aime, n'est-ce pas que nous nous sommes trouvés mon doute certitude de pensée silence ?

CK

1. Gladys Deacon (1881-1977), sœur aînée de Audrey Deacon, amour de jeunesse de C.P., épousera le duc de Marlborough en juin 1921.

2. C.P. fait allusion à Florence Baldwin (1859-1918), Américaine divorcée d'Edward Parker Deacon, et à sa fille cadette, Audrey Deacon, sœur de Gladys.

Dernière lettre[1].

[*Montpellier,*]
Vendredi matin 5 Novembre 1920

Je vous écris avant d'être tout à fait folle. Je ne sens encore rien que cette sorte de stupidité du cœur[2].

Vous ne m'écrirez plus, je vous le demande. Je ne vous écrirai plus. Je n'ouvrirai pas vos lettres, les renverrai.

Évidemment, vous ne comprenez pas. Il y a donc une part de vous qui n'est pas moi. Puisqu'il faut toujours placer la lucidité au-dessus de tout, je veux essayer que vous m'entendiez en ceci.

Ce partage n'éveille en moi aucune autre chose, qu'un dégoût que je ne veux pas supporter. Je m'estime au point, PV, après vous avoir donné tout mon passé, sa douleur et son courage, de recueillir autre chose que les horribles gestes des autres. Être votre maîtresse, c'était ma fierté, puisque je vous croyais mon âme [*feuille coupée.*]

Hier au soir, le professeur Morin est venu. Je lui avais promis depuis deux ans de l'épouser. Depuis deux ans, pour m'attendre, il n'a pas touché une femme. En Juin de cette année, après vous avoir vu une fois, je lui ai écrit de m'oublier.

Hier, je lui devais quelques paroles. Je l'ai trouvé semblable à lui-même, la loyauté et la gravité mêmes, dans une adoration — hélas — qui m'étreignait le cœur. Je lui ai dit que jamais, je ne m'appartiendrais plus, mais que j'étais malheureuse.

Sans doute, quelque chose de moi prévoyait cette abomination-ci. J'ai pleuré. Je m'attendais — quelle femme ne se

1. C.P. s'apprête à partir pour Paris.
2. Coupure de lettre de Valéry épinglée à la feuille : « Eh bien, *quelquefois. Très rarement.* Tu comprends comment et pourquoi./Et *cela est pire que tout.* Je te reparlerai, mais l'heure est là. » Verso : « Je vais dire des horreurs. Que je [...] peu. »

serait attendue — à toute la violence possible. Il a seulement dit — avec un inoubliable visage — qu'il m'avait construit une maison spirituelle qu'il ne pouvait pas défaire — qu'elle serait là, si j'avais besoin jamais d'un refuge.

Savais-je que j'y retournerais ce soir. [*Feuille coupée.*]

II

Le professeur Morin vient ce soir. Quelle pitié ces deux bras si forts auront-ils du mince enfant léger. Être sa maîtresse — je l'estime trop. Je ne lui rendrai pas, ce que vous faites à une autre. Il faut, pour cela, le passant.

Paul — l'autre nom, laissons-le au rêve — puisque je meurs ce soir pour votre pensée, il faut que vous sachiez ceci, que je vous jure : je n'ai pas eu d'autre amant que vous. Je pense que je serai votre dernière maîtresse. Je ne le souhaite pas. Qu'importent à présent, les étreintes de vos bras. Mais je pense que vous ne trouverez plus l'amour.

L'extrême de l'amour, portant toutes les faces de la vie, — la douceur et l'amitié, la tendresse absolue, le plaisir, la pensée. Le merveilleux paradis de sang et d'âme, celui qui est impossible, celui que tous ceux qui vécurent ont cherché, — celui que vous alliez posséder, celui sans lequel votre vie va vous être horreur, comédie vaine.

11 heures soir

Ô vous. Vous souvenez-vous de l'entente profonde du mariage des idées, qui riaient d'être doubles. Vous souvenez-vous du frisson de tout l'être, quand vous lisiez mon âme dans mes mots. Vous souvenez-vous des pays de pensée où nous devions aller à deux, où maintenant vous serez seul. De ce livre — le « système » qu'un Dieu prévoyant m'avait construite pour entendre, aider. Vous souvenez-vous de votre fatigue pour laquelle j'étais douce. Vous souvenez-vous de votre jeunesse, qui était dans mes bras. Vous souvenez-vous du merveilleux dialogue, de la chair à l'esprit. Vous souvenez-vous de tout ce qui nous restait à dire, vous souvenez-vous de tout ce qui nous restait à aimer qui ne sera pas dit. Vous souviendrez-vous d'avoir touché la flamme, d'avoir par le plus extrême de l'être, existé ; vous souviendrez-vous de l'homme que vous ne serez pas, et il faut retourner aux fantoches, et reprendre jusqu'à vos cheveux blancs le moulin quotidien, — sur la meule il ne tombera plus jamais une feuille de rose.

C'est le soir. Ils ont fini de travailler. L'*Adonis*[1], sur le bureau, s'emmêle à la Machine de Gramme[2] ; cigarette, et silence. — Karin a pris, d'un tiroir sous des feuilles de rose, des feuilles de papier. Vous souvenez-vous ? Le maladroit récit des commencements de l'amour, de la rencontre à Paris. Elle vous les tend. Vous êtes penché dans le rocking chair, à demi souriant, moqueur, à demi tendre. — « C'est idiot » dit Karin. « Donnez ! Donnez ! » — Karin ne s'était pas encore donnée. Mais elle vous donne ça. Et malgré les mots maladroits, vous lisez, vous ne souriez plus. Le feu diminue, mais comme il fait tiède. Quelle douceur est là tout d'un coup. Karin toute blanche, assise sur la table, regarde un nouveau visage sur le visage de son ami. Ah c'est ce soir-ci, le miracle. Car il a dit : « ne m'enlevez pas ces feuilles. Vous ne savez pas. Vous ne savez pas. Ce sont des paroles jamais entendues. » Et quand elle a rencontré ses yeux, elle a vu que

Adieu.

[*Feuille mutilée.*]

1. Voir *supra* la lettre de Valéry à Gide écrite vers le 21 septembre 1920, p. 33, n. 2.
2. Sans doute un texte sur la première dynamo, construite par Zénobe Gramme. Voir *supra* p. 57, n. 1.

À PAUL VALÉRY

[*Montpellier,*]
Dimanche matin 7 Novembre [*1920*]

Est-ce que je ne suis pas digne d'eux — ceux qui depuis le plus loin, sont morts pour que je vive, dont je ne porte même plus le nom, tant ils ont formé de familles, en France, en Italie — ou bien, suis-je autre ? Je ne peux pas soutenir l'héroïsme de l'orgueil.

Mon bien aimé qui m'avez au plus vrai de l'esprit blessée, il m'est impossible de vous laisser à la souffrance que vous méritez — impossible de vous abandonner à ce désastre que nous méritons. Vous pour ne m'avoir pas gardé vous-même ; moi pour avoir voulu vous donner une seconde vie, pour laquelle il ne fallait rien moins que l'âme que j'ai. Lionardo mio, qui vous changera, si je ne veux pas m'arracher de vous ? Car je sais bien qu'il faut que vous ayez une autre âme, ou que je parte.

Mais ce matin, je ne vous dirai rien d'autre. Venez dans mes bras, même si ce n'est qu'un abri précaire et bientôt défendu. Je t'en prie, n'aie pas mal. Tout disparaît devant ton mal, je ne suis plus qu'une tendresse désespérée.

C'est hier soir — ou plus sûrement demain matin — que vous recevrez cette lettre que je ne pouvais pas ne pas écrire. Les idées les plus impraticables — partir, arriver avant, et vous aider contre moi — télégraphier au 75[1] ou chez vous, n'importe quels mots d'amitié — me prouvaient assez tout à l'heure que votre vie est encore dans la mienne — mêlée mortellement.

Cependant tout est vrai. Je ne peux regretter pas une ligne, — je ne sais pas si je dois vous revoir. Si j'étais forte contre vous, je ne vous reverrais pas. Je tâcherais de faire une amitié et une alliance pour le travail, de cette implacable tendresse, afin de vous être de loin une espèce de joie. Je vous

1. Bureau de poste 75 au 36, rue La Pérouse.

rendrais au calme quotidien de l'affectueux ennui, pour toujours.

Nous sommes trois, à être misérables cette semaine. Vendredi (j'avais reçu votre aveu le matin) j'ai tenu bon, mais le soir, eu une crise nerveuse qui a duré jusqu'à 11 heures, entre les bras de celui qui ne méritait pas de voir ma peine[1]. Je ne sais ce qu'il a compris. Plus qu'il n'était généreux de lui laisser comprendre. Il ne m'avait jamais vue ainsi. Je crois que j'ai consenti à la lâcheté de l'extrême douleur, simplement parce qu'une voix tendre disait « pauvre petit ». *Soyez sûr qu'il ne m'a pas touchée.* Ne devrais-je pas avoir pitié de lui — et, par un calcul dont Bulteau donne l'exemple, quand trois êtres souffrent, choisir qu'il n'y en ait qu'un ? Soi-même. Vous rendre à ce pauvre passé, sans délice mais sans tragédie, — et payer, du don sans amour que je puis encore faire, celui qui l'a tant attendu.

Mais je n'ai pas le courage de ce courage, je préfère cruellement un triple malheur, à ton absence éternelle que je disais choisir. Je ne peux pas refuser l'existence, au paradis de sang et d'esprit, qui ne serait pas acheté trop cher de ces larmes. Ô mon bien et mon mal, ô moi-même pour tout ce que je suis et serai, que ferez-vous pour que « l'indivisible différence » ne soit pas rompue.

CK

À PAUL VALÉRY

[*Télégramme :*]

MONTPELLIER, [*lundi, c.p. 8 novembre 1920*]
10^h^ 35

ENVOYÉ PAR ERREUR MANUSCRIT NON CORRIGÉ À ÉMILE-PAUL LE PRÉVENIR QU'IL RECEVRA TEXTE MEILLEUR SINCÈRES REMERCIEMENTS = POZZI =

1. Gaston Morin.

[*Adresse :*]
Paul Valéry
40 rue Villejust
Paris

À PAUL VALÉRY

[*Montpellier,*] Lundi matin 10^{h} ½
[*8 novembre 1920*]

Ma vie

Tout est indifférent et je suis une misérable folle. En cet instant tu prends au 75 les deux lettres affreuses, et je suis serrée sur ma peur, serrée autour de ma peur.

Mio, mio, je viens de te télégraphier que ce n'était pas « le texte » définitif, que tu recevrais, qu'Émile-Paul recevrait, un texte « meilleur ». Comprendras-tu ? Mais la dépêche peut n'être dans vos mains qu'à 3, qu'à 7. Mon chéri, mon tout au monde, sois avec moi. Je ne veux pas de cette douleur pour nous, elle n'est pas possible. Tu es plus que ma douleur, tu es au-delà de ma douleur. Que des choses, figures, apparences, passages, lignes de hasards devant nos vies, nous séparent, — comment, comment ? Les choses blessent et désespèrent, elles ne scindent pas la vie d'avec soi. Ou alors c'est la folie. Je t'adore mon bien-aimé, et si ces mots voulaient dire quelque chose, tu saurais que tu es le battement de mon cœur, et plus que le sang qu'il porte et mène, l'âme profonde qui lui donne raison.

Ne dis autre chose que l'étreinte sans dire, qui me jure que tu ne me créeras plus l'idée dont j'ai souhaité mourir. Mon intelligence et ma force et tout l'élan qu'elle peut avoir, est vers toi, — l'orgueil que j'avais, tu l'es devenu ; le génie qu'on m'a cru, ou que je sens, est ta pensée ; je n'accepte rien du monde, qui ne me soit donné par toi — que je ne puisse te donner. Garde-moi jusqu'à mourir, mon vrai, mon silencieux moi-même. Et puis, sois moi tout entière, fui cet horrible temps où le désordre et la différence existent et s'étendent entre nous.

CK

Je partirai pour Paris par le train matin qui quitte Avignon à 10^h ½ et arrive à 22 heures — (coucherai la veille à Avignon) probablement *Jeudi* 11 peut-être Mercredi (après demain). Serai Plaza le soir.

Prenez ce que vous voudrez mon chéri, sous les auspices de l'Hermès A L[1], — mille n'est pas trop —

On pourrait peut-être prendre la suite de son ancien ? — à voir[2].

À PAUL VALÉRY

[*Montpellier,*] Lundi 6 heures
[*8 novembre 1920*]

Je rentre d'un jour passé dans les rues à fuir mon esprit — et trouve votre dépêche. Ô toi ô toi ce n'est pas vrai tu n'es pas celui qui m'a fermé le seul espace où je puisse vivre. Lionardo mio bien trop bien aimé, ma douce douce solitude, mon secret, mon cœur, vous dites dernière fois comme j'ai pu l'écrire. Mais rien de vous n'accepte —

N'est-ce pas —

Que signifie votre phrase, « vous avez compris ce que j'ai voulu » ?

Ne feins pas de croire, ennemi bien-aimé, que j'ai voulu, fût-ce un instant, autre chose que vous-même.

L'adoration qui me suit depuis des années, je n'ai jamais pu y consentir — tournée que j'étais, consciente et misérable, vers *votre visage.* Je t'aime depuis mes nerfs jusqu'à ma pensée, je t'aime depuis le regard que tu ne me donnes pas

1. André Lebey est identifié ici au fils de Zeus, messager des dieux et symbole de la ruse.
2. Il s'agit peut-être de l'ancien appartement d'André Lebey.

jusqu'au consentement absolu de ta volonté que tu m'as donnée — je t'aime pour vivre et pour mourir et pour jamais et depuis toujours.

Il n'y a rien d'autre que toi pour mon corps, hélas, pour ce qui conçoit mon corps. Tu es le mouvement de mon esprit et tu es ma plus profonde tendresse. Ô ma douleur, tu es à jamais présent. Que tu te taises ne changera pas l'identité qui a revêtu ton âme, je serai toi dans mon éternité humaine, je serai toi quand tu te seras mille fois renoncé.

Je suis morte de fatigue et de tristesse, et vais repartir dans cette ville noire — c'est la nuit — battue de vent, pour que tu saches plus tôt — que je suis là, ma peine adorée — que je suis encore là.

Karin

À PAUL VALÉRY

[*Montpellier,*] Lundi soir 10 heures
[*8 novembre 1920*]

dans l'incertitude absolue

J'ai porté, jeté, dans la gueule de bois, ce qu'il fallait bien que je vous réponde.

Que j'ai sommeil.

Je pourrais dormir à jamais. Connaissez-vous ces vers de Shelley —

I could lie down like a tired child
And weep away the life of care
That I have borne, and yet must bear,
— Till death like sleep might steal on me[1].

1. Percy Bysshe Shelley (1792-1822), « Stanzas Written in Dejection, Near Naples » (1818) (« Strophes écrites dans l'accablement, près de Naples ») : Je pourrais me coucher comme un enfant lassé/Et chasser en pleurs la vie de souci/Qui fut mon fardeau et le sera encore,/ — Jusqu'à ce que la mort, comme le sommeil, me vienne furtivement (Shelley. *Poèmes*, trad. M.L. Cazamian, Éditions Montaigne 1960, p. 105).

Audrey Deacon mourante me les envoyait. Je te les jette aussi.

Je pars demain pour Paris. Il n'y a pas de sleeping. Je suis forcée de prendre à Avignon le rapide de 10ʰ 20. Il faut donc coucher à Avignon. J'y coucherai demain soir ; et *j'ai une place dans le rapide de Mercredi matin.* Arriverai à Paris à 10ʰ c'est à dire 22ʰ Mercredi et je ne sais quoi. Pouvez-vous venir à la gare ? Non, c'est impossible, il ne le faut pas ; il est nécessaire que je demande l'auto, et il y aura sûrement un frère dedans. Si j'étais sûre que vous receviez ceci Mercredi, je ne préviendrais personne afin qu'on ne me cherche point, et que vous veniez. Mais il est impossible que vous receviez ceci en moins de 48 heures, avec le train des postes à présent. Si vous pouvez téléphoner ou télégraphier Avignon Hôtel de l'Europe y serai jusqu'à Mercredi 10ʰ moins le quart. Aurai-je un signe de toi avant ce départ ? Je ne télégraphierai à mon frère que j'arrive, que d'Avignon au départ. Mais plus je calcule et plus je suis sûre que vous ne recevrez ceci que Jeudi soir ; mon frère sera prévenu, et il ne faut pas venir. — Si plus tôt, vous pourriez téléphoner au Plaza vers 10ʰ ½ ou 11ʰ le soir — Mercredi

Le voudrez-vous ?

Que voulez-vous ? Où êtes-vous ?

Mon amour, je vous ai perdu ce soir. L'espace s'est durci, comme vous disiez. Il était, il y a trois jours, d'une si sensible résonnance. Nous l'avions vaincu, ô dieu sauvage.

Viens si près que je ne sache plus rien. Dis-moi si bas que je le devine — dis-moi, jure, ô mon univers, que vous ne me déchirerez plus de cette peine, que cela ne sera plus qui me mène à l'oubli de vous, de moi, du soleil. Lionardo mio, chose la plus près et la moins et jamais livrée, toi que je ne puis plus séparer de l'effort que je fais pour m'astreindre à vivre, tu peux que je vive — et aussi, le contraire. Ô cruel esprit qui êtes mon corps, souvenez-vous que l'enfant aux roses vous a dit « ayez pitié de moi ». Ayez pitié de vous en elle, qui êtes elle jusqu'au consentement sans retour.

CK

[*Dans la marge :*]

Mardi matin midi

Ai cette pensée : en arrivant demain soir si je trouve appartement bien au Terminus Gare de Lyon, y descendrai, afin de vous voir le lendemain sans être dérangée par visites. Voulez-vous dès que vous recevrez ceci Jeudi téléphoner audit Terminus. Si je n'y suis pas, serai Plaza. Je vous appellerai chez Lebey à 11^{h} à l'appareil Jeudi si ai pas eu nouvelles. Excusez tout ceci écrit dans grande fatigue et hâte.

C

À CATHERINE POZZI*

[*Paris,*] Mardi [*16 novembre 1920*]

Le mal que j'ai donné à l'être que j'aime le plus au monde [...] quand tu n'es pas là, je suis absent. Je suis absent, séparé de moi, étrange, incomplet, autre. Je te retrouve et me retrouve, avec l'anxiété de ce que tu es, une autre inquiétude, la peur de ne pas t'atteindre, et cet amour qu'il faut bien oser appeler une maladie de l'esprit...

À PAUL VALÉRY

[*Paris, vers la mi-novembre 1920*]
6 heures et demie

Mon stylo n'est pas là et je n'ai presque plus de papier. Mais je veux vous rejoindre un instant, chère voix chérie qui la dispense *avarement*.

Tout à l'heure, enlevant mon manteau, tombe le grand foulard bleu du Colonel[1] que j'avais fourré entre robe et chair, n'ayant pas de poche. Je le regarde, il m'arrive nouveau, il revient nouveau, ce bleu vert, d'un voyage au pays — au pays —

Que j'ai bien fait de le poser, là-bas, inutile ; non pas inutile ! Il a capté les images dont je ne savais pas si elles seraient tristesse ou joie ; mais maintenant, je sais. Les voici — je suis au milieu d'elles. Avec étonnement, je comprends qu'elles sont bonheur. Vous, pièce stupide aux rideaux cramoisis — couloir étroit et porte basse — feu qu'on hésite à décider — longue chaise longue faite pour un seul corps — je ne puis pas vous quitter encore, ô Colonel déjà parent. Vous avez entendu trop de choses, et l'âme qui est tout l'univers où je dois vivre.

Mon cœur, mon cœur chéri, comment voulez-vous que je mette ceci à la poste ? Que je l'adresse, même ailleurs ? C'est à moi-même seulement que j'ai le droit de dire ce soir, quel vous j'ai préféré — du premier qui se taisait, perdus à deux que nous étions, — ou du dernier qui m'expliquait NIL point obscur, avec ce regard où tient toute la clarté humaine ; qui est sûr de soi et de sa puissance ; volonté — Lionardo mio, le regard certain d'être le plus fort ; et c'est parce que vous avez ces yeux-là que je vous souhaite parfois tel, dans le monde second où certes vous n'étiez parmi les faibles que par dédain. Maintenant que j'ai besoin de vous — amèrement besoin de toi ma chère conscience — vous voudrez, comme l'idée, mener le hasard —

[*Sans signature*]

1. Pour se retrouver discrètement, C.P. et Valéry ont loué un appartement dans la rue du Colonel-Moll près de l'Étoile et non loin de leurs résidences respectives dans le XVIe arrondissement.

À PAUL VALÉRY

[*Paris,*] Mardi soir 9 heures 20
[*16 novembre 1920*]

Mon chéri,

Votre pâle visage contre mon esprit. Comment vous attendre jusqu'à demain. Vous aurai-je, demain ? Une peur sans raison de ne pas vous retrouver demain. Vous êtes si profond dans mon cœur d'aujourd'hui, qu'il me semblait que vous deviez venir, que vous alliez entrer, que vous n'en pouviez plus. J'attendais, dans les salons du hall, vers cette musique et sous les lumières roses, — je vous voyais entrer — je vous créais entrer — personne la plus seule qui êtes au monde.

Ensuite, j'imaginais que nous allions être séparés, parce que vous alliez être malade. Une telle détresse, une telle nécessité de vous voir afin que vous me disiez que ce n'est pas vrai. Et la construction stupide continuait : j'écrivais à Lebey, il venait ici, je lui disais en pleurant de vous dire que j'allais très bien et que j'étais misérable.

Mon cœur, mon cœur, ayez pitié de moi. Ne me faites pas cela. Préservez votre corps du mal, ayez pour lui l'optimisme féroce, et la discipline qui défend. Obtenez-lui le repos nécessaire.

Cazalis[1] est venue, et Brimont, pendant que j'étais sortie — à cette place Vendôme, où tout m'ennuyait, sauf les mots sans intelligence d'une femme, sur l'amour — parce qu'alors je pouvais fermer un instant les yeux sur le délice où vos bras m'enferment. J'ai été chez Brimont, d'ailleurs, comme elle venait chez moi — chez elle, qui me parlerait de vous. Et j'ai regretté Cazalis pour cela.

Qui ne chercherais-je pas ce soir pour sentir passer votre présence entre des phrases.

Mon bien aimé, voyez ma déraison de vous écrire ; mais je ne puis pas autrement me mêler un peu à toi. Vois, toutes

1. Alice Cazalis, née en 1852, veuve du poète Henri Cazalis (en littérature, Jean Lahor), est une cousine de C.P.

choses sont éloignées, que je contemplais, tous les mouvements de la vie cessés, qui nous séparent. Consens à refuser hors la réalité les mille obstacles qui nous privent de joindre, vous qui savez nier, dites-leur non, ce soir. Ne veuille de l'univers que cette présence différente qui souhaite en toi l'identité, — ô toi, écoute, les yeux fermés, à genoux comme j'étais il y a des heures, je ne sens plus de ma vie que la tienne, accueille-moi.

Karin

Mercredi matin je viendrai à 2h

À CATHERINE POZZI

[*Paris, novembre 1920 ?*]

cinq heures —

Karin, ma vie, quel trouble maintenant, après cette heure de conversation. Tout est noir, encore une fois. Nous avons dit pourtant quelques choses des plus sages, c'est-à-dire, des plus intérieures que nous nous soyons tirées l'un de l'autre.

À CATHERINE POZZI*

[*Pneumatique :*]

[*Paris, mercredi 17 novembre 1920*]

Nuit infinie en morceaux — Les profondeurs trop vraies et trop fausses de la nuit — le battement du cœur, sa pointe, sa dureté, sa vitesse… la vue de *la figure de ma vie.* Je ne viendrai pas aujourd'hui……

……………………………………………………………………………

Demain à 2 heures mon amour mais aujourd'hui je suis trop fatigué.

— Peut-être passerai-je vers 3h ½, rue de Longchamp[1] où je mettrai une carte. À demain.

À PAUL VALÉRY

[*Enveloppe de l'hôtel Plaza Athénee/Paris :*]

[*C.p. mercredi 17 novembre 1920*]

Pneumatique

Monsieur Paul Valéry
40 rue de Villejust
EV

À PAUL VALÉRY

[*En-tête :*]
Hôtel Plaza Athénée
25, Avenue Montaigne — Paris

Jeudi matin [*18 novembre 1920*]

Mon enfant

Mardi soir — avant hier, après la journée passée contre vous, je vous écrivais ceci[2]. Le lendemain matin, j'apprenais que vous étiez trop las pour traverser la place de l'Étoile — et dans la phrase d'après, que vous sortiriez pour faire visite rue de Longchamp.

Pardonnez-moi mon pauvre chéri d'être capable de mesurer une si courte distance. Trop las pour aller de cinq cent mètres à droite, mais non trop, pour la gauche ; — vois ma jeune logique en douleur ! *elle n'y peut rien, elle com-*

1. Chez la mère de C.P., Thérèse Pozzi.
2. Voir post-scriptum.

prend. Vous êtes venu à l'Hôtel à 3 heures j'y étais — je ne suis sortie qu'à 5. — J'y étais ; il serait difficile de dire que mon âme était optimiste et sereine. Vous ne m'avez pas demandée. Vous n'avez même pas risqué une chance, que j'y sois.

Je crois que vous avez agi *exactement* comme je l'eusse fait — hélas, l'ai fait déjà — à votre place. Vous n'aviez pas envie de moi hier ; cependant, vous souhaitiez sentir quelque vague chaleur de moi qui ne serait pas moi, et en même temps, me rassurer, faire un geste gentil. Alors, vous avez éludé le Colonel[1], et vous êtes venu, sans me demander. On n'est pas plus Pozzi. Vous avez humé juste ce que vos nerfs pouvaient accepter de Karin, êtes parti content. Et moi, qui reçois la lettre 10 minutes après, qui cours en bas, qui vous demande...

— Mon cher petit enfant, Karin ne s'arrange pas bien dans votre vie. Elle croyait être deux heures de joie et le seul repos. Elle n'est, que la place de l'Étoile à traverser.

Je ne vous en veux pas, ce serait indigne de moi et de vous. Mais je vous demande, mon pauvre gosse que vous êtes, d'être assez généreux pour me comprendre. Je n'en puis plus, de cette vie que vous me faites, en me persuadant que je vous suis un tourment. Il vaut mieux, Lionardo mio, si votre cœur s'accommode si mal de ce que j'appelais bonheur, il vaut mieux y renoncer. C'est pour cela que je vous ai remis à un dimanche, qui, si vous voulez, ne sera pas. Regardez profondément en vous, mon bien-aimé ; et faites-moi le don de ce courage de vous avouer et de m'avouer, que vous préférez revenir à votre vie d'avant. Quoi qu'il advienne de moi, je n'oublierai pas... ce que vous m'avez appris. Et ne répondez pas. Je ne suis pas encore assez héroïque pour les phrases d'adieu. Envoyez-moi seulement — vous trouverez chez le fleuriste en face — *une seule rose.* Je saurai que c'est la dernière.

Karin

1. Il s'agit de l'appartement meublé de la rue du Colonel-Moll où C.P. et Valéry se retrouvent en cachette.

PS Pourrez-vous sous-louer ce pauvre petit Colonel abandonné… essayez, n'est-ce pas. Je ne puis ajouter la lettre de Mardi soir — ce serait trop lourd — et puis, — à quoi bon.

À CATHERINE POZZI

[*décembre 1920*]

À copier de votre main
sur →
le premier recto[1]

Ceci m'a été donné par Quelqu'un pour que j'y inscrive celles de mes pensées qui préfèrent d'être sous clé ; entr'elles, quelques unes qui regardent quelqu'un ; et parmi celles-ci, les plus dures, les plus humiliantes pour lui. Nous avons échangé la connaissance contre la passion, et dès lors je l'ai connu trop bien, et il m'a aimée bien trop.

Mais je n'en ferai qu'à ma tête, et j'écrirai ici ce qui me plaira. Ou pire encore !…

K
→
le 1er verso du cahier

Sur ma bouche douloureuse
Un vœu brûle, pur et seul.
Je dis au soleil : Aïeul,
Éclaire Karin heureuse.

1. Valéry offre à C.P. un beau cahier vierge à fermeture relié en cuir vert. Ce texte figure sur la première page.

À CATHERINE POZZI*

[*Paris, samedi*] 1.1. [*19*]21

Sœur chérie, je ne pourrais pas souffrir davantage, si tu me chargeais de ta propre peine. Les croyants sont assurés du partage des mérites, des offrandes vivantes, et des sacrifices. Tout est commun entre eux. Pourquoi non entre nous ?

À PAUL VALÉRY

[*Paris, mardi*] 4 1 [*19*]21

Mon amour,

Voulez-vous que je dise bonsoir sur ce vieux papier retour de la Bibliothèque ? Sur l'autre feuille, vous écriviez un distique : « jusque dans la cité des livres...

. . . .

Vos bras sont tout autour de moi encore. Je suis demeurée un long temps couchée sur les fourrures, à ne savoir que vous — à éprouver ici et ici votre épaule, votre visage ; à continuer de me donner à vous dans la nuit. Je suis un seul être, plus riche, plus complet ; ma joie et mon souhait sont là et moi en eux, — bien autre chose que souhait et joie, seulement la possibilité de vivre. Ô vie de moi, qui devez être séparée ! Quelle terreur, mon cœur, pour demain. Ce demain est dans cinq jours.

Je ne puis pas t'écrire autre chose, que ceci, mon cher corps ; c'est un miracle à ne jamais comprendre, que vous vous soyez ainsi ajouté à moi et qu'à présent nous deux, devenu quelque être d'existence plus puissante, supérieure, ne sommes rendus à l'état simple d'avant que pour éprouver des tortures. Et ma partie misérable acceptait tout du destin, sauf cette division, — question à résoudre, du moins, à poser : je te sens arraché à ma vie, et cela n'est pas image, figure pensée — mais bien quelque chose de moi, est tourmente vivant, quand tu pars. Mon chéri, ma douce douceur implacable, quel dieu prier pour qu'il nous joigne à jamais et me délivre, me mêlant à toi, de vous !

CK

À CATHERINE POZZI*

[*Paris, samedi 8 janvier 1921*]

« *Ce bleu si mol, si cher*[1], *cette intimité, cette chambre haute*[2], *toi et moi, rien de plus. Et tout se passe comme si nous nous suffisions ineffablement.* » [...] « Tout se passe comme si rien n'avait eu lieu. »

À CATHERINE POZZI

[*Paris, janvier 1921*]

De chez le Colonel
3^{h} 30 —

Je sentais trop qu'on ne se verrait aujourd'hui, ma chérie, —

Two days without being the nearest[3] —

Mauvais anglais —

Vraiment j'aurais eu besoin de te voir.

Ce soir après dîner je ne vois un moyen. Je t'embrasse bien mal !

L.

1. Le 17 février 1921, C.P. écrira dans son *Journal* : « J'ai été inventer chez Roux une chemise bleue. Elle est de ce bleu, vous savez, que vous dites "si mol, si cher", et d'une soie très douce. C'est une chemise de nuit pour dans quelque temps. Et au bord, elle devient rose, rose sang frais. Le ciel et la vie. Ce n'est pas une chemise de nuit, c'est une métaphore... »

2. Il s'agit sans doute d'une des pièces de l'appartement de la rue du Colonel-Moll.

3. Deux jours sans être le plus proche.

À PAUL VALÉRY

[Janvier 1921 ?]

De toutes mes partitions perdues, il m'en renvoie une — La Walkyrie. Quelles pages faut-il jouer. Les Adieux de Wotan, je viens de les redire. Quel royaume, que celui des sons — et comme je regrette de l'avoir abandonné pour ces chemins où vocabulaire = ornière. Il faudra pourtant dire dans 8 jours si vous voulez que votre enfant soit musicien, philologue, ou carabin.

Mais si vous choisissez un parallélisme exact ? Par exemple, que je m'accroche à un Beau Tordu, dont je serais officiellement la lampe ? Attention, Monsieur Tisiphon, ne me rends pas fou.

[*Sans signature*]

À CATHERINE POZZI

[*Paris, mardi*] 18 Janvier [*1921*]

Note de physique mathématique sur certains systèmes

—

Soient deux systèmes K et L, dont nous ne savons d'ailleurs absolument rien, si ce n'est que : 1° ils ont, quelles que soient leurs différences, ceci d'identique — l'orgueil spécial ou le sentiment de devoir se surmonter indéfiniment. Ce qui est acquis n'étant rien. (*Nihil reputare actum*[1] ; battre son propre record etc). 2° nous savons, de plus, que ces 2 systèmes se sont rencontrés et composés. De leur composition résulte un tiers système A = (L, K) qui *jouit* de la propriété des composants, N° 1.

1. Comptez pour rien ce qui est déjà fait.

A tend donc à se maximer indéfiniment. L et K ne peuvent constituer A que si A satisfait en chacun à leur condition propre de se maximer — c.-à-d. se maximer lui-même. Mais les conditions de L et de K autres que (1) sont dites : *ordinaires humaines*. Ce que K et L ont de fini et de limitatif devient de plus en plus résistant. — D'autre part, A parvenu à un certain maximum compatible avec ces résistances, se représente à lui-même le *nihil reputare actum*, qui est, à lui, sa seule Loi, — et déprécie le maximum atteint. Il se nie et ne se trouve rien de plus à faire. L et K se trouvent donc à la merci de la condition finie (en apparence) du système résultant A. Mais cette apparence elle-même résulte des conditions *ordinaires* humaines, de L et de K *et non de A*. Donc, A va tendre en sens inverse à un minimum. Ce minimum peut atteindre zéro et s'y fixer.

Voyons les diverses possibilités :

1° Zéro, après oscillations ;

2° reprise vers le maximum atteint déjà — et donc suite de grandes oscillations à peu près superposables

3° Recherche d'un autre maximum, — rencontre de ce *maximum maximorum*[1]. (N.B. cette recherche était l'objet primitif, ou le mirage, ou la « cause » essentielle de l'attraction des systèmes L et K).

Pour étudier ces 3 cas, on est obligé d'introduire des notions nouvelles. A^L est l'image de A dans L ; A^K l'image de A dans K. (On remarquera 1°, que l'extrême de l'émotion — ou ce qui semblait l'extrême à L et K ; ni l'extrême de la compréhension mutuelle, ou ce qui semblait l'extrême ; ni l'extrême de la sensation, ou ce qui semblait l'extrême, — n'ont pu retenir A sur la partie descendante de sa courbe. 2° que des états d'absence, de froideur — tout à fait semblables à certains états observés ici, ont été notés par les mystiques (S. Jean de la +) dans les rapports de l'âme avec *son*

1. Le maximum des maximums.

Dieu. Dans le problème actuel, le *maximum maximorum* de A joue le rôle de Dieu, à l'égard des composants.)

—

D'après la notation ci-dessus, A que j'avais écrit A = (L, K) peut s'écrire : A = (A^K, A^L). Tout revient à désespérer, ou non, de A ou plutôt de sa valeur suprême.

—

On ne sait rien sur A^K, dont la variation est inconnue. On sait quelque chose, et peut-être trop de choses de A^L. L'idée que L se fait de A maximum est probablement trop grande, et trop excessive : ce qui tient à ceci — que la formation du système A l'a surpris ; il ne s'attendait à rien de semblable ; le rêve même n'en existait pas pour son esprit. Il semble, au contraire, que K avait vécu dans cette attente, avait tenté de provoquer, une ou deux fois, la formation de systèmes analogues. C'est une grande différence. Ce qui pour L était unique absolument, ne pouvait l'être à K que relativement. L pense : *unique*, où K pense : le *meilleur*. (Ceci est flatteur pour les 2 systèmes.)

—

Un caractère important complique beaucoup le problème. Il en forme, d'ailleurs, le détail le plus intéressant. Il y a lucidité. D'où tendance à chercher toujours *plus loin*, les signes non-simulables d'intérêt, de besoin, de nécessité — de l'un pour l'autre dans l'un, et de l'autre pour l'un, dans l'autre. L'univers attend la solution de cette affaire capitale pour lui : si un système de deux « invariants » peut en former un seul ? Si les différences seront victorieuses — ou l'affinité ? — Lui, se moque des douleurs. Il oppose à cet A ses lois ordinaires, comme la rechute du max. au zéro.

Mais *naturae non imperatur nisi parendo*[1]. C'est affaire à l'intelligence de savoir où elle en est, *où ils en sont*, si elle est as-

1. On ne commande à la nature qu'en lui obéissant.

sez profonde et assez subtile pour démêler le chemin à suivre afin d'opposer à son tour à l'univers, ce qui est universel et capable de p[lusieurs ?] univers. Mais cette analyse demanderait une autre note. Il ne s'agit de rien moins que de reconstituer un état et une émotion, avec l'intellect et ce qu'il a appris de ses auxiliaires organiques, miraculeusement syntonisés.

—

N.B. L n'a aucun besoin de reconstitution.

CATHERINE POZZI, *JOURNAL*

20 janvier [*1921*]

Comme je rentrais, la concierge me remet la petite lettre-télégramme, et dans la même enveloppe, l'essai-note de phys-math. J'y réponds le soir, rue de Longchamp, après dîner, non point comme vous aimez que j'écrive !

Mercredi matin, téléphone : vous êtes exaspéré par le style de la veille que vous venez de recevoir. Et puis, dites-vous, vous *ne croyez pas* à mes raisons, ni à ma peine qui vous reproche, ni à l'importance de cette histoire-Tisi. D'où res-tyle, et 4 pages, que je porte chez vous en passant. Il était midi ½ quand je suis passée ; vous rentriez. Quand vous avez vu la voiture, vous vous êtes pris à courir. Mon chéri, vous avanciez avec cette grâce que vous avez parfois, et comme vous n'aviez pas le hideux pardessus, ni le chapeau, vous sembliez jeune, jeune... Vous êtes monté un instant près de moi [...]

À PAUL VALÉRY*

[*Montpellier*,] 8 Février 1921
Mardi soir 10 heures

J'ai cacheté les papiers épars, fermé à clef des choses, remué un tiroir où sur des feuilles de rose dorment mes plus beaux jours. Un mouchoir plein de sang, parfumé comme si tous les ciels, toutes les branches, toutes les fleurs de l'automne avaient laissé cette pourpre-là. Je m'en vais demain matin — pour seulement une semaine ; mais je sais bien que c'est de ce train que commence mon plus long voyage[1].

Mon amour, sur un journal écrit pendant le mois de Juillet Août, quand je ne vous connaissais que si peu encore — en Auvergne, au Plaza — il y avait ces mots qui terminaient les feuilles que je vous ai données : « c'est donc par vos mains, le don royal... (et puis, cela continuait) : *je meurs, et c'est vous qui...* ». Avant de vous les donner, j'ai arraché cela, enlevé cette phrase, et il y a écrit au crayon sur ce que j'ai mis à la place « recopié », car cela m'a paru théâtral idiot, — et puis, j'ai eu peur de ce que j'avais écrit[2].

C'est donc par vos mains, le don royal, mon amour. Mon corps de détresse, mon esprit de clarté, je vous dis bonsoir avant que de dormir. Que deviendrez-vous sans moi, mon enfant fraternel ?

Dieu veuille qu'il y ait demain une lettre de vous moins aride que celle de Samedi.

Vous accepteriez donc de me quitter, toi, dès tout de suite, sur crainte seule que je ne vous demeure pas plus tard ? (Encore n'avais-je que mis en doute mon corps, jamais moi-même dans cette lettre à quoi vous avez ainsi répondu.) Vous me laisseriez supporter au loin ces jours que je tiens de toi

1. C.P. part pour rendre visite à ses amis Jonquières à Toulon ; ensuite, elle va séjourner chez Suzanne Poncet à Cannes. Atteinte de tuberculose et se croyant enceinte, elle est très anxieuse : son père lui a dit qu'une deuxième grossesse mettrait sa vie en danger.

2. Voir *supra* le *Journal* de C.P. du 2 août 1920, p. 31.

— vous voudriez bien ignorer mon mal, ou mon courage — et si votre fils est vivant — J'ai une peur misérable que vous ne soyiez vraiment ainsi. Les autres maux ne seraient rien, près du mal plus grand que tu n'aies telle âme. Mais je ne veux pas que tu l'aies.

Bonsoir ô mystérieux malheur que je ne comprends pas. Baissez contre mon cou cette tête fatiguée, et dites-moi si bas qu'il faut que je le devine, que vous êtes vraiment la moitié de mon cœur. Non pas seulement tout mon cerveau ; mais cette alliance qui ne connaît pas le trouble, le tendre mouvement du même sang. Et que je croie, que je croie, que je suis mieux que votre soif : votre bien ; cela dont on ne se « distrait » pas, dont on ne se venge pas en le laissant à ses hasards. Cela auquel on se doit comme à soi-même, quoi qu'il advienne, quoi qu'il advienne, mon chéri.

CK

À PAUL VALÉRY

[*Carte, bordure de deuil :*]

Montpellier *again*[1] Mercredi [*16 février 1921*]

Monsieur le rhéteur, monsieur des divines raisons, je répondrai demain à ce morceau vraiment irréfutable, dont l'ironique musique a charmé mon retour, hier. À présent, il faut que je sorte « en courses », et si j'attendais, qui posterait ceci ? Mais vous êtes une plume bien séduisante qui n'aurez pas le dernier mot. Soleil, soleil, faute éclatante[2]... Robe bleue, ciel coupe immense où s'enfle un bruit de charrette. J'ai dormi, comme après la première escale d'un voyage

1. De nouveau.
2. « ... Soleil, soleil !.... Faute éclatante !
Toi qui masques la mort, Soleil,
Sous l'azur et l'or d'une tente
Où les fleurs tiennent leur conseil [...]. »

« Ébauche d'un serpent », *La N.R.F.*, 1er juillet 1921.

pour *Nihil* ou pour *Totum*[1], ce qui est après tout la même chose. Ah la la, je parle comme une femme du monde qui aurait des clartés. Mais je t'embrasse.

K

Article sur vous dans *Mercure* bête mais bon[2]. Le fils du doyen[3] balade une femme chic en deuil qu'est [*sic*] pas d'ici.

CATHERINE POZZI, *JOURNAL*

17 février [*1921*]

Je revois un Montpellier ennuyeux et semblable, pourtant différent. Une lettre de lui est là. Tendresse absolue, ma tendresse sans courage qui ne m'aiderez pas. J'ai mal à la tête. Je ne vais plus penser. Il m'envoie les lignes, les prières écrites la nuit, prières vers soi-même et moi-même, celles qu'il faut bien que Dieu entende, que Dieu aime, s'il est.

Et puis, j'apprends que dans les mêmes jours, vous paraissiez, dîniez chez votre amie que même le méprisable Paris méprise ; ainsi, ces lettres qui sont là, que vous écriviez d'une main fiévreuse la semaine passée, qui me crient que je possède le seul rêve que j'aie voulu rêver, n'étaient séparées que par l'espace de plusieurs heures des conversations où mon rêve même ne se supporte qu'avec ennui.

1. Pour Rien ou pour Tout.

2. André Fontainas, « Revue de la Quinzaine — Les Poèmes. Paul Valéry : *Le Cimetière marin*, Émile-Paul — Paul Valéry : *Album de vers anciens*, A. Monnier et Cie », *Mercure de France*, 15 février 1921, pp. 166-169.

3. Jean Valéry, fils du frère aîné de Valéry, Jules.

À CATHERINE POZZI*

[*Paris, vendredi 25 Février 1921*]

Ta lettre était puissante de rose, toujours toute puissante. Tant pis je ne voulais plus te parler de choses si cruellement chères, — si maîtresses après tout, — et que je ne puis pas vaincre toujours, ma volonté elle-même les secourant secrètement derrière la lumière.

Tu comprends, mon petit nigaud, que je t'aime comme sœur et comme femme et comme Psyché et comme Éros, comme ami infiniment intime, et je ne puis rien ôter de ton adorable collier. Je ne peux pas briser le fil qui retient les perles. La rareté incomparable du joyau vient de cette réunion. Une perle considérée me jette à l'autre, et d'orients en orients je te parcours indéfiniment. C'est t'aimer chérie trop complète trop nécessaire trop fermée autour de L.

Donnez-moi mon souci quotidien. N'est-ce pas mon pain et de quoi voulez-vous que je vive ? Je *ne pense pas que tu comprennes* ce besoin impossible qui tout à coup après une nuit et un demi-jour de peine tendre et sombre, me soulève, se brise et me brise contre moi-même car c'est moi aussi qui suis obstacle à moi vers toi, puisque si j'étais autre, peut-être il n'y aurait pas d'obstacle.

Vois-tu ces mots ? C'est la puissance de mes bras qui te pressent et qui se ferment sur toi mais qui ne pressent rien et ne se ferment sur rien, — c'est mes yeux fermés qui veulent te caresser de leurs paupières et qui ne frôlent rien, ton cher front serré n'existe pas, c'est mon corps tout entier qui te respire et mes mains qui se sentent pleines de soie bleue et d'épaules qu'elles contiennent tout entières et puis c'est tout mon esprit qui veut sortir ! Alors ces puissances tendent et roidissent les liens extrêmes de la vie ; et le vide, l'avenir plus vide, l'absence, parfois cette présence imparfaite, ou pire, qui est dans tes lettres, les tournent contre moi et je suis rompu, roué de coups invisibles par leur retour, comme un câble qui se rompt revient sur l'homme et lui casse net une jambe ou l'assomme.

À PAUL VALÉRY

[*Paris,*] Lundi 21 Mars [*1921*]. 11 heures.

Comme je viens de vous le dire, cher L, il ne faut plus compter me voir de quelques jours à moins que vous ne veniez dîner demain soir comme Jacques[1] vous le demande. Il propose de vous conduire ensuite avec l'auto (où il faudra que vous tolériez André Troisier[2] qui y va aussi) au Vieux Colombier.

Hier au soir, la gorge m'a gratté, et soudain — la plus inattendue des hémoptysies, sans même presque m'en apercevoir — sans rien sentir. Cela *ne m'était jamais arrivé.* « Pâle qui se résigne, et saigne sans regret[3]. » Au temps de mes pneumonies, j'avais à peine teinté un mouchoir de rose, une fois — ceci est le grand jeu.

Vous voyez que les prévisions de mon père se vérifient de point en point. Seulement plus vite que je ne croyais. J'étais guérie en Septembre, mais sous peine de ne rien risquer. L'hiver passé à courir à pied — et le voyage à Toulon, (et surtout... avec hôtels glacés) — ont un peu hâté ce que je savais devoir être. Je verrai un médecin si vous voulez dans quelques jours, mais ce sera seulement pour qu'il se pose une question si insoluble — (en « sacrifiant » quelque chose peut-on me sauver encore) que vraiment il vaudrait mieux épargner la conscience du pauvre homme.

Il nous reste à présent à chacun de tirer une morale. Moi, de me préparer à quitter ce royaume proprement, en mettant le plus grand ordre au bien supérieur que j'en ai pu, pendant cette vie, tirer. Vous, à prendre de moi pendant le peu de temps de compagnie que je puis vous donner, cela dont vous feriez après moi de la sagesse, de la force ou du bonheur.

—Je ne puis m'empêcher de vous avouer que je ressens un grand calme. Je suis comme un voyageur épuisé qui voit

1. Frère cadet de C.P.
2. Ami d'enfance de C.P.
3. *La Jeune Parque, Œuvres,* I, p. 107.

la lumière de sa demeure. Puissé-je ne pas me tromper ici, et que la confiance ait le droit de prévaloir.

À vous,
Catherine

CATHERINE POZZI, *JOURNAL*

Vendredi Saint [*25 mars 1921*] 5 heures

Aux heures les plus misérables que j'ai connues — moi que tant d'heures n'ont pas encore tuée —, le mois passé, vous dîniez chez la princesse Soutzo[1], en grand tralala. Elle acceptait très bien que vous soyez un numéro cinq à son quadrige. Vous le savez et je le sais ! Ces gens n'ont ni culture vraie ni bonté, ni esprit, ni goût, mais le semblant de quelques-unes de ces choses. Ils vous mettent — mon diamant —, sur leur table, et ce qui me fut la présence même de Dieu rehausse leur grotesque plaisir.

Vous m'écrivez quotidiennement. Mais la tendresse ou l'anxiété de vos lettres n'empêchait pas ces plaisantes agapes, que vous me cachiez avec soin.

À PAUL VALÉRY

[*Paris, lundi,*] 2 heures 28 3 [*19*]21

Ma pensée chérie,

Vous, chose dont je n'aurai jamais assez ! Voici les enveloppes.

Mais moi, je vous habite, comme qui a trouvé sa demeure. Et je sais que vous me trouvez Bête quand je parle selon la redingote du pasteur, que dépasse à peine le lin mystique

1. La princesse Soutzo (1879-1975) va épouser Paul Morand en 1927.

d'Hypatie[1], et que je dis : nous serons ensemble pour des expériences infinies ; ce n'est pas ce petit soleil qui peut y suffire.

En attendant, mais je prends l'auto, je couraille, je passe un pied marron, je me pense, je me rentre, je reprends la mesure de gamma[2], peut-être que je fume ; peut-être que je suis triste, et que je fais une prière. Mais je ne te quitte pas.

J'en ai fait qu'une c'est trop fatiguant.

CK

La verte est ratée[3] mettez sous imprimé.

À PAUL VALÉRY

[*Paris fin mars 1921*]

Quand vous avez téléphoné la 2de fois, j'étais branchée avec quelqu'un qui ne doit pas vous connaître — d'où inquiétude et « au revoir ». La 3e fois, je n'étais *pas seule.*

Mais le petit télégramme est si doux, il y a là quelque chose de si nouveau, presque, (pardonne ce mot) et une infinie sollicitude inconnue pour laquelle je vous remercie.

En hâte je pars pour courses Paris.

Au revoir mon esprit chéri.

CK

1. Hypatie : mathématicienne et philosophe néoplatonicienne (370-415).
2. Un millionième de gramme.
3. La lettre est écrite à l'encre verte.

À PAUL VALÉRY

[*Paris, mardi*] 29 Mars [*1921*] 6 heures

Répondre à cette étonnante parole ? Car je pense bien qu'elle signifie, et que je ne vous aime pas, (ou mal, ce qui est pareil) et que j'ai cherché un prétexte ?

Vous ne le voudriez pas. Je ne vois pas d'ailleurs comment une plume naturellement inexperte, serait meilleur témoignage que ma vie donnée, qui compte pour une ombre, et mon sang, peu digne d'être considéré. Quand un être a tout risqué et tout abandonné sans retour, il faut le tenir quitte de littérature.

Je n'essaie pas non plus d'opérer votre aveuglement volontaire qui n'a jamais consenti de voir ce que n'importe quel cœur — un cœur de passant, de passante — eût ressenti : je veux dire, la honte intolérable pour une femme de voir son amour le serviteur d'une autre[1] — et quelle !, tant, que cette étiquette officielle est apposée par Tout Paris.

Quand je me suis mariée à vous, d'un consentement où il y avait beaucoup de désespoir (avec quelle prescience), je n'ai pas pensé que vous me donneriez beaucoup de vous-même. Mais si j'avais prévu que vous m'accepteriez, cependant, tout en réservant inchangée la part de votre vie qui devait m'être horreur, j'aurais essayé d'être moins généreuse.

Et puis non ; car, que vous refusiez, m'ayant prise, de m'abandonner ce peu, je ne l'aurais pas cru.

CK

1. Jeanne Mühlfeld.

CATHERINE POZZI, *JOURNAL*

Mardi 29 mars [*1921*]

Le visage de fer dit : « Vous ne voulez plus que je la voie[1] ? — Plus autant. — C'est bien : mais qui vous assurera que je le fais ? — Je vous croirai ; mais ce serait la fin si vous me mentiez... » Il part. Je pars...

Et je reçois ceci. Il faut que j'épingle cet invraisemblable témoignage : « Il s'agit de glisser à l'amitié. » Comme si tout cela n'était et ne fut que *prétexte*. Vraiment vous me faites, cet instant, horreur.

À PAUL VALÉRY

[*Paris, mercredi*] 30 Mars [*1921*] Soir

Quelle étonnante expérience, que cet enfer créé par vous-même ! Je suis anxieuse de vous, mon pauvre petit, mais ne puis faire un mouvement, tant que l'étrange construction psychologique où vous vous abritez de la vérité, subsistera.

Je voudrais vous envoyer des paroles de tendresse. Vous ne me rendez pas la tendresse facile. Il paraît — si j'entends le factum imprimé de ce matin — que je tâche à vous garder comme amuseur, comme flirt post mortem, mon esprit s'étant soudain rétréci aux jeux plus graves.

— Vous ne m'épargnez pas un seul motif élégant. — Il n'a pas été possible que vous vous avisiez de croire que depuis six mois je dis la vérité, qui évite tant de mouvements inutiles. Voyez la position décourageante où cela me met. Faut-il tremper ma plume et repeindre en plus vif le dilemme que comprendrait une enfant ? Faut-il m'adonner au genre de scène que j'ai toujours méprisée ? Quelle chance y-a-t-il de convaincre un esprit que la vérité n'arrange pas ?

1. Jeanne Mühlfeld.

Récrire indéfiniment ma lettre d'hier est le seul choix que vous me laissez. Encore n'y lirez-vous que de tout autres paroles, tant je suis peu sûre que mes mots mêmes vous arrivent, sur ce sujet-ci. Peut-être est-il mieux en effet que vous alliez auprès du cher André[1], dont j'espère presque que la généreuse raison me sera alliée.

Je vous dis donc au revoir. Vous me retrouverez toute pareille — je ne sais si vous le souhaitez — pour être votre ami, votre compagnon le plus tendre, le regard qui ne vous quitte pas. Le reste sera comme sera votre destinée, si vous voulez me rendre une espèce de certitude, et cette foi sans laquelle tout n'est qu'incohérence et confusion.

CK

À CATHERINE POZZI*

[*Paris,*] Mercredi [*30 mars 1921*]
— Minuit 40

Je n'ai qu'un mot à vous dire, ne craignez rien. J'ai notifié ce soir à ***[2] (après le très somptueux dîner Fabre-Luce[3]) *que je ne la verrais plus qu'exceptionnellement — les dimanches seuls.* Il est possible que cette éclipse, coïncidant avec une présence à Paris, fasse penser et donne à causer. Je m'en moque. Je me conforme à ce que je vous ai écrit avant hier, et à des volontés si souvent exprimées et si impitoyablement sanctionnées. Je vous baise les mains. L.

1. André Lebey.
2. Jeanne Mühlfeld.
3. Edmond Fabre-Luce (1864-1926) est vice-président du Crédit Lyonnais, fondé par son beau-père, Henri Germain.

À PAUL VALÉRY[1]

[*Paris, samedi*] 2 Avril [*1921*] soir

Mon esprit errant, ma pensée que vous dites perdue, c'est bien toute la vieille détresse de vous que votre lettre de ce soir. C'est aussi pourquoi vous m'aimez, je le devinais dès le commencement de nos journées. Vous savez que je vous disais hier, que vous me regardiez parfois, comme un noyé, la branche de saule. Parce qu'en moi, je ne sais pas comment, il y a une sorte de solidité, de liberté que vous ne possédez pas. Qui me l'a faite ? Peut-être est-ce, manque d'esprit ? L'extrême de l'esprit est-il détachement, chute absolue ? Je me sens, invisiblement, résistante à tout, et comme soutenue par un axe éternel dont le pôle merveilleux serait ce rêve même de sainte Thérèse. Ô Lionardo, et pourtant je suis une grande imbécile, et le plus orgueilleux des démons, tellement que mon outrecuidance et ma folie devraient m'empêcher de sentir les lignes de force de ce champ qui boit les âmes. Mais je les sens. Il n'y a rien à expliquer, et pas à m'excuser ; je les sens. Et c'est pour cela que le fait humain ne m'a jamais paru ce néant dont vous parlez, qui est obligé par quelque chose dans une certaine direction, y va souffrant, et ne se connaît que pour mépriser sa viduité ou haïr ses causes.

Je crois qu'on m'a construite à fond d'optimisme absolu. Les plus incohérents malheurs n'ont pas défait ce savoir, que chaque effort vers Comprendre et chaque moment d'aridité devait approcher vers — ou aider à — ou délivrer de. Enfin, la vieille éthique du but. Mettez qu'elle n'est qu'une image affreusement vieille, peinte par les fourmis pensantes du temps des Eyzies — (une image d'esclave peut-être, de bêtes de somme d'un très puissant constructeur, pour qui l'on traînait des pierres...) c'est possible. (Je ne le crois pas.) En tout cas, elle est la commande même de mon grand ressort. Elle

1. Sur le dossier où C.P. a classé les lettres d'avril et de mai 1921 : *Quae dulcior Karin ?* [Qui est plus douce que Karin ?]

m'a fait boire bien des destinées, avec un sourire supérieur ; cela vaut bien quelque chose. Et puis, elle est peut-être vraie même si elle est fausse. Je veux dire, que le « but, » même songe, s'il nous fait le nerf sûr et le grand courage, colore autrement notre sang et fait de la puissance pour ceux d'après.

Cogitations du soir pour amant noyé.

Mon enfant chéri, vous souvenez-vous que Dante, que je ne connais pas, met au Pre-Inferno le péché de *viltà* ? Que signifie exactement ce mot ? N'est-ce pas la démission ou le dégoût ?

— J'ai passé une soirée exténuante à m'entendre supplier par un obstiné[1] — qui à la fin m'a fait peur — car le ridicule même ne rassure pas toujours. L'avez-vous vu à travers les rideaux ? Il marchait comme dans la scène « qui décide du succès » d'une grande pièce de grand auteur. Le coco, ensuite, m'a paru un verre d'eau fraîche. Bonsoir chose parente, si chère, si comme, si terriblement près de moi.

CK

[*Feuille volante, écriture de Paul Valéry :*]

[*Paris,*] Dim[*anche*] 3 avril [*19*]21

Pré Catelan—

Mihi dixit dulcissima verba
sub aestu — Magno Lacero.

Pourquoi, comment, d'où, *haec suavitas*[2] ?

1. Sans doute Édouard Bourdet.
2. Elle m'a dit les mots les plus doux dans l'emportement. Grand déchirement. Pourquoi, comment, d'où, cette suavité ?

À PAUL VALÉRY

[*Paris,*] Dimanche soir 7h [*3 avril 1921 ?*]

D'où veniez-vous, mon cœur chéri ? De par chez moi, vous assurer que personne ne lisait derrière le rideau immobile ?

J'aurais dû faire arrêter le chauffeur, et ce fut le plus stupide réflexe, celui qui est commandé par un méli mélo d'images en désordre. Comme cet idiot courait, pour une fois, presque à une allure de tramway, je n'ai ressaisi ma volonté qu'à cinq cents mètres de vous, bien derrière la place Victor Hugo. Je revenais exténuée — cherchons Clédat[1] pour savoir que cela colle. (Exhorter, expectorer, expéditionnaire, évidemment le mot n'y est pas. Vous appelez ça un outil de travail !) (Un français-latin vaudrait mieux) — d'avoir vu et Mariecotte-Chaumeix[2], et Siegfried[3] pleine de monde, et Suzanne Poncet pleine d'excès verbaux. Soudain votre visage, mon cher cœur, qui surgit au voyageur pris entre Madeleine rue Taitbout et trois taxis légers. Il se retourne, il me regarde, il me dit : Hein, qu'elle est bête, cette vie ! — Crotte de vie, luxe pauvreté, perte d'heures perdues, fatigue, fatigue, ennui de soi. Chaumeix me déplaît du pied à l'œil. Il parle aux femmes sur un ton que je n'admets pas. Attends un peu, raté glorieux, je t'aurai dans un coin un jour d'une semaine. Cotte était toute en voiles orange ; m'a donné un *Tant Pis*[4] sur japon ; elle vaut cent fois ce cochon pourvu. Au seuil, l'immortel[5] m'a ouvert ; il a croisé l'autre dans l'escalier. Il s'en allait comme Yorick quand Tommy a envie de sa couverture. Mon *plum-cake* n'en est pas des-

1. Léon Clédat (1851-1930) est l'auteur d'un *Dictionnaire étymologique de la langue française*, 2e éd. (Hachette, 1913).

2. Marie de Régnier est — au vu et au su de tous — la maîtresse d'André Chaumeix.

3. Il s'agit, sans doute, de Paule Siegfried, épouse d'André Siegfried (1875-1959), auteur de nombreuses études économiques, sociologiques et politiques, futur professeur au Collège de France.

4. Gérard d'Houville (Marie de Régnier), *Tant pis pour toi* (Fayard, 1921).

5. Le poète Henri de Régnier (1864-1936), époux de Marie, est membre de l'Académie française depuis 1911.

cendu ; je suis tout foutu-furieux. Et ce débris de *Grande Revue*[1] qui me parle de science sur un petit ton fin et supérieur, comme si ces choses étaient trop vaines pour lui, qui gave ses vingt mille lecteurs de vomissures cérébelleuses. Vous voyez, ma lettre en est ratée. Je ne peux rien vous dire que grogner. Mon cœur chéri, qui avez une âme. Et si vous n'avez, je vais t'en faire une, toute en beau potentiel sans prix, attends seulement.

Karin

Lundi matin

Je reçois là, les feuilles d'hier. Eh bien ma petite âme, je me lève en pensant que je ne voudrais plus voir que vous. Si, je comprends, ne dites pas que non. Je sais exactement. Mais que puis-je ? sauf d'essayer que tu sois comme tu disais avant hier sur ce papier « celui que tu voudrais être » — ce qui signifie peut-être, une manière dont tu sois heureux. Au revoir mon cher esprit. Ne sois pas triste, j'existe si près de vous.

À PAUL VALÉRY

[*Paris, lundi*] 4 Avril [*1921*] 9 heures du soir

Eh bien voilà. C'est un jour de plus, et demain la mesure de gamma aura doublé, qui tombe à l'adieu. Demain sera plus lourd de ces vingt-quatre heures, et je descendrai un peu plus vite vers la fin de cette pensée-ci. Si je l'avais passée dans vos bras, cette journée, ô seul objet qui me défends des morts[2] ! ne croyez-vous pas qu'il y aurait, à sa place, une bri-

1. André Chaumeix est directeur de *La Grande Revue.*
2. « *J'aime... J'aime !...* Et qui donc peut aimer autre chose
Que soi-même ?....
Toi seul, ô mon corps, mon cher corps,
Je t'aime, unique objet qui me défends des morts ! »
« Fragments du Narcisse », *Œuvres*, I, p. 129.

sure entre l'espace et le temps ? (Comme on voit bien que j'ai parlé de physique avec Mariecotte !)

Lionardo mio — mon chéri — ma question, mes réponses ! ma colère, mon anxiété, mon amour. Nous avons été des humains trop dignes des autres, nous qui ne sommes pas enivrés par des fantômes. Ça c'est joli. Ça ne veut rien dire mais c'est joli. Je voudrais ravoir ces quinze jours et nous les donner. Il est vrai que c'est Psyché elle-même qui ne le voulait pas.

Bon. Voilà qu'elle joue de l'orgue, la locataire du dessus. Elle a épuisé les fox-trots. Quelle nature. Je suis triste, triste, triste, comme ça. Si triste, que j'allais faire dire au Coco de danser. Mais à ce moment précis Renée[1] a téléphoné, et Renée = 40 minutes. D'où je vais me coucher, comme le conseille Jacques. Ô cet orgue me tord le boyau suprême — amour — délice. Et vous parlez, vous parlez, mes yeux bleus ! Et l'Entêtée sans Tête[2] a quand même vaincu. Je me demande s'il y aura moyen que vous échappiez à son obstination, à ses trucs.

Ajoute encore une mesure de peine, Erynnie[3] ! Lionardo, que vous, que tu es loin ! Que je t'ai souhaité, rêvé, pensé, construit, compris ! Que je t'ai tenu serré, ô ma joie sereine, sereine. Et puis la mer Rouge se referme, Moïse est, avec les Juifs, sur l'autre bord — et le pharaon enfantin, volé de sa merveille, regarde la mairie du XVIe arrondissement où il y a dix ans, un maire s'est trompé de mari.

CK

Le bonheur, c'est une dérivée.

1. Renée de Brimont.
2. Jeanne Mühlfeld.
3. C.P. fait allusion à l'une des trois Érinyes, déesses de la Vengeance : Mégère, Alecto ou Tisiphone.

À PAUL VALÉRY

[*Paris, avril 1921 ?*]

Être avec vous comme avec soi-même, c'est à cela que tendaient tous ces départs, tous ces retours. Mon chéri qui renfermez à présent toutes mes questions au monde, une heure avec vous est à présent toujours une réalité précieuse, où que le temps la fasse passer, et même là, ou là. Le bruit n'empêche pas que ce point d'or ne résonne de tout autre chose.

Je ne vais pas avec Mariecotte, elle a je ne sais quoi. Hier ai croisé Chaumeix serviette au bras, tout frais tout pressé tout courant au repas odorant et les joues déjà gonflées de ces fumets.

2 ^{h}

Irai faire tour du lac seule, puis à la Place Clichy où ils ont tables anciennes — puis peut-être Hôtel Drouot voir vente. Mais ça, bête à cause poussière gorge. Ce soir à 5^{h}, amie Siegfried[1] vient — (personne sans folie divine mais si nette, mais si faite d'une matière toute apparente, sans plaqué.) *Jacques ne rentre pas dîner.* Ceux qui viendraient à 6^{h} 20 pourraient être seuls jusqu'à 7 ½ — à moins d'un général imprévisible.

Mon cher âme-destin, que le jour soit bien pour vous, et marchez près de moi, qui vous aime tant. Vous comprenez que ce petit mot ajouté ne signifie pas un moins mais l'immense tendresse.

CK

Mon enveloppe sent la rose et n'en ai pas d'autre.

1. Paule Siegfried.

[*Enveloppe :*]
Avec un livre
Monsieur Paul Valéry

À PAUL VALÉRY

[*Paris,*] Vendredi 8 Avril [*1921*]

Mon bien aimé, mon cher esprit-ami,

Savez-vous que j'ai repris le cahier ◊1918 ce matin[1]. Ouvert sur paragraphe Pensée en tant que distinguée par liaisons auxquelles elle est assujettie[2]. Que j'ai bien fait de ne plus regarder, pendant un mois, que votre méchant cœur ! Voici m'apparaître avec une sorte d'éblouissement l'Habitant Extrême, mon frère-de-derrière-la-Tête ! Il était nécessaire que je le quitte et le retrouve. J'avais si bien forcé moi-même à le suivre, que je ne le voyais plus. Il m'était devenu naturel comme mon mouvement même. Vive les dames et les messieurs ! Vive le livre et la revue ! Car au détour de leur fadeur, c'est apercevoir un Lionardo tel que la non-espérance est oubliée.

Nous allons bâtir cela ; le grand protoplasmacosmos ne peut plus attendre. C'est l'heure de donner à Psyché le sport d'un vêtement clair. À nous les encres multicolores !

— Vous êtes Toi de m'avoir rappelée parce que le premier au revoir était trop court : et je sens par le duvet le plus fin de l'attente, que *gignetai*[3] un être bien remar-

1. Valéry a commencé à remettre ses *Cahiers* à C.P. pour qu'elle les classe et les commente. Ses annotations (sigles de couleurs différentes, observations écrites dans les marges) n'ont pas été reproduites dans l'édition des *Cahiers* de la Bibliothèque de la Pléiade qui signale pourtant leur existence, les attribuant à « une main étrangère ». En dépit de l'effort manifeste pour cacher toute trace de l'écriture de C.P. de l'édition photolithographique des *Cahiers* du CRNS en 29 volumes (1957-1961), quelques vestiges y subsistent.

2. « La pensée se distingue de la pensée par le nombre et la nature des liaisons auxquelles l'une et l'autre sont assujetties », *Cahiers*, VI, p. 848.

3. En grec : apparaîtra.

quable, fait de deux indissolubles ennemis. Je t'embrasse, tu sais.

CK

4 heures

Je suis triste, Corpus. Je ne sais pas pourquoi, comme l'autre. Je m'use contre les heures. Il s'agit de réhabiliter mon minéral. (Je me comprends, toi n'essaie pas.) Mais qu'il est lourd, Corpus, qu'il chute par son gamma ! Je suis bête, Corpus ; je sais bien qu'un jour vous aurez assez de ce lien de soie qui calcule mal. Alors, il sera temps de consacrer aux définitions rigoureuses, l'âme que vous aurez abandonnée. À présent, elle vous regarde : vous aime-t-elle ? Parfois, elle vous déteste, mais toujours, elle est accordée à vous. Rien ne lui semble naturel, immédiate, dans l'univers, que vous. Sentez-vous cela ? Rien ne satisfait sa puissance, que vous, et rien ne lui semble devoir durer, que vous, éternellement en avant de ses voies, pour connaître ce qu'elle cherche, et chercher ce qu'elle songe posséder. Bonsoir Yeux bleus, grands Yeux, mince figure si dure, objet battu par une éternité d'heures et qu'elles ont façonné pour mon étonnement — et ma tristesse — et ————

Je vais au Ritz. Je voudrais bien mieux dormir et deviner à deux, quels sont les *dii superiores et involuti*[1], derrière le zéro absolu.

Je suis lasse, mon chéri.

CK

1. Les dieux supérieurs et cachés. L'expression semble venir de Sénèque, *Recherches naturelles (Naturales Quaestiones)*, 2, 41 2.

À PAUL VALÉRY

[*Carte*]

[*Paris, avril 1921 ?*]

Mon chéri,

Vous me dites de bien belles choses et la lutte est très inégale entre nous — l'assaut du Verbe. Un seul moi pour deux Personnes — un invariant pour deux Zaïmphs[1] — un zéro pur pour un double espace — et celui-là, bien serré dans sa brûlante frigidité, se foutant des développements divers auxquels son carré peut prétendre. Mais ce soir, un des termes exprimé sur une chaise et vêtu de jaune, un des termes visible de ce Rien magnifique, est attristé, donne prise au temps, aux mille erreurs dont il l'arrose, et se retourne vers soi-même et la simple sincérité. Si vous voulez, accueillez-moi. Il y a une inquiétude que je vous dirai, pour quelqu'un que j'aime ; et cela m'aide ce soir que de m'approcher de vous. — Croyez-vous que quelque bien — non, ce mot n'est pas celui que je veux — croyez-vous que nous devions obtenir une part encore meilleure de nous-mêmes, pour nous être quittés ? Je le crois.

CK

À PAUL VALÉRY

[*Feuille volante :*]

[*Paris, avril 1921 ?*]

Lionardo mio,

Il n'est pas question de moi, dans votre lettre.

Catherine.

1. Nom que C.P. emprunte à Flaubert qui, dans *Salammbô*, l'utilise pour désigner le voile de la déesse Tanit. C.P. l'emploie dans son essai, *Peau d'âme*, pour signifier le réseau énergétique de sensations, qui recouvre le corps de chair comme un vêtement ou comme une peau.

À PAUL VALÉRY

[*Paris, dimanche,*] 17 Avril [*19*]21

Cher accord de mes différences,

Ce fut plein de dames, après vous. Cazalis à la dent poussiéreuse, qui n'aime pas le Pape, et croit que le dogme de l'Immaculée Conception concerne la naissance du Christ[1]—, elle est restée un temps T donné par l'équation X^2 crotte de bique = 0. Puis Brandelys de Gironde (qu'il s'appelle[2]) suivi de sa blonde qui aime l'amour (qu'elle dit) et d'Antoinette Gentien[3], pétale nonchalant d'un jardin japonais, dont pas un cil n'a cillé depuis 1913.

Ils m'ont dit que j'étais une femme supérieure et que j'avais un petit nez, ce qui est bien agréable. Après, je me suis — non, c'était avant — rejetée sur votre crayonnage plein de racines de c, et j'ai marché comme un petit chéri jusqu'à cette égalité de malheur que vous sortez d'on ne sait pas quoi.

$t = 2\lambda$

$\sqrt{c^2 - v^2}$ la racine, c'est le terme qui représente l'hypoténuse, je vois bien, mais les 2 λ me tuent. Tais-toi, je vois que vous êtes horrible dans votre cœur, et que c'est Mme du Châtelet[4] qu'il vous fallait. J'ai 2 c λ dans ma 1re formule, tu n'as pas le droit de m'enlever le c, ou alors Zut. C'était si simple d'avoir du génie de plume, et de couler sur le monde un immortel rythme verbal à couper le qu'allais-je dire. Mais vous vîntes, pour me rendre plus orgueilleuse et plus difficile encore à moi-même, et pour me montrer que mes musiques n'eussent été bonnes, tout au plus, qu'à charmer des rhétoriciens, pas Dieu. Car c'est Lui que vous servez, *Böser Geist*[5], et ne faites pas autre

1. Alice Cazalis est de souche protestante. Selon le dogme de l'Immaculée Conception, Marie aurait été conçue de façon normale mais préservée du péché originel.
2. Personnage sur qui nous manquons de précisions.
3. Dame à qui le mari de C.P., Édouard Bourdet, faisait la cour en 1914.
4. Il s'agit de la savante amie de Voltaire.
5. Méchant esprit.

chose, comme Lui, que manifester la relation fixe et grise, en prisme étincelant.

Voici que je me ravis moi-même en pensée vers une image qui exista vraiment ; parce que ces mots ne font voir les sept couleurs, et puis la grande courbe élevée au ciel. Je l'avais oublié ! Vous souvenez-vous, Lionardo mio ? Nous revenions vers Paris, dans un absolu de malheur, et le train n'était plus loin de la ville. Il avait fait un orage, je pense. Enfin l'arc en ciel enferma tout, et comme nous le regardions — et moi, je le souhaitais déjà symbole — un second arc, à peine plus pâle, parut doucement comme un prodige, un pour toi, un pour moi, comme si l'ange inaccessible obéissait à l'ordre d'enfermer dans une autre lumière, notre avenir. Voici une lettre qui fait encore VVV et vous n'aimez pas du tout qu'on aille de crotte à ciel. Mais moi, je suis pour le macrocosme et si tu n'es pas f[outu] d'éliminer le temps t et de sentir à la fois ton dessous et ton dessus, tu n'es qu'un ordinaire. Lionardo mio, viens maintenant dormir dans mes bras sous l'arc en ciel du ciel d'octobre.

CK

À PAUL VALÉRY

[*Paris, vendredi*] 22 4 [*19*]21

Pour l'ouroboros[1]

Pour vous retrouver, il faut s'arracher aux systèmes d'images plaquées en surface sur l'esprit par ce bain de boulevard et de figures ; être en une seconde comme je serai avec moi dans une heure, dans ma nuit maîtresse de soi. Vous retrouver, c'est toujours faire le même effort que celui qui me rend la vraie pensée dans l'attente pure. Comprenez-vous que je vous écrive si peu, le long des jours ?

1. Symbole gnostique d'un serpent qui se mord la queue, emblème adopté par Valéry.

Vous êtes toujours avec vous-même, mon chéri ; le monde de votre esprit est dans le creux de votre main, à toute heure. Mais moi, il me faut quelque chose comme un retournement et une rupture, et que je revienne, et quitte, et retrouve. Alors vous êtes là, présent en même temps que mon âme que je rejoins.

Mais je ne veux pas écrire ce soir, puisque tu arrives. Joie de mes peines !

CK

À PAUL VALÉRY

[*Paris,*] Lundi 5h ½ [*c.p. 25 avril 1921*]

« Qu'il est fin, d'avoir dans son sac
« Un blanc feuillet pour sombre algèbre !
« On peut tracer du tac au tac
« À son amour.... zèbre pègre Ebre. »

Ô mon ! Ô méchant enfant dur triste faible ! Je suis plantée dans une rue (d'Anjou) et Girondeau farfouille son moteur. Je pense à vous depuis que je suis sortie. Je vous ressens marchant égaré, dans d'autres rues ; ou causant en tous sens de vos pensées, assis. Et chaque sens mène à ceci : cette place où l'on me pend haut et court — et puis vous dansez autour de moi en criant « il n'y a plus rien plus rien. »

Lionardo, je ne sais plus quoi faire de nos vies. Si cela était comme vous voulez, seriez-vous même heureux ? Dieu sait que vous ne l'étiez pas en Novembre ! Mais que demain vous soit moins lourd, et, pour cela, qu'il commence avec votre sœur toute serrée, proche. Le dos de Girondeau est une immense patience.

Bien sûr, qu'on n'est pas heureux mais qui l'est ? Cela a-t-il même un sens ? Moi, j'essaie de faire rendre à ce temps tout ce qu'il peut, de douceur ; — c'est vous voir — c'est vous penser, — c'est être sûre de ce résonateur merveilleusement prêt et juste — c'est me jeter dans votre tendresse, sans même que vous le sachiez — comme maintenant, ma douce petite peine.

CK

[*Autre feuille :*]

Devant le Luxembourg 7h ¼

Barney pleine de larves élégantes et quelle fumée. Moreno[1] a chu dans mes bras et puis Bady[2] alors je suis redescendue (ensuite, le clair Stroobants[3] m'a lavé le cœur et puis je viens de découvrir derrière St Séverin une petite qui dans un admirable logis fait des laques et des bijoux.) Sa sœur m'a connue à Périgueux. Ça c'est drôle.

Girondeau se demande ce que signifie ce dessin[4]. Il ne sait pas que ça veut dire ne soyez pas *Downhearted*[5] ! Je sais que Jacques vous a vendu 2 chemises bleues (que deux ? une pour Renée, une pour le Serpent[6]) (et les autres jours on met en plastron les œuvres complètes d'Artus[7]).

Crotte dit Girondeau elle m'emmerde. Les gens me regardent d'un air fin. Une femme chic qui écrit sur son genou, ça sent l'amour.

Il faut regarder votre vie autrement qu'avec cet ennui puisqu'il y a Karin dedans

CK

$$S = at + b$$

$$\frac{ds}{dl} = a$$

1. Marguerite Moreno (1871-1948), comédienne célèbre, muse des poètes symbolistes, amie de Colette, épouse de Marcel Schwob.
2. Berthe Bady, actrice belge, interprète des pièces d'Henry Bernstein. Née en 1872, elle va mourir en août 1921.
3. Nous n'avons pas pu identifier ce personnage.
4. Sur cette feuille griffonnée au crayon, C.P. dessine un grand cercle d'où tombent sept petits cœurs. Un huitième sur la gauche porte une flèche dirigée vers le haut.
5. Découragé.
6. Surnom que C.P. s'est donné.
7. Voir la lettre de C.P. du 29 octobre 1920, p. 91, n. 1.

Pied de PV [*superposé sur une tache*]

[*Enveloppe :*]
Monsieur [*papier déchiré*]
Paris

À PAUL VALÉRY

[*Paris, mardi*] 26 Avril [*1921*] 5^h ½

Je vous aime mon cher Esprit. Même en savates ! Mais il faut prendre tige en drap gris-beige, empeigne vernie noire — (150). Vous aurez à rajouter probablement 20 balles car :

Kar :

j'ai acheté souliers gris de *130^f* plus une boucle même daim de 10. Comme ils ont mis la boucle pour moi, il est probable qu'il la leur faut rendre (les 10^frs) et qu'ils sont perdus.

Mais cela me vaut de vous offrir la semelle légère sur quoi vous irez vers des Oies chaste léger, pensant aux plus subtils échafaudages d'invisibles. Mon petit cœur, mon petit cœur, je ne suis bien qu'avec Karin, ou avec vous.

CK

Je m'ai [*sic*] acheté un escarpin à 300, mesuré par un Minotaure qui m'a dit des choses sucrées. Ma cape sera ravissante. Pour aller avec une autre tourte que vous n'aimerez pas. J'ai trouvé une table belle en laque noire avec un monsieur qui me connaissait mais elle est trop chère.

[*Verso :*]
Perdez pas le rendu Raoul[1] allez-y demain matin.

1. Le chausseur Raoul se trouvait au 5 et au 6, rue des Dunes dans le XIXe arrondissement.

À PAUL VALÉRY

[*Feuille volante :*]

[*Paris, avril 1921 ?*]

Pour effacer cette peine-ci —
Tenez cette gosse fragile, qui ne peut mourir —
qui vous tient dans son cœur de loin, dans son esprit,
pour vous être joie et certitude absolue, refuge, repos
et le plus tendre enlacement à toutes vos heures

[*Sans signature*]

CATHERINE POZZI, *JOURNAL*

Mardi soir 26 avril [*1921*]

J'ai reçu plusieurs lettres de détresse, encore et encore pour la même prière. Et parce que je répondais toujours du même *non*, un jour, il n'a plus écrit, il n'est pas venu. Le lendemain matin, nous nous reprenions les mains comme après un voyage.

À PAUL VALÉRY

[*Paris,*] Lundi [*2 mai 1921 ?*]

Cher Maître, cher V[1],

Jacques se charge de passer vous dire que je n'irai pas à l'exposition hollandaise[2] parce que je crains le vent — mais

1. Sigle qui combine la lettre V et la lettre K.
2. L'exposition des maîtres hollandais, la même où Proust admire la *Vue de Delft* de Vermeer, a lieu au musée du Jeu de Paume entre le 21 avril et le 31 mai 1921.

je vous demande de me téléphoner vers 2 heures, de façon que je sache que ceci vous a atteint.

Yours,
CK

CATHERINE POZZI, *JOURNAL*

2 mai [*1921*]

Encore très faible.

Il ne me téléphone ce matin qu'à 11^{h} ¼ (il a pu attendre jusque-là pour savoir comment j'allais ! Cela, c'est la pensée amère). Je dis que je vais très bien et lui demande renvoyer mes lettres pour mettre ordre. Il les renvoie à 3 heures. Je suis si faible que je ne peux pas les relire, je les regarde. Je lis une page ou deux seulement. Cela me semble déclamatoire. Je cachète, il retrouvera cela quand je serai morte. Bientôt. [...]

Tout à l'heure, il entend que je ne vais pas bien et il a un instant de peur... Quand j'ai redemandé ces lettres, c'est presque, ce matin, pour que vous n'ayez plus rien de moi tant je reconnaissais que vous ne m'aimez qu'en vous... Et puis, suis-je dans le vrai ?

Vous n'êtes pas comme les autres et, malgré tout, je vous mesure avec la logique des autres, en faisant cela. Vous êtes hors de tout, étrange à tout. Certes vous ne m'aimez pas comme d'autres m'ont aimée. Mais dans le petit mot qui accompagnait l'énorme enveloppe, vous écriviez : « Je n'ai que toi, et tu n'as que moi. » C'est vrai.

À PAUL VALÉRY

[*Paris, dimanche*] 8 Mai [*1921*]

Mon
↑
↓

J'écris cela et je m'arrête. Mon ; quoi vais-je dire ? Qu'est-ce qu'il est pour moi sans mentir, celui dont me vient le flot de ma vie présente, et par qui se retire aussi. J'essaie de voir en moi, de le voir à l'exclusion de tout. J'essaie de faire le vide autour de nous deux. Quelle image monte et répond alors ? La terrasse de La Graulet.

Pourquoi, dis-le-moi ? C'est cela qui paraît, qui contre et séparé de l'univers ne nous enferme plus que nous deux. Mon adoré, j'ai souvent cru que vous ne m'étiez que mon intelligence ; et j'ai blasphémé contre vous plus qu'aucun dieu n'a su de blasphèmes, à qui des bouches passionnées disaient qu'Il n'était pas le Vrai Dieu. Je vous avais jeté ma vie, comme on joue sur presque une certitude ; et puis j'avais perdu bien plus que ma vie, en appréhendant que je m'étais trompée. Pourquoi je l'ai cru, c'est une autre histoire ; elle est un peu écrite dans le cahier vert. (Pas tout à fait, car il y aurait fallu une autre patience et bien plus d'esprit ; je ne suis pas Proust, il me faut tout de suite la valeur d'X. Vous trouverez souvent que je devine plus que ne calcule.)

Mais pour trompée, parfois je l'ai cru. Des heures de vous m'avaient permis de le croire ; et certains mots, de ceux qu'on dit avec le plus journalier soi-même et qui projettent immédiate l'image décevante, solide, naturelle, du soleil humain dont *l'autre,* — même aimé — n'est pas le milieu. Et puis voici que ce jeu des âmes avec l'absolu m'a menée là, — couchée, menacée, au point extrême où il faut choisir — et j'ai choisi, différemment plusieurs fois, et les unes c'était vous et non ; car il fallait accorder l'abandon de mon intelligence, qui ne vous fut jamais reprise, avec la reprise de mon cœur que vous étonniez, quelquefois humiliez dans ce qu'il espère, ou désespériez dans ce qu'il attend.

Enfin par-dessus tout le mouvement raisonnable ou irraisonnable, une espèce de motif musical tragique me chantait que votre rôle, votre parti, était de me faire mourir ; que votre entrée dans mon destin avait ce signe ; et votre avance vers moi, qui contenait toutes les choses que j'aie jamais demandées, me revêtait un instant, par instants, d'une secrète et précieuse horreur.

> Ô n'aurait-il fallu, folle, que j'accomplisse
> Ma merveilleuse fin de choisir pour supplice
> Ce lucide dédain des nuances du sort ?
> Trouveras-tu jamais plus transparente mort[1]...

Horreur que même vous aviez chantée !

C'est tout cela, vois-tu, cet obscur où je veux voir, que je te donne ; et je le fais parce que votre présence tout à l'heure a mieux répondu que moi-même à ma détresse. J'ai lu, mon chéri, j'ai bu sans que rien ne m'arrête ou trouble, et même pas les mots qui passaient entre nous et demeuraient comme au-dessus d'un autre discours, à ce vous qui ne peut pas être séparé de moi ; je l'ai rejoint comme veine à veine, je n'aurais plus voulu le quitter. Il avait la gravité d'une espèce de foi et la bonté surhumaine meilleure que le plaisir et la lumière, des yeux sérieux clairs où pour la première fois j'habitais tout entière heureuse. Que je veux les revoir ! Que je veux demeurer près de vous toujours, douce, douce intelligence qui devenez doucement mon cœur.

Catherine

Je tâcherai bien de ne pas mourir. Mais si cela m'arrivait malgré moi, entends que je t'aime et que de savoir sûrement que tu es là, mêlé à ce temps, et bien plus qu'à ce temps, c'est une espèce de bonheur.

1. *La Jeune Parque, Œuvres*, I, p. 107.

7 heures.

Vous téléphonez à Jacques — au moment où j'avais si besoin de vous, que j'ai failli faire l'imprudence de me lever pour vous appeler au 56.71 ! Je résiste pourtant et je ne dis pas à Jacques d'approcher l'appareil ; il me suffit que vous soyez là — tu comprends — que vous aussi ayez eu la même pensée. Ô mon amour, qu'on est heureux dans son malheur. Que je t'aime, que je consens à toi. Ce Jacques admirable propose spontanément de vous porter ma lettre. Il faut lui donner un album de vers avec autographe-placement. (Il achète la littérature comme du Paris-Maroc).

J'ai eu 2 docteurs, Troisier[1] (certainement envoyé par Bulteau) et Cazenave[2]. Ils disent tous les deux : pas bouger. Suzanne Poncet très snob, me parlant que P^{cesse} Murat[3], Malakoff[4], etc. etc. Je lui ai donné une robe pour qu'elle se taise. Je suis fatiguée mais je veux demain vous, mon cher, cher, au-dessus de tous.

C

8 Mai
page 2
7 heures 20

Ma vie, ma fin, ma peine et mon bien, ce n'est pas assez qu'une page, pour faire aller Jacques vers vous, me portant. Et j'ai peur que tu n'aimes ce qu'elle dit, ou que cela ne t'ennuie ou que tu veuilles tout autre chose.

Cette fille du monde qui s'est fait annoncer, et je n'ai même pas pu me faire enfermer-au-revoir dans mes bras chéris. Elle est entrée, elle m'a dit en remuant les bords larges

1. Jean Troisier. Voir *supra* la lettre de C.P. du 14 septembre 1920, p. 32, n. 5.
2. Docteur William Cazenave, assistant de Samuel Pozzi.
3. La princesse Lucien Murat (1876-1951), née Marie de Rohan-Chabot.
4. Il s'agit, peut-être, de Mlle Malakoff, vice-présidente du Comité d'aide aux réfugiés russes.

d'un chapeau beige, qu'il aurait fallu la faire appeler, que d'avance elle savait que tout était de ma faute, que j'étais l'être qu'elle aimait le plus, qu'elle allait à un bal de gala dans une loge de 5.000 Frs, que la Pcesse Murat déjeunait hier chez elle, et lui avait l'autre jour montré les cabinets de ses amants, que d'ailleurs j'étais folle et qu'il n'y avait rien à faire mais qu'elle m'aimait et que j'avais de beaux yeux. Elle a une photographie affreuse de moi, décollée d'un passeport, qu'elle montre dans son porte-monnaie à tout le monde ; me reconnaît de la sensibilité parce que ça l'exaspère qu'on me dise intelligente, et fait violemment les mouvements qu'elle m'imagine accomplir, en décidant leur modèle insensé. Je lui ai offert une robe de Poiret pour son bal ; elle l'a essayée, ça l'a fait taire un quart d'heure. Je lui aurais donné n'importe quoi pour qu'elle ne me parle plus de moi. Vous la rencontrerez chez Mme de Pierrebourg[1] où elle va souvent je crois ; regardez-la bien ; c'est l'espèce d'être qui m'a donné la volonté de savoir ce que je disais savoir.

Après, Jacques m'a lu. Et puis, je l'ai renvoyé. Je voulais penser à toi. Je voulais revoir votre visage, mon univers, et y choisir toutes les âmes qu'il portait ce soir.

Mon enfant chéri, ma constance, mon silence ! Vous irez chez Mme de Pierrebourg. Savez-vous, que vous ressemblez un peu au maître du lieu, le défunt Hervieu[2] ; elle vous trouvera charmant. Je n'ai pas très peur, elle est vieille dame. Elle et H ont été l'étonnement de Paris par leur fidélité ; et puis il est mort ; et puis il paraît qu'il la trompait avec je ne sais quelle petite actrice. Et cette phrase « vous irez chez Mme de P. » ? m'oblige à comparer, et me mène à l'actrice. Dites, il n'y aura pas cela, au bout. Vous savez que je ne voudrai jamais de cette fidélité pieuse, qui dure par ménagement et ne dure pas. Quand une autre vous tentera, j'irai travailler dans un laboratoire. Ô Mio ! Tu vois comme c'est désagréable d'aimer. Je souffre des « traits » d'H à Mme de P., par une réversibilité sa-

1. La baronne Aymery Harty de Pierrebourg (1856-1943), née Marguerite Thomas-Galline, tient un salon fréquenté par beaucoup d'amis de C.P. Elle écrit sous le nom de Claude Ferval.

2. Paul Hervieu (1857-1915), auteur dramatique et académicien, amant de Mme de Pierrebourg.

tanique. Toutes les fautes contre l'amour qu'ont commises les hommes, c'est déjà la douleur que vous me feriez.

Bonsoir. Vous dormirez, mon cher esprit. Et demain me rapporterez le cahier bleu[1], pour que je le finisse.

À PAUL VALÉRY

[*Paris*] Lundi [*peut-être 9 mai 1921*]
9 heures soir.

Eh bien, mon cher de l'esprit, voici encore une journée qui grince. On reste assis là, tout mécontent, dans sa robe de crêpe marocain noir dont Vionnet fait pendre le col comme une aile. D'inextricables remords vous passent dans les cheveux, et chaque fois qu'on respire, une pensée adverse vous entre par le nez. Que mal on respire, d'ailleurs ! J'étais demeurée là sur un petit exercice algébriforme, jusqu'à 4 heures ; le feu s'était éteint devant mon ineptie ; je me suis éveillée en frissonnant ; il fallait s'habiller pour le Ritz ; dix fois j'ai dû m'interrompre pour rechercher ma vie en des abîmes d'où la remonter avec dégoût ; enfin je suis partie, Adolphe dormant autour de mon col et les perles éclairant mal tant d'ombres ; au Ritz il y avait mille femmes sur-vêtues aux cols nus ; mon frère Jean était distant mais amène ; j'ai dû crier parce qu'il n'écoutait pas et que tous ces êtres parlaient aussi ; on ne m'a donné qu'une brioche ; et puis nous nous sommes retrouvés dans le salon de Tordue[2] je ne sais plus comment, avec une boule sous mon séant qui m'empêchait de m'asseoir, Gide sur un fauteuil, et un pseudo pékinois jaune qui me salissait en me donnant la patte. Il est arrivé la garde d'honneur, avec J.E. Blanche, Artus et Jaloux[3]. Gide s'élançait sur mon frère par compliments pour empereur

1. Trois *Cahiers* datés de 1918 ont une couverture bleue.
2. Jeanne Mühlfeld.
3. Jacques-Émile Blanche (1861-1942), peintre et mémorialiste mondain ; Louis Artus (1870-1960), voir *supra* la lettre de C.P. du 29 octobre 1920, p. 91, n. 1 ; Edmond Jaloux (1878-1949), critique littéraire et romancier.

romain bas d'époque ; enfin on s'en est allé, nous deux et Mauriac sur le seuil m'annonce qu'il « dit du bien de moi » avec « une amie, » et c'est « Brada[1] », l'amoureuse de la femme de mon mari[2]. Je descends en titubant et me retrouve ici ; mon mauvais côté gauche bloqué, et tout mon cœur d'âme sans devant derrière.

Il faut que je sois bien fragile par l'immortel, pour qu'en si peu d'heures il se fausse. Je ne sais pas comment vous faites. Le plus médiocre champ me dévie. Ensuite, des induits furieux tendent à s'opposer, comme dit le MANUEL, à la variation de mon flux ; je ne vois pas quelle gramme[3] on ferait avec cette violence perdue.

Gide m'a regardé du coin de l'œil. J'avais à lui parler car j'ai passé bien des heures dans ses œuvres ; mais il n'a vu de tout ce passé d'amitié silencieuse, qu'un chapeau noir.

Adieu ; à demain. Je vous ai souhaité tout l'après-midi, comme un enfant perdu, son frère. Le fond le plus déchirant de l'amour, c'est les bras ouverts et refermés misérablement sur le semblable, pendant que le chaos danse dehors. Et dans le chaos il y a des Rolls-Royce, des garçons de café, des romanciers, des dames, des robes, des femmes, des vestons, des livres de physique, des roses mortes devant du feu ; il n'y a pas d'air et pas de sommeil sur votre épaule.

CK

À PAUL VALÉRY

[*Paris,*] Dimanche [*15 mai 1921*]

Non, vous êtes bien loin de l'avoir suivie ; elle n'a ni senti que vous aviez fait un progrès l'un vers l'autre, ni regretté. Quoi ? Voilà ce que je voyais, et rien autre : deux images ac-

1. Germaine Samazeuilh, surnommée Brada, amie de jeunesse de C.P.
2. Denise Bourdet, née Rémon.
3. C.P. emploie le langage de la physique : un gramme-force est équivalent au poids d'une masse de 1 gramme.

colées et contraires et contradictoires et vraies toutes les deux : cinq années de vous-même, passées auprès de votre femme — bon-père-bon-époux —, vous si bon, si prévoyant, si anxieux, vous levant dix fois par nuit, — vous, évanoui d'angoisse en apprenant qu'elle était « perdue » — n'ayant que cette pensée, travaillant sur le mal qu'elle pouvait avoir[1].

Ensuite sans transition le même vous, assis près de moi ; toute votre âme et bien plus qu'elle, toute votre vie travaillant à m'approcher, dans un mouvement qui pour chacun de nous, nous semble vraiment et seulement rejoindre nous-mêmes. Images pas compatibles, pourtant elles sont là. Quelle chasse l'autre ? Aucune ne chasse l'autre. Il y en a une qui est plus vraie, si vrai c'est la concordance de la conscience et du fait ; il y en a une qui est plus importante. C'est celle où je ne suis pas, qui est la plus importante. Oh ne croyez pas que je sois jalouse, L. — J'espère que je n'ai pas cette ignominie. Je vous aime au contraire, de l'avoir bien aimée, de vous être oublié en elle. Seulement, j'ai senti quand vous m'avez répété tout cela, que je n'avais vraiment rien au monde. Si elle était morte alors, cela aurait été plus grave, aurait bien plus atteint votre vie, que si je meurs maintenant. Et même encore, si elle mourait maintenant. Moi, je sens bien profondément que je ne laisserai que le sillage d'une musique — et c'est juste, et c'est naturel. Elle, vous laisserait effondré. Il n'y a rien à faire à cela. Je ne souhaite peut-être même pas que cela ne soit ainsi. Vous m'avez donc laissée hier dans un désordre intellectuel inexprimable ; plus même désordre que douleur. Il n'y avait pas moyen de concilier ces deux mouvements de votre vie, ni de savoir si c'était moi qu'il fallait, ou non, considérer comme l'erreur.

Car enfin, puisque vous l'avez si longtemps aimée, c'est qu'elle n'est pas absolument étrangère à vous. C'est qu'elle est, pour une part au moins, adéquate à vous, *faite pour vous.* Comprenez que ce n'est pas un reproche. Je me compte pour rien ; peut-être que je me hais. Si vous l'aimiez, je

1. Entre 1909 et 1914, Valéry s'est très vivement inquiété de la santé de sa femme, Jeannie, qui souffrait d'une colibacillose qu'on ne savait pas soigner efficacement à l'époque.

n'étais même pas justifiée de m'approcher... Ainsi, je suis demeurée un instant court qui m'a semblé long.

Je ne me formulais même pas ces choses. Moi je n'ai rien. Mon mari m'a abandonnée, dix mois après notre mariage ; mes amis sont morts ; mon fils ne m'aime pas et ne pense déjà qu'au plaisir. Il n'y a aucun moyen que je possède jamais plus une tendresse qui soit sécurité. Dans un de vos cahiers, il y a un parallèle entre la matrone et la danseuse. Je suppose que je dois entrer dans l'ordre danseuse. On continuera d'avoir envie de moi quelque temps ; des hommes ou des femmes que je ne voudrai pas. Car malgré moi je suis faite pour la certitude —.

Voilà le chemin que *Bittersweet*[1] a suivi, quand à 4^h^ vous pensiez la suivre. Qu'importe moi. Il n'y a rien, et l'amour même fuit puisqu'il passe, puisqu'il n'habite pas ma maison. J'ai été méchante. J'ai fait téléphoner à Siegfried[2]. — Tout plutôt que rester seule dans cet abandon. Il est venu. Il a été correct et doux[3] ; Renée est arrivée peu après. Ensuite le docteur[4], ensuite André Troisier. — Le soir j'ai eu le sentiment que j'étais à bout. Il a fallu le coup de poing de l'opium. J'aurais appelé Maman, pour que l'univers ne m'ait pas abandonnée.

C.

À CATHERINE POZZI

[*Paris,*] Mardi [*17 mai 1921* ?] — 4 ¾

Vous m'avez reçu si froidement que je m'en suis allé avec la sensation de celui qui est prié implicitement de ne point

1. Douce-amère.
2. Robert Siegfried, né en 1883, diplomate, est l'auteur de trois essais philosophiques. Il fait une cour empressée à C.P. depuis 1915. Frère cadet de l'économiste et politologue André Siegfried, il se donnera la mort en 1923.
3. « Quand [Valéry] est parti, j'ai compris que j'étais seule au monde. Alors, j'ai fait téléphoner au diplomate qu'il pouvait venir. Il était là 1/2 heure après. Il m'a dit que si j'étais sa maîtresse, il se ferait nommer dans la ville que je choisirais », *Journal*, p. 110.
4. Sans doute William Cazenave.

revenir. Je vous ai dit que je téléphonerai demain. Vous m'avez dit : Si vous voulez — ce qui signifie : il importe peu.

—

Alors je suis parti. C'est la première fois que je vous quittais, vous et moi ayant encore du temps libre à passer ensemble. Il a fallu tuer le temps. J'ai été chez un coiffeur. Je me suis regardé — avec une espèce de haine — et avec tout le mépris que j'avais pour cet autre qui est moi, et qui s'était fait accueillir si froidement et qui souffrait si sottement de l'avoir été. Puis j'ai lu un article très intéressant. Un savant hindou a fait des découvertes très importantes sur les plantes, leur vie nerveuse ; il paraît qu'elles ont un spasme même de la mort, comme les animaux. Il amplifie un million de fois les moindres mouvements — — J'ai été obligé de relire 3 fois cet article qui

Sept heures

Voilà j'ai lu — trop vite — ce cahier vert — (les cent dernières pages) (Il y a de très belles choses.) Je n'ai rien à dire, rien à répondre à ce qui est là. Je vous serais très obligé de supprimer les passages où il est question de mon intérieur et de ceux qu'il contient. Il y a aussi quelques choses non justes. Vous m'avez cru indifférent ! — Enfin, — vous pensez bien que je pense que vous ne me comprenez pas entièrement. Comment pourrais-je vivre si je me réduisais à être le monsieur qui est peint par ces pages ?

—

D'ailleurs tout cela ne change rien. Vous pouvez écrire sur moi les choses les plus dures et parfois les plus blessantes, j'en suis meurtri, je n'en suis pas altéré. Quand j'aime, moi, cette puissance centrale peut être rendue furieuse par les mots, par les obstacles, par —— Mais elle est ce qu'elle est, et rien *ne peut y toucher*. Si on ne m'aime tel que je suis, on aime un autre que moi.

C'est le résumé du cahier. Je n'ai jamais aimé qu'une fois, véritablement. Je n'ai jamais cru à quelque chose que cette fois. Et quelle profonde passion. Vous pouvez le croire ou non. Je vous le dis, sachant bien que je n'ai plus rien à perdre, ou presque rien. Il y a longtemps que je le sens.

Ah, qu'est-ce que vous voulez que je vous dise, ma chérie. Que votre volonté soit faite. Merci.

À PAUL VALÉRY

[*Paris, jeudi*] 19 Mai [*19*]21

Mon ami, mon cher petit ami, que j'aurais pu connaître dans ces années de mes Cahiers-amers — mais qui enfin êtes là comme le repos de l'esprit après des questions comme la santé de mon intelligence, et comme l'heure permise de douceur.

Vous voyez, il y a « permise » ! Je ne puis pas croire qu'elle soit défendue, cette heure qui ne veut sincèrement pas le mal. Renée la veloutée vient de passer une heure ; elle a bu du thé ; elle m'a parlé de sa maladie qui peut-être signifie tout autre chose et que d'obscurs docteurs, illustres pour salons, tripotent ; et puis parlé des unes et des autres ; et je ne comprends pas qu'elle puisse avoir le moindre plaisir à causer avec moi tant ses sujets m'ennuient, je n'ai pas d'avis sur les gens, ou du moins pas d'avis passionné, et ceux-là seuls comptent. Ensuite elle a parlé de vous —, de votre mauvaise mine — cité un mot d'un de ses convives que je vous dirai — insisté beaucoup pour que j'insiste moi-même afin que Mr Lebey[1] donne plus. J'ai répondu que je n'essayais plus à présent, que vous obliger aux 2 mois de vacances (avec quel succès). Le professeur Morin téléphone qu'il a déjeuné avec

1. Édouard Lebey dont Valéry est le secrétaire particulier.

Painlevé[1] dans un endroit inconnu où des jamais-vus ont beaucoup parlé de moi. Ça c'est beau. Savez-vous que j'ai remarqué, que dans les temps où l'on est soi-même profondément travaillé par une passion d'esprit ou bien lorsque l'on fait un grand effort, (et cela dans le silence) l'on atteint des vies éloignées que même on ne connaîtra pas.

Quand vous êtes parti, j'étais triste. Ma faillite perpétuelle me devient une lourde fatigue. Il y a en moi un cavalier et un cheval, et le premier, chaque fois qu'il s'élance sur le second, un microbe lui tire la jambe. Vous voyez ça. Alors nous ne galoperons jamais, passé les portes d'or ; et tous les bienveillants spectateurs qui ont parié pour, seront volés. Vous d'abord, mon maître. Mais il faut faire comme si la course était possible, et essayer encore une fois. Dans le mépris que j'ai enfin (ENFIN !) acquis de moi-même, une de vos paroles m'a été au fond de l'âme tout à l'heure quand je vous ai demandé pourquoi vous m'aimiez et que vous avez dit « pour votre sérieux ». Cela m'a donné quelque chose sur quoi me coucher doux ; et ce soir m'endormirai sans sentir que j'aurais aussi bien fait de ne pas être.

Le Tite-Live[2], est-ce 7 volumes ? À prendre si très beau seulement, car comme auteur je n'y tiens pas. J'ai souligné ce qui « me fait besoin ». Je n'ai pas d'amour spécial pour Salluste[3], s'il n'est pas ravissant. Le Théocrite[4] me tente plus mais avec le grec. J'ai souligné rouge les meilleurs. Prendriez-vous la voiture ? ? ?

9872 Roussel. *Cultes égyptiens* etc. in 8° br. 6f[5]

10079 Sallustinus - pet. in 12, — 30f

10962 Tacite[6] - traduction Dureau de Lamalle, 3 vol pet. in 8° 15f

1. Paul Painlevé (1863-1933), mathématicien devenu, en 1917, ministre de la Guerre, puis président du Conseil.
2. Historien romain, auteur d'une *Histoire de Rome* en 142 livres.
3. Historien romain, sénateur, gouverneur de la Numidie, auteur de la *Conjuration de Catilina.*
4. Poète grec, auteur des *Idylles.*
5. Pierre Roussel, *Les cultes égyptiens à Délos du IIIe au Ier siècle av. J.-C.* (Nancy, Berger-Levrault, 1916).
6. Historien romain, auteur des *Annales.*

1157 Théocrite in-12, texte grec, 20 f
11348 Tite-Live (1621) in 4° - 10f ou bien
11349 " " 7 vol in 4- vél. - 20f Leyde 1738 (bel exemplaire[1])
11449 *Traités d'alchimie*[2] - *20f* — J'y tiendrais.
Voir le 11779 *Voltaire grammairien*[3] - 10f — pour vous ?
11878 ? *Savonarole et son temps*[4] 15f
11926 Vinci (L. de) *Textes*[5] — 6f
12034 ? Voiture — 1680 2 tom. en 1 vol. 30f

Chez Picard libraire 82 rue Bonaparte. Il me connaît mais j'aime autant demandiez [*sic*] pour vous — peut-être auriez différences ? Je ne voudrais pas dépenser plus de 60 à 70 f et moins si pouvez. En somme je ne tiens qu'au Théocrite, à l'alchimie et à Vinci.

[*Sans signature*]

À PAUL VALÉRY

[*Paris, vendredi*] 20 5 [*1921*]
10 heures du soir

Je rouvre un tiroir pour y prendre votre lettre reçue ce matin. Et je savais bien qu'elle valait beaucoup mieux que la mienne, celle qui vous donnait les avis Picard, et que trois fois j'ai failli reprendre tant je la sentais différente de notre moi. Je ne voudrais pas que vous gardiez toutes mes lettres. Vous avez tant l'habitude de penser avec vous-même, que vous me trouvez toujours tout de suite.

1. T. Livii, *Historiarum ab Urbe condita libri qui supersunt omnes...*, (Lugd. Batavor. : apud S. Luchtmans, 1738).
2. Contenu dans Marcellin Berthelot, *Histoire des sciences. La Chimie au Moyen Âge*, t. II (Paris, 1893).
3. Léon Vernier, *Étude sur Voltaire grammairien et la grammaire au XVIIIe siècle* (Hachette, 1888).
4. Pasquale Villari, *Jérôme Savonarole et son temps* (Firmin-Didot, 1874).
5. Léonard de Vinci, *Textes choisis* (Mercure de France, 1907).

Je suis allant me coucher. Une demi-heure, une heure pénible, à mal respirer (c'est passé) — puis, avoir été obligée de corriger Claude, qui est complètement insupportable avec son oncle, et pour qui il faudrait tout autre chose qu'un faible corps, qui parle à voix basse les ordres de l'ordre qu'il méprise — déjà. J'ai le plus grand éloignement pour les « scènes », comme pour tout instant du temps qui n'est pas à la place que je veux. Une scène, c'est défaire un équilibre acquis, c'est dégringoler dans son animal. Je reviens chez moi. Il fait très tranquille. Mais tout à l'heure, ce seront les cris de Jacques qui s'apercevra que sa clef est perdue —

Cher vous, pour qui je suis une chose « sans prix ». Quelle pensée ! être cela pour qui n'est pas moi. Te souviens-tu de la 1re lettre ou vous me disiez, comme mathématiquement et sans me regarder : « puis-je être plusieurs[1] ? » Et ce soir-là, je vous ai répondu bien bizarrement : car agenouillée devant Qui n'a pas place dans votre physique, je l'ai remercié d'être devenue deux.

Peut-être que je vous ai rendu triste ce soir, en vous parlant de ce que nous serons séparés tout l'été ou presque, et peut-être l'hiver. Je me conduis en créature inférieure, en ceci. L'important, est-ce que ce n'est pas que nous ayons existé ensemble, et qu'un discours aussi nouveau ait été possible ? Sans doute, même séparés, à présent nous ne pouvons plus être soi seul.

Il faut pourtant dormir. Que je suis las — et sans désir de rien faire. Ces trois semaines m'ont extraordinairement éprouvée ; dix, quinze pas dans la chambre épuisent ce qu'il y a deux mois les dames, l'auto ni les livres ne pouvaient tarir. Aller à La Graulet — autour de la maison planter des dahlias citron. Les foins sont hauts — la lune sur la terrasse — le pavillon sent la rose, la rose — que faire, que faire ? Écrire un roman ? Le voisin n'est même plus amoureux de moi. Maman veut que je mange et je n'ai pas faim.

« Ah quand refleuriront les roses de septembre[2]. »

1. Voir *supra* le *Journal* de C.P. du 5 juillet 1920, p. 30.
2. Paul Verlaine, « L'espoir luit comme un brin de paille dans l'étable », *Sagesse*, Livre III, 3.

Tout un univers à reconstruire encore. Qu'il est difficile d'être humaine. Les dahlias ne résolvent pas tant de problèmes. Être dahlia ; *artifex vivendi*[1]. Crois-tu que je suis bête.

Narcisse Sommeil Sommeil

[*Sans signature*]

À PAUL VALÉRY

[*Paris, samedi*] 21. 5. [*19*]21

Mon cher ; ma belle amitié —

Je sais que vous n'aimez pas ce mot — qui est si beau. Mais essayez d'entendre ce que je dis en le disant. C'est tout ce que je sais et puis de plus digne, de plus sûr, de plus vrai. Ô mon cher cœur chéri, je vous remercie de cette lettre que je reçois et que vous m'annonciez en disant qu'elle était folle. Je ne veux pas y répondre par des mots. Mes mots, dès qu'ils sont, en commandent d'autres qui n'accourent que pour le son, ou pour une image qui passe ; et le torrent, poussé en deçà, ne vous apporte rien.

Certainement mon visage vaut mieux que mes mots, dur ou bizarre qu'il soit, puisque à présent vous avez le pouvoir d'y prendre, moi-même. Et c'est ce moment que vous choisissez pour m'offrir l'adieu ! Il n'y a qu'une réponse possible : c'est que vous ne me quitterez jamais. Tout le reste peut arriver — mais on n'existe pas impunément ce renversement de l'identité, que nous sommes. Il n'est pas dans vos mains de retourner en arrière, ni dans les miennes ; et le destin nous y forçât-il, qu'il n'obtiendrait pas grand'chose — et certainement pas, que nous pensions séparément.

Pour le reste — je veux dire, le mariage absolu, que nous avons connu, que nous croyions possible toujours ; je ne sais pas Si mon corps diminue jusqu'à ne plus être que cette faiblesse, les dieux se seront chargés de répondre à ceci. Et

1. Artisan de l'existence.

c'est vrai que je suis tout le contraire d'un être qui est capable d'être heureux en transgressant quelque chose — fût-ce un grotesque arrangement social — et en portant le poids d'un tort même invisible. Et cette manie d'ordre et que tout soit clair…

Non, je ne penserai pas à après-demain. Et je vous demande pardon de tout mon cœur, de vous faire si souvent de la peine — en essayant que l'espèce pliante et sombre soit tulipe ou cactus. (J'en fais planter une bordure — des pensées — autour de ma maison de là-bas.)

J'ai réfléchi à la situation chez Lebey, je trouve que vous n'en trouverez jamais qui vous absorbe si peu d'heures et qu'il la faut garder. Obtenir seulement les 2 mois sans quoi vous serez *mâne*[1] vous-même l'an prochain — *quisque suos patimur manes*[2]. Je vous donne, si vous comprenez (Reinach s'y est tué) ce texte[3], une boule guimauve à étouffer tous vos discours. Au revoir —

Me consoler ! Ça ne veut rien dire — cela serait : reprendre le chemin où satisfaite j'allais, P.C.N.[4] etc. Or A je suis cassée. B — il n'y a pas de B. Et puis, je crois bien que ma seule utilité est — le seul emploi où je réussisse — vous regarder penser.

CK

À CATHERINE POZZI*

[*Paris, mardi 24 mai 1921*]

Chère amie — il faut bien que je vous rende ce nom que vous me donnez — je suis désolé d'apprendre que vous êtes si triste et si faible. Je ne le suis pas moins. Je n'ai presque

1. Ombre.
2. « Nous souffrons, chacun, notre propre âme », Virgile, *Énéide*, VI, v. 743.
3. Le 9 novembre 1900, le célèbre archéologue Salomon Reinach a lu un mémoire devant l'Académie des inscriptions et belles-lettres : *Un vers de Virgile (Énéide, VI, 74)* (Leroux, 1901).
4. Voir *supra* la lettre du 22 octobre 1920, p. 68, n. 4.

pas dormi cette nuit. Vous étiez dans ma tête la plus noire. [...]

[...] *bien loin depuis Janvier* [...]

[...] et je deviens ami de plus en plus. Je prends place avec ces messieurs.

Mais enfin, j'aurai du courage pour vous. Mais lequel ? [...]

Que voulez-vous que je fasse, puisque je n'existe plus, ou si peu ? Faut-il paraître avec ces messieurs à 6^{h} ½ ? Nous pourrons faire un bridge. Mais non. Je vous avoue que mon sang ne souffrira jamais que je sois un détail, après avoir bien cru que j'étais le tout. Je ne puis être que... Et que.. ; vous le savez bien ! Je suis sans direction, sans astre. Qu'est-ce que vous voulez que *je* pense, que *je* ressente, que *je* devienne ? [...]

Déjà le « tu » a disparu de nos lettres. L'instabilité est l'essence des êtres. Il faut associer étroitement l'idée d'être à l'idée de destruction. La tendresse est un être aussi. [...]

[Pour me venger de vous, de Dieu et de tout, il faut] narguer tous ces fantômes, foi jurée, éternité promise,... mépriser la mort et l'immortalité, sœurs aussi niaises l'une que l'autre et création des sauvages les plus nuls. Plus de reines de théâtre penchées sur le balcon de l'âme inexistante. Plus de serments à soi-même. J'en sais mille fois assez pour détraquer ces cochonneries dans leur germe... Impuissance de ce savoir. Les démons inférieurs sont les plus forts. Je mesure ma faillite. C'est cela que j'ai voulu surmonter. Je l'ai conçu presque enfant, ce projet. Je l'ai presque touché, naguère. Cette idée de n'être pas seul, le seul... Si on sentait cela comme moi, idée tu ne serais pas une défaite. Dernière et définitive défaite du seul projet digne d'être conçu. Adieu, défi auquel il eût fallu un autre moi-même.

CATHERINE POZZI, *JOURNAL*

25 mai 1921

Dans sa lettre de ce matin (25 mai) il y a une explication, sans qu'il ait su qu'il l'écrivait, de nous deux. Voici ; il dit, en parlant de moi, que je suis « quelque mélange de son essentiel avec ce qui lui était le plus inconnu. » Il est cela pour moi, naturellement aussi. Et voici toute la raison de cette torture. En lui, je reconnais mon esprit le plus extrême — vraiment, tout le moi que j'accepte et veux de moi, les variations enlevées.

Et puis, à cette identité, s'accouple l'étranger... celui que j'ai appelé « desum », et puis celui... qui n'a pas de courage en face des hommes, ne redevient d'attaque que devant Dieu. Oh alors ! alors il part et fonce et massacre. (C'est que Dieu est hors l'action, hors le plan sur lequel vous ne tenez pas debout.) Et je vous regarde avec une espèce d'horreur. [...]

En juillet de l'an passé, comme je lui avais écrit pour le C.M.[1], il me répondait une lettre abstraite et curieuse, qui me soumettait sans même paraître me regarder, un problème. Ce problème (ce projet conçu presque enfant) « suis-je le seul ? Puis-je être plusieurs ? Suis-je compatible avec le nombre ? » Ah comme toute mon âme, toute ma volonté vous ont répondu alors ! Comme je me suis agenouillée devant Qui n'a pas de place dans votre logique, pour le remercier, vivant, d'être deux[2] !

À PAUL VALÉRY

[*Paris, mardi*] 31. 5. [*1921*] 11 heures

Mon ami chéri,

— Non point aujourd'hui encore, pour qu'il n'y ait plus que nous deux et loin, et près. Loin des autres et près d'une

1. Cahier Maudit.
2. Cf. *supra* la lettre de C.P. du 20 mai 1921, p. 168.

autre terre, les vérités de celle-ci tombées de nous, qui ne portons pour un peu que l'essentiel et sommes légers du reste. Ni aujourd'hui, ni quand — Que j'étais peu de chose hier soir, et faible contre ce corps condamné à l'angoisse. Ah quelquefois, je le considère avec étonnement, je ne comprends pas qu'il ne casse point — il a fallu prendre de l'opium, pour qu'au moins je puisse rester étendue sans haleter ; mais alors c'est le cœur qui devient lâche. Cela dure depuis 9 ans. Parfois je n'ai pas souffert pendant 6 mois. Il est médiocre de vous dire cela ; mais ce n'est pas que geindre me semble intéressant : c'est pour m'excuser de ce que je ne suis pas ce que je devrais être. Et j'ai bien souvent honte, je vous assure, que cette ridicule réputation d'intelligence soit ma seule marque sur un monde où je passe inutile (moi à qui tant de gens, en arrière, ont légué l'idée de but).

Je comprends très bien, aussi, que vous m'accusez souvent sans me le dire, de ne pas mener à bien plus rapidement cet examen et ordonnance de votre œuvre que vous m'avez fait le grand honneur de me confier. Vous regrettez alors que le « psychoscope » si sensible à vos pensées, ne fasse rien que réagir brusquement à ce qu'elles tiennent d'immortel. C'est que vous ne voyez que mon visage, où il y a plus de force qu'au reste de moi. Il faut quand même être plus rassuré sur cette part de mes devoirs qui vous concernent : je les accomplirai je vous assure, d'un coup, comme j'ai fait ma rhétorique à 35 ans sans instruction primaire en dessous, en m'obligeant à la mémoire la plus risible ; et ensuite cette personne faillie[1] retourne au démon Eurynomos[2]. Ce temps qui vous paraît perdu, à me mettre au travail, sert à préciser des points qu'il faut connaître pour vous lire. Il ne suffit pas [de] vous humer par le poil le plus subtil ; ce que vous me demandez, c'est de vous repenser pour les hommes. Vous voyez bien qu'il n'est pas inutile de connaître l'ohm, pour cette

1. C.P. a passé la première partie du baccalauréat (latin, langues) en octobre 1919 à l'âge de trente-sept ans mais n'a pas été reçue à l'examen de la seconde (philosophie, sciences) en octobre 1920. Elle repassera cet examen à Strasbourg en 1927 et en sortira avec mention et en tête de liste.

2. Dans la mythologie grecque, un démon à la peau bleu-noir qui, aux Enfers, dévore la chair des cadavres.

conception de la sensibilité résistance. Ayez un peu de patience, devant ma maladresse.

Et maintenant, voici que je ne sens plus qu'une chose : je vais vous quitter, seul autre dont j'aie besoin, mon seul accord, et toutes mes réponses.

CK

À CATHERINE POZZI

[*Vers le 12 juin 1921*]

Nox

Qui se déciderait véritablement à n'être ni compris, ni goûté, ni aimé —, à se reconnaître décisivement *seul*, incomparable, incombinable, qui se priverait de toute croyance en l'ami, en l'amante, en Dieu, en soi-même ; qui accepterait les choses comme enfin elles sont et comme à la fin elles se montrent à nous au milieu des tortures, quand le Dieu ne répond pas, que l'ami sourit vaguement, que l'amie raisonne et tend ce qui reste d'un visage qui se détourne, et quand enfin soi-même, on se prendrait volontiers pour se jeter dans le feu.

Celui qui se fortifierait de cette décision, qui se confondrait avec elle, qui pourrait vivre dans cette espèce de foi et de certitude fermée, considérant son esprit tout entré et son cœur et la sensibilité de son corps, comme autant de moyens de douleur, d'instruments d'erreur, de châtiments automatiques à la folie qui s'est emparée de quelque animal quelque jour de quelque été...

Où est-il ce « Sage » ? Et qui se réduira à la condition bestiale, ne prêtant plus son secours à

Tout ce qu'il y a de négateur dans la religion est vrai.

Et quant à moi, j'ai essayé de vivre et même de faire, sans croire.

Mais ce que l'on refuse à Dieu, on finit par l'accorder à la créature dont la supériorité sur le Créateur est évidente, puisqu'elle ne fait pas attendre le juste châtiment que mérite qui s'abandonne à qui que ce soit[1].

À CATHERINE POZZI

[*Vers 12 juin 1921*]

Respirer, étendu au pied d'un arbre, par la chaleur, mort et respirant, percevant bien la mère terre, et dans le sentiment qu'elle vous emporte, tant on ferme les yeux avec foi dans la totalité de son corps.

Que vienne alors quelqu'un, qu'on n'aurait pas entendu, qui s'agenouille devant vous, vous regarde, s'abatte doucement, demeure quelque temps dans le recueillement, auprès de votre vie ; et n'y puisse tenir, et très légèrement baise cette main perdue si loin des yeux fermés. Et s'arrête là, et attende. Et puis s'enhardisse, et sur le front parfaitement calme, pose encore les lèvres.

Tout le dormeur frémit, et il y a quelqu'un pour lui dans la masse immense où les extrémités se perdent.

Et il n'aurait qu'à refermer ses bras pour y faire captif le bonheur.

Dors, mon ami. Et que le baiser ne fasse même pas en toi l'ombre d'un rêve. Soit-il stérile, et ne prouve une image.

Car ce qui est venu te visiter, s'en va. Un instant l'a ému, un instant l'[*inachevé*]

1. Commentaire de C.P. : « Vous ! Parler en littérateur... »

À CATHERINE POZZI

[*Carte postale illustrée d'une photographie du Pavillon à La Graulet :*]

[*Vers la mi-juin 1921*]

Δόμοι οὐκ εἰσί. φροῦδα τὰδ' ἤδη[1]. Ὦ ναύλοχα καὶ πετραῖα |
θερμὰ λουτρὰ καὶ πάγους | Οἴτας παραναιετάοντες[2]
....
Καὶ νῦν δύ' οὖσαι μίμνομεν
μιᾶς ὑπὸ | χλαίνης ὑπαγκάλισμα·[3].

Τις γὰρ ἀοιδός, τίς ὁ χειροτέχνης
ἰατορίας, ὃς τήνδ' ἄτην
χωρὶς Ζηνὸς κατακήλήσει ; [...]
Ἐᾶτ' ὕστατον εὐνάσαι. [...]
Πᾷ μου ψαύεις ;[...]
Ἀπολεῖς, ἀπολεῖς με[4]...

[*Sur la photographie de La Graulet :*]

Ἀλλ' ὦ φίλη μοι χάρις, ἡδίστην χέρα
δὸς, καὶ παρειὰν προσβαλεῖν παρηΐδι·[5]

1. Il n'y a pas de maison : tout ça est parti, désormais !
2. « Ô vous qui habitez, entre la rade et la montagne, les régions des Sources Chaudes et des roches de l'Œta [...] », Sophocle, *Les Trachiniennes*, 632-634, tr. P. Mazon (Les Belles Lettres, 1981).
3. « Nous voici donc deux, désormais, sous la même couverture, à attendre qu'un homme nous prenne dans ses bras. » Sophocle, *op. cit.*, 539-540.
4. « Ah ! où est l'enchanteur, le guérisseur expert qui serait en état d'apaiser par un charme telle calamité, si ce n'est Zeus lui-même ? Ce serait bien là un miracle qui reste encore loin de mes yeux. [...]
Laissez-moi [...] dormir pour la dernière fois.
Ah, où me touches-tu ? [...].
Tu veux ma mort, tu veux ma mort ! » Sophocle, *op. cit.*, 1000-1007.
5. « Allons, ma gracieuse amie, donne-moi ta main très douce, et laisse-moi mettre ma joue contre ta joue. » Citation adaptée d'un passage d'*Hécube*, tragédie d'Euripide (409-410).

tears, idle tears,
from what divine despair [1]

[*Adresse :*]
Madame Catherine Pozzi
Hôtel Métropole
La Bourboule
Puy de Dôme

À PAUL VALÉRY

[*Paris, mercredi*] 6 7 [*19*]21

Serez-vous content de recevoir cette grande page blanche demain matin, où il y aura dans dix minutes les insectes noirs dansants tombés de l'âme de Karin ? (de cette Karin dure, dure, dure.) Mon cher petit cerveau chéri, vous ne savez pas qu'il faut que je vous remercie. Puisque pour la première fois peut-être, — ou la seconde, — tu m'aimes mieux que vous ; et que, je l'ai senti, vous avez enfin choisi de ne pas me quitter et de tout abandonner (même moi) pour ma présence. Je vous jure qu'elle fera qu'elle soit aussi douce que vous avez jamais souhaité ; que l'extrême de la tendresse vous remplacera l'heure dont la vraie beauté c'était qu'elle était tendre. Il n'y aura rien de changé, vous — tu verras, et je vous aime tellement mon chéri, de m'aimer. Pour la première fois je crois ce soir que tu m'aimes ; et je suis comme assurée, comme établie, dans de la douceur.

1. *Tears, idle tears, I know not what they mean,*
Tears from the depth of some divine despair
Rise in the heart, and gather to the eyes,...

Des larmes, des larmes inutiles,
Je ne sais pas ce qu'elles veulent dire,
Larmes du fond d'un désespoir divin
Qui se lèvent dans le cœur, et montent jusqu'aux yeux...

Songs from « The Princess », IV, « Tears, idle tears », Alfred, Lord Tennyson (1847).

Puissé-je être assez intelligente, assez aimante, pour vous envoyer la même chose ; que je voudrais commander aux mots, en faire le réseau le plus heureux au cœur — Mais il faudrait que je sois moins fatiguée pour puiser à mon intelligence ; ce qui est là, et qui vous parle, c'est la longue dame grise à la cape duveteuse qui marchait (avec cet air d'oiseau perdu, vous savez) au bras de Violente[1], sous les arbres du Pré Catelan. À moitié prise au ciel des arbres elle était ; à moitié aux paroles caressantes de l'étrange compagne (il n'y a jamais que des femmes qui me disent que je suis jolie...), à moitié encore contre vous, mon cœur de l'esprit. Nous avons bu du chocolat épais, avec de l'eau glacée ; des promeneurs étaient piqués sur le gravier ; d'autres enfermés derrière l'aquarium des glaces ; un air de violon tombait avec le mouvement du vent. Violente expliquait d'anciennes amours ; m'immolait ses affections les plus chères ; se souvenait toutes les cinq minutes qu'on l'attendait 1bis avenue du Bois[2], m'ordonnait de me marier ; je ne sais pas à quoi je pensais ; j'aurais voulu m'étendre sur le gazon et que tout soit simple. Puis nous partions ; Violente m'ordonnait de ne me marier jamais ; Girondeau nous déposait devant le 1bis avenue du Bois où nous trouvions la mère Poncet, chaude de Cambon[3], piaffant d'ennui parce qu'elle avait perdu sa fille depuis trois heures.

— J'ai dû aller chez un architecte demander le prix d'un petit hôtel charmant, à louer en face. Il est de 20.000... Resterait 10.000 pour les robes, et se nourrir d'un macaroni. L'architecte habite rue J.M. de Heredia, c'est loin. Ensuite, j'ai dû chercher Jean rue de Grenelle. Naturellement, il n'était pas là ; je lui ai laissé la voiture et [suis] revenue en taxi.

J'ai passé la robe de soie bleue par-dessus ma robe, parce qu'il fait froid dans l'appartement. Tiens, la voix de Jean à côté. Celle de Maman est dans l'infra-rouge. Mais ils ne me

1. Suzanne Poncet.
2. Chez Mme de Pierrebourg.
3. Jules Cambon (1845-1935), ancien ambassadeur à Washington et à Berlin, l'un des signataires du traité de Versailles, est l'amant de la mère de Suzanne, veuve du professeur Antonin Poncet.

changeront pas mon beau pays de maintenant, celui que vous avez fait, mon chéri, en me laissant voir que nous resterons toujours ensemble.

CK

PAUL VALÉRY À ANDRÉ LEBEY[1]

[*Paris, jeudi*] 14 juillet [*1921*]

Mon bon vieux,

Tu es bon pour les animaux. Mais en fait de Serpent, j'en ai dans le cœur, qui ne cesse de mordre et de détruire en moi[2].

Je suis à bout de forces. Cette chaleur sans répit, si lourde, m'a achevé. *Je ne puis pas respirer.*

À la fin, je crois que tout mon sentiment s'est changé en haine, car j'ai trop souffert.

Je ne t'en dis pas davantage.

Je peux partir vers le 25 pour la Bretagne. Là je verrai. Mais s'il ne survient pas de changement, *absolument improbable,* dans la situation je me bornerai à ce voyage... Ce sera la fin.

Vois-tu, André, toutes les puissances que je puis avoir dans l'âme, elles sont toutes tournées à me faire mal. Imagination, sensibilité, tout travaille horriblement.

Ton vieux,
P. qui t'embrasse

Merci encore de cette soirée que tu m'as offerte. 3 heures ou 4 sans penser à mon mal.

1. Paul Valéry-André Lebey, *Au miroir de l'histoire. Choix de lettres 1895-1938*, éd. Micheline Hontebeyrie, préf. de Nicole Celeyrette-Pietri (Gallimard, 2004), pp. 398-399.
2. « Ébauche d'un serpent » a paru dans *La N.R.F.* du 1er juillet.

5 Septembre [*1921*]

Je vais presque bien aujourd'hui. Hier la lettre du bois de chênes, et trois feuilles de mon jardin jetées au Bonheur. L'incertitude, celle même d'il y a un an. *Then, Happiness was called and Misery came. Now, Misery called back shall Happiness come*[1] ?

6 septembre 1921

Σιγή[2]

Words received on the third ; three days ago : « I would reward you with all my heart »

. . . .

Reward blood, reward death ? the least reward was too much for this same generous heart, since ruthlessly, patiently, obstinately refused. Reward me ? Do this. Give such promise—such faith. The gods laugh. Laugh, ye gods ! O that I could despise far enough, to laugh too[3].

12 Septembre [*1921*]

Je n'ai rien écrit pendant deux jours. Plutôt, j'ai écrit deux feuilles d'interrogations, de craintes, presque d'adieux, dites à moi, pensées de vous, — et qui sont parties déjà vous rejoindre.

1. Alors, on appelait le Bonheur et le Malheur vint. Aujourd'hui, le Malheur revenu, le Bonheur viendra-t-il ?
2. En grec : silence.
3. Mots reçus le trois, il y a trois jours : « Je vous récompenserais de tout mon cœur »... Récompenser le sang, la mort ? La moindre récompense était trop pour ce cœur généreux, depuis refusée impitoyablement, patiemment, obstinément. Me récompenser ? Faites cela. Donnez une telle promesse, un tel serment. Les dieux en rient. Riez ô dieux ! Ô comme je voudrais mépriser assez pour en rire aussi.

J'ai cru que vous mouriez, que vous étiez mort. Silence absolu depuis le courrier du 4 — disant « *æger*[1] ». Vraiment, ne s'est-il passé que deux jours ? Ma tête n'a été qu'une machine à calculer des dates dans un rapide de démence — puis à se rappeler, puis à regretter, à se regretter. J'ai écrit : « Je vous demande humblement pardon des peines semblables que je vous ai faites. Je les mesure à celle-ci ».

À PAUL VALÉRY

[*La Graulet, lundi*] 12 9 [*19*]21

Ô ma vie, j'ai relu votre lettre[2].

Et cette petite photo qui *brutalement* saisit mon vrai cœur.

Je ne serai jamais qu'à toi. Tu le sais bien.

Je demeure encore quelques jours.

Mon *ν*ous[3] seul, mon *ν*ous seul, comment vous donner mon âme une heure, — celle qui ne craint pas, — et que vous alliez vers cet homme[4], et lui disiez : « je serai de retour Mardi soir » avec le calme absolu que rien ne peut rompre, et le train part quelques heures après ces mots, et quand vous serez à Mardi soir, et que vous rentrerez dans le palais sinistre de l'Avenue[5], il y aura derrière vous tant de lumière, que longtemps, longtemps, toute minute sera bonheur.

[*Sans signature*]

1. En latin : malade.
2. Notons que le dossier où C.P. a classé les lettres de septembre 1921 à avril 1922 s'intitule : *The Tempest* [La Tempête].
3. C.P. fait souvent un jeu de mots fondé sur la ressemblance orthographique de νοῦς, « esprit » en grec, et « vous » en français. Ici, elle écrit le mot grec en caractères français sauf pour la lettre initiale.
4. Édouard Lebey.
5. Édouard Lebey réside dans un hôtel particulier, 38bis, avenue du Bois.

À PAUL VALÉRY

[*La Graulet, dimanche, c.p.*] 2 Octobre [*1921*]
Pavillon

L'automne est aussi beau que jamais ; plus beau que l'été d'il y a deux mois. Il fait une chaleur percée de brises et mouillée d'ombres, avec des feuilles qui volent comme des insectes clairs, mais sans faire de bruit. Le bois de chênes commence de se dorer ; et les peupliers de la caroline portent des moires citron là où la lumière sur eux est la plus longue. Mais les prés sont d'un vert quasi normand, pour rendre heureux le troupeau et faire chanter la gardeuse qui court et crie. Je vous écris ces choses qui ont l'air d'un commencement de devoir français, mon cher amour, dans le pavillon, devant un Jean qui fait mon portrait ; et je voudrais qu'il y ait encore sur mon visage, cette pensée de vous, pour que le dessin nous enferme tous les deux ensemble.

— Ce sont les deux enfants protégés par mon frère aîné[1], reçus en romanesque et triste héritage, qui sont arrivés ; lui peint, toute la journée, le marronnier de la terrasse et la courbe des prés qu'il enclot ; elle joue au tennis ; c'est une longue fille aux cheveux très noirs, bouclés, jolie comme j'aime — jolie pas de maintenant. Je ne vous dis pas leur nom, que vous devinez ; il ne faut pas le dire.

— Ma dernière semaine — ou presque — ou presque — J'ai reçu de Suisse des conditions inacceptables pour la maison que je voulais — (12,000 argent suisse la saison.)

Il reste l'hôtel ou la pension — Comment croire, devant ces torrents de soleil, qu'il y a l'hiver là, et ce départ, et ce qu'il signifie — Je ne peux pas écrire plus. J'ai peur de ce que je dirais, qui ne serait pas autre chose que ce désespoir de nous. Et pourtant il n'est pas possible qu'existant, Soi et

1. Jean Pozzi, né en 1884, n'est pas le frère aîné de C.P., mais l'aîné de ses deux frères cadets. L'un des enfants protégés par lui est « la petite Denise » dont il sera question *infra* dans la lettre du 4 octobre 1921, p. 184.

Soi, du même côté de l'existence, que le sachant, et jusqu'à l'extrême ayant goûté, nous redevenions un et un autre.

Mais se retrouver

C

[*Enveloppe :*]
Monsieur Paul Valéry
40 rue de Villejust
Paris

À PAUL VALÉRY

[*La Graulet, lundi*] 3 Octobre [*19*]21

[*Carte postale illustrée :*]

Domaine de La Graulet près Bergerac (Appartenant à M. le Professeur Pozzi)

ἔρχεο, πρὶν
χειμὼν ἔλθῃ
ἀγαπήσω σέ[1]

[*Sans signature*]

[*Adresse :*]
M. Paul Valéry
40 rue de Villejust
Paris

1. Viens, avant que/l'hiver n'arrive/je t'aimerai.

À PAUL VALÉRY

[*La Graulet,*] Mardi matin 4 octobre dans ma chambre, après le facteur 1921[1]

Mon bien aimé, mon vous, je vous assure, je te promets que quelque chose travaille pour nous ; aide-le seulement. Que tu sois de nouveau malade est une veine inespérée, quelque bête que la phrase soit ; ne vois-tu, devines-tu pas que c'est le moyen, LE MOYEN, le seul, le sûr, pour que tu obtiennes ces quelques jours ? Ô mon chéri, obtiens quatre jours ! Je ne te demande plus que quatre jours. Non, je ne doute pas de toi, mon bien aimé. Tu vois bien que ma lettre de Vendredi[2] n'était que plainte sur moi-même. Elle disait : rien ne m'empêcherait de te rejoindre, car rien ne m'a empêché de te rejoindre.

Écoute, l'extrême de l'enfantillage où l'eros conduit : la petite Denise[3] nous apprend, il y a une semaine, que l'on obtient tout ce que l'on veut si l'on compte sept étoiles pendant sept jours en faisant la même demande. Presque tous s'y sont mis (même Mater Troisier) ; tu sais mon vœu, peut-être ? « que Lionardo vienne, et qu'il reste 3 semaines ! » Ça ne me coûtait pas plus d'y foutre 3 semaines). Eh bien, L, la première fois, le premier soir, au moment précis où je parlais cela dans l'ombre magnifique, une étoile filante a jailli du ciel, a traversé de l'orient à l'occident, cueillant, frappant ma demande. Près de moi l'on a dit : « Ha ! si quelqu'un avait pensé a faire son vœu, ça y est. » Ris, mais crois : le feu voyageur voyage depuis mardi passé, avec ton nom porté par ses chances…

Que je suis contente que l'on vous ait opéré ! Pardonnez-moi, je ne dirai rien d'intelligent ce matin. Quel espoir, dans cet accident visible, dans cette excuse simple et manifeste ; qui

1. Au crayon.
2. Elle n'a pas été retrouvée.
3. Nous n'avons pas pu identifier « la petite Denise » avec certitude. Peut-être s'agit-il de Denise Hellmann dont il sera question *infra* dans la lettre de C.P. du 2 mars 1922, p. 334.

vous oblige a dire : Monsieur, je dois, l'on m'ordonne, il faut, que je sois 4, 5, 6, jours au repos total ! — et oui, ô dieux propices ! juste à l'époque où la remplaçante revient (car elle est partie depuis 3 semaines, j'ai compté.) Ah ne dites pas que je ne vous aime pas. Ne dites pas que je ne suis pas douce.

Jamais l'automne n'a été si beau. Jamais nous ne nous serons mieux aimés

CK

[*Dans la marge :*]

Qu'importe que vous arriviez le visage bandé de pansements !

— Dites, parlez à André Lebey il aidera. Mon cher, mon pauvre petit je puis vous faire tous les pansements, je sais — (ai travaillé chez mon père[1]). Il y a un bon médecin ici. Écris-moi, je ne peux plus me passer de ta *présence.*

[*Au crayon :*]

3 heures — J'emporte le hamac à suspendre aux pins qui entourent le pigeonnier. De là on voit les prés, et la haute touffe des peupliers, des trembles, des platanes. Il fait bleu pâle, citron, argent, émeraude. Et vous allez vous bercer avec moi entre herbe et ciel.

À PAUL VALÉRY

[*La Graulet,*] Vendredi matin 7 Octobre [1921]

Voici votre lettre de Mercredi. Je ne comprends *rien* à cette opération. Qu'est-ce ?

Les étoiles, les étoiles… Si vous les voyiez ici !

1. Elle a donné des soins aux blessés pendant la guerre dans le service hospitalier du docteur Samuel Pozzi.

Il y a ici un milieu d'amour incomparable. Je n'ai vu aucune terre sur terre, l'égaler. Ni l'Italie, ni les jardins espagnols. Nous sommes six, trois hommes et trois femmes. L'ami-de-Jacques, (le jeune ingénieur qui parle comme un manuel pour élèves faibles ; qui a un nez droit, des yeux droits, un cœur droit...)

Jacques —

Le peintre —

Denise, qui est fine et longue avec ces yeux de biche mi-sauvage ; Charlotte de Coutouly — ma cousine[1] — dont la figure est d'un ouvrier de Tolède, et la voix pure.

Lionardo, je veux vous parler et je ne peux pas. Mais pourtant, que ceci vous trouve, vous touche. Et que votre incomparable profondeur fasse de ceci le long discours que je ne dis pas : Il n'y a que vous que je puisse aimer sans pécher.

Voilà tout. Il n'y a que d'être à vous, qui ne me fasse pas descendre vers le passé faible, violent, ignoble, que mes os contiennent et que je ne connais pas. Je vous ai librement choisi. Vous n'avez pas été un vertige, une surprise, une victoire d'autre chose sur moi. Vous faites ma volonté, elle-même étant mon esprit. Le seul amour où je puisse aller sans regret, sans aucune espèce de remords.

Charlotte de Coutouly est amoureuse de l'ingénieur, qui ne la quitte pas d'un mètre. Jacques dinotherium[2] danse devant Denise.

Ma vie me fatigue, m'étonne, — — me fait peur. Lionardo chéri, si vous ne venez pas, je ne cesserai de vous aimer. Mais vous vous souvenez du grec, qui perdait force s'il ne touchait Gé[3]. Que deviendra ce cœur vorace, enfantin, éternel, périssable, s'il ne se mêle une fois encore à. vous ? Avez-vous pensé quelquefois, que de m'avoir acceptée, vous obligerait parfois à me protéger ? Croyez-vous pas que si je vous appelle depuis Septembre ainsi, c'est que quelque chose de moi craint, reconnaît une autre moi détestée, voit le destin qui la tire au jour.

1. Née en 1886, Charlotte de Coutouly, dite « Lolotte », est la fille de la sœur de Samuel Pozzi, Sara, épouse de Charles de Coutouly. Charlotte est professeur de piano à Bergerac.

2. Grand mammifère fossile.

3. Selon la mythologie grecque, le géant Antaios reprenait ses forces chaque fois qu'il touchait la terre (Gê).

Je sais que vous ne m'avez pu garder fidélité — (je croyais ne pas te revoir, je n'avais rien demandé de toi.) Et moi je vous suis toujours fidèle — et pourrai l'être encore l'hiver et l'été, et l'été de l'été [*sic*], si vos bras me tiennent serrée avant de partir. Mais je n'ai personne au monde, et vous me laissez à cette solitude, et je n'ai pas les quarante ans des amoureuses de Paris, que l'été excuse. Et ce ne serait rien, que vous attendre, ô mon intelligence, si quelque espoir était devant. Mais toutes choses sont pour aider que vous veniez ; — votre état, et la saison qui m'a permis de rester encore — et vous ne viendrez pas. Cependant les nuits sont limpides, où Charlotte entraîne l'ingénieur, où Jacques chante « Frère Jacques » ; le peintre erre endormi dans des flemmes heureuses, et je cherche sur les chemins les pas de ma jeunesse aussi bête, aussi seule, aussi follement dirigée. L'ascétisme lui était plus facile.

Ô Lionardo, que vienne l'hiver, si vous ne venez pas.

CK

À PAUL VALÉRY

[*Carte postale illustrée :*]

Sous bois à LA GRAULET, près Bergerac (Dordogne)

[*La Graulet*] 9 Octobre [*1921*]
Dimanche

La Suisse exige de tels prix, et le châlet désespère la nécessité — qu'il faut se rejeter sur l'Azur de la Méditerranée. Sans doute partirons-nous dans une semaine, car le temps change ; invités en Provence par Margot de Jonquières dans la maison même du charmant Fabri de Peiresc, dont vous avez peut-être goûté les lettres[1]. Mais je ne ferai que passer là : il faut pousser jusqu'à

1. Margot de Jonquières, amie d'adolescence de C.P., est la fille du commandant Paul de Jonquières et de sa femme née Latil (que Samuel Pozzi appelait « la marquise d'Escarbagnas »). Très hospitaliers, les Jonquières reçoivent souvent dans leur maison de Toulon, le clos Méjan. Nicolas-Claude Fabri de Peiresc (1580-1637), élève de Galilée devenu conseiller au parlement d'Aix, a maintenu des relations épistolaires avec divers savants de son époque, à travers toute l'Europe.

Vence (20 K. de Nice) et jusqu'à Menton (Sospel, golf,) voir des choses. Peut-être prendrai-je l'auto. Cher Maître, rendez-moi service : écrivez à votre ami Mauclair[1] et priez-le de voir s'il n'y a pas un vrai mas, de son côté avec du soleil et 3 cyprès. Dites-lui que c'est pour un de vos meilleurs amis, et qu'il vienne me voir quand je passerai. Donnez-moi son adresse. Puis-je écrire à Mauclair pour qu'il me pilote ?

Yours
[*Sans signature*]

[*Adresse :*]
Monsieur Paul Valéry
40 rue de Villejust
Paris

À PAUL VALÉRY

[*La Graulet,*] Lundi 10 Octobre [*19*]21

« Écoute, espère — »

Mon seul au monde, croyez-vous que me soit assez précieux ce papier à dépêche d'Orsay, sur lequel votre stylo écrivait cela — Samedi, où vous jetiez cela « comme sur mon seuil. » Je t'adore, je ne te puis quitter, mon âme-esprit, je demeure dans tes bras, je ne me déracinerai jamais de toi.

Il fait de nouveau l'automne d'ambre. Mais les nuages sont là, et le vent, et les nuits plus froides. Puisque tu ne viendras pas, pourquoi attendrais-je, dans le profond de ce pays ouvert et mol comme un fruit, où je bois trop de rêves.

Exister auprès de Jacques n'est pas joie ; il y a beau temps que les équivoques transports du printemps se sont faits haine ; — sa mère l'excuse en tout « parce qu'il est irresponsable », mais ce n'est pas ma théologie, et j'estime qu'il

1. Camille Mauclair, né Camille Séverin Faust (1872-1945), poète symboliste, ami de Mallarmé, critique et romancier.

faut enfermer la brute, ou, libre, lui laisser la dette de ses péchés.

Il y a du mauvais dans l'air, car Charlotte de Coutouly craint pour son ingénieur parce que Denise est trop jolie. Mots ; rosseries ; apartés ; tout cela m'ennuie ; Madame Mère est au sombre, parce que j'ai oublié de lui dire bonjour, et m'a traitée de tout (de tout — du moins, ce qu'elle peut imaginer de regrettable) et ce portrait qui n'en finit pas et où je ne me reconnais pas, m'excède. Ce sont peu de choses ; et que l'amour présent rendrait transparentes comme deviennent ces poussières dans un rayon ; — mais l'amour m'a quittée pour presque toujours.

Je ne te verrai pas avant un autre été. Jamais l'étoile n'a pris et porté vœu vers l'apex, que tu traverses la frontière : l'étoile voyage, avec ceci « qu'il vienne... » ici... Je savais bien qu'ici, seulement, se ferait l'étreinte profonde et retrouverait force le quelqu'un qui est nous deux.

« Écoute, espère... »

Ma vie, ma vie ! Pardonne-moi ce que j'ai dit Vendredi passé, mais tout l'amour m'oblige à le dire, car je veux être à vous sans mensonge, car je te dois ce que je suis, et il faut que vous me connaissiez aussi facilement que vous-même. Non, je n'ai rien fait de mal.

Je vais partir pour ce Midi, puisqu'il est trop difficile de trouver la maison de l'autre côté de l'alpe — (il aurait fallu chercher en Juillet) — et puisque ce midi n'est pas Montpellier, comment vous y verrais-je ? Si je suis à l'Hôtel, ce seront monnaies de palace où je ne puis vous induire. Si j'ai une maison, cela paraîtra bien moins naturel que vous y veniez, qu'ici, où vous êtes l'hôte d'une vieille dame — cette dame a tant fait pour que j'oublie qu'elle a un nom plus doux, que je n'habiterai plus auprès d'elle. Mon père, mon frère aîné, sont partis ainsi.... Je vais m'en aller du lieu que j'aime le plus au monde avec le sentiment de ne pas y revenir. Mon dernier automne auprès des mortes heureuses qui virent ces arbres, ces murs. À quoi ne vais-je pas dire adieu en partant. Tu le sais, tu le sais.

Si je n'ai rien reçu de toi avant Samedi pour que l'astre fol et bon m'exauce, malles seront faites pour partir lundi matin

— ou même dimanche — J'irai à Marseille d'abord (en m'arrêtant à une ou 2 étapes) et puis à Hyères, d'où Martine de Béhague[1] m'envoie des plans. Je dois voir surtout Hyères, Vence, (Nice) et Sospel (Menton.) Je t'écrirai tout le temps. Qui vois-tu ? Qu'écris-tu ? Tu ne me parles plus de ces choses. Qu'était donc cette opération ?

Toujours lundi
3 heures ½

Vous m'écrirez tout l'hiver, n'est-ce pas. Je vous dirai tout.

Parfois j'ai peur de finir, vous éternellement invisible, de finir par vous aimer comme Dieu — comme Celui qu'on a de plus cher, et qui ne vous défend pas de souhaiter deux mains serrées à votre nuque. C'est alors que je pense : ô qu'il vienne une fois, parfois ! Vous savez que ma vie a été très chaste et le sera sans doute toujours ; pourtant ces présences passionnées qui sont ma race et mon passé, s'allient aux roses, et me font des enfers, s'allient aux regards, aux rires, aux mouvements ; dressent le mirage de la joie sur le moment banal et fade, et composent, avec l'amour qu'on refuserait, un attrait de trouble mémoire et d'espérance.

Le ciel est bleu et les bourdons tournent autour de moi, mais lourds nuages. Je vous envoie ces cris d'oiseau — vers l'étang –

Dès que je saurai devoir partir, télégraphierai ceci : Envoyez adresse Mauclair à — et suivra l'endroit où vous pourrez écrire.

Mon cher petit — mon maître—je vous remercie de m'avoir fait cette place en vous, qui est la mienne, que je ne quitterai jamais.

[*Sans signature*]

1. Martine de Béhague, comtesse René de Béarn (1870-1939), fait construire La Polynésie, résidence opulente non loin d'Hyères sur la presqu'île de Giens où Paul Valéry va ultérieurement séjourner.

La Gr[*aulet, mercredi,*] 12 Octobre [*1921*]

Mon chéri,

Je ne vous enverrai pas beaucoup d'écriture aujourd'hui, car j'ai mille réflexions à faire et une décision à prendre : voici que l'on m'a trouvé une maison à Gstaad (canton Berne) qui peut aller ; et je reçois aussi une assez agréable image de celle de Vence (sur Nice.)

J'avais renoncé à la Suisse, et cette lettre (d'un monsieur ami d'une amie, qui a fait le voyage de Vevey à Gstaad pour me chercher quelque chose ; un Français n'aurait pas cette charité) me remet devant l'avenir que j'avais abandonné. Je me donne quelques heures encore, et la fin sera le plus bête des possibles, puisque je ne choisis jamais que mon mal. (Ce n'est pas la même maison de Gstaad dont je vous avais parlé.) Au vrai, cette Suisse m'effraie. Je vois bien que ce qu'il me faut, c'est avoir très chaud. Je vais parfaitement *bien* depuis le beau temps. (Je joue au tennis des heures.)

Relirai-je votre lettre, ma chère âme ? Non, pas maintenant. Car je dois vous envoyer du calme, et non pas les cris de mes rêves. Lionardo, voulez-vous regarder avec mes yeux, ceci, qui est simple ? Il y a toutes sortes de raisons, pour que je finisse par aller au midi. Là, vous ne viendrez pas. Je ne vous souhaiterais pas, aux Palaces. Et vous savez qu'ils sont de cinq louis par jour. Je ne vous y voudrais pas, car Melle Poncet m'y suivra presque sûrement, ou une, ou des autres, car j'y connaîtrai des parisiens dont les yeux s'étonneraient de votre visite. Si maison, je ne vous puis avoir ainsi, seul, dans une chambre à côté de mon fils. Cela qui m'a torturé chez vous, ce mélange de la famille et de la passion, je ne l'installerai pas chez moi. Je vous verrai ici, ou ————.

Voulez-vous à présent suivre cette brève demande : que vous partiez de Paris quatre jours, cela vous fera-t-il perdre votre vieillard ? (Même si vous partiez malgré lui.) Que vous ne me revoyiez que dans l'autre été, cela peut-il produire que nous nous perdions ? J'ai parfois cru qu'il se pouvait répondre : non, à la première, oui à la seconde phrase.

Ô L. ! ne crois pas que je ne sente pas que mon attachement est indéfectible. Il l'est. Mais je ne suis pas encore assez vieille pour vivre de solitude absolue. Cela dure, jusqu'au hasard. C'est contre le hasard qu'il me faut vos mains, mon chéri, vos bras, le regard de vos yeux. Vous voulez avoir confiance, comme Dieu veut être aimé. Il faut croire en moi comme je vous aime, mais il ne faut pas m'obliger de vous aimer aussi vainement qu'on aime l'invisible. Vous dites que vous êtes ligoté. Je ne puis croire que l'on vous refuse 4 jours. Il n'est pas nécessaire de dire que vous venez ici. Arrangez avec André Lebey que vous allez chez lui. Et puis, avez-vous jamais reçu une dépêche envoyée fin Septembre à Paris chez le 48 avenue du Bois[1] qui était destinée à être montrée et vous priait ici ? Je ne sais pourquoi, je crains que l'on ne l'ait lu sans vous la donner. Cela expliquerait alors le refus de vacances, et ce serait intolérable. Il n'y aurait plus qu'à mentir à cet horrible gardien des mœurs. — Je reste encore quelques jours. Veux-tu, veux-tu ?

Si je vais Suisse on ne veut pas que je repasse par Paris.

[*Sans signature*]

À PAUL VALÉRY

I

[*La Graulet*] Mercredi 12 10 [*19*]21 —

Il est cinq heures et demie. Le hamac est dans le bois de pins. Le soleil atteint ma nuque, Lionardo. Ô Jaloux ! est-ce que vous permettez ce poing d'or ? Mais les rayons descendent et se font faibles. Je saurai tout à l'heure qu'ils ne me

1. C.P. se trompe de numéro : Valéry travaille tous les jours chez Édouard Lebey au 38bis, avenue du Bois.

touchent plus, parce qu'une lame rose, plus haute que l'horizon mais plus basse que les cimes des peupliers, éclairera mes arbres comme un bois d'amour. Le troupeau s'est divisé. Des limousines rousses et des bretonnes noires et blanches paissent la plus longue prairie ; deux garonnaises énormes comme des bœufs et comme eux de cornes tordues vers la terre, s'attardent à quelques mètres là. Je suis en blanc. Je ne natte plus mes cheveux ; ceux de devant et des côtés, qui sont courts, aiment mieux d'entourer librement ce visage, et faire gosse gréco-américain — le reste est chignon dans la nuque. Ô qu'il fait doux.

Une cape blanche est sur mes pieds.
Lettre du bien-aimé, contre moi.
Portrait du bien aimé. Ô corps de mon âme !

Que je te regarde, regarde, regarde, visage, promesse, détresse de moi. Lettre et portrait ; de quoi mourir, de quoi aimer toute seule tout le soir. Je t'aime, l'entends-tu. Ô que ma bouche ne se fatigue pas de toucher des lèvres ton esprit et de contenter sa connaissance de vous, et l'espoir de vous qu'elle avait. Je baise vos yeux et votre joue et toutes les pensées qui sont cette chair et tiennent dans cet espace de vos traits. Quel nez droit et volontaire vous avez, et quelle ligne impérieuse et brève, étrangère à vos destins....

Tu ressembles au premier Lionardo que j'aie jamais vu[1]. Le *dean*[2] me l'apportait un soir. 1917 ? je ne sais. J'avais lu l'*Introduction à la méthode de Léonard de Vinci*, je crois. C'était le L. italien, sur un balcon, visage tourné. J'ai regardé. Le *dean* est debout. Plein hiver, chambre des livres. J'avais déjà « traduit » votre écriture... (dit, « c'est un dieu[3] »). (Si bien que quelqu'un vous nommait « le dieu V »). Je tiens l'image, que l'on m'a tendue. Il est possible, il est certain, qu'elle sera banale, bête, regardons. Regardons avec méfiance, avec la peur-espoir qu'un homme existe, dont l'œuvre est ma vie, dont le corps soit — Voilà. Je rends le portrait au *dean*. Cela

1. Il s'agit d'une photographie.
2. Jules Valéry, doyen de la faculté de droit de Montpellier.
3. C.P. se piquait de science graphologique.

a duré quatre minutes. Je rends l'image, absolument décidée à ne jamais vous rencontrer. Vous étiez marié, mon pauvre amour.

Il fait soir, et il va faire nuit. Tu dis ces choses, que je rêvais et voulais mortellement que l'on me dît un jour, — et que je préparais pour que tu les dises, couchée sur le tapis du grand salon place Vendôme… j'avais dix ans….

II

Pavillon

12.10. [*19*]21
Nuit de Mercredi à Jeudi. Pavillon.

Dans les roses, dans la demeure des roses. On étouffe de parfum la nuit ici. Ta lettre et ton portrait. Cette photographie, je l'aime je ne puis dire comment. Et non plus comment, la lettre. Ô mon délice ! Est-ce vraiment vrai, que je vous ai « dégoûté de toutes les femmes et de tous les hommes » ? Quel bonheur profond, paisible, complet, nous pourrions être nous deux seuls, si je te suis cela, puisque tu m'es tous les autres ! Mon chéri, mon chéri. J'aimerais pleurer. Entrez, les portes sont fermées à clef, demeurez, puisque tu me cherches.

Il y a une chose que je refuse de ta lettre, une seule, c'est le doute et la peur : il n'est pas vrai que tu regrettes d'avoir tout remplacé par moi — il n'est pas vrai que « je t'épouvante » — puisque me voici.

Je t'aime comme tu peux le souhaiter ; je fuis les autres. Je suis sauvage et maudite comme qui le dieu touche, « *Sacer esto*[1] ». Assieds-toi sur le canapé blanc et pourpre qui peint les fables de La Fontaine. Et parlons sans fin. Et puis taisons-nous infiniment ; et puis que je sois ta question et toi ma réponse. Et puis prenons-nous les mains encore. Nos lettres ne

1. Sois maudit.

sont pas assez toutes nos pensées. Cette volonté de se joindre et cette lutte des moyens, empêchent de dire beaucoup. À quoi travailles-tu ? Le système dort donc ? Je suis tourmentée par le problème du « présent » depuis un mois. Mais pas un machin philosophique, tu sais. Seulement je m'arrête tout le temps sur l'instant, et je dis : ceci n'est plus ; et je saisis d'une main pleine d'inquiétude un lambeau de jour, et voici qu'il est éteint et passé, à peine je le touche. Regardez-moi de vos yeux. Ô ceci est du présent. Savez-vous la belle découverte que j'ai faite une fois ? C'est que, *en ce qui vous concerne seulement*, je suis dans le présent. Réfléchis à cela. Tu m'es un présent parfait, sans fin. Comme moi-même. Comme à soi-même. Est-ce cela, exactement, l'amour ?

Cette petite photographie, je la ferai mettre en cuir comme portefeuille de poche, pour l'avoir toujours. Vous avoir toujours... J'ai pensé autrefois que je ne voudrais pas vivre avec vous tout à fait, que vous me feriez mal parce que vous ne comprendriez pas mes disciplines particulières — et ce soir c'est la première fois, que je crois ceci : tout serait bien et je ne souhaiterais plus rien, si tu étais là toujours.

Il faut partir. La tête tourne, il fait trop tiède et trop fleuri. Dehors la nuit est tiède aussi ; une lune presque ronde est pendue et pleut du rêve. C'est celle à qui je disais, en Octobre passé, au Peyrou « Ô lune, comme je l'aime, comme je l'aime ».

III

Ceci va partir demain matin Jeudi. Tu l'auras Vendredi midi. Veux-tu aller *dès Vendredi soir au 75* [1], parce que peut-être j'aurai décidé quelque chose et je te télégraphierai ce que je fais. Vas-y tous les jours pendant quelques jours. Ne va cependant Vendredi que tard, car ma dépêche ne pourrait partir — si elle part — avant 3^{h} ½, et arriver que vers 7. Je te télégraphierai peut-être pour ne rien dire du tout, que

1. Le bureau de poste n° 75.

m'approcher de toi. Cela dépendra si c'est moi qui vais à la poste ou non.

Naturellement je ne puis confier une dépêche PR[1] à personne.

Il faut que je vous dise le rêve cauchemar de cette nuit. Vous étiez chez vous dans votre lit avec votre femme. Et ce lit était bien de votre chambre de Paris, et en même temps, de notre chambre à Puys près Dieppe où j'étais petite. Et soudain vous vous êtes tourné vers votre femme, et vous l'avez prise tendrement dans vos bras. Avec un grand consentement de vous. Et moi, — la personne qui était moi, — je l'ai vue *s'agenouiller* près du lit, et elle consentait aussi à cela ; à cette fin de toute chose et d'elle-même et de l'autre vous-même.

Alors votre femme a tourné vers moi un visage assez coloré, aux yeux bleus, (ce n'est pas le sien) et m'a dit que je me coiffais bien mal et autre remarque sur ton désagréable ; comme qui tient une victoire et abuse.... Et moi n'ai pas répondu. Et scène a changé : nous étions debout (toujours à Puys) vous et moi dans une chambre, et nous parlions passionnément et misérablement, je crois que nous parlions du moyen de nous rejoindre ; et nous nous touchions presque visage à visage. Et Madame Troisier a été dans l'embrasure de la porte. Et nous nous sommes écartés ; mais elle s'approchait, et elle m'a dit « il faut cesser ; toute la société parle de vous » ; et j'ai commencé par dire non, que etc. etc. — quand le dialogue a changé, et je ne niais plus ; voici que la pièce était pleine de gens d'ici, et que vous leur expliquiez que de vous à moi il y avait une communication spéciale à nous deux,... je ne sais plus... c'était de votre physique psychologique... et ma pensée pressentit que d'être ainsi en

1. Poste restante.

aveu, que de parler de nous à ces gens, c'était une fin, une expression de la fin ——— et tu t'es trouvé un peu éloigné — quelques mètres — et tu ne parlais plus — et je te regardais… et alors, cette chose effroyable eut lieu : dans tes yeux qui me regardaient, la pupille disparut. Je vis que tu ne me voyais plus. Je vis du noir à ma place en toi. Et c'était, au moment même, non pas que tu devenais aveugle, mais que je n'étais plus visible. Alors, j'ai crié, sangloté très fort, et chacun de mes sanglots allait te trouver comme une onde, te faisait frissonner, et tu redevenais neutre, aveugle, aboli ; tu étais comme atteint chaque fois, et rien qu'un instant — comme une aiguille tremblerait au flux, et redeviendrait calme. Alors je me suis réveillée d'horreur.

J'ai refait le calcul Suisse. Je ne crois pas pouvoir aller. Cela fait 30.000 pour 6 mois, au budget le mieux compté (c'est 12.000 suisses). Donc 5 000 par mois. L'hôtel français le plus cher ne me coûte que 4 000. — Je regrette, car je crois que vous auriez pu retourner en Suisse une seconde fois, si le premier voyage à Zürich avait eu du succès[1] — et certes c'était le filon, pour se joindre en dehors et dépit des autres. Mais je ne pourrais dépenser 30.000 cet hiver que si je gagnais quelque chose moi, en plus (j'ai à peu près 40.000 rente) il me resterait donc 10.000 pour l'été, et je dois là-dessus m'habiller etc. — Je sais que je pourrais gagner de l'argent en écrivant, et que j'ai cent fois le talent des autres et l'acquis mais je ne sais où ni comme. Si j'avais eu un fixe dans une revue ou autre chose, je pourrais peut-être risquer la Suisse et ses mille balles par mois.

Ma mère m'a fait une scène affreuse à propos de Jacques qu'elle a pris en goût et à qui elle passe les pires grossièretés sous prétexte qu'il a bon cœur. Avez-vous remarqué que les brutes ont toujours « bon cœur » de même que les avortons ont « de beaux yeux ». C'est pour ça que j'écris tout faible et démoli. Je suis pâle comme le papier.

[*Sans signature*]

1. Valéry projetait d'y faire une conférence.

[*Enveloppe :*]
Monsieur Paul Valéry
40 rue de Villejust
Paris
[*C.p.*] 13-10-21

[*Au dos :*]

Il est possible que je parte demain à 4 heures.

À PAUL VALÉRY

[*La Graulet,*] Vendredi [*14 octobre 1921*]
2 heures

Si je n'ai pas reçu la dépêche annonçant votre arrivée avant demain 4^h ½, je partirai à cette heure-là pour Paris. Je coucherai à Libourne, reprendrai train qui part Samedi matin vers 9^h ½, et arrive vers les 6^h à Orsay — (vérifiez) — pouvez-vous venir à la gare ?

Je crois descendre soit au Plaza, soit au Roosevelt avenue d'Iéna[1]. Voudriez-vous téléphoner aux deux, savoir si éventuellement il y aurait chambre confortable et tranquille. Vous me diriez cela à l'arrivée, et je pourrai y aller en connaissance de cause.

Au Plaza, dites que c'est pour moi, et je ne veux qu'une chambre soit sur avenue, au 7e, soit sur une grande cour intérieure *mais pas sur la petite cour.*

L'Hôtel d'Orsay[2] est mal situé, mauvais air. Je resterai 2 ou 3 jours — verrai docteur — déciderai si Suisse ou Midi.

1. Le Roosevelt Hôtel se trouvait au 63, avenue d'Iéna.
2. Hôtel de luxe dans la gare d'Orsay.

Je viens puisque vous ne venez pas. Hélas, il y a quelque chose en moi qui se révolte, de ce que c'est toujours lui qui risque..................

[*Sans signature*]

[*Dans la marge :*]

Je télégraphierai en réponse à votre dépêche, si vous venez, pour vous dire que je remets mon départ. Je vais à Bergerac aujourd'hui et vous télégraphierai ceci ; et demain en partant à 5^{h} vous retélégraphierai. À Libourne je coucherai demain Hôtel Loubat.

À PAUL VALÉRY

[*Télégramme :*]

[*Bergerac, c.p. vendredi 14 octobre 1921*]

BERGERAC 144 15 14 15^{H}45
SANS DÉPÊCHE ANNONCANT ARRIVÉE PARTIRAI DEMAIN 5 HEURES PARIS

[*Adresse :*]
M. VALÉRY POSTE RESTANTE
BUREAU 75 PARIS

À PAUL VALÉRY

[*La Graulet,*] Samedi [*c.p. 15 octobre 1921*]

Je pars dans deux heures. Depuis votre lettre de Jeudi, rien. Pas de lettre ce matin, et pas de télégramme. J'ai télégraphié au 75 hier a 3^{h} ½. J'espérais avoir au moins quelque bleu avant de partir.

Je couche à Libourne ce soir.

Je repars de Libourne demain matin 9^{h}. Arrive Gare Orsay vers 6^{h} *dimanche*, vérifiez —

Je suis bien fatiguée.

Et triste à mourir.

C.

[*Dans la marge* :]

Il faudrait savoir si le Plaza a une chambre au 7e, pas plus de 50 par jour. Demandez Mr *Frédéric Armbrust* et dites que c'est moi. Sinon le Roosevelt, ou l'Hôtel International[1] place d'Iéna ? Peux pas centre Paris, mauvais air.

[*Enveloppe* :]
Monsieur Paul Valéry
40 rue de Villejust
Paris

À PAUL VALÉRY

[*Paris,*] Vendredi 21.10. [*1921*] 3^{h} 20

Eh bien, ma petite pensée, voilà qui n'est pas bleu ciel. Un après midi pour se connaître, dans l'abstrait et la soie, avec une bûche au feu et un temps déblayé d'ennui ; vous entrez, et il faut partir. J'ai lu un roman anglais le plus charmant, de bêtise enthousiaste, dans lequel les amours d'une personne étaient dérangées par un amoureux extraterrestre « *a demon-lover* », qui se mettait entre elle et l'occasion. Croyez-vous qu'une course de ce genre fasse fumer le feu ou bacillise ton nez ? Cas à poser à B.[2].

Je sors pour voir Carette[3].

1. L'Hôtel International se trouvait au 60, avenue d'Iéna.
2. Sans doute Renée de Brimont.
3. Le couturier Paul Carette.

Une folie de rose est sur moi, pour personne du tout. Errer rue de la Paix, voir des joailleries ? Aller regarder le Louvre ? Tous les possibles de Paris ; et un cœur dégoûté. Je vais repartir, repartir, repartir. Et vous laisser, à quoi, à qui ?

Je lirai ce soir cahier. Je l'ai parcouru — en me demandant si vous aviez pu penser tout cela à part moi et j'ai été triste. Aimer, c'est avoir peur.

[*Sans signature*]

[*Enveloppe :*]
Monsieur Paul Valéry
40 rue de Villejust
Paris

À CATHERINE POZZI

[*Paris,*] Lundi. 24 oct[*obre*] [*19*]21

Je suis demeuré paralysé — écrasé — et tout mon être frappé d'insensibilité et d'engourdissement. Ce fut comme après la mort, quand elle est donnée par la décapitation. Peu à peu, j'ai eu cette révélation que rien de naturel, rien de clair n'était en tout ceci — et j'ai connu, par surcroît, le sentiment horrible de subir un tableau d'idées qui sont l'antipode de ma pensée ; il m'a fallu envisager ce qui est pour ma pensée le dégoût et le scandale même.

J'explique : pendant que vous me demandiez d'aller avec vous et pendant que je disais non après avoir dit oui[1], — et surtout quand je me suis fixé sur le *non*, sentant l'immense et le capital moment qu'il était, certainement je n'étais pas présent. Il y avait à la place de moi, un automatisme + quelque chose. Mais quoi ? — Mais qui ?

1. La veille, dimanche 23 octobre, alors que C.P. devait prendre le train pour retourner dans le Midi, Valéry a refusé de l'accompagner à la gare, alléguant un dîner de famille.

Je vais vous dire une chose Énorme — mais je le dis sans intention, — quelles intentions voulez-vous que j'aie, maintenant ? — Je le dis comme elle s'est imposée à ma réflexion de cette affreuse journée d'hier. Eh bien, j'ai le sentiment étrange, fou etc. mais enfin le sentiment — que *c'est vous* qui *à votre insu* m'avez suggestionné, et me dictiez mes réponses et mes refus. Vous pouvez penser à quel point cette hypothèse répugne à mon genre d'esprit..!

Le fait essentiel est cette impression *de n'y pas être* ; qui a commencé assez nettement à table. Vous avez dit ceci : Je sens que je ne vous verrai plus. Ceci dit au point même où nous nous étions trouvés, il y a 15 mois. J'étais préparé à quoi que ce fût de mauvais, par les mésaventures étrangement réunies de ces quelques jours ; par mon état déplorable ; par cette journée elle-même où vous n'aviez pas voulu déjeuner avec moi. Tout marchait à une catastrophe, qui s'est produite à la dernière minute, mais qui était à l'état potentiel.

Récapitulons : On se manque à l'arrivée. On consacre un 1er jour à l'amertume, et l'auditeur y gagne une petite paralysie — très importante — du doigt médian[1]. Puis le bois vert, puis le rhume etc.[2] Tous ces incidents bêtes et capitaux ont dû créer *in te*[3] un état — dont la parole dite à table était l'expression très simplifiée. (Ces monitions, ces formules représentent toujours le *rêve verbal* d'une quantité de coïncidences, et de résistances internes. Et souvent elles sont « *prophétiques* » tout simplement parce qu'elles résultent plus ou moins vaguement d'un *nombre considérable* d'impressions et de données.) C'est cet état que j'ai pressenti, et qui m'a « suggestionné » me faisant faire précisément ce qu'il fallait pour être en accord avec lui et pour porter le pire au plus bas.

1. Dans son *Journal* du 24 octobre 1921, C.P. raconte sa déception en retrouvant Valéry à Paris le 17 : « Au dîner il est quelconque. Ni très intelligent, ni très épris, ni très rien. (Il s'était assis, un bras appuyé à un dossier, je ne sais comme, d'où crampe, d'où crainte de maladie, visions de paralysie : tout cela, je ne m'en rendais pas compte...) »

2. Une cheminée devait fumer. C.P. souffrait de tuberculeuse pulmonaire, Valéry d'un rhume.

3. En toi.

J'ai donc tous les sujets d'être confondu par ces événements. J'en suis honteux, accablé, désespéré, — mais j'ai le sentiment du plus fort que soi — qui s'ajoute à tout le reste et qui ne l'adoucit pas le moins du monde. Je ne doute pas de votre haine. Il est clair que nous ne nous verrons plus, et que j'aurais mérité. Toutefois ne haïssez pas infiniment. Il ne faut haïr que les heureux. Effacez-moi. Oubliez celui qui ne vous oubliera jamais.

[*Enveloppe* :]
Madame Catherine Pozzi
Golf Hôtel
Hyères

À PAUL VALÉRY

[*En-tête* :]
Le Golf Hôtel
Hyères (Var)

[*Mercredi*] 26.10. [*19*]21

Vous croyez avoir mérité ma haine, mais on ne hait pas son propre esprit. Je suis d'ailleurs tout à fait incapable de haïr en général.

Ce départ de La Graulet, presque ordonné par une mère si fermée à moi, et qui en ne m'aimant point paraît me séparer durement de ma petite enfance, — ce départ de Paris, abandonnée par le seul ami au monde, tout cela est fait pour former une âme enfin paisible, à qui croyait mourir. Je pensais ne pas ouvrir votre lettre, et vous écrire simplement qu'une part de vous demeurerait toujours avec moi. Je n'étais pas sûre que vous l'écririez, tant elle était difficile à écrire. Mais vous n'avez écrit que ce que je m'écrivais ces jours-ci, pour voir clair.

Il n'y a qu'une chose qui manque, c'est que l'état « *in te* », que j'ai senti se faire et grandir, dont vous parlez, qui fut la somme de résistances à de négligeables intolérables,... ne devait pas être. Rien en moi ne l'aidait à être.

Cela ne fut pas le bois vert, ni la fatigue, ni même le hasard mauvais ; ces choses inertes n'ont été que supports de causes plus dignes d'être de nos destins, puisque spirituelles — et que je comprends. Voulez-vous, qui connaissez si vite les phases de l'intelligence, examiner les raisons pour quoi l'amour a tant souffert, et peut-être, en vous, les changer.

Si vous souhaitez m'écrire cet hiver, je vous répondrai. Soyez paisibles, chers yeux clairs ; puissiez-vous aimer toujours les choses que j'aime.

Catherine

À CATHERINE POZZI

[*Paris, samedi c.p. 29 octobre 1921*[1]]

Puis-je, dois-je, vous demander de vos nouvelles — ? Je sais bien tout le mal que je vous ai fait ! Je pense bien que vous ne me répondrez pas. Moi-même, je ne vous écris pas. Ceci n'est pas une lettre. C'est je ne sais quoi. J'ai écrit, au sujet de nous, à moi-même, bien des choses étranges depuis lundi. Je ne suis pas sorti de ma chambre depuis lors. Dans un état déplorable qui se développe — (mais la souffrance et les nuits vraiment à peine supportables, m'aident, *sont harmonie maintenant,*) — dans cet état, j'ai été contraint d'aller bien profondément, et de descendre jusqu'où je n'avais jamais été. Je ne pouvais pas, cependant, et quoi qui soit arrivé, y être sans que vous y fussiez.

Vous comprenez, il fallait que j'aille si avant dans quelque chose, que je puisse enfin penser à vous avec une espèce nouvelle de — douceur, de sérénité — et je ne pouvais y par-

1. Cette date est donnée par C.P. dans son *Journal* du 17 novembre 1921 *infra* p. 213. Sur une enveloppe, elle date cette lettre, sans doute par erreur, au crayon bleu : « Nov. 1922/où il est enfin question d'offense et de pardon. » Au crayon bleu dans la lettre : « *At last.* » [Enfin.] C.P. souligne les passages où il est question du mal fait par Valéry et de son désir de se faire pardonner.

venir que vous ne fussiez, vous aussi, conduite au même point. — Du moins que je puisse imaginer qu'il pourrait en être ainsi si vous connaissiez et preniez ce chemin.

—

Ce que j'ai fait et pensé, — cela tient au plus entier « mysticisme ». Seule ressource au milieu du désespoir. J'ai visité ce désespoir. S'établir au niveau le plus bas qui soit. Se réduire, *affreusement revenu de soi*, à ce qui n'est soumis ni à personne, ni à moi. Là, je ne défaille pas. Là, je ne tue pas ce que j'aime le mieux. Là, il ne peut me dire certaines choses. Là, enfin, je suis *libre* car là je n'existe proprement plus. J'essaye de faire seul, et par désespoir, — et par perte de tout — ce que le bonheur eût été de faire non-seul, et par espoir, et au sein du bonheur même *de première espèce.*

Mystique — vous entendez laquelle, ou plutôt ce qu'elle n'est pas. Il y a toujours eu un « mystique » en moi. Différé en général. La catastrophe l'appelle. Seule et suprême ressource. À moi, le plus profond. Mystique sur-tendue — de la *Compréhension* — que le comprendre devienne un acte positif ! Mais ce comprendre-là demande création, invention perpétuelle. J'y suis enfoncé depuis la nuit de lundi et la fièvre m'y soutient. Tout mystique poursuit une alchimie : la transmutation réciproque de l'être et du connaître. Il me semble que je brûle et que je fonds comme cire. L'esprit est implacable, je suis déjà presque aussi maigre que lui. Je puis lui donner tout le jour, et de l'aube à la nuit, ou dans mon lit, ou à la table, je tremble et travaille, en sueur et en froid. Je goûte de ne pas sortir, de ne pas aller à mon office, de ne voir personne. Et comme ma voix est plus enrouée encore que la vôtre je suis aphone, et ne parle pas, avec fruit.

Je vous dirai encore une chose. Il faut le dire. Il faudrait que je vous demande pardon. Mais *sérieusement* — c'est-à-dire en donnant un sens et une valeur à cette formule enfantine. Je le veux et il le faut. Car vous avez pris pour moi, une autre signification. Vous ne la connaissez pas, et il n'est pas probable que vous la puissiez deviner sur la Riviera. D'ailleurs, cela m'est égal. Pour moi, elle se rattache à mon « mysticisme » *above alluded*[1]. Je ne *sais* pas encore vous demander ce pardon. Et il n'y a aucune chance pour que vous m'accordiez ce mot — formalité pour vous. Mais, tout ce monde, maintenant, que je me forme pour y vivre, avec ses modes et ses lois, franchement les miennes, pour que je souffre moins de mon inadaptation substantielle, tout ce monde à peine s'ébauche.

Je ne serai jamais.. heureux — non, mais résigné — que dans une solitude non apparente. C'est ma manière de penser. — C'est un don très particulier que je n'ai vu qu'à moi, que j'appelle le don de *vision de multiplicité*. Difficile à expliquer.

—

Quel sens voulez-vous que prennent dans cet autre monde, celui de cette vision étrange (et aussi exacte que la commune sinon plus) — nos personnes, nos malheurs, — et particulièrement ce pardon dont je vous parlais ?

Comprenez-vous ? — Je ne crois pas. Ce n'est pas encore clair. Cela s'éclaircira quand je serai un peu plus familier avec ma plus profonde pensée. Mais je puis maintenant expliquer assez bien ce pardon, ce « demander pardon ». Ce n'est pas demander *oubli* — demander annulation, négligence, — *demander donc une chose inférieure*, une chose de dégradation — et au fond un mensonge. Ceci est le pardon connu. Je vois tout autre chose. Pour moi, c'est demander à l'offensé l'effort de se mettre à la place de l'offenseur, jusqu'à saisir la nécessité de l'offense — ce qui revient à [*inachevé*].

[*Post-scriptum en tête de lettre :*]

Si vous m'interdisez de vous écrire, il vous suffit de m'envoyer un feuillet *blanc*. Je comprendrai.

1. Mentionné ci-dessus.

CATHERINE POZZI, *JOURNAL*

[*Vence, jeudi 3 novembre 1921*]

Le soir à 7^h, lettres. Une de L. from *Hell*[1]. Je ne la lis pas en bas. J'attends remonter chambre. Là, je lis. Ne sais plus quoi, n'ai lu qu'une fois ; *mais je sais que j'ai ri.* Il y a une chose — une seule, évidemment, que vous n'aviez pas prévue et ne devinerez jamais, c'est que j'ai ri. Car c'est le mouvement désespéré dans les limbes ; c'est le serpent qui se remord la pointe de l'esprit, c'est l'aller et le retour sans fin au labyrinthe, et sans fin le rien et la nuit. *Mais j'existe dans la prière depuis que je vous ai quitté.* Voici donc ces enfers, où par sympathie συμπάσχω[2] — je marchais près de toi curieusement. — Je pose la lettre sur la table de nuit. Elle est abritée d'œillets roses, la lettre noire. Je ris. Je me secoue. C'est passé.

À CATHERINE POZZI

[*Paris, lundi c.p. 7 novembre 1921*]

Pardonnez-moi de troubler un silence si complet et si énigmatique. Je n'ai rien de vous depuis le 26. De moi, vous avez eu trois lettres. De plus, j'ai la sensation que vous n'êtes pas à Hyères[3].

Je vous ai demandé de me fixer. Je n'ai rien reçu. Je vous le demande encore une fois. Dois-je considérer que vous voulez désormais m'ignorer ? Dois-je cesser entièrement et définitivement de vous écrire ? Ne pas vous envoyer les let-

1. Sans doute la lettre précédente. Dans son *Journal* du 17 novembre 1921 *infra* p. 213, C.P. indique que cette lettre, timbrée du 29 octobre 1921, a été reçue le 3 novembre.

2. Je souffre avec vous.

3. En effet, certaines lettres de Valéry ne parviennent à C.P. ni à Hyères ni à Toulon. En témoignent les multiples adresses sur l'enveloppe de cette lettre que C.P. joindra à sa lettre à Valéry du 15 novembre 1921. Voir *infra* p. 212, n. 2.

tres dont j'ai suspendu le départ ? Ne pas vous envoyer les choses qui vont paraître de moi ? — Vous m'aviez dit que vous me répondriez si je vous écrivais. Je n'ai *rien* reçu.

L

[*Feuille peut-être jointe à la précédente :*]

Lundi 2h

Voici lundi, et deux heures, et rien. Il faut donc s'y accoutumer. La poste venge la gare.

— Que faire, mon cœur — c'est le mien que je veux dire. — Que faire, mon cœur de ce qui est en vous ? Comment résorber, reprendre ces soupirs, ces mouvements douloureux qui ne cessent de vous tourmenter ? — Que faire, mon esprit, de toutes ces pensées troublées, de ces paroles qui vous viennent continuellement, qui ne trouvent plus personne qui les veuille entendre ? — Il faut donc que le silence réponde au silence.

Quelle immense méprise ! — et comme l'abîme est intact — !

Incompréhension, tu es le vrai. Le dépit, la colère illuminent le réel. Ce que l'Esprit faisait, l'incident le réduit à rien.

La chronologie. —

[*Enveloppe :*]
Madame Catherine Pozzi
[*Barré :*]
Golf Hôtel
Hyères
Var

[*Barré :*]
chez Mme de Jonquières
Clos Méjean
Cap Brun
Toulon

Nouvel Hôtel Augier
Vence
Alpes Maritimes

[*C.p.*] PARIS/PL. VICTOR-HUGO/7-11-21
HYÈRES/VAR/9-11-21

À CATHERINE POZZI

[*Paris,*] Jeudi 9 9bre [*10 novembre 1921*]

Ou bien vous êtes morte ; ou bien, malade ; ou bien mes lettres ont été interceptées, ou bien les vôtres, — ou bien enfin, vous ne voulez pas m'écrire, et pas même m'envoyer une feuille blanche qui —

— Vous comprenez que je sursaute aux heures où une lettre peut arriver, quand la porte frémit. Je puis bien vous demander de ne pas me laisser anxieux tant de jours, et malade que je suis. C'est vraiment peu de choses que je vous demande. Si vous voulez me désespérer, désespérez-moi ; mais ce silence est un supplice trop mauvais. Je vous jure que c'est trop. Je souffrirais un peu plus si vous étiez morte mais je souffre tant que je ne vois guère au-delà quelque chose.

Je pensais vous envoyer des fragments de la *Danse*[1]. Il faut que j'aie fini samedi. Mais je n'existe plus pour vous, puisque vous ne me donnez plus aucun signe. Non, je ne puis pas croire que vous ne soyiez pas dans l'impossibilité de me répondre quoi que ce soit. Et alors je suis dans une autre inquiétude. Je ne sais où m'adresser pour savoir. Quel état, mon Dieu !

En y pensant, en y pensant — j'ai la *foi* absolue que ce n'est pas votre volonté.

1. *L'Âme et la Danse* paraîtra dans *La Revue musicale* le 1er décembre 1921.

9 9bre [*10 novembre*] Jeudi
~~Vendredi~~

Vendredi. Rien. J'ai une crise et une autre crise de désespoir à 4[h] — et puis à 6[h]. Je vous ai appelée, priée. Dieu sait si j'en demande peu — un mot — une froideur, mais quelque chose qui ne soit pas le Rien.

[*Poème probablement joint :*]

8[h] 30

Les blasphèmes des malheureux ne comptent pas.
Mais vous savez leur sens véritable.
Il faut que je m'incline.
Je n'écrirai donc que sur votre signe.

À CATHERINE POZZI

[*Paris,*] Dimanche 13 [*novembre 1921*]

Mon autre vie, je ne sais pas où vous êtes ; si vous êtes ; comme vous êtes. Il y a dix-huit jours que vous m'avez écrit[1]. J'hésite beaucoup à vous parler de moi, à vous qui ne parlez pas de vous, ni de rien. Ceci que j'écris partira ou non. Partira si je souffre trop. Non, si cela est presque supportable.

Il y a aussi dix-huit jours que je suis malade. Hier j'ai eu encore une séance très cruelle de pointes de feu dans la gorge. Ma voix n'est pas encore revenue. J'ai retrouvé justement ce matin quelques vers que j'avais faits jadis sur la vôtre, et que je n'ai pas achevés. J'aimais cette chose brisée. Hélas ! Je ne vous demande plus de m'écrire. J'écris seul à vous. Vous pouvez renvoyer non décacheté — ou bien en-

1. Voir *supra* la lettre de C.P. du 26 octobre, p. 203.

voyer la feuille blanche qui voudra dire : tais-toi à jamais. Toutefois je voudrais savoir si vous accepterez ou non l'envoi de choses de moi. Par exemple « Les Pas » qui viennent de paraître[1], et le *Dialogue sur la Danse* que j'ai fini hier et envoyé. J'ai dû ne pas exécuter le chant final faute de temps et de force. Faut-il envoyer ces choses ?

Si vous ne voulez plus rien savoir de moi, je vous serais reconnaissant de me renvoyer les 2 photos que je vous ai données ces temps derniers. Il ne faut pas garder l'image. Vous pourriez les déchirer, mais il me serait trop cruel de penser que vous les avez déchirées, ou jetées, ou qu'elles sont dans vos papiers comme de mauvais souvenirs et des choses qu'on évite de regarder. C'est une faiblesse de vous dire et de vous demander cela.

Il faudrait aussi que je vous parle des lettres. — Je n'ai pas le courage. Et puis, naturellement, je pense qu'il ne faut plus compter sur vous pour les cahiers.

Je me creuse la tête pour deviner pourquoi vous ne m'avez pas écrit un mot depuis le 26, fût-ce un mot terrible ? Êtes-vous malade ? — Une carte vous est-elle impossible à envoyer ? Je me demande si mes lettres vous ont blessée et fâchée. Certes mon intention n'était pas celle-là. Mon cœur le sait ! Ah — connaissez L. ! Vous le connaissez selon des mesures et des manières de juger qui dépendent du système du monde où il est malgré lui ; et non selon les mesures et les manières de juger de son système propre. Il est vrai que je ne puis vous demander cela.

Je me rends compte, de plus en plus, par cette insistance et instance de la douleur, du mysticisme étrange et décapité que je porte en moi. Je crois que j'avais mis quelqu'un à la place où l'Être, et non un être, doit figurer. Place qui doit être vide ou donnée τῷθεῷ[2]. J'en suis puni automatiquement. Il faut que la place soit vide.

Lundi. Rien. Alors j'envoie ceci — et puis ce sera tout.

L.

1. « Les pas » a paru dans le numéro de novembre 1921 des *Feuillets d'Art*.
2. À la divinité.

[*Poème probablement joint :*]

Silence

Élato a pris le silence pour son arme. Mais elle sait ou ne sait pas, qu'il fait des blessures injustes. Car elles sont illimitées. *Aussi profondes que l'esprit qui les reçoit, sont les blessures faites par le silence.* Aussi complexes. Elle le sait, ou ne le sait pas.

—

Le silence doit répondre au silence
et lui répondra.

—

Songe, toi, que les mortels n'ont qu'un temps pour penser et échanger les pensées. Ensuite ils seront dans l'éternité, pendant laquelle ils devront subir le silence sans fin et sans issue. Ne le commencez pas avant le moment fixé.

À PAUL VALÉRY

La Collinette[1]
Vence sur Nice
15 Novembre 1921

Les trois adresses de cette petite enveloppe[2] vous montrent que je n'ai pas exprès manqué à ma promesse de vous répondre. Cependant, je pense que vous, avez besoin de calme ; et moi, de la santé de l'esprit. Soyez assuré que malgré ce que vous avez fait pour cela, je ne vous suis pas ennemie, et que nous travaillerons ensemble plus tard. L'état de votre gorge,

1. C.P. est locataire depuis le 2 novembre de cette villa qu'elle trouve laide mais confortable. En mars 1922, elle en deviendra propriétaire.

2. C.P. joint à sa lettre l'enveloppe de celle que Valéry lui a adressée le 7 novembre. Ce message l'a manquée à chaque étape de son voyage et ne lui est parvenu qu'à Vence. Voir *supra* p. 208.

dont j'avais eu tant souci, vous oblige enfin à voir des médecins, et j'approuverais presque votre corps de devenir l'allié de mes remontrances, si cela ne faisait pas si mal, d'avoir mal. Et puis, d'être visité par des larves, c'est bien pire que d'être malade seul. De cela se détournerait le regard de sollicitude lointaine, s'il n'y avait pas auprès de vous, certainement, quelqu'un[1] dont la fidèle douceur ne vous a pas quitté.

À qui pieusement je vous confie ; que j'aime pour son silence, et pour toutes les peines que je lui ai faites en cherchant aveuglément l'absolu. Je voudrais lui donner les roses de l'hiver, et que ce soient ses mains qui les posent sur votre table.

C

[*Enveloppe :*]
Monsieur Paul Valéry
40 rue de Villejust
Paris

CATHERINE POZZI, *JOURNAL*

17 novembre [*1921*]. Jeudi.

Sur le carnet dépenses, il y a, au 3 novembre : « *a letter from Hell*[2]. La seconde (lettre timbrée du 29 Octobre). Je l'ai reçue en descendant dîner, cette lettre qui me cherchait sans doute depuis plusieurs jours, car elle avait été à Hyères, à Port Méjean. Je l'ai lue ; avec ennui et pitié de son désordre d'esprit, de son impuissance à ordonner l'idée, à regarder même clairement le malheur. En vérité, c'était une faible chose, cette lettre. Je ne l'ai pas relue. Elle était l'exacte caricature de la psychologie pour laquelle j'eus, un an, complaisance. Pauvre système, où l'intelligence demeure ignorante de ce qu'elle croit saisir, parce qu'elle n'est pas humble et

1. Jeannie Valéry.
2. Une lettre d'Enfer. C.P. joue avec l'homophonie, en anglais, entre « L » et « Hell ».

qu'elle n'a pas de volonté. Il n'y a pas de connaissance de l'âme en dehors et au-dessus de l'action ; à part le souci de l'action ; indifférente aux fins de l'action. [...]

La troisième lettre[1] — *from Hell* — est arrivée le 14, lundi dernier. Elle est de cette voix sèche du faible impérieux. Elle dit : « Fixez-moi. Ceci est-il *ultima verba*[2] ? » La lettre 2[3], au moins, disait : « Je sens que je devrais vous demander pardon »....

18 novembre [*1921*]. Vendredi.

Quatrième et cinquième lettres *from Hell*[4]. Lettre cinq contient un très mauvais poème en prose[5]. Lettre quatre — elles ont même date, d'ailleurs, au cachet de la poste —, un mauvais poème en pentamètres rimbaldiens[6].

Et il paraît qu'il fait des hypothèses sur mon silence ! Justes dieux ! Ce juste silence.

Il y a — c'est effacé ; je veux dire, recouvert par des barres et d'autres mots, ainsi que pour cacher, mais assez mal pour que l'on puisse lire, et peut-être intentionnellement assez mal, —, cette pensée dont l'odieux aveugle mais illumine : « Un homme avait blessé une femme. Il pleurait devant le sang. Viens, dit-elle, la blessure est l'amante du poignard[7]... »

Mon sang a assez de votre sale couteau. *Away ! Away*[8] !

1. Celle du 7 novembre. Voir *supra* p. 207.
2. Dernières paroles.
3. Celle du 29 octobre 1921, *supra* p. 204.
4. Celles du 10 et du 13 novembre. Voir *supra* p. 209-210.
5. Il s'agit, sans doute, du poème « Silence ». Voir *supra* la lettre du 13 novembre, p. 212.
6. Voir *supra* la lettre du 10 novembre p. 210.
7. « *A story not for X.* [Une histoire qui n'est pas pour X.] Un homme avait blessé une femme. Il pleurait devant le sang. — Va, dit-elle, la blessure est l'amante du poignard. Ne sont-ils pas faits l'un par l'autre, l'un pour l'autre ? Elle est faite pour lui, l'étant par lui », *Cahiers*, VIII, p. 372.
8. Arrière ! Arrière !

19 novembre [*1921*]. Matin. Samedi.

Sixième lettre *from Hell*. Et une boîte, et dans la boîte, un collier, comme on s'amuse à présent — jade ou bois ou corne —, à les faire ; moitié jouet, moitié grigri[1]. J'en ai toujours sur mes tables. Il dit qu'il s'est souvenu que je les aimais. Il a d'abord envoyé le collier, espérant rompre mon silence. Et puis il a reçu la petite lettre dont j'ai copié, le 15 novembre, les mots en sachant bien qu'elle était un peu raide et maniérée mais qu'elle était de l'air que je veux : non plus l'âme ouverte, mais qui se garde et ne se livrera plus. Et, au bas, l'ombre claire de votre femme que je lève entre nous. derrière laquelle je m'abrite, le saviez-vous, inconnue que je suis prête à aimer ?

Il me demande la permission de continuer à m'écrire. Et puis, il tente ceci : « Je pourrais, dit-il, faire de vous en deux cents pages la femme la plus célèbre d'Europe........ » ! ! ! !

20 Novembre [*1921*]

— J'ai jeté le collier dans mon sac. Je ne peux pas le souffrir à mon cou. « La femme la plus célèbre d'Europe » ! Et il ajoute, je crois, « qu'il n'y a pas de Laure ni de Béatrice en France. » J'ai ri de dégoût. [...]

Je me souviens, il y a peu de semaines, avoir comme on développe un calcul indifférent, mis sous les yeux son mensonge de l'été ; repris le fil à fil de cette interminable correspondance, quand il gémissait des injures sous la protection d'une équivoque sûre, — jusqu'à sa dernière réponse, qui était un refus. Il écoutait ; et comme il n'y avait rien à dire, tant, tout de même, le problème clair, *il souriait*.

1. Ni la lettre ni le cadeau n'ont été retrouvés.

À CATHERINE POZZI

[*Paris,*] Dimanche [*20 novembre 1921*] 11^h

Vous avez de la chance d'être où vous êtes. On dit que c'est beau. Ce n'est pas fait pour moi —. Ici c'est le froid noir et laid. Je gèle depuis 6^h à cette table, avec plaid et couverture. Tête à tête avec moi, avec mes cahiers et une tierce personne dont je vois l'écriture çà et là dans ces cahiers. Impressions de détresse. Jamais je ne me tirerai de toutes ces idées.

J'avais eu ce projet de reprendre cahier par cahier les idées capitales. De les rédiger, mettre au net, en français, sur feuillets séparés et d'envoyer ces fragments pour qu'on les lût et qu'on me dît si la rédaction était claire etc. Ce serait le meilleur moyen. Il faudrait beaucoup de temps mais je crois pouvoir faire un cahier en 8 ou 10 jours en ne prenant que l'*essentiel.* Je me sens encore trop faible pour travailler. Trop faible et trop privé de l'excitateur ou du résonateur.

Hier, j'ai été chez Tizi — où Renée est bientôt arrivée. Chapeau noir (ou bleu très sombre) assez petit, tout garni autour de pauvres petits perruches écrasés sur le velours, rouge, jaune, vert vifs. Elle est très en beauté, compliments croisés. Elle est assez assidue chez Tizi je crois depuis quelque temps. — Tizi a une admirable robe de chambre, une merveille chinoise (don américain[1]) où sur un noir très mat des feuilles rouges et des chrysanthèmes gris, sont arrangés. C'est un crêpe tissu, robe de mandarin — qui doit valoir 10 ou 20.000. Voilà ce que je voudrais pouvoir offrir à ce roseau pensant. Je voudrais être milliardaire demain. Le roseau, tous les jours, recevrait une merveille au lieu de lettre. Quelle joie de pouvoir donner, parer.

Renée me dit aparté qu'elle m'enverra demain sa voiture. Elle veut que je lui lise (ou lui murmure) *l'Âme et la Danse,* dont on lui a dit du bien. J'objecte ma voix. Voici un bruit que je vous envoie. On fait toutes réserves sur ce bruit. Il

1. Don de Mme Georges Blumenthal sans doute.

paraîtrait que Mlle H la sœur du peintre qui essayait votre portrait cet été[1], s'est envolée avec un monsieur Vial époux de Mme Scheikévitch[2]. Le nom H m'a fait dresser l'oreille. Dieu ! que j'ai froid.

J'ai eu des ennuis avec ce dialogue[3] trop long, trop court. Il a fallu des retouches qui le rendent idiot. Je le reprendrai et le republierai à part[4]. Toute la fin est à rebâtir.

Je ne comprends rien à Renée avec moi. La conversation, hier a été conduite sur Eros. Je remarque que ce sujet manque rarement d'être évoqué devant moi. ? Heureusement je puis, de par ma gorge, être à peu près muet. — Il faudra bien que j'écrive enfin là-dessus.

Mais je n'y entends rien. Vous pourrez témoigner que l'auteur s'est conduit comme un imbécile. Qui comprendra jamais puisque aussi bien le Roseau, tout pensant qu'il soit, ne l'a pas compris — qui comprendra jamais ma « ligne d'univers » ? Ce que tout le monde eût fait, précisément je ne pouvais le faire. Cf. ma littérature. Je travaille et je pense de façon tout à fait singulière. Ce qui est le « fond » pour quiconque est la « forme » pour moi et réciproquement. Nul ne le sait. Mon « facile » est souvent le « difficile » d'autrui et réciproquement. Roseau, roseau pensant, tu étais la chose du monde la plus faite pour me comprendre — ou tu ne l'étais pas... ? Le singulier n'a pas de féminin. Mais il est impossible, aussi, que quelqu'un veuille nous suivre à ce point de ne plus arrêter aux détails.

1. Nous n'avons pu identifier ni Mlle H ni le peintre dont il est question ici.

2. Marie Scheikevitch, mariée en premières noces avec le fils du peintre Carolus-Duran, avait épousé ensuite un monsieur Vial dont elle divorce en 1921.

3. *L'Âme et la Danse.*

4. Plusieurs rééditions, fragmentaires ou intégrales, suivront la publication de ce dialogue dans *La Revue musicale* du 1er décembre 1921.

À CATHERINE POZZI

[*Paris,*] Mardi — matin [*22 novembre 1921*]

Le petit coupé parfumé[1] à l'heure dite ; vieux cocher à fourrures, — cela songe tout seul, avec *lui* dedans, à je ne sais quel 1890, à des romans de Daudet à illustrations *parisiennes* ; cela roule et tangue vaguement, dépaysé chez les Autos, monte, descend, traverse une zone de douleur qui est Alma. Le Moi se regarde dans la glace. Ce petit salon très peu éclairé, tout sombre et tiède. L'ennui. L'autre salon plus obscur encore, avec une lampe voilée de dentelle qui fait penser à une dame tunisienne ou turque. Le Moi marche et se regarde. Le temps est là, réglé sur le feu discret.

Enfin paraît notre amie. Elle est noire et or ; on s'installe. Porto intime. Propos. Maintenant, il faut lire, avec une gorge blessée, ces 30 pages[2]. De son mieux. Comme tout ceci lui est étranger ! Son texte n'est pas de lui, en somme. On écoute sans bouger. Parfois un murmure — excellent. C'est fini. Il semble que cette lecture a beaucoup plu. C'est votre chef d'œuvre ! Admirable. Etc. « Mais que me fait à moi cette Troie où je cours[3] ? » Elle semble enthousiaste. Ne regardons pas au microscope. Je sais bien, moi, qu'il faut ou faudrait récrire ceci, — la fin, du moins. Mais qu'importe tout ce qui ne change rien aux deux choses qui importent ? — 2 ou 3.

On cause, avec une certaine intimité, où peut-être faut-il voir une espèce de preuve de la sincérité des compliments sus-mentionnés ? Il faudra décidément que je me mette à réfléchir sérieusement sur les dames, femmes etc. Jusqu'ici je n'ai considéré que des systèmes vivants et je les rapportais à ma solitude, qui n'est ni homme ni femme. Du moins, qui

1. Celui de Renée de Brimont.
2. *L'Âme et la Danse.*
3. Dans *Iphigénie en Aulide* par Racine, Achille, s'opposant aux desseins d'Agamemnon qui souhaite faire immoler sa fille, déclare : « Et que m'a fait à moi cette Troie où je cours ? » IV, 6.

n'était ni homme ni femme, — ni personne ou Pénate ; mais qui se fit homme *enfin*, — et donc qui en arrive à impliquer l'existence des femmes. Drôle d'affaire.

—

Réveil à 3^{h}. Écrit page confuse sur la *plante*[1]. Essayer de réfléchir sur la plante comme sur un problème de physique, pour en arriver par modulations à l'idée d'un système fermé dans un milieu (tourbillon, anneau de fumée) et de là — chercher dans la direction *sensibilité*. Ceci vous semble ténébreux. C'est noir, et je sens du diamant dans ce noir, que le moindre rayon irait éveiller.

Écrit à quelqu'un sur cahier — c'est à dire à personne. — Ajouté un vers au poème : « *Il ne reste de nous...*[2] » Tout à fait de circonstance, vu l'abondance des lettres que je reçois des Alpes Maritimes — Je vois bien que la *poste* venge la *gare*. Quoi de plus simple ? — Tic — Tac. — Écrit un peu sur la « souffrance morale[3] ». Je crois que je m'aiguille sur l'analyse de la sensibilité. Encore un changement surprenant de ma trajectoire. Je deviens un diable à surprises. Je finirai par fonder une religion et par écrire un vaudeville. Cependant

1. Voir *Cahiers*, VIII, p. 388.

2. Il s'agit de « Silence », un des *Douze poèmes* publiés par Octave Nadal pour les Bibliophiles du Palais en 1959 :

> Il ne reste de nous ce soir qu'un grand silence
> Vers l'ombre va pencher l'implacable balance ;
> Bientôt de ce beau jour que j'ai tant attendu
> Dans le creux de ma main l'or tiède aura fondu.
> La puissance du soir à la fin s'est montrée.
> Un grand silence touche à plus d'une contrée !
> Le temps qui disparut n'est plus si loin de nous
> Ni la mort qui s'éveille et baise nos genoux,
> Se fait plus familière avec cette âme sombre.
> Nos plus doux souvenirs mordent nos cœurs dans l'ombre
> Où les faveurs se font d'implacables refus
> Ô quel soupir arrache à celui que je fus
> Des temps délicieux les présences funèbres...
>
> *Œuvres*, I, p. 1699.

3. « Tableau des souffrances "morales" — Voir *infra* Plaisir/Quand l'esprit rejette et vomit ce que l'esprit apporte il ne cesse de se redonner ce qui lui fait horreur et terreur ou nausée ou serrement de cœur./Il revient de lui-même, à tout propos à son ennemi. Il s'éveille soi-même dans la nuit pour recommencer l'infernale danse », *Cahiers*, VIII, p. 390.

Dante m'attire. Et j'écrirai une BÉATRICE[1] pour imaginer du moins, en toute précision, — ce qui est — possible, — et — impossible. (Possible, *je le sais* ; impossible, *je le vois*), en matière de « Toi et Moi ».

À PAUL VALÉRY

[*Vence,*] La Collinette. [*Mardi*] 22. 11. [*19*]21

Les lettres, jusqu'ici, voyagent deux jours. Parfois trois, si elles partent tard. Le chemin de fer ne va pas jusqu'à nous. Vous pouvez m'écrire. Je ne puis pas rompre le discours entre ce qui ressemble à ma pensée, en vous, et moi-même. Malgré que je sache (soit qu'il y ait, ou non, des mots de moi dans votre vie,) ne rien changer à cette nature profonde dont vous vous plaignez parfois, comme si la matière de l'âme était un visage qu'il faut subir, et que vous acceptez d'autres fois avec étonnement, en croyant que « l'inhuma-

1. Valéry songe-t-il à écrire un poème ? un roman ? un traité ? un dialogue ? Impossible de fixer le genre littéraire de cet ouvrage qui ne subsiste que sous forme d'ébauches. Voir à ce propos *supra* le *Journal* de C.P. du 20 novembre 1921, p. 215, et *infra* la lettre de Valéry du 24 novembre 1921, p. 224. En effet, à cette époque, les *Cahiers* de Valéry abondent en notations sous les rubriques « Béatrice », « Bice », « B. » etc. Par ailleurs, un sonnet, « Béatrice », un des *Douze poèmes* publiés par Octave Nadal en 1959, doit également dater de cette époque :

Le moindre pli de cette amour
Inflige la plus grande peine ;
Un instant fait noircir un jour,
Un soupir te rend incertaine,

Te fait paraître sans retour.
Et tu me sembles si lointaine
Quand au fond de cette fontaine
Ou se reflète mon amour

Je crois voir d'assez tristes signes,
Des ombres de soleils insignes,
Et des reprises de tes yeux ;

Et la douce amère parole
Par quoi se fane de mes cieux
La parfaite et pure corolle.

Œuvres, I, p. 1694.

nité » accède à « l'esprit ». — Il n'y a pas de blâme personnel dans cet adjectif que vous vous êtes je crois souvent appliqué. Je ne veux même pas rouvrir de discussion close : vous venez de lire que j'avais la foi qu'en vous je ne changerais rien.

Mais nous parlerons le même langage longtemps encore, et peut-être est-il possible que cela nous aide mutuellement à prendre conscience de l'univers. Dont ci-joint une petite image journalistique ; renvoyez-la-moi. Et merci pour la vôtre. Que tous ces gens écrivent mal, et choisissent confusément dans leur propre science.

Vous comprenez bien, n'est-ce pas, que le collier *est pour Agathe*[1] ? Vous lui ferez, au jour de l'an, ce grand plaisir.

Et puis, si vous avez pour moi quelque respect, ne m'offrez pas la célébrité[2]. Je ne l'aime pas, fût-elle, seule enviable, celle que j'aurais seule forcée. Si même vous aviez l'altruisme de renoncer au succès sûr des précisions amoureuses que Dante excessivement évita, je ne recevrais qu'avec la plus profonde détresse l'hommage public à ce que je suis.

CK

À CATHERINE POZZI

[*Paris,*] Mercredi 23 9bre [*19*]21

[*Brouillon*]

Catherine, je vous ai blessée, sans doute, par ma faiblesse. Vous savez que jamais je ne fus méchant volontairement. Jamais dur, jamais loin de l'extrême tendresse. Vous, vous m'avez frappé, châtié, abandonné bien des fois.

1. Fille de Valéry. Voir *supra* le *Journal* de C.P. du 19 novembre 1921, p. 215. C.P. propose de renvoyer le collier qui accompagnait la sixième lettre de Valéry.
2. Valéry a écrit : « Je pourrais faire de vous en deux cents pages la femme la plus célèbre d'Europe. » Voir le *Journal* de C.P. du 19 novembre 1921, *supra*, p. 215.

Maintenant vous me refusez le moindre mot, même celui qui me dirait qu'il ne faut pas vous écrire, ni attendre de jour en jour, avec une angoisse affreuse et meurtrière, un peu de votre écriture.

Je ne comprends pas ce silence. Je le ressens comme un outrage, comme un acte de la volonté de faire du mal, comme quelque chose que je ne puis pas croire, qui n'est pas vraie, pas possible. Je crois que vous avez tort de faire ceci. Mon âme, qui est à vous, ne veut pas s'être trompée sur la véritable nature de la vôtre. Il lui répugne de vous attribuer le goût d'une vengeance si aisée, ni la volonté de faire souffrir, ni celle de tenir dans une mortelle incertitude, mon cœur. Que voulez-vous donc que je pense ? — Je vous ai demandé bien peu de chose. Quoi ? — Précisément des instructions ou des décisions de vous.

Croyez que je sais bien ce que je ne dois plus penser à votre sujet. Croyez que j'essaye de toutes mes forces de lutter contre le fond de mon cœur. Je me consume dans cette lutte, et j'épouvante un peu, les gens qui voient ce visage.

Pauvre de moi.—Vous avez les yeux les plus obscurs que j'aie jamais vus. Si obscurs que je puis dire que jamais [je] ne les ai vus. Obscurs pour moi seul, peut-être ; pour mes yeux clairs qu'ils emplissaient étrangement de larmes. Je comprends maintenant toute leur obscurité, de laquelle ces larmes inexplicables me défendaient comme elles pouvaient.

Je renonce donc à vous écrire. Ceci est une dernière lettre. Je ne vous ai que trop importunée depuis huit jours. Je suis sur cette même table où je vous ai tant écrit — où toutes mes pensées étaient vous ou étaient pour vous ; sur ces papiers si pleins de vous où rien qui semble intéressant ne vient s'inscrire que je ne vous l'offre en mon cœur et ne vous prie de le partager. Là, est ce Moi dont vous avez assez et dans lequel cependant vous êtes un peu plus, peut-être, que vous n'êtes où vous êtes, tant il vous a conçue et portée et recréée. Vous ne serez jamais plus vous-même qu'en moi. Je crois qu'il y avait encore à travers la distance et le dépit de tout, de l'intelligence et de la tendresse à tirer de nous deux. Peut-être aussi quelque *vertu* à vouloir ce qu'on a voulu malgré des incidents, des erreurs, des faiblesses d'un homme à bout de forces et la veille de tomber malade. Vraiment je ne croyais pas ce silence si parfait et quand vous m'aviez promis de me répondre. Mais enfin je me tais.

À CATHERINE POZZI

[*Paris,*] ce Mercredi 23 9 bre [*19*]21

Catherine, je ne vous ai jamais fait de mal volontairement. Je vous ai blessée, sans doute, mais c'est ma faiblesse qui vous a blessée. Jamais dur, jamais loin de l'extrême attendrissement avec vous. Vous le savez, vous qui m'avez frappé, châtié, abandonné, bien des fois.

Maintenant vous me refusez le moindre mot, même celui qui me dirait qu'il ne faut pas vous écrire, ni attendre de jour en jour, dans une angoisse affreuse et meurtrière, un peu de vous. Je ne comprends pas ce silence. Je le ressens comme un outrage, comme un acte de la volonté de faire du mal, comme quelque chose qui n'est pas vraie, pas possible.

Je crois que vous avez tort en ceci, tort vis-à-vis de vous-même. Mon âme, qui est encore toute à vous, ne veut pas s'être trompée sur la véritable nature de la vôtre. Il lui répugne de lui attribuer le goût d'une vengeance si aisée ; ni la volonté de faire pâtir, ni celle de tenir suspendu dans une mortelle incertitude, mon cœur.

Je vous ai demandé bien peu de chose. — Quoi ? — Des instructions ou des décisions. Croyez bien que je sais ce que je dois ne plus penser. Croyez que j'essaye de toutes mes forces de lutter contre le fond trop immuable de mon cœur. Je me consume dans cette lutte, et j'épouvante quelque peu les gens qui voient maintenant ce visage.

Pauvre de moi ! — Vous avez les yeux les plus obscurs que j'aie vus, si obscurs que je puis dire que jamais je ne les ai vus ! Obscurs pour moi seul, peut-être ? pour mes yeux clairs qu'ils emplissent étrangement de larmes ! Je comprends maintenant toute leur obscurité de laquelle ces larmes inexplicables me défendaient confusément comme elles pouvaient. Je renonce donc à vous écrire. Ceci est ma dernière lettre. Je ne vous ai que trop importunée depuis quelques jours.

Je suis sur cette même table où je vous ai tant écrit ; où toutes mes pensées étaient vous, où étaient pour vous ; sur ces papiers si pleins de vous, où rien qui me semble intéressant, ne vient s'inscrire, que je ne vous l'offre en mon cœur, et ne vous prie de le partager. Là, est-ce *moi*, dont vous avez assez, — et dans lequel cependant — vous êtes un peu plus, peut-être, que vous n'êtes où vous êtes, — tant il vous a conçue, et portée et récréée. *Vous ne serez jamais plus vous-même qu'en moi.*

Je crois qu'il y avait encore, à travers la distance et en dépit de tout, de l'intelligence et de la tendresse à tirer de nous deux. Peut-être, aussi, quelque *vertu* à vouloir ce qu'on a voulu, malgré des incidents, des erreurs, des faiblesses, d'un homme à bout de forces la veille de tomber malade.

Vraiment je ne conçois pas ce silence si parfait, et quand vous m'aviez promis de me répondre.

Mais enfin, je me tais.

P.

Je me permets de recommander cette lettre, tant je ne puis croire que vous ayez reçu les précédentes.

À CATHERINE POZZI

[*Paris,*] Jeudi [*24 novembre 1921*] 6^{h} matin

Six heures. Il y a une heure que je bâtis BÉATRICE. Je m'arrête un instant. Je viens de tracer le schéma du colloque final de l'ouvrage. Et de concevoir l'ensemble. Voilà une chose qui aura été enfantée dans la douleur. Il faudrait que ce soit le livre le plus cruel, le plus savant, le plus tendre aussi. Mais livre pour peu de cerveaux.

— Pourtant quel instant sublime avant le jour ! — Si je pouvais seulement faire sentir cette extrême pointe de l'intellect et de la sensibilité qui me perce vers l'aube, quand je me retrouve sous ma lampe, avec ma vie, et ma pensée trop éveillée ; amer, puissant et gonflé de larmes à cause de tout, — traversé d'idées, rappelé par le cœur qui me pince à l'absente, à la silencieuse — tout à coup étouffant et perdant le souffle au milieu d'une pensée pure. Si l'on se figurait ceci, — est-il rien qui pourrait faire que l'on ne soit pas avec moi ? Je sais bien qu'il faut une nature extraordinaire et particulière pour accompagner quelqu'un au-delà du monde où la sensibilité ordinaire ne joue plus, n'a plus son sens habituel, mais est reprise, et reversée à chaque événement qu'elle est, dans un nouveau système de significations... Ne pas s'arrêter aux premiers termes — c'est là le vulgaire. Me voici obscur. Encore un peu plus obscur : Rendre la douleur *conductrice.*

—

Pourquoi écrire encore ceci ? — Ces lettres sont : ou non lues ; ou non remises par la poste ; ou lues avec de mauvais sentiments, (vengeance, ironie, triomphe.) Trois hypothèses seulement, dont la dernière est nécessairement la bonne. Eh bien, tant pis. Après tout, pourquoi ne pas écrire ceci ? — Pourquoi *ne pas écrire en pure perte* ? Est-ce que l'on ne pense pas en pure perte presque tout le jour ? Est-ce qu'il ne faut pas que je voie jusqu'où j'irai ?... Est-ce que mon but a cessé d'être le plus beau ? Plus encore : a-t-il cessé d'être le seul concevable ? Y en a-t-il un autre que de tenter de descendre dans une autre âme ? Si elle ne veut pas, ne faut-il l'essayer malgré elle ? Et même, n'est-ce point là le véritable problème ? — Car si elle s'y prête, *elle croit s'y prêter.* L'expérience est faussée. — Et enfin c'est le devoir. Le *seul* pour Moi. Je l'ai découvert il y a 30 ans. Je suis fait pour lui. « La tendresse avec la lumière soient avec toi », me disait quelque chose. Pas d'autres instructions, pas d'autres obligations. Ne t'embarrasse pas d'autres dieux. — Que de temps vous avez perdu dans les incidents et les reprises. Que d'esprit, que de vigueur ! Vous seriez déjà dans une connaissance et une composition mutuelle admirables ! Ô moi et vous, mes amis !

—

Jetons encore ceci à la boîte qui a déjà tant dévoré de mes écritures et qui ne rend rien. C'est un jeu trop simple que le silence. Il n'a aucun mystère. Il ne faut pas jouer la facilité. Vous savez bien que je suis votre maître, que vous m'appartenez, que même si vous faisiez ce que vous pouvez faire de plus fort, pour vous délier de moi, il y aura toujours en vous quelqu'un qui ne sera pas tranquille : un enfant que je vous ai fait, et qui ne cessera de remuer en vous ce qui est en vous de plus — vrai.

CATHERINE POZZI, *JOURNAL*

Jeudi, 24 Novembre [*1921*]

Aujourd'hui matin, 2 lettres du mufle et une de Mme Bulteau, où elle l'appelle, justement « *the cad* [1] ». Je ne veux pas les relire. Elles m'ont blessée de la même façon qu'il m'a jamais blessée. Il reprend l'équivoque, qui consiste à considérer mes actes sous l'angle d'où ils soient aussi vils que les siens. Ô Fœmina, écris-moi encore ! Il dit « qui m'a enlevé mon psychoscope ? (ainsi me nommait-il jadis) : une idée[2]. » Une idée, la torture d'un an ? Il dit : « la poste » (« le silence) (mon silence) répond à la gare[3] ». Ô Fœmina, j'ai les yeux pleins de larmes comme un petit enfant, qui ne peut rien répondre. Je me tais, seulement à cause de ceci ? ou bien, ceci ne fut-il que la fin et le dernier coup à l'opération de mon cœur. [...]

La lettre était pleine du récit des amabilités que lui fait Brimont. Elle s'ennuie, comme toutes les femmes de ce Paris-là. Elle est affolée de réclame et de clinquant intellectuel ; elle est vicieuse, avec distinction et discrétion, parce qu'elle ne saurait faire autre chose. Qu'elle souhaite affoler ce « génie » et jouer pour lui les maîtresses célèbres, je le vois de-

1. Le goujat.
2. Citation d'une lettre de Valéry qui n'a pas été retrouvée.
3. Voir *supra* la lettre de Valéry du 22 novembre 1921, p. 219.

puis longtemps. Elle le cueillera comme une nèfle. Ô yeux que j'ai cherchés jusqu'au fond ! Je ne lirai plus ses lettres, je le lui ai dit. Mais à moi, je dis pourquoi. La honteuse honte de souffrir de cela, *je la refuse.* [...]

Même jour 10^h soir

Je reçois une dépêche. Il me redemande je ne sais quelle préface sur P. Adam[1]. Prétexte pour me forcer à écrire ? ou vrai ? je ne sais. Je réponds ceci. J'ai écrit jusqu'à maintenant. J'ai un visage exténué. Je ne respire pas. Je sens mon corps qui ne va pas et l'âme est empoisonnée comme serait de l'eau hier pure.

À PAUL VALÉRY

[*Vence, jeudi*] 24 Novembre 1921

« Qui m'a enlevé mon "psychoscope" ? Une idée. »

« Le silence répond à la gare[2]. »

Je vous donne ces deux phrases de vous, pour que vous en fassiez une équation dont sort assez pauvre, aussi pauvre qu'une héroïne de Maurice Level[3], l'âme que vous appelez Béatrice. Vous comprenez que j'ai juste assez de fierté pour ne pas me défendre de ce genre tac-au-tac (« ah, l'on me fait ceci ? Donc je fais cela »,) ni de ce que j'aie abandonné mon souhait le plus sérieux, par entêtement ou par lubie. Il m'avait plu de vous pardonner, parce que j'ai eu peur de

1. Valéry semble avoir sollicité l'aide de C.P. pour écrire une préface au recueil posthume des poésies de Paul Adam publié dans une édition confidentielle par la veuve de celui-ci, sœur de Jeanne Mühlfeld. Son texte, « Par-delà des Tombes », paraîtra dans *Le Gaulois du dimanche, Supplément littéraire*, du samedi 3 décembre 1921. Paul Adam (1862-1920) est l'auteur de nombreux romans d'inspiration tour à tour naturaliste, symboliste et sociale.

2. Dans sa lettre du 22 novembre, Valéry a écrit : « Je vois bien que la *poste* venge la *gare.* »

3. Maurice Level (1875-1926), spécialiste de récits d'épouvante.

l'horreur que vous pourriez inspirer, si l'on consentait une seconde à vous en vouloir. Mais aucune bonté, aucun pardon, ne peuvent commander de vous laisser moi, comme sujet d'expérience. Je veux la santé. Je ne vous écrirai ni ne lirai vos lettres jusqu'à Noël. D'ici là, vous aurez peut-être construit d'autres pensées ; de celles du moins que je puisse recevoir sans ce sentiment-ci. J'ai dit « Noël » pour ne pas dire « jamais », à cause de cela, dont j'espérais quelque chose. Je le dis avec la révérence religieuse que vous trouveriez la plus stupide.

Catherine.

[*Enveloppe :*]
Monsieur Paul Valéry
40 rue de Villejust
Paris

À PAUL VALÉRY

[*Brouillon*]

[*Vence, jeudi*] 24 Novembre 1921 soir

Je pensais vraiment bien ne plus vous écrire. Mais il sera dit que c'est une pensée qui sera toujours déjouée par quelque chose d'imprévisible permis par vous, par moi, ou par une providence qui trouve que je suis trop jeune encore pour la paix. La dépêche d'ailleurs estropiée que je reçois parle de deux choses, et je n'ai reçu que ces petits feuillets[1]. Les voici. Je crains qu'ils n'arrivent pas aussi tôt que vous le désirez. Je rends grâces au hasard qui vous a dit de télégraphier ; car vraiment je n'aurais pas ouvert la lettre, comme je vous l'ai assuré aujourd'hui.

Vous pensez bien que, jusqu'à Noël, s'il m'en arrive une ou deux encore, je ne les déchirerai pas, vos lettres ; mais

1. Il s'agit des papiers concernant la préface sur Paul Adam dont il est question dans le *Journal* du 24 novembre. Voir *supra*, p. 227, n. 1.

j'ouvrirai de nouveau celle qui pour la fin de l'année reprendra le dialogue — — qu'après tout vous ne souhaiterez plus reprendre, ou que l'un de nous, qui sait, ne pourra plus continuer.

Je n'imagine naturellement pas quelles raisons vous attribuerez à cette manière que j'ai d'échapper à la peine. Je suppose qu'elles seront laides, ou si puériles que je leur préférerais la laideur : car vous ne m'avez pas habituée à ce que mes motifs grandissent en grâce, au miroir de votre attention. Mettez donc que je n'ai pas de raisons du tout, que celle d'empêcher que n'entrent dans ce jardin le regret, la révolte, l'injustice, (comme dans un roman du XIIIe siècle Mauvisaige ou Gentil Scavoir), ainsi que quelques images, dont Madame Mühlfeld en Lao Tse[1], et Madame de Brimont en bengali. *Quanta species, inquit, cerebrum non habet*[2].

CK[3]

À PAUL VALÉRY

[*Vence, novembre 1921*]

Fragment orphique

Orphée errant sent son âme enlevée au loin. Il la perçoit et sait qu'elle est là-bas faite femme et plus profonde. Pré-

1. Philosophe chinois (570-490), inspirateur du taoïsme.
2. « Quelle belle apparence ! dit-il, mais pas de cervelle ! » Citation tronquée d'un vers du fabuliste latin Phèdre. Cf. La Fontaine, *Fables*, IV, 14, v. 11 : « Belle tête, dit-il, mais de cervelle point. »
3. Au verso de ce brouillon retrouvé dans le *Journal* de C.P. on peut lire, barré, le texte suivant avec l'indication « Pas envoyé cette page, rien que l'autre : Vous recevrez le collier *qui est pour Agathe*. Je n'aurais pas voulu "avoir ce geste" (comme disent les journalistes.) /Et l'ayant, je voudrais le rendre moins dur, moins impoli ; mais il n'y a aucun moyen — sauf de vous dire ici, que si l'on pouvait faire des guirlandes de pensées, j'en accrocherais à ces grains verts de bonnes, de claires comme l'eau ; — cette eau de Vence pure comme le ciel. Et avec ces pensées, je tresserais des puissances ; mais ce serait aussi difficile que de sortir de cette métaphore. Il n'est pas un lecteur qui ne vous croie le dévot de l'invisible ; je serai tout aussi bête ; je regretterai que vous n'ayez inventé de me faire plaisir, qu'avec un collier./Adieu pour un temps. »

sent à soi, cependant ravi de soi, il se parle et lui parle et chante. Et l'harmonique infiniment pur résonne à travers l'espace, exprimant chaque fois l'accord, la note absolue.

Si haut, si clair et si doux, que la musique traverse le monde comme un fil d'or la laine ; Eurydice existe. Ainsi se poursuit de l'absence à l'absence, l'onde immortelle qui est conscience amour et lumière.

Orphée appelle, écoute, et va. Quand la musique devient trop belle, il ouvre un coffret, froisse des roses, et, dans une halte brève, couche avec qui se trouve là.

Je crains de ne pouvoir sortir ces jours-ci. Je ne vous renverrai peut-être pas régulièrement vos lettres ; mais ne pensez que je les lirai. Elles iront dans un tiroir, vous les recevrez toutes à la fois non décachetées.

Celle que vous aurez reçue ce matin — ma plus tendre tendresse, et l'extrême de ma pensée — votre dernière lettre d'amour, mon amour qui me traitiez ainsi. Comprendrez-vous en la lisant, *pourquoi* ? Comprendrez-vous que j'ai vécu tout entière pour ce don total que je vous ai fait — moi qui n'ai jamais su de partage. Mon âme et mon corps, pour une seule âme et un seul corps. Non les affreux consentements des autres. « Et cette sombre soif de la limpidité »... Paul, un homme qui était — il y a 6 ans — beau comme un dieu, aussi troublant qu'un homme peut être, me suppliait d'être à lui[1]. J'étais bouleversée par ses paroles. Mais il n'était pas libre. Une liaison, une femme du monde rivée à lui, contre qui il était sans courage. Il avait trouvé ceci : que je vienne le matin, alors qu'elle ne paraissait jamais à cette heure. — J'aurais le meilleur. Le reste « ne comptait pas. » Déjà ! Entendez-vous de quel cœur je l'ai méprisé, celui-ci ? Il était infiniment bon. Il craignait de « faire de la peine ». Sa maîtresse était jeune et belle, le service était quotidien.

Comment pourrais-je encore lire une seule ligne de vos lettres ? Ô ma joie perdue, ces lignes où vous pleurez, où

1. Robert Siegfried : voir *supra* la note 2, p. 163.

vous m'appelez mon petit, que vous écrivez à 5 heures du matin, tout chaud encore d'avoir pris une autre. Et tandis que vous écrivez, l'heure n'a pas passé trois fois depuis que l'extrême de vous, l'instant qui est cri et silence, n'ait été, pour un autre corps que le mien

puissé-je mourir.

Vous me connaissez sans doute assez, pour être sûr que je ne lirai pas vos lettres, ni ne vous reverrai. C'était assez, de vivre dans une sorte de secret. Il n'y fallait pas ajouter cette atroce comédie. Si c'est la rançon de la joie, c'est trop cher.

J'avais accepté pour vous, ce risque de mourir qui m'attend[1] ; et je le trouvais beau. Vous n'avez pas pu accepter, pour moi, d'inquiéter qui aurait pu trouver mille raisons à votre indifférence. Et c'est, bien plus que pour moi, pour Elle, que je me révolte. C'est d'Elle, dont j'ai une pitié qui me tue. Ah, on m'a infligé cela, autrefois [*Feuille coupée.*] Mais vous ! vous ! ma lumière.

Adieu, mon pauvre petit enfant.

Je sais que vous aurez, de moi, cela qui vous fera grand parmi les hommes. Mais je veux que vous sachiez, que ni par hasard ni par surprise, je ne pourrai plus rien lire de vous ; et que, l'histoire qui peut-être sera la mienne, il y a un être au monde qui ne la lira pas. Je construisais bizarrement notre instant non temporel, philosophe que vous êtes — pour l'éternité. [*Feuille coupée*] présent que pour l'éternité [*Feuille coupée.*]

CK

Et cette photo, tenez, des Champs Élysées.

Ô moi, qui fûtes moi ! Quelle merveille vous empêchez du monde. Quelle humanité de joie — quelle force, — quel avenir.

1. Pendant des semaines, C.P. s'est crue enceinte. Son père, chirurgien éminent, l'avait avertie qu'une deuxième grossesse mettrait sa vie en danger.

26 novembre [*1921*]. Samedi.

Il y a une lettre. C'est dur comme carton et sur l'enveloppe, il y a, ce qu'il n'a jamais fait, le nom de l'expéditeur. Pourquoi ? Y a-t-il un imprimé ? Tout de suite, je le crois et peut-être est-ce encore un des papiers Paul Adam qu'il réclamait par la dépêche[1]. Que faire ? Je lui ai écrit que je n'ouvrirais plus. Et je ne veux pas lire : lire, c'est être blessée, c'est répondre… Non, non. Mais s'il y a de l'imprimé, à rendre. J'ouvre, je regarde, *et je ne lis pas.* Il y a des pages de son écriture serrée. Une ou deux, je ne sais. Il y a une carte postale représentant une frise des panathénées[2]. C'était cela, le dur. Je pose la carte sur la cheminée. Je la garderai. Pas d'écriture dessus. Je la reconnais, je les reconnais, les pierres adorables. Je les ai vues à Londres. Hélas, et bien avant : je les ai vues *là-bas.* Affreuse et profonde tristesse. Je ne puis plus lire vos lettres ; et ce mouvement qui m'envoie l'image de ce que j'aime et connais le plus, que vous aussi êtes digne d'aimer et de connaître……… Voilà ce que je sens : nous sommes faits pour l'entente divine, et vous l'avez empêchée.

29 novembre [*1921*].

Après cette lettre portant le timbre du 24 et reçue le 26[3], il y en a eu une dimanche. Il y en a eu une lundi. Je ne les ai pas lues. […] Ce matin, il n'y avait pas de lettre. Depuis avant-hier, il sait enfin que je ne les lis plus. Il y avait une carte ouverte — en anglais —, timide, suppliante, qui disait de ne pas croire aux mots blessants dits par un esprit anxieux, de lire la lettre d'avant. Alors, naturellement, je l'ai lue, et les deux autres. Elles étaient si belles que j'ai dit

1. Voir *supra* le *Journal* de C.P. du 24 novembre 1921, p. 227, et le brouillon de lettre du 24 novembre 1921, p. 228, n. 1.
2. Il s'agit de la frise des Panathénées qui fait partie des Marbres d'Elgin exposés au British Museum. Les jeux panathénaïques à Athènes furent inspirés par les Jeux olympiques.
3. Voir *supra*, p. 224.

« mon chérie... » et que j'ai télégraphié n'importe quoi (que j'accepte de traduire un livre de mathématique anglais, qu'il le demande...) — et j'ai écrit — et je sais bien que me voici sur la même route, attelée à vous pour un temps encore, parce que vous avez la parole de la vie éternelle — étant poussière.

À PAUL VALÉRY

[*Télégramme :*]

[*Vence, mardi c.p. 29 novembre 1921*]

VENCE 97-16-29-11 H 50

ACCEPTE TRADUIRE EDDINGTON[1] TÉLÉGRAPHIERAI PLUS EXPLICITEMENT CHEZ GALLIMARD AMITIÉS = POZZI

[*Adresse :*]
PAUL VALÉRY
40 RUE VILLEJUST
PARIS

À PAUL VALÉRY

[*Vence,*] Mardi Matin 11^{h} 1/2
29 Novembre [*19*]21

Elles sont trois là, qui étaient non décachetées... que vous venez de me faire ouvrir, par cette humble tendre timide petite carte en anglais. Celle qui dit : « ce matin, commencé Béatrice[2] ». Celle qui dit : « je vous propose ceci : je vous écri-

1. Arthur Stanley Eddington (1882-1944), physicien, astronome, professeur à l'université de Cambridge, auteur de *Space, Time and Gravitation* (Cambridge, 1920).
2. Voir *supra* la lettre de Valéry du 24 novembre, p. 224.

rais mes pensées, vous m'écririez une fois par semaine... pour que je ne vous sente pas à l'infini. J'aurais l'illusion de travailler avec vous — mes idées n'ont désormais d'attrait pour moi qu'en tant qu'elles me reviennent de vous[1] ». Et quand vous dites que cette espèce-là d'amour, est votre devoir et votre idéal, que vous êtes fait pour lui, pourquoi ajoutez-vous un point d'interrogation en poursuivant « comme vous l'êtes, *peut-être* ? » Hélas, dans cette lettre, il y a ceci : « je ne puis vous pardonner d'être adorablement celle même que je voulais que tu sois. » — Est-ce contre cette réponse à tout votre souhait, que votre démon, Lionardo, se dresse ?

Mais écoutez cela, maintenant : si je n'ai pu vous pardonner moi, quelque chose, c'est d'être divinement celui que j'ai toujours voulu, de l'être follement, d'accomplir en vie et jusqu'à démentir toutes les habitudes de la vie le vœu dont je me sens être chair et forme ; cependant que vous me refusez, m'abandonnez, ne me suivez pas... — Vous ne savez pas quelle torture cela peut constituer, qu'à la fois ce oui et ce non, dans le temps d'un battement de cœur ; qu'à la fois la joie de recevoir par vous tout ce que j'ai demandé au monde, — cela date de mes premières pensées d'enfant, — et de vous reconnaître l'âme que j'aurais honnie éternellement.

Et puis, Lionardo, je ne puis pas supporter votre injustice. Vous penserez à cela, n'est-ce pas ; c'est tout.

Je vous écrirai de nouveau. Comment voulez-vous que je n'écrive pas au bien aimé qui m'a envoyé ces pages le jour de ma sainte[2] — et que « rien, rien n'a été plus doux et plus profond que certaines choses entre nous » et que « vous essayez de lutter contre le fond de votre cœur », contre le monstre mol et stupéfait ?..

Oh mon chéri, je ne veux pas écrire davantage. Je ne le puis pas ce matin. Trop de choses me font tournoyer l'esprit, et j'ai une peine amère avec zone de joie, vous connaissez cela ? C'est le sentiment L-K. — Je croyais m'être enfuie de vous. —

1. Cette lettre n'a pas été retrouvée.
2. La fête votive de sainte Catherine d'Alexandrie est le 25 novembre.

Je serai tout ce que vous voulez : mais ne me faites plus le genre de choses que vous avez fait. Et n'allez pas tant chez Renée de Brimont amie des tables inspirées[1]. Cette personne s'ennuie ; elle a décidé de vous rendre amoureux, comme occupation d'hiver. Si vous souhaitez l'expérience, cela n'est pas difficile, assez d'autres y ont passé. Mais si vous en craignez la duperie, — n'y prêtez pas votre air las ni vos heures libres. De toutes les peines que vous m'avez faites, la pire serait que vous finissiez là : car je mépriserais le mystique moi-même, qui s'est marié à vous.

CK.

[*En marge, au début :*]

Le collier[2] est à ma ceinture. J'allais le renvoyer aujourd'hui.

II

Quelle est cette lettre de Jeudi « Je me mets dans cette lettre — et donc je ne l'envoie pas » — « je la garde avec celle d'hier » et celle de Mercredi[3] ?

J'ai accepté l'ouvrage Eddington par dépêche. Cela est d'une ironie sans borne, que moi, aspirant mathématicien, fasse cela[4]. Deux raisons me décident, et même, trois : apprendre. Payer mon auto. Travailler avec toi. Je crois la raison milieu n'est pas [celle] qui l'emporte. Dresser un programme à l'Europe intellectuelle ! Je pense que vous pourriez. Mais qu'un seul vous peut ; le vous qui est nous.

1. Mme de Brimont s'intéresse au spiritisme.

2. Celui qu'elle a mentionné dans sa lettre du 22 novembre et qu'elle pensait lui rendre.

3. En effet, Valéry a écrit mercredi 23 et jeudi 24 novembre mais la citation ne figure pas dans les versions de ces lettres reproduites *supra*.

4. C.P. ne fera jamais cette traduction. On ne sait pas avec certitude de quel ouvrage d'A.S. Eddington il s'agit. Signalons qu'en 1921, parut chez Hermann un de ses livres, l'*Exposé théorique de la relativité généralisée. Complément mathématique inédit de l'Édition française d'Espace, Temps et Gravitation*, traduit de l'anglais par J. Rossignol.

Et ces dépenses inconsidérées ! Est-ce pour aller voir des entre sexualités chez Barbier[1] ? Croyez-vous que je puisse ne pas deviner les petites combinaisons psycho-thérapiques de la dame qui vous y conduit[2] ? Lionardo mio, ne faites pas que votre vie aille où je la vois jouet et ridicule... où je la sais distraction de ces touche-à-tout en bas de soie, qui sont pourtant des touche-à-rien.

Les rapports du pays avec Cagnes, Nice ? 10 kilomètres de Cagnes ; 22 jusqu'à Nice. Je suis achetant une auto torpédo 2 places, pour mes investigations sous le haut ciel. Je vais la chercher après demain et la ramène moi-même.

On m'offre ce matin par dépêche 150.000 de mon collier. J'hésite. J'avais presque dit oui. Et puis — vous ne le croiriez pas ! il a été porté dans la joie — —

La tragédie G[recque] est idiote[3]. N'avez vous donc jamais lu *en grec* l'*Agamemnon* d'Eschyle ? Et cette entrée de Kassandre qui incompréhensiblement gémit, et vous arrête les sangs ? Dans dépêche Eddington ai dit que je télégraphierai Gallimard. Cela voulait dire au 75[4]. Aurez vous compris ?

Qu'a-t-elle dit de moi, la candidate au génie[5] ? Vous me serviriez en rapportant les opinions des gens. En les redressant, peut-être ? Mais, voyez-vous — Ô vous[6] ! — cette équation est bien simple à construire. La dame RB s'ennuie merveilleusement. La curiosité (mais la curiosité *sans effort*, celle dont je n'ai jamais voulu) est sa loi, ou une de ses lois. De là, elle cultive L. Pensées d'utilisation littéraire aussi. Souhait de jouer l'Inspiratrice ; d'être objet de réclame, dédicaces etc. — exactement ce que je ne vous ai pas demandé. De là, savant et patient travail pour s'adjoindre L. intimement. Puis, cuisinage dudit ; interrogations sur l'amour. On lui montre des choses, pour voir comme il réagit. Et... on parle de K ! Haha. Excellent. C'est donc que l'on veut vaguement qu'il y

1. Mme Paul Barbier, égérie de Henri de Régnier, tenait un salon réputé boulevard Flandrin.
2. Sans doute Renée de Brimont.
3. C.P. semble répondre ici à un jugement insolent de Valéry.
4. C'est-à-dire poste restante au bureau de poste n° 75.
5. Renée de Brimont.
6. C.P. écrit « esprit » en utilisant un caractère de l'alphabet grec pour la première lettre.

ait une lutte à entreprendre ? Mon enfant — si vous l'êtes vraiment toujours — mon vous, si vous souhaitez le redevenir, si tu n'as jamais cessé de l'être — dis à ce gracieux oison que tu n'aimeras jamais personne, qu'une seule, à qui ta vie défend de te lier. Et que ces poules nous foutent la paix.

Voici que je vous ai écrit une lettre comme autrefois.... Elle finit aussi : cœur de ma tête, je ne t'abandonnerai plus, mais souviens-toi de ce qui m'a fait vous abandonner. Soyez juste avec votre seul ami. Et puis... puisque vous essayez de lutter contre « cette bizarre nature profonde, » acceptez que ce soit moi qui mène la lutte. Veux-tu ? Voulez-vous...... Pour commencer, résistez à l'habitude qui vous dirige vers ces salons. Cela ne *nous* vaut rien. Ils m'ennuient ; elles m'ennuient. Je ne peux pas demeurer avec vous, si vous ne me laissez pas vous garder de cela. « Je t'aime, seul objet qui me gardes des morts[1] ! »

Au revoir — Ô mon pauvre, mon pauvre moi-même, qui me permettra encore d'espérer ?

CK.

[*Carte postale illustrée d'un paysage de Vence jointe :*]

Vence (A.-M.) - Quartier du Fonzéry - Pension MAGNAN et Villa La Collinette

[*Sur l'illustration à la main :*]

Le jardin en escalier descend beaucoup plus bas que la carte ne peut indiquer. On voit la mer à une quinzaine de kilomètres. Les 2 fenêtres bleues, ma chambre.

Vence ? Le pays est sec et net ; pur et limpide. Cela est assez haut pour que la mer, très loin, soit vue comme d'un pays de montagne, avec entre elle et soi, tous les plans divers des vallées. Cela n'est pas assez haut pour que l'on soit absent de la côte ; elle est limite et sceau de tout l'horizon. La Collinette est une villa « genre Nice » (un genre que je déplore...) et confortable ; chauffage central. Ma chambre ?

1. Dans « Fragments du Narcisse », Valéry écrit : « Je t'aime, unique objet qui me défends des morts ! »

J'ai tout enlevé, armoires, commode, etc. etc. Même le lit. Je couche par terre, avec toiles orange et peau de lynx et coussins... seul luxe admis. Et seul meuble : une table de bois blanc de 2 mètres faite par le menuisier du village ; une table qui vous ferait mourir d'envie... Un peintre sentencieux a repeint en bleu noir les portes et fenêtres et sur les murs, un papier saphir, dont voici un échantillon. En savez-vous assez ?

[*Enveloppe :*]
Monsieur Paul Valéry
40 rue de Villejust
Paris

[*Verso :*]

Cette traduction Eddington m'amuse — j'en attends beaucoup pour mon enseignement. Voulez-vous m'envoyer le volume à lire de suite. Je fais des math à force. Qu'offre Gallimard ? Et combien Fabre a-t-il gagné avec son volume[1] ?

À PAUL VALÉRY

[*Télégramme :*]

[*Vence, mardi c.p. 29 Novembre 1921*]

VENCE 103-18-29-15 H

ABUSEZ PAS DE BOSQUET NI VILLE SOYEZ JUSTE ENVERS DIEUX ABSENTS AYEZ CONFIANCE

[*Adresse :*]
PGP VALÉRY BUREAU 75 PARIS

1. Lucien Fabre, *Une nouvelle figure du monde : les théories d'Einstein* (Payot, 1921).

À PAUL VALÉRY

[*Vence, jeudi*] 1.12. [*19*]21

Cher Lionardo, Je vous ai deux fois — une, 75, — télégraphié ; je vous ai écrit[1] ; c'était reprendre la même place dans votre vie. Si j'ai consenti, c'est qu'une fois de plus, vous avez pu résonner en moi : et vous seriez étonné de savoir que ce ne sont pas vos admirables paroles d'amour tant qu'une brève phrase sous la gravure de Rembrandt, marquant « le spiral de la concentration[2] ».

Ce délice d'une pensée qui se délecte où je pense !

...as love in twain
had the essence but in one[3]

Ainsi donc, moi encore. Mais il faut que vous réfléchissiez, Lionardo, à ce que chaque fois que je reviens, que je reste et que je pardonne, il m'est un peu plus difficile d'accepter que recommence ce que je viens de pardonner. Cela est un peu plus difficile ; et il y a un peu moins de chances chaque fois pour que l'adieu ne soit pas absolument adieu, la pro-

1. C.P. écrit dans son *Journal* du 1er décembre 1921 : « J'ai envoyé une lettre bête, où j'espérais. »

2. Il s'agit peut-être d'une gravure du *Philosophe en méditation* de Rembrandt au Louvre. Bien plus tard, le 10 octobre 1930, C.P. écrira dans son *Journal* : « Ainsi, huit ans plus tôt, Monsieur Valéry, que j'avais une première fois rendu, laissé à sa famille, après avoir reçu quelques mois durant ses propres lettres non décachetées, me faisait lire par surprise une carte postale-appât — où il était question de Rembrandt et d'un certain dessin spirale de la concentration... Je lisais, le lus ; je répondis. »

3. Shakespeare, *The Phœnix and the Turtle* :

So they loved, as love in twain
Had the essence but in one ;
Two distincts, division none :
Number there in love was slain.

Tant ils aimèrent qu'amour
En deux n'était qu'un seul être,
Deux parts mais sans division,
L'amour avait tué le nombre.

« Phénix et Colombe », William Shakespeare, *Les Poèmes*, trad. Yves Bonnefoy, Mercure de France, 1993, p. 124.

chaine fois. Vous m'avez dit que vous luttiez contre ce qui me fut intolérable. Je vous crois ; seulement, je ne puis plus aimer, sur une hypothèse. Après ce que ma parenté profonde oublie, mais que ma vie n'a pas oublié, je ne puis plus avoir le sourire, et repartir d'un pied léger.

Vous dites que vous avez beaucoup pensé à moi : vous n'avez jamais compris moi. Peut-être une analogie me rendrait accessible. Vous savez ce que vous ressentez, n'est ce pas, devant l'imprécision d'esprit ? Devant la peu-conscience ? le terme impropre ? l'idée vague ? Volontiers vous les nommeriez suprême péché.

Eh bien, imaginez qu'au regard des caractères, très exactement les mêmes qualités qui sont celles du regard de l'esprit, se trouvent représentées : là, ce que vous éprouvez devant le limpide intellectuel, on peut l'éprouver devant le « propre ». On peut l'éprouver devant le vrai, devant le sentiment qui est ce qu'il est.

L'extension est simple et je vous la laisse faire. Mais le dégoût, la *fatigue* que vous donnent, en idée, l'imprécis et le bâtard, on l'aurait, alors, devant l'équivoque, le toc ou le pauvre. Tout à fait comme vous ne pouvez pas vivre dans le penser vague, il est possible que quelqu'un ne puisse pas vivre dans le courage ou la fierté ou l'enthousiasme, ou la curiosité falsifiées. Figurez-vous, Lionardo, que vous soyiez allié à une personne, — mêlé, — qui n'existerait que dans la contrefaçon des idées... que sentiriez vous ! Figurez-vous que vous l'aimiez, — que vous ayez essayé cent fois de l'instruire et que votre dos tourné, elle retourne chaque fois à sa manufacture de vague au cerveau. Est-ce que, à la fin, vous ne la quitteriez pas ?

Lionardo chéri, j'étouffais dans votre vie...

CK.

cinq heures
une dépêche de Paris

[*Dans la marge, première page :*]

J'aimerais que sur chaque chose qui viendra de votre plume, tant que nous nous parlerons, il y ait le secret πρὸς χάριν[1] que je suis seule à entendre.

[*Enveloppe :*]
Monsieur Paul Valéry
40 rue de Villejust
Paris
[*C.p.*] NICE ALPES Mmes/2-12-21

PAUL VALÉRY À THÉRÈSE POZZI

[*Carte-lettre :*]

Paris Samedi [*c.p. 3 décembre 1921*]
40 rue de Villejust

Chère Madame,

Je reçois à la fois une lettre de Vence, et un saucisson de Bergerac.

Il est impossible d'être plus favorisé des dieux, car j'adore le saucisson et je ne déteste pas les lettres de Vence. Il y avait longtemps que je n'avais pas de nouvelles de Madame Catherine, mais enfin la voici qui me décrit son installation, et qui me montre sa Collinette sur une carte illustrée. Le pays doit être charmant. Je lui souhaite toute la tiédeur possible. La sévérité du temps aujourd'hui fait envier les heureuses gens du Sud et me fait trembler pour ma gorge qui demeure infiniment délicate. Je vais, grâce à vous, la traiter par le saucis-

1. Dans *L'Âme et la Danse*, dialogue publié dans le numéro spécial de *La Revue musicale* du 1er décembre 1921 : *Le Ballet au XIXe siècle*, Valéry reprend la dédicace d'*Eupalinos*, parue en septembre 1921 : πρὸς χάριν. Il s'agit d'un jeu de mots qu'on peut interpréter de plusieurs façons : soit « pour Karin », soit « pour la grâce », soit encore « pour l'amour, pour plaire », etc. Sur un exemplaire de la traduction allemande de ce dialogue par Rilke que Valéry offrira à C.P. en 1927, il glosera cette expression ainsi : « ΠΡΟΣ ΧΑΡΙΝ/ pour plaire, de manière à plaire ; quelquefois par complaisance ; pour l'amour de... etc/. ψυχὴ ὁρμῶσα πρός χάριν ψυχήν [une âme disposant une âme à plaire]. Mais la signification authentique et originale est πρὸς χ[άριν] [pour Karin]. »

son, auquel je suis infiniment sensible, et dont je vous remercie le plus sincèrement du monde. Je vous prie de me rappeler au souvenir de Jacques et de recevoir les hommages de ma respectueuse amitié.

Paul Valéry

[*Enveloppe :*]
Madame S. Pozzi
123 Rue de Longchamp
Paris 16^{e}

À PAUL VALÉRY

[*Vence,*] Mardi 6 X^{bre} — [*19*]21

La petite tête que vous dites tenir dans vos mains, Monsieur, elle est penchée sur les énormes mottes de terre, arrachées d'un dos obstiné ; elle regarde les bras d'Athikté[1] tirer un râteau qui ramène mille racines herbeuses. Là, on a semé du gazon dit anglais, hier, et des pensées ; du réséda ; demain, si le soleil veut, tulipes, coquelourdes, verveine.... Soleil, soleil, joie éclatante[2] ! Ici, c'est bien avant la faute d'Adam ; ici, c'est paradis, monsieur.

Non, la villa n'est qu'une « villa » ; elle n'est pas aussi belle qu'une image de décorateur moderne ; pas belle comme les pierres bien mesurées qu'au bord de Giens, Martine de Béhague peint en or. Ce n'est qu'une petite maison bête, avec faïence pour tirer l'œil des dimanches, avec palmiers puisque côte d'azur — est-il rien de plus embarrassé de soi que cet arbre assuré ? — avec petite treille, petit garage, et petit point de vue. Mais la lumière, qui n'est pas dans le bail, change en Besnard[3], le matin, — non, un peu mieux que

1. Athikté, « l'étonnante et l'extrême danseuse » est un personnage de *L'Âme et la Danse* modelé sur C.P.
2. « Soleil, soleil !.... Faute éclatante ! » « Ébauche d'un serpent », *Œuvres*, I, p. 138, v. 21.
3. Albert Besnard (1849-1934), portraitiste mondain, chargé de la décoration de l'Hôtel de Ville à Paris et de la Sorbonne.

Besnard, — en Watteau, vers cinq heures, — non, pas Watteau, je suis idiot, — enfin, met des anges partout, voilà.

un autre acheteur,

Il a peur de la torpédo ! — on/me l'a achetée avant que je ne puisse descendre ; alors, c'est Lalla[1] qui va en envoyer une de Paris, avec son nouveau chauffeur anglais, qui est gris d'argent et plastique attique.

— Je n'écris pas assez ? Mais je travaille, Monsieur ! Je bêche jusqu'à plus soleil ; puis je cherche la théorie des démons dans le mythe grec ; puis je traduis Démosthène pour Claude, puis j'attaque la math..

Et puis, Monsieur, est ce que vous croyez que je suis devant écrire au ne voulant m'en croire [*sic*] ? Je lui écrirai une fois par semaine, — deux fois, — trois fois, — comme à mon meilleur ami ; et ma petite vie coulera sa direction-que-veux-tu, c'est tout, après tout. Avez-vous tordu un peu l'inclinaison de votre agir ? Non, dis. Bon, bien. Ô Lionardo, que je comprends de choses ! Ç'en est effrayant. Que je me résous votre âme, et lui explique, et fais passer son malheur dans l'autre membre de l'égalité ! Je sais le secret de la liberté heureuse, mais vous ne l'avez pas voulu. Si ma jambe danse, c'est un état intellectuel. Mais vous ne l'avez pas cru. Tiens, je parle comme le Testament.

Au revoir, mon harmonique révolté. Envoyez tout ce que vous voudrez sur le système. J'annoterai. Béatrice ? Aussi, quand vous voudrez ; d'ailleurs, tout ce que vous voudrez.

Je trouve que ce qui différencie le rêve de la veille, c'est que celui-ci a une forme fermée, et l'autre une forme ouverte. Comprenez-vous ?

Eh bien, ce matin, brusquement, j'ai conçu que votre vie avait la forme fermée du rêve et j'ai compris tant de choses, que le papier en demeure trop court.

Ce que je pense du mystique absolu, de deux en un ? — Je crois que cela a été la seule volonté de ma vie. Je l'ai tenté. Je l'ai manqué. Cet absolu voulait enfermer l'âme, comme enfermer le corps, l'esprit. Il n'a jamais été possible, — qu'à Sainte Catherine.

K

1. Thérèse Pozzi.

[*Enveloppe :*]
Monsieur Paul Valéry[1]
40 rue de Villejust
Paris

CATHERINE POZZI, *JOURNAL*

Vendredi 9 décembre [*1921*].

Il m'a répondu qu'il y étouffait aussi[2]. (comme si « votre vie » ne signifiait pas là « votre âme »). Pas moyen de répondre mieux que mon petit apologue est illisible à son cerveau. Voyons, voyons ! Il y a des moments où il me fait sentir que je ne sais pas écrire le français.

À CATHERINE POZZI

[*Paris, décembre 1921 ?*]

[*Brouillon sur une feuille volante*[3] *:*]

Si je ne t'ai pas absolument obéi, c'est que je doutais de ton amour — Si je l'avais senti [...] que moi, tu aurais tout obtenu — en effet. Mais tu te retires [...]

1. Au dos de l'enveloppe de la main de Valéry : « Cette lettre + froide : il vous ennuie de m'écrire. » Sur une petite feuille volante : « La lettre la + sèche, même la + blessante où la réprimande accoutumée n'est d'ailleurs pas oubliée faisant sentir qu'il vous ennuie de m'écrire — désintérêt
et que + à ma lettre *écris n'écris pas*
peu m'en chaut. »
2. Dans la lettre à Valéry du 1er décembre : « Lionardo chéri, j'étouffais dans votre vie... »
3. Verso : « Monsieur Roger Allard/à la Nouvelle Revue Française/3, rue de Grenelle/Paris VIe. »

À CATHERINE POZZI

[*Paris,*] Dimanche [*11 décembre 1921*]

Figurez-vous que votre lettre de mardi[1] m'a blessé au plus profond. Je l'ai ressentie comme un persiflage, comme une insulte, — et non seulement jetée contre moi — mais contre Soi. Cette espèce de légèreté à demi calculée — à demi sincère, hélas ! Ces « Monsieur » ce « meilleur ami » à moi qui... et qui ne puis souffrir ces mots, et on le sait. Et surtout la signification de l'ensemble. « Je vous écris — mais il m'ennuie de vous écrire c'est-à-dire qu'il m'ennuie d'être un instant avec vous. C'est par charité que vous avez ces lignes ». « Envoyez-moi ce que vous voudrez — » c'est-à-dire si vous n'envoyez pas, je m'en passerai bien aisément. Voilà ce que j'ai lu. Il faut bien que je me le tienne pour dit. Je n'ai rien reçu qui fût si sec, si injurieux, si exactement dirigé, si négligemment odieux. Je ne veux pas répondre à cette chercheuse d'absolu. Moi, je cherche l'oubli. C'est un exorcisme qu'il me faudrait.

À PAUL VALÉRY

[*Vence, mardi*] 13.12. [*19*]21

J'étais dans la sécurité du correspondant à qui l'on doit une lettre, et je m'aperçois en regardant la date de votre dernière enveloppe que c'est le contraire. Ou bien, nous nous croisâmes. J'augure d'ailleurs que la réponse, qui n'en était pas une, que vous avez reçue le lendemain sans doute après que son train eût passé votre train, ne vous a pas agréé. Vous me redemandez ainsi parfois, mon pauvre yeux clairs, si vous êtes bien toujours moi-même, et ne le redemanderiez pas si justement vous ne saviez qu'entre cette identité parfaite, et

1. Il s'agit de la lettre du 6 décembre.

votre différence, il n'y a que la direction de vos pas. Les pas ! (Je les ai reçus, d'ailleurs[1].)

— Voyez-vous, mon ami, quand après ce silence de 3 semaines j'ai consenti à vous parler, c'est que quelques paroles de vous soudain m'avaient fait espoir. Vous disiez — mais qu'importe ce que vous disiez. Ainsi je vous ai écrit « comme autrefois ». Pour apprendre, d'ailleurs, que l'aversion triste mais résolue avait été (toujours) foucade ou écart de pur-sang, jeu gracieux effrayé d'une ombre. Cela ne fait rien. Je sais bien que vous ne lisez jamais mon français ; cela ne fait rien encore. Vous mettez en si haute musique votre théologie, que la mienne en est inaudible. Enfin, j'essaie pourtant, j'entonne chaque fois mon petit sureau : la dernière fois — non, l'avant, — je chantais qu'on peut être très malheureux dans l'âme non nette, — comme vous le seriez dans l'idée impropre. Pardonnez-moi, c'était un apologue ; il fallait me l'appliquer ; je vois ma vanité.

Ne croyez pas qu'ici j'ironise. Je ne sais plus quelle plume prendre, et il reste que l'ironie ni la tendresse, ni le sérieux si maladroit qui est comme le fond naturel de mon âme, ne valent rien pour être compris. Si vous « étouffiez » dans votre vie, que la vivez-vous ? Lionardo mio, il n'y fallait que très peu de changements pour que j'y respire très heureuse. Je ne vous les demanderai plus.

Je vous écrirai une fois par semaine comme je l'ai promis. Mes jours sont enfin ceux que j'avais choisis, si l'on m'eût fait choisir : voyez l'amicale Clotho[2] ! — Ils renferment des plantes, des racines d'oranger fraîchement bêchées (cela embaume) du grec, de l'algèbre, de la musique, et une dame de quatre vingt ans, qui chausse ses pieds nus de bottines couleur de craie. Nous avons ramassé des olives ensemble hier. J'en ai mordu une. C'est âpre et profond comme le vent d'hiver. Et puis, je ne savais — chez Viel, chez Prunier, chez Plaza, — que des olives vertes. Eh bien, figurez-vous : elles

1. Dans sa lettre du 13 novembre, Valéry a proposé de lui envoyer ce poème. Voir *supra*, p. 211, n. 1.
2. Une des trois Parques, celle qui tient une quenouille et file la destinée de l'homme dès sa naissance.

sont bleues ! Bleu pourpré avec un miroitement d'argent. Cela ne valait-il pas d'habiter Vence ?

Adieu ; soyez heureux.

CK

[*Enveloppe :*]
Monsieur Paul Valéry
40 rue de Villejust
Paris

À CATHERINE POZZI[1]

[*Paris, décembre 1921-janvier 1922*]

Midi

...et de mordre doucement le lobe de l'oreille à laquelle entre les tendres morsures on murmure tout ce que dit à soi-même le grand calme de l'âme et le siècle alcyonien.

... Aimer doit ou ne pas être, ou être aussi simple et aussi privé de commencement et de fin, que le discours du tout petit enfant qui se parle indéfiniment sans paroles. Il fait entendre un enchantement d'être : faites, amantes chéris, — entendre de ces deux l'enchantement d'être un.

... Il est beaucoup plus aisé de descendre aux Enfers que d'aller joindre Eurydice où elle se trouve. Il est beaucoup plus simple d'avoir affaire aux monstres, à un Minotaure, à un Hydre, à des Harpies, que d'avoir contre soi des êtres inoffensifs irréprochables, bien intentionnés, pleins d'égards et de vertus.

1. Écrit au verso d'une carte d'invitation à une exposition de tableaux et de meubles qui a eu lieu entre le 16 décembre 1921 et le 30 janvier 1922 à la Galerie Lucien Vogel, 11, rue Saint-Florentin. Annotation par Valéry de la mention dans cette invitation de « quelques petits meubles féminins » : « *You speak !* [Tu parles !] Je n'en sais qu'un. »

À PAUL VALÉRY

[*Vence, dimanche*] 18 Décembre 1921

Mon chéri — oui, mon chéri —

L'extraordinaire, ordinaire injustice de votre lettre de Jeudi soir[1] vaut mieux que le ton du bonheur léger. Vous avez cru que je l'avais ? Rassure-toi : je suis solidement et tranquillement malheureuse. J'ai un rang de perles ? une Citroën ? du soleil ? — Je n'ai pas un cœur qui me protège, et n'en aurai jamais. J'ai un trou grand comme votre poing au côté gauche. Je ris clair ? Oui, devant un espace de terre pas large, surmonté d'une petite croix, qui ne sera même pas la croix de la sérénité. L'homme à qui j'ai donné tout ce que j'étais passe son temps loin de moi à se faire caresser l'orgueil par des femmes que je méprise. Il n'a pas jugé qu'il valait sa peine de vivre un peu loin d'elles, pour que je sois un peu moins seule, loin de tout.

Vous dites que « vous connaîtrez aussi ce secret, de la liberté heureuse ». Et vous l'appelez l'argent. Ce n'est pas son nom. C'est la santé. Vous êtes attaché trois heures par jour, mon petit frère ; quel est l'homme qui ne besogne pas 3 heures ; fût-ce dans l'ennui ? Le reste du temps, vous avez le monde des idées, et Paris. Ce serait assez pour que je remercie Dieu. Mais voyez : toute mon énergie est là, pour *rien*. J'ai la passion d'apprendre et du travail, et de la découverte. Et je suis à *l'ergastolo*[2]. Cent volumes ne remplacent pas les hommes. On ne crée pas, on n'apprend pas, isolé de la vie du temps. Ce n'est pas Mülhlfeld que j'entends mais ceux qui comptent, par là. Il est vrai que j'ai une puissance de bonheur formidable. Malgré ce que je viens de vous dire, elle me porte. Elle me fait trouver intéressante l'agriculture pour quoi je ne suis pas faite ; et entendre dans le jardin sans voix des appels et des promesses que je prends pour demain, et qui ne sont peut-être que des hiers très passés[3].

1. Elle n'a pas été retrouvée.
2. En italien : en prison.
3. C.P. exprime la même pensée dans *Peau d'âme*, Paris, La Différence, 1990, p. 42.

« Je crois que vous ne savez pas ce que c'est que de faire tous les jours, des choses dont on n'a nulle envie ».... Ô Paul V. ! C'est à moi que l'on écrit cela ! À moi qui vis depuis exactement sept ans des jours dont je n'ai nulle envie ! À moi qui suis faite pour l'effort allègre, pour le travail dans une boutique scientifique, ou l'invention active d'entreprises nouvelles, pour la lutte qui rit, se sentant à niveau, et qui suis ici ! Oui, mon orgueil bien respectable, bien élevé dit et écrit qu'il aurait choisi cette vie. Et vous le croyez ! Et vous répondez d'un petit ton piqué ; et vous retournez à vos dames en admirant mon égoïsme... Évidemment.

Vous me reprochez une lettre douce, puis une lettre qui vous a déplu, parce qu'elle était gaie. Vous demandez ce que vous aviez fait, — pour que la seconde n'ait pas été douce, au lieu de gaie. Vous aviez fait que vous n'aviez rien fait.. que vous m'aviez promis de changer quelque chose à vous même, et que non. Vous aviez fait que vous m'avez fait follement espérer, encore une fois ! et qu'après être revenu dans mes bras, rien dans ce vous qui me peine n'a changé, rien essayé, du si peu qui me serait *du bonheur* — comprenez vous ? — que vous viviez un peu plus seul, un peu moins en pâture à ce pauvre monde ; que vous puissiez honnêtement me le dire.. que je sache que j'ai part à votre tous-les-jours, non pas qu'en esprit, en corps. Hélas, Lionardo, je vous ai appelé d'un nom si beau, j'ai mis un enjeu si divin sur votre tête ; cela valait que vous m'aidiez à le faire gagnant du défi au destin. Vit-on jamais défi plus fol ? En vit-on de plus près de vaincre ?

Écrire une fois par semaine ? Vous répondez : « je n'aime pas les lettres qui ne sont pas comptées. » Et c'est vous même — j'ai les mots là — qui me demandez il y a 8 jours, ou 10, ou 15, — d'écrire une fois par semaine[1]. Ainsi êtes-vous. Que voulez-vous que je pense ? Vous demandez, j'accorde, et vous refusez avec dégoût.

1. Il s'agit d'une lettre de Valéry non retrouvée, partiellement citée par C.P. dans sa lettre du 29 novembre, *supra*, p. 234.

II

Enfin, vous vous étonnez — il me semble le comprendre — que votre gloire ne m'approche pas de.. toi. Vous me prenez pour Mme de Brimont, ou une autre, égale. Non, la gloire ne peut rien pour m'appeler vers quelqu'un, même vers vous. Je suis venue à vous, pas à cause de la gloire. C'est votre pensée, seule, profonde, pareille, qui m'a appelée. Regrettez-le. C'est ainsi. Ce sera toujours ainsi. Mais ai-je, la comprenant et recevant comme pas un être — comme pas une dame au monde, quelque droit d'en recevoir l'exemplaire imprimé ? Dites-moi donc où l'on achète la *Danse*[1] ; car enfin, il est insolent que je sois seule à n'avoir pas vu mon portrait. Je ne renoncerai à vous lire — ô mon pauvre petit, toujours mon pauvre petit — que quand vous m'aurez renoncée.

Il faut que je jette ceci vite, car cela ne mérite pas de partir. Vous lisez donc mes lettres ? Mais en quelle traduction, donc, pour dire toujours que je ne m'explique pas ?

Hélas, — nous n'avons que l'un l'autre. Ne pouvez-vous être sûr de cela, et que cela suffise, et devant ce bien si grand, agir en sorte qu'il domine tous les maux ?

Au revoir. Si long revoir, que cela sonne adieu, — ne pensez pas trop aux plaintes personnelles que j'ai cédé à dire, et dont j'ai regret. Je ne crois pas d'ailleurs qu'elles vous paraissent ce qu'elles sont. Et cela est meilleur. — Sachez que je vais aussi bien que possible, — et que parfois je crois pouvoir refaire assez de corps à ce corps, pour retourner dans une ville, passer d'autres examens et *prendre un métier*. Exactement ce qui vous est odieux, et qui me semble le merveilleux délice. Ô Esprit de mon esprit, si différent de volonté ! Alors, je vous jure que les perles pourront aller au diable. Ce sera ma vie d'Angleterre d'autrefois pour 8 shillings par jour, quand prendre un *hansom*[2] était un luxe coupable et non essayé. Ô mon cher L., comme la semelle battait sur les trottoirs de la ville immense, avec rien dans les poches — mon

1. Elle recevra ce texte le lendemain, 19 décembre.
2. Fiacre.

père m'avait chassée — et les cils au vent ! Pourquoi n'étais-tu pas là, le bras passé à mon bras, vers le British aux marbres vénérables, vers Piccadilly où la foule ardente poussait ces jupes dansant d'espoir ?

CK

[*Enveloppe :*]
Monsieur Paul Valéry
40 rue de Villejust
Paris
[*C.p.*] NICE 19-12-21

À PAUL VALÉRY

[*Vence, vers le 19 décembre 1921*]

[*Au dos d'une photographie du Baou des Blancs qui domine Vence :*]

Eau distillée des herbes de la colline.
Mode d'emploi : imbiber un coton hydrophile et le passer lentement sur le visage après le *shaving*[1]. Ce merveilleux produit assure une jeunesse éternelle.

Copyright by Karin

À PAUL VALÉRY

[*Vence, lundi*] 19. 12. [*19*]21

Je t'ai envoyé de l'eau faite de lavande des collines. J'ai reçu la *Danse*, et lue et lue.

1. Rasage.

Tout ce que tu ne comprends pas, c'est qu'étant la chose la plus précieuse à mon esprit, toi, je hais les complaisances qui te rendent moins différent des autres, je hais les autres qui te mêlent à leur temps insincère. Et je te quitte, par respect pour un diamant que j'adore, dont je ne veux pas savoir qu'il paie la réclame d'une mondaine amie, qu'il est porté par l'âme du coin.

Tout ce qui peut te faire moins unique, m'est en horreur. Et je n'ai rien fait, depuis un an, que protéger la vie de votre dieu ; que le souhaiter maître des pensées qu'aucun homme n'a su prendre ; que lui rendre possibles les actes directs, nets, simples, de ces pensées-là.

Il m'était plus facile de dire adieu que de voir le seul imiter n'importe qui. Vos dames ni vous ne comprenez cette morale sauvage. Car il est ridicule de faire l'amour, comme sa première communion. De là sont venues beaucoup de paroles inutiles ; oubliez-les, Lionardo mio, et ne m'en veuillez plus.

Karin

[*Enveloppe :*]
Monsieur Paul Valéry
40 rue de Villejust
Paris

CATHERINE POZZI, *JOURNAL*

24 décembre [*1921*]. Soir veillée Noël.

Ce matin deux lettres de *Hell, charmantes*, à peine lues... Une dépêche tendre, jetée au feu. Déjà !

Ah, tant pis : j'ai été trop malheureuse. Nouvelle amitié si sérieuse et si simple, ne me quittez pas, restez là[1].

1. C.P. vient de faire la connaissance de Jean Hippolyte Marchand (1882-1940), peintre, graveur et illustrateur, qui lui fait une cour timide. Élève de Cézanne, de Bonnat et de Henri Martin, ayant exposé avec les cubistes de la Section d'or en octobre 1912, il fera des illustrations pour *Le Serpent* de Valéry (Éditions Eos, 1926) et pour *Le Cimetière marin* (La Centaine, 1927).

À PAUL VALÉRY

[*Vence,*] Dimanche 25.12.[*19*]21

Elle était très gentille, la dépêche de Pauline[1], et ses deux lettres aussi. Lalla m'apprend ce matin que vous déjeunez chez elle demain. Vous aurez donc les dernières nouvelles de Vence ; celles du moins que je puis envoyer à la personne du monde à qui j'ai le moins à dire. Il paraît qu'elle vous a convié avec Madame Jeanne Rabier[2] et Cazalis. La première est la plus excellente fille de Paris ; il faut prendre ce terme au propre : l'amour est sa seule occupation. Elle doit le faire assez bien, mais elle y emploie un langage bien usité — je veux dire usagé ; latin *usum*[3], formé sur le participe passé du verbe *uti,* crotte de bique et tra la la. Je vous ai écrit que Vence était un solide malheur, pour qui n'aspirait qu'à se cogner l [*sic*]

Vous voyez cette lampe des lampes, hein juste comme je commence à courir du stylo, elle me fume des saletés, et cela pleut partout. Preuve, il y a des poils noirs comme là où dame montre pas. Mais Vence a donné d'autres choses que le travail, la gloire ou le plaisir ; et je commence d'être prise par ses ciels d'or argenté, son air pur et son silence heureux. Il y a une Anglaise agréable, que je puis voir et qui me prête les revues de là-bas ; Mme Jacquemaire (Clemenceau[4]), est à l'Hôtel en bas de ma colline ; Mme de Clermont Tonnerre m'envoie un ami de Gladys[5] ; ainsi Paris, Oxford et Londres me rejoignent soudain, et posent sur ma table les accidents d'amis que je croyais avoir perdus et de pays à quoi je ne pensais pas. Que cette phrase est bien. Et c'est exactement la lettre que vous ne vouliez pas rece-

1. Valéry.
2. Amie de jeunesse de C.P. et d'Édouard Bourdet.
3. Commerce charnel.
4. Mme Numa Jacquemaire, fille de Georges Clemenceau, née en 1870.
5. L'ami en question est le peintre Jean Marchand. Gladys est la duchesse de Marlborough, sœur aînée d'Audrey Deacon, jeune Américaine dont C.P. a été amoureuse en 1903.

voir. L'autre... la lettre que vous avez si souvent reçue, je ne peux plus l'écrire, et cela ne veut pas dire que je vous veuille quitter — vous savez bien qu'on ne quitte pas son cerveau. Voulez-vous de moi comme *ceci*, pour longtemps, pour toujours — oui, l'autre Noël. Alors, je croyais encore que vous pourriez avoir — être — non, je ne veux plus le dire. Mon ami chéri, je ne vous reproche plus rien, — il y a au moins un jour où j'ai dit cela tout net clair dru vrai, le 27 Juillet[1], voyez, je m'en souviens ! tant suis bête, qu'ai pu marquer caillou blanc la lettre qui disait ce qu'elle voulait dire. — Et maintenant, quand je recevrai des dessins comme celui-ci, il faudra que je les brûle[2].

Mais parlez-moi de votre travail : c'est le monde où nous sommes indissolubles, et le seul où vous ne m'ayez pas blessée. Là, je veux être, et rester, et ne jamais quitter le front pensif que follement je comprends et j'écoute.

Karin

[*Enveloppe :*]
Monsieur Paul Valéry
40 rue de Villejust
Paris
[*C.p.*]/VENCE/ALPES Mmes/27-12-21

1. Cette lettre n'a pas été retrouvée.

2. Ayant réussi à rendre amoureux Jean Marchand, C.P. écrit dans son *Journal*, le 24 décembre 1921 : « [...] faudra-t-il retomber enchaînée à cet autre, à cet étincelant autre, qui m'envoie des dessins d'embrassements et des mots pires d'ardeur que l'emmêlement de ses figures nues, qui vit en moi comme si j'étais du haschish, et cependant vit dans les tâches que je n'aurais jamais acceptées, vit allié au plus vomissable Paris ? »

À PAUL VALÉRY

[*Vence, lundi*] 26.12. [*19*]21

Ce que j'ai pensé de la *Danse* ? que c'était admirable. Non, il ne faut rien en retrancher. Y ajouter au contraire[1]. Il y a un passage sur l'acte qui m'a bien fait croire que vous alliez me conduire à du Karin.. mais le Karin, en vous, infuse encore[2]. La cuvée n'en sera versée aux hommes que dans cent ans. N'est-ce pas, mon cher cerveau ?

— Dans une lettre d'avant, vous parliez d'un dialogue sur Dieu. Si je l'attends, celui-là[3] !

Vous ne savez pas que je suis théologisant avec délice. Un curé, d'ailleurs ignare, m'a ouvert la bibliothèque de la sacristie, où il y a l'*Encyclopédie théologique* de Migne[4]. Vous voyez si je me suis jetée dessus. Comme alouette sur blé. Le curé en était tout attendri. Et puis, j'ai cherché les *Stromates.* Le curé ne savait pas trop bien ce que c'était ; une maladie peut-être. Mais ils n'ont Clément ni Gène ni Phi-phi aux rites et histoires d'or[5]. Le seul Migne suffit à quelques mois d'ailleurs. Chaque volume est beaucoup plus gros que mon

1. « J'ai eu des ennuis avec ce dialogue trop long, trop court. Il a fallu des retouches qui le rendent idiot. Je le reprendrai et le republierai à part. » Lettre à C.P. du 20 novembre 1921, voir *supra* p. 217.

2. Peut-être pense-t-elle à ce passage :

Socrate

« [...] Et le corps qui est ce qu'il est, le voici qu'il ne peut plus se contenir dans l'étendue ! [...] Il veut jouer à l'universalité de l'âme ! Il veut remédier à son identité par le nombre de ses actes ! Étant chose, il éclate en événements ! Le voici enfin dans cet état comparable à la flamme, au milieu des échanges les plus actifs... On ne peut plus parler de "mouvement"... On ne distingue plus ses actes d'avec ses membres... » *Œuvres*, II, pp. 170-172.

3. Depuis longtemps, Valéry songe à écrire un tel ouvrage sans jamais y parvenir. Voir, à ce sujet, Paul Gifford, *Paul Valéry : le dialogue des choses divines* (Corti, 1989).

4. Jacques-Paul Migne, *Encyclopédie théologique ou série de dictionnaires sur toutes les parties de la science religieuse* (Petit-Montrouge, l'éditeur, rue d'Amboise, 1849).

5. C.P. plaisante sur les noms de deux Pères de l'Église. Clément d'Alexandrie (150-215) est l'auteur des *Stromates* et le maître d'Origène (« Gène ») (185-254), auteur de nombreux traités théologiques. « Phi-phi » désigne saint Théophile, évêque d'Antioche vers 168, auteur de *Trois livres à Autolycus.*

petit derrière. Ceci n'est pas une coquetterie mais la vérité. Vous ne rêvez pas le nombre de renseignements archéologiques que j'extrais. Vous en verdiriez, vous en pousseriez des rameaux jusqu'au ciel d'enfer, ô arbre du mal.

Au revoir. Il fait un froid paisible et sans vent, qu'un froid soleil arrose d'argent. Je suis allant voir Jacquemaire, qui dit de la baronne de Pierrebourg : « quelle femme remarquable ! et si touchante ! » Ceci, pour que vous la situiez. Comment tu écris ça ? Au revoir. J'attends l'auto. J'attends aussi un vieil ami que je fous au salon pour qu'il n'entende pas mes discours du matin à soi-même.

Puis-je vous demander de présenter mes compliments à votre ami Madame Jeanne Mühlpilate ? Faites, mon ami. Je n'ai rien reçu, mais on connaît Colin[1] dans le patelin.

Je vous aime bien de l'intelligence, vous savez, à part tout ; et je promets, promets, promets, d'être bien gentil dans tout l'avenir. Savez-vous pourquoi ? C'est que je n'ai gardé que ton nous. Je veux dire νους[2] — enfin, la nounou de mon pense-à-tout. Dieu qu'elle est bête, qu'elle est bête, cette fille.

Et la Personne — Le Pénate — voir *Introduction à la Méthode de Léonard de Vinci* qu'aille où veuille. Plus je ne le tire. Plus ne l'appelle. Plus supplie : ô pénate, sois fier ! — C'est tout à fait sérieux, le pénate je lui ai lâché licol. Ainsi commence 1922 vers la longanime liberté. Au revoir, mon cher presque pareil.

C

[*Enveloppe :*]
Monsieur Paul Valéry
40 rue de Villejust
Paris

1. La Collinette.
2. Esprit.

CATHERINE POZZI, *JOURNAL*

26 décembre [*1921*].

Soir. Quand un homme vous dit : « Je vous ai parlé toute la nuit et maintenant, je n'ai plus rien à vous dire... », qu'est-ce que ça veut dire ? Il était là[1] quand est entré le paquet de Martine[2]. Des mouchoirs de fée. Dedans, la carte de mon amant.

À PAUL VALÉRY

[*Télégramme* :]

[*Vence, mardi c.p. 27 décembre 1921*]

DE VENCE 466 9 27 10^{h} 10
AFFECTUEUSEMENT MERCI[3] = CATHERINE

[*Adresse* :]
PAUL VALÉRY
40 R. VILLEJUST
PARIS

À PAUL VALÉRY

[*Vence, mardi c.p. 27 décembre 1921*[4]]

Je n'ai que 4 minutes pour remercier de ces merveilles. Je voudrais le faire avec tout le plaisir que j'en ai, et avec l'at-

1. Jean Marchand.
2. Valéry semble avoir choisi ce cadeau de Noël, destiné à C.P., chez leur amie commune, Martine de Béhague. Voir *infra* les lettres de C.P. du 27 et du 29 décembre 1921.
3. C.P. vient de recevoir un cadeau de Noël envoyé par Valéry, les « mouchoirs de fée » dont il est question dans son *Journal* du 26 décembre.
4. Note rétrospective de C.P. sur l'enveloppe : « Noël 21 ».

tendrissement que l'image d'un Lionardo timide, maniant de la soie chez Martine, me donne.

Mon cher petit grand ami, ces fleurs de tissu le plus fin gaies douces et douces comme une caresse promise, je les regarde, les touche, et ne veux savoir rien, que la grâce de leur envoi.

[*Sans signature*]

[*Enveloppe :*]
Monsieur Paul Valéry
40 rue de Villejust
Paris

À PAUL VALÉRY

[*Vence, jeudi*] 29.12. [*19*] 21

Mon ennemi, chéri,

Ce papier vous arrive pour le dernier jour d'une année que nous avons toute passée, mêlés ensemble dieu sait comme par les secrets absolus de l'âme, qui ne font pas généralement partie des offrandes de l'amour. Que de fois ce partage fut brisé, vous savez. Et, il y a peu de jours, je pensais qu'il est brisé pour ne plus être. Mais je ne le sais pas. Mais, ô vous absent dont les heures me blessent chaque heure, je ne le sais pas. Quand votre cadeau, ces six petites folies vertes et bleues, je l'ai trouvé sur ma table avant-hier, la tristesse de cette caresse de soie au moment même que je désespérais de notre alliance, m'a empêchée de parler. Au moment même que j'étais partie sur un autre chemin ; mais ce chemin n'est pas le mien, je l'avoue ; et je suis arrêtée moitié déçue, moitié morte de rire, au bout de cent pas.

Et je crois que je vais recommencer à travailler. La théologie ne valant rien à l'amitié qu'on a pour le ciel, nous remangeons des sciences. Et comment ? En installant à Colin ville[1] la TSF. La journée d'hier s'est passée à apprendre

1. C'est-à-dire à La Collinette.

Morse — (notre détecteur étant à cristaux, avec le téléphone, vous savez.) Peut-être que je comprendrai l'heure d'Eiffel dans quelques jours[1].

L'auto part le 1er ! à vide. Il ne s'est pas trouvé une Cotte[2] pour monter dedans ; malgré que délicieusement elle m'écrit et que nous nous aimions bien.

Tenez :

« À travers toute l'algèbre
« Karin piaffe ainsi qu'un zèbre.
« D'ailleurs bien mieux qu'un je t'aime
« Doit satisfaire un problème —
« Le chiffre vaut un cœur... ô !
« Le cœur, si souvent zéro ! »

J'ai copié.

Lionardo, mio, entendez ma voix en ce moment. Savez-vous que les Romains se congratulaient, cadeautaient en l'honneur du dieu Janus et de la déesse Strenna[3] — dont direct vient l'illumination *a giorno* des Galeries et du Bon Marché. Mais moi, je ne suis qu'avec ce qui fut ma peine, ma grande terreur, mon pire danger, et tout mon espoir. Et je demeure un peu dans vos bras, entre demain et le passé.

CK

[*Enveloppe* :]
Monsieur Paul Valéry
40 rue de Villejust
Paris

1. En 1921, une antenne installée sur la tour Eiffel a diffusé la première émission de radio publique d'Europe.
2. Marie de Régnier.
3. Janus, dieu à deux faces, ouvre et ferme l'année. Strenna est la déesse de l'Activité et du Travail.

À CATHERINE POZZI

[*Brouillon :*]

[*Paris, vers samedi 31 décembre 1921*]

Ne pas avoir de vous le moindre mot, le moindre signe pour le Noël, ceci m'a été encore bien pénible. Mais toutefois je m'accoutume, vous le voyez, non seulement à recevoir de vous de rares et insuffisantes paroles, mais moi-même à vous écrire, et à désirer vous écrire, moins fréquemment, moins follement. Quand l'idée m'en vient, elle réveille maintenant celle du long délai de la réponse, assez long pour n'être plus une réponse ; et puis...

J'attends vos lettres, je les attends toujours. Je les crains aussi. D'autre part, je sens bien que vous n'attendez pas les miennes, et qu'elles seront lues dans un esprit si différent de celui qui les écrit, ou du moins si difficile à prévoir, que celui-ci en est découragé, paralysé.

Hier encore, je fus pourtant sur le point de m'engager dans une longue lettre — d'idées. Mais à peine ce feu allumé, il éclaira un visage d'expression indifférente à ces miennes idées. Vous en eûtes jadis une curiosité passionnée, qui est tombée ; — vous ne me parlez plus de ce qui nous unissait si intimement. Vous ne demandez plus. Ce serait, de ma part, une immense prétention que de vous le reprocher. L'intérêt ne se commande pas. Ni l'amour. Ni rien de suprême. Ce sont des besoins d'une nature très particulière. — Alors je n'ai pas écrit une lettre ni aucune lettre.

Je me cherche un goût, une passion pour quelque chose. Il s'agit de ne pas dépérir de langueur et de regrets inutiles. Et je ne trouve rien. Hélas, j'ai goûté à l'être vivant. Le fauve, élevé au maïs, un jour a goûté à la chair. C'en est fait, il est changé en lui-même. Il n'est plus bon qu'à tuer et à être tué. J'ai goûté à l'être, à l'autrui, à l'âme d'autrui, et à sa tendresse et à son corps. Plus bon qu'à aimer et être aimé. Rien ne m'est plus. Tu as beau chercher. L'on peut se distraire, mais ce n'est que l'écart de la corde tendue. Et même on ne peut pas se distraire. Mais enfin il faut faire comme si.

Le se comprendre et le ne pas se comprendre, si intimement mêlés, c'est là une « réalisation » atroce et qui manque aux Enfers. Je l'y mettrais volontiers, car il y aurait une belle chose à écrire sur les véritables Enfers, qui sont en nous. Être le Dante de ces supplices mystérieux. Mais notre temps n'est pas fait pour ces lectures. Il a l'auto et les stupéfiants et les danses... Que lui font les Enfers ?

À CATHERINE POZZI

[*Paris, samedi 31 décembre 1921*]

Ne pas avoir le moindre mot, le moindre signe pour le Noël, ceci me fut encore bien pénible. Puis vinrent deux lettres, où vous n'avez pas pu vous empêcher de remettre ce qui me fait le plus de mal. Elles étaient gentilles et empoisonnées ; et vous le saviez, et vous le disiez vous-même, d'ailleurs, — κακῶς ἔκουσα[1].

J'ai souffert. J'ai réfléchi un peu plus ce que j'ai tant réfléchi déjà. J'ai pris un peu de ma liqueur glacée. Si glacée qu'elle soit, elle n'arrête pas assez le cœur. Que faire ? — Ce qu'il y a de terrible, c'est que l'esprit, le cœur, la chair, sont plus liés chez moi que chez tout autre. Vous pouvez le savoir. Vous le devineriez sans me connaître, aux expressions que j'emploie, ou que j'invente. Cette liaison étroite est moi-même, et elle vous admet, hélas ! (Celui qui sépare naïvement ces énergies, est ce que j'appelle « un professeur ». Celui qui les brouille n'est qu'un « amateur ». Je suis autre. Il me faut mes trois « dimensions »).

Voilà ce qui me rend si amère à penser, si difficile à obtenir de moi, cette division que vous m'offrez. Je voudrais l'accepter ; je vous aime tant, ou du moins je vous aimerais tant, que pour retenir quelque chose de vous, je me ferais une raison, si mon être l'acceptait — Il faudrait donc vous aimer

1. Littéralement : [je suis] allant mal. C.P. emploie cette construction grecque insolite en français : « je suis allant me coucher » (lettre du 20 mai 1921).

beaucoup moins ? Il y a une autre difficulté qui se déduit du même principe. Je ne sais communier en esprit, si ce n'est dans l'abandon complet, et dans cette confiance amoureuse que je rêvais. La tendresse dans la profondeur, et celle de la profondeur ; la profondeur de la tendresse — voilà mes possibles perdus et qui me gâtent par avance toute autre forme de nos relations.

Il me semble que je n'ai rien à vous dire si l'amour n'est pas présent. Mon esprit se dessèche et mon langage se tarit. Je m'accoutume, vous voyez, à vous écrire et à désirer vous écrire, moins fréquemment, moins follement. J'attends vos lettres, je les attendrai toujours. Je les crains aussi. Et je sens bien aussi que vous, vous n'attendez guère les miennes, et qu'elles seront lues dans un esprit si différent de celui qui les écrit, que celui-ci en est paralysé, défait. — Je me vois assis sur des ruines d'un temple inachevé. L'autre jour, je fus pourtant sur le point de m'engager dans une lettre d'idées. Mais à peine ce feu allumé, il éclaira un visage d'expression si indifférente, si autre que mon cher visage, que je n'ai pas pu aller de l'avant.

Le *se comprendre* et le *ne pas se comprendre*, si intimement mêlés, c'est là une réalité atroce et qui manque aux Enfers. (Je l'y mettrais, car il y aurait une belle chose à écrire, sur les véritables enfers qui sont en nous. Être le Dante de ces supplices mystérieux. Mais notre temps n'est pas fait pour ces lectures. Il a l'auto et les danses — que lui font les Enfers ?)

Sagesse, soit ! Après tout, vous avez raison, quoique vous eussiez pu me prêcher cette raison avec un peu plus de douceur. La douceur n'est pas votre fort, mon amie. Prenez-le comme un compliment ! Donc Sagesse. C'est vrai. Nous avons peu d'espoir de nous revoir avant bien longtemps. Vence est bien loin, et de jour en jour, vous vous y ferez une vie plus attachée, et plus aimable. L'oubli est plus aisé sous un beau ciel et dans une existence non trop agitée. Ici, chaque va et vient me parle de mon absente. Quand vous décrétez la fin des tendresses, vous ne songez qu'à vous, naturellement — et ce qui vous pèse si peu, doit me paraître léger, pensez-vous innocemment…

Ma bonne amie, c'est le temps des souhaits. Je ne vois qu'une chose à souhaiter pour vous, et tout mon cœur vous la souhaite. Fortifiez-vous. Remettez votre corps. Adieu, cher corps, sois heureux. À moi je me souhaite de retrouver la paix de l'âme et le gouvernement de mon esprit. N'avoir plus cette horreur de me sentir tout seul dans mon cœur, où vous avez habité.

L.

À PAUL VALÉRY

[*Vence, dimanche*] 1er janvier 1922

Près de l'intelligence de mon intelligence, d'où vint toute peine, mais que je ne quitterai jamais
que le Dieu qui est toute pureté, plus limpide que le ciel sur ces montagnes,
rapproche votre cœur de sa transparence, et le fasse semblable à votre esprit : que celui-là ne sache plus battre, où celui-ci ne sait plus penser.

Karin

[*Enveloppe :*]
Monsieur Paul Valéry
40 rue de Villejust
Paris

À PAUL VALÉRY

[*Vence, mercredi*] 4 Janvier 1922

Lionardo, il faut vous répondre.

Il faut répondre à ces deux lettres, si courtes, si absolues, qui disent tout et ne laissent rien à dire. Qui, les premiers jours de l'année recommençante, m'assurent de ce présent que vous m'avez fait pour toujours. Ce n'est pas un présent, c'est ce que j'ai connu avec moi-même. Il faut écrire pour la millième fois, la millième lettre qui dise : ô vous si pareil à mon tout, il n'a tenu qu'à vous que je me sépare. Vos mots sont beaux, mon esprit. Trop beaux. Je dois appeler mon malheur de mots beaucoup plus pauvres.

Je vous ai quitté, parce que vous viviez avec Madame Mühlfeld. Je ne crains pas d'écrire ce nom, pour la dernière fois. Quand vous m'avez dit adieu, devant le taxi devant l'Hôtel illuminé pour le soir, j'étais désespérée. Je m'en allais à l'absence, au néant ; peut-être à la maladie, à ma fin. Toutes ces choses, vous les avez pesées un instant ; et de l'autre côté, il y avait le poids de vos obligations de l'instant, ce que vous avez appelé tout de suite : mon horaire ; = un dîner, un chemin de la gare de l'Est à l'Étoile. La masse de l'horaire l'emporta. Quelle physique ! — L'horaire immense parut et nous dévora tous les deux. Je suis partie, aussi petite qu'une poussière, et bien plus petit en moi, mon désespoir. Croyez-vous que je réédite un reproche ? Non. Je vous ai pardonné cette heure-là aussi. Mais j'ai compris beaucoup de choses ; et tout.

Depuis un an, j'ai, pour que vous vous dépreniez de cette femme dégoûtante, j'ai prié ; pleuré ; — donné, aimé. Rien ne fut rien ; vous m'avez remerciée par des paroles divines, vous n'avez rien changé. Mon bonheur n'a pas pesé plus, contre votre horaire — (car votre seule excuse, si l'on veut la croire, c'est que vous avez « l'habitude » de cette drogue du sentiment,) — que mon désespoir, dans le taxi du voyageur.

J'avais prié sans être crue. J'ai fini par secouer mon cœur de ces soucis, par figurativement faire le geste du chien hors de l'eau, quand, hors de cette année d'eaux amères et de prières inutiles, je me suis trouvée ici. Alors, j'ai tâché d'être brave. J'ai ri. Je vous ai écrit en riant. Il semble que cela vous ait beaucoup déplu. Lionardo, il arrive qu'un jour, on doive désirer de vivre. C'est long, un an, tête contre un mur.

Pour que nous soyions l'unique ; j'ai mis en vous passé, présent, et promis l'avenir. Cela n'a servi à rien. J'ai conquis votre confiance. Pas votre volonté. Vous dites que vous ne pouvez pas séparer l'esprit, du cœur ; que partager avec moi toute idée, c'est partager toute tendresse. Mais moi, je ne peux pas séparer le cœur, du corps. Partager toute tendresse m'est impossible, parce que votre vie me fait horreur.

Le 1er jour de l'an, je vous ai écrit que ma pensée ne vous quitterait jamais. Elle ne vous quittera jamais. Hélas, il suffira qu'elle soit... Tant que vous voudrez me parler, je répondrai. Mais vous revoir, je ne sais pas. Il y a, qu'un autre me dit[1], et que j'accepte, ce que je ne pouvais entendre sans péché que de vous seul. N'ayez point peur que je lui appartienne. Je ne le peux pas. Mais on permet des chansons insensées, à calmer les larmes des chagrins d'enfant. Et les peines que vous m'avez données sont bien aussi folles.

K

[*Enveloppe*[2] :]
Monsieur Paul Valéry
40 rue de Villejust
à Paris

À CATHERINE POZZI

[*Brouillon écrit sur une annonce de l'Énergie Électrique du Nord de France*]

[*Paris, vers vendredi 6 janvier 1922*]

[*Recto :*]

C'est amusant de conquérir — Etc. Vous avez gagné le Monsieur et moi, vous m'avez perdu. Comment avez-vous pensé que je réagirais ? Il s'agissait bien de faire du mal.

1. Jean Marchand.
2. Au dos de l'enveloppe, au crayon bleu, de la main de C. P : *Tis pity she is a w[hore]*. Elle cite le titre de la tragédie de John Ford (1626) *Tis Pity She's a Whore* [Dommage qu'elle soit une putain].

[*Verso :*]

En somme,
aucune espèce d'espoir.
Entre toi et vous, cet incident si grave pour moi.
(Quoi qu'il arrive, quelqu'un pourra se vanter de)
ignoble du flirt
Rien à attendre de vous. Puisque c'est là la théorie de toutes vos lettres. Assez de ce dialogue inégal.
Pas même bonté, n'est-ce pas ?
En fait d'idées — vous avez trahi. Vous passez au camp du Génie. D'ailleurs peu de constance.

—

Ou en finir ; ou, garanties

—

Tous vos reproches ne peuvent pas atteindre ni ma sincérité, ni mon cœur, ni mon orgueil.

—

Cet errement est très grave, d'autant que vous l'avez présenté à moi comme dirigé contre moi, — acte opposé à mes paroles du 31 X^e^ et 1er janvier[1] – les annulant.
Il y a, disiez-vous que quelque
Il faut que ces paroles soient effacées. Et effacées par les faits. Ou bien vous reconnaîtrez ma volonté — ~~ou bien~~ et je *compte sur vous.* Ou bien vous confessez que

Dans ces *conditions* — je ne puis pas moi, considérer ce jeu comme nul ; j'en souffre encore.
et je vous dis ceci. Choisissez. Voulez-vous que nous soyons ensemble ?

1. Valéry renvoie à sa lettre du 31 décembre 1921, *supra* p. 261. Quant à celle du 1er janvier 1922, elle n'a pas été retrouvée.

À PAUL VALÉRY

[*Vence, vendredi*] 6.1. [*19*]22

J'ai voulu travailler pour vous toute une journée, la journée précisément où vous avez pensé que je vous quittais. C'est tout. Je ne suis pas sortie. Ceci ne vient pas de Migne. Migne est un théologien, et un historien de rites catholiques seuls[1]. Ceci vient de mon travail à moi. Du temps où, ne vous connaissant pas, je travaillais pour vous. Me payer, PV ?... Ainsi : quand l'on vous dira du bien de ce dialogue, répondez incidemment : les notes et les textes d'archéologie m'ont été donnés par Karin. C'est le seul paiement qui vous sera désagréable. Mettez que je n'ai rien dit.

L'auto est arrivée. Je suis devant me casser la tête. Ne soyez pas δαίμων[2]. Soyez heureux en [*sic*] Zürich.

Au revoir, mon cher pareil.

[*Sans signature*]

Sur Δαίμων[3]

Note philologique — Historique — Epistémologique —

Physiologique — Psychologique — Théologique et mythologique

Par Crotte de bique

Ire question. Étymologique.

1. Il s'agit de l'abbé Jacques Paul Migne (1800-1875), éditeur de plus de mille volumes portant sur des sujets ecclésiastiques, et notamment de la *Patrologie latine* et de la *Patrologie grecque.*
2. Démon.
3. Sur [le mot grec] Démon.

Le dictionnaire Alexandre, Paris Hachette 1868, donne en effet l'étymologie que vous proposez. Elle est fantaisiste. Δαίμων ne doit rien à διδάσκω[1], pas plus qu'à δαίεσθαι[2]. Pour la première de ces explications, elle aurait l'autorité de Platon, ou peu s'en faut. Car il donne pour origine du mot Δαίμων, celui de δαήμων[3], qui vient *peut-être* lui-même de διδάσκω[4]. « La raison qui les a fait appeler "démons", c'est qu'ils étaient sages et intelligents » : ὅτι φρόνιμοι καύ δαήμονες ἦσαν « δαίμ–νας » αὐτοὺς ὠνόμασεν : (Cratyle[5].)

Curtius (*Principes d'étymologie*[6]) traite assez rudement et assez justement Platon philologue, pour qu'il soit prudent de vous en défier. Selon lui, Δαίμων vient du radical διϝ — vous savez que ce radical signifie « brillant » —

Benfey (*Griechisches Wurzellexicon*[7]) croit que la syllabe μων reproduit le suffixe man ; je trouve ceci en note d'un autre ouvrage et vous le donne tel quel, mais sans raisons.

Διϝ = Déva sanscrit, daëva zend, daïvas indo-iranien, δαίμων, divus.

Il faut ajouter pourtant une autre interprétation possible. Proclus (in Platon, *Cratyle*[8]) dit que les anciens grecs disaient « δάμων ») voir à ce sujet Preller[9] et Naegelsbach[10] — Mais le *Rig-veda* 1) et le *Zend Avesta* 2) ont *Δamoûnas* 1), nom d'Indra[11] et d'Agni[12], et *Dahman* 2), pour un *Ized* ou bon génie. Je puis vous donner les versets.

1. Enseigner.
2. « Partager, déchirer » ou bien « allumer, faire brûler, faire briller ».
3. Savant, habile.
4. Enseigner.
5. Platon, *Cratyle*, 398 b.
6. Georg Curtius, *Grundzüge der griechischen Etymologie*, 2 vol. (Leipzig, B. G. Teubner, 1858-1868).
7. Theodor Benfey *Griechisches Wurzellexicon*, 2 vol. (Berlin, G. Reimer, 1839-1842).
8. La référence n'est pas le *Cratyle* de Platon mais le commentaire qu'en fait le philosophe Proclus : *Commentaires sur le* Cratyle *de Platon*, 131.
9. Ludwig Preller, *Griechische Mythologie*, 2 vol. (Leipzig, Weidmann, 1860-1861).
10. Carl-Friedrich von Nägelsbach, *Homerische Theologie* (Nürnberg, C. Geiger, 1884).
11. Divinité védique qui incarne la puissance mâle.
12. Divinité védique du feu sacrificiel.

IIe question. Époque. Auteurs.

Δαίμων est déjà dans Homère. Il n'y a pas tout à fait le sens de θεός. Hild[1] a tenté de prouver que les passages où la divinité s'appelait δαίμων (très rarement au pluriel) enfermant une tout autre idée religieuse, celle d'une cause plus transcendante (si l'on peut dire) que le θεός même, et plus mystérieuse. Peut-être le vestige d'une religion anté-Homérique. Je laisse ceci à vos rêves.

historique textes suite

Voir sur ceci Lehrs[2] (*Dæmon und Tyche*). Mais voulez-vous les textes particuliers, *Iliade, Odyssée* ? Voyez comme Agamemnon (*Iliade*, XIX,) faisant un serment « πρὸς δαίμονος » semble bien plus prendre à témoin un pouvoir « fatal » et indéfini, que la claire divinité.

Hild remarque que *numen*[3] est à *deus*, comme δαίμων à θεός. Je trouve cette remarque excessivement intelligente, pour un philologue. Dois-je insister, avez-vous assez ? Je puis vous écrire cent pages ; mais c'est un travail sérieux ; je ne voudrais pas le faire si vous n'en avez absolument besoin. Voulez-vous seulement une bibliographie ?

Rohde (« *Psyche*[4] », ouvrage capital) analyse très précisément la différence qu'il y a, sur Δαίμονες, entre les idées d'Homère et celles d'Hésiode. Vous savez qu'Hésiode est post-homérique ; il représente pourtant certainement un moment plus ancien. Raison : c'est un Béotien, un homme des terres, un « provincial ».

1. Joseph-Antoine Hild, *Études de religion et de littérature anciennes. IV, Les idées pessimistes chez Homère et Hésiode* (Poitiers, impr. Millet, Descoust et Pain, 1888).
2. Karl Lehrs, « Dämon und Tyche », *Populäre Aufsätze aus dem Alterthum, vorzugsweise zur Ethik und Religion der Griechen* (Leipzig, B. G. Teubner, 1856), pp. 151-174.
3. Puissance divine.
4. Erwin Rohde, *Psyche, Seelencult und Unsterblichkeitsglaube der Griechen* (Freiburg i. B., P. Siebeck, 1894).

Homère ne connaît pas d'existence personnelle après la mort. (Ménélas est une exception, et pour quelle étrange raison !) (Le voilà bien, le cocu magnifique !) Sauf lui, et Tirésias, qui « sent encore », rien de plus rien que ces gens de l'Erèbe[1], σκιαί[2]....... Pour Homère, l'existence — *l'être* — est vraiment impossible sans corps. Hésiode au contraire, admet absolument la vie à l'état d'esprit. Il me semble qu'il est vraiment l'ancêtre de notre psychologie religieuse. Attention ! Je siffle au disque. Opinion Karin. Et ses δαίμονες — sont tout simplement des hommes ; *die in ein höheres Dasein eingetreten sind*[3], ajoute Rohde. Ce sont, si vous voulez, des chrétiens de l'Église triomphante. Mais il n'y a que les humains de l'âge d'or et de l'âge d'argent, qui aient ce nom, cette place, ce sort-là.

Δαίμων — dans le sens actuel = génie, date probablement des temps orphiques. Notez le démon Acratos, (= le vin pur) du cortège de Dionysos[4] (Prière ne pas écrire Dyonisos, comme tous nos grands lettrés), s'appelait ἀγαθός δαίμων[5]. Tous les « λύσιοι[6] », qui détournent, délivrent du mal — καθάρσιοι, ἁγνῖται[7], etc. vous entendez ces épithètes favorables qui sont attribuées aux démons mineurs des mystères. Des textes, il y en a trop ici. Je vous renvoie à l'immense *Aglaophamus* de Lobeck[8], qui contient tout, et sans lequel (malgré que cela date de 20 ans et plus) aucun érudit ne s'aventure. Vous trouverez à la Nationale, et ne le regretterez pas. — Quels rôles ? demandez-vous. Ici, — entremetteurs ; ministres. Démons = saints, avec puissance magique plus précise. Le démon orphique peut, de lui-même, ce que le saint peut, par réflexion[9].

1. Un lieu aux enfers. Ce qui est dit ici de Ménélas ne correspond pas à ce qui se lit dans l'*Odyssée* : au moment où se déroule l'action, Ménélas est vivant, chez lui, dans son palais, avec Hélène, redevenue sa femme.
2. Ombres.
3. Qui sont entrés dans un mode d'existence supérieur.
4. Dieu du Vin, dans le culte orphique, fils de Zeus et de Perséphone.
5. Bon génie.
6. Libérateurs.
7. Purificateurs, sanctificateurs.
8. Christian August Lobeck, *Aglaophamus, sive de Theologiae mysticae Graecorum causis libri tres*, 2 vol. (Regimontii Prussorum, sumptibus fratrum Borntraeger, 1829).
9. Note de C.P. : « Je n'ai vraiment pas la place de vous citer Platon, trop facile à consulter. Relisez le *Phèdre, Phédon, Gorgias.* — »

IIIe question

— Et c'est là qu'il faut considérer un passage passionnément intéressant d'idée à idée. À quel moment le δαίμων, de puissance divine, devient-il puissance funeste ? Thibaudet[1], qui sait tout, le sait-il ?

Textes φαῦλοι δαίμονες[2]

Premier texte, Isocrate[3] (5,116,117)

Stobée cite Zaleucus[4] (*Sententiae*, 279 éd. Gesner[5])

Élien[6] *(Aeliani, Varia Historia* VIII, 18) cite Charondas[7] (peut-être apocryphes, suivant Naegelsbach *Die Nachhomerische Theologie des griechischen*[8], p. 115, note).

Phocylide[9] (in Clément d'Alexandrie, *Stromates*, V, 725 éd. Potter[10]) dont je vous copierai si nécessaire, extrait. C'est le passage le plus net, dans lequel démon soit pris avec épithète défavorable, avant les alexandrins.

À titre de curiosité, sachez que la première représentation artistique d'un démon funeste est de Polygnote[11] (= le démon Eurynomos, décomposition par la mort).

— Je crois que vous avez rencontré déjà Alastor — le démon de la vendetta, le « démon de famille » des grands tra-

1. Albert Thibaudet (1874-1936), professeur de littérature française à l'université de Genève, critique littéraire, proche de *La N.R.F.*
2. Génies malfaisants.
3. Isocrate (436-338), orateur grec, auditeur de Socrate.
4. Roi de la Locride, région de la Grèce centrale.
5. Conrad Gesner (1516-1565) : *Epitome Joannis Stobaei sententiarum, sive locorum communium ex graecis autoribus numero CC. L., juxta ultimam Conradi Gesneri versionem* (Basileae, apud N. Bryling, 1557).
6. Élien le sophiste (170-235) professeur de rhétorique, historien, philosophe. *Claudii Aeliani Varia Historia*, éd. Rudolph Herscher (Leipzig, B.G. Teubner, 1887).
7. Législateur grec né en Sicile au VIe siècle av. J.-C.
8. Karl Friedrich von Nägelsbach, *Die Nachhomerische Theologie des griechischen Volksglaubens bis auf Alexander* (Nürnberg, C. Geiger, 1857).
9. Poète grec du VIe siècle av. J.- C.
10. Clément d'Alexandrie (150-215), *Opera quae exstant, recognita et illustrata per Joannem Potterum*, 2 vol. (Oxonii, sumptibus G. Mortlock, 1715).
11. Peintre athénien (500-440).

giques. Passons — Textes : Eschyle — (spécialement *Perses, Sept devant Thèbes, Orestie.*) Si vous n'avez pas besoin de ceci, j'aimerais mieux garder pour moi. Alastor hérédité traité de la liberté, littérature à mépriser, de l'ouvrage bon pour C.P. —

— Démons funestes paraissent envahir esprit grec après les malheurs guerre Péloponnèse. Sans doute, l'orphisme avait préparé cette transvaluation. (*Excuse me.*)

Quand Xénocrate[1] modifia la doctrine platonicienne dans ce sens, mille causes décidaient au dualisme le peuple le plus optimiste du monde. Il y avait eu la peste, défaite, etc. — — Les stoïciens continuèrent (Chrysippe[2], Cléanthe[3], etc.) à codifier la démonologie qui devait avoir une telle fortune chez les Alexandrins, et — les Pères. Démon, sens péjoratif, tout à fait établi in Plutarque[4]. La Grèce se soucie d'un coup, de morale. Démons expliquent trop bien [le] mal, pour que leur succès soit inexplicable. — Les démons mauvais peuvent mourir… (*de Stoicorum repugnantiis*, 37,2) (Plutarque[5]) De même (*De defectu oraculorum*[6], 18, récit mort Grand Pan)

IVe question

Physiologie. Le démon alexandrin étant tout à fait constitué, il n'y a plus rien à apprendre : il est tel, et tel. Vous n'avez qu'à lire l'*Isis et Osiris* de Plutarque[7] — Δαίμων à perception spirituelle et corporelle, capable plaisir, etc. Sujet à la mort ; au changement, « semblable à la lune », — Cf. Hiéroclès[8], Porphyre[9], etc. Tous les degrés vice vertu.

1. Xénocrate (400-314), disciple de Platon, « scholarque » qui fut son second successeur à la tête de l'Académie.
2. Chrysippe (281-205), philosophe stoïcien.
3. Cléanthe (331-232), philosophe stoïcien, disciple de Zénon de Kittion.
4. Plutarque (46-125), biographe et moraliste, auteur de *Vies parallèles.*
5. « Les notions communes contre les Stoïciens », Plutarque, *Moralia.*
6. « La cessation des oracles », Plutarque, *Moralia.*
7. « De Iside et Osiride », Plutarque, *Moralia.*
8. Philosophe néoplatonicien du Ve siècle.
9. Philosophe néoplatonicien (234-305), disciple de Longin et de Plotin.

V^e question

À quel moment le Δαίμων alexandrin, à la fois Bon *ou* mauvais, n'est considéré *que* mauvais ? Chez les Pères. Tatien (*Adversus Graecos oratio*[1]) Clément (*Admonitio ad gentes*[2]) Cyprien (*De Idolorum vanitate*[3]) et surtout Lactance (*De vera philosophia*[4]).

[*Enveloppe :*]
Monsieur Paul Valéry
40 rue de Villejust
Paris
[*C.p.*] 7-1-22

À PAUL VALÉRY

[*Vence, lundi*] 9.1. [*19*]22

Puisque vous m'avez demandé quelques lignes à Zürich[5], les voici.

Je n'ai pas idée de ce que vous allez dire, et cela m'intéresserait bien de le savoir. Oui, cela serait un secours pour chacun de nous que deux heures du partage des idées. Mais puisque cela ne sera plus possible, peut-être, qu'ainsi, il faudrait que nous apprissions à parler nos lettres.

Vous avez reçu la note Δαίμων ? Excusez la façon d'écolier stupide. J'ai voulu la faire en un après-midi. Et c'est une gageure que d'envoyer, de Vence le désert, des renseignements

1. Tatien (120- après 173), hérésiarque et ascète chrétien, critique acerbe du paganisme, auteur du *Discours contre les Grecs.*
2. Clément d'Alexandrie, *Exhortation aux nations.*
3. Saint Cyprien, évêque de Carthage, mort en 258, *Le mensonge des idoles.*
4. C.P. pense, sans doute, à *De vera sapientia et religione* [La vraie sagesse et la vraie religion] par Lactance, (260-325), précepteur de Crispus, fils de l'empereur Constantin.
5. Malade, Valéry renoncera au dernier moment à ce voyage.

de la qualité que vous vouliez, à un monsieur qui lui, peut boire à la Nationale.

Au revoir. C'est un mot qui veut dire tout ce qu'on laisse à l'avenir. Il veut dire : portez-vous bien, faites et dites de belles choses, même si Karin ne vous revoyait pas. Pourquoi, demandiez-vous, fûtes-vous mis dans le monde ? Mais, pour que celle-ci vous parle selon ce qu'elle était, et tâche de vous donner la seule chose qui vous manquait aux yeux de Dieu. Voilà, n'est ce pas, qui est figurativement aussi bête que la Bible. Croyez-vous que le Grand Cerveau punira cette faible fille, d'avoir tant parlé sans qu'il vous en aille mieux ? Ce ne fut pas sa faute ; elle a fait ce qu'elle a pu, transmis proprement la commission, à votre adresse, de l'absolu. Il ne lui reste qu'à suivre, de loin, et non sans tendresse, votre hasard — qui s'appellera bien un jour, liberté ?

Au revoir, mon cher souci. Quand vous cédez à la naturelle injustice du diable votre ami, quand vous souhaitez la fin de tout et de moi-même, imaginez parfois que ma main vous tire plus ailleurs — — où il fait clair.

C

[*Enveloppe :*]
Monsieur Paul Valéry
[*Barré :*] aux soins du Consul de France
Zürich
Suisse

40 rue de Villejust
Paris
France
[*C.p.*] ZURICH/BANHOF/12-1-22

À PAUL VALÉRY

[*Vence, jeudi*] 12 Janvier [*19*]22

Je dois être aussi calme que vous l'êtes peu. Que ne puis-je faire voyager cette lettre en un seul jour ! — Il y a une lettre aussi pour vous à Zürich. — Ceci, pour que vous sachiez qu'il n'est jamais entré dans mon esprit que l'échange cesserait entre nous.

Jean Marchand n'habite pas chez moi. Je le connais à peine. C'est la Duchesse de Clermont-Tonnerre qui me l'a envoyé. Vous devez croire que je vous dis la vérité. Je hais mentir à qui que ce soit ; mais enfin, je le pourrais, à qui que ce soit. À vous, cela serait insensé. Comprenez-vous. Dépourvu de sens.

Il est venu dans ma maison, au temps qu'enfin je n'espérais plus rien de vous. Et rien est mis pour tout, et tout est la seule chose que je vous aie demandée. J'étais trop triste, trop battue du sort, pour travailler. Il m'a aimée tout de suite, et cela m'a fait le plaisir que de telles choses font ; quand le hasard vous les apporte après des peines. Je ne suis pas éprise de lui. Je ne le serai pas.

Si vous n'aviez pas tout fait, pour que je désespère de vous, je n'aurais même pas parlé à celui-ci. Mais vous avez tout fait —, en ne faisant rien. Ne dites pas qu'il y a en moi de quoi me rapprocher « *indépendamment de toutes circonstances* conscientes » : car alors vous ne m'entendez pas. Je ne serai *jamais ; — jamais*, croyez-le, indépendante de ma vie (ou de la vôtre, ce qui fut pareil) ; je ne séparerai jamais mon esprit de mon corps, ni ma pensée, des actes que je fais. Cela est pour moi le suprême scandale. C'est pour cela que je vous ai quitté. Parce que vous le faisiez.

Entre cet homme et moi, il n'y a qu'une espèce d'amitié, et le consentement à une espèce de tendresse, qui ne sera pas ce que vous craignez. Je l'ai accepté sans remords et sans peur de l'un ni de l'autre de nous, parce qu'il était grave et ne voulait pas le plaisir. Faire les gestes, ici, que vous attendez sans doute (telle est, en effet, ma « grande image »,) serait autrement irréparable pour moi, que vous ne pensez. Cela serait enlever toute signification à mon passé. Et j'estime mon passé ; c'est un jouet de mon orgueil, que voulez-vous. Même le passé qui fut abandon à quelqu'un : parce qu'alors, je n'ai fait qu'accomplir la folie que j'avais rêvée, enfant.

— Ceci ? Ceci, serait de l'égoïsme ; ceci serait ne plus se soucier que du goût de l'heure ; ceci est vraiment, le fruit défendu. Que souhaitez-vous de moi ? Que je lui signifie de ne plus venir ? Est-ce que vous sentez vraiment pouvoir exiger cela, — cela *même* (car nous non plus ne faisons pas le mal ? Car il ne me parle que de mon « génie »... et cela n'est pas aussi désagréable que vous me l'avez toujours assuré.) Voulez-vous que nous convenions que je ne le verrai plus que le dimanche[1] ? Oh je n'ai jamais calculé ce marchandage Lionardo ; mais on sauve son bonheur comme on peut. Le mien serait de partager avec vous seul une vie de pensée, et d'effort contre ce qui dans le courage, est lâche ; dans l'esprit, obscur.

[*Sans signature*]

[*Enveloppe :*]
Monsieur Paul Valéry
40 rue de Villejust
Paris
[*C.p.*] VENCE 13-1-22

CATHERINE POZZI, *JOURNAL*

18 janvier 1922. Mercredi

Lettre démente de *Hell.* Il recevait le 6 ma lettre du 4 janvier [...].

Écrivant la vérité, j'ai pressenti qu'il me tuerait. Je le connaissais mal. Il s'est mis au lit. Il m'écrit qu'il a 38° 5. Depuis ma lettre. Rectale, cela ferait 38° 9, en aidant un peu... Qu'il me voit « souillée ». On n'est pas souillée tant que c'est celui qui parle. *I am coarse*[2]. [...]

1. Mme Mühlfeld recevait le dimanche.
2. Je suis vulgaire.

J'ai répondu alors[1]. J'ai joué le dernier pion sur la partie engagée depuis septembre 1921. Je regrette de n'avoir pas copié ma lettre. Je lui disais le nom de celui-ci, pourquoi je ne serai pas à lui : ce serait ne plus rien savoir que le goût de l'heure — — et vraiment, le fruit défendu. Je lui demandais ce qu'il voulait que je fasse. Ce qu'il croyait avoir le droit de vouloir que je fasse.

Encore de la littérature perdue, ma fille. Rabutin-Chantal[2] elle-même n'aurait pas mieux exposé, sans dire le fait et le nom, un contrat, dans les dix lignes dernières de la dernière page. Il fallait éveiller en son esprit l'idée d'un parallèle entre l'ami que j'abandonne, et cela que vous m'abandonneriez. Trois lignes : « Lui *aussi* me parle de mon génie ; et quoi que vous en ayiez toujours dit, cela n'est pas si désagréable. » L'image est faite. Nous savons où l'on vous parle, tous les jours du bon dieu, de votre génie, ô mauvais dieu. L'image étant faite, conclus : « Voulez-vous que je ne le voie plus que le dimanche ? » et pour que vous ne vous trompiez pas (tant il vous plaît de ne pas comprendre les choses commodes à ne pas comprendre) sur *l'échange* : « Ô L., ne croyez pas que j'avais calculé ce marchandage ! »… « Mais on sauve son bonheur comme on peut »… À la réflexion, c'est un gros mot, bonheur. Ce démon n'est pas mon bonheur. Corrigeons, atténuons : « Le mien était de vivre près de vous une vie de pensées ; etc., etc. » —

Il m'a répondu par retour du courrier. Je voudrais qu'il existât un autre verbe que répondre, pour les lettres qui ne répondent pas.

Début : descriptions des « tortures ». Il s'agit de mourir, n'est-ce pas… On met des ventouses. Alimentation : un peu de lait.

Ensuite, reconnaissance. On me bénit.

Ensuite, rétrospection sur soi. On n'en est jamais fatigué.

Ensuite, crainte de vivre.

Ensuite, larmes dues à ma confiance, à ma franchise. On en est toujours étonné.

Ensuite, annonce qu'on va répondre.

1. Par sa lettre du 12 janvier.
2. Marie de Rabutin-Chantal, marquise de Sévigné.

Voici la réponse, en son beau : « Si la pensée de moi est vivante en vous, si vous me sentez sentir et penser en vous, etc., etc. — — il arrive que j'assiste à cette espèce de tendresse... Seriez-vous la même désormais à mes yeux ? » et puis : « Vous êtes libre et maîtresse de votre bonheur que je n'ai pas pu faire. »

Anda, hija [1] ! De la demande ; du pacte ; de l'échange ; pas un mot. Et ce pauvre misérable, ce lâche au grand talent, cette parole précise au jugement inexact, retourne à son amie. Nous avons payé trop d'encriers à remplir notre *fountain pen*[2]. Karin, le dernier pion ne valait rien. La partie est perdue.

À PAUL VALÉRY

[*Vence, samedi*] 21 Janvier [*19*]22

La lettre jointe à ceci étant signée[3], et certainement pas destinée à vous, je vous demande de la renvoyer. Il n'est pas nécessaire que vous écriviez, en la renvoyant. Vos lettres ne répondent jamais. Si vous aviez lu les deux dernières explications qui vous sont parvenues, (— je crois que Dieu fera bien enfin que ce soient les dernières !—) et dont l'une portait, écrit avec simplicité, le nom de la dame que vous avez préféré garder dans votre vie plutôt que moi, — vous n'essaieriez pas aujourd'hui, de *vous* persuader, et à moi même, que vous m'avez perdue à cause d'un passant.

Malgré que celui-ci soit peut-être digne d'autre chose que de cette espèce de trahison que je commets pour vous, il me déplaît de vous donner, à la fois, la peine de le croire et la joie furieuse de me détester !

+

[*Sans signature*]

1. En espagnol : va donc ma fille !
2. Stylo.
3. C.P. joint à sa lettre un message de Jean Marchand.

CATHERINE POZZI, *JOURNAL*

Vendredi [*3 février 1922*]

Je dois raconter ceci.

Donc, le 25 [janvier], lettre de l'Enfer, écrite le 23 (la poste met deux jours). Avec beaucoup d'allers et retours psychologiques, tantôt subtils, tantôt douloureux, il y a la réponse en 3e page : « Je ferai ce que vous voudrez. »

À PAUL VALÉRY

[*Télégramme :*]

[*Vence, mercredi c.p. 25 Janvier 1922*]

VENCE 479 12 25 14^{h} 55

= VŒUX TRÈS AFFECTUEUX POUR GUÉRISON = POZZI

[*Adresse :*]
PAUL VALERY 40 RUE
VILLEJUST PARIS

À PAUL VALÉRY

[*Vence, mercredi*] 25.1. [*19*]22

Cher esprit, — qui devenez chère âme, enfin, enfin.

Il a fallu trouver la quatrième page pour savoir que vous feriez ce que je demande depuis un an — ce que vous avez deux fois promis, et non tenu. Mais je sais que je puis vous croire ce matin-ci. Je ne vous demande pas de rompre, ce serait grossier. Mais de n'y aller que le *dimanche*, en dehors des dîners que vous pouvez accepter. Voici ta main « pour une nouvelle alliance » — Et voici la mienne. C'est tout.

Les mots d'après n'ont pas d'importance. Je ne continue d'écrire que pour répondre à votre lettre ; pour que vous voyiez clair. Savez-vous qu'il n'y a presque pas de lettre de vous qui ne contienne une offense intolérable ? Celle-ci m'apprend que « je cherche le bonheur ». Grands dieux ! Chercher le bonheur !

Regardez la forme de mon corps, Lionardo, et cette ligne monstrueusement mince, brisée mais élevée comme un cri, et c'est la recherche du bonheur que ça exprime ? Une héroïne de Bataille[1] probablement ? — Quand je vous ai connu, vous ne savez pas [*sic*], ou plus ? ce qui fut écrit, Juillet d'Auvergne, sur les feuilles que vous avez lues en Octobre et qui vous ont donné à moi ? et que consentir à vous, c'était renoncer à la gloire (j'avais quelques droits sur ce mot, je le sais —) à la vie, et au bonheur ? C'est les yeux ouverts, que je me suis mise en route, du moins, pour aujourd'hui.

Comme il faudra que je remercie cet homme, que le hasard a roulé jusqu'à mes pieds, et jamais la mer du temps ne fut plus adroite — puisqu'il a fallu lui, pour que vous éprouviez *exactement* la sorte de dégoût que vous ne me refusez pas, depuis un an. Depuis l'après-midi où je vous ai trouvé assis contre les pieds de qui est, avec les mots mêmes que vous employez cette fois, « *a satyr, to Hyperion*[2]. » Vous ajoutez : « il vous parle de votre génie. Et tu acceptes cela ! »

— C'est ici que je voudrais m'arrêter, vous arrêter. Vous faire redire cette phrase. Et lentement, ou soudain ? Que vous ayiez la révélation de ce que les gens ordinaires nom-

1. Henry Bataille (1872-1922), auteur dramatique à succès qui met en scène d'une manière conventionnelle des personnages faibles et décadents.

2. Dans un soliloque célèbre (I, 2, v. 139-142), Hamlet identifie feu son père le roi à Hyperion, dieu de la Lumière, et son oncle, Claudius, au satyre, mi-homme, mi-bête :

> *So excellent a king, that was to this,*
> *Hyperion to a satyr, so loving to my mother,*
> *That he might not beteem the winds of heaven*
> *Visit her face too roughly.* [...]
>
> Un si excellent roi, qui était à celui-ci
> Ce qu'Hypérion est à un satyre, si tendre pour ma mère
> Qu'il ne permettrait pas aux vents du ciel
> De toucher trop rudement son visage. [...]
>
> Shakespeare, *Tragédies* I, tr. Jean-Michel Déprats (Gallimard, Bibliothèque de la Pléiade, 2002), p. 699.

ment l'inconscience. « Il vous parle de votre génie, et vous acceptez cela ! » — Et j'accepte cela — et pourtant cet homme est sincère ; et il a du talent. Que serait-ce, s'il mentait, et que je l'accepte ? Que serait-ce, s'il était un crétin ? — Mais quoi ? N'y-a-t-il pas, au fond de vos jours, la voix (le sort l'inscrit aux mêmes initiales[1]) qui parle, sans esprit, sans vérité, de *votre* génie, et que *vous* acceptez ? A-t-il fallu vraiment que ma vie ressemblât une heure à la tienne, pour que tu comprennes ce que l'autre peut ressentir ? Vous dites que vous savez mieux aimer que moi. Cela n'est pas vrai ; car vous n'avez jamais eu le moindre souci de ma peine, ni ne m'avez crue, que dans le temps où je vous ai fait, huit jours, cela que vous m'avez fait depuis que je vous aimais. — Ne gardez pas ceci. Il a fallu que je le dise. Mon cœur n'était pas assez guéri pour m'oublier.

II

À présent, je vous écrirai tant que vous voudrez, si cela n'ennuie pas votre femme. Entendez que je ne veux pas lui faire de la peine. Mon chéri, il ne faut plus qu'il y ait rien d'amer pour personne dans cette alliance-ci.

Envoyez-moi souvent de vos nouvelles. Je vous supplie de ne pas vous laisser droguer. La morphine ? Mais ils sont fous ? Toutes ces chimies, aux mains du médecin qui par essence ignore la chimie, c'est risible mais révoltant. Vous ne savez, ni eux — vous savez un peu mieux qu'eux — les modifications cellulaires durables que de tels usages peuvent produire. Pour l'amour de moi, renvoyez votre médecin, alimentez-vous, et ouvrez vos fenêtres s'il fait du soleil.

Ici, il pleut ; il fait très froid. Je suis sortie avant hier, entre deux tempêtes, pour aller à Antibes voir Violente (Suzanne Poncet). C'était ma première sortie seule, avec l'auto. Vous ne savez pas peut-être que depuis trois semaines, j'ai dû devenir mécanicien. J'en vaux un autre ; enfin, il ne m'est encore rien arrivé. Les routes sont terribles ici ; c'est conduire en montagne, avec à-pic d'un côté, et généralement il arrive, au tournant, sans corner, un auto-car ou un monsieur argen-

1. J.M., c'est-à-dire Jeanne Mühlfeld et Jean Marchand.

tin en gaieté de Monte-Carlo à quatre-vingt troisième vitesse. Ma machine est excellente.

— J'ai fait beaucoup de musique. Je suis certaine que le travail de la main par procédé Jaëll[1] (mouvement « pur ») donne au corps entier une maîtrise extraordinaire. C'est seulement dans cet usage que je me retrouve accomplir la coalescence corps-esprit qui fut ma marotte, vous savez. Qu'il n'y ait plus aucune distance (cela veut dire aucun temps), entre la pensée et son expression de chair. — Et j'ai fini l'*Encyclopédie* de Migne[2]. Ces livres de théologiens érudits sont la lecture la plus délicieuse et la plus décevante. Ils vous mettent dans les bras mille curiosités diaprées avec quoi jouer, mais vous laissent, bien soigneusement, votre grande faim.

— Maintenant, je sais que je devrais, justement, m'arrêter de jouer (fût-ce avec les sacrés vases[3]), et écrire. Tout le monde me le chante. Je ne puis. Je suis ataxique d'orgueil, le cul du stylo vissé. Je sais trop ce que je ne veux pas faire. (Pas du Suarès[4] — pas du Jaloux[5] — pas...) et ma forme, elle m'apparaît pas. Puisque vous avez pensé à moi, peut-être pourriez-vous me la décrire ?

Mais il ne faut pas que vous me reprochiez, comme font les autres, de m'être « dispersée ». Car il y a dans l'*Introduction à la méthode de Léonard de Vinci* un passage magnifique sur les hommes qui pouvaient plusieurs choses... et qui m'a fait, il y a mille jours et mille, vous remercier[6]. Oh vous cher toi !

1. Voir *supra* la lettre de C.P. du 22 octobre 1920, p. 68, n. 3.

2. Jacques-Paul Migne, éd., *Encyclopédie théologique : ou série de dictionnaires sur toutes les parties de la science religieuse* (Paris, Ateliers catholiques de Petit-Montrouge, 1844-1849).

3. « Parmi les objets requis pour la célébration de la Messe, on tient spécialement en honneur les vases sacrés et, parmi eux, le calice et la patène dans lesquels le vin et le pain sont offerts, consacrés et consommés », *Missale romanum 2002.*

4. André Suarès (1868-1948), critique, auteur dramatique, poète.

5. Edmond Jaloux (1878-1949), critique et romancier.

6. Dans son essai, Valéry attribue le génie de grands créateurs tels que Léonardo à leur imagination symbolique, analytique et combinatoire : « Nous touchons maintenant aux joies de la *construction.* Nous tenterons de justifier par quelques exemples les précédentes vues, et de montrer, dans son application, la possibilité et presque la nécessité d'un jeu général de la pensée. Je voudrais que l'on vît avec quelle difficulté les résultats particuliers que j'effleurerai seraient obtenus, si des concepts en apparence étrangers ne s'y employaient en nombre. » *Œuvres,* I, p. 1181.

Ô mon cher à jamais toi ! Se peut-il que nous voici ensemble ? Que je sois encore assise, la tête contre votre réponse, et paisible au pays que nous seuls savons découvrir ? Ne croyez pas qu'aucun de vos secrets ait été gâché dans cette longue attente. Voici tout ce que vous m'avez dit, et l'âme toute fraîche de votre intelligence, que je remets entre vos mains.

C

[*Enveloppe*[1] :]
Monsieur Paul Valéry
40 rue de Villejust
Paris

À PAUL VALÉRY

[*Vence,*] Dimanche 29 Janvier [*1922*]

J'ai reçu hier lettre du 26 et ce matin lettre de Vendredi[2]. Je vous répondrai mieux, sur ce que vous me dites du passage Rêve et j'ai seulement griffonné hier la page qui suit ; elle ne vous servira pas, car elle ne dépasse pas la philosophie de conversation. Oui, c'est toute la question du « présent[3] ». Si on savait ça, on saurait tout. J'y penserai pour vous, à l'heure où je suis intelligente. Je crois qu'il faut insister sur la transformation de la mémoire dans le sommeil. Le nœud est là.

Mais où vous dites « économie » (comme si la conscience tendait à un minimum) je crois « impuissance ». Non pas que le dormeur choisisse l'image la plus accessible, mais sim-

1. Au dos de l'enveloppe, de la main de Valéry : « C/reçu le Vendredi 27. »
2. Elles n'ont pas été retrouvées.
3. Valéry écrit dans ses *Cahiers* en 1922 : « Le rêve est souvenir sans le présent./Le souvenir dans le présent prend ordre, et chronologie et valeur de *passé*, grâce à ce *présent* qui lui sert de *système de référence*, — et de classification. Se souvenir dans la veille — c'est redevenir 1° tel qu'on *était* 2° tel qu'on est 3° *Soi.*/ Mais sous le rêve, le souvenir est intrinsèque. » *Cahiers*, VIII, p. 653.

plement, il n'a plus aucun contrôle des images. Cette coupure remarquable me paraît anticipation de la mort — « *To say we end the thousand natural shocks that flesh is heir to. — To sleep... perchance, to dream*[1] ? » — Dormant, on se trouve dans le souhaitable état de l'homme sans pénate (vous appeliez pénate, la personne, ce que le *Mahayana*[2] appelle nom-et-forme) (ce terme n'est-il pas beau ?), et c'est le dormeur seul qui peut dire, s'il est, lui, ou non, l'Invariant. « S'il pouvait répondre ! » comme dit le Bergson[3].

À propos, évitez ce Bergson. Évitez cette harmonieuse tête de poule. Il est le contraire du dieu Clarté. Et puis, il vous volera, poliment, minutieusement, chastement, ô très imprudent convive. Et pas une note, en renvoi de l'Alcan[4] vert ne l'attestera, je l'atteste. Non pas que je lui veuille du mal, à ce célèbre ; il a été mon maître ; il m'a bien amusée[5].

— Que vous veniez me voir ? Ce n'est pas possible, mon cher esprit. Je savais qu'il en serait question ; que Renée de Brimont le dirait. Je ne peux pas oser cela à présent. Plus tard. Vous savez, je suppose, ce que c'est que demeurer près de vous quelques heures à parler, à chercher, et le bonheur que j'y trouve ; si je le refuse en ce temps-ci, c'est qu'il faut vraiment le refuser. — Il y a une phrase de votre

1. C.P. cite *Hamlet* (III, 1) de mémoire :

...To die : to sleep ;
No more ; and by a sleep to say we end
The heart-ache, and the thousand natural shocks
That flesh is heir to, 'tis a consummation
Devoutly to be wish'd. To die, to sleep ;
To sleep : perchance to dream : ay, there's the rub ;

Mourir ; dormir
pas plus ; et se dire que par le sommeil nous mettons fin
à la souffrance du cœur, et aux mille assauts naturels
dont la chair est l'héritière ; c'est là la consommation
finale que l'on doit avec ferveur souhaiter. Mourir, dormir ;
dormir — peut-être rêver —, ah, voilà l'obstacle ;

Tr. André Lorant (Aubier, 1988).

2. Doctrine bouddhique qui considère le Bouddha non comme un personnage historique mais comme un principe divin.

3. Henri Bergson (1859-1941), dont la philosophie, s'opposant au positivisme, valorise l'intuition et l'expérience immédiate.

4. Éditeur d'ouvrages scientifiques et érudits.

5. C.P. a dû suivre certains cours de Bergson au Collège de France où il professait de 1900 à 1914.

cahier que vous me copiez pour la seconde fois. (La blessure est l'amante du poignard[1].) Je ne peux pas vous dire l'horreur que j'y trouve. Et donc je vous le dis. Mon cher petit, mon cerveau où tout connaître, ne me scandalisez pas ! Que vous ayiez été parfois indigne, c'est triste à moi ; mais que vous pensiez contre notre manière de penser, ça me fait mal. Non, la blessure n'est pas l'amante du poignard ; ça n'arrive que dans les pièces de Bataille et les vers de Maurice Rostand[2]. Car s'il en était ainsi, c'est que la blessure connaîtrait l'espèce de volupté qui est toute contraire à la volupté que je vénère : abîme dans le trouble, excès excité par le dégoût même. Comprenez-vous ? Cela, qui m'a été mensonge, en vous, (je ne veux pas dire que vous mentiez, je veux, que vous déraisonniez,) ne peut, n'a pu, à aucun instant, m'attirer ni m'être vertige, tendresse, folie. Ce vous-même, je l'ai haï. Je vous l'avoue, Lionardo, et je n'avais jamais rien pu haïr. Ainsi, je vous quittai, je vous quittai misérablement, abandonnant une part de ma propre lumière ; et sachant tout le temps que, s'il était possible encore que je change en vous ce vice étrange, que vous exprimez si bien en écrivant la suivante hérésie « ce qui doit résulter de l'Être ne doit pas résulter de l'Acte », s'il était possible que je vous prouve et force à dire, que l'Être et l'Acte *ne font qu'un*, je vous préférerai entre les choses du monde.

Et maintenant, je suis là.

C

[*Dans la marge :*]

Peut-être oserai-je vous dire un jour, pourquoi il y a une femme, celle-ci, qui ne puisse rien me prendre ni *jamais* m'offenser — Marie Laurencin[3]. Je voudrais presque être

1. Voir *supra* p. 214, n. 7.
2. Maurice Rostand (1891-1968), poète, auteur dramatique, fils de l'auteur de *Cyrano* et frère du biologiste Jean Rostand.
3. Marie Laurencin (1885-1956), poète et peintre, ancienne maîtresse d'Apollinaire, muse et portraitiste de l'avant-garde.

son amie, si je ne me méfiais trop de son battage, et qu'elle fait un honteux commerce de l'exquis pour âmes vagues. — Marchand veut faire mon portrait[1]. J'ai posé 2 esquisses, mais ça me fatigue tellement que je ne crois pas continuer. — La grande baronne est ben bonne[2] ! Ces dames et leurs trucs, hein. Je te le permets, mais pas quotidien.

K

[*Sur un autre feuillet :*]

Prière pas garder cette idiotie.

Caractère le plus remarquable, à mon sens, du RÊVE, c'est le changement que cet état fait subir à la mémoire.

Non pas il l'abolit — (au *propre*, il l'abolit), mais il la fait devenir, d'image qu'elle était, tendance, sentiment. Le vrai mot serait « sublimation » — penser à la sublimation du soufre —)

L'individu endormi est comme debout dans son cerveau. Toutes ses images sont *à côté* de lui. Il les voit, par lueurs (comme passages intermittents d'une lampe éclairerait, dans un musée, tel tableau, au hasard) mais il ne se *souvient* pas d'elles, c'est-à-dire qu'il ne rattache pas telle image à telle séquence.

La seule chose dont il se souvienne, c'est de son désir (cf. Freud, patauge par là) — et la seule chose actuelle dans le rêve, c'est le désir. (Désir est un mauvais mot. Il faudrait l'entendre par le « mouvement vers » —) Cet homme debout au centre de soi, devant lequel une lampe intermittente éclaire, sans ordre, des images qu'il est incapable d'intégrer dans une suite naturelle, et qui tout cependant qu'une ou l'autre surgit, ne prête vraiment attention profonde qu'au mouvement aveugle qui le porte vers un bien qu'il a cher-

1. Un portrait de C.P. par Jean Marchand figure en frontispice à *Peau d'âme* (Corrêa, 1935).
2. Renée de Brimont.

ché, dans l'éveil, et dont il ne peut plus figurer (ni même reconnaître) la forme, — c'est le dormeur.

C'est-à-dire qu'éveillé, il était *à la fois* images et mouvement — vers ces images ; et qu'endormi, il n'est plus que « mouvement vers ».

Alors — il se passe, il me semble, ceci : il applique son « mouvement vers » image, à n'importe quelle, quand au contraire, éveillé, *une seule* devait et pouvait coïncider. J'exprime assez mal : je veux dire *qu'il se trompe* — (et je crois que souvent, il se trompe consciemment exactement comme un enfant joue ; par exemple, Claude jouant à l'île déserte et renversant une chaise pour en faire un canot, *sait* à la fin que ce n'est pas un canot, et *éprouve* que sa demande d'un canot est satisfaite —) (Donc il éprouve que c'est un canot.) (Mais ça c'est une autre histoire.) — —

Le dormeur est, à l'état éveillé, épris d'une femme ; la cherche dans son rêve et ne la trouve pas (l'éclairement des images obéit à une loi qui paraît indépendante de la volonté) en trouve une autre (l'image d'une autre) qui est amenée capricieusement par le phare tournant intérieur, aussitôt il applique sur dame 2, le désir tout prêt qui tendait à dame 1, — et ce faisant, ne trompe pas la première — ni absolument lui-même — car il veut cette image manquée, avec la nuance même de volonté qui était particulière à l'amour dont il est occupé.

Digression : ne croyez-vous pas qu'on aime deux femmes différentes de deux amours différentes ? Et que si l'on aimait de la [*sic*] même amour (*the same hue of love*[1]) on aurait pas cessé de n'en aimer qu'une seule ? — —

Il y a dans Proust je ne sais où je ne sais quoi, sur cette transposition, cette méprise qui n'est pas méprise, du rêve, quelques mots assez fins. Analogue à votre affaire du dormeur qui a eu à partir avec une barbe noire, éveillé, et se sert de n'importe quelle barbe pour continuer son souci. En somme, en rêve, on se sert de n'importe quoi pour agir ; on creuse la terre avec une cuiller, on possède une inconnue, on vole avec des patins ; je crois que l'ego, son identité s'est

1. La même nuance d'amour.

réfugiée dans l'espèce d'élan sans yeux ni logique (sans la logique des séquences naturelles) et que l'état de qui dort doit être à la fois celui de l'enfant qui joue, et celui… du mort, qui voudrait bien… mais ne sait plus comment ça se fait, et alors fait autre chose, mais avec le sentiment qu'il aurait eu à faire *la* chose. Voilà ce que vous me faites écrire, pourtant — Hein ? À vous de dire comment il s'y prend, le mort, et où ça se passe.

[*Enveloppe :*]
Monsieur Paul Valéry
40 rue de Villejust
Paris

[*C.p.*] 30-1-22

À CATHERINE POZZI*

[*Télégramme :*]

[*Paris, mardi 31 janvier 1922*]

POURRIEZ-VOUS ÉVENTUELLEMENT RECEVOIR X POUR TROIS SEMAINES ?

À CATHERINE POZZI

[*Paris,*] Mardi [*31 janvier 1922*]

Je viens de vous télégraphier.

Je venais d'obtenir de partir.

Je trouve votre lettre[1] — qui refuse.

Je comptais refaire ma santé qui ne se remet pas. Quel nouveau choc !

1. Celle du 29 janvier, *supra* p. 284.

Hélas. C'est vrai.

Plus tard ! Ce sera impossible de venir.

Il faut que j'aille quelque part.

Montpellier m'ennuie. Je n'irai nulle part. Et puis cette blessure, (vous), qui fait saigner éternellement mon cœur.

Je la traînerai partout, toujours.

Tant pis. Tant pis pour moi.

Permettez un reproche. Il ne fallait pas me dire que vous posiez pour ce portrait avec cet homme. Je croyais que vous le voyiez moins. Il vous voit et je ne vous verrai pas.

Écrivez-moi cependant mais aussi épargnez quelqu'un de bien touché.

P

À CATHERINE POZZI*

[*Télégramme :*]

[*Paris, mardi 31 janvier 1922*]

REÇU LETTRE. DÉSOLÉ. PRIÈRE INSISTANTE CONSIDÉRER GRAVITÉ DE L'ÉTAT.

À PAUL VALÉRY

[*Vence, mardi*] 31.1. [*19*] 22 soir

I

Je reçois la dépêche[1]. Je ne puis absolument sortir télégraphier, il fait une tempête qui ne cesse.

La lettre[2] que vous avez dû recevoir peu d'heures après m'avoir télégraphié, vous a répondu. Quoique si timidement, quoique si mal. Lionardo, je crois en vérité que vous

1. Il s'agit du premier télégramme du 31 janvier.
2. Celle du 29 janvier.

n'avez pas du tout idée de ce que vous m'avez fait, ni des extrêmes que vous m'avez fait vivre, pour vouloir ainsi me rejoindre sans attendre que l'esprit soit serein, le tourment guéri. Pour moi, je ne peux pas encore. Je vous le dis avec mes yeux dans vos regards : j'ai peur de vous.

Vous m'avez beaucoup parlé de votre sensibilité. Elle est étrange, elle n'est pas comme celle des autres hommes, en effet ; non qu'elle soit infinie, mais elle n'a qu'un sens.. Je veux dire direction. Elle est toute vers vous-même et ne sait que vous. Les autres, nous, nous éprouvons *aussi* le cœur qui n'est pas notre cœur.. quand nous aimons. Et même c'est cela que l'on nomme, bien sûr, aimer. Il a été beaucoup question, depuis un an, de l'essence de votre être, de la diminution, ou non, qu'un acte lui infligerait. Il n'a jamais été question de la peine que cet acte pouvait, ou non, me faire. Je vous demande pardon, d'en parler. J'en parle parce que vous voulez venir.

Je vous donne ma main pour une nouvelle alliance. Elle ne signifie pas que j'aie la sérénité ; que j'aie l'heureuse confiance, que je sois certaine de ne plus connaître, par vous, le précédent malheur. Elle signifie que *j'espère.* Donnez-moi le temps que votre nouvelle âme me prouve, que l'on peut aller ensemble, vous et moi, sur le chemin dont vous n'aviez essayé de m'épargner ni les tristesses, ni l'étonnement... ni les dangers.

Que nous nous retrouvions, enfin sûrs l'un de l'autre, cela sera, je le crois bien. Mais non pas aujourd'hui, l'âme encore révoltée de la dureté, de l'injustice de l'adieu. Car c'est hier, n'est-ce pas, que je me suis enfuie devant l'amour si pauvre, si pauvre, et priant passionnément que m'accueille l'amour que l'on ne connaît que séparé de tous. Vous avez failli me faire catholique.... Tout cela ne fut pas rien, mon ami ; il faut plus qu'une promesse. Il faut de la tendresse, Lionardo, et de la bonté.

C

II

31.1.22

9 heures. Je reçois la seconde dépêche.

Je ne comprends pas. « Gravité de l'état » — alors, vous ne pouvez pas voyager. Vous me demandez de venir en raison de la gravité de votre état — sentimental. Et le mien ? Voici l'heure que vous me forcez d'être grossière. Quelle tristesse. Et quelle humiliation. Oui, quelle honte que sembler dure ; et, devant un homme malade, de parler de soi.

Mais enfin, il faut que je vous rappelle ce que j'ai : un poumon tout à fait perdu, la cage thoracique ankylosée, et de telles marques et de telles menaces, que le dernier médecin vient de désespérer de moi. Cela fait, je sors, je mène l'auto, j'écris, je travaille, exactement comme les gens de 93 — ou ceux de Moscou, emprisonnés, je suppose — faisaient l'amour. Parce que chaque matin, je peux dire « un jour encore ». Et peut-être pas demain.

Je sens la petitesse que j'ai, si je vous remémore que vous m'avez à moitié tuée. Vous me l'avez dit, écrit, vous l'avez su — vous avez admiré, dans la *Jeune Parque*, de l'avoir annoncé[1]. Je suis là encore. Et j'ai peur de vous. Moi qui n'ai peur de rien, j'ai peur de vous contre moi. *Adversus me.* Et puis, vous revenez, épris de mon corps. Et je ne vous ai rendu que mon esprit, mon chéri, et je ne veux pas ———

——— Il y a une femme, emportée par un train, consternée d'horreur, dans mon passé le plus proche, qui a juré de n'appartenir à personne. À personne, vous entendez. Il ne faut pas, du jour au lendemain, brutalement me remettre en face de tels souvenirs. Laissez un peu de temps, Lionardo, que j'oublie votre méchanceté que j'avais oubliée… —

1. Trouveras-tu jamais plus transparente mort
Ni de pente plus pure où je rampe à ma perte
Que sur ce long regard de victime entr'ouverte,
Pâle, qui se résigne et saigne sans regret ?
Œuvres, I, p. 107.

Et puis — mais cela, c'est la raison pour les autres, je ne suis pas seule, et la chambre disponible est occupée par Suzanne[1], qui ne pouvait plus habiter l'hôtel.

Ah, je ne sais pas comment vous accueillerez ceci. Mais si c'est avec les paroles affreuses, et l'âme affreuse que vous avez parfois pour moi, c'est vraiment la fin de ma grande espérance, et l'épreuve qui devait m'assurer que, après tout, vous avez une âme — n'aura pas duré huit jours.

CK

III

Mercredi midi 1er Février 22

Vous ne voyez pas que ces pages que je reçois (de samedi dimanche) ajoutent à mon souci. Quelles lettres vous savez écrire — hélas.

J'ai télégraphié[2] ce matin, avant que votre enveloppe n'arrivât. J'ai eu une crise de foie cette nuit (et ego !) chose tout à fait inconnue, et sans raison (j'allais bien) — devant le fait que vous alliez peut-être venir. Ah, comprenez ce qu'il faut d'abandon et de confiance pour avouer ceci, et qu'aucun autre homme ne serait digne peut-être de se voir adresser les choses qu'on ne dit qu'à soi.

Voilà tout. Vous êtes malade à l'idée de me perdre ; je tombe malade à l'idée que vous arrivez. Considérez que ces deux accidents là sont justes, et qu'ils mesurent inflexiblement ce que j'ai fait pour vous, ce que vous avez fait de moi.

Il vous semble simple de reprendre l'amour au départ : Rien n'a été, repartons du même. — *Cet amour-là ne sera plus jamais, Lionardo*[3]. Puisque vous êtes mon cerveau, mon allié, ma réponse, ma voix dans la nuit, il faut bien vous le dire. Je ne vous aime plus ainsi. Je vous aime autant sans doute, mais

1. Suzanne Poncet.
2. Voir *infra* p. 295.
3. Souligné au crayon rouge.

autrement. Je ne vous aime plus comme mon double ; mais je vous aime comme les saints tendraient à s'aimer en Dieu. Répondez, je ne suis pas sainte. Et comment ! — Mais j'aime le Dieu en vous. Celui-là, il me semble que je ne l'abandonnerai qu'en mourant. Ne me l'arrachez pas. Ne me le niez pas, parce que je ne cherche point à retrouver l'autre, qui a pu me faire horreur. Et probablement, cet autre promptement écrit sur le cahier sacré, « les femmes...... » jusqu'à ce que cette sainte ne soit pas blanche. Ou bien, confie à Lebey (!) que l'on paie ainsi l'adoration. Eh bien, entendez-le ; je crois que c'est précisément cette injustice indéracinable, avec votre nihilisme naturel, (que ce mot fut mal employé), qui m'ont détourné l'âme de votre destin. Vous me trouvez impitoyable aujourd'hui — que je cherche tant, pourtant, le nouveau chemin où ne plus nous quitter, — et puis, que voulez-vous ? Je vous aime de l'amour qui est après l'amour, j'essaie que vous compreniez comment cela s'est fait, et j'y manque, parce que pour vous l'année d'un martyr le plus cruel qu'une femme sache, n'a pas compté. C'est donc toujours cela qui nous sépare ? — Non, pas cela. C'est cela, et pas cela. Je sais bien que je vous aimais assez pour le vivre ; mais alors, vous causiez. Mais alors, vous dîniez. Mais alors, la solitude et l'angoisse ne pouvaient même pas imaginer que vous aviez brusquement arraché de vos jours tout ce qui n'était pas la solitude et mes jours. Oh Lionardo, vous voulez venir ! et ce printemps, je saignais à mort, et vous me quittiez en pleurant, et tout l'été, vous entendez, tout l'été, vous n'avez cessé de m'envoyer votre amertume et vos *reproches*. Vous voulez venir ! et je vous ai retrouvé en automne, me jetant, encore malade, à Paris, pour renouer avec le bonheur (comme l'homme ruiné court après l'argent perdu, et reprend, obstiné, des actions de la société qui a fait faillite,) et vous m'avez reçue comme vous savez, et *vous m'avez quittée comme vous savez.*

Allez, guérissez-vous, laissez-moi me guérir ; soyez assuré (vous pouvez l'être) que je tiens à vous par mon essence même, par ce qui est plus vrai, plus pur, plus vivant ; que je vous sacrifierai toujours sans hésiter quoi ou qui vous ferait mal ou peine, et que j'espère vous le ferez pour moi. Et puis, attendons, et soyons bons l'un pour l'autre. Veux-tu ?

CK

J'écrirai à l'avenir des enveloppes dactylographiées. Je vous préviens, pour que vous ne jetiez pas « l'imprimé ».

Mais oui, écrivez tant qu'il vous est doux — car vous êtes la seule compagnie dont j'invente toujours des merveilles. Parlez-moi de tout, de vos pas, de vos gens, de vos souhaits.

Voulez-vous encore un peu d'eau colline ? Je n'en ai presque plus, le fermier n'en a plus. Je puis encore envoyer un flacon.

Écrire comme vous me le dites (la chose Démons) m'est très difficile, car le très personnel est ce que je ferais de mieux, et c'est impudique. J'ai une pudeur farouche de l'esprit. Et puis, je méprise le lecteur, au delà de l'imaginable. Je sais que j'ai tort.

Ce qui me ferait plaisir ? Vous êtes trop gentil si vous m'envoyez *L'origine et l'évolution de la vie* (Masson éd.) de Fairfield Osborn — Trad. Sartiaux[1] — et *La Physique théorique nouvelle* (Gauthier-Villars) de Pacotte[2] *ou bien* les *Théories modernes de la physique* de Villey (même éditeur[3]) *ou bien* (id) *Les Leçons sur la gravitation* de Lémeray[4].

[*Enveloppe*[5] *:*]
Monsieur Paul Valéry
40 rue de Villejust
Paris

[*C.p.* :] NICE/ALPES-Mmes 1-2-22

1. Henry Fairfield Osborn, *L'origine et l'évolution de la vie,* tr. Félix Sartiaux (Masson, 1921).
2. Julien Pacotte, *La physique théorique nouvelle,* préf. d'Émile Borel (Gauthier-Villars, 1921).
3. Jean Villey-Desmeserets, *Physique élémentaire et théories modernes* (Gauthier-Villars, 1921).
4. E.-M. Lémeray, *Leçons élémentaires sur la gravitation d'après la théorie d'Einstein* (Gauthier-Villars, 1921).
5. De la main de Valéry : Écrit 31/1 Reçu vendredi 3 Répondu le 4.

À PAUL VALÉRY

[*Télégramme :*]

[*Vence, mercredi c.p. 1er février 1922*]

VENCE 88 19 19h 25
= ABSOLUMENT DÉSOLÉE ÊTRE OBLIGÉE REFUSER VOUS RECEVOIR ACTUELLEMENT SUIS SOUFFRANTE MOI MÊME = POZZI

CATHERINE POZZI, *JOURNAL*

Jeudi 2 Février 1922

Mardi 31 [*janvier*]. Le peintre. Et moi calme, et moi loin — car j'ai choisi enfin — de ne m'amuser que de la tête, enfance savante qui ressemble à moi. Ah, et le soir, la 1re dépêche — qui me consolera. Et la seconde dépêche. Et crise hépatique la nuit (le foie, c'est où l'antique mettait le cœur.)

Mercredi 1er [*février*]. Épuisée par nuit. Temps radieux à qui recourir. Comment, où le fuir, celui qui veut revenir afin d'user ma vie encore contre son acier qui n'est pas noble. Soir, 3e dépêche.

À CATHERINE POZZI

[*Paris,*] Mercredi [*1er février 1922*] 6h m[*atin*]

Catherine, ma raison comprend vos raisons. Mais il y a une chose qui vous échappe. C'est qu'il s'agit pour moi d'une *question de vie ou de mort.* Vous étiez le salut comme vous êtes la perte. Je suis dans un état grave, très grave qui a pour point de départ et pour énergie, ma passion. En ce moment mon organisme est *directement aux prises avec elle.* Si vous aviez conscience réelle de ceci, je suis sûr que vous chercheriez à me sauver. Hier j'ai obtenu à 11^h de partir. J'ai télégraphié. J'ai eu votre lettre[1] qui a déterminé chez moi un *choc* nouveau — et terrible. J'ai retélégraphié.

Vence d'ailleurs était je crois le climat qu'il me fallait. Il faut que je parte. Je fais peur. Tout le monde me presse. Vous savez que j'ai perdu le sommeil entièrement et que les calmants n'y peuvent rien. Ma bouche est absolument sèche, et mon estomac ne veut pas que je mange. Je m'affaiblis de jour en jour.

Je pensais que vous trouveriez dans votre cœur une solution. J'aurais pu, je pourrais descendre à l'hôtel ou dans une pension — pas trop chers. Ou dans un village voisin.

Permettez-moi de vous dire que vous me parlez encore du peintre. J'apprécie la franchise de ceci, mais au point de vue *thérapeutique* c'est terrible. Vous comprenez que la voix affreuse dit en moi : Il la voit à volonté, et moi, je suis interdit. Elle le voit fréquemment, tous les jours, familièrement et moi son seuil m'est défendu. Pour moi les restrictions, et les clauses, que je suis avec bonheur ; mais je croyais qu'elle ferait aussi [pour lui] sans que je le demande, quelque chose de semblable... Vous voyez ces discours de nuit et de jour. Je me roidis contre eux, mais je ne puis les faire taire. Ils me déchirent.

Et puis aussi, vous me dites : *plus tard...* Vous savez que c'est impossible, quels liens m'attachent, que je puis maintenant et point plus tard. Ceci m'a fait mal comme une ironie. Vous ne l'avez point pensé, mais l'effet est produit. Je vous avais supplié de me donner de la force.

Tout ceci me conduit Dieu sait où. Il faut que mon amour ou moi périssions. Je crois que dans un système nerveux de la délicatesse et de la bizarre puissance du mien, les orages de cette année si répétés ont amené des troubles extraordinaires qui ont fini par retentir sur les viscères. Je m'intoxique et suis à la merci de toutes les intoxications étrangères. Voilà le vrai état de moi.

Vais-je partir ? — C'est probable et je n'en ai nulle envie. La force me manque. L'idée d'aller sur la Côte d'Azur et de ne pas vous voir est pire que tout. L'idée que nous ne nous

1. Celle du 29 janvier *supra*.

verrons que...... ? ? et comment ? — est insupportable. J'irai peut-être à Costebelle, où vont les Jaloux. C'est Hyères.

Vendredi le médecin m'examine à fond chez lui. Il ne comprend rien à mon état. Il faudra cependant que je lui dise un peu de la vérité. Et alors il ne pourra rien. Paroles imbéciles probables. Ah, ma pauvre chair, mon pauvre esprit, ma tête qui était si lucide. Je crois que j'ai fini d'être, et de créer.

Pardonnez-moi ce que je dis. Pensez à moi sans dureté. Évidemment je sais que je gênerais votre vie qui est arrangée là-bas avec vos nouveaux amis et vos habitudes. Mais je souffre tellement et suis à ce point *menacé*, que j'ai cru pouvoir vous demander le moyen, *le seul*, de reprendre pied et de revenir à la vie.

Je sais bien aussi que vous ne m'aimez plus, et c'est là au fond toute la question. Ce sont les symptômes de la disparition de l'amour qui ont fait cet état, à mesure que je les ai perçus. Je ne puis rien contre ceci, que ce que je vous ai promis. J'ai agi avec vous avec toute la naïveté d'un cœur absolu ; négligeant tout ce qui n'était pas l'extrême. Je vous ai choquée, et voilà.

Dieu, que je suis brisé ! Je ne sais pas si je dois vous demander de m'écrire. Ou s'il faut cesser de correspondre. Il s'agit de choisir la douleur monotone continue ou la douleur à oscillation ? Quel affreux avenir, je vois pour moi. Il y a un tournant si beau, tant de promesses d'amour et d'œuvres et de grandes choses spirituelles ! — Et puis voici. Adieu, toutes choses.

À CATHERINE POZZI*

[*Télégramme :*]

[*Paris, mercredi 1er février 1922*]

DÉSOLÉ DE VOUS SAVOIR SOUFFRANTE. POURREZ-VOUS SUR TÉLÉGRAMME ULTÉRIEUR RETENIR CHAMBRE ET PENSION 25 ENVIRON. TOUTES MES AMITIÉS.

À CATHERINE POZZI

[*Paris,*] Mercredi [*1er février 1922*]

J'ai lu la page sur le rêve[1]. Lu comme j'ai pu ! Quel nuage entre elle et moi. Ce n'est pas une idiotie. Quelques lignes en particulier sont excellentes, absolues. C'est aussi un document sur vous sur votre manière d'arranger, expliquer, surtout exprimer, toi complet. Avec cette page je vous expliquerais aisément bien des choses sur forme et fond de vous. Mais — ceci n'arrivera jamais plus. Le Où et le Quand sont perdus pour vous et moi. On ne pensera plus à deux. Tout s'y refuse et le monde ne veut pas de ce qu'il n'avait jamais vu. Ni vous, ne voulez pas.

Ce que vous dites des amours différentes pour chaque femme doit être vrai. Mais moi je ne sais pas. Je fus, hélas — monothéiste. Je le reste, hélas[2] !

À CATHERINE POZZI

[*Brouillon :*]

[*Paris, vendredi 3 février 1922*]

Je reçois cette longue lettre[3]. Je ne peux pas vous répondre. Je ne sais pas si je pourrai jamais plus vous écrire.

Ainsi chacun de nous a pitié de soi-même !... Chacun de nous se défend maintenant comme il peut. Mais vous recevez familièrement et fréquemment quelqu'un et vous ne me recevez pas. Je ne vous demanderais pas ce que vous croyez, mais un regard dans un regard, un espoir nouveau, et des colloques enfin sans amertume. Nos souffrances mises en

1. Voir *supra* p. 286.
2. Commentaire rétrospectif de C.P. en bas de lettre : « J'ai pardonné, ce Mars 1922. Il est revenu. En 1925 j'en suis encore à attendre "qu'il me parle de moi". Mais j'ai choisi cette part dans la cendre et ne la [*inachevé*]. »
3. Celle du 31 janvier-1er février. Voir pp. 289-294.

commun. Je ne vous demanderais pas de me loger, mais de me trouver un logement. J'ai bien le droit d'aller à Vence, et d'aller vous faire des visites, faire un tour avec vous.

Vous m'avez télégraphié « plus tard ». Vous savez comme il m'est difficile de bouger. J'ai ressenti ces mots comme une ironie. Je me suis senti aussi, traité comme quelqu'un qui gênerait quelque chose.

Je dors une ou deux heures par nuit. Le reste est la journée d'un fou. Je vais partir je ne sais où. Je ne sais quand. Montpellier m'horrifie. Peut-être irais-je de vos côtés — à Grasse ou Cagnes — ? je ne sais, peut-être à Costebelle.

Gravité de mon état — *physique.* Ne croyez pas à une simple agitation de tête. Mais je ne vous parlerai jamais plus de moi, qui [suis] tant haïssable, et haï. Si vous vous ravisez, *télégraphiez au plus tôt* Pourrai retenir chambre — ou quelque chose analogue.

Si non, ne m'écrivez pas — jusqu'au jour où cette parole « l'amour après l'amour » ne viendra plus à vos lèvres — mais l'amour tout court. Ne m'écrivez plus jusqu'au jour où vous sentirez que vous ne pourrez plus ne pas m'écrire, et m'écrire de tout votre cœur. Ne prenez pas ceci en mauvais part. Songez à ce que suppose de douleur cette espèce de désir que je *vous écris contre mon cœur.* Mon cœur saignera un peu plus à cause de lui. Mais je suis réduit à ceci. Je me roidis. Je continuerai à tenir ma promesse car je l'ai faite non seulement à vous mais à nous. Je ne crois plus en nous. Mais je tiens ma parole.

Vous me dites que vous me sacrifierez sans hésiter quoi ou qui me ferait mal ou peine. Mais vous m'avez parlé de séances de peinture ! Mais enfin, tant pis. Je n'exige rien, je n'ai rien à exiger. Vous m'avez écrit aussi que si l'acte et l'Être se joignaient en moi vous me préféreriez à toutes les choses de ce monde[1]. Je suis entré dans l'acte. J'ai voulu venir à vous et tout épuisé que je suis j'ai bien fait de choses pour cet acte. Il est là, et aussitôt, vous le rejetez. Sur la porte de votre maison vous écrivez : Hypérion n'entre pas ici.

1. Voir *supra* p. 285.

Ah, ma chérie, je ne sais plus. Ma tête est perdue. Ces nuits sont effrayantes. Je vous enverrai les livres dès que je pourrai aller un peu loin. Chez Masson.

Vous comprenez bien qu'une conversation de 2 heures nous allégerait et nous épurerait plus que toutes ces lettres où l'échange se fait si mal. J'aurais pu d'ailleurs ne passer à Vence que quelques jours. Ceci arrivera lundi entre vos mains. Veuillez pour fixer ma décision de départ télégraphiez ou bien : *Pourrai retenir chambre hôtel.* Je vous bénirai. Ou bien : *Pas trouvé chambre.* Dans le second cas, ne m'écrivez plus jusqu'à ce jour dont je vous parlais. Ce jour luira ou non. Mais toute parole qui n'est pas de ce jour ne peut être pour moi qu'une blessure nouvelle. Je vous instruirai de mes déplacements, vous, n'est-ce pas, des vôtres.

P.S. Inutile de vous assurer que je ne suis pour rien dans les demandes que Renée vous a faites pour moi. Elle me l'a dit. Et naturellement je ne l'ai pas empêchée mais seulement essayé de l'en détourner.

À CATHERINE POZZI

[*Brouillon :*]

[*Paris,*] Vendredi [*3 février 1922*]

ter—

Catherine, Catherine, je reçois cette longue lettre. Je ne peux pas, je ne sais pas vous répondre. Je ne sais pas si je pourrai jamais plus vous écrire. D'ailleurs vous ne voyez jamais dans mes lettres que les cris de désespoir que les vôtres m'arrachent. Comment avez-vous donc répondu à celle du 31 décembre ? Chacun de nous se défend maintenant comme il peut. Ainsi, chacun de nous a pitié de soi-même !... Je vous offrais tout. Vous m'avez empoisonné de tant de jalousie, le poison le plus violent de l'âme. — Bien. Par un coup de poignard affreusement placé. Je ne vous ai rien fait de pire — c'est de la violence.

Je ne vous demandais pas ce que vous croyez ; mais un regard dans un regard, un espoir tout nouveau, des colloques enfin sans amertume, nos souffrances mises en commun ! Je ne vous demandais pas de me loger, mais de m'accueillir. J'ai bien le droit d'aller à Vence, et d'aller vous faire visite, et de faire un tour avec vous. Vous avez une dame chez vous, c'était encore plus facile. On dit que l'hôtel est très bien.

Vous m'avez dit « Plus tard ». Et vous savez comme il m'est facile de bouger ! C'était une occasion exceptionnelle de se voir. J'ai ressenti ce plus tard comme une ironie. Et puis, (excusez-), j'ai eu l'impression d'être traité comme le Quelqu'un qui gênerait Quelque Chose. Car enfin vous recevez familièrement, fréquemment, *tendrement*, dites-vous, certain homme et vous ne me recevez pas ! C'est terrible, ceci. Vous ai-je rien fait de semblable à cet ~~accueil et à ce refus~~ ?

Vous me dites que vous me sacrifierez sans hésiter quoi ou qui me ferait peine, — mais vous parliez l'autre jour de séances. Mais moi je continuerai à tenir ma promesse que j'ai faite non seulement à vous, mais à *nous*... Je ne crois plus en *nous*. Mais ma parole est donnée. Enfin, tant pis ! Je n'exige rien. Je ne vous ai rien imposé. Je pensais que vous feriez de vous-même ce qu'une nouvelle alliance semblait demander.

Vous m'avez écrit aussi que si l'acte et l'Être se conformaient en moi l'un à l'autre, vous me préféreriez entre les choses de ce monde. Je suis entré dans l'acte. J'ai voulu venir à vous et tout épuisé que je suis, j'ai agi et beaucoup agi pour cet acte. Aussitôt vous le rejetez. Vous écrivez sur votre porte : Hypérion n'entrera pas ici..

Hypérion est vraiment malade. *Gravité* est le mot. Il est atteint aux sources mêmes de la vie. Et vous ne le croyez pas. Mais je ne vous parlerai jamais plus de ce Moi qui est si haïssable, et haï.

Alors, je vous dis enfin ceci Je vous ai demandé de la force. Hélas ! — Croyez-vous que je ne puisse vous en apporter aussi ? Vous comprenez bien qu'une conversation de 2 heures nous allégerait, et nous épurerait plus que toutes ces lettres où l'échange se fait si mal. J'aurais pu d'ailleurs ne passer là-bas que quelques jours. Sinon ce sera la *séparation indéfinie sine die* que vous semblez vouloir, avec une correspondance d'êtres qui s'ignorent de plus en plus, qui se perdent de vue et parlent au passé. Je ne peux pas envisager ceci — un seul instant.

Ah, ma chérie — ma tête est perdue. Ces nuits sont effrayantes. Allons, il faut cependant décider. Écoutez. Si vous vous ravisez, télégraphiez au plus tôt *Pourrai retenir chambre* — ou chose analogue. Je vous bénirai. Je vous promets d'être ce que vous voudrez que je sois pendant mon séjour. On ne parlera plus de mauvaises choses. On n'interdira aucun espoir mais on ne demandera rien.

Si vous maintenez l'interdit, télégraphiez : *Pas trouvé chambre.* Mais, dans ce cas, *il ne faut plus m'écrire.* Vous me dites de guérir. Il ne faut plus m'écrire — jusqu'au jour où cette parole « l'amour après l'amour » ne viendra plus à vos lèvres, mais bien quand l'amour tout court y reviendra. Ce jour luira, ou non.. Mais toute parole qui ne le proclame pas ne peut être pour moi qu'une nouvelle blessure. Ne m'écrivez plus jusqu'au jour où vous sentirez que vous ne pouvez plus ne pas m'écrire, et m'écrire avec *toute* vous.

Ne prenez pas ceci en mauvais part. Songez à ce qu'il a fallu souffrir pour imaginer ceci, — à toute la douleur que suppose cette espèce de désir que je *vous écris contre mon cœur. Je ne veux pas ce que je vous écris.* Mais il le faut. Mon cœur saignera un peu plus à cause de ceci. Mais il le faut. Je fais des progrès dans l'acte, Catherine.

—

Vous aurez ceci lundi. J'attends un télégramme mardi. Au plus tard mercredi pour fixer mes décisions de départ. Si je n'ai pas de réponse, ce sera la réponse négative. Mais pour m'éviter le doute, il faut télégraphier.

—

Je vous instruirai de mes déplacements. Vous, n'est-ce pas, des vôtres ? — Montpellier m'appelle et m'horrifie. Si vous me repoussez, j'irai à Costebelle peut-être (Bourget[1] !) ou à Grasse ou à Cagnes — ou aux environs de Cannes ? — Je ne sais pas. N'importe où. Peut-être à Vence.

—

P.S. — Je vous enverrai les livres dès que je pourrai circuler un peu plus.

— Inutile de vous dire que je ne suis pour rien dans la demande de Renée. J'ai essayé de l'en détourner en lui disant que je doutais fort que vous puissiez me recevoir.

À bientôt... À — jamais ? *In manus tuas*[2].

À CATHERINE POZZI

[*Brouillon :*]

[*Paris, vers vendredi 3 février 1922*]

Vous dites que ma vie vous fera du mal. Je ne puis que m'incliner mais moi j'ai mon mal aussi. Vous *me* soumettez à l'épreuve la plus cruelle. Je meurs de vous. Je puis venir. Vous me le défendez. D'ailleurs j'irai peut-être à Vence. Ce pays m'attire. On me dit que le climat, la vue me conviendraient. Mais vous ne me verrez pas. Voilà tout.

Si à partir de [*illisible*] T vous écrit

Je n'oublierai pas les [*illisible*]

Si je vous inspire une telle horreur ce n'est pas moi qui vous ai violée

[*illisible*]

1. Paul Bourget (1852-1935), romancier conservateur, analyste du beau monde de son temps, est académicien depuis 1894.

2. Sens intentionnel : entre tes mains, c'est-à-dire : il ne tient qu'à toi. Ces trois mots sont le début de l'un des chants de l'office monastique des Complies : « *In manus tuas, Domine, commendo spiritum meum...* » [Entre tes mains, Seigneur, je remets mon esprit...]

À CATHERINE POZZI

[*Brouillon :*]

[*Paris, vers vendredi 3 février 1922*]

Je ne gênerai donc point vos séances de peinture. J'imaginais que vous voyiez un peu moins cet artiste, et que toutes les restrictions n'étaient point pour moi seul. J'espère qu'il fera de vous un portrait un peu plus ressemblant que celui que j'ai esquissé de Béatrice.

Je suis toujours bien mal, et la journée d'hier a été l'analogue d'une autre qui me fut fatale... Les lettres sont terribles quelquefois.

Il faut cependant que je me soigne. Je fais peur. On me presse de partir. Je l'ai obtenu hier matin. Puis la lettre. J'ai envoyé mon second télégramme[1].

Que faire ? Je vais aller sur la Côte d'Azur moi aussi. Il y a peut-être des hôtels qui voudront de moi.

[*Verso :*]

du Samedi

Catherine, j'ai lu vous me dites que je suis un
dieu[2]. Je suis un dieu bon et je vous exauce :
Vous ne voulez plus me voir — :
Vous ne me verrez plus.
Vous trouvez mes paroles affreuses :
Vous ne les aurez plus.
Mon amour vous fait horreur :
Il n'est plus.

Remerciez-moi maintenant dans votre cœur, et me renvoyez immédiatement mes photographies sans aucune réponse.

1. Voir *supra* son télégramme du 31 janvier 1922, p. 289.
2. Voir *supra* p. 293.

À CATHERINE POZZI

[*Paris, vers vendredi 3 février 1922*]

Je crois qu'il faut maintenant que je vous demande deux choses.

Vous devriez me renvoyer mes photographies. Où la personne n'est pas admise, l'image n'a pas à demeurer. Vous ne les regardez sans doute pas. Et moi, il m'est pénible de penser que j'assiste en quelque manière, à mon absence, — et à une autre présence. Comprenez-vous ce sentiment ?

Et puis ceci : il ne faut plus m'écrire — jusqu'au jour où vous sentirez *que vous ne pouvez plus ne pas m'écrire.* Ce jour luira, ou non. Mais toute parole qui n'est pas venue par ce sentiment ne peut guère être pour moi qu'une occasion de douleur ou de tristesse. Ne prenez pas ceci en mauvaise part. Il faut avoir horriblement souffert, souffrir sans arrêt, pour imaginer ce que je vous écris là. Songez à tout ce que suppose cette espèce de désir, *que je vous écris contre mon cœur.* Mon cœur saignera à cause de lui. Mais je cherche, je dois chercher tout moyen de moins penser à vous. C'est à quoi je suis réduit, réduit par vous.

Je vous écrirai, moi, peut-être. En tout cas je vous donnerai mon adresse si je me déplace. Vous aussi, n'est-ce pas ? Vous m'avez écrit que si l'acte et l'Être se joignaient en moi, vous me préféreriez à toutes les choses de ce monde[1]. Je suis entré dans l'acte. J'ai voulu venir à vous, et j'ai, tout épuisé que je sois, fait bien des choses pour cet acte. Il est accompli... Mais aussitôt vous le rejetez... Remarquez que je conçois que vous ne puissiez pas me recevoir chez vous. *Je comprends très bien.* Je ne l'ai pas d'ailleurs exactement demandé.

Mais venir à Vence ? à l'hôtel, chose que vous auriez pu imaginer de vous-même si — Mais vous n'avez pas une envie démesurée de me voir, n'est-ce pas ? Pas même de me sauver. Il n'y a pas de pitié pour moi. Tenez, vous sentez bien que je comprends. Je vous gênerais donc beaucoup là-bas ?

1. Voir *supra* p. 285.

Hypérion n'entre pas ici, Monsieur. — Peut-être ira-t-il un peu par là. Il voudrait voir cette chose suprême — votre porte interdite à lui.

Voilà donc la Nouvelle Alliance.

« Cher esprit, chère âme enfin[1] ! » — disiez-vous. Que voulez-vous que je pense ? Que penseriez-vous de moi si j'avais agi ainsi ? Quels noms me donneriez-vous ?

Comme vous vous acharnez contre l'image que je m'étais faite de vous !

[*Dans la marge :*]

Ne [*feuille mutilée*] utile

À PAUL VALÉRY

[*Vence,*] Dimanche 5. 2.[*19*]22

[*Post-scriptum en tête de lettre :*]

Ne lisez pas ce français, écrit avec une plume et des mots.

[*Verso, en haut de page, le reste laissé en blanc :*]

lisez ceci, que je ne fais que dire
n'ayez pas de peine, cher ami de moi.

Voulez-vous m'envoyer de vos nouvelles, fût-ce sur une carte postale — et trois mots. L'anxiété où je suis de vous m'est intolérable ; j'imagine tout de cette tête terrible et je n'ai plus une minute de paix. Sans doute que mes paroles vous ont servi à construire des folies, car elles étaient tout ce que j'aurais réussi à faire qu'elles ne fussent pas, si j'avais répondu moins vite à vos dépêches. Car vous m'avez prise tellement à l'improviste, et dans un temps où je suis si mal guérie,

1. Voir *supra* la lettre de C.P. du 25 janvier 1922, p. 279.

que rien n'a répondu en moi de moins bête que *l'instinct de conservation.* J'ai tendu les mains pour empêcher d'autres coups de ce poignard dont vous parliez, et qui me faisait deux fois horreur, tant le drame romanesque m'est chose sinistre, et tant il m'est impossible de tolérer, voire de croire, qu'on blesse en aimant. J'ai tendu les mains devant moi, brusquement, violemment, comme on fait pour se défendre ; et maladroitement j'en suis certaine, assez pour faire que l'un de nous deux ait été tout de même blessé. Je vous demande de comprendre combien peu je souhaitais, en me défendant de vous, vous atteindre, et, surtout, la peine que j'en ai, si je l'ai fait. L'ai-je fait ? Je vous demande pardon. Hélas, de tout mon cœur. S'il vous plaît que je reste auprès de vous pour que mes pensées, qui sont les plus proches de votre âme et de votre esprit, vous adoucissent la dureté de mon langage, ne doutez pas que j'habite le lieu même où vous croyez à présent d'être à jamais seul ; ne doutez pas que je voudrais être assez inaccessible au malheur que peut créer un autre à un autre, pour être absolument et tout à fait avec vous.

C

6 Fév[*rier 19*]22

Vous aurez ceci mercredi — il est lundi, tôt, — comme vous le souhaitez.

Je vous ai écrit tout à l'heure, à midi, mais c'était trop long. Il y a 3 points sur lesquels vous voulez savoir ce que je pense, il me semble.

I Si, dans l'hypothèse où vous frapperiez ici, un domestique vous jetterait dehors. Vous me prêtez toutes les élégances.

II Si les visites d'un autre homme continuent.

III Si je choisis de ne plus écrire, puisque vous choisissez que cela soit ainsi après mon choix de ne plus vous voir.. (Je vous fais simplement, en passant, remarquer que je n'ai continué d'écrire que sur votre prière, afin que vous sentiez, de loin, une présence sans laquelle vous aviez cru « ne plus pouvoir penser ». En continuant d'être auprès de vous, je n'obéissais qu'à vous-même. J'avais fort bien compris, toute seule, qu'on ne guérit que par le silence.

Dans votre avant-dernière lettre, vous avez cette parole prophétique : je sens bien que je vous blesserai toujours. Vous continuez à n'y manquer point. C'est ainsi que je réponds sur ce ton, que je hais moi-même. L'autre page, aille au feu.

I Vous fermer ma porte, j'aurais eu quelque logique à le faire il y a 3 mois, — si vous m'aviez rejointe après un certain adieu ; depuis, il m'avait semblé que j'avais pardonné ; même, vous avez donné à mon cœur la chose qui lui était la plus précieuse — une promesse, et tenté sur vous un miracle : être vivant. Je serais donc insensée de vous fermer ma porte. Incohérente, si le langage a un sens.

II Il était odieux de renvoyer brusquement un innocent aussi sympathique. J'ai mis huit jours à cela ; je l'ai fait, enfin, pour moi bien plus que pour vous. Je ne le remercierai jamais assez de ce qu'il m'a appris sur moi-même.

III Je ne choisis pas. Vous ferez ce que vous voudrez.

Quant à l'horreur qu'une partie de votre âme me donne, vous avez à ce sujet un mot que j'espère bien ne pas oublier. « Véritablement, on croirait que je vous ai violée ! » Un mufle ne dirait pas mieux. Je sais qu'il y a une conception cinématographique de l'amour, où la femme fuit l'homme quand il la viole, ou la bat, ou vend ses bijoux, etc. etc. On ne voit pas bien, c'est certain, sur l'écran, l'espèce de mal que vous m'avez fait. Mettons qu'il est invisible. Ces lettres douloureuses sont pénibles, en effet. Le moi tant haï dont vous parlez… C'est seulement celui qui s'est toujours préféré. Vous ne vous êtes aperçu que l'état de l'un de nous deux était grave, que quand cela a été le vôtre… Voilà tout. Ce jour-là, je ne compte plus pour grand'chose. Par-dessus bord, Karin, au silence ! Après m'avoir tant reproché de me choisir, voici que vous vous choisissez. Au moins, regardez en arrière, et rétrospectivement, si j'ai fait la même chose, excusez-moi.

Nous ne nous aimions donc pas, amour ? Je le crois bien. Nous étions l'un à l'autre chose bien plus mystérieuse.

J'ai commencé une neuvaine, qui sera finie le 10 février, pour que cette chose mystérieuse nous ait conduits, l'un et l'autre, à la sorte de santé transcendante qu'on appelle le ciel.

Tout est possible ; même le succès de la plus vaniteuse prière.

CK

[*Enveloppe*[1] *:*]
Monsieur Paul Valéry
40 rue de Villejust
Paris
[C.p.]/NICE/ALPES-MMES/6-2-22

À CATHERINE POZZI

[*Brouillon :*]

[*Paris,*] Mercredi [*8 février 1922*]

Catherine, je ne sais plus rien. Je ne peux plus rien. Mon courage est à bout. Je vous ai écrit durement en réponse à une lettre dure et désespérante. Puis Brimont me communique l'autre lettre où vous parliez de me recevoir. Puis une lettre douce de vous. J'allais vous télégraphier pour — — Puis celle de ce matin — —

Je me perds. Je tombe dans mon esprit, comme évanoui. Faites, décidez ce que voudrez. Je reste ami. Ce que voudrez. Le cahier ne contient pas d'injures contre vous, mais bien des pensées qui sont des larmes, des agonies. Je vous appelle ma chère morte, et moi mon cher mort. Voilà les injures.

Je n'irai pas à Vence. Nulle part sans doute ou à Costebelle ? Ma vie est survie. Si vous m'écriviez, je vous répondrais toujours. Mais assez de ce combat. Je vous ai aimée comme j'ai pu. Vous le savez. J'avais un certain rêve et vous un autre. Et puis tant de choses contre nous.

Je suis tout étourdi, et tout aveuglé de larmes. Ce qui me fait le plus de mal c'est la conviction où vous êtes que je ne

1. Au crayon de la main de Valéry : « Écrit le 5/Reçu le mardi 7 au soir. »

considérais que *moi*. Il y a des choses que je pourrais vous expliquer et des apparences ~~que je pourrais~~ dissiper. Mais vous ne me croyez pas. Il y a des choses que je n'ai pas dites parce que je n'aime pas dire ce qui ne peut se prouver. J'aime prouver.

Je vous suis bien reconnaissant de ce que vous dites avoir fait avec Mr Marchand. — Permettez-moi de vous dire que la lettre du 4 janvier, ce n'était pas bien. L'avez-vous senti ? Je crois que vous l'avez senti. Il me semble que je n'ai rien fait d'aussi terrible. Mais ceci est passé.

Reste un abîme qui est creusé dans ma vie et peut-être dans la vôtre. Je ne puis m'en écarter. Il m'appelle.

À PAUL VALÉRY

[*Vence, jeudi*] 9. 2. 1922

Une lettre de Maman, parlant de votre accablement, me fend le cœur. Quand je suis arrivée ici, me sauvant de vous, je me suis juré que je ne ferais plus jamais mouvement pour vous rejoindre ou vous appeler. Malgré tout, je ne l'ai pas fait. Je n'ai même pas voulu vous donner un nom d'hôtel en réponse à toutes vos dépêches (ils sont vides, c'était bien inutile retenir.) S'il vous plaît d'être là, pourtant, si la seule fin possible pour vous est d'être là, j'accepterai ce que pour la première fois, vous aurez voulu.

J'espère que par la grâce qui m'a toujours retirée du désespoir, et qui maintenant mon âme a fait que persiste mon corps, je trouverai la force d'opposer les vérités que j'aime au manque absolu des enfers… Car il n'est pas nécessaire d'être pragmatiste pour croire que la tristesse d'esprit ne peut pas avoir raison.. J'espère que, si tout ce que vous promettez ne demeure que promesse, je continuerai seule l'espèce de vie qui est conforme à la nature, laquelle donne l'esprit pour penser, le corps pour sentir, le cœur pour vouloir, — et Aristote dit que c'est le bonheur…

Que n'ai-je pu vous forcer à être heureux !

CK

[*Enveloppe :*]
Monsieur Paul Valéry
40 rue de Villejust
Paris

À CATHERINE POZZI

[*Brouillon :*]

[*Février 1922*]

J~~e vous remercie beaucoup~~ beaucoup de la lettre qui me montre une pitié. J'avais même désespéré de la pitié.

Hélas la pitié toutefois m'est peut-être plus intimement douloureuse que toute chose. Il est impossible que vous ne sentiez pas cela ; supposez les rôles intervertis, mais ce [*illisible*].

Voyez-vous, vous surmontez donc cette aversion qui vous anime pour moi. Vous sacrifiez quelque chose/~~une part~~/ l'expression physique/l'acte de la ~~votre~~ haine et je ne peux pas ne pas en être ému ~~touché~~. Ému dans l'émotion.

Mais je ne peux pas être ne pas en souffrir immensément encore. Ce mouvement/instinct généreux qui accorde ~~ce qu'est~~ ce que pouvez mais qui ~~plus que tout~~ refuse plus que toute autre attitude, ce [que] vous ne désirez pas.

Et donc je ne viendrai pas. Je serai près de vous et aussi loin cependant que votre cœur me l'assigne/le voudra.

Je ne veux pas vous voir contre votre cœur mais seulement avec lui. Le mien ne supporterait pas certains regards, certaines paroles que je crains d'entendre nécessairement et auxquelles je crains de répondre.

Je vous promets de ne pas paraître.

Praesum[1].

Adsum[2] *De sum que autem*[3].

Si vous désirez [*illisible*], si vous le souffrez seulement, je/ si seulement vous y consentez par pitié et au prix d'un effort, il vous [*illisible*]

[*Verso :*]

N de préoccupations indépendantes

Je viens vous voir [comme ?] en *July*[4]

C'est peut-être une chose nouvelle et assez grand de tenter [l'effacement ?] de l'ego, non sa destruction.

L'idée réponse est cause de mille [mauvais ?]

Un ménage est une espèce de construction qui se tasse

À CATHERINE POZZI

[*Brouillon :*]

[*Paris,*] Lundi [*13 février 1922*]

Il est donc écrit que ce misérable Moi ne doit plus pouvoir se reprendre. Une nouvelle pierre tombe sur lui. L'homme qui me faisait vivre se meurt[5]. Je viens de le voir haleter sur son lit. Puis le prêtre est venu. Je ne sais s'il ira jusqu'à demain.

Toute ma vie à refaire. 15 000[f] à trouver par an, l'inconnu et le bagne neuf à découvrir, puis à subir. Il me semble que je ne reverrai plus la pensée, et les formes qu'elle doit enfanter dans la paix.

J'ai là mon permis Paris-Vintimille. Voici encore un voyage bien malade. Si même retardé je pouvais le faire, oserais-je donner aux hôtels ce qui revient à la maison ?

Je vous écris ceci *instinctivement.* Peut-être, malgré l'aversion, sentirez-vous, par un reste de sympathie, ce que je puis éprou-

1. Je commande, je préside à, je veille sur.
2. Je suis là, je suis présent.
3. Et, aussi bien, je fais défaut.
4. Juillet.
5. Il s'agit d'Édouard Lebey qui, en effet, va mourir le lendemain.

ver, si battu, si ébranlé déjà. Tout me manque à la fois. Tout est menacé, santé, sécurité, mon ressort sacré, mes espoirs — et autre chose encore qui était au plus profond. Pardonnez-moi de m'épancher ainsi vers vous. C'est une espèce de nécessité, une ancienne habitude interne qui sort et m'échappe.

Je viens de déjeuner rue de Longchamp avec tous les Troisier. Heureux gens. Tout ce que l'on a dit de Catherine m'a fait plus mal que d'ordinaire. Je voudrais que votre nom fût interdit devant moi.

Ah que je suis donc fatigué ! Pas un bon jour depuis des mois. Et maintenant ceci qui m'arrive. Je le prendrais énergiquement si je n'étais usé par cet hiver et ce mois d'insomnie, de malheur et de maladie.. Et il va falloir.. solliciter !

Merci encore des mots de pitié qui étaient dans votre dernière lettre. Hélas, j'avais désespéré même de la pitié.

Ce domestique de chez vous, tout à l'heure, je le revoyais *là-bas*, quand il apportait la *lampe*. Nous nous arrêtions de nous aimer !... Il m'a fait mal à voir. Cet homme m'était comme une suture du temps avec le temps, et des jours de la fin septembre à ce février noir. Une certaine transformation de lui — et tant de choses. Tant de choses brisées, renversées, tant d'espoirs et de forces perdues sans retour !

Encore pardon. Voyez combien je ne sais pas, malgré *tout* et *tout*, ne pas prendre ce qui n'est plus à moi, pour *refuge*, — comme un homme auquel on a pris sa maison, y revient instinctivement, et voit tout à coup, quelques détails changés, qui le repoussent.

Demain peut-être, je n'aurai plus le temps de vous écrire, ni de m'écrire à moi-même. Il faudra labourer le champ — tourner la meule. Heureux les morts.

Si vous voyez Brimont vous pourrez lui dire [*inachevé*].

À CATHERINE POZZI

[*Paris,*] Lundi [*13 février 1922*]

Il est donc écrit que ce misérable moi ne doit point pouvoir se reprendre. Une nouvelle pierre tombe sur lui.

L'homme qui me faisait vivre est mourant. Je viens de le voir haleter sur son lit. Puis le prêtre est venu. Je ne sais s'il ira jusqu'à demain.

Toute ma vie à refaire. 15.000 à trouver par an. Quel jour reverrai-je la pensée, et les formes qu'elle doit enfanter dans la paix ou dans la ferveur ?

J'ai là mon permis Paris-Vintimille. Ce voyage est bien malade. Si même retardé, je pouvais le faire, je crois que je n'oserais plus car ce serait donner aux hôtels ce qui revient à la maison.

Je vous écris ceci *instinctivement.* Peut-être malgré l'aversion, sentirez-vous ce qu'un être si ébranlé déjà, peut éprouver. Tout s'écroule peut-être. Ma santé, mon ressort, mes espoirs divers, tout est menacé. Pardonnez-moi de m'épancher ainsi vers vous. C'est une espèce d'habitude interne qui sort. Merci encore de la pitié qui était dans votre dernière lettre.

L

À PAUL VALÉRY

[*Vence, mardi*] 14 Février 1922

Le temps qu'il fait ? L'hiver. Il a plu tout Janvier — (l'été avait duré jusque là) puis vent ; encore pluie. Un jour lumineux, qui fut je pense celui de l'arrivée de Renée à Grasse[1] —, un second hier. De nouveau le froid.

« Des renseignements pour votre voyage ! »...... N'ai-je pas répondu à cela il y a 5 jours ? lettre du Jeudi 9 Février. Voyez si je deviens précis. Bien en vain.

1. Renée de Brimont a écrit à C.P. le 8 février : « Vous recevrez une lettre de Valéry, Karin. Il s'organisera avec vous. Si vous êtes trop fatiguée pour le loger il ira tout bonnement à l'hôtel. Et si vous ne pouvez discourir, vous écouterez. Qu'en pensez-vous ? Il a été *bien malade.* On lui fait des piqûres, à vous on fait des pulvérisations. Il sera libre de s'en aller vers le 12 ou le 15. Il me semble que vos possibilités se combinent assez ?... / Moi je pars demain pour Grasse — Villa La Done. L'auto des Hovelacque me mènera sûrement jusqu'à vous quelque jour prochain. Je passerai même peut-être un weekend à l'hôtel de la Conque pour vous voir *bien* avant de filer vers Nice [...]. »

J'ajoute ceci pourtant : si vous allez à Costebelle, prévenez-moi ; il y a là Martine de Béhague, à qui j'écrirai pour vous, et qui peut beaucoup, beaucoup de choses. C'est elle l'Architecte. Elle surveille ses chantiers[1]. Vous invitera peut-être. Mais il faut naturellement que vous descendiez d'abord à l'Hôtel. C'est très effrayant, « partir seul en pays inconnu » ? Je l'ai fait, il est vrai, étant morte, ce qui compliquait singulièrement. À Costebelle, Bourget peut aussi, admettez que votre charme le décide à ouvrir les mains, laisser échapper bénéfices et prébendes. Cet homme n'eut que Jaloux, pour courrier d'esprit.

Où je vous mène ? J'ai tâché de vous sauver. Jamais ce verbe chrétien ne fut plus propre. Mais cela me semble plus difficile, chaque fois que vous considérez votre souffrance naturelle, non, habituelle, comme une supériorité. Vous êtes supérieur par l'esprit ; vous êtes inférieur par un autre vous, celui qui sert à ce qu'on appelle justement vivre, et ce vous, c'est psyché. Voilà toute la question et il n'y en a point d'autre, malgré que vous l'ayiez, avec quelque génie, obscurcie, à plaisir. Par exemple, quand vous me dites que je parle de votre « nihilisme, comme vos ennemis » et que vous montrez sans aucune peine, que le nihilisme intellectuel est d'abord moyen, et puis, suprême honnêteté. Vous savez très bien qu'il ne s'agit pas de ce nihilisme-là. Ou, si vous ne le savez encore, la répétition de mille fois mille fois ce que je vous en ai dit, ne vous le fera jamais savoir. —

Voilà. Je ne sais pas si nous nous reverrons. Cela ne dépend pas de ma volonté, qui reste passive en cette affaire, l'ayant décidé de par tous ses yeux.. Mais si, comme la récente collusion avec l'hydre Jacques-Émile Blanche le fait trop prévoir, vous n'avez pas *depuis le 26 Janvier 1922* brisé l'union — faut-il l'appeler syzygie[2] ou symbiose ? — que vous vous engagiez à ne plus connaître, sur un papier à cette date, — je crois vraiment (c'est tout mon désir de ne plus vous

1. Il s'agit de la construction de sa villa La Polynésie sur la presqu'île de Giens.
2. Mot qui vient du grec : assemblage, réunion. C'est un terme d'astronomie qui désigne la position de la Lune par rapport au Soleil.

adresser paroles bleues désespérantes) *qu'il vaut mieux que votre train ne vienne pas ici.*

Et sur le papier (votre lettre, du même,) il y a maintenant en note : « À GARDER, pour l'HEURE DU PARJURE ». (Tiens, un nom de parfum) — ce qui prouve que je suis comme la Belgique, je ne crois plus aux traités.

Que les fleurs du jardin naissent et s'éveillent, et fassent gai, si je me suis trompée.

— Oui, j'avais accepté (évasivement) la proposition de Renée, bien empêchée de dire la vérité, bien étonnée que vous lui ayiez permis... bien sûre que vous comprendriez que je n'accepte pas plus, que vous dire : *ave*[1]. Ces montées, ces chutes de la flamme, il ne faut pas me les attribuer. Je n'ai jamais changé. Ni menti. Si vous ne savez pas où je suis, ce n'est pas faute de le dire tout clair. Si vous avez eu mal, c'est à votre mal seul que vous devez vous en prendre, pas à moi. Et vous avez eu mal, parce que vous avez aimé qui ne pouvait que haïr le mal. On fait des charades, dès qu'on descend un peu profond par là. Tout cela ne vous serait pas arrivé, avec une autre. Mais mon prestige, c'était que j'étais ce qui devait exiger précisément ce qu'il vous tuait de donner. Voilà tout.

[*Sans signature*]

[*Enveloppe :*]
Monsieur Paul Valéry
40 rue de Villejust
Paris

1. Renée de Brimont dans une lettre à Valéry datée « Ce Lundi soir » (peut-être le 13 février 1922) a écrit : « Je reçois une bonne réponse de Catherine. Je suis ravie. Elle va passer une 10e de jours à Toulon pour traiter sa voix, mais pourra vous recevoir ensuite. Arrangez tout cela avec elle. »

À CATHERINE POZZI

[*Brouillons :*]

[*Paris, mi-février1922*]

Beaucoup souffert.
Nuit meilleure. Merci.
Prière télégraphier si intentions
communiquées par Brimont sont confirmées[1]. Ai besoin urgent
savoir.
Affectueusement

Beaucoup souffert.
Nuit plus calme. Merci.
Très ému lettre Brimont.
~~vous prie~~ confirmer.
prière
~~décider~~ pour
Trois jours très.

~~Merci. Suis ému bien bouleversé des~~ [*illisible*] ~~nouvelles~~
~~mais prière télégraphier si puis compter~~
~~ce que vous écrivais à Brimont. Venir~~
~~bientôt selon lettre à Brimont~~
~~compter sur~~ *Amitiés*

Merci. 3 jours terribles. Nuit plus calme. Espoir.
Prière télégraphier si ~~confirmez~~ dois
tenir compte lettre à ~~communication à~~ Brimont.
~~désire être fixé dans~~ absolument nécessaire sois fixé au plus tôt
~~ai besoin être~~
pour santé et dispositions.
intentions exprimées et
Brimont[2]

1. Voir la lettre précédente et la note.
2. Brouillon écrit au verso de la carte de visite de Maurice Martin du Gard, directeur des *Écrits nouveaux*.

À PAUL VALÉRY

[*Vence,*] Mercredi 15 Février 1922

Je ne vois pas que la situation soit désespérée. Ce vieillard vous laisse vingt mille francs, de quoi remplacer (un peu au delà même) les gages qu'il vous donnait. Vous pouvez donc attendre assez longtemps un autre emploi. Vous savez bien que vous le trouverez (ne serait-ce qu'à l'Havas.) En tous cas, la première nécessité, c'est de ne pas vous croire perdu. Nul état n'est pire, et n'empêche plus certainement l'arrivée du bien.

Regardons les choses tranquillement. Aucune obligation de gagner tout de suite de quoi subsister ; votre présent est assuré. Vous vous donnez donc un mois, deux mois, pour vous enquérir. Vous le faites avec calme, bien décidé à ne pas accepter *n'importe quoi* — ayant un an de monnaie avancé par ce legs dans votre poche, vous pesez les offres que l'on vous fait, et ne donnez pas la figure du monsieur qui est à l'aboi. Les gens s'en aperçoivent ; quelques personnes qui déjà cherchaient à utiliser votre désarroi, sont remises au point. D'autres se rencontrent, sur qui votre nom, votre talent, portent comme il se doit ; peu à peu, le fait que vous êtes libre, se connaît ; et plus de demandes vous atteignent, que vous ne pouviez soupçonner. — Cependant, et la première tristesse passée — j'espère que vous en aurez, car il fut quelquefois bon, ce vieux monsieur, — vous comprenez cette chose étonnante : vous êtes maître de vous ! Ah, je ne puis m'empêcher de regarder ce bouleversement de votre vie avec quelque chose qui ressemble joliment à de l'espoir........

Maintenant, une page pour moi. Ce sera la dernière. Vous voyez que j'ai d'abord voulu parler de vous. Rien n'a été, depuis un an, qu'en fonction de vous. Et ceci encore, pour finir. J'ai reçu depuis le début de Février diverses lettres. Il y eut la promesse solennelle du 26 Janvier, avant[1]. Puis vos

1. Voir *supra* p. 279 le *Journal* de C.P. où elle date cette promesse du 23 janvier.

dépêches, puis mon hésitation à vous laisser venir, puis vos injures (on ne sait trop quel nom, quoique ceci convienne peu, donner à certain ton que vous prenez), puis ma parole permettant votre entrée dans ce jardin, encore qu'elle refusât de vous y laisser habiter ; — puis vos bénédictions ; puis la lettre de ce matin. Et celle là fut : *ONCE TOO MUCH* [1].

J'ai simplement écrit, dans le bas, au crayon : « l'injustice a en soi quelque chose d'ignoble, qui m'a toujours blessée au-dessus de tout. » Malgré que votre être diffère beaucoup de celui qui fut Edouard Bourdet, notre long débat m'a laissé quelque chose de l'impossible-à-vivre qui m'avait été donné par mon mari. Réaction finie, je crois que ce qui reste dans le matras[2], c'est l'insoluble espèce Équivoque. Une sorte de mensonge qui n'est pas positivement du mensonge (qui ment même en étant pas franchement ce que c'est) mais de la vérité retournée… J'en ai assez.

J'ai écrit trop de lettres pour que, changée par votre façon en poison, la vérité redevient la vérité. Je ne le ferai plus. De quoi s'agit-il ? De l'art abominable avec lequel vous nous posez, vous en serviteur passionnément fidèle de l'amour, moi, en son contraire. Il suffit, n'est-ce pas, que vous ayiez crié pendant un an « bien aimée ». Non, cela ne suffit pas. Je vous ai aimé, je vous ai servi, je vous ai grandi ; maintenant encore, je vous avais pardonné. Mais continuer d'entendre (entre deux lettres où l'on me « bénit ») que vous êtes « l'homme dont la maison a été prise, qui y revient, aperçoit quelque chose de changé, un détail autre qui le repousse »… et bien sûr, le lecteur n'a pas assez de larmes pour ce malheureux innocent.

Je regrette qu'après avoir gâché, pendant un an, la dévotion la plus grande, il vous plaise encore de vous raconter à vous-même que vous l'avez perdue par la fatigue ou le hasard. J'écris ceci très doucement ; comme je vous tends la main. Il est vain de me répondre, j'ai assez de ce débat. Vous avez quelques mois pour changer de vie, pour faire place

1. Une de trop.
2. Le matras est un vase en verre au long col utilisé pour diverses opérations alchimiques, chimiques et pharmaceutiques, notamment pour la distillation.

nette de votre triste passé, pour construire l'avenir dont je vous ai si bien montré la forme, qu'il n'y a que de relire mes lettres pour le copier. Pendant ce temps, je ne vous écrirai plus, ni ne vous lirai, ce qui ne sert à rien.

Au revoir et Dieu vous conduise.

C

15.2. [*19*]22 trois heures

J'étais à travailler sur la *Défense de la Tradition* de Bossuet. Quelque chose me mène à rouvrir cette lettre que je vous écris ce matin, à y poser cette page.

— J'étais à travailler, et ne le pouvais bien ; un appel déchirant venu de vous, et une réponse en moi, si triste ; un sentiment que je venais de fermer ma porte encore une fois, et durement, et que cela était nécessaire et bon, mais qu'il y avait pourtant cette âme follement qui m'a appelée. Et toute sa sombre injustice ne peut faire, que je ne sois la seule créature au monde qu'elle ait jamais appelée... Alors, soyez en paix, mon petit enfant. Faites le mieux que vous pouvez ; résistez aux discours aveugles de votre mal ; pensez à moi quand il faut avoir du courage. Ayez-en ; c'est l'heure qu'il vous faut descendre vivre. « Aide-toi... » le ciel ne demande quelquefois qu'un commencement.

Je ne vous parlerai plus de quelque temps ; mais ce quelque temps est l'espace qui vous a été donné, pour que vous remettiez debout toutes choses — et l'univers, d'accord ; non plus « sale vie », mais chère vie. Pendant que vous la refaites, la chère, chère vie, souvenez-vous de moi.

Karin

[*Enveloppe :*]
Paul Valéry
40 rue de Villejust
Paris

À CATHERINE POZZI

[*Carte-lettre :*]

[*Paris,*] Jeudi [*16 février 1922*]

Votre lettre tombe à merveille. Je suis par terre, et voilà encore pour toi, ce caillou, sinon ce crachat, âme foutue.

Allez. J'encaisse tout maintenant. Vous n'êtes plus toute seule à tirer. Ce matin le plus sérieux espoir de retrouver une situation s'est effondré, allez.

Je ne veux plus que rétablir quelques faits. Vous parlez naturellement de parjure. On crèverait devant vous que ce salon dominerait tout sentiment ! Eh bien j'ai été là 3 fois, = 2 dimanches + 1 déjeuner, depuis que je ressors. Le portrait n'a rien à y voir. Et puis, en fait de parjure — ne croyez-vous pas qu'il en ait eu d'autres ?

Votre main m'a écrit hier soir une lettre pleine de cœur et de bonté. J'en ai été ému. Tout le monde est bon, d'ailleurs, pour moi dans ce moment d'angoisse. Il était dit que la goutte suprême de fiel c'est toi qui la verserais.

PAUL VALÉRY À THÉRÈSE POZZI

[*Paris,*] *Jeudi* [*16 février 1922*[1]]

Chère Madame et amie,

Je vous avoue que ces quelques mots que vous avez eu la bonté de m'écrire m'ont profondément ému. Une parole aussi amicale que la vôtre est singulièrement douce à entendre pour un homme dont l'état vient de devenir brusquement critique. Je me trouvais déjà, comme vous le savez, à la limite de mes forces, et je crains maintenant de ne pouvoir soutenir un tel accroissement de mes difficultés. C'est une cruelle situation que d'être saisi par l'événement en flagrant

1. Lettre datée par C.P.

délit de faiblesse et d'insuffisance d'énergie. Et puis, je trouve déjà devant moi des égoïsmes et des manques de parole que j'avais prévus sans vouloir y croire.

C'est pourquoi j'ai ressenti si doucement les vœux affectueux que vous m'adressez. Je vous en remercie de tout mon cœur. Mais quant à la poésie et au poète, j'ai peur que leur temps ne soit révolu. C'était le temps de l'abondance et des grappes de Chanaan. Loisir et sécurité du lendemain sont pour moi les divinités protectrices des travaux de l'esprit.

Mon voyage est nécessairement plus que compromis par tout ceci. Mon repos, ma distraction seront sans doute des victimes qu'il faudra sacrifier aux mânes du défunt. Mais peut-être devrais-je partir malgré tout, car je me sens si ruiné de corps et d'âme, et je prévois de si durs efforts à fournir, que je me forcerai à ce déplacement de luxe, avant de prendre une toute autre allure de vie. C'est chose à décider ces jours-ci. Je ne manquerai pas d'aller vous en informer.

Croyez, chère Madame, que je suis tout à fait touché des sentiments que vous avez bien voulu m'exprimer.

Recevez l'expression de toute ma respectueuse reconnaissance.

Paul Valéry

À PAUL VALÉRY

[*Vence, jeudi*] 16.2. [*19*]22

Voilà ce qu'il faut faire : aucune sollicitation verbale, — vous ne le feriez pas bien, — mais écrire une lettre. Arthur Meyer[1] vous vient de rendre un petit service ; cela vous est encore plus naturel de lui parler. Vous êtes au courant de l'affaire du *Figaro*[2]. Vous savez mieux que moi qu'A.M. est là-dedans. Il y a là une affaire énorme qui se construit, avec

1. Arthur Meyer (1844-1924), fondateur du *Gaulois*, royaliste et violemment antidreyfusard en dépit de son origine juive.

2. Le richissime parfumeur François Coty (1874-1934) s'empare du *Figaro* en 1922 et le fusionnera avec *Le Gaulois* en 1929.

beaucoup d'adresse. On a besoin de gens. Vous êtes exactement le type qui peut être utilisé — mieux, *qui peut décider du succès.* Je ne pense pas à un poste inférieur, à un article de temps à autre. Je pense à la direction même, toute la part littéraire et scientifique ; — la haute main sur les collaborations ; le choix de la mise en page. C'est exactement ce qu'il vous faut : un métier purement de l'esprit, et cependant très rétribué. J'ajoute que vous êtes exactement celui qu'il faut à ces.. parfumeurs. Écrivez la lettre. *Faites-la très hardie et très claire.* Ne craignez pas de dire, que vous vous sentez d'intelligence à faire de ce journal la première du monde.

Et ensuite, demandez. Il vous faut un fixe de 15 à 20.000 pour commencer ; vous donnez quelques lignes tous les jours (la matière d'une conversation à vos dames) mais plus, mais surtout vous donnez le ton au machin. — Si vous comprenez ce que j'entends, si pour la première fois de votre vie vous avez confiance en moi et faites ce que je vois, j'espère être en ceci cela, que vainement j'ai voulu et, comme disait ma marraine Madame de Ségur : votre bon ange.

Catherine

[*Dans la marge :*]

Faites bien comprendre que vous ne voulez pas d'une collaboration *vague* mais d'un poste avec fixe assuré, et votre liberté absolue. Même votre nom en tête de la feuille peut leur servir. Ces idiots ont besoin d'un nom qui rassure. Vous ne vous doutez pas à quel point vous avez là barre sur eux.

[*Page suivante :*]

Relisant ceci, je comprends très bien que vous allez être frappé de l'excessif de mes prétentions pour vous. Et, à première vue, vous avez raison. Mais l'exemple de tous les hommes qui eurent quelque puissance, enseigne je crois qu'il est quelquefois beaucoup plus facile de décrocher une chose énorme, qu'un petit bien. Plus facile d'être commandeur que d'avoir les palmes. et qu'on a plus de chances d'être écouté et — entendu — quand on prétend à un poste épatant. Voulez-vous l'essayer. Voulez-vous mettre votre mépris le plus chic, et une confiance rutilante,... et parler... avec ma voix.

[*Enveloppe dactylographiée :*]
Paul Valéry
40 rue de Villejust 40
Paris

CATHERINE POZZI À RENÉE DE BRIMONT

[*Vence,*] Jeudi [*16 février 1922*]

Chère Renée,

Êtes-vous bien ? Êtes-vous là[1] ? Et le malade vous a-t-il suivi ? Donnez-moi de vos nouvelles à tous les deux et dites quand je vous verrai.

J'ai renoncé à Toulon momentanément[2]. Irai un peu plus tard. Si vous alliez à Nice un jour, prévenez, j'aimerais vous y rencontrer. Grasse n'est pas plus loin, mais la route par les Gorges du Loup est embêtante (du point de vue chauffeur, qui est le mien. Le beau, je m'en —. Je n'aime plus que le plat.)

Tibi tendrement

C

1. À Grasse. Voir *supra* p. 314, n. 1.
2. *Ibid.*, p. 316, n. 1.

À CATHERINE POZZI

[*Brouillon :*]

[*Paris,*] Vendredi [*17 Février 1922*]

Merci pour la lettre qui vient d'arriver[1]. La première page est exactement ma pensée. Il me semble que je triomphe de mes nerfs, et que j'aurai la force d'attendre. La petite page séparée, tombée du Bossuet m'a été jusqu'aux larmes. Presque. Car il ne faut plus de larmes. Vous me permettrez de lui donner un prix. Ce sera une édition originale des *États d'Oraison* de Jacques Bénigne (rarissime). Et Merci, peut-être *surtout* : Merci ! pour la 2e page.

Je n'avais pas l'intention de vous offenser. En un tel moment ! Comment voulez-vous ! La vérité fut mal exprimée. Elle est simple. Mon cœur, à cet instant de détresse, s'est tourné vers qui ? et de quel mouvement ? et croyez-vous que ce fut pour maudire — ? Sincèrement, imaginez ce mouvement.

— Et alors il m'a semblé que quelque chose était fermée. Que personne ne répondait. La phrase sur l'homme qui revient et qui retourne exclu, elle essayait de faire comprendre ce sentiment d'abandon, à cet autre cœur, de le toucher.

Et pourtant merci — pour la 2e page.

Alors, je ne vous écris plus. Il faut m'apprendre à redescendre de l'amour à... À quoi ? Et si le rien remplace le tout ? Les souvenirs sont choses terribles en moi.

Il y a un choc et un mouvement et une sensation du cœur que ce cœur produit ou plutôt reproduit, car c'est autre chose.

Havas

affaire 3 500
E.N. 150

1. Celle du 15 février. Voir *supra* p. 318.

H. libre depuis — mai 17

du matin au soir — [*illisible*] pas de Tizi — presque pas de K

Vous avez dit qu'il [*illisible*] l'amour après l'amour plus d'après tout. Donc la traite c'est vicié. Toutefois d'aller c'est simple. On vous aime ou non. Si oui — Si non, [que ne fut tout ce que vous pouvez penser[1] ?]

[*Autre feuillet :*]

[...] les choses. J'ai nettoyé ma table, et déchiré bien des petits papiers mystérieux. Je l'ai purgée de paperasses du patronat. Elle est nette. *Tabula rasa.* Et puis je me mis en campagne. Le jour même, j'ai vendu un petit poème, et traité pour une édition de luxe de la *Danse* soit 3600^{f}. Puis j'ai fait la liste de mes.. patronnesses et commencé à téléphoner et à écrire. J'ai relancé votre ennemie qui est très puissante actuellement. J'ai sondé deux ou trois hommes en place. Etc.

Le même jour, j'ai attaqué Havas. Et j'ai eu aussitôt le sentiment que ces gens-là étaient Phéniciens. Je le savais. Et d'ailleurs je tiens peu à l'existence suicide de leurs bureaux. Je voudrais échapper aux bureaux le plus possible. Ce sont d'ignobles enfers.

Hier, j'ai reçu 2 visites. Propositions d'un jeune homme dévoué au nom d'un éditeur. *Grandes promesses,* mais qui me ligoteraient. Je remercie et me réserve réponse. Puis vient Gallimard. Longue conversation. Je lui parle du précédent discrètement. (La littérature, dernière ressource.)

Tizi me fait alors appeler. Elle a remué le Milieu. Elle m'offre 3 *cartes* dont 2 peuvent se combiner, ou se cumuler. En vérité, elle n'est pas rancunière. Le régime sec, elle l'a assez bien pris. Bref, le génie « réaliste » de sa race l'anime. J'ai l'impression que le plaisir d'exercer son pouvoir, d'agir, de jouer une partie avec de bons atouts sont mes auxiliaires réels. Téléphone avec un très haut fonctionnaire (un qui gagne 400.000^{f} par an) m'invite à dîner pour lundi soir avec quelques mots de mon affaire. Je vais ensuite chez l'ennemie

1. Toute la fin de ce feuillet est obscure quand elle n'est pas illisible.

de votre ennemie — Pierrebourg. Ici commisération gonflée, et néant comme idées, et comme *auxilium*[1]. Et puis chez je ne sais qui.

En rentrant, pneu de Mme Klotz (ex-finances[2]) qui se rattache aux combinaisons de l'Ancien Testament. Elle m'invite à son thé d'aujourd'hui.

Je suis crevé, et non déprimé. Tout est à son plan, *si le corps ne me trahit pas*. Ceci est le grand danger. Le repos et le voyage sont différés à je ne sais quand. La haute pensée est remisée. (À ce propos, j'ai reçu un bien étrange mnss. « Le cœur de Vinci » salade du Vinci et de Teste, dans une langue insensée et pleine de fautes grossières — et là-dedans ma *pensée*, barbarement saisie, mais parfois avec une étrange force. Une caricature cubiste de ma pensée. Sensation bizarre de se voir ainsi dans un miroir gondolé.)

Voilà. J'ai voulu vous dire l'état des choses avant que nous nous ignorions autant que vous le commanderez. Je porte sur mon cœur le petit feuillet. Je pense bien qu'il ne s'y dessèchera pas. Priez pour que je retrouve le sommeil. Il est quatre heures. J'ai peur de ces insomnies.

Alors... à quand ?... La « chère vie » est-elle finie — et même, la triste, l'amère, l'épouvantable vie de ces derniers mois. Faudra-t-il un jour penser, non aux tendresses, mais aux larmes mêmes, avec regret ? — Enfin, j'obéis, et je n'écris plus.

Coïncidence : le Cahier Maudit[3] finit avant-hier. Sur quelques formules

1. Secours.
2. La femme de Louis-Lucien Klotz (1868-1930), député radical, ministre des Finances sous Briand, Poincaré et Clemenceau.
3. « Q » 1921-1922, *Cahiers*, VIII, p. 347-515.

À PAUL VALÉRY

[*Télégramme :*]

[*Vence, samedi c.p. 18 février 1922*]

VENCE 417 12 18 14h 12
JE VOUS DIS AFFECTUEUSEMENT CONFIANCE = CATHERINE

[*Adresse :*]
PAUL VALÉRY
40 R VILLEJUST
PARIS

CATHERINE POZZI, *JOURNAL*

Lundi 20 février [*1922*]. Soir.

Lettre de lui, samedi.

L'impossible arrive. Il va avoir une âme. Est-ce possible ? Ce que j'ai demandé de lui, voulu, espéré de lui, depuis un an… et maintenant que je désespérais ! […]

J'ai trouvé sa lettre en rentrant. C'est la première lettre, ou je vois *l'homme.* « Je suis *crevé,* et non déprimé. » Il ne supplie plus. Il ne m'injurie plus — il parle comme je parlerais. Il est en face de la vie, et décide, et choisit. Cette lettre sérieuse, est presque gaie dans sa tristesse. Elle est d'une tristesse comme ma tristesse, d'une tristesse debout. Je ne l'avais jamais vu qu'atterré… Oh, et quand vais-je le revoir ?

[…]

Il y avait une lettre de lui, cette lettre dont je parle là. Elle m'a presque désespérée. Tu comprends, c'était la lettre que j'aurais écrite, moi : alors, il n'a plus besoin de moi.

À PAUL VALÉRY

[*Vence, lundi*] 20 Février [*19*]22

C'est presque timidement que je vais écrire. Cette plume qui jure toujours qu'elle ne dira plus rien ! Mon chéri j'ai votre dépêche et je vous prends dans mes bras. C'est assez n'est ce pas.

J'ai si peur, si peur, — âme sans nom que vous êtes pour moi. Non plus Lionardo mio — peut-être bien plus. J'ai si peur, âme que j'ai voulue telle, si peur, que vous puissiez être qui j'ai voulu, et l'étant enfin, qu'aucune âme au monde ne m'approche, que vous et que vous me suffisiez.

Je suis revenue de Nice, qui est bleue et folle et chaude, et fatiguée suis tombée dans ma chambre bleue percée de soleil et j'ai prié pour que tu existes.

Mais il ne faut pas que la porte de la nouvelle vie vous soit ouverte par des mains qui nous ont toujours séparés.

Je suis comme quelqu'un qui a mis sa fortune avec une graine dans la terre, et qui attend. C'est de l'agriculture mystique. Mais il est plus haut que moi, celui qui fait germer le grain de sénevé[1].

[*Sans signature*]

[*Enveloppe :*]
Monsieur Paul Valéry
40 rue de Villejust
Paris

[*C.p.*] 21-2-22

1. « À quoi comparerons-nous le royaume de Dieu, ou par quelle parabole le représenterons-nous ? Il est semblable à un grain de sénevé, qui, lorsqu'on le sème en terre, est la plus petite de toutes les semences qui sont sur la terre ; mais, lorsqu'il a été semé, il monte, devient plus grand que tous les légumes, et pousse de grandes branches, en sorte que les oiseaux du ciel peuvent habiter sous son ombre. » *Marc*, 4 : 30-32.

À PAUL VALÉRY

[*Vence, samedi*] 25.2. [*19*]22

La proposition de l'Havas[1], j'aimerais encore mieux une direction *Figaro*[2]... Ce journal invisible[3] où vous donneriez de votre bien, me paraît un endroit où les pirates vous pilleraient sans peine. S'il faut livrer son idée quotidienne, au moins que ce soit en plein jour.

Renée est arrivée hier, elle repart mercredi. Elle marche dans le spiritisme comme si les morts n'étaient, de toute évidence, aussi embêtants que les vivants[4]. Je suis pire, qui ne regarde que les saints.

— Ce n° du *Divan*[5] sera une joie, mais je crains d'être seule à l'entièrement savourer. Pour la fantaisie qu'il vous vient de leur envoyer des extraits de mes lettres, c'est une blague gracieuse, hein ? Car si vous pouviez faire cela, même par jeu, Béatrice Dupuy[6] ne l'admettrait pas. Vous savez si son dada rue (oh oui, qu'il dit.) — Je ne suis pas mécontente d'avoir le lieu de reparler de ces lettres. Leur sort, hélas, sera le volume à 7 frs., avec commentaire d'un Barthou des temps prochains (*most horrible*[7]) — il n'y a pas moyen de l'empêcher ; mais moi vivante, ablatif absolu, n'en exposez pas une ligne. Je vous le demande, mon ami[8]. Au revoir. Il fait soleil

1. L'agence Havas semble avoir proposé à Valéry un poste qui ne lui plaisait guère. Voir *supra* la lettre de Valéry du 17 février 1922, p. 326.
2. Voir *supra* la lettre de C.P. p. 322.
3. On ne sait pas de quel journal il s'agit.
4. Renée de Brimont, auteur de recueils poétiques d'un esthétisme raffiné, publie une traduction de *La Fugitive* de Rabindranath Tagore aux Éditions de La Nouvelle Revue Française en 1922. Ce même jour, 25 février 1922, elle écrit à Valéry : « Cher Ami, un mot de la Collinette où me voici depuis hier — jusqu'à Mercredi — et où l'on vous attend. Vous trouverez notre amie en meilleure santé grâce à l'air excellent de Vence. Elle travaille un peu, mène son auto, plante des choses qui s'obstinent à ne point pousser dans le jardin de curé de sa villa. Et puis elle cherche éperdument un terrain à acheter. [...] Je sais par Catherine que Mr Lebey ne vous a pas complètement oublié, ce qui vous donne le temps de choisir parmi divers projets. »
5. « L'Hommage à Paul Valéry » paraîtra dans *Le Divan*, n° 79, en mai 1922 et contiendra, joint aux contributions de nombreux amis et admirateurs de P.V., un fragment de « Narcisse » en fac-similé d'autographe.
6. Non identifiée.
7. Très horrible.
8. Note de C.P. : « Et si vous veniez, rapportez-les. N'est-ce pas. »

et je suis triste. Je ne puis me résoudre à écrire ce livre, qu'il faut faire avant que mourir[1]. C'est comme un devoir originel, que je n'accomplis pas. L'idée du devoir, chez cette idiote, empoisonne tout........

Adieu, homme qui ne devez rien... et que vos jours vous soient bons, et que vos nuits soient confiantes

CK

[*Enveloppe :*]
Monsieur Paul Valéry
40 rue de Villejust
Paris

À PAUL VALÉRY

[*Vence, jeudi*] 2 Mars 1922

Je vous remercie pour ces lettres si affectueuses du 27 et 28[2]. Je ne savais pas que la mienne fût si triste. « *It's not what he says, but the way he says it*[3] », je suppose. Il est bien remarquable que vous soyez devenu sensible au ton, de façon si fine ; et rien ne me prouverait mieux que vous commencez à m'aimer.

Ce que j'ai — ça n'a guère d'étiquette ; je crois que j'ai « l'humanité ». Deux visites, Violente[4] 3 jours, Renée[5] quatre ; un plongeon dans l'âme moyenne des excellents ; c'est tout.

Je vous ai « écrit, dites-vous, comme si je vous parlais sans vous regarder ». Je me retourne, me regarde écrire, et vois que c'est vrai. Mais Kardiascope[6], Lionardo ! — J'ai écrit vite,

1. *Peau d'âme,* en chantier depuis 1915, ne sera publié qu'en 1935 après la mort de C.P.
2. Elles n'ont pas été retrouvées.
3. Ce n'est pas ce qu'il dit mais la façon dont il le dit.
4. Suzanne Poncet.
5. Renée de Brimont.
6. C.P. invente un néologisme grec . regardez mon cœur.

hâtivement, ne voulant écrire, et soucieuse seulement de mettre dans ma lettre une phrase vous empêchant de publier, anonyme, en dehors de moi, de mon écriture. Je n'ai écrit que pour cela. Je ne souhaitais pas vous parler. Vous aviez une fois de plus rompu une fatigante promesse[1] et il m'était égal que le motif d'intérêt soit plausible ; je ne puis donner en papier la nuance d'un moment ; — ce sont choses de pudeur, de fierté ; la différence entre les κρείττονες et les μαλακοί[2], c'est peut-être qu'entre deux partis indifférents, les premiers aperçoivent je ne sais quelle valeur délicate qui leur fait préférer le plus difficile — le moins ordinaire — tandis que les autres choisissent l'autre, en disant « après tout, c'est tout naturel », discours seul qui prouve que si c'est naturel, ce n'est pas beau. — Voici dix lignes pour une pensée que je n'aurais même pas regardée. Non, elle ne m'aurait pas fait de peine. Vous n'avez plus ce pouvoir. Vous avez celui, peut-être, de me réjouir. Est-ce vraiment vrai, que mon enfant renaît « d'eau et d'esprit[3] » ?

Je vous remercie aussi de ce que vous dites de mon « livre[4] »... Savez-vous que Renée, présente, me prie de lui passer votre lettre ? (C'était hier) (elle est repartie). J'ai dû vivement esquiver le geste et lire extraits. Elle n'a peut-être pas cru seulement que je ne voulais que taire vos littéraires conseils. Il y avait sur la table votre carte lettre précédente — très correcte mais très affectueuse ; je suis sortie un moment, voyant très bien que la belle regardait la carte. Mais possédée de mon esprit provocateur genre tente-Diable au retour, la carte avait bougé. Elle m'a lu ses œuvres le soir. J'étais bien fatiguée. Cet univers si vain. Le 4e jour j'étais malade. La santé, pour mon corps perdu, c'est le jardin ascétique, où tout est clair.

Je vois que je n'ai pas satisfait à toutes vos questions. Vous dites encore « si vous saviez à quel point je ne sais rien de

1. En janvier, Valéry avait solennellement promis de réduire la fréquence de ses visites chez sa voisine, Jeanne Mühlfeld.

2. Les forts et les faibles.

3. « Jésus répondit : "En vérité, en vérité, je te le dis, à moins de naître d'eau et d'esprit, nul ne peut entrer dans le Royaume de Dieu". » Jean, 3.5.

4. *De Libertate*, le futur *Peau d'âme*.

vous ! » C'est vrai. Vous ne le souhaitiez pas autrefois ; j'ai pris l'habitude de marcher sans que vous voyiez mon visage. Je vous répondais... Cherchez-vous vraiment autre chose, aujourd'hui, que ma réponse à votre seul vous ? — Le jour où j'avais fait vœu de vous aimer, je vous envoyai des feuilles que vous n'avez pas lues ; des vers, perdus. Et le *De Libertate* restait un mois dans une chambre où sa seule mission était que mon esprit précédât ma tendresse. Je ne regrette pas, Lionardo, que vous ne vous soyiez soucié de le lire. C'était très mal écrit.

Je n'ai pas cru mal faire en parlant à Jolie[1] de l'état de vos recherches. Elle a un grand sens de l'utile social. Elle souhaite beaucoup la direction revue. Elle a dû mettre à Nice dépêche à cet effet[2]. Ce serait une puissance — Et le bureau à vous ! le lieu de travail confortable, certain. Les Siegfried[3] sont prévenus, si vous y allez. Je ne crois pas qu'il faille choisir un emploi d'état. Oh non ! C'est cela, la meule. Ou alors, politique ? Mais politique pure ; Société Nations ou autre. Et puis vous n'êtes plus à l'âge où l'on puisse accepter d'être secrétaire d'un député sans déchoir. Je vous conseille très fort l'emploi littéraire, éditions, etc.

Ah, une revue à vous ! Quelles choses on pourrait faire ! Quels labours de cerveaux !

Pour dormir, il ne faut pas trop penser avant se coucher ; il faut laisser tomber de soi les abeilles d'or ; et se baigner et longuement laver avant dîner, et mettre au lit neuf heures et quart.

Au revoir... Il y a un grand vent qui balance le soleil. Les amandiers sont en fleur. Mais Renée dit que Collinette est comme un chalet luxueux de nécessité.

1. Renée de Brimont.

2. Le 2 mars, après avoir quitté C.P., Renée de Brimont a envoyé un télégramme à Valéry de Nice : « CONSEILLONS ACCEPTER DIRECTION REVUE & ÉDITIONS POÈTES AVEC GROS APPOINTEMENTS PAS SE LAISSER ROULER/CATHERINE RENÉE. »

3. André Siegfried est, en 1922, chef de la section économique du service français de la Société des Nations. C.P. lui écrit ainsi qu'à sa femme, Paule, pour les inciter à aider Valéry dans sa recherche d'un poste.

Je voudrais dire quelque chose de gentil. Voilà. Il faut que votre vie soit assise et saine, parce que je la connaîtrai encore quand le dégoût m'aura fait chasser toutes les autres.

C

J'attends Denise Hellmann[1]. L'adresse de Renée à Nice est Hôtel de Paris jusqu'à fin Mars.

Puis-je vous dire que je ne trouve pas la typographie de *Charmes* jolie[2]. (Tenez-vous beaucoup à ce titre ?) Est-ce que cela vous ennuierait de ne pas y publier « Les Pas[3] » ? Est-ce que vous ne pourriez pas retravailler certains vers du « Cimetière Marin » (j'accepte les focs) ?

[*Sans signature*]

[*Enveloppe dactylographiée :*]
Monsieur Paul Valéry
40 rue de Villejust
PARIS

À CATHERINE POZZI

[*Paris,*] Samedi [*4 mars 1922*]

Enfin, la machine à écrire[4] ! —

Je suis touché par cette lettre si simple que vous m'écrivez. Il me semble que jamais je n'ai été plus près de vous, quoi-

1. Il n'a pas été possible d'identifier ce personnage.
2. Elle a dû en voir les épreuves. *Charmes* paraîtra chez Gallimard en juin 1922.
3. « Les pas », publié en novembre 1921 dans les *Feuillets d'Art*, sera recueilli dans *Charmes*. Valéry avait ébauché une première version de ce poème en 1918, soit deux ans avant de faire la connaissance de C.P. Devenus amants, ils ont tendance à interpréter des poèmes composés avant leur rencontre à la lumière de leur passion actuelle.
4. Cette lettre est manuscrite. Valéry doit faire allusion à l'adresse sur l'enveloppe du message précédent dactylographiée par C.P., vraisemblablement pour dissimuler l'identité de l'expéditrice.

que par un point tout autre, et vierge. (Pardon pour cette hardiesse linguistique. —) Je pense à vous avec une affection et une tendresse et des craintes infinies. — Comme si nous nous retrouvions dans un lieu d'après la mort, mais non encore exempt de ces inquiétudes inexprimables qui après tout font le prix des êtres les plus précieux.

Mais je passe un moment bien dur. Je vous l'avais écrit que le corps était ce que je craignais le plus ; et en effet, il me tourmente dans cette passe où j'aurais besoin de mes forces. Je suis brisé.

Quant aux affaires, elles sont médiocres. La combinaison Éditeur tourne en eau sale[1]. Les chiffres qui m'avaient été donnés d'abord, se réduisent en les regardant. Voici que des 40 ou 45 000 f qui miroitaient — on passe à 24, péniblement ! Et de plus, on me met dans les jambes comme Président du Conseil d'Administration — André Germain[2] ! ! Et autres pailles encore. Ceci court au néant. Donc j'ai navigué au plus près. L'affaire du Service Français Société des Nations. Été hier François 1er où j'ai vu André Siegfried et lui ai remis votre lettre. Il a été tout à fait charmant. Si ceci réussit, j'aurais une situation d'attente qui combinée avec Gallimard me permettra de vivre. — Mais je n'entends pas en rester là. Il faut que mes vers paraissent, que le *Divan* paraisse, que je reprenne forces — et alors —

Mais je passe un moment bien dur. Et je me sentais seul, seul, sans lettre de vous. Je vois trop, mon petit, que vous êtes ma seule compagnie intérieure. Ce fut hier un de ces jours sinistres où l'on finit bêtement par pleurer sur soi intérieurement. Pleurer quoi ? Deux choses auxquelles j'ai touché. Possession de mon esprit à un point que peu d'hommes, je crois, ont approché. Et puis, intime profondeur avec une autre vie. L'une et l'autre, les plus rares choses du monde. L'une *avec* l'autre. La chose introuvable. Mais rien d'humain ne va si loin, si profond. Mais quand on a tenu

1. Valéry était en pourparlers avec Gallimard parmi d'autres maisons d'édition.

2. André Germain (1881-1864), fils du fondateur du Crédit Lyonnais, Henri Germain. Critique littéraire, il crée *Les Écrits nouveaux* qui deviendra, en 1923, *La Revue européenne.*

cela dans ses mains, et que cela se dissipe — tout le reste est rien. La vie n'offre plus à cette volonté éclairée que des objets à 10 sous. Et la résignation prophétique d'antan en moins. Ce n'est pas la volonté qui manque, c'est l'objet digne d'elle.

Et maintenant, laissez-moi vous demander ceci, comme un service. Pouvez-vous m'héberger quelques jours ? — Il faut absolument que j'échappe à tout. Et il faut que pendant quelques jours, je ne sente plus aussi cette espèce de tension au cœur que votre éloignement me donne. J'ai besoin de me reposer de vous, — de vous *potentiel*. Voulez-vous, pouvez-vous, me rendre ce service ? C'est même beaucoup plus qu'un service. Je pourrais partir à la fin de la semaine.

Si vous attendez quelqu'un, j'attendrai un peu[1]. Vous m'imposerez la loi que vous voudrez. On m'indique à Nice l'Hôtel Sévigné ? Connaissez-vous ? Mais je ne veux pas séjourner à Nice.

À CATHERINE POZZI

[*Paris*,] Lundi [*6 Mars 1922*]

Je vous envoie cette coupure où je ne déchiffre que mon nom Leonardo[2] ! — Soyez bonne assez pour me *la renvoyer par courrier avec la traduction*. Je n'ai pas voulu l'obtenir d'autre que de vous. Suivant cette traduction, je remercierai ou non l'auteur. Je tiens beaucoup à la conquête du Boche. Seul lecteur en Europe. Lecteur à tâtons mais lecteur. Lecteur qui lit.

Mes affaires vont aussi mal que possible. La situation « Société des Nations » est en fumée. *Je n'en suis pas désolé*. Je déjeune jeudi chez les Klotz. Ce qui me désole c'est mon état.

1. Valéry pense à Jean Marchand qui s'est violemment épris de C.P.

2. Dans la marge, de la main de C.P. : « S'adresse au Vinci, voir traduction. » La coupure dont il est question est une critique de l'œuvre de Valéry, en allemand, signé Otto Grautoff (1876-1955), auteur de nombreux ouvrages sur les relations littéraires et artistiques entre la France et l'Allemagne. C.P. joindra sa traduction de la notice de Grautoff à sa réponse à cette lettre. Voir *infra* lettre du 8 mars, p. 338, n. 4.

Le vaisseau qui porte César est très éprouvé. Je le sens sous mon esprit, craquer. L'intellect est comme fermé. Je pense au Temple de Janus[1]. Rien ne me tire d'un sombre et d'un morne intérieur. De ces grandes journées que j'ai maintenant je ne fais rien. Je veux partir, me fuir, me reprendre. Il le faut. Et chaque jour ce départ absolument nécessaire est empêché par un incident réel, ou possible, de ces négociations vaines...

Je vous ai demandé hier de m'accueillir. C'est qu'une image obstinée me poursuit. Il me semble que je trouverais repos, salut, reprise au moyen de quelques après midis — de votre jardin. Vous me prêteriez une chaise longue et une ombrelle. Je ferais des heures, là, les yeux fermés. Peut-être me parleriez-vous et répondrais-je ? Ce serait comme de parler à soi. Cette image m'est venue comme celles qui dans les rêves, se forment d'elles-mêmes au moyen des besoins.

Peut-être[2], vous m'enseigneriez qui donc vous êtes ; me guéririez-vous de cette ignorance anxieuse à votre égard, qui m'a fait tout un an et plus, me jeter contre une image fausse de vous, me briser sur ce dur miroir, et mille fois recommencer, mille fois attiré, mille fois rompu et rejeté ; et enfin tomber à terre, — où je suis.

— Le soleil splendide de ce jour me fait un mal atroce. Passe l'enterrement de Bataille[3]. Celui-là fut aimé des dieux. Il est mort en 10 minutes, après fortune faite. Vieillesse, maladie, misère, misères, épargnées. Il faut donc envier ce cochon-là. Un tel destin est un crachat sur la tête qui a voulu penser le plus purement. Vous ne savez ce qu'il y a d'horrible et de vraiment diabolique dans cette idée née des circonstances[4] que ce qu'on a placé sur toutes choses était une bêtise ; que le meilleur du meilleur de soi ne sert qu'à rendre misérable ; que longue impatience, volonté de maîtriser l'esprit, rejet de tout ce qui est ordure, ou oripeau du carna-

1. Les deux portes du temple de Janus à Rome n'étaient traditionnellement ouvertes qu'en temps de guerre.

2. Relisant cette lettre en 1924, C.P. a biffé ce paragraphe au crayon bleu et a ajouté un point d'exclamation dans la marge gauche.

3. Henry Bataille. Voir *supra* p. 280, n. 1.

4. Le reste de ce paragraphe et les deux suivants ont été biffés par C.P.

val intellectuel, — tout cela est rien. Et contre soi, non tant les hommes, certes, que les dieux, et que Dieu.

Parfois même, l'être le plus aimé — Mais pas toujours.

Dites — Pas toujours ? Soyez écho de ces deux mots[1]...

[*Post-scriptum*]

J'ai marchandé hier pour χ...[2] une blouse qui m'avait plu immensément. C'est en soie tressée. Couleurs divines. Trop cher aujourd'hui pour L. et puis pas les mesures. Dans les 375 [f] je crois. C'était si joli, si flou, et ce mélange de soies délicieusement délicat à l'œil et à la main. Je vous aurais envoyé ou apporté cela avec une joie d'enfant[3].

À PAUL VALÉRY

[*Vence, mercredi*] 8 Mars [*19*]22

Voici la traduction demandée[4].

Après m'avoir fait jeter une année et demie à vous montrer en écrit aussi fort que je sentais voir, où étaient le bien et le mal, ou, si vous aimez mieux, le sale et le pur, le laid et le beau, ô Platon, Platon pour des prunes, — il faut que je recommence en paroles, mon pauvre ami ? Comprenez donc : je parle plus mal que je n'écris. S'il paraît que toute

1. Commentaire de C.P. : « Le malheureux. »

2. Karin, en grec : Χάριν.

3. C.P. a ajouté six points d'exclamation.

4. En tête de sa traduction dactylographiée de l'article de Grautoff, C.P. ajoute à la main : « C'est Rancé qui ne gardait que des éreintements ? » À la fin, elle écrit : « Ce Boche est unique. Je l'embrasserais. » Grautoff écrit :

« Il y a, dans le cercle de *La N.R.F.*, un écrivain, qui ne paraît que rarement dans les cahiers blancs, mais dont les contributions préparent toujours un plaisir particulier : Paul Valéry. Il n'a encore écrit que peu de livres, quoiqu'il ait près de 50 ans. Son premier poème, *La Jeune Parque*, que j'eus jadis entre les mains, mais dont je ne me souviens qu'obscurément, se séparait déjà, il y a 14 ans, de la production littéraire de l'époque, par la pureté de la forme, par l'heureux mélange d'invention poétique et de philosophie. Pour ne pas éveiller de représentations erronées, il sera plus exact, d'ailleurs, de dire, au lieu de philosophie, sagesse [...]. »

ma sincérité n'a servi qu'à vous faire construire « une image fausse », je suis persuadée, et vous conseille de l'être, que « l'ignorance anxieuse » où vous assurez demeurer à mon égard, ne sera pas dissipée sous l'ombrelle d'un jardin.

Figurez un instant l'état d'un cœur qui, s'adressant à un être muni d'intelligence, dise pendant un an de toute son intelligence, la vérité ; figurez-vous, au bout de ce temps, son incrédulité ou son étonnement d'apprendre qu'on ne l'a pas entendu plus qu'eût-il parlé chinois, étrusque. Il y a une plume qui a écrit déjà, et il faut tout le temps le récrire, qu'elle est excédée de tracer des mots sur de l'eau.

Vous vous étonnez dans votre dernière lettre[1] que je n'ai pas apprécié les « Pas » ni l'autre petite pièce. C'est que vous avez pris soin de me les envoyer avec quelques remarques de la qualité de ces pensées-ci, et après, d'ailleurs, m'avoir quittée de sorte à m'ôter le goût et la curiosité de vos paroles. Il est exact que vous accompagniez souvent mêmes paroles de cadeaux, ou de désirs de cadeaux. Je [ne] trouve pas ça beau. Si voulez savoir quoi j'appelle « vil » c'est proprement cadeau avec blessure. Ai pas gardé collier venu dans ces conditions[2].

Ce goût, parfois, quand je travaille (j'ai lutté ces jours-ci contre le problème du « Présent ») existe de nouveau ; parfois deux lignes d'un moment inattendu, pendant lequel vous êtes honnête, me fondent de douceur, ouvrent l'espoir ; — j'entends honnête avec sa pensée et la mienne ; honnête qui est courage d'avouer ou de comprendre — et puis zut —
— Voici, à la page d'après, le grand anathème contre « la longue impatience, la volonté de maîtrise », et, *of course*[3], Dieu.

Si vous saviez, Valéry, comme Dieu vous trouve ridicule... (Il m'en a fait part. Il habite ici.) Je ne vous conseille pas d'entrer dans cette maison. Figurez-vous... c'est de la démence ! il y a un sacré-cœur sur la porte. Est-ce pour cela qu'elle me donne, la maison (Brimont ne l'a pas trouvée

1. Elle n'a pas été retrouvée.
2. Voir *supra* le *Journal* de C.P. du 19 novembre 1921, p. 215 et ses lettres du 22 et du 29 novembre 1921, p. 221 et 235.
3. Bien entendu.

belle), le consentement à vivre et la paix, que vous ne connaîtrez pas ?

Pour votre particulière demande, faite par dépêche il y a un mois ou plus[1], n'est-ce pas que j'y ai trois fois répondu ? — Que puis-je pour vous ? Tout, si vous ne me montriez pas ce détestable... Qu'ai-je voulu pour vous ? Tout, et c'était plus que moi. Mais devant l'injustice, le sophisme et la révolte, je ne peux et ne veux plus rien. Allez, lisez mes lettres si vous les avez gardées ; beaucoup sont meilleures que celle-ci ; et elles disent toutes la même chose.

CP

Ces 2 grandes pages griffonnées, il en faudrait 6. Rien que pour répondre à votre p. 3. En vérité, on dirait parfois que vous êtes le seul qui ayiez eu souci jamais de vigueur et maîtrise de l'esprit. Non, mon enfant, mon fils, mon semblable ; non, ce n'est pas hommes contre vous, qui furent ; ni Dieu, ni dieux. Vous avez créé votre vie, comme chacun ; vous en avez tiré le fil hors votre cœur, comme cet animal prend-mouches. Vous avez tissé votre vêtement, rien n'est plus certain. D'autres cochons sont plus heureux ? Que savez-vous s'ils n'y sont pour rien ?

Il est temps encore. Puisque nous sommes à l'allemand *« Auf ! Bade, Schüler, unverdrossen, Die ird'sche Brust im Morgenrot*[2]. » Allez, Descartes même fut soldat, et n'y a rien perdu.

CP

[*Petite feuille volante, au crayon :*]

J'avais lu dans le *Mercure* les vers d'« *Intentions*[3] » — amusants et faits comme tout ce que vous faites. M'avait été péni-

1. Voir *supra* les télégrammes de Valéry du 31 janvier, pp. 288-289 et du 1er février 1922, p. 297.

2. « Lève-toi, élève intrépide, baigne ton sein terrestre dans la lumière rose du matin. » Goethe, *Faust*, I, v. 445-446.

3. Dans « La Revue de la Quinzaine », le *Mercure de France* du 1er mars 1922 cite intégralement « Le sylphe », paru en janvier 1922 dans le premier numéro d'une revue nouvelle, *Intentions*. Le poème sera recueilli dans *Charmes*.

ble lire pour la 1re fois en dehors vous chose pas communiquée.

[*Enveloppe dactylographiée* [1] :]
Monsieur Paul Valéry
40 rue de Villejust
Paris

CATHERINE POZZI, *JOURNAL*

8 mars 1922

Les gens qui liront nos lettres plus tard ne comprendront pas. Parfois, je souhaite tout brûler. Je ne puis. Les siennes sont belles. C'est si facile d'écrire de belles lettres, quand on adore. Hélas, il m'écrit les lettres pour lesquelles, autefois, je croyais exister ; les lettres que, si je les avais pressenties autrefois, étant jeune fille encore, j'aurais trouvées le seul bonheur digne de souhaiter et d'obtenir. Je les reçois, je les refuse. Je viens de lui en renvoyer une. *Good God* [2] !

Non, je ne suis pas folle. Méchante, encore moins. Mais, dans chacune de ces admirables lettres, est comme la goutte insensible, par où l'espèce vivante s'altère d'abord et décompose, — matière, péché ? — une pensée, un appel, un reproche, un regret, une idée, m'étonnent, m'empestent l'âme. Les mots divins sont comme s'ils n'étaient plus.

À CATHERINE POZZI

[*Paris*] Jeudi soir. [*9 mars 1922*]

Rien. 6 jours sans rien. Ce n'est pas une raison pour que je n'écrive pas. Ne faut-il pas que je m'écrive ? Ai-je deux —

1. Au crayon de la main de C.P. : « Ultime. »
2. Bon Dieu !

Autres ? Eh non !... Je n'en ai qu'un. Mon cœur étant dans un autre pays, il arrive aisément que je ne l'entende pas. Alors, je me crois mort. Bête que vous êtes, qui écrivez ces niaiseries. Vous auriez mieux fait de rester dans la rue toute pluie, et larme, et choses qui passent, où vous alliez sans trop savoir pourquoi, ni où, ni à quelle fin. — Vous savez bien que j'étais trop triste, avec cette complication que j'étais en colère contre ma tristesse. — Quel drôle d'homme vous faites ! Vous avez dîné avant-hier dans les salons les plus beaux. Vous étiez à la droite d'une baronne intelligente, israélite et du nom le plus illustre de cette espèce. À côté d'elle, l'homme d'affaires d'État le plus connu Louis Loucheur. Vous causiez familièrement avec eux[1]. À votre droite une comtesse de très grand nom, qui fut princesse souveraine. Et dans votre peau, un des esprits les plus étranges de ce temps, un pauvre diable qui cherche une place et qui en manque plusieurs, et qui pensait à cette situation, en mangeant la plus fine cuisine de Paris. Trouvez-vous pas de quoi sourire en tout ceci ! — — Je ne souris que dans le monde. Allez donc vite chez T.[2]. L'heure est l'heure... — Je n'ai plus le cœur à tout ceci. Cessez de plaisanter —. Et vous, ne faites pas cette tête de malheur. — Taisez-vous. Taisez-vous ! — Tu sais bien que je ne puis pas me taire. — Hélas ! ni moi ! — Soyons amis, mon ami. — Je ne veux que cela. — Soyons amis. Veux-tu que nous parlions d'elle ? — Non. — Pourquoi ? — C'est que nous en parlons. — C'est vrai. Nous pourrions en parler plus savamment ! — Comment ? — Écoute : toi, tu ferais le cœur ; moi, je ferais l'esprit. — Quelle division ! Que vous êtes élémentaire, ô esprit ! — C'est pour mieux vous parler, mon enfant ! — Soit. Parlez.

L'esprit. Vous êtes douleur, mon cœur, et je ne puis rien pour vous qui pouvez tant sur moi. —

1. Trois points d'exclamation au crayon dans la marge, de la main de C.P. Valéry évoque un dîner du 7 mars chez Stanislas de Castellane où il a été placé à la droite de la baronne Edmond de Rothschild et non loin de Louis Loucheur (1872-1931), technocrate, ancien ministre de l'Armement, négociateur économique à la conférence de la Paix, député du Nord.

2. « Tizi », c'est-à-dire Jeanne Mühlfeld.

Le cœur. Ô miroir, miroir… Et pourquoi me présentez-vous tant de souvenirs ?… Vous savez bien quel mal ils font. Ce mal revient à vous, et vous obscurcit, et vous enchaîne, vous rend impuissant et trouble.

L'esprit. Ô cœur, ce n'est pas moi, mais bien vous, qui placez ce qui est passé toujours aveuglément dans le futur. Pourquoi vivre ces images ? —

Le cœur. C'est qu'elles ne sont point images. Vous croyez toujours, mon esprit, que tout se réduit aux phénomènes…

L'esprit. Que voulez-vous qu'il y ait d'autre ?

Le cœur. Je ne suis point, comme vous, la chose qui sait, qui éclaire, et qui organise. Je réponds obscurément. Je trouble. J'exalte. Je pâtis. Je pressens. Je regrette et m'afflige. Je me fonds. Je me brise. J'attends ce qui fut. Il n'y a point de mort pour moi, que la mienne. Je suis toute l'énergie et la vie même de l'absurde.

L'esprit. Tout ceci sont phénomènes, mon cœur.

Le cœur. Cher esprit, vous êtes libre et lumineux. Mais cependant vous ignorez deux grandes choses ; ou vous les avez pour ennemis, pour obstacles, pour scandales. Et ce sont deux grands Dieux, peut-être !

L'esprit. Nommez-les.

Le cœur. Le Corps. Et le Hasard. Je corresponds directement avec eux.

L'esprit. Vous me faites de la peine.

Le cœur. Vous ne pouvez point en ressentir. Vous m'empruntez jusqu'à cette peine.

L'esprit. Vous êtes subtil ce soir. Mais nous devions parler d'elle.

Le cœur. … qui se tait.

L'esprit. Pourquoi lui avoir donné cette puissance qui nous opprime ? Nous sommes en captivité et dans les tourments à cause de vous. Que de fois vous ai-je montré votre faiblesse et votre folie ! J'ai mille fois calculé notre péril et élucidé les mouvements de votre mal. J'ai déterminé avec une précision astronomique

À CATHERINE POZZI

[*Paris, vendredi,*] 10 Mars [*19*]22[1]

Merci de la traduction. Quant au reste.

—Je vous ai demandé un service — immense, essentiel — *capital.* Vous le refusez. Vous vous servez de mes paroles ; ne pouvant ou ne voulant pas comprendre que mes paroles, le plus souvent, ne sont que des gémissements, que malheureusement *j'articule,* — car je ne puis écrire qu'articulé. Je sais bien maintenant que je pourrais crever devant le Sacré Cœur de votre porte et devant la porte de votre cœur, sans que le verre d'eau qui est restitué au centuple, me soit offert. Un crachat, peut-être. Je n'espérais pas, d'ailleurs[2]. Je comptais sur un miracle. Une fois, la source a jailli du roc.

Gardez votre paix, votre Sacré-Cœur, et l'ombrelle. Je garde[3] une immense tristesse, de laquelle vous ne saurez plus rien. Ce sont choses qu'on ne partage qu'entre amis[4].

1. Lettre datée par C.P.
2. Valéry ajoute en bas de page : « Cette réponse m'éclaire sur votre dieu qui me donne [*illisible*]. »
3. Valéry ajoute : « mon mal, ma — ce sont choses qu'on ne partage qu'entre amis. »
4. Commentaire de C.P. : « Le Sacré-Cœur n'avait pas été mis là par moi — mais par la propriétaire d'avant. Moi, qui ne suis plus catholique, je n'y vois qu'un symbole de douceur — de netteté — et c'est assez pour que je ne m'en moque pas ; et pour qu'il vous gêne. Le Dieu… le Dieu que j'imagine, hélas loin de moi, n'est pas compatible dans un esprit avec ces équivoques sanglantes, que vous infligez. »

À PAUL VALÉRY

[*Vence, samedi*] 11.3. [*19*]22

J'ai reçu la traduction Teste[1]. Elle n'est pas mal ; excepté — c'est curieux — qu'elle semble pensée en français. Tout le fin du traduire, c'est repenser dans l'autre langue ? Je vous la renvoie, vous n'avez sans doute que cet exemplaire-là. Merci de l'avoir communiquée.

Je n'ajoute rien ; il me semble que je ne doive plus parler. Vous avez mes lettres, si vous les avez. Au début de décembre, et souvent depuis, je sais que j'ai expliqué très net ce qui vous est obscur en moi aujourd'hui encore ; vous n'avez qu'ouvrir tiroir, et y donner l'attention une heure, que vous donnâtes à un Einstein ou Kelvin[2]. Excusez le rapprochement ; je sais que je ne vaux pas le même effort, mais vous semblez tout le temps m'obliger de récrire le même théorème — — tant que je finis par trouver ou bien que vous êtes stupide, ou bien que je ne sais pas m'expliquer. Ces hypothèses, difficiles à accepter également.

Adieu. C'est vrai, j'avais eu grand espoir. Vous parliez d'être un nouvel homme. Vous disiez que telles paroles, comme celles-ci, ne s'adressaient plus à lui. Vous aviez promis, aussi, d'éviter qui vous diminue. De tout cela dépendait « notre » sort. Tout cela fut vain.

C

[*Enveloppe*[3] :]
Monsieur Paul Valéry
40 rue de Villejust
Paris

[*C.p.*] VENCE/ALPES Mmes 13-3-22

1. Il s'agit de la traduction anglaise de Natalie Clifford Barney, « An Evening with M. Teste », parue dans *The Dial* en février 1922.

2. Les *Cahiers* de Valéry contiennent beaucoup de spéculations inspirées par les travaux de ces savants. C.P. et Valéry portent tous deux un intérêt particulièrement vif aux études sur la thermodynamique du physicien anglais William Thomson, lord Kelvin (1824-1907).

3. Sur l'enveloppe, de la main de C.P. : « Tout cela fut vain. »

CATHERINE POZZI, *JOURNAL*

Dimanche 12 Mars [*1922*]

J'ai pensé à vous, ma Tête de Paris, j'ai pensé à vous toute la journée. La lettre désespérante, que je n'ai pas pu me tenir de vous renvoyer — Elle disait que vous étiez de moi dans « une ignorance anxieuse » — Après ces mille jours de sincérité ! ! Voyez-vous, mon chéri, le pire malheur que je tiens de vous, c'est que vous ne vouliez comprendre. Elle disait encore, la lettre, que tout était adversaire de votre perfection, — (cette rigueur de pureté intellectuelle que vous aviez choisie) — : les hommes, et Dieu, et « l'être le plus chéri. » Je ne méritais pas cela.

À PAUL VALÉRY

[*Vence, lundi*] 13.3. [*19*]22

Je crois bien que nous ne nous écrirons plus. C'est pour cela que je veux vous dire que je ne pense pas à vous avec la dureté qui était dans mes dernières paroles : il ne faudrait jamais que je réponde tout de suite à ces inventions que vous faites sur moi. Toute [*sic*] l'amour que j'ai eue de votre seule noblesse, cette farouche honnêteté de l'intelligence — n'était-ce pas aussi la vertu que j'avais choisie ? — ne méritait pas que vous me déclariez contre elle (c'est vrai, avec Dieu !)

Au revoir. Valéry. Tâchez de pardonner à la petite âme volontaire, d'avoir vainement voulu pour votre âme la sainte rigueur de votre esprit.

C

Maman m'a écrit que vous passiez tous vos soirs avec vos gens du monde. Cela m'a fait triste.

[*Enveloppe dactylographiée :*]
Monsieur Paul Valéry
40 rue de Villejust 40
PARIS

À PAUL VALÉRY

[*Vence,*] Vendredi soir [*17 Mars 1922*]

Je ne puis pas t'écrire et je ne puis pas ne pas t'écrire.

Mon amour, tu as été si juste avec moi en partage de ton temps ! Tu m'as si bien ouvert toutes tes minutes. Et moi ici je ne l'ai pas fait. Tu n'as jamais accédé qu'à une porte fermée. Mon amour, tu ne l'as jamais deviné : j'étais derrière et promettant de l'ouvrir, dès que je n'aurais plus peur de toi. Je ne peux pas continuer cette lettre. Tout d'un coup je n'ai plus de courage.

Le général est venu à 3 heures avec sa dame. Il est jaune et marche mal. Je le connais peu. Elle est jaune aussi et marche bien. Ils venaient voir pour acheter. J'ai déclaré que c'était vendu. C'est vrai, j'ai acheté ce matin[1]. Cette maison que je n'aime pas ; mais elle est très commode et c'est un toit assuré pour mes livres et tout. J'ai aussi à peu près acheté un terrain plus haut, où je bâtirai ; alors je revendrai ceci. Le général voulait déjà racheter, que je lui réserve l'option. Il y a peu de choses habitables à Vence, et tout le monde s'y rue : on a découvert Vence station de santé. Cela est vrai que l'air est pur.

Il est six heures cinq. Il ne fait pas nuit. Il tombe une sorte d'eau invisible. J'ai un peu de feu là. La chambre est bleue et rose. Rose à cause des fleurs. J'ai fait de l'algèbre hier et

1 Il s'agit de La Collinette, qu'elle a prise en location en novembre 1921.

avant-hier, surtout le soir dans mon lit car je respire mal depuis quelques jours. Je crois que j'ai pris froid en tournant l'auto sur une route difficile : machine avant, machine arrière pendant 20 minutes et après je suis descendue et il tombait la fin du jour dans un petit vent. Jean Marchand est revenu une ou deux fois, je l'ai laissé revenir puisque vous n'avez pas tenu l'échange. Sa femme ne m'aime pas[1]. Je ne pense qu'à vous, vous le savez bien. Les autres sont bêtes.

[*Sans signature*]

[*Enveloppe :*]
Monsieur Paul Valéry
40 rue de Villejust
Paris

CATHERINE POZZI, *JOURNAL*

Lundi 20 [*mars 1922*]

À 7 heures 2 dépêches. Dépêche David accepte[2]
une autre
une autre dit : « partirai demain Marseille. »

Mardi 21

C'est qu'il avait reçu ma lettre (j'ai écrit vendredi soir) disant « vous savez bien que je ne pense qu'à vous[3] ».... Oh je voudrais que tu sois là.

1. Sonia Lewitska, peintre et graveur russo-polonaise née en 1882. En 1926 — comme Jean Marchand — elle contribuera par des illustrations au *Serpent* de Valéry publié aux Éditions Eos.
2. C.P. vient de faire une offre de 104 000 francs à Mme David pour l'achat de La Collinette.
3. Voir *supra* la fin de la lettre précédente.

Jeudi 23 [*mars 1922*]

Les sommeils font mal. Les matins sont souffrants. Encore il pleut. Des lettres à écrire, à David, au notaire de Paris. L'entrepreneur de peinture profite sur son devis. Je lui donne à mettre une dépêche, une dépêche pour mon pareil de Paris, qui est à Nice

(« serai Nice 3^h 25 » disait son bleu hier soir)

(et j'ai posté le bleu à Brimont, pour qu'elle du moins aille à la gare)

(d'abord je ne peux pas bouger, je suis vers ma mort)

(ces passages au détroit Mort, qui sont périodiques et plus qu'annuels),

or ma dépêche répète ce qu'à la Jolie j'écrivais hier : Je suis souffrante et sans voiture. (Le petit Émile [1] ayant démoli un café avec, et pas d'accident de personne.) Et puis je dis à Chose d'aller téléphoner pour dire encore cela. Ça fera trois fois. Soir, Chose rentre en disant — il a téléphoné à l'hôtel de Jolie — que l'hôtel lui avait répondu que M^r arrivait que ce soir. Vois si je suis crétin. Ça m'est désagréable, car : si l'hôtel dit ça, c'est qu'il a prévenu ; s'il a prévenu, c'est qu'il a télégraphié à Jolie en même temps qu'à moi. — N'y pensons pas, n'y pensons pas [2]. [...]

7^h dépêche — autre dépêche. Elle dit qu'il est bien arrivé — qu'il est fâché je sois pas bien. Je pose une main sur Chopin, et la musique monte douce. Puis je vais dans ma chambre. Je suis tranquille enfin.

1. Émile Moussu, un domestique.
2. Renée de Brimont héberge Valéry à l'Hôtel de Paris à Nice.

À PAUL VALÉRY

[*Télégramme :*]

[*Vence, jeudi, c.p. 23 mars 1922*]

VENCE 124 20 23/3 14

IMPOSSIBLE VENIR SUIS SANS VOITURE ET SOUFFRANTE ESPÈRE VENIR SAMEDI[1]

AMITIÉS = CATHERINE

[*Adresse :*]
VALÉRY AUX SOINS BARONNE BRIMONT 402
HÔTEL PARIS NICE

À CATHERINE POZZI

[*Nice,*] Vendredi [*peut-être 24 mars 1922*]

Je vous écris d'un rocher que la mer commence d'insulter. Mais je n'ai pas envie de lui céder encore et dussé-je me déchausser — jusqu'au nombril, — je reste.

Je sens Paris si près de me ressaisir, et tant d'ennui d'y rentrer, que je ne quitte déjà plus le bord de l'eau. Là, je regarde mes espérances se rompre, et toute leur énergie s'user, usant le roc très friable de mon individu. Mais enfin rien ne me dérange de cette contemplation stupide et absolue des choses amères.

À Paris, il faut se tenir, obéir aux horaires [*inachevé*].

1. Déçue que Valéry n'ait pas pris l'initiative de venir à Vence, C.P. n'ira pas à Nice samedi. Au verso de ce télégramme, rendu à C.P. par Valéry en 1924, elle a écrit : « Après avoir subi une année de malheur, qui finit par cette muflerie le jour où elle quittait Paris [allusion au refus de Valéry de l'accompagner à la gare en octobre 1921], Karin ne voulait plus rien savoir de Lionardo. Les injures, les supplications, la tragédie — rien. Elle ne veut plus. Alors la scène à Nice, de lui devant Brimont, et la muflerie suprême des plaintes à celle-ci... et à Gide, qui les recueille déjà dans son petit stylo. » Pour ces plaintes à Gide, voir *infra* les lettres de Valéry à lui adressées le 27 mars, p. 351 et le 1er avril, p. 360.

À CATHERINE POZZI

[*Télégramme* :]

[*Nice, samedi, 25 mars 1922*]

NICE 6514 14 14ʰ 20

TEMPS MAUVAIS SUIS HEUREUX SOYEZ PAS VENU DONNEZ NOUVELLES AMITIÉS

VALÉRY

[*Adresse* :]

MME POZZI

VENCE A.M.

[*C.P.* VENCE/ALPES Mmes/25-3-22

PAUL VALÉRY À ANDRÉ GIDE

Nice Lundi [*27 mars 1922*] Hôtel de Paris

Cher André,

Ici, azur et or. Mais j'ai apporté du noir. Et du blanc aussi, de celui dont on badigeonne les nuits blanches. Je serais bien si je me foutais la paix. Brimont qui m'attendait à la gare est touchante d'amitié, de soins et de compassion pour cette espèce de grand blessé que je suis. Elle part malheureusement ces jours-ci, et je ne sais où j'irai. Impossible de rien faire. Mon cerveau n'est plus qu'une pendule à supplices.

Je ne pense pas un seul instant que je suis un sans-travail, et vis en *lazzarone* [1] désespéré. La mer ici est ridiculement belle. Mais je suis très surpris de Nice qui me plaît, contrairement à ma certitude à priori. J'y serais bien si j'étais bien. C'est gai, et propre, et lisible, et une ville tout italienne à

1. Homme du bas peuple à Naples.

300^{m} de mon hôtel. J'ai de grands dattiers devant moi, « portant leur profusion » immangeable, car ces dattes d'or tombent avant toute maturité avouable.

J'ai écrit de Marseille à notre bonne Sorcière[1] et je n'ai pas de nouvelles. Veux-tu lui dire mon adresse provisoire ? et lui faire mille amitiés. Quant à Gallimard, je n'en ai rien reçu non plus. J'attendais les épreuves de *Charmes.*

Au revoir, mon vieux. J'ai apporté ici un Dante. C'est bien beau le *Paradiso.*

udir mi parve un mormorar di fiume
che scende chiaro giù de pietra in pietra
mostrando l'ubertà del suo cacume.

chap. XX[2]

Tout ce chant est d'une musique inouïe, et le style même, le *parti pris* du style dans ce Paradis, est singulier, incomparable. J'en parlerais, si un jour je parlais encore de quelque chose. On n'a trop rien [*sic*] dit de Dante *poète*, chez nous.

À toi,
P.V.

Mais moi je suis *nell Inferno*[3].

1. Jeanne Mühlfeld.
2. il me sembla entendre un murmure de rivière
descendant, claire de pierre en pierre,
montrant la fertilité de sa source.
Le Paradis, XX, 19-21,
tr. Jacqueline Risset (Flammarion, 1990), p. 189.
3. En Enfer.

À CATHERINE POZZI[1]

[*Nice,*] Lundi [*27 mars 1922*]

Renée part mercredi. Elle a été l'amitié même : une sœur délicate et simple pour ce grand blessé qui est ici.

Le temps passe[2].

Voulez-vous venir me voir ? Prendre sa chambre (que je retiendrais dès son départ, et qui est contiguë à celle-ci,) pour deux jours ? Il faut surveiller la réparation de l'auto. Peut-être êtes-vous trop fatiguée ? Si vous pouvez, si vous voulez, venez. Vous trouverez le plus douloureux, le plus simple, le plus fidèle des hommes.

V.

Télégraphiez tout de suite si vous venez. Il y a un train à 1 h 50 pour Cagnes et j'irais vous attendre, si vous voulez à Cagnes, jeudi — ou vendredi ?

À PAUL VALÉRY

[*C.p. Vence, mardi 28 mars 1922*]

Cher Monsieur et ami,

Certaines considérations, de teneur mystique religieuse, m'avaient fait promettre à l'ABSOLU de ne plus lui courir après... si j'ose dire. C'est ainsi que je n'ai pas fait 22 kilomètres pour joindre le monsieur qui assurait, ou avait assuré, porter ce nom. Il est vrai que j'imaginais — oui, il m'avait semblé que ce personnage s'était étrangement, et pour une

1. Commentaire de C.P. en tête de cette lettre : « exquis ». Elle a également ajouté des points d'exclamation dans la marge devant chaque paragraphe et a souligné d'un gros trait les expressions qu'elle trouvait particulièrement outrageantes.
2. Commentaire rétrospectif de C.P. : « Tu parles. »

fois 1re, mis en route vers moi. Psyché, quelques heures, crut avoir vaincu le destin. Mais évitons le style Claudel. Tout servait Psyché, jusqu'au service d'autocars...

On apprend beaucoup de choses en 5 jours. Jeudi, Vendredi, Samedi, Dimanche, Lundi. Non, elle n'avait pas voulu faire un signe vers vous. Les dieux le défendaient. Il fallait, pour sauver tout, que tout fût dans vos seules mains. Avouez que « Tout était bien mal placé ».

C'est très honnête d'offrir une chambre contiguë, même à une personne... qui n'a jamais rien occupé après personne.

Vous aimez assez l'épisode de la « sœur délicate et simple ». Je vous demande pardon... mais en rappelant mes souvenirs... je ne sais si c'est hallucination fausse ou vraie, ceci a quelque goût de déjà vu... Mars, seulement, au lieu de Septembre[1].

L'auto est prête depuis Samedi. Si je n'ai pas paru, c'est par une délicatesse élémentaire dont vous êtes le premier à me remercier. Soyez assuré que *je ne crois pas ce qui n'est pas*, encore qu'il n'a pas dépendu des petites adresses que je devine, que cela ne fût pas. (Non que les faveurs de Théosophin[2] me paraissent plus exceptionnelles que celles de Laurencin[3] : ces poétiques artistes ayant exactement les mêmes raisons. Lesquelles nous appellerons raisons de rumeur.) Votre occupation partie, vous découvrirez soudain demain qu'il y a un service d'autocar. N'en faites rien. Il est trop tard. Suivez plutôt, suivez ce petit cœur avec fard. Je fais du Paul Fort[4], ne me regrettez plus. Ceci n'a d'autre but que vous dire qu'il est trop tard. Les choses les plus belles dépendent aussi de peu de chose.

1. En septembre 1921, C.P. séjournait à La Graulet où elle se plaignait de l'absence de Valéry qui venait de passer des vacances avec sa famille à Perros-Guirec.

2. Renée de Brimont, dont C.P. se moque pour l'intérêt qu'elle porte à la théosophie, doctrine mystique qui vise la connaissance de Dieu par l'approfondissement de la vie intérieure et l'action sur l'univers par des moyens surnaturels.

3. En 1942, Marie Laurencin publiera des illustrations de courts poèmes de Renée de Brimont, *Les petites filles*, aux Éditions de la Nouvelle Revue de Belgique.

4. Paul Fort (1872-1960) est l'auteur des *Ballades françaises*, publiées à partir de 1896, proses poétiques qui font parfois penser à la chanson populaire et dont la langue rythmée exploite la répétition, l'assonance et la rime.

Rien n'égalait l'heure qui devait vous pardonner beaucoup d'heures. On vous lisait sans doute alors, des œuvres complètes que j'ai entendues[1]. (Entendues, hélas.) — On ne remplace pas plus loin ces heures-là. Après l'adieu dont je me souviendrai toujours[2], il ne fallait pas me retrouver pour aboutir au rivage d'une dame. *Il en sera toujours ainsi.* Vous me l'avez Enfin persuadé. Il est possible que j'aie eu quelque peine de ce gâchage. Rassurez-vous, vous m'en fîtes de pires ; et celle-ci me garde de vous.

Quant à Dante, il me paraît fort bien placé en ce hasard. Il y a, en effet, dans la *Vita Nuova* que vous n'avez sans doute pas lue, une histoire analogue qui m'a jadis fait rire de dégoût[3].

Afin d'éviter de revoir un visage que j'eus une dernière fois l'inconscience d'attendre, et que je me défends d'attendre jamais plus, je pars retrouver Violente à Cannes jusqu'à ce que vous soyiez parti. Je ne pars pas seule. Vous avez fait au moins un heureux[4]. J'ajoute même : et comment ! On vous aidera facilement au même oubli, avec le même désintéressement.

Béatrice prime

[*Enveloppe :*]
Recommandé
Monsieur Paul Valéry
Hôtel de Paris
Nice

[*C.P.*] NICE 28-3-22

1. Il s'agit des œuvres de Renée de Brimont.
2. Allusion à leur séparation pénible en octobre 1921.
3. Dans cette œuvre autobiographique publiée en 1292, Dante, amoureux de Béatrice, fait semblant de courtiser deux autres femmes qui lui servent d'« écrans ». Béatrice, trompée par cette dissimulation, doute de la passion du poète, refuse de le saluer et se moque de lui.
4. Jean Marchand. En réalité, C.P. reste chez elle à Vence.

PAUL VALÉRY À RENÉE DE BRIMONT[1]

[*Nice*] 28.3.22

Esprits subtils qui traversent les murs
Pour nous jeter la rose inimitable
Ces frais œillets, surprise délectable
Ne tombent point de vos jardins obscurs.
Je sais la main qui fit sur cette table
Où je me brise aux pensers les plus durs
Pleuvoir ces fleurs, paraître ces dons purs,
D'une très douce amitié véritable.
Une autre main que je ne puis saisir
Frappe celui qu'elle avait su choisir
Il n'est de maux qui ne me viennent d'elle
Tant qu'à la fois elle offense le sort
Et qu'il me montre, à moi, une infidèle,
La claire main qui vient fleurir ma mort.

CATHERINE POZZI, *JOURNAL*

Mercredi 29 Mars [*1922*[2]]

Mon diamant, vous le plus difficile ! Vous qu'on n'approchait pas. Vous voici un bonheur de cinq francs[3]... comme

1. Le manuscrit autographe de ce poème de circonstance n'ayant pas été retrouvé, nous donnons le texte d'une copie faite par C.P. Son *Journal* du 31 janvier 1924 en offre la clé : « Les vers sont mauvais, même pour un malade. Ils remercient d'un don d'œillets qu'elle [Renée de Brimont] lui avait fait. (Cette antique chrétienne ne paraît point avoir été sans arrière-pensées.) Et ils expliquent ma noirceur. Je suis "la main que l'on ne peut saisir, qui frappe celui qu'elle avait su choisir" (pauvre, pauvre) ; "il n'est de maux qui ne me viennent d'elle"... » Ailleurs, au dos d'une enveloppe, elle rejette la responsabilité d'avoir fait le malheur de Valéry en citant ce sonnet : « Il est venu alors de Nice à Vence seul — ce qu'il aurait dû faire sans tant de drames. Et puis... "tous les maux ne venaient pas d'elle". »
2. Annotation de Valéry quelques jours plus tard : « Celui-ci que j'ai appelé *Dies irae, dies illa.* » Valéry a reçu le 29 mars la lettre de C.P. écrite la veille. Voir *supra* p. 353.
3. Annotation de Valéry : « Vous dites ce que je dis. Alors ? »

cette pauvresse ; cette pauvresse en simili — Théodora, qui caresse des personnes affolées « d'aventure », dans des coins de Paris qu'on ne lui connaît pas ; et qui croit que son sourire en a gagné du « mystère », qui n'a gagné qu'une petite syphilis.

Rien ne défera cela. Une chose peut-être — qu'il veuille mourir[1]. J'écris cette phrase, si différente de moi ; si romanesque et tique, si faible et si violente. Je l'écris, sachant que personne ne la lira, et sachant qu'entre elle et la réalité, il y a l'impossible, c'est-à-dire son courage[2].

Je cherche en moi, et je vois bien, que rien que l'absolu malheur et l'absolu danger, purifieraient l'amour perdu. Ah, je les comprends, ces Grecs, et l'idée de souillure ! Pureté, à quelle torture ton implacable beauté ne m'a-t-elle pas conduite, depuis que je suis. Katharin, contient aussi ton nom, qualité des qualités inhumaines — J'écrirais toute la nuit. Je me parle comme dans un demi-sommeil misérable[3].

30 Mars Jeudi

[…] Quand vous, je vous connaissais à peine encore, quand je vous reconduisais dans mon auto et qu'elle nous portait glissant l'avenue des Champs Élysées, et que déjà je vous aimais et vous invitais à me rejoindre en Dordogne, et que vous étiez si distant et froid, vous ne pensiez m'aimer, certes, et me répondiez sec et net et pourtant cette

1. Annotation de Valéry : « L'ai voulu. Le veux depuis janvier. »

2. Valéry : « pas la crainte qui m'a retenu. Mais 3 choses : mourir sans vengeance est honteux. Puis les êtres que j'ai faits, et puis je n'avais pas désespéré de toi jusqu'à la dernière décimale ».

3. Ajout de Valéry : « Mon amour, la vérité est bien simple. J'ai cru fermement que vous aimiez l'autre, — et vous l'avez fait croire. Tout concordait à ceci, — que je combinais à un désir de vous de ne pas me perdre tout à fait. Les moindres indices. "J'ai peur de vous". Pourquoi peur ? Je ne voyais qu'elle. Les lettres terribles. Vengeance. Envie que je — crève. Refus, triple refus de m'accueillir pour me sauver./ Puis — Nice — Dépêche. L'auto rompue, l'indisposition : *2* choses. Alors j'ai attendu le samedi où tu t'annonçais. Et je n'ai rien dit ni écrit dans la terreur de l'effet ordinaire de mes moindres mots. Le samedi 25 mars — rien. *Jour critique.*/ Le lundi je n'y tiens plus, j'écris. Lettre fatale, naturellement ! Pourquoi pas venu ? — Parce que moi aussi je voulais un signe. N'être pas reçu ? Quelle honte et quelle fureur. Oh, parlons clairement. Tu vois qu'ensemble on est si clair. »

heure eut une telle douceur pour vous que longtemps après enraciné à cette place de Paris, où nous avions ainsi passé, tout votre esprit pleurait[1].

[...] Je le comprends — bien pire, je l'existe[2] ; et maintenant, curieuse, attachée, attentive, je tâche de revenir sur ce moment qui déjà finit et fait place à moi-même ; car il me donnera la réponse — *O Popoi*[3] ! la seule réponse : suis-je la seule pour lui ? Comme un enchantement, un *word of power*[4], je répète ce qu'il a dit là, en voyant le jour : ô jour couvert de larmes ! De nouveau je sens le consentement désespéré m'envahir. Et comme on retourne brusquement les conditions d'une expérience, je regarde : moi, non lui ; et regardant moi, étant lui. Ô jour couvert de larmes ! Et je sens, étant lui, le seul être qui soit.

1 heure.

Téléphone dit qu'elle est partie hier soir — exactement comme prévu. Je ne suis pas mauvais sur le diagnostic. Lui est encore là[5]. Il ne fera pas un effort vers moi. Voir à l'adieu du 24 octobre, quand je quittais Paris, seule — y étant venue en mépris de tout et de moi, — je cherche, je relis : l'immense mouvement vers vous que j'avais fait, et ce mouvement vers moi que vous faites, comme varech, de sa roche, bouge un peu dans l'eau et faiblement suit l'élan d'une vague infinie.

[...] Il restera huit jours encore. Puis il rentrera vers Paris. Lui apprendra-t-il un peu de grec ? L'équation du 1er degré ? Elle sait déjà alpha bêta, et très bien (oh très bien) l'arithmétique.

Elle ne comprendra rien à rien, vous lirez vos cahiers contre son coussin[6] ; son sourire à la place d'un cerveau, et l'admiration fait toujours plaisir.

1. Valéry : « Oui, oui. »
2. Valéry : « Je t'aime ».
3. En grec : Ah !
4. Une incantation.
5. Valéry : « Il attendait le signe. Le signe est venu. Lettre qu'il s'était juré ne pas ouvrir. Mais rapporter. »
6. Valéry : « Petite toquée, *you* K. »

À PAUL VALÉRY

[*Vence, vendredi*] 31.3. [*19*]22

Vous allez revoir Maman[1] : ne pas lui dire que vous [ne] m'avez pas vue. Il est vraisemblable, m'aurez vue à Nice. Ici, il y aura les maçons dans 10 jours, hypothèse qui peut être avancée et explique comment impossible recevoir.

Je ne croyais pas qu'il me fût encore possible avoir tant de peine. Me suis moi-même étonnée. Si j'en parle, c'est que cette peine est trop pauvre, pour durer. Quelqu'un en moi ferme déjà les yeux. Je ne crois pas vous devoir d'explication puisqu'il vous est impossible de comprendre cette recherche de pureté et identité d'âme, qui vous a toujours été incompréhensible en moi — théoricien de la rigueur d'esprit. Je devrais la haïr. Oui ce serait plus simple ressembler à vos amies.

C'est parce que je ne leur ressemble pas (elles en riraient) que je reste seule. La distraction, trop facile. (C'est dans les premières heures de peine que l'on dit, et veut y recourir.) Mais elle n'a vraiment ni l'élégance ni le « mystère » que ces dames lui trouvent. Et ce serait la pire punition que me contenter d'être ce qu'elles sont, et qui vous suffit.

Si vous croyez nécessaire écrire en renvoyant papiers — que vous [ne] voudrez pas garder, étant honnête homme — apprenez-moi brièvement (le silence serait une réponse) ce que vous avez montré de vos cahiers à celle-ci[2]. Je crois bien que c'est la seule chose que je veuille savoir. Car elle donnera une valeur de duperie aux seules semaines heureuses que vous m'ayiez apportés autrefois.

CK

Excusez mots au crayon au dos photo[3]. Le mot d'esprit n'est pas toujours gai. C'est facile à effacer. Je n'ai pas de gomme là.

1. À Paris, Valéry s'efforce de gagner la faveur de la mère de C.P., Thérèse Pozzi.
2. Renée de Brimont.
3. Elle n'a pas été retrouvée.

[*Enveloppe*[1] :]
Monsieur Paul Valéry
Hôtel de Paris
à Nice
AM

[*Au dos :*]

Faire suivre 40 rue Villejust
Paris
[*C.p.*] 31-3-22

PAUL VALÉRY À ANDRÉ GIDE[2]

[*Nice,*] Samedi [*1er avril 1922*]

Pardon pour ce papier[3] — (pourvu qu'on ait l'ivresse !)
Je te plains, mon pauvre vieux, d'avoir affaire à moi. C'est un sujet qui, de jour ni de nuit, ne me quitte plus et je ne

1. Commentaire de la main de Valéry au verso : « Et moi je lui tendais les bras pour l'embrasser mais je n'ai plus trouvé qu / ô fange, fange ! » Commentaire de la main de C.P. : « movais, movais ».

2. Valéry communiquera à C.P. un brouillon de cette lettre qu'elle commentera sans indulgence dans son *Journal* le 31 janvier 1924 : « La lettre est imprudente et lâche. Il parle de son état, de son désir de suicide (!) et, trop clairement, de son désastre amoureux. Il raconte que Renée l'embrasse sur le front "avec une pudeur antique (*sic*)". » Voici le brouillon :

« Tout se passe comme si la variation totale n'existait pas pour telle pensée.

Ad G[ide] / Ma vie tient dans une très petite idée de soi que je manie, que je pétris, que je broie entre je ne sais quels doigts du système nerveux, inquiet perpétuellement et toujours sur le point de jeter cette boulette par la fenêtre.. /.. Brimont m'a vu comme fou et sur le point de faire ces choses raisonnables et les seules possibles que l'on qualifie de sottises ou même de crimes, quand on n'est pas dans le jeu.. Elle a appris en quelques minutes bien des choses qui l'ont *bouleversée.* Elle s'est expliqué *the real* P.V. Elle l'a vu écrasé, changé en fontaine, à demi évanoui. Elle l'a pris, a caressé son front, l'a embrassé avec une pudeur et une pitié antiques. Elle ne l'a pas quitté, car il ne fallait pas qu'il demeurât un instant sans quelque chose d'humain auprès de lui. Nous avons pris une voiture, erré tout le jour, et je lui disais tout ce que je pensais comme il venait. Son admirable et froid visage parfois me faisait honteux des horreurs que devait lui rendre le mien.. Pauvre Brimont.. / Vence. *Sabbato.* »

3. Valéry écrit au verso d'une feuille publicitaire de la British American Optical Company.

fais plus que lui. Dis ce que tu voudras de Paulo Ambrosio Valéry — ne cite pas cependant trop d'insanités tirées de mes lettres. J'ai dit tant de bêtises !

D'ailleurs c'est un type qui est mort. Je te jure que je le suis. Cela se voit à ceci : que rien ne lui est plus. Je ne puis pas même essayer d'écrire ; ni penser même. Ni voir, ni être intéressé à quoi que ce soit d'autre que mon Erèbe. Jamais je n'ai été si abandonné des dieux, si réduit [à] une douleur fixe avec des accès furieux et des calmes atroces. Ma vie tient dans une très petite *idée* que je manie, que je pétris, que je broie entre je ne sais quels doigts du système nerveux, inquiets perpétuellement, et toujours sur le point de jeter cette boulette par la fenêtre.

Je suis une maladie affreuse. Seul, maintenant. Car Brimont est partie hier. La pauvre chère femme, — que je crois bien touchée et suspendue à un fil bien atténué, — quoi qu'elle se sente déjà à demi disparue, elle a été pour moi la plus tendre des sœurs. Je ne sais quel intérêt elle a pris à moi, qu'elle m'a montré depuis un an surtout, et surtout dans mes maladies de cet hiver. Elle s'est trouvée heureusement ici près de moi, et ma voisine de chambre, quand il y a quelques jours, j'ai reçu certain coup qui m'achevait. Elle m'a vu comme fou et sur le point de faire ces choses raisonnables, et les seules possibles, que l'on qualifie de sottises ou même de *crimes,* quand on n'est pas dans le jeu. Elle a appris en quelques minutes bien des choses qui l'ont *bouleversée.* Elle s'est expliqué *the real P.V.*[1]. Elle l'a vu écrasé, changé en fontaine, à demi évanoui. Elle l'a pris, a caressé son front, elle l'a embrassé avec une pudeur et une pitié antiques. Elle ne l'a pas quitté, car il ne fallait pas qu'il demeurât un instant sans quelque chose d'humain auprès de lui. Nous avons pris une voiture, erré tout le jour, et je lui disais tout ce que je pensais comme il venait. Son admirable et froid visage parfois me faisait honteux des horreurs que devait lui rendre le mien. Je sais pourtant quelles peines elle a connues, et quelle angoisse elle porte maintenant avec une

1. Le véritable P.V.

intrépidité extraordinaire. Pauvre Brimont. Je ne puis pas le dire.

À présent, seul. Un grand palmier-dattier devant la fenêtre. Je le vois à toute heure du jour et de la nuit. Ce calme infiniment doux du 4h du matin, avec ces palmes vagues et des étoiles, j'en meurs de tristesse — et le jour vient lentement imbiber les choses qui à mes yeux, *toutes,* sont des *ruines.*

Ne comprends rien à tout ceci. Et je ne veux pas que tu comprennes. Je te supplie de ne point faire le moindre effort d'induction. Et tout ceci, d'ailleurs, pour toi [*illisible*].

J'ai vu Coste[1] qui m'a parlé de toi. Il me supplie de le voir le plus possible — le malheureux crève d'ennui et de mélancolie. Société donc possible, s'il n'avait la manie de parler philosophie. Mauvaise rencontre à Beaulieu. Blanche[2] y est attendu. Et moi je vais aller à Menton, je pense. Et puis, je ne sais. Tout se passe comme si j'étais millionnaire. Mon vivre actuel est mon vivre renversé. *Point de lendemain. Quis me sustinebit ? — Non est Deus*[3]. Car l'*insipiens*[4] me paraît bien informé.

Je t'écris tout ceci pour être moins seul. *Excuse me.*

Ton épouvantable

P.

CATHERINE POZZI, *JOURNAL*

1er Avril [*1922*]

Froid. Pluie. Impossibilité penser à lui. Saturation. Embêtements Édouard Bourdet qui refuse payer ses contributions. Mal à la gorge. Je n'ai que 30.000 de rente.

1. Il s'agit d'Albert Coste, lettré montpelliérain, auteur des *Phénomènes psychiques occultes, état actuel de la question* (1895).
2. Le peintre Jacques-Émile Blanche.
3. Qui me soutiendra ? — Ce n'est pas Dieu.
4. Insensé.

[*Ajout de la main de* Valéry[1] :]

Ce jour 1er avril — Pris ma décision en recevant la lettre [celle du 28 mars.] Je crois qu'elle me tuera un peu plus. Il *faut que je sache.* J'avais arrêté de ne plus rien lire de K. J'ai assez de nouvelles de Marchand. Cette lettre est un signe que j'attendais pour agir. Me croit parti. Certainement n'est pas allée à Cannes. Je voulais y aller. Mais l'hôtel ? J'aurais fait un scandale. C'était résolu. Tant pis.

Il faut aller illico à Vence. D'ailleurs ce nom, ce lieu m'exaspèrent assez. Hier j'ai été Cagnes comme pour m'entraîner. Monté là-haut, vu loin ce Vence où est ma honte. Impossible repartir sans savoir. Serai fixé ce soir dans quelques heures. Mon cœur est un caillot. Je me cogne aux passants. Tombe du train à Cagnes avant l'arrêt. Ce train infini. Beau passage vers Saint Paul. Me fous du beau. Ma vie est comme une boulette entre des doigts étranges du système nerveux. Je la pétris et [suis] sur le point perpétuel de la jeter. Où ?

Vence. Pluie légère. Elle ne sera donc pas sortie. D'ailleurs irai très tôt. Forcerai toutes consignes. Regrette avoir pas cartes de visite d'autres pour faire passer. Suis décidé à entrer de force. Ce n'est plus moi qui marche, c'est une espèce de « force » faite de deux mille heures d'enfer, tout fureur, tout dégoût, tout feu noir. Déjeuner Conque[2]. Andouilles femmes mangeantes. Cette salle est hôpital. Un beau jeune homme prend gouttes, cachets etc. ignominie de se soigner en commun. Je hais tous ces Anglais. Repas à la vapeur. Nul. Paye. Fuis.

Maintenant tout sera développé dans 20 minutes. J'ai peur de perdre temps en cherchant la villa que je hais. Là — Mon âme se brise. Là, c'est là. C'est grand. Pas si laid que Brimont le disait. C'est donc là que — La tristesse me bat à grands

1. Le 1er avril 1922, Paul Valéry arrive chez Catherine Pozzi à Vence sans l'avoir prévenue. Pendant son séjour, elle lui communique son *Journal* où il insère ce récit de la dernière étape de son voyage désespéré pour la rejoindre. Valéry quittera Vence pour Menton le 19 avril, retournera à La Collinette le 25 avril et repartira pour Montpellier et Paris le 5 mai.

2. Valéry déjeune dans un hôtel de luxe situé dans le Domaine de la Conque à la sortie de Vence.

coups. Mon dieu que je ne connais pas, que je chasse de par tout car partout vous n'êtes pas encore vous, partout inférieur à vous, mon dieu penses-y bien. Ceci est minute critique — non tant de moi, que de toute foi dans ce qui vit.

J'entrerai comme un voleur. Porte ouverte. Ce rustre, je me donne à lui pour un acheteur. Acheteur ! C'est étrange de voir un lieu qui n'a cessé d'être imaginé, supplié, maudit. Il est autre. Et elle, — si elle était — autre ? Elle est là. Ne m'attend plus. Me croit à Paris. Tu vas me voir. Je vois ta figure. Méchante, méchante — je suis là. Par où entre-t-on ? Ce petit escalier de fer est pour moi. Tout à l'heure je reprendrai cette route comme un fou. Demain à midi serai à Menton. Peut-être jouer mes derniers sous à Monte-Carlo. Je prends escalier. Une porte vitrée à droite. Fermée. Personne ne paraît. Essayons l'autre. Je sonne. Je meurs. On n'ouvre pas. Il y a une clé sur la porte. Tant pis. Personne. Cette maison est vide. Ce vide a une importance infinie pendant un dixième de minute. Un vague piano. Leçon. J'entre.

Tu vois bien que c'était la même chose, *imbéciles* (et de quoi serait donc faite la différence, puisque…)

À PAUL VALÉRY

[*Vence début avril*] 1922

[*Enveloppe :*]
Mr Valéry

[*Au dos :*]

Il est venu alors de Nice à Vence seul —
Ce qu'il aurait dû faire sans tant de drames
Et puis.
« tous les maux ne venaient pas d'elle[1]. »

1. C.P. déforme un des vers adressés par Valéry à Renée de Brimont.

À CATHERINE POZZI

Collinette

[*samedi*] 1er avril [*1922*] — nuit — au lit

minuit ¾

Réveil. Rallume. Ce cahier est devant mes yeux. Il m'a réveillé. Je suis reposé pourtant. Étrangement. Épouvanté de ce réveil plus jeune encore que d'ordinaire.

Elle dort là haut. Si près, si près. Idée de partir sans la réveiller, de m'en aller de m'en aller, ou de monter pieds nus la prendre. Mon chéri, que tu m'as fait de la peine. Avec ce grand immense amour que tu as de moi — ou ce mal immense de moi, que tu as, et moi de toi, tu fais souffrir. Écoute — tu l'as vu hier 3 fois et j'étais là[1]. Tu l'avais embrassé la veille, et cette même chambre que j'ai vue si souvent dans une pensée, qui m'a tué tant de fois, il t'embrasse là, quand il veut ?

Demain je serai parti, et lui, là, toujours. Tu t'en sers, il te rend des services constants, presque un factotum. Jusqu'à cette jarre qu'il t'achètera. Et moi serai loin. Et à la moindre difficulté entre nous, au moindre malentendu, il sera là, et plein d'amour. Puis pas admettre cela. Veux ne penser qu'à toi, et point à lui. Qu'ai-je à faire de celui-ci ? Je sais que tu m'aimes le plus. Je ne doute pas. Mais mets-toi à ma place. C'est terrible.

Et je plains cet individu que je méprise. Tu l'as allumé. C'est fait. Et puis, ceci : Pardonne-moi. Je dis la pensée du minuit profond. Oui, ceci. Je souffre en ma qualité *d'ange*, de souffrir dans le genre vulgaire. Et toi, il ne faut user d'armes *connues*. Ne sois pas femme. T'en supplie. Jalousie est ignoble, ig-noble. Mortelle aux nobles. Souille avant de tuer. Je suis tout de même au-dessus des livres, des théâtres. Et ceci est genre livre. J'*imite* en souffrant. Et puis cette souffrance elle vous emplit de bêtises et pas de grandes choses pendant

1. Il s'agit de Jean Marchand.

ce temps — et cela tue aussi ce goût des grandes choses et empoisonne leur lieu et leur source. Il ne faut pas leur nuire. Elles sont si fragiles, et après tout, seule vie. Percez-moi avec des armes qui soient dignes d'elles.

Le seul fait d'être désirée par cette autre m'indispose — me dit nuit et jour : tu as mal choisi. Comment peut convenir à autre ce qui ne peut convenir qu'à toi seul. Alors j'ai mal à mes yeux qui ne peuvent plus regarder les choses sans pleurer. Quelqu'un m'a dit : Vous avez les yeux étranges, on dirait y voir la lumière en lutte avec la vie. Et où ils regardent maintenant les ténèbres de l'être. Le connaître a été séparé de l'être. C'est la Genèse selon P.V./voir cahier/(et non la terre des eaux selon *God.*) et les yeux clairs sont surface de séparation. Hélas. Je dis bêtises.

—

Cinq heures ¼. Faut-il lui demander ne plus recevoir ce Marchand, rompre absolument avec lui ? En arrivant je l'ai pris pour un fournisseur dont il a l'allure. Ceci a embrassé cela, et puis moi. Et hier encore, (ce qu'ignorais). Le voyage à Cannes était pensé, entendu peut-être.

Dois-je ne pas remonter de Nice ? Partir pour Menton cet après-midi ? Dignité. Crever. Ce serait la sagesse pure. Cet homme ici, moi à mille km, elle le voyant, l'utilisant, elle si vindicative, à la moindre histoire elle peut — d'ailleurs je deviendrais fou de penser à cette seule proximité-fréquentation.

Je ne demanderai rien. *Fatum*[1] à l'état libre. Si l'on peut dire. Ne pas toucher à la balance. La nécessité est chez soi ; et *moi*, moi, suis un invité chez les lois. J'aime. Elle dort. J'aime. Elle dort. Je veille. Toujours je veille. Et le lit de ma vigilance n'entend rien que mon cœur qui bat si fort cette nuit, et mon souffle presque gémissement. Ouvrir, le jour. Le jour suivant.

1. Destin.

6 heures

Je suis chez moi chez vous. Et suis moi en vous et puis demeure moi avec vous. Cas unique. Je puis faire toute la nourriture de votre esprit et vous, toute de mon cœur. Et cette nourriture est échange. Tu as vu, mon chéri, qu'on ne pouvait pas ne pas se nourrir. Nous serions morts de faim. Je suis si maigre à cause de toi devenue disette. Entre nous, les séparant [*sic*], il y a des étrangers. Une fois avec vous, je n'ai plus besoin de rien. Je suis bien malheureux d'être ainsi. Est-ce immense faiblesse d'être venu ? C'est toi qui le diras.

Mon esprit a fait le tour de toutes choses. Je crois bien les avoir épuisées en tant que connaissables, car je les réduis à leurs éléments *réels* et j'ai percé à jour cette Symbolique qui fait l'instant autre que le monde. (Ceci est profond mais je ne l'explique pas maintenant.) Un aspect de ceci est baptisé Scepticisme par Σ[1] ; et par K même Satanisme : — Soit. Si *God* est bête, comme tous les auteurs sacrés le prétendent, alors tant pis pour Lui.

Mais mon esprit a trouvé ceci de monstrueux, de neuf, de monstrueusement neuf — que — Vous *êtes*. Tu *es*. J'ai trouvé que *Tu Sum*[2]. En général on dit ceci à autrui par politesse. Et la grammaire conjugue froidement : Je suis. *Tu* es. Plus simplement : Je, Être ; Toi, Être. Ce qui est un faux. *Je suis* est inconjugable. Ou plutôt se conjugue, Je suis, tu suis. En somme la personne est connaître et les autres sont êtres. Je suis = l'être connaît. Jugement synthétique. Zut. Tout ceci pour dire

— Ce cahier me fait voir que tu as souffert comme moi. Mais que tu as fait un peu plus. Pour/contre moi infiniment plus. Vois-tu, la jalousie, c'est le pire du pire. Je te dirai que je souffre aussi de la souffrance de cet homme. S'il me connaissait dans le cœur, et s'il est juste en soi, lui aussi de la

1. Dans ses *Cahiers*, Valéry désigne ainsi la sensibilité.
2. En latin : Je suis toi.

mienne. Les oiseaux heureux mécaniquement chantent autour de la maison. Vite, que je te voie. Comme ce fut étrange et doux, cet hier. Tu me laissais dire mes bêtises scientifiques. Je parlais comme un perroquet.

Le monde dit : ils s'adorent. Ils sont fous l'un de l'autre. Mais il ne sait pas pourquoi. Au fond c'est bien simple. Il y a ceci que le maximum du sentiment de vivre et du haut fonctionnement de moi est dans tes mains. Et toi de même. Ceci est uniquement déduit de l'expérience. Hypothèses *non fingo*[1]. Le reste des choses est contre nous assez volontiers. Tu vois, tout a raté contre cette propriété réciproque. Quelle merveille, quelle beauté.

Je veux un autre nom que celui d'amour. Tu sais que je disais à une jeune Anglaise, en 94, à Londres, qui m'honorait d'une tendresse genre anglais, très douce et très *distinguished*[2]– je lui disais : Oui... mais tant d'êtres ont aimé ! et il y a eu depuis Tubalcaïn[3] plusieurs milliers « d'hommes de génie ». Tout cela *is overdone for my taste. I live for another thing*[4]... Mauvais anglais, mais clé de ma vie. Autre, ou rien. Si tu veux me faire souffrir le plus, fais-moi semblable aux autres. Tu m'entends. Même semblable aux dieux. Ce n'est pas maladie d'originalité. C'est sentiment de dépassement. — d'*économie.*

Et toi, mon amour, qui ne veux pas être les autres femmes, et qui as été si *heureusement* blessée par certaines notes de cahier, où je les avais mises *ad hoc*[5], pour te faire sentir par ce Bourget improvisé qu'il ne fallait pas non plus me traiter *secundum artem omnium*[6], toi qui souffres d'une certaine division en toi-même — (permets que je l'explique ainsi. Tu as *ambition* et *sur-ambition.* Et il y a lutte entre les deux..), toi [*inachevé*].

1. Je n'invente pas d'hypothèses.
2. Distinguée.
3. Personnage de la *Genèse,* ancêtre des forgerons.
4. Tout cela est surfait à mon goût. Je vis pour autre chose.
5. Pour cela.
6. Suivant la règle commune.

ANDRÉ GIDE À PAUL VALÉRY

[*Paris, lundi*] 3 Avril [*1922*]

Mon pauvre cher Paul,

Ta bonne lettre me consterne, sans m'étonner beaucoup. Je me doute depuis longtemps qu'à la grande fatigue collabore quelque empoisonnement secret... Je voudrais trouver mieux que des mots pour te redire mon amitié qui souffre de mon impuissance.

À Vence... c'est là que vit un excellent ami à moi : Jacques Raverat, que peut-être tu aurais plaisir à voir. Il est infirme ; une étrange maladie, inclassée (rien de « vénérien ») paralyse depuis assez longtemps ses jambes et envahit peu à peu tout le corps. Je crois qu'il a maintenant une petite auto, dans laquelle il pourrait t'emmener faire quelques promenades. C'est un être exquis de patience, d'intelligence et de douceur. Sa femme, petite-fille de Darwin, est *charmante.* Et tu aurais le sentiment que tu leur fais grand plaisir en allant les voir. Au grand hôtel sur la place (où ils ont longtemps habité) on connaît sûrement leur adresse ; ils ont acheté dernièrement une petite maison à quelques cent mètres de la ville (Villa Alice, ou Adèle... je crois). Tu n'as qu'à te présenter de ma part — et tu n'es pas un inconnu pour lui.

Au revoir. Je suis bien profondément ton ami

André Gide

Demain je verrai Gallimard

À CATHERINE POZZI[1]

[*Vence,*] Mardi [*4 avril 1922*[2]]

Bonjour, amour. Tu n'es pas la première pensée, puisque tu es déjà venue à 3^{h}, et à 7^{h}. Étrange nuit, Horatio. Ce grand vent voulait qu'on se tînt étroitement serrés. Il le voulait si fort et avec de telles menaces, que si j'eusse été sûr que tu ne fus pas verrouillée, j'aurais fait à merveille le rat d'hôtel. Les escaliers de marbre sont discrets, les pieds nus ne sont pas bavards. Là haut, deux bonds et j'étais sur ta bouche, l'envahissant de silence et de moi.

À défaut de vous, j'ai eu une espèce de moment de génie confus. Le Système prenait figure faussement précise. J'ai perçu ce qu'il pourra être dans 100 ans, quand on aura nettoyé le champ de pensée de toutes les cochonneries des philosophes et des pythons. C'est plein d'étrons de serpents, la tête.

Hélas, me suis rendormi vers 4^{h} 50, réveillé à 7^{h} très fatigué. Presque en état de malaise ensuite et un peu moins maintenant, mais encore. La reprise du sommeil chez moi est toujours une mauvaise affaire. Drôle de corps.

Et toi, mon chéri, toi qui es à 1022^{km} en acte et à 10^{m} en puissance, avez-vous bien dormi ? Je t'écris comme si j'étais là-bas, à ma table de douleur.. Là où je t'ai tant maudite, méchante, et tant célébrée, et tant vue, et tant adorée, pleurée, appelée, interrogée à toutes les heures de notre histoire.

Quae carior Karin, — quae durior, quae magis autem proxima[3] ?

Bonjour, mon aimée.

1. Au verso, barré, un passage d'un brouillon de « Fragments du Narcisse » :

l'amour même,
Dis moi, tu vis souvent, sur tes bords, éternelle,
L'amour, l'amour venir ?...
Quand le feuillage épars
Peuple d'ombre et d'argent, pleure de toutes parts,
Tu vois du sombre amour s'y mêler la tourmente,
L'amant brûlant et dur ceindre la blanche amante

2. De la main de C.P. : « 3.4.22 ». Le 3 avril était un lundi.

3. Qui est plus chère que Karin, — qui est plus dure, mais qui, plus qu'elle, est la plus proche ?

À CATHERINE POZZI

[*Vence*] Samedi [*8 avril 1922*[1]]

Chérie

J'ai passé une vilaine nuit. Réveil avant 2^{h}. Reprise vers 4, réveil vers 6 ¼. Et ces muqueuses dépravées qui sont devenues si sensibles m'ont tourmenté. Je crois que le grand vent et la fumée de bois les ont trop sèchement affectées.

Et puis encore autre chose que je ne veux pas te dire. Et puis, et puis — que je sens que je partirai d'ici avec tant de désir. Hier soir je n'en pouvais plus d'avoir soif de toi. On est trop près pour mon courage, et mon être te tend tout le jour les bras. La nuit, cette force est sans empêchement. Elle règne malheureuse. Je sens la fuite d'un temps qui n'a pas de prix, la perte de fleurs et de fruits, l'édification de regrets très prochains et très mauvais. Toi, mon amour, les sentiras aussi. C'est si doux que nous soyons ensemble c'est presque si impossible ! et depuis si longtemps jamais plus étroitement. Tu vois, nos souvenirs ne reviennent directement qu'à la Graulet. Tout le reste est mauvais rêve, mais à ce temps nous tombons ensemble comme par une attraction d'une *masse* infinie.

Ne gronde pas. Oui, j'ai promis de me contenter de ce que tu voudras. Mais Amour qui vit, qui revit, qui s'est sauvé de tant de morts en toi et en moi, mais Amour absolu est le vrai maître. Ne gronde pas. Je sais les difficultés. Rien contre les apparences. Rien contre cette fragilité surtout de mon corps chéri. Il faut inventer. Vite. Songe que je ne pourrai pas indéfiniment être ici, ni indéfiniment ne pas même te serrer un peu longuement dans mes bras sans qu'une porte ou un pas nous divisent. Narcisse !

Il y a 8 jours que je t'ai revue. 8 jours. J'ai pris en claquant les dents ce chemin, ces longs circuits, ce petit escalier de fer. La haine, et bien des monstres m'accompagnaient. Et puis on est tombé dans le sein l'un de l'autre et voici qu'on a goûté doucement quelques heures de l'impossibilité de ne pas être toujours ensemble..

1. De la main de C.P. : « 7.4.22 ». Le 7 avril est en fait un vendredi.

Ô ne me laisse pas partir sans t'avoir toute retrouvée ! Mon amour, mon grand bonheur et malheur, *chose complète* donc, ne laisse pas un souvenir inachevé. À peine je serai éloigné, tu me crieras de revenir, et je ne pourrai pas, et on gémira et on sera méchants, ensemble. Je t'aime tant, tant, tant — mon chéri..

— Je n'arrive pas à zigouiller le cygne. Toutefois :

Sur son lustre, du lisse *effacement* d'un cygne[1] ? ? ? ?

Rappelle-toi les strophes de l'« Ode secrète[2] ».

1. Quelle perte en soi-même offre un si calme lieu !
L'âme, jusqu'à périr, s'y penche pour un Dieu
Qu'elle demande à l'onde, onde déserte, et digne
Sur son lustre, du lisse effacement d'un cygne...
« Fragments du Narcisse » *Œuvres*, I, p. 123.

2. Chute superbe, fin si douce
Oubli des luttes, quel délice
Que d'étendre à même la mousse
Après la danse, le corps lisse !

Jamais une telle lueur
Que ces étincelles d'été
Sur un front semé de sueur
N'avait la victoire fêté !

Mais touché par le Crépuscule,
Ce grand corps qui fit tant de chose,
Qui dansait, qui rompit Hercule,
N'est plus qu'une masse de roses !

Dormez, sous les pas sidéraux,
Vainqueur lentement désuni,
Car l'Hydre inhérente au héros
S'est éployée à l'infini...

Ô quel Taureau, quel Chien, quelle Ourse,
Quels objets de victoire énorme,
Quand elle entre aux temps sans ressource
L'âme impose à l'espace informe !

Fin suprême, étincellement
Qui, par les monstres et les dieux,
Proclame universellement
Les grands actes qui sont aux Cieux !
Œuvres, I, p. 152.

Valéry, insatisfait de ce poème dont une première version avait paru en 1920 dans *Littérature* et qui sera recueilli en 1922 dans *Charmes*, avait soumis son texte à C.P. qui semble l'avoir aidé à le remanier. Voir Florence de Lussy, *Valéry. Histoire d'une métamorphose, les manuscrits de Charmes* (Lettres Modernes, 1996), vol. 2, pp. 633-634.

À CATHERINE POZZI[1]

[*Vence, avril 1922*]

Je comprends ceci :

A. il y a une *condition*. Je l'accepte. Sous réserve des ménagements convenables, comme ceux par vous-même demandés.

B. si c'est non condition, mais *décision*, alors, ma présence ici est insensée ; je joue avec mon mal.

Dites vite si c'est A ou B. Je ne veux pas attendre qu'il soit plus tard pour être heureux ou malheureux. Je suis trop près de vous pour ne pas l'être moins (malheureux), quand je serai loin.

À CATHERINE POZZI

[*Vence,*] Dimanche [*9 Avril 1922*]

—

La nuit n'a pas été amère.. Cependant, que de fois je me suis dressé, et même levé, pour les quelques pas muets et glacés[2] — qui.. Tu es si proche, amour, et il y avait un tel vide, plein de forces, entre ma poitrine et mes bras.. Mais la nuit n'a pas été amère. Car si tu es trop près de moi, toutefois tu es près de moi..

(Comme nécessairement on serait bien, sans oser parler, dans le noir où n'existe plus que le corps pensant, noués à

1. Au verso, papier à en-tête : « Splendide Hôtel/31. Boulevard d'Athènes/ Marseille. »

2. Tes pas, enfants de mon silence,
Saintement, lentement placés,
Vers le lit de ma vigilance
Procèdent muets et glacés.
« Les pas », v. 1-4.

soi-même dans ce noir où j'ai tant vécu, (et presque toute ma vie *vraie* s'y est passée,) où j'ai tant pleuré, tant voulu, tant subi mes souvenirs, tant poussé mes constructions — et le même est à toi. On serait dans l'espace du pur sentir, dans l'instant éternel, dans le toi-moi, et ce ne serait ni la vie ni la mort, ni la veille, ni le sommeil, ni plus toi ni moi.. mais *tout*, et l'*Un*.)

Tu sais, *I feel better, this morning*[1]. Je t'aime. Quel délitement dans la substance profonde de songer que —

On va se quitter. Quand la force allait revenir, j'aurais repris un peu de force pour souffrir de nouveau. Je suis un peu mieux ce matin vraiment — et [?] que je suis accablé de l'être ; puisque demain, il faut que je replie tout ceci, et mes espoirs, et te laisse, mon amour. Mon chéri, je viens de travailler un peu. Tout d'un coup la flamme tombe, et je t'aime désespérément. Hâte-toi, ne descends pas trop tard. Chaque minute séparée est un suicide. Tu entends ? —

À CATHERINE POZZI

[*Vence, mardi 11 avril 1922*[2]] 6^{h}

Je suis sous vos fenêtres. Ces volets bien fermés, moi qui m'agite sous leur volonté d'absence et leur figure d'obstacle, — une aurore extraordinaire que vous ne voyez pas, et qui se peint sur d'énormes lambeaux vaporeux accrochés aux monts et aux oliviers, le chant des oiseaux si pur et si curieusement placé qu'il suffirait à définir l'espace, — le froid qui me saisit, le désir criant de vous venir éveiller, de vous voir, une rage d'enfant que vous dormiez encore ; un et mille jugements sur nos propos d'hier ; l'ennui très actif de ne pouvoir travailler — voilà les premiers pas de moi dans mon esprit.

1. Je me sens mieux ce matin.
2. Lettre datée par C.P.

Et puis cet amour, cet amour. Il renaît de toutes choses. Je découvre bientôt qu'il est exactement *infini*. Son accroissement est indépendant de sa grandeur déjà assemblée. Il faut être fou, fou à lier, pour penser cela, et même qui le sent, doit le taire. Je t'aime, et le temps me brûle dans les mains comme d'autres, l'argent. Qu'est-ce que je vais devenir, bientôt ; parti, séparé, sans t'avoir ressaisie, et toute respirée. C'est mourir sans les sacrements !

Tu étais si jolie hier soir. Autre aussi que jolie, mais unique, pénétrante, invincible, ineffaçable, ô petite chose Karin ; je hais tout ce qui n'est pas toi et même ces chers matins, et les arbres et tant d'objets qui me donnaient jadis force de vivre, puis raison de penser — joie fertile..

J'ai froid. Cette fenêtre ouverte, demi-vêtu, je frissonne. Je succombe à moi-même.

Cette nuit je pensais à ta fragilité — je t'aimais douloureusement je croyais que bien des caresses, un suspens de mon souffle à ta vie, des bras bien croisés sur toi, te donneraient de la force. Puis j'ai pensé à des choses que tu m'as dites. Je trouve que tu as changé depuis Vence, quant à l'esprit. J'ai eu des surprises. Les unes, bonnes ; les autres, pas bonnes ou du moins, pas encore assimilées par moi.

Il y a même ceci de contradictoire dans mes impressions : Tu t'es révélée a moi par des pensées et des profondeurs que tu ne m'avais jamais dites. Le « Système » L. a fait la connaissance du Système K. Tu *m'as fait réfléchir.* (Chose obtenue par peu de personnes) — Tu m'as fait considérer tes idées de près, et avec goût, et avec fruit. (Si du moins j'étais *maintenant* capable de suivre quelque idée.) Et j'y ai trouvé un désir nouveau — et donc hélas un département nouveau de mes enfers. Soif de ta présence.

Je ne parle pas de tes interprétations chrétiennes. Ceci, *excuse me*, je n'y vois que causerie avec toi-même, et au fond — tu n'y attaches que peu de prix. Je parle du *De Libertate.* Ce que tu m'en as dit l'autre hier. Mais du côté surprises moins bonnes, je note l'impression — que l'enthousiasme intellectuel qui fut l'énergie lumière et chaleur de notre premier printemps — tu sembles moins le posséder ; ou lui, toi. Est-ce exact ? En ce moment ? Le Xtianisme mono Χαρινιste[1] que tu te fais n'est-il pas [*inachevé*].

PAUL VALÉRY À ANDRÉ GIDE

« La Collinette »
Vence
Alpes Maritimes
Mercredi [*12 avril 22*[2]]

Cher,

Merci de ta lettre, et d'un mot de ta lettre. — Quel état, quelle étrangeté. La simplicité de mon esprit est comme égarée dans mon histoire. J'ai été dans certains extrêmes qui étaient en moi, et qui sans que je les connusse exactement marquaient certainement à ma pensée les points insondables. Là, on ne touche pas le fond. Et celui qui plonge, arrive mort, ce qui est une manière de n'arriver pas. J'ai senti, ou vécu ceci, plongé, crevé. Voilà. *I'non so ben ridir com'io v'entrai*[3].

Maintenant je suis calme, brisé, indescriptible en somme. Non heureux, puisqu'il faut vivre au-delà. Mais tout est presque délices après ce que j'ai souffert ; toutefois les délices elles-mêmes sont assez cruelles quand elles agissent sur l'écorché et qu'elles font penser à la suite des choses et du temps..

1. Le christianisme monokariniste.
2. Datée de la main de Gide.
3. *I'non so ben ridir com'io v'entrai ;*
Tant'era pien de sonno in su quel punto
Che la verace via abbandonai.

Je ne saurai bien dire comment j'y suis entré ;
Tant je fus ensommeillé au point
Où j'abandonnai le droit chemin.
Dante, *Inferno*, I, v. 10-12.

Ce pays est un tas de merveilles. D'autres yeux ne dessaouleraient pas. Je ne vois rien, je me borne à savoir que si je voyais, je verrais.

Raverat[1] est venu, porté par sa femme et par un géant, qui est son beau-frère et physicien à Cambridge.

Avant-hier, j'ai été lui rendre visite. C'est un homme bien sympathique, et qui étonne par son rire ou sourire perpétuel, sa bonne mine, attachés à ce corps inférieur paralysé. Nous avons parlé de toi. De sa maladie mystérieuse que je vois avec peine qu'il confie aux médecins anglais. Ils lui ont donné un espoir fondé sur la découverte du microbe de la sclérose en plaques, qui viendrait d'être faite..

Je ne sais si je le reverrai, ignorant si je resterai ici encore quelque temps. Je ne sais rien de rien. Travail nul ou stationnaire. Je pense à peine à cette situation où je suis de n'en point avoir. En vérité, je ne vois pas comment je me tirerai d'affaire. Je n'ai plus que ce stylo pour subsister et faire subsister ; et il est vide.

L'avenir est chose bien étrange pour un homme qui n'a pas l'ombre de métaphysique, qui n'a pas le sou, qui ne tient à peu près à rien, qui ne lit plus un journal, qui se détruit facilement, qui se reconstruit à peine, enfin qui se sent désintéressé de toute chose qui n'est pas horriblement douloureuse, — ou affreusement douce — Tout ceci n'est pas littérature. Ne nous y trompons pas ! *Hoc est sanguis meus*[2].

Heureux qui n'a connu que d'insensibles jours ! Sa pure et frêle vie est contre lui sans armes. Il n'y voit point des yeux qui s'emplissent de larmes.. etc.

À toi

P V

1. Voir *supra* la lettre de Gide, p. 369.

2. *Et ait illis hic est sanguis meus novi testamenti qui pro multis effunditur* [Et il leur dit : « Ceci est mon sang, le sang de l'alliance, qui va être répandu pour une multitude. »] Marc, 14, 24.

À CATHERINE POZZI[1]

[*Vence, peut-être mercredi 19 avril 1922*]
Cinq heures

On y voit à peine. Les oiseaux crient et me font un mal atroce. Je n'ai pas fermé l'œil, et la bougie consumée, la nuit a été longue et trop noire.

J'espérais me reposer et travailler ici. Tout cela est devenu impossible.

Ce qui est affreux, c'est le calcul de cette surprise. Cette surprise à l'extrémité d'un jour tellement doux. Cette arrière-pensée tout à coup jetée à la lumière, en pleine confiance tendre, et totale du soir.

Je ne puis partir aujourd'hui[2]. Je ne vois pas le moyen de m'en aller. Je serais parti avant votre réveil, si j'avais pu. Car vous dormiez en paix, à trois pas de moi.

Vous savez gâter l'heure donnée. [...] Ne croyez pas au bonheur. C'est une idole qui mangera votre vie. Il ne peut exister que des moments. Il y avait un mois devant nous. Vous l'avez détruit en dix minutes. [...] vous avez un mauvais Daimon en vous ; il n'a pu retenir de pratiquer une vengeance. [...]

C'est horrible de penser que tout cet accueil, ces soins si tendres, ces heures dans le jardin et tout cela — n'étaient que les accessoires d'une rancune — des choses méditées pour faire souffrir davantage.

C'est horrible et étrange de sentir dormir et se pacifier, tout près de soi, cette personne. Cet être mince, dans son lit dort tranquille, ayant fait ce qu'il désirait dans son secret. Il comptait que je souffrirais de mon mieux, et qu'il jouirait de mon mal bien ménagé. Il a eu sa satisfaction, et dort très calme. [...]

1. Les extraits de lettre publiés ici figurent dans le catalogue de la vente *M*[es] *Laurin, Guillou, Buffetaud, Tailleur, Collection d'un amateur ; Littérature du* XXe *siècle* (Nouveau Drouot, 13-15 juin 1983, 542), où ils sont datés, sans doute par erreur, de 1921.
2. Valéry part pour Menton.

Dire, penser, que j'ai tant veillé — que j'avais consumé presque toutes les idoles — toutes celles, du moins, dont j'ai eu conscience — et finir ainsi. Se laisser rompre les nerfs et obscurcir l'esprit et altérer tout le corps ou le sang, par quelques mots [...] et subir cependant cette souffrance. La sentir aussi bête, aussi simple, aussi claire, aussi insurmontable que chez le dentiste. [...]

Qu'ai-je de commun avec mes nerfs ? — Et toutefois ils sont — MOI. [...]

Mon pauvre « Narcisse », vous ne vous achèverez pas de si tôt.

À PAUL VALÉRY

[*Vence, jeudi*] 20.4. [*19*]22

Ma tête de Paris, votre lettre, et le petit papier de la houppe, mi-gare mi-parfum, ce sont les plus belles qu'une Karin puisse recevoir.

J'étais triste hier ; je ne savais plus si vous me trouviez le même prix : et qui jugerait de la valeur, si ce n'est le Destructeur des valeurs — *Umwerthung aller Werthe*[1]. Et j'ai pensé beaucoup de choses — dont quelques-unes sont celles que vous ne permettez pas de penser, et auxquelles m'oblige cette rigueur qui fut dans ma vie, et qui n'est plus ; parce que je lui ai préféré votre bonheur.

Le plus cher des vœux de mon cœur, c'est qu'un jour vous la préfériez aussi. Alors nous nous aimerions sans mentir aux imbéciles, ni à... — Mentir m'est tragique, même à l'imbécile. Et chaque fois que vous évoquez l'autre doux visage (celui qui ne sait mentir) mon plus solide, ancien, cher moi-même se redresse et secoue, et puis tombe à genoux.

— J'ai vu notaire. On va signer demain peut-être[2]. Si je vais bien, pourrai descendre Nice. — Et Violente supplie, tant que j'irai peut-être au Cannet ensuite.

1. Littéralement : la réévaluation des valeurs, concept emprunté à Nietzsche.
2. Il s'agit de l'achat de La Collinette.

Télégraphierai
Ne soyez pas triste, [*papier déchiré*]

À PAUL VALÉRY

[*Vence,*] Vendredi 21.4.[*19*]22

Chère tête annexe,

L'acte est signé. Hugues[1] a fait irruption comme j'avais envoyé votre télégramme. Rien du général (c'était baudruche[2]). Et puis j'ai assez de ceci. Je suis entrée dans le définitif, encore qu'il me dégoûtât. Je ne sais si je viendrai à Nice. Je suis exténuée sans savoir pourquoi ni comment. Je vous télégraphierai demain.

Claude[3] arrivera lundi ou mardi. Si je suis bien, je viendrai au Paris[4] dimanche pour repartir lundi ou mardi après midi. Si pas bien, je ne viendrai que pour chercher Claude et citron[5] — et vous, si le voulez.

Seulement — il faut vous dire ceci : que je ne serai jamais votre femme si proche de mon jeune devoir. De mon devoir qui est si gentil, et qui vous respecte, comme il croit en moi, et que vous aimez, malgré vous, — et à qui nous devons défendre certaines pensées, qui lui viendraient plus tard, — qu'on aiderait à faire venir, qui sait.

Nous deux, il faudra bien que ce ne soit que pensée à pensée, un jour, vous le savez bien. Et si ce jour était là, est-ce que vous ne me permettriez pas de vous aimer encore.

[*Sans signature*]

1. Sans doute son notaire.
2. Voir *supra* la lettre de C.P., p. 347.
3. Claude Bourdet, le fils de C.P.
4. Elle viendra à l'Hôtel de Paris, à Nice, où loge Valéry.
5. Sa Citroën.

À PAUL VALÉRY

[*Télégramme :*]

[*Vence, lundi 24 avril 1922*]

VENCE 260 14 24 10H

IMPOSSIBLE DISTRAIRE AU MOMENT OBSÈQUES MON CHER AMI[1] TÉLÉPHONERAI DEMAIN =

[*Adresse :*]
VALÉRY
HÔTEL PARIS
NICE

À PAUL VALÉRY

[*Vence, lundi*] 24.4. [*19*]22

Chère tête à moi,

Je savais en traçant cette dépêche ce que vous penseriez, tout à fait (du moins il me semblait) ce que j'aurais pensé, si vous m'aviez dit demeurer loin de moi parce que vous étiez triste. Et rien ne pourrait me faire aussi triste, et sûrement, aussi vous. Mais je ne peux pas pleurer celui-ci, qui vient de mourir, sur votre épaule. Ça ne lui ferait pas plaisir. Cet évêque était une des plus rares tendresses de moi, et moi j'étais ce qu'il aimait le mieux. Un jour Madame Bulteau devant Barthou[2] celui-ci même [*sic*], se moquait de nous « ne faites pas attention à ces personnes » parce que nous étions trop contents d'être ensemble. L'idée d'aller me promener et d'être vivante quand il était couché froid, de faire la femme et d'entendre qu'on m'aime, paraît une espèce de trahison. Je crois bien qu'il me la pardonnerait ; et cette idée me tue.

1. Mgr Louis Duchesne (1843-1922), académicien et directeur de l'École française de Rome. Son importante correspondance avec C.P. a été détruite.
2. Voir *supra* p. 42, n. 1.

Je téléphonerai demain matin si le mistral me permet de sortir.

Vous avez dit sans faire attention une bien mauvaise chose : « si elle avait un peu de cran. » S'il avait un peu de mémoire ! Mais ça ne fait rien, l'injustice est de l'anti-dieu. Si j'avais des cheveux blancs, auriez-vous de l'amitié pour moi ?

C

[*Enveloppe :*]
Monsieur Paul Valéry
Hôtel de Paris
Nice

[*Au dos de l'enveloppe :*]

Claude arrive Mercredi Midi 55.
Sauf contr'ordre viendrai demain.

À CATHERINE POZZI

Lundi [*Nice 24 avril 1922*[1]]

Je rentre à l'hôtel à 11^h pour.. y trouver ce télégramme.. Obsèques de qui ? ? Duchesne ? Elles ont lieu *demain*, non aujourd'hui. Et puis quand elles auraient lieu aujourd'hui ! Aujourd'hui, dernier jour que nous pouvions avoir bien seuls.

— Ainsi, je m'en vais dans quatre jours. Jamais peut-être, occasion pareille d'être ensemble, — et, contre l'Évangile même qui, cette fois unique, a dit quelque chose de raisonnable, vous préférez les défunts aux vivants ; l'éternité qui n'est rien, au Temps, qui est tout, et *ce mort*[2] à moi. Je suis affligé, ahuri, blessé, humilié, accablé de tristesse par ces dix mots inattendus. Hélas ! faut-il toujours qu'à peine éloigné

1. Lettre datée par C.P.
2. Ce mot souligné par C.P. au crayon bleu ainsi que les passages suivants.

de vous le moins du monde, surgissent des *vapeurs* et des ombres insensées !

Où est donc hier ? Ai-je rêvé que nous étions si doucement ensemble ? Pourquoi ne m'avoir rien dit de ceci, hier, qui était hier ? Que voulez-vous que je comprenne ? — J'ai cette terrible impression de l'obscurité, et cette autre, qui m'est si atroce, du temps dilapidé. Et il y en a si peu !

Tu sais bien que je vais partir, mon chéri.. Et voici tout une journée que je vais perdre dans la rancune et dans l'ennui. Je ne ferai rien de bon. Je remâcherai les heures, ces heures mêmes que j'aurais pu passer avec vous *et moi*. Vraiment je suis bien malheureux de ne penser qu'à vous. Pourquoi ne mesures-tu jamais la peine que tu me fais, méchante ?

Samedi, c'était le notaire. Bien.

Aujourd'hui c'est *le* monseigneur.

Mais toujours le dernier après le dernier,

My humble Self[1]

[*Enveloppe* :]
Madame C. Pozzi
La Collinette
Vence
Alpes Maritimes

À PAUL VALÉRY

[*Vence, mardi*] 25 4 [*19*]22

Mon sac était fait et je serais venue tout à l'heure. Je ne peux pas, cette lettre qui arrive. Je ne peux jeter ma peine dans les bras de qui me parlerait peut-être encore, comme ceci, de « ce mort » et « le monseigneur ». Car je l'aimais de tout mon cœur et je n'ai plus d'ami. Je suis restée pour assister à une messe que j'ai fait dire à l'heure où on l'enterrait.

1. Ma pauvre personne.

Qu'importe croire ou ne pas croire, si on offre aux cieux, ou au néant, le moment d'un cœur fidèle.

Lebey rirait bien. Pourtant s'il mourait, vous seriez heureux qu'on l'appelle « le Lebey » pour arrêter vos larmes ? Il est vrai que vous ne l'aimez pas, peut-être.

Je vous demande pardon sans phrases. Je voudrais bien que vous ne me fassiez pas de peine, ou que je sois assez intelligente pour ne pas le montrer, ou pour n'en pas avoir. Je ne peux pas. Je vous embrasse.

Vous viendrez quand vous voudrez et si vous le voulez. Chez moi est à vous.

Ne vous plaignez pas de moi comme vous le faites à votre ami, cela n'est pas beau. Je vous ai donné quelque chose, et j'ai fait grand chemin vers vous. En mémoire de ça, pardonnez que je sois insuffisante.

C

À PAUL VALÉRY

[*Vence, vendredi*] 5.5. [*19*] 22

Réveil 10[h] matin[1]. Comme après nuit de voyage. Habillée vite. Paroles avec Pétiaud[2], de la fenêtre. Je n'ose aborder le sujet — Émile — Fille[3] — Cabinet. 11 heures. Courrier. Nombreuses enveloppes à PV. Une de son amie sororale[4]. Je fais suivre. Tout désir d'écrire, moi, se tait. (L'adresse Poste restante, toujours ! !) Comme pour don précieux, vive le roi.

Midi. Annette[5] rentre du marché ; excitée d'horrifiques renseignements sur Pétiaud plus haut. Il boit. Si je le laisse entrer ne m'en débarrasserai jamais. Fille légère. Fils fou. Je décide lui signifier que ne le garde qu'en journée. 1 heure

1. Valéry a quitté La Collinette pour rentrer à Paris.
2. Jardinier à La Collinette.
3. Il s'agit des employés de maison.
4. Renée de Brimont.
5. Annette Moussu, une domestique.

— temps gris. Absence des maçons. 2^h — Retour du Romain[1] — Coups réguliers de la bêche carré du milieu. Le jardin semble immense.

Ce matin, dans « l'aube profonde », comme dit Criton[2], j'ai retrouvé un visage que si follement pense

qu'ils sont doux, tes pas retenus[3] !

Essayez de dormir.

3^h ½

Temps bien gris. Brume. Le Romain est étonnant. Il n'a pas cessé. Principe Carnot inconnu. Il récupère énergie à chaque pelletée. Pétiaud ratisse gracieusement. Un seul maçon.

Ai tâché dormir. Pas pu. Demi rêve, où passe un ouvrier PV, en bleu toile, ironique, triste et résigné.

Vagues considérations sur la genèse du PV nouveau testament, celui en [le]quel point un « système des oui et des non ». Brève rétrospection certain passé, où le PV de l'ancien testament accablait de reproches une petite fille sanglante, reproches sur le manque à gagner du plaisir qu'elle ne donnait pas. Apercevoir combien le PV de la nouvelle ère, est plus doux, plus pensant sollicitude.

Mal de tête. Immense fatigue psyché, qui, debout seule, reconnaît d'un coup quel effort vers quelqu'un elle vient de refaire, pendant un mois, et comme elle a presque troqué sa personne pour une autre jusqu'à vous exister [*sic*]. Le sentez-vous ? Et maintenant, il faut rentrer dans son petit soi-propre, et que ça ne fasse pas racine d'oranger déplanté.

C'est nous qui sommes la métapsychique, va. Elle doit être unique, cette étrange expérience.

1. Jardinier.
2. Dans le célèbre dialogue de Platon, Criton, ami dévoué de Socrate, s'introduit dans la cellule de son maître pour le persuader de s'évader.
3. C.P. cite « Les pas ».

4h ¼

Je suis le laurier divisé.

Cher autre, et vous vous êtes dans train. Train — Lumière — Einstein. Il n'est pas 4h ¼ pour vous. Pour vous temps plus long. Et cœtera bête las. Si je t'ai fait de la peine pardon autre page. Lueur paraît et fuit, puis paraît, et je comprends pourquoi comprenais pas.

Savez-vous une chose ? Écoute.

Je t'ai d'abord aimé 1920 absolument sans restrictions avec tous les attributs sur vous, (je les mettais). Et puis 1921 vous les avez tous enlevés. 1922 j'aperçois dans votre figure 1921 quelque chose de l'absolument 1920 perdu. Qui est qui ? Réponds.

Mais ce soir je mets la tête dans votre épaule. Adieu mon chéri. Le carré du milieu devient très joli.

CK.

Ô Sois fort et porte-toi bien !

À PAUL VALÉRY

[*Télégramme :*]

[*Vence lundi c.p. 8 mai 1922*]

VENCE 44 12 8 15H 20
DEUX LAURIERS PLANTES
COMMÉMORATIFS AFFECTUEUX
SOUVENIRS =

[*Adresse :*]
PAUL VALÉRY
1 RUE FOURNARIE
M'PELLIER

À PAUL VALÉRY

[*Vence,*] Lundi [*8 mai 1922*]

Chéri mon chéri, de Montpellier, du Peyrou de mes 7 ans, du soleil dans les cloches, de l'attente de la joie, de la triste joie quand j'étais devant toutes les choses et que rien n'était arrivé. Je n'ai pas à écrire d'autre lettre que la tienne. Et ce que vous dites du rêve vrai, où j'apparais en grand-mère Cazalis[1] ! (Elle était si jolie, avec sa figure de pomme rosée, si pure et heureuse, et son petit front dur.) « Quelles racines toi et moi nos arbres ont mêlées »... « Elles étaient si proches sans le savoir ». Votre maison était à cinq cent mètres de la mienne. Mais vous étiez là dix ou douze années avant que je ne vienne[2]. Nous avons eu le même vent blanc et bleu, à traverser une seule âme, et je grandissais, et vous souhaitiez d'aimer.

Tu comprends que c'est la chose que je regrette *le plus,* celle que j'ai souhaité pour nous plus haut qu'aucune, d'être là-bas tous les deux. Je n'ai pas osé risquer la fatigue de cet interminable voyage, pire que celui de Paris ; il y a le printemps dernier à ne pas revivre, et la fontaine du sang à ne pas rouvrir. Pourtant, Lionardo, mon cher petit ami du Peyrou, nous l'aurions mérité ! Qu'on se serait compris, trouvés, saisis. Oh, et on aurait peut-être même ri ensemble. Voyez-vous mon chéri, l'idée de travailler là-bas *avec vous,* c'est la seule formule du bonheur qui me fasse encore travailler.

Au revoir. Je ne peux pas écrire. J'écris mal parce que je suis triste jusqu'au huitième fond. Je déteste Vence. Mais l'air y est pur et fait plasma sur la blessure gauche.

. . . .

Garder l'appartement Assas[3] ? Y retourner, pour 1 mois ou 2, si vous veniez là-bas l'hiver d'après ?

. . . .

1. Félicité Cazalis, grand-mère maternelle de C.P., originaire de Montpellier.
2. En septembre 1884, Valéry avait rejoint son frère aîné, Jules, à Montpellier pour y entrer au lycée.
3. La mère de C.P. va quitter son appartement au 14, avenue d'Assas à Montpellier.

Pétiaud plante les soucis en bordure des violettes. On finit la carrée de droite. Ce matin à l'heure même où ta lettre arrive, voici l'homme qui remontait, portant quatre bébé lauriers. J'avais lu ta lettre, et l'avais mise contre ma chemise, et, tout de suite, fait ce que tu souhaitais d'avoir fait : juste la force de porter un petit arbre, puis un autre, dans le trou. Leurs racines se mêleront. Ils auront moins de difficultés, ces enfants-là, pour se dire.

Au revoir — Je viens en Juin.

Étonnante, rencontre M[1]. Parlez m'en. Ô mon toi tout proche, comme tout ce que vous dites est de moi-même !

CK

5 h ¼

Mon esprit, je suis pas si triste ; les lauriers prennent, voilà 2 feuilles[2]. La petite est Lionardo. Ils sont comme ça, et il y en a 2 autres derrière. Pétiaud dit qu'il en mettra un cinquième en quellequonque

regarde là

[*Dessin :*]

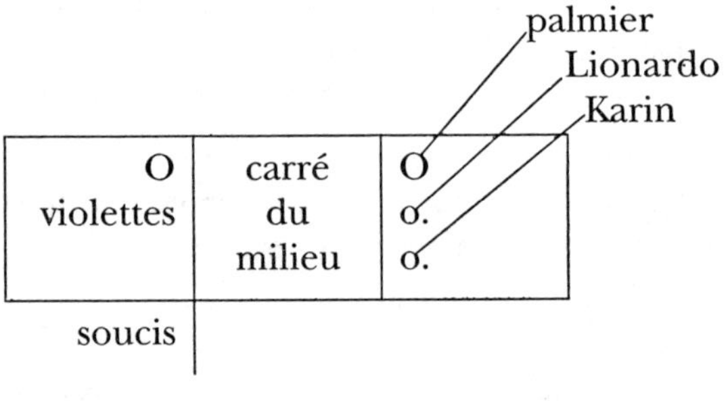

1. Il s'agit, peut-être, de Gaston Morin.
2. C.P. joint à sa lettre deux feuilles de laurier.

Les deux points noirs c'est 2 autres petits (de chez Chabert). Pétiaud va chercher autres pour faire même chose autre côté. C'est pas laid, ça fait gai glorieux.

Au revoir mon cœur, cœur. Je vais chez Raverat. *Serpent*[1] partira ce soir.

Ma tête, ma chère tête dure qui pensez, ma tête pleine de fidélité, comme vous m'avez été douce pendant ce mois, comme tant de choses que je ne peux pas dire. Il faudrait rester longtemps à vous chercher l'âme, et à la fin on aurait mal.

Mais ceci, trouve-le, comme je ne le dis pas : il s'est passé entre nous, étrange botanique ou physiologie. Je vous avais maudit, arraché — quand voilà quelqu'un de plus ancien que la rupture, avec moi — un homme — âme — famille — enfance — est-ce que tu vois ? Et non pas la famille Longchamp-Paris[2] maintenant, mais quels vieux grecs de Marseille-Cette et quelle enfance antérieure aux faits. Et puis cela, oh que je ne comprends pas : tu es pareil dans un autre corps, et je me lui parle.

Garde-moi mon esprit, mon esprit chéri ! Ne le laisse errer où je serais triste.

Karin

J'ai un peu mordu le laurier Lionardo. Est-ce qu'on voit mes dents ?

[*Enveloppe :*]
Monsieur Paul Valéry
40 rue de Villejust
Paris

1. Ayant publié des versions d'« Ébauche d'un serpent » en 1921 et en février 1922, Valéry a remanié le texte à Vence en vue de sa réédition dans *Charmes*. Il a soumis à l'appréciation de C.P. une traduction du poème en anglais par Mark Wardle.

2. La mère de C.P., Thérèse Pozzi, habite au 123, rue de Longchamp.

À PAUL VALÉRY

[*Vence,*] Mercredi 10 Mai [*1922*]

Bonjour mon chéri. Moi aussi je vous aime, parce que vous me faites tout léger claquer le feu pointu S*piritus. Intus alit*[1]. Tra la la.

Ne me parle plus de Montpellier. Me tue. Le *space* des *spaces*[2] pour le monstrueux individu ValKarin. Vous n'avez donc pas cherché le banc signature canif ? J'étais intelligent là-bas ; c'en était effrayant[3].

Entre les 30 espèces de cyprès, une mince robe noire et noir voilée, pour mon père[4]. Toujours seule, et le chien. Je travaillais à la fois par toutes les questions, archéologie, médecine, — et Morin venait regarder le soir, de combien de centimètres l'âme avait agrandi les yeux.

Voulez-vous essayer, que nous nous retrouvions là-bas en Octobre ?

Je vous remercie d'avoir aimé le magister[5], — je dis aimé, j'anticipe ; je crois que vous l'aimeriez. Il n'est pas tout à fait aussi *paidos*[6] que vous pensez. Mais une volonté farouche de domination de soi et de « forme » (sens d'Aristote.) Je voudrais qu'il m'écrivît. Je voudrais que vous soyiez parfois où il est : c'est terrain où jeter des choses. Oui, *paidos,* dans l'acception nouveauté ; il ne sait pas trouver les trésors ; il n'a pas un sou dans le cerveau ; mais il a naturellement et profondément la passion de ces choses, et si vous lui en donnez une, son petit œil fait plaisir à voir et il flambe et pète par tout l'immortel. Pardon, pardon, pardon ; je sais que vous

1. Virgile, *Énéide,* VI, 726. Énée, descendu aux Enfers, entend son père, Anchise, expliquer qu'un *esprit anime de l'intérieur* le ciel, la terre, la mer, la lune et les astres : *Principio cælum ac terram camposque liquentis/lucentemque globum lunæ Titaniaque astra/spiritus intus alit* [...].

2. L'espace des espaces. C.P. fait, sans doute, allusion au jardin botanique de Montpellier.

3. La mère de C.P. s'était installée à Montpellier pendant la guerre de 1914-1918. C.P. y avait préparé les épreuves du baccalauréat.

4. C.P. se décrit en deuil de son père, assassiné par un déséquilibré, chez lui, à Paris, en juin 1918.

5. Surnom que C.P. donne à Gaston Morin.

6. Il n'est pas aussi *enfant* que vous pensez.

n'aimez pas cette plume-là ; mais je suis pressée, voilà Émile, il faut que ça parte aussi bien ainsi qu'ainsi. J'ai mal rhumatisme sur tout le gauche, du bras il a monté sur ce cœur, oh ça tire, tire. Il fait l'été.

Hier à Grasse auto mécano et Claude, pour tapissier. Grasse poussière, villa Croisset rouge italien[1]. Retour Colline, air soudain pur après Tourettes[2], coup de consolation et de gratitude pour le Vence où l'on respire.

Au revoir vous. Ô vous !

Je sais bien que je ne vous écris pas aussi directement que nous le souhaiterions ; il y a, entre le verbe et moi, le jardin, la paresse et l'ennui. Mais tiens quand même cette page. L'important, c'est pas ce que je dis.

C'est que je suis là.

CK.

Dans corrections anglaises[3], je ne comprends pas lapsus comment j'ai pu faire qui m'apparaît : *God himself did break* et non *brake* (Dieu lui-même a rompu l'obstacle.) Efface et mettez *did break* ou rien[4].

[*Enveloppe :*]
Monsieur Paul Valéry
40 rue de Villejust
Paris

[*C.p.*] VENCE/ ALPES Mmes/11-5-22

1. La villa de Marie-Thérèse et de Francis de Croisset a été reconstruite par l'écrivain-architecte-paysagiste Ferdinand Bac qui l'a fait badigeonner de rouge vénitien.
2. Village près de Vence.
3. C.P. a revu la traduction anglaise par Mark Wardle du *Serpent.* Elle sera publiée en 1924 avec une préface de T.S. Eliot : *A Brief Introduction to the Method of Paul Valéry.*
4. Comme las de son pur spectacle,
Dieu lui-même a rompu l'obstacle
De sa parfaite éternité ;
« Ébauche d'un serpent », v. 55-57.

À PAUL VALÉRY

[*Vence, jeudi, 11 mai 1922*]

K travaille et vit avec vous[1]

[*Enveloppe* :]
Monsieur Paul Valéry
40 rue de Villejust
Paris

À PAUL VALÉRY

[*Vence, vers jeudi 11 mai 1922*]

Je comprends qu'il n'ait pas temps écrire, un jour. Mais s'il a le temps fourrer coupures enveloppe, on peut écrire « bonjour » dessus. Hein.

Ci-joint lettre qui n'est destinée qu'à moi[2]. Je veux que vous sachiez que celui-ci a sauvé votre frère[3]. Il l'a fait parce que vous êtes [celui] qui lui a fait le plus de mal au monde. (Je ne dis pas cela pour que vous admiriez, mais parce que cela est) et qu'alors, il ne pouvait supporter d'être contre vous, indirectement — en ceci. Évidemment, il y a de l'orgueil dans cette affaire. Et puis, une innocence que vous aimerez. Je suis tout de même épouvanté de ce qui a été évité. Ne sais rien de plus.

1. Joints à ce message : un pétale de rose séché enveloppé d'ouate de coton et quatre feuilles de laurier.

2. C.P. joint à sa lettre un message qui lui a été adressé par Gaston Morin : « Mardi 9 mai 1922. Chère amie,/ J'ai reçu hier matin votre lettre./ J'avais vu, dimanche, Paul Valéry. Plus encore que les choses précieuses qu'il a dites, sa procédure mentale a causé ma surprise et mon admiration./ Par hasard, nous nous sommes rencontrés ce matin. C'est un extra-ordinaire excitant. Tout de l'esprit. Nous avons des curiosités communes. Il m'apprendrait beaucoup. Et... j'éprouve une sympathie. » Au verso, de la main de C.P. : « Il faut avoir en mémoire que celui-ci a pensé me consacrer sa vie — que je l'ai renvoyé en *fin Juin 1920*, et je savais pourquoi, et il l'a su. C'est donc à peu près énorme, qu'il écrive ceci et que ce soit vrai. Détruire. »

3. Cette remarque semble indiquer que Morin avait rendu un service insigne à son collègue et doyen à la faculté de droit de Montpellier, Jules Valéry.

Lebey est le meilleur de vos frères, celui-là ! Une amitié pareille, c'est le bon de la vie.

CK

Son article est très adroit et bien fait[1]. Pourquoi Wardle ne le traduirait pas en préface *Teste* ?

— À propos de Wardle, le voilà[2]. Je suis *honteuse* que vous m'ayiez produite. Voyez l'outrecuidance d'un anglais qui corrigerait mon français ! *Je le fesserais.* Le Wardle est destiné à être tourneboulé par *une peau.*

Comment est mon jardin de pensées ? L'herbe croît. Je suis trop seule.

[*Enveloppe :*]
Monsieur Paul Valéry
40 rue de Villejust
Paris

[*C.p.*] 5-22

1. Il est, sans doute, question de l'hommage à Valéry d'André Lebey, « Un maître de l'esprit », publié dans la revue *Le Divan* en mai 1922.

2. C.P. joint à sa lettre cette analyse graphologique de l'écriture de Mark Wardle : « Écriture du Capitaine Wardle/Personne d'accord avec la vie. Aucune difficulté entre la pensée et l'acte. Ne dit jamais qu'une chose est impossible. Ceci n'est pas l'effet d'un héroïsme rare (encore que ce monsieur soit brave) mais de ce qu'il existe, dans sa nature, quelque chose qui abolit la difficulté. Il dissout l'obstacle (comme le pneu chose.)/ De là lui vient une confiance quasi enfantine, et une disposition à croire l'univers un endroit où l'on peut toujours s'arranger. Les difficultés, si elles s'élèvent, ne seront jamais que d'ordre… comment dire ? La voilà bien, la difficulté. En deux mots, Mr W. est gêné par un cœur. Il a une volonté considérable (parce qu'il est généralement persuadé d'avoir raison ; et il croit avoir raison parce que les problèmes sont extrêmement simples pour lui ; il a une cosmologie assez jeune) mais c'est une volonté plus sensuelle que pensive, et il peut lui arriver de se trouver perdue./ Droiture. Générosité. Bonne humeur et quelque esprit. Doué pour arts philosophiques. "Idéaliste", comme on disait en 1900. Entêté. Sujet à l'hémophilie (congestif). Très désordonné au point de vue sentimental, a des faiblesses. Dommage, dommage. Cette nature se "tient" plus en apparence qu'en réalité./ A besoin d'un dieu./ À bon entendeur…/ CK. »

CATHERINE POZZI, *JOURNAL*

12 Mai [*1922*]

Nous nous sommes quittés, nous comprenant bien et confiants, et sûrs de nous aimer. Il m'écrit des lettres, qui sont l'amour même. Le dernier soir, ou l'avant-dernier, il me demande : m'aimes-tu ? et je répondais : je tiens infiniment à vous. J'ai vu le coup au cœur que lui donnait cette réponse insatisfaisante, et je ne pouvais pas dire les trois mots. Car je veux dire la vérité. Et à toi plus que qui que ce soit.

À PAUL VALÉRY

[*Vence, vendredi*] 12.5. [*19*]22

Vendredi matin. après bain. dans chambre
sur lit..

La 9 Mai, dernière de Montpellier, écrite en quatre, je l'ai bien lue sept fois. Et je voudrais commencer par vous dire, mon chéri, que tout mon cœur s'ouvre à vous pour cette confiance que vous me donnez. Il s'est passé bien autre chose que travailler ensemble ; est-ce que vous ne croyez pas que nous sommes plus justes l'un pour l'autre ?

Vous n'aimez pas ce mot (il faudrait discuter et vous montrer que vous l'aimez, dans l'acception thomiste, qui n'est pas celle du monsieur), et moi, qui compose une des lois du lieu retiré où l'on est debout soi à soi (vous seriez aimable de ne pas ricaner) et où l'on se donne en s'expliquant silencieusement, l'illusion de la liberté. Vous faites mieux et souvent, l'addition de ce que je vous dois et la soustraction de ce que je puis ; et quand c'est une différence et pas une somme, à la fin, vous dites « c'est vrai, il ne faut pas risquer, mon ami essence ». Je n'ai plus à me défendre (c'était si douloureux). Moi, je comprends mieux l'espèce que je suis pour vous. Je suis une délivrance. Est-ce cela ? Et je suis le « Moi », je veux dire vous, que vous avez le plus aimé. Celui de la « patience dans l'azur », de la volonté héroïque de l'explorateur de pôles ; et la tendresse repliée dans la nuit. Est-ce cela ? Cela, contre tout ce qui est arrivé contre.

4^{h} ½

Cela, que je puis vous redonner, n'est-ce pas ? Je comprends bien maintenant que tel est mon devoir vis-à-vis de vous. J'essaierai, ami tout à fait que vous êtes, de former pour vous ce refuge où vous retrouviez la jeunesse abandonnée, les idées, la farouche clarté.

Hugues a écrit qu'on finirait le mur qui te rend murmurant, lundi. J'ai si rhumatismal bras côté gauche que je décide Aix pour Août. Viendrai Paris Juin. Sais pas quoi Juillet-Octobre. La Graulet si vous veniez ?

J'ai repris travail régulier tous les jours 4 ½ à 8.

— 5 heures —

De 2 à 3, étendue rideaux tirés (le corps est lourd, ce rien) de 3 à 4, descendue arroser 1° violettes, 2° carré du milieu (pas un brin ne sort) — Émile, enthousiaste et convexe, bêche et plante cent laitues reçues en cadeau. À 4, monter, mettre bas de soie noirs, car j'ai de la terre jusqu'aux cuisses — Goûter, excellente tarte à la frangipane, dans ma chambre pleine de roses (nous avons des roses à ne savoir où les tremper). Et voici Claude qui me fait une dissertation sur les cigarettes, et qu'il ne voit aucune différence entre les Laurens et la Xanthia, etc. etc., comme il parlerait alcools, femmes ou chimie végétale. Il est beau et vif — vivant comme une belle petite lumière humaine. Est-ce de lui, de la tarte, des roses, de l'enthousiasme potager d'Émile, ou de votre chère lettre de Paris ? L'horrible poids sur ma vie est levé. Je respire, pour un peu ; j'ai confiance amitié, j'espère.

Au revoir, mon partageux. Ne me laissez pas manquer de cette moitié de vos journées, qui me revient.

CK.

[*Dessin du jardin*]

Le Romain[1], c'est plus beau que de l'imprimé : si on lui demande son âge, dit « je suis plus vieux que la terre. » Il a vécu 150 au ciel qu'il a quitté pour différences avec J.C. — Il possède des mines de diamants, et se bat toutes les nuits avec une société qui les lui a reprises. — Mais moi, je suis qui ne peut rire des fous, et j'ai peur. Il ne travaille plus en ce moment.

[*Enveloppe dactylographiée :*]
MONSIEUR PAUL VALÉRY
40 RUE DE VILLEJUST
PARIS

À PAUL VALÉRY

[*Vence, lundi*] 15.5. [*19*]22

Cher Lionardo,

Ce n'est pas longue lettre aujourd'hui, car je souffre assez. J'ai un renard dévorant épaule gauche, et dos gauche. Et si dépourvue de forces que je me demande soudain si je puis venir Paris. J'espère que oui tout de même. (Je suis comme un citron « qui a la misère ».) Ma mère m'a offert une chambre en Juin ; peut-être je préférerai l'Hôtel ; vous savez quelle espèce d'accueil on reçoit auprès des miens. Étant de l'ordre (*tu quoque*[2] du sec-sensible, je suis très capable d'avoir rechute due à probables grossièretés *und so weiter*[3].

1. Le jardinier.
2. Toi aussi.
3. Et ainsi de suite.

Quelle est cette auberge Murray[1] ? Est-ce loin de Foyot[2], ou d'un lieu où l'on fasse excellente cuisine ? Ceci est indispensable.

Je veux bien faire votre préface[3] puisque vous avez ce souci dans l'esprit, mais à une condition : vous ne vous croirez pas obligé de publier si c'est mauvais. Je ne vous l'enverrais d'ailleurs que si cela est satisfaisant. Mais pour quand ? Faites-moi alors tenir les nouvelles de Catherine [*sic*] Mansfield, et un ou deux périodiques, que je me remette dans l'air de l'île[4].

Au revoir mon chéri. Ah, l'automne 20, oui. Savez-vous son secret ? Je n'avais pas de mal. Courir dans l'air joie, rien que pour se sentir sentir ! Je possédais de quoi vivre pour deux. Je vous ai donné l'autre part, et même un peu plus. Croyez-vous que ce trésor revienne ? J'ai lu *X rays*[5]. Possible ; dangereux à cause modifications secondaires cœur reins etc. Et puis, c'est précisément ce que mon organisme fait de soi seul. Sans ça !

Je travaille à écrire. Cela m'ennuie ; cet ennui est nouveau ; présage d'impuissance. J'ai raté le moment. Il est sûr que j'avais *something in the coco*[6] (sinon talent, au moins petit feu), vers 1915.

Il fait grand vent tiède, qui porte, qui ne tombe pas. Il y a cinquante mille petits poils faibles sur le carré du milieu. Yorick a compris que bois préféré à pierre par les Fétiches Lanceurs.

Le livre de Paul Morand[7] a l'air d'avoir été écrit par une femme du monde qui aurait été la maîtresse de Giraudoux. Cinq ou six « sensations » assez adroites. Aucune culture véritable. Vive Liane de Pougy[8] !

1. C.P. veut savoir le nom de l'hôtel où loge l'écrivain anglais John Middleton Murray, le mari de Katherine Mansfield.
2. L'hôtel Foyot, 33, rue de Tournon, accueille de nombreux écrivains.
3. Valéry a demandé à C.K. une préface à la traduction française d'un recueil de nouvelles de la Néo-Zélandaise Katherine Mansfield, *The Garden Party and Other Stories* (Collins, 1922).
4. La Grande-Bretagne.
5. Rayons X.
6. Quelque chose dans la tête.
7. Paul Morand, *Ouvert la nuit* (Éditions de la Nouvelle Revue Française, 1922).
8. Liane de Pougy, courtisane célèbre, est l'auteur d'*Idylle saphique* (Librairie de la Plume, 1901).

Je vous embrasse, mon traité secret.

CK

Si j'allais à Aix, et que cela coïncidât (et écrivît) avec le couple Ichtyo-Fannyque[1], iriez-vous ?

J'ai rêvé d'André Lebey[2] — qui devenait tendre. Que voulez-vous !

Avez-vous récrit comble d'or tuiles[3] ?

Le schéma derrière lettre ce matin beau, pas au point.

Pardonne-moi, hein. Je suis de la pointe du pied humaine, pas plus, aujourd'hui.

4h.

Je me suis couchée 1 heure. Je vais mieux. Ne soyez ennuyé — presque chaque printemps j'ai mal ainsi. Allons travailler ; sortons de l'essentiel Karin un petit transitoire pour dames. Je voulais seulement vous dire ceci : mon maître chéri, je vous remercie de m'aimer. Voyez-vous, ce partage surhumain, c'est assez pour que la vie ne soit pas ratée.

[*en marge, 1re page :*]

Je voudrais beaucoup que vous soyiez présenté à Albertine Bulteau (peut vous être plus qu'utile, d'ailleurs.) Par Jean Louis Vaudoyer ou par Mariecotte.

[*Enveloppe :*]

Monsieur PAUL VALÉRY
40 rue de Villejust
PARIS

1. Fort obscure, l'expression Ichtyo-Fannyque se réfère sans doute ici à la mère de Valéry, Fanny.
2. C.P. écrit ici la lettre grecque delta entourée de trois astérisques.
3. « Mais comble d'or aux mille tuiles, Toit ! », « Le cimetière marin », v. 18.

À PAUL VALÉRY

[*Vence,*] Vendredi 18 [*19*].5.[*19*]22

Mon âme chérie, c'est vrai, je n'ai pas beaucoup écrit. Tu comprends, je n'ai pas été bien du tout. Et après, je ne sais pas pourquoi, il me paraissait que vous ne teniez pas à ce que j'écrive. Vos dernières lettres étaient si rapides comme jetées en regardant ailleurs — comme écrites pour remplir un devoir, — et j'ai composé le sentiment fort délicat et appréciable, de me faire plus rare pour vous permettre de m'imiter sans regrets. Parce que, tu comprends, si écrire par raison, = la fin de tout.

Bien. Mais vous le même, mon petit moi, et vous malade tout seul, alors j'entre. Me voilà. Tombons dans nos bras, et soyons bien sûrs, bien sûrs. C'est la foi, ça, la sécurité. La seule chose qui ne devienne pas toute molle et fausse, de près. (*Please be proper*[1].) Je te promets que j'enverrai des nouvelles tous les jours. Mais quand je suis dans la nuit du corps, c'est plus difficile : parce qu'alors, ce que j'écris est inanimé.

Il a plu des torrents. On ne pouvait pas marcher dans la rue *quae tristior* Karin[2] sans enfoncer aux chevilles. Il n'y avait que les avenues Maréchal Pessio et Romain de bonnes[3]. Je ne suis que peu sortie avant hier, pourtant, avec Émile, j'ai repiqué des soucis dans le carré de droite, qui ne se présente pas bien (il y a cinquante boutures de rosiers, comme des petits bâtons). Et hier, j'ai beaucoup travaillé, et ne suis sortie qu'une demi-heure. J'ai d'abord écrit du publiable (qui me dégoûte et m'est en dessous de là où je voudrais mettre les filets) et puis, pris un travail sur Eleusis, avec des extraits grecs (et pouvez-vous m'avoir l'édition critique des tablettes orphiques, édition Comparetti, Florence, 1910 *Laminette orfiche*) (si pas trop cher).

1. S'il te plaît, tiens-toi bien.
2. Qui en était plus triste que Karin ?
3. Les allées de son jardin portent ici les noms de ses jardiniers. Désormais C.P. écrira « Pessio » pour « Pétiaud ».

J'ai senti soudain que vous aviez raison : que je dois faire de l'antiquité plutôt que littérature (je mets antiquité pour ne pas dire érudition, qui est ridicule.) Je reprends alors le grec. Sans doute, je n'ai plus assez de vice, de piaffe, de gaîté, pour écrire du c'est-moi-c'est-moi.

Je le pouvais avant ; et je l'ai envoyé aux 24 filleuls[1]. Ô copie perdue ! Il y en a un qui s'appelle Pierre Bosc, qui était de l'artillerie de Bordeaux et passé dans l'aviation ; tâchez récupérer ces liasses de folie qu'il a, quand je serai morte. C'est bien convenable et ça vous amusera beaucoup.

Mon chéri, je ne voudrais pas mourir de vous. Je ne sais pas pourquoi j'écris ça ; et je me prends à pleurer. Malgré que bien dormi, et il fait tout clair. C'est bourré d'oiseaux. Les petits fils verts sortent. On entend des coups sur du bois par-delà la route.

Au revoir mon vrai cerveau de partage. À 3h ½, Claude et moi nous allons au Cannet dire au revoir à Violente, elle part demain (Savoie) et vous la verrez Paris avant moi. Claude a passé des heures et des jours sur des vers latins pour vous, dont quelques-uns m'ont étonnée par leur solidité. Mais il a horreur du grec qu'il ne comprend pas.

— Comment allez-vous. Vous ne dites pas comment il dort.

— N'est-ce pas que c'est drôle que j'aie vu Wardle sur 2 ou 3 mots ? Mais qu'avez-vous bien pu lui raconter sur l'origine des corrections ? Il est intelligent, mais très fermé, et aussi sûr de soi que le sont ces dames, malgré que très simple d'aspect. Il aurait extrêmement besoin d'être nihilisté.

Ne soyez pas fatigué, chère petite ma consolation triste ! Vous savez bien que nous ne nous quitterons pas.

CK

Je ne comprends pas leur admiration pour le russe. C'est du langage de la moelle, bon pour qui n'a pas centres supérieurs. Je suis sûre que qui goûte ça, n'est pas *quite all right*[2].

1. Pendant la Première Guerre, C.P. avait écrit à plusieurs militaires en tant que « marraine ».
2. Tout à fait comme il faut.

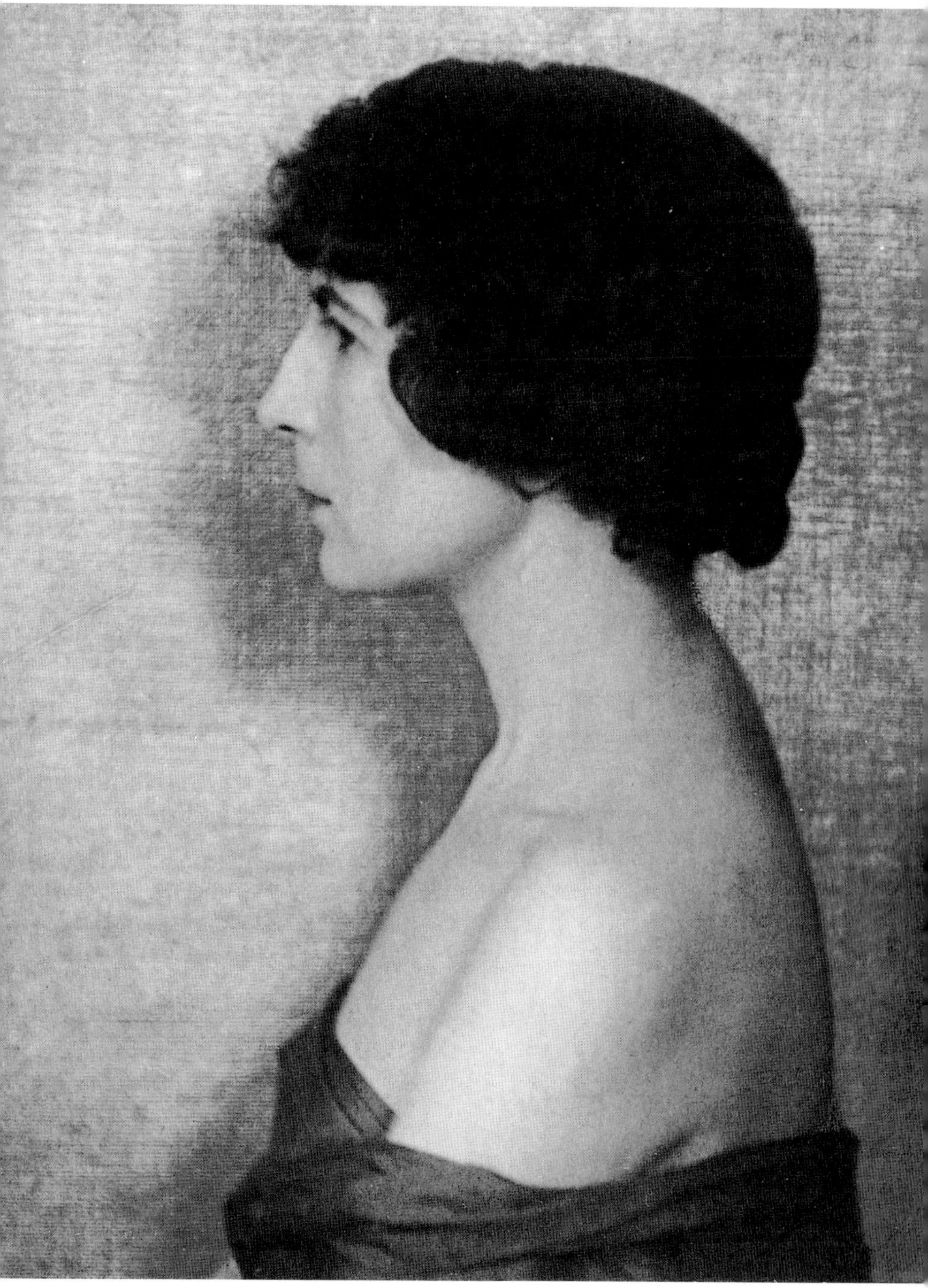

1 Renée de Brimont vers 1920.

2 Catherine Pozzi devant la voiture de sa mère, 1920.

3 Domaine de La Graulet.

4 Dessin par Paul Valéry de la chambre qu'il occupe à La Graulet. *Cahiers*, septembre 1920.

2

3

4

5 Paul Valéry dans le Pavillon du domaine de La Graulet, septembre 1920.

6 Catherine Pozzi lisant devant la maison de La Graulet, septembre 1920. Elle évoque cette photographie ainsi que les images 5 et 7 dans sa lettre du 22 octobre 1920, p. 69.

7 Catherine Pozzi et Paul Valéry au bord de la Dordogne, septembre 1920.

6

7

Exquis.

! Renée part mercredi. Elle a été l'amitié même : une sœur délicate et simple pour ce grand blessé qui est ici.

Le temps passe. **Tu parles**

!! Voulez-vous venir me voir ? Prendre sa chambre, (que je retiendrais dès son départ, et qui est contiguë à celle-ci,) pour deux jours ? Il faut surveiller la réparation de l'auto. Peut-être êtes vous trop fatiguée ?

Si vous pouvez, si vous voulez, venez.

Vous trouverez ~~[illegible]~~ le plus douloureux, le plus simple, le plus fidèle des hommes.

V.

!!! Télégraphiez tout de suite si vous venez. Il y a un train à 1h50 de Vence p. Cagnes et j'irai vous attendre, si vs voulez, à Cagnes, jeudi ou vendredi ?

9

8 Lettre de Paul Valéry du 27 mars 1922 commentée par Catherine Pozzi.

9 « La Collinette » à Vence.

10 Portrait de Catherine Pozzi par Jean Marchand, 1922.

11 Catherine Pozzi et son chien Yorick à Vence vers 1923.

10

11

12 Paul Valéry photographié en 1924.

13 Catherine Pozzi et Paul Valéry à Vence en mai 1924.

14 Portrait de Catherine Pozzi par Paul Valéry, 1926.

15

16

15 Catherine Pozzi
et son fils, Claude Bourdet, vers 1929.

16 Catherine Pozzi
à Paris, vers 1930, assise sous le portrait de sa mère par Édouard Blanchard (1844-1879).

17 Thérèse Pozzi vers 1931.

17

Tous les documents proviennent de la collection Bourdet, à l'exception des numéros 4 et 8 (Bibliothèque nationale de France, Paris), 10 (localisation inconnue), 14 (collection particulière).

Est vaguement candidat au tabès. C'est fort si vous voulez, poignant ; mais jamais des anges ne s'y intéresseront ; c'est donc pas la littérature de l'avenir. Les Raverat nous méprisent pour en avoir mal parlé.

Quid[1], de l'entrevue avec Brimont ? Pouvez-vous me dire ce qu'elle me reproche ? A pas vu mes quatrains[2], hein. Alors ? Je lui ai donné du bon veau pendant 4 jours. Ça n'explique pas le silence vraiment impoli dans lequel elle s'est jetée. Est-ce, parce que je ne veux pas être... pénitent rose ? (et brun)

« ... le charme inattendu d'un bijou rose et noir[3]. »

Moi blanc, voilà. Moi pas obscur, pas grands Mystères. Moi j'embrasse qu'avec tous mes bras[4].

À PAUL VALÉRY

[*Vence*,] Samedi 20.5.[*19*]22

Vraiment, je n'ai pas cru bon d'entrer chez vous hier, parce que la plume aurait eu le bois sombre et la pointe

1. Qu'en est-il ?
2. Jalouse de Renée de Brimont qui avait hébergé Valéry à l'Hôtel de Paris à Nice en mars, C.P. avait écrit dans son *Journal* trois quatrains vengeurs :

Jolie à la dent pourrie
Vous consolez mon amant :
C'est un petit placement
Avec chance de survie.
(29 mars)

Jolie à la dent pourrie
Dans son bel appartement
A ramené comme amant
Tel, qui tomba de ma vie.
[(30 mars)]

L'amour qui vous séduit est tel :
Un petit cœur de manucure,
Un petit feu sous la ceinture,
Et rien dans l'immortel.
[(31 mars)]

3. Vers du poème « Lola de Valence » de Baudelaire.
4. Verso, au crayon : « Je ne savais pas la scène jouée à Brimont en Mars ni les vers... » C.P. fait allusion au sonnet adressé par Valéry à Renée de Brimont qui lui avait offert un bouquet d'œillets. Voir *supra* p. 356.

pointue, de jour *ne fas* [1]. Cette affaire baronne m'a déplu. Je ne veux me mêler des nerfs de vos dames. Et fait grand serment jeter la Femme du Monde hors de mon temps.

Je n'ai rien entendu à celle-ci. Elle s'est invitée chez moi. Elle m'a dérangée, et embêté mes domestiques. Je lui ai offert ce que j'avais, qu'elle a reçu avec l'air de la ploutocrate, qu'on loge dans des villas Beauchamp[2], marbre rose et cyprès ; sans se rendre compte que ce décor et ce stuc sont d'abord le signe du manque d'imagination de l'habitant, qui pose Italie sur Byzance et n'arrive pas à s'exciter. Bien. Puis elle est partie parlant sans grâce de mon « chalet de nécessité », se crut quitte par une boîte de fruits confits, et me laisse tomber sans plus dire, comme la relation dont on ne tirera rien, même pas un palais pour Février. Je lui ai écrit de façon charmante parce que je suis naïf, et que je lui demandais pardon sans qu'elle le sût, au dedans de moi, de certaines pensées sur elle. Elle n'a pas répondu ; et maintenant, elle peut tirer la sonnette. Il n'y a plus personne. Je ne vois pas pourquoi je me fatiguerais où cela ne me délice pas, et où je sais qu'il n'y a que du chère amie. — Deuxièmement, *aucune chose* ne m'éloigne de vous comme de me savoir discutée à cause de vous par ces dames. Par grâce, qu'elles croient que je ne vous connais pas.

Collinette, tout chalet et tout nécessité, devient un lieu de délice. J'ai découvert une salle de travail : le kiosque à musique. Il est couvert de feuilles, et au travers, entrent grandes flaques de jour vert. Dehors, c'est l'été. Là, il fait bon. Il y a des roses énormes sur la table.

Le carré du milieu verdoie aussi. J'ai fait déplanter 2 piquets en fer, derrière la cuisine, et je fais une treille avec des rosiers devant (un rosier à chaque piquet (il y en a 5)) l'herbe. J'ai rapporté d'Antibes une Noëlla Nabonnaud de 1^{m} 80, et une autre rose. Pour les ramener il a fallu les coucher sur le marchepied.

1. Néfaste, interdit par la loi divine.
2. La comtesse Thérèse de Beauchamp avait récemment fait construire une villa fastueuse, La Fiorentina, au Cap-Ferrat.

[*Dessin*]

Car avons été à Antibes avant hier Jeudi, et Cannet, dire au revoir à Violente. Ne puis trop rien [*sic*] vous en dire. L'ai trouvée *subjuguée* par étonnante poupée néo-Baudelaire[1], avec l'abattage et l'air de la vieille Chevigné[2] (et l'âge) et un tragique regard fixe d'homme-poisson. La petite, comme esclave conquise, la flattant...... Cela m'a fait mal. Je ne veux plus y penser. C'est donc à *Cela* que j'ai échappé, autrefois, par orgueil, et par foi en autre chose. Non, il ne faut pas que mon nom soit imprimé à côté de la prêtresse, vous dites bien.... Elles ne me pardonnent pas de les avoir déçues, voyez-vous et Renée, comme les autres.

Au revoir. Je vous aime de ne pas me quitter, ma petite confiance et je n'aime pas ce qui me fait mal à vous.

CK

On m'écrit de Nice : un acheteur « très sérieux » pour la Collinette. Suis ennuyée. Je commence à m'habituer. Faut-il ? Et alors, où ?

[*Enveloppe*[3] :]
Monsieur Paul Valéry
40 rue de Villejust
Paris

1. Non identifiée.
2. Comtesse Adhéaume de Chevigné (1860-1936).
3. Au crayon : « ne comprends pas Brimont car ne sais pas — encore — quelle scène on lui a jouée. Ne le saurai que 3 ans plus tard./ (C'est cela, avoir "une seule âme".) Cette duplicité ! »

À PAUL VALÉRY

[*Vence, lundi*] le 22 Mai [*19*]22

Dans le Kiosque. Midi. Soleil droit qui ne rate pas ; pré vert où sont les fèves de Pessio, qui ne sait pas qu'Orphée les défend[1]. Mon ombrelle violette. Je suis en blanc avec le bonnet vert et le chandail vert et le cheveu qui vole parce que lavé à [*sic*].

Ô mon de moi ! J'en ai assez d'être séparée. Hein ? J'ai votre lettre de Samedi, écrite 3 fois (c'est les meilleures) Moi je te réponds sur mes genoux. Avec un stylo que je vais vous envoyer cet après-midi ; puisque vous avez perdu le vôtre. Attention ! c'est un Waterman.

Sans nouvelles de l'acheteur sérieux. Ai demandé 150.000. J'aurais 35 de plus pour une larme en diamant, ou pour vivre pas loin de mon complément-à-penser.

Lettre de Madame la mère. M'invite toujours rue de Longchamp. — Mais suis à rebours pathos, parce qu'elle s'astreint à constamment égaliser ses devoirs entre le commerçant[2] et moi, comme si la mesure était naturelle. Le dit fessu est composant la réponse la plus désagréable possible à mon acceptation de toiles contre bergères ; oui, j'avais cédé. Cela me ferait trop plaisir, ces étoffes fleuries qui sont comme celles d'une pièce où j'ai été heureuse, pour qu'il ne trouve moyen de me les retirer une seconde fois.

D'où : pour ne pas voir ce vilain cœur, ni la pauvre personne que j'ai si profondément aimée, Hôtel. Quel Hôtel ? dis ? Iéna ? Et le petit Roosevelt ? Et Foyot, dont je lis qu'il a été remis à neuf[3] ? La cuisine y était choisie, quand papa allait y déjeuner avant les séances du Sénat.

Lionardo, la journée d'hier a été affreuse. D'une tristesse totale. Il faisait l'été. Devant moi, ce jardin, où tant de vert

1. Certains adeptes de l'orphisme, dont Pythagore, refusaient de manger des fèves et des œufs.

2. Il s'agit probablement de Jean Pozzi, l'aîné des deux frères cadets de C.P.

3. L'Hôtel d'Iéna se trouvait au 28-32, avenue d'Iéna ; le Roosevelt-Hôtel au 63 ; l'hôtel Foyot au 33, rue de Tournon.

prend quelque grâce. Les Moussu dans la cuisine — Claude — ailleurs. Et un peu plus loin, — à peine un peu plus loin, — l'espace de mon été sans lieu et sans ami ; et un peu encore plus loin, l'hiver seul absolu. Je crevais d'*assez*. Il n'y a pas d'autre mot là. Je priais la mort. Je considérais le cimetière et la Karin glacée au cœur enfin satisfait, comme chose enviable.

Cela fut jusqu'au soir. À 6 heures, je repris un cahier, où, pour Claude, j'écris l'explication de mon mariage[1]. J'y fis quelques pages de plus. (Et à quoi bon ? Claude ne m'aime plus, parce qu'il s'est amusé à Cénac[2]. Parce que la sœur de sa belle-mère a une petite fille dont il est épris. Je l'ai perdu ainsi ; en 2 semaines.) Il ne reste que le chien. Et le chien aime mieux sa pierre.

As-tu jamais vu rien de plus absent du monde que moi ? Je n'ai parlé à personne depuis que vous êtes parti. Que ferez-vous cet été, mon petit cœur ? Je ne me vois pas m'installant à l'hôtel toute seule en « villégiature » avec tous les gens autour qui ont une famille, et les couples contents. Je crois que je voyagerai — on sent moins qu'on n'appartient à rien.

Si la Collinette pas vendue j'y reviendrai assez tôt — fin Septembre. Et je crois passer peu de temps à Paris en Juin et y revenir début Septembre. Qu'en pense ? — Si je vends Collinette, je ne resterai pas dans ce midi. Peut-être Pau, où il y a des chevaux magnifiques, et collège pour Claude, et élégances — ou environs de Paris. Cela, serait le bonheur.

Dites ? Vous viendriez week-end ; il y aurait un jardin et un feu profond et les fauteuils en cuir et mes livres, et on penserait toute la semaine aux idées qu'on s'apporterait le dimanche.

Mon cher pays que je connais, et pourtant toujours que je découvre.

1. Ce récit a été incorporé dans le *Journal* de C.P. à la date du 10 août 1921.
2. Chez son père, Édouard Bourdet.

4^{h} moins le quart

Déchirez la feuille faible qui fut écrite à midi.

On cueille (la famille Pessio) la fleur d'orange, en face. La grosse mère étend un drap ; l'homme grimpé sur le beau petit arbre rond, jette les grappes blanches. Cela sent bon. Tous les matins les oiseaux me réveillent. Il y en a 10.000.

Je viens de lire les *Cantiques spirituels* de Jean de la Croix que Marchand m'a envoyés. (Une traduction du 17e, vous la connaissez[1] ?) Cela est beau et parfois exquis. Et il m'a envoyé aussi 2 Pascal que je n'avais lus, dont le français rigoureux me contente, et dont la théologie me fait tousser des points d'exclamation au crayon bleu.

Si je t'envoie le stylo, c'est sacrifice. Je ne sais pas comment ferai. Peut-être il y aura moins taches doigts avec la plume de 1892. Et pour que vous soyez tout content de tout le Karin, voici Pindare qui est descendu sur la table, avec dico. Mais il est presque aussi difficile que du Valéry.

Ô sentez sentez toutes ces fleurs dans le vent, comme des cœurs.

4^{h} ¼

Ce Wardle dentu [*sic*], est-ce qu'il ne chercherait pas pour moi une pension où l'on mange bien, très bien, très bien, à Versailles ou environs ? Ou encore, une petite maison, très soleil ? (Mais pas Versailles la maison, plutôt St Germain). Voilà que : je voudrais louer à l'année environs Paris, y aller Octobre Novembre, et Mars Avril Mai Juin. Puis peu à peu, essayer un peu d'hiver. Si je tiens le coup, je lâcherais [*sic*] Vence. Mais pour la 1re année je garderais les deux. Loyer 3 à 4 mille. Deux-trois chambres ; possibilité chauffer.

1. C.P. désigne la traduction par André de Compans — en religion le père Cyprien de la Nativité de la Vierge (1605-1680) — des *Cantiques spirituels de saint Jean de la Croix.*

— Maintenant, je prends Pindare. Paul Ambroise, savez-vous ce que vous m'êtes ? Savez-vous ce que c'est, cette pensée qui vous rejoint partout, la plus satisfaisante de toutes les pensées de l'univers ? Mon cher partage triste heureux, que je vous sois aussi une douceur, comme vous m'êtes tous ces fruits du monde, que je n'ai pas.

[*Sans signature*]

[*Dans la marge :*]

Avais demandé à Augustine Bulteau l'an passé pour vous. Réponse : le recevrai volontiers à condition que ce ne soit pas vous qui le présentiez. Elle ne veut pas rien qui ressemble à la dame qui amène son flirt. Vous comprenez.

[*Autre feuille, recto :*]

Ὣς ἆρα θεὸς σάφα εἴπαις
Ainsi donc le dieu clairement ayant parlé

Ξάνθον ἤπειγεν κα Ἀμαζόνας εὐίππους καὶ ἐς
(vers) le Xanthe s'élança et (vers) les amazones aux beaux chevaux et vers

Ἴστρον ἐλαύνων[1].
l'Istron poussant son char.

[*Dans la marge :*]

Il y a un verbe εἶπον inusité pour λέγω[2]

[*Verso :*]

Je vous ai déjà dit que l'André Lebey était excellent[3]. Plus charmant, d'une fraîcheur, d'une vérité. Voyez-vous, on sent

1. Pindare, VIIIe *Olympique*, v. 45-47.
2. La forme εἶπον (« je dis ») est un *aoriste*, c'est-à-dire l'équivalent d'un passé simple français. Dans la pratique, elle est associée au présent λέγω (« je dis ») pour former avec lui une conjugaison composite.
3. André Lebey publie au cours de cette année, en plus de son article sur Valéry paru en mai dans la revue *Le Divan*, *Catalina, drame en 3 actes, en vers* (Schiffer, 1922).

l'âme, on sent l'élan intérieur, le son si beau de la profondeur sincère. C'est ça, le style, aussi. Il a écrit avec ce qu'il était de meilleur. Et je lui pardonne tout ce mal que vous lui avez dit de moi.

— Avais invité Morin parce que crève d'abandon physique. Peux pas dire : ai besoin d'une *voix* ! Envoyez donc moi Thibaudet[1].

— Planté ce matin par Émile 2 rosiers grimpants devant les 5 portants carré du milieu.

[*Dessin*]

Venez donc acheter 3 autres au Monsieur Gris.
Vale, vox unica[2] *!*

[*Enveloppe dactylographiée :*]
Monsieur PAUL VALÉRY
40 rue de Villejust
PARIS

À PAUL VALÉRY

[*Vence, mardi*] Le 23.5. [*19*]22

Vous mon chéri,

J'étais avec vous dimanche, ou bien était-ce Samedi ? (le temps, = rien, nous sommes dans l'éternel sans jours) quand vous avez été au Louvre, et puis n'y avez pas été, parce que vos yeux maladroits ne me voyaient pas. Pensez ceci : puisque vous voyez avec les mêmes regards, et que choses vues composent en vous même monde, est-ce que vous ne croyez pas que toutes vos acquisitions s'ajoutent à moi ? C'est nous

1. En 1922, Albert Thibaudet publie chez Plon un *Gustave Flaubert* et, aux Éditions de la Nouvelle Revue Française, *La campagne avec Thucydide.* En 1923, il fera paraître chez Grasset un *Paul Valéry.*

2. Au revoir, voix unique. Cf. le début de l'hymne chrétienne : *Ave, spes unica, crux...* [Salut, unique espérance, croix...]

l'alliance et la finance commune en esprit, c'est nous l'homme puissance 2, qui crée un univers multiplié ! Donne-moi ce lécythe[1] et je te passe ma mer ; passe-moi ta dame et je te cède mon curé ; livre-moi ton invention et je t'apporte une question à laquelle vous auriez pu penser. Donc j'étais aux Tuileries, j'ai vu les bateaux ; je me promène, puisque vous êtes. Il fait l'été, le plein été ; certainement moins lourd qu'à Paris. Toujours un beau petit vent.

Les violettes vont tout à fait bien, elles ne sont plus couchées, mais chaque pétiole est dressé. Les fraises sont roses. L'herbe du milieu croît. Seul, le carré du couchant me navre. Pessio n'y ayant pas mis le Romain, mais ayant planté seul vingt à trente boutures tristes d'invisibles roses ; et le reste est comme un terrain vague, avec les pauvres petits lauriers, qui ne vivront pas. Je me console de leur disparition certaine, ils ne font pas bien là. Et puis, ce n'est pas vous qui les avez plantés.

— Lionardo, je suis venant ! — Vous savez comme les circonstances, indépendamment de soi, mûrissent et tombent. Ce matin, je sens que je vais partir. Moi qui n'y croyais plus. — Voici les choses. L'autre jour, un jardinier est venu se présenter ; jeune, pas mal ; femme couturière (commode) : nom ? fils Pessio, celui qui est brouillé avec lui. Je fais aller aux renseignements ; bons. — L'installerai le 1er Juin. Le mettrai au courant, et m'en irai vers le 5-6-7 ? À présent, dites vite si allez Suisse et date[2]. Non seulement dites, mais télégraphiez. Car je dois retenir mes places 2 semaines d'avance (et crains ce ne soit pas assez).

Quand vous serez en Suisse, il est possible, très possible, que l'on vous offre un séjour d'été. Alors, je viendrais où vous seriez. Devriez vous informer hôtels pensions avec change, dans les 50 par jour. J'écris ceci en hâte, cela ne veut pas d'autres explications. Mais pensez-y : ce serait un moyen de pouvoir travailler ensemble longtemps et tranquilles ; et je crois beaucoup de bien de l'air alpe pour vous.

1. Vase grec à col étroit et à embouchure évasée.
2. Valéry fera un voyage en Suisse, mais bien plus tard : en novembre, une tournée de conférences le conduira à Genève, Lausanne, Zurich et Neuchâtel.

1 heure et demie. Dessert aux premières fraises, toutes mouillées d'arrosage frais.

J'ai écrit à Fœmina[1], et à la fin lui demande vous recevoir sans introduction de dame.

Je vais maintenant tirer les volets, m'étendre, et rien que ces cris d'oiseaux (ils crient trop) et puis penser à ce que vous m'avez écrit ce matin sur la surprise. C'est bien remarquable ; et cela tombe dans une de mes vieilles pensées en l'éclairant durement. Ô magnésium de Karin ! Cher génie-réponse.

[*Sans signature*]

[*Enveloppe :*]
Monsieur Paul Valéry
40 rue de Villejust
Paris

CATHERINE POZZI, *JOURNAL*

25-6 Mai [*922*]

Il m'écrit tous les jours. Il m'aime plus que jamais.

À PAUL VALÉRY

[*Vence, vendredi*] 26 Mai 1922

Ceci n'est plus écrit avec un Waterman mais avec une Waterfille, de fin XIXe siècle. Paix sur ce qu'elle dira.

Eh bien, voilà qu'il écrit ce que je gémissais en 1921. « Je me vois toujours seul au monde avec toi. » « Les autres humains... » « Je n'aime pas que »..... Vous ne vous souvenez

1. Augustine Bulteau.

pas, quand, après m'avoir porté un manuscrit, vous le transportiez rue d'en face[1] ? Ah chère vieille chose parente ! Quelle folie vous avez piétinée. Et avec quel pied léger ! « Je n'aimais pas que, » non plus. Et avec quelles raisons !

À présent, cela a fini par m'être égal. L'accommodement de l'absolu. Mais vous, ne comprenez pas ce que vous me répétiez de comprendre. Je le comprends bien. Et vous avez eu un moment de peine, à cause de l'amitié qui est là. Je ne le voudrais pas. Voyez-vous, les amitiés que je vous ai tant reprochées, me faisaient mal parce qu'elles étaient laides ; et puis, parce qu'étant ce qu'elles étaient, elles prétendaient au vous que je prétendais à moi.

— Mais personne ne prétend m'avoir. (Et je ne partage qu'avec Lucifer). Nous ne sommes pas « en échange d'idées ». Je m'intéresse encore de loin à ce qu'il fait ; et surtout, je l'aime bien. Il est quelqu'un qu'il faut aimer de tout son cœur, et c'est certain que cela vous arriverait.

Aussi, pas dire : « tragédie, conflit, je n'aime pas ce genre ». Parce que ça, pas chic : il n'a pas fait conflit ni tragi, c'est votre frère qui l'a fait. Et lui l'a dé–brouillé. —

Vous dites un peu plus loin quelque chose que je trouve intéressant à propos théâtre « les situations sont des 'moments' qui font constructions ». Le théâtre = le moment. Voulez-vous développer ? Cela m'excite parce que théâtre, vous savez… il m'a mangé dix ans. Et ce que vous dites là, je ne sais si le comprends bien.

Non, cette photographie ne vous ressemble pas. (Heureusement).

Oui, je travaille ; avec une lenteur (difficulté) qui m'est inconnue je vous assure. Trois pages en 15 jours[2]. Étant donné la longueur encore du fil de Clotho[3], cela ne fera pas un format Proust. Et je suis triste. Savez-vous ? Je crois que je suis un peu toquée. Ça n'est pas naturel d'avoir comme ça sa mort au flanc. Si vous saviez la place que la considération cercueil tient en moi, vous seriez étonné que jamais je rie.

1. C'est-à-dire chez Jeanne Mühlfeld, rue Georges-Ville qui donne dans la rue de Villejust où habite Valéry.
2. C.P. écrit une première version de sa nouvelle *Agnès*.
3. Voir p. 246, n. 2.

J'ai été trop misérable, PV, et je suis trop seule. Avec un tel passé, il faudrait que j'aie autour, cercle de sourires et paroles pareilles. Dieu m'a cogné sur la tête, et fort, et fort. Elle était dure, et dure ; elle n'a pas craqué. Mais elle aura mal jusqu'[à ce qu']elle s'endorme !

Il fait délicieux temps, l'été percé de brises ; mais la maison est intenable et il est difficile d'y dormir. Je suis sentant nécessaire changement. Mais que problèmes. De moins en moins il me semble possible habiter avec le pauvre cadet et sa pauvre maman. Cela me ferait trop peine pour tout. (Comme il est bizarre, que je n'aie jamais connu, depuis toute petite, qu'une mère de Damoclès ! Où qu'elle vous offrait une chaise, il y avait une catastrophe au-dessus.)

Voilà tout, pas un mot. Suis sûre Augustine Bulteau vous recevrait. Ne sais quand elle répondra (écrit peu.) Pourriez lui demander, quelle adresse docteur de baronne[1] (Gautier je crois) à Nice ? — Cette dame m'a écrit — conventionnel. Demande pas réponse — ai renoncé comprendre. Ne parlez jamais de moi.

Parfois je pense : huit jours d'Hôtel à Paris avec Claude, et puis Versailles (Trianon) pour Juin — Juillet (seule). Ou bien emmener Claude à Wiesbaden Juillet ? Et rester tout Juin à Paris seule, en donnant Claude à son oncle. Au revoir mon ami chéri. Il ne faut pas être jaloux des autres. Vous ne trouverez pas d'être plus solitaire que moi. Écrivez-moi ce que vous pensez de notre été. Je vous envoie tout ce que la dépêche de Jéhovah demande.

C.

Est-ce que les fleurs d'orange de Laure vivaient encore ? C'est le paradis de l'odeur que Vence en Juin. Que vous y seriez bien.

[*Autre feuille :*]

Pour Paul Valéry

1. Renée de Brimont.

Vous considérez le passé comme — passé. Voilà toute l'affaire, et le point où si je mets un doigt du *De Libertate* sur votre système, il remue.

Votre théorie de la surprise m'a d'abord donné le saisissement d'évidence, qui est ce que nous ressentons, devant le génie. Moi du moins. Et puis, je me la suis répétée. Sans relire, le schéma se représente comme ceci :

A événement passé, donc antérieur, (psychologie commune).
B événement présent *inattendu.*

Je me trouve dans un moment tel, que l'expérience souvenir d'A me fournisse une solution applicable à B. Si B. est attendu, tout fonctionne suivant la séquence ordinaire : je *cherche A par un effort mental (attention) avant l'apparition de B.* et je l'applique à B. Il reste bien antérieur. Si *B* est inattendu, je n'ai pas le temps de chercher A. Je me trouve alors devant une séquence renversée. B. – A, A éprouvant un retard d'autant plus grand que surprise plus vive. Il n'y a *plus d'ordre dans le temps.* (Einstein.) Le présent est antérieur au passé.

C'est extrêmement frappant. Irréfutable. Mais le *De Libertate,* si vrai, démontre que : pas d'événement qui ne soit formé de passé, la sensation elle-même n'étant qu'une *somme* de sensations passées (une intégrale). Dire que B. est (par le fait de la surprise) antérieur à A., n'a aucun sens : B, comme A, est composé d'une somme (*ad infinitum*) laquelle, parce qu'infiniment grande, est justement en dehors du temps. Pour vous, B est antérieur à A parce que c'est A qui s'est ajouté à B dans l'espèce, et non, comme nous le faisons d'ordinaire, B qui s'est ajouté à A.

Deux critiques : 1° quand B se produit, il se peut qu'il se produise trop vite pour que le souvenir d'A ait servi — c'est vrai. Mais ce que vous entendez par A, là, n'est-ce pas l'historiette d'A ? Ne croyez-vous pas que, malgré tout, A ayant été, la trace cérébrale d'A va compter pour quelque chose dans le fait B ?

2° B est composé d'une multitude d'A *ad infinitum.* Il n'y a pas à composer d'antériorités : B est A, seulement A^n. —

Je ne sais si je me fais comprendre. J'ai beaucoup hésité à écrire ceci. C'est vous livrer une partie de mon livre, avant le temps. Mais je pense que je vais mourir. Alors, regardez.

[*Enveloppe :*]
Monsieur Paul Valéry
40 rue de Villejust
Paris

À PAUL VALÉRY

[*Vence, vendredi*] 26 mai [*19*]22

4 heures — Tonnelle — Kiosk

— La dame Ladureau ne s'en ira pas. *It's hopeless* [1]. Elle est venue pour déménager ses meubles ; elle réclame mille bricoles indescriptibles — dont toutes les punaises soutenant les gravures de l'*Illustration.* Elle fait monter Émile sur échelle. Tombez, rideaux, tombez, rideaux. Et puis comme je suis assise à travailler, la voilà. Je vous écris et entre chaque mot vient une parole. Ce ne serait rien ; mais avec point d'interrogation au bout. Faut répondre. Tu es laide et je te hais. Là. Je te détruis. Meurs. Elle sourit toujours. Heureusement qu'elle ne sait pas lire à l'envers. Meurs donc. Et des pantoufles bleues à vomir. Pourtant, j'aime le bleu. Ah, elle se lève ; elle a vu que je regardais ses pieds.

Tonnerre, orage potentiel au-dessus Coursegoules[2]. Tout respire respectueusement ; oiseaux chantent bas.

Ma pensée,

J'ai votre lettre et *Le Divan*[3]. *Le Divan* est Gloire, mais bête. Ô que ce ne soient pas seulement vos pairs qui vous parlent !

1. C'est sans espoir.
2. Village au nord de Vence.
3. Le numéro de mai 1922 contient l'« Hommage à Paul Valéry » auquel contribuent de nombreux admirateurs de l'écrivain.

Le Divan devait être fait par d'autres, rien que par des Têtes ; par exemple Roger Bacon[1], Psychoscope[2], Gœthe, Pie XI[3], lord Kelvin. Votre lettre est bolchevik et 93. Contre les ennemis de la République il ne faut pas de preuves. « Et tout est suspect » qu'il dit. Grreubendeden du couperet. Tombez, peintres, — « sur cette planète que toi et moi. » Pardonnez, pardonnez à la plume hardie qui bleuement annote « et vos oies ». Ah, les vies, comptent pas ? Peintres non plus.

6 heures moins 10. Départ du couple Ladureau.

Train est à 6 heures pour lettre. Orage. Mr Ladureau collabore à la *Vie Mondaine*. Ah, j'ai tant de choses à te dire !

Rien que ceci. Comprenez-vous, Lionardo, que vous exigez de moi aujourd'hui précisément ce que je vous demandais ? Et que je ne souhaitais rien, rien, — ayant trouvé « la réciprocité d'adaptation », (cause de certitude,) rien que d'être la seule créature pour cette seule créature, qui, debout au milieu de trente trois zéros en jupes courtes... je bafouille mais je suis clair. *Op. cit.* Mon cher seul, soyez-moi la sécurité ; je ne vous mens pas ; je ne vous décevrai pas. Nous nous serons l'un à l'autre, hors les limites de tout verbiage, le contentement, et la vraie monnaie de l'esprit.

Au revoir. Que vous ne soyez pas fatigué ! Ne leur jetez pas trop de richesses, dans ce Poe[4]. Je suis là.

CK

[*Enveloppe :*]
Monsieur Paul Valéry
40 rue de Villejust
Paris

1. Roger Bacon (1214-1292), théologien anglais qui, s'étant affranchi de la scholastique, s'intéressa à la mathématique. Certains historiens le considèrent comme le précurseur de la méthode expérimentale moderne.

2. Sans doute C.P. elle-même.

3. Achille Ratti (1857-1939), cardinal archevêque de Milan, devient pape sous le nom de Pie XI en 1922.

4. Valéry prépare une conférence sur Edgar Poe dont il sera question *infra* dans le télégramme de C.P. du 31 mai, p. 422.

À PAUL VALÉRY

[*Vence, vendredi*] 26 Mai [*19*]22

Mon même, mon cher ami,

C'est une lettre grave que je veux écrire ce soir. (Je suis dans mon lit, me préparant pour une de ces nuits qui ne sont plus heureuses ; je n'ai plus les grâces du sommeil oubli d'un bord à l'autre bord. C'est que je suis affreusement anxieuse depuis quelque temps, comme tourmentée de malheur futur. C'est de l'égoïsme le plus bête, il est facile de se l'expliquer ; il est difficile de le vaincre.) Mon cher ami, mon ami sans limite, je ne suis pas sûre de vous revoir. Ou de vivre encore longtemps dans votre vie. Je m'assieds là, pendant que je suis là encore ; pendant que j'ai des mots encore, tant que j'en veux, et une présence pour les rassembler et les vouloir. Il me semble que jamais je ne vous ai parlé.

Depuis deux ans que nous nous tenons les mains, nous avons été heurtés et rompus par de telles peines et dangers, que nous n'avons presque pas eu d'heure à nous regarder calmement, à nous sentir exister, à être heureux parce que nous existions. Et vous m'avez plus pressentie, inventée, que vous ne m'avez lue ; et je vous ai vu, dans mon souhait de vous et ma ressemblance de vous, plus que je n'ai pu me réjouir dans votre « ipséité ». Je mets ce mot ; qui fait écriture, je n'en trouve pas ; il faut que vous me compreniez seulement. Vous m'auriez appris l'algèbre des mots, comme de vous j'aurais pu apprendre toute chose.

Personne comme moi n'aurait appris de vous. Ce que vous inventez est la forme même dont je me sens la matière ; et c'est autre chose que « forme » selon les livres des gens ; forme, vie définie dont je ne suis que la puissance. — Nous aurions pu être heureux. Je crois plus : nous seuls aurions été heureux. Parce que tout aurait été vrai autour de nous ; pas d'alcoolats ; de fausses perspectives. Un palais de marbre en esprit.

Et ceci était possible. Et c'était impossible, puisque nous sommes pris dans *hylé* (l'affreuse, la douloureuse, la vague,) et dans l'*apeiron*, qui est le hasard. Paul Valéry — Lionardo

— je ne sais pas si, passé l'erreur d'être vivants, un moment le plus étroit et le plus dénué de blessure, peut nous être donné ailleurs.

J'ai affreusement cherché la liberté, la paix, et Dieu qui est ces deux choses. Je n'ai cessé d'être punie de cette recherche. Au moment de partir, je vous livre mon seul progrès : il me semble que Cela réside du côté de la douceur absolue, de l'objectivité extraordinairement limpide qui détruit la « personne », la poupée, l'étiquette, le mannequin. C'est parce que le Christ doit permettre cela, quand on tente cette expérience héroïque, que je souhaitais d'aller de son côté.

Je ne sais ce que vous ferez. Il ne me semble pas possible d'être séparée de vous ; que vous procédiez, moi partie, par des voies que je ne puisse comprendre. Je vous laisse l'usufruit de la Collinette. Pour la recrépir en ocre et enlever les faïences ce ne serait pas très cher. Faites-le, et plantez encore des eucalyptus.

Soyez calme, soyez calme. Je ne *veux pas* qu'on vous fasse anxieux.

CK

[*Autre feuille :*]

28 Mai 22

Je vous ai écrit ça l'autre nuit où je n'étais pas bien. C'est idiot, déchirez-le. Aujourd'hui je suis assez mal à la suite d'une injection de sérum antitétanique que je me suis faite hier après une piqûre au pied — qui m'inquiétait. Je savais cette injection très éprouvante mais j'ai préféré cela à une maladie dont j'ai une peur depuis toujours. J'ai une tête décomposée c'est rigolo — et très douloureuse.

— Pas de lettre de vous ce matin. Si vous télégraphiez attention, la poste comprend bien des choses. Dites comment Anna[1] a deviné que vous teniez à quelqu'un ? Je ne voudrais

1. Anna de Noailles.

pas que cela se dise. Vous ne devez pas faire de demi-confidences je vous en prie.

Au revoir. Je ne sais plus si je viendrai, j'ai peur être pas assez bien. Et puis, où loger ? Je vous envoie mille pensées, autant que cette tête peut en avoir en ce jour-ci.

[*Enveloppe dactylographiée :*]
Monsieur PAUL VALÉRY
40 rue de Villejust
PARIS

[*C.p.*] 29-5-22

À PAUL VALÉRY

[*Vence, peut-être mardi 30 mai 1922*[1]]

Midi. Temps gris. Dans votre chambre.

Mon cher part de moi,

Votre lettre dimanche contient passage valeureux sur la surprise (tout phénomène court à l'extrême *ou* intense il agit sur champ avant d'agir sur contenu champ,) et la suite. Ce qui est tout à fait extraordinaire, c'est que je puis traduire cela en termes *De Libertate.* Dans *De Libertate,* voyez-vous, c'est l'ensemble du champ *en tant que contenu,* que j'appelle Zaïmph[2], de ce mot gnostique je ne sais quoi vous a fait tant rire.

Je vous en parlerai si vous voulez. Je crois tout de même, voyez-vous, que j'avais trouvé quelque chose. Quand vous dites que c'est peut-être la métaphysique dont vous seriez la physique, cela me saisit. *I am « awe-struck*[3] ». Je « nous » apparais comme l'aventure vivante la plus bizarre, et proche d'un destin bien souhaitable. Cf. ce que vous avez dit lettre du 25 « il y a quelque secret ou loi qui ne peut être découvert que

1. C.P. écrit sur l'enveloppe, sans doute par erreur : « 29 mai 1922 ».
2. Voir *supra* p. 148, n. 1.
3. Je suis stupéfaite.

par l'harmonisation de 2 êtres — et leur valeur. Ce hasard qui fit Oersted[1] mettre une aiguille près d'un courant...... ». Et qui voulez-vous qui compte, auprès de cela ? Dites, stupide ? Le trouble de la barbe qui passe ? Je vous promets, les mains serrées, que je ne permettrai plus qu'on espère rien de moi. Je vous promets que rien ne me semble important, nécessaire, « inévitable », comme vous dites, que ce qui se fait de nous. Mon chéri, cette foi, cet appel du fond, et cette horreur quand on croit que quelque chose empêche et sépare c'est bien un signe que le Dieu s'en est mêlé, *as Poe says*[2].

Je n'ai pas écrit hier. Avant hier, vous avais envoyé ces deux pages de désespoir du corps (mais l'âme était debout) — et puis, le soir, un accès de fièvre et surtout un état syncopal odieux, après ce sérum de la peur. (Je ne suis pas très fier de moi quand fais ce genre de choses). (Annette me mettait eau vinaigre sur tête et croyait j'avais le tétanos). Tout ça par piqûre au pied avec poussière ; le reste, moi. Je n'en dis pas plus. J'ai repris vie, les jambes ont gratté, la figure restée verte hier encore, quelques cloques aux environs injection, c'est fini, crétine de bique — dis. Non, il ne faut pas garder ces lettres ; c'est trop le contenu du champ, hein. J'aurais à écrire et parler parler tant ce que vous me donnez à penser fait lumière.

Je ne peux pas, parce que je suis encore un peu faible de mon sang de cheval, et puis j'ai les Coutouly, cousins d'Afrique (il a 42.000 kilomètres Côte d'Ivoire) de passage Nice, de passage Vence. Il est plein de renseignements panthère cacao. Elle est jolie et joue avec Yorick.

Je vous aime, vous. Voilà une chose que vous n'avez pas du tout l'air de savoir. Ô mon pareil, ma nuit cosmique hyper cosmos, mes recherches, mes buts, mes réponses. Je vous avais dés-aimé, vous savez, à cause des dames et parce que vous étiez n'étant pas. Mais voici se tend l'attachement monstrueux d'autrefois, et cette sollicitude désespérée qui me fait

1. Christian Oersted (1777-1851), physicien danois qui a découvert l'électromagnétisme.
2. Comme le dit Poe.

vouloir qu'il soit fort, qu'il soit seul, qu'il soit calme,... en vain, en vain.

CK

Lettre du 27 pas des plus excellentes — dites que ce que vous savez de *De Libertate* incompatible avec système. Là-dessus, exposez très bien sensation en termes algébrique $\Sigma = \varepsilon + \int Edt$ pour moi et $\Sigma = \Sigma$ pour vous, dites très bien que ma liberté consiste à trouver un point de départ libéré de $\int Edt$[1] et dites que votre liberté ne consiste qu'en un changement de repères — qui rende les apparences telles que vous soyiez *comme* libre.

Mais il me semble que votre liberté, n'est que... comment dire... une bonne condition de fonctionnement ; quelque chose comme ce qui fait qu'une machine joue bien ; — tandis que ma liberté est tout autre chose ; c'est origine absolue, et en quelque sorte création. Tout ceci est trop peu défini encore pour en parler utilement.

Mais lisant votre lettre j'ai été très choquée d'un passage, (choquée = l'esprit mécontent d'inexactitude) sur le passé qui, pour vous, est au présent « ce qu'une couleur est à une autre, ou mieux, un rose pâle à un rose foncé ». Car c'est justement la conception *grossière* contre quoi je lutte, et toute la nouveauté de ce que j'avais pensé se trouve dans le contraire.

— Peut-être est-ce une des raisons pourquoi il m'était difficile de vous répondre immédiatement. J'ai appréhendé très exactement que nous ne cherchions pas la même chose, que vous tendiez à une sorte de science de relations, et que moi je cherchais à refaire en esprit la construction *intus et extra*[2], afin de me rendre compte d'un invariant possible, d'une indépendance possible. Votre position étant exactement celle

1. On peut, peut-être, interpréter cette équation de la façon suivante : La sensibilité (Σ) est construite comme la somme de l'être initial (ε) et de l'intégrale de E (énergie, sensations éprouvées) au cours du temps (dt). Se libérer de l'intégrale (Edt), c'est se libérer de toutes les influences (événements, sensations) qu'on a accumulées au cours de la vie.

2. À l'intérieur et en dehors.

de la physique, et moi celle de l'immonde philosophie (quant au but ; je crois mes moyens plus valables).

Cette page, ces vingt et quelques lignes, vous sembliez me renvoyer de la main : « arrière ! c'est salle à côté qu'on cherche la cause ».

— Mais vous avez continué de penser et vous m'envoyez cette page de dimanche, où je vois soudain que toute ma considération du passé peut s'exprimer dans votre langue (inertie *self-induction*[1] etc.) et je suis écrasée d'étonnement. Je vais reprendre ma physique à ce propos. En somme, nos têtes sont si bien ajustées contre à contre, que nous n'aurions probablement qu'à les laisser faire séparément, jusqu'au bout ; il y aurait moyen d'ajuster des deux images une seule médaille. Bien sûr, j'aurais le verso.

Ceci écrit au galop ; ne relisez pas. Vous demande quand vous trouvez chose à retenir dans ce que je dis, me dire quoi. Sais jamais quoi. Vous dites : la suite, passage excellent. Quoi excellent ? Et puis, ce *De Libertate*, je l'ai laissé depuis 1917. Dites, croyez-vous qu'il faille le finir ? C'est à autre chose que je travaillais : une « Histoire d'Agnès[2] » (αγν = pure, chaste) faite avec des expériences, qui me fait retravailler sur du vieux champ tout rémanent tout souriant-désolé. Pour me faire un nom. Comprenez — après, écrire ce qui est ma tâche particulière. Que dites-vous, ai-je tort ? Voulez-vous 1ers feuillets ? Lisez ceci vite et pour Dieu ne gardez pas. Je ne suis pas toujours telle que puisse en écrivant vous envoyer votre ami. Je ne suis pas comme toi, qui es libre en esprit, sans masse, sans moment entre ton vœu et ton discours.

Adieu mon chéri mon chéri. Venez nous taire dans mes bras.

[*Enveloppe :*]
Monsieur Paul Valéry

1. Terme de physique (auto-induction en français) qui désigne le phénomène suivant : une fois qu'un système a trouvé son équilibre par rapport aux forces extérieures, il tend de lui-même à le préserver en s'opposant aux modifications provoquées par l'environnement.

2. « Agnès », remaniée et signée des initiales C.K., ne paraîtra que bien plus tard dans le numéro du 1er février 1927 de *La N.R.F.*

40 rue de Villejust
Paris

À PAUL VALÉRY

[*Télégramme :*]

[*Vence, mercredi, 31 mai 1922*]

VENCE 535-10-31 — 10^{h}
STÉNOGRAPHIER CONFÉRENCE[1] AMITIÉS VŒUX
[*Adresse :*]
PAUL VALÉRY
40 RUE VILLEJUST
PARIS

À PAUL VALÉRY

3^{h} ½ - 4^{h} ½
[*Vence, mercredi*] 31.5. [*19*]22

Mon bien aimé, je reçois votre dépêche. Que je suis troublée de vous avoir troublé. Cela est vrai, j'ai été assez bête ; parce que le mal est une forme de la bêtise. Il s'est passé que cette affaire au pied a eu lieu à un moment de dépression, et j'ai fabriqué une espèce de folie qui m'a menée naturellement à ce sérum, lequel m'a tourné les sangs, c'est bien l'expression. Mais je suis résistant à tout même à moi. C'est fini aujourd'hui, et le tétanos prévenu pour une fois, le respir d'aplomb, et le reste en place, même le demi cerveau qui est votre annexe à toi.

1. Il s'agit de la conférence sur Poe donnée par Valéry dans la librairie d'Adrienne Monnier, rue de l'Odéon. C.P. a fait allusion à cette conférence dans sa lettre du 26 mai, et la mentionnera de nouveau dans la lettre suivante du 31 mai.

Je ne télégraphie pas parce que je l'ai fait ce matin pour vous dire de faire sténographier votre Edgar Poe ; et vous comprendrez que qui pense à *Conférencia*[1], n'est pas mort.

Mon cher, mon cher, comme je vous ai là, et que vous m'êtes doux. Il n'y avait rien de toi ce matin ; alors j'ai pris Pindare *with a will* [2], et j'ai fait un coin d'ode (Pégase) et puis après déjeuner, repris des notes retrouvées de géologie ; et maintenant, kiosk, j'allais sur l'*Histoire d'Agnès*. Pour exister, exister Karin, car votre fil était comme lâché, tout mol et mouillé par mille dames avec leurs derrières dessus.

Il y a un air, un vent, avec un peu de sel dedans, de fleurs, de plantes, et sa pointe toute frais doux de montagne ; — les choses vertes qui montent sur le kiosk remuent ; Émile coupe des bouts de bois qui font des petites rondelles qui sentent bon. Je suis heureuse parce que je vous aime et que vous m'aimez.

Catherine

Ne pourriez-vous venir. J'ai qu'il faut que je vous serre dans mes bras. Mon amour, mon trouvé, je ne peux pas finir. Que je vous souhaite ici — que vous seriez bien. L'air est une joie — et les nuits immenses. Il y a des fruits et mille choses à mordre. Je vous en ai envoyé.

Je suis consternée de votre inquiétude actuelle, mais si vous saviez comme elle m'est douce — comme j'en ai besoin. Je crains cette espèce de bruit si *cheap* [3], si Paris, autour de vous ; et à la fois votre fatigue, et que vous ne deveniez du « monde », comme Jean, pour lequel rien autre n'est beau. Mon cœur, il faut que je vous avoue que j'étais arrivée à ne plus vous aimer. Je crois que si vous n'étiez pas venu, je perdais absolument le sentiment de vous — tant j'avais combattu contre les peines ; ma-votre peine. Voici que vous revivez en moi, et, après que j'ai hésité, je vous accueille. Écoute — c'est la 1re fois qu'il me vient, de reprendre une chose que

1. La conférence de Valéry n'a jamais paru dans *Conferencia*, le Journal de l'université des Annales, Paris 1919-1939.
2. Avec acharnement.
3. Vulgaire.

j'avais laissée. Cela est contre tout mon mouvement propre ; cela est — à moi, cela est une preuve que vous n'appartenez pas à l'ordre de ce qu'on laisse et prend, mais êtes de l'ordre de ma présence.

Tu existes, mon bien, ma voix, tu existes. Tu es, je ne sais comment, hors de moi ; par chaque minute tu es mon temps, cela que j'ai gagné, fait, reçu, que je puis donner, user. Suppose que tu prennes une minute de dame, *it would not fit, would it* [1] ? Suppose que l'on m'injecte du temps Gide, Wardle, Barthou, Jean-Louis[2], elle tomberait dans mon jour comme un flocon, je n'en sortirais rien. Mais j'accepte chaque fraction de vous, et pas une n'est trop petite pour devenir dans mon cœur. Seulement, qu'est-ce qu'il lit, ce vous du Système et de la rose ?

Ô pourquoi le Dieu ne vous a-t-il pas donné une force pour le défendre, et le tranchant qui déclare « ce n'est pas Cela... ce n'est pas Cela ».

CK

[*Enveloppe :*]
Monsieur Paul Valéry
40 rue de Villejust
Paris

À PAUL VALÉRY

[*Vence,*] Vendredi 2 Juin [*19*]22

Mon chéri de Mercredi,

Vous avez raison, il est plus qu'intolérable, il est absurde, de ne point être ensemble. C'est cela qui doit être notre proposition majeure. Voulez-vous joindre votre ingéniosité à ma décision, pour la résoudre, cette difficulté adverse ?

1. Cela n'irait pas, n'est-ce pas ?
2. Jean-Louis Vaudoyer.

— Si j'avais une famille, cela serait simple d'autant. Longchamp, La Graulet. — Mais je n'ai personne. Comprenez cela. Exactement personne, que mon fils, destiné à me quitter de plus en plus souvent, parce qu'il trouvera de plus en plus que ma vie n'est pas gaie à partager, et que vous.

Ce rapprochement est, je le vois, choquant à la morale qu'il fait, mais il ne me choque pas ; car l'enfant est presque seulement pareil à moi et un double un peu plus agréable, et mieux armé ; — vous, vous êtes l'esprit de mon intelligence, ou l'intelligence de mon esprit, et comme tel, toute ma tendresse. Lui, et vous ; vous et lui. En dehors, *nihil.* Mes 'amis' diraient que j'ai une mère riche et bonne. Vous la connaissez. Vous avez lu les curieux calculs de sa générosité vantée ; vous savez avec quelle bêtise absolue elle m'a mise à la porte en Octobre pour avoir déplu à son fils « qui est irresponsable, mais excellent », (je répondrais que ces qualités allaient se dévorer). Elle m'a, ce printemps, offert une chambre. Mais le cadet, d'autre part, vient de m'être aussi désagréable qu'il a pu, et elle a (au dire d'une lettre de Jean) pris de nouveau son parti. Cela promettrait un séjour tel, que je crois prudent de ne pas descendre chez elle. Je lui ai écrit de même que je n'irais à La Graulet ; ma lettre était triste ; disait des choses trop vraies ; elle n'a pas répondu.

Quand je partirai d'ici, je n'aurai donc que de vivre à l'hôtel jusqu'à l'hiver, ou à mon retour en automne. Je prévois le mois de Septembre à Paris. Au mois d'Août, je puis aller à Aix ? et suis invitée près d'Aix aussi chez Violente. Alors, il me reste à fixer l'être de mois de Juillet — qui comprendra fin Juin. Vous voyez que je ne dois pas quitter Vence trop tôt, afin de n'avoir pas une trop énorme tranche de voyages. Aussi, quand j'arriverai à Paris, il me faudra remettre mon fils à son oncle car impossible avoir un hôtel x 2. Je recule ce moment : je ne le reverrai que bien tard. Il passe Août chez son père, et 2 semaines de Septembre avec sa grand-mère, si celle-ci y est encore disposée — avec elle on ne peut compter sur rien.

— Toutes ces choses font que je ne partirai probablement d'ici avant le 20 Juin. Je resterai dix à 20 jours à Paris, suivant le temps, le lieu, et puis, je considère avec assez d'envie deux semaines ou trois à Versailles au Trianon palace ? Vous viendriez bien facilement ; les Bassiano[1] seraient prétexte et grande ressource ambulatoire pour votre chemin. Voyez-vous rien de mieux ? Le Trianon est cher ; je continuerai à tuer le capital. Puis vendre mes perles plus tard. Un jour, peut-être, je gagnerai quelque chose, comme ma Mariecotte, qui se fait bien quinze mille par an. À ce propos, voulez-vous les 1res pages de l'*Histoire d'Agnès*, qui va être un roman pour jeunes filles... *it pays*[2]. Si cela est par trop bête je ne signerai pas.

Avez-vous idée d'autre chose pour Juillet Août ? C'est cela qu'il faut dire. Aussi je suis préoccupée de vous. Je *veux* vous remettre ; le mois de Vence n'a pas suffi ; il n'est pas possible que vous persévériez dans l'anxiété, l'insomnie. Votre santé devient la chose la plus importante. Que vous viviez, comprends-tu ! Le possible que vous me quittiez jamais tout à fait — que ce ne soit pas moi qui meure est si impensable que — Il faut avoir beaucoup le souci de vous, mon cher Karin ! —

Que seront les arrangements d'été chez vous ? Votre Claude[3] doit partir en Novembre, il le faut. — J'aurais presque envisagé un voyage italien après Aix, si j'étais autre chose que ce condamné. Chaque respir profond donne à gauche un coup de couteau. Il est difficile d'aller au bout de l'Europe comme ça. — Cette lettre n'est rien, mais ce qu'elle dit devait se dire. Écrivez-moi que vous ne vous fatiguez pas trop, que vous vous couchez tôt, mangez lentement, dormez. Lionardo prodigue, ce n'est pas le calme que t'avoir retrouvé !

C

[*Autre feuille*[4] :]

Je ne vous ai jamais parlé explicitement du *Divan*[5].

1. Le prince Roffredo de Bassiano et son épouse américaine, tous deux amis des arts, ont des propriétés à Blonville et à Versailles où Valéry parfois leur rend visite. En 1924, la princesse va fonder une revue littéraire, *Commerce*, dirigée par Valéry, Léon-Paul Fargue et Valery Larbaud.
2. Cela sera payant.
3. Fils aîné de Valéry, alors âgé de dix-huit ans.
4. Au crayon rouge : « Déchirez *at once !* » [tout de suite !]
5. « Hommage à Paul Valéry », *Le Divan*, n° 79, mai 1922, pp. 197- 312.

Mockel est bête. A fait beaucoup rire un garçon de 12 ans, qui a dit qu'il avait mis sinus cosinus zénith perpendiculaire pour faire le malin, mais que ne devait pas savoir plus[1].

Régnier — Gentillet[2].

Anna — une jolie phrase[3].

Gide — ni bien ni mal, comprend plutôt une part de vous homme[4].

Jaloux — Pas bête, mais dans le second ordre du pas bête[5]. Il n'y a pas un de ces M^rs^ qui atteint au 1er ordre du pas bête.

1. Albert Mockel (1866-1945), poète symboliste d'origine belge, écrit dans son hommage intitulé « Le poète et l'ami » : « Mais sa pensée a je ne sais quoi d'infaillible : une sûreté redoutable. [...] Elle parfait les idées comme des figures de trigonométrie ; elle les ajuste l'une à l'autre comme le sinus au cosinus. Sa critique, lorsqu'elle les analyse, les tranche net à la façon d'une sécante, ou les transperce d'une perpendiculaire qui tombe tout exprès du zénith. C'est pourquoi l'on se sent devant lui, à moins que d'être un sot, un tout petit garçon » (p. 202).

2. Henri de Régnier rend cet hommage à son ami :

Sonnet

Celui chez qui nous nous connûmes,
Cher poète, Paul Valéry,
À son exemple nous apprit
Le culte de l'encre et des plumes.

Dédaignant tomes et volumes
Où la main au hasard écrit,
Les richesses de ton esprit
Au vers rare, tu les résumes.

Ô toi qui sus unir si bien,
Mariage racinien,
Hérodiade avec le Faune,

Souviens-toi de ce temps charmé
Où la chaise valait un trône,
Aux beaux Mardis de Mallarmé ! (p. 204.)

3. Peut-être s'agit-il de la dernière phrase de l'« Hommage » d'Anna de Noailles (1876-1933) : « Auprès de cette alcoolature de l'image et de la sonorité, il établit en vers, quand il lui plaît, des fresques et des sculptures pathétiques, où la pensée devient marbre et or, sans que cesse de flotter et d'ondoyer, autour de ces monuments de rêve et de logique, la fluidité radieuse que Paul Valéry a dérobée, semble-t-il, au séjour où Prométhée vola le feu » (pp. 200-201.)

4. L'hommage d'André Gide, « La conception esthétique de Valéry », conclut ainsi : « Mais méthode ou système, si excellent qu'il soit, que voudrait-il pour réussir une œuvre d'art, sans les particulières qualités de celui qui l'applique ? Ce qu'il me plaît surtout de retrouver dans les vers de Valéry, bien qu'ils l'offusquent, c'est sa tendresse. Je me souviens que dans les premiers temps de notre amitié, il me citait avec admiration un mot de Cervantes (je crois) : "Comment cacher un homme ?", mot dont alors je ne saisissais pas bien le sens. J'attendais l'œuvre de Valéry pour le comprendre » (pp. 205-211.)

5. L'essai d'Edmond Jaloux (1878-1949), « Le romancier », porte sur *La soirée avec M. Teste* (pp. 212-218).

Marcel Boulenger — Vous ajoute à son veston[1].

Camille Mauclair — Sincère, plein de bonnes intentions[2].

Francis Vielé-Griffin[3] — *Non capisco*[4].

Du Bos — Vous copiez, mossieu ! — Fautes de Grec. περὶ τοῦ θεοῦ[5].

Fontainas — quel français ! page 246 : une petite restriction[6]. Ha ! (*sicut sapiens*[7])

Lebey — Le seul qui soit simple et sonne selon ce qu'il est[8].

Ghéon souffre, c'est certain, de rétention du destin[9].

Jacques Émile Blanche — thalatta, thalatta ! Enfin 5 pages pas pensum[10].

Francis de Miomandre — Confession d'une amoureuse soustraite au dancing pour sacrifier à l'immortalité de l'âme[11].

1. Marcel Boulenger (1873-1932), journaliste connu pour ses élégantes études des mœurs contemporaines, publie « Voici deux automnes... » (pp. 218-221).

2. « Notes » (pp. 222-227), Camille Mauclair (1872-1945), poète symboliste, romancier.

3. Francis Vielé-Griffin (1864-1937) dédie trois quatrains à Paul Valéry : « Pensée » (p. 228).

4. Je ne comprends pas.

5. De Dieu ou De la divinité. Dans son hommage à Valéry, « Remarque sur les dialogues » (pp. 229-242), Charles Du Bos (1882-1939), critique et mémorialiste, cite abondamment *Eupalinos*. À la page 240, il écrit : « [...] aussi la dernière [œuvre] venue nous est-elle souvent la plus chère : c'est pourquoi, en attendant le περί θεοῦ [De la divinité] que nous promet Valéry, et en dépit de la beauté d'*Eupalinos*, mes préférences actuelles vont au second dialogue [*L'Âme et la Danse*]. » L'absence d'article dans le titre grec cité par Du Bos n'est nullement une « faute ».

6. Dans « Souvenirs », André Fontainas (1865-1948), poète et romancier, écrit : « Le succès a-t-il pleinement répondu à son attente ? N'a-t-il pas dû se résigner à quelque astuce ? Ne ruse-t-il pas quelque peu, comme les autres ? Son parti en semble pris, puisque désormais d'éclatants poèmes se sont succédé, où, selon son gré, la coruscation solide du vers évoque sa plénitude, impondérable cependant, et comme l'air flottante, de sa regorgeante songerie » (p. 246).

7. *Sicut sapiens poeta dixit* : Comme l'a dit un savant poète. Cicéron, *Les Paradoxes des Stoïciens*, 5, 34.

8. « Un maître de l'esprit » (pp. 248-249), André Lebey.

9. Henri Ghéon (1875-1944), auteur dramatique lié à *La N.R.F.*, publie « Petite Ode » (pp. 250-251).

10. « L'hommage d'un peintre » (pp. 252-256) par Jacques-Émile Blanche (1861-1942). C.P. cite Xénophon, *Anabase*, IV, 7, 24 (θάλαττα θάλαττα ! La mer, La mer !). Lors de la fameuse retraite des Dix Mille, soldats grecs mercenaires à la solde de Cyrus-le-Jeune, ceux-ci poussent ce cri de joie en apercevant enfin la mer.

11. « Pensées et souvenirs » (pp. 263-268) par Francis de Miomandre (1880-1959), poète, romancier, critique, traducteur. À propos de *La Jeune Parque* Miomandre écrit : « Pour le cerveau et pour le sens intuitif, de telles exaltations ressemblent étrangement à celles que l'amour donne au cœur. [...] Comment voulez-vous que de telles choses soient dites aisément ? Sans compter qu'ici intervient une sorte de pudeur. On n'aime guère parler de ce qui vous a trop profondément pénétré » (p. 264).

Lucien Dubech — Je me sens en veine d'ajouter 333 strophes[1].

Jean Louis — purement arts décoratifs, mais charmant et gentil[2].

Mauriac — Une bonne phrase[3].

Alary : — 36[4].

Francis Éon : La baisse du franc d'or[5].

Le Grix : Pourquoi n'importe qui n'écrirait-il pas, après tout[6].

Lucien Fabre : Bien pénible cogitation. Quel ascenseur jusqu'à vous[7].

Que tu es seul, c'est vrai, mon demi cœur.

J'avais à demi deviné qu'il y avait de la jalousie dans le pas-écrire. Je le souhaitais, car sans cela c'eût été les dames ! Je ne serai jamais fâchée de cela, mon cher vous-même. Je le comprends car j'en suis autant. Et le processus (comme ils disent) aussi ; l'espèce de marée qui vient et vous tue quand on ne le mérite pas, qu'on se croit sauvé. Oui. Mais prière mettre digue ; car hors propos. L'objet défendu, et non tenu d'ailleurs, part pour Blenheim où la duchesse le mande[8]. Ne le reverrez ni moi. Reste à Londres après ; exposition, etc. Ceci d'après lettre fort décente et inodore, reçue il y a trois ou quatre jours.

J'ai pensé il y a une heure : Gide n'irait-il pas chez les Raverat ? Je crois qu'il y est invité, de façon générale ; qu'il a promis, de façon indéterminée, d'y venir. Cela serait tout simple que vous le suiviez. Qu'en pensent-ils ?

1. « La source nocturne » (p. 269), poème par Lucien Dubech (1882-1940), historien du théâtre, éditeur de Corneille et de Racine.

2. « Maître du chant, gardien des lois » (pp. 270-275) par Jean-Louis Vaudoyer (1883-1963) poète, romancier, critique d'art.

3. « L'acte de foi » (pp. 276-278) par François Mauriac (1885-1970), critique et romancier.

4. « La famille spirituelle de Valéry » (pp. 279-284) par Fernand Alary.

5. « Le palmier » (pp. 285-286), poème par Francis Éon (1879-1949), auteur de *La vie continue, poésies 1909-1919* (Le Divan, 1919).

6. « Sa tristesse » (pp. 287-292) par François Le Grix, critique, éditeur scientifique de *La Revue hebdomadaire* 1922-1928.

7. « La démarche intellectuelle de Valéry » (pp. 293-312) par Lucien Fabre (1889-1952). Valéry a écrit un avant-propos au recueil poétique de Fabre, *Connaissance de la Déesse* (Société littéraire de France, 1920).

8. Il s'agit de Jean Marchand, ami de la duchesse de Marlborough née Gladys Deacon.

Nous sommes pavés de fraises délicieuses.

Des nèfles.

Des cerises.

Des amandes.

J'ai vendu mon foin 70 francs !

Vous supplie envoyer Conférence. Qu'il me tarde, le récit !

Ai prié Violente s'informer hôtels. Garderai Claude avec moi 3 jours, puis resterai seule. Mettrai pas pieds chez la pauvre dame rue de Longchamp. Quand les gens vous font trop peine vois-tu, faut pas les voir. Pourquoi peine ? Mieux pas regarder.

Déchirez de suite — appréciations pas polies sur *Divan*. Mais tout de même l'ensemble m'a fait bien plaisir. Et M. aussi que le royaliste m'a porté en triomphe[1] !

Lisez bien attentivement ce que je vous dis de l'été ; soumettez-moi vos projets et réflexions. Je *veux* vous retrouver, mon seul ami.

Aujourd'hui je colle avec Émile papier jaune (pareil chambre Claude) dans chambre à côté moi, qui devient charmante. Il y a Pergola pour roses futures devant pelouse peinte en vert.

[Dessin de la pergola]

[*Autre feuille :*]

Samedi

Mon chéri,

Je ne puis écrire, étant foudroyée par une lettre affreuse de ma mère — 6 pages de parallèle entre son fils cadet et moi, Caïn et Abel. J'ai senti une telle révolte et un tel abandon que pensé une minute à avaler bouteille laudanum. Et enfin, je souhaite bien profondément ne plus exister. Je vous demande ne plus revoir cette malheureuse femme, qui n'a

1. Les allusions à « M » et au « royaliste » demeurent obscures.

d'excuse qu'une bêtise illimitée. N'avoir plus de maman est amer, quand on a déjà plus de corps.

Au revoir. Viendrai peut-être Paris plus tôt. La jambe côté injection sérum n'allant pas bien. Mais c'est bien égal.

[*Sans signature*]

[*Enveloppe :*]
Monsieur Paul Valéry
40 rue de Villejust 40
Paris

[*C.p.*] 3-6/-22

À PAUL VALÉRY

[*Vence,*] Mercredi matin [*7 juin 1922*[1]]

Eh bien, je peux faire une communication sur le tétanos. Je ne l'ai pas eu positivement (encore que ce ne soit pas certain). Mais l'ai eu par « transparence », et c'est affreux. Je suis encore incapable de me tenir debout mais les douleurs ont cessé depuis hier. La piqûre était de dimanche (j'avais eu 2 injections autrefois, notez-le ; fait très rare). Un peu fièvre lundi. Mardi, bien, et suivants.

Samedi reçois cette lettre de ma mère. Immédiatement « sangs tournés » quelques heures après éruption folle de plaques rouges brûlantes, qui font sur tout le corps la sensation qu'on a quand on vous chatouille la plante des pieds. Notez que j'étais, dès après lettre de mère, partie en auto pour ne pas penser. Comment suis revenue, sais pas. Je tombe évanouie par terre antichambre. Émile me monte. Je me fais morphine, et me révanouis. État vague douloureux jusqu'au lendemain — qui était dimanche. Ce jour-là affreux — l'état s'est localisé dans les pieds. J'ai mal en vous le disant

1. Au crayon, dans la marge : « Renvoyez lettre si gentille de Jean. »

mais il le faut ; je veux, je vous demande chercher de ce côté pour le problème douleur sensibilité. Écoutez.

On sent dans les pieds la même chose que l'angoisse plaisir volupté localisé dans sensibilité ordinaire au sexe ; et ceci sans fin, comprenez — accompagné de sens de chatouillement des plantes — et de mouvements nerveux vulgairement nommés « impatiences ». J'ai trouvé une chose qui doit être très importante : c'est un état électrique, dont tout le secret horrible est qu'il y a accumulation de potentiel sans décharge ; et différence de potentiel sans courant. Les pieds par exemple sont à 200 volts et la jambe à 2 volts. Comprenez-vous ?

J'étudiais sans arrêt la construction sensibilité — je suis sûre à présent que c'est un phénomène électrique. Peut pas en dire plus cela me fait mal. Lundi, les pieds délivrés — l'accumulation du voltage s'était faite dans les jambes (le long des nerfs sciatiques) c'était beaucoup plus supportable. Pourtant Mardi à 3^{h} du matin ai refait morphine d'où délivrance enfin. Mais état de vertiges tout hier avec vinaigre sur figure et tout l'accessoire de la personne qui s'en va. Hier à 7 heures mieux — j'ai pu prendre quelque peu de nourriture et me suis endormie. Et aujourd'hui c'est fini. J'ai maigri et je suis terreuse. Je ne peux toujours pas marcher. Les crampes reprennent, le phénomène accroissement du voltage etc. dès que pied en bas. Je me demande si je marcherai jamais.

— L'explication à présent : ou bien j'avais le bacille, et la piqûre faite un peu tard n'a pu empêcher une attaque affaiblie. Mais je ne crois pas cela, car il y a des signes cliniques que je n'ai pas eus. Je crois ceci : sérum vient de chevaux ayant subi des *cultures affaiblies.* Or, une injection n'est pas capable se comporter comme culture virulente. Mais c'était ma 3e. Par anaphylaxie, il y a eu une somme.

Comprenez-vous, qui m'a donné par rapport au tétanos ce que le rhume est à la grippe. Eh bien, les gens qui ont cela, savez-vous ? *Il faut les tuer.* Ne pas attendre une heure. Ils meurent dans l'enfer du spasme spécial sans plaisir, quelque chose que le Dante n'a pas imaginé. Voulez-vous en parler à médecin ? Il y a *des choses à trouver là.*

J'ai voulu vous faire la description de ceci. Je crois que cela a un grand intérêt au point de vue du courant nerveux. On *devrait* soigner nerfs par électricité, tétanos, de même toutes les maladies origine bulbe qui ne sont *certainement que des blocages de potentiel.* Il y a un *monde* à trouver. Quand je souffrais, je décidais de me consacrer à cette étude-là. Je suis sûre on peut sauver des milliers de misérables — et je me disais : refaire de la médecine avec Lionardo, voilà ce qu'il faut. Votre lettre d'hier m'a donné autre idée de ce qu'il faut faire avec Lionardo.

N'écrivez pas un Orphée[1] ! (n'écrivez pas un « Faust[2] », c'est même raison) et quel poids que Gluck sur le dos de votre Honnegger ! Gluck et ces passages qui ne seront pas égalés[3]. Non, j'ai mieux.

Et même j'ai quelque chose de si enthousiasmant, que je le ferai sans vous si vous pas décidé. Je n'ai pas absolument besoin de vous, mais cela vous passionnerait — et évidemment vous aurez plus facilités pour trouver collaborateur musical etc. et théâtre. Enfin, voici : acceptez-vous de travailler à mon idée, étant donné qu'elle est quelque chose d'inespéré ? Si oui, je ne pourrai pas vouloir d'autre collaborateur, même aimable Paul Poujaud[4]. Cela vous déplairait-il signer avec moi ? Si oui (et je le comprendrais très bien,) je ferai le machin seule. Mais je crois que notre réunion serait quelque chose de pas mal. Voilà. Pardonnez sale écriture du Monsieur qui revient des abords infernaux.

Merci dépêche — il y a le passage sur Dordogne qui m'a choqué. C'est là notre différence, la seule voyez-vous mais irréductible. Vous, pas d'orgueil humain. (Avez que l'orgueil de la pensée.) Vous, toujours toléré, accepté, comprends bien à ma place, auriez accepté, toléré cette injustice pour pouvoir aller quand même propriété. Me choque à l'infini.

1. Valéry finira par réaliser beaucoup plus tard un projet d'inspiration orphique : *Amphion,* « mélodrame » avec musique par Arthur Honegger, sera représenté à l'Opéra, le 23 juin 1931.

2. *Études pour « mon Faust »* paraîtront chez les Cent Une en 1941.

3. Valéry voue une admiration passionnée à l'*Orphée* de Gluck (1774) depuis sa première audition de cet opéra en 1901.

4. L'avocat Paul Poujaud (1856-1936), mélomane talentueux, est l'ami de nombreux compositeurs dont Debussy, Chausson, d'Indy, Chabrier et Roussel.

Des choses semblables m'ont été crucifixion 2 ans, de vous. Répondez : argent, vivre. Moi dire : aurai préféré crever. Ici m'arrête. Je ne veux pas faire leçon, c'est laid, c'est mal. Je vous dis cela parce que cela le point sur quoi entendez rien de rien à K.

— Merci lettre ce matin. Avais reçu au moment le plus malade, des lettres du Lionardo d'il y a un an que j'imaginais qui était surmonté, comme dit le Thoustra[1].

— Je ne sais plus si je vais me remettre assez pour Paris. Descendrai Roosevelt ou Friedland[2].

Figurez-vous que plus j'avais mal plus quelqu'un en moi récitait comme un maniaque des vers grecs ! ! Et il y a 2 nuits après morphine je disais : y a bon, mourir, et vivre toujours avec Lionardo et André[3]. Je vous tenais chacun une main. Et puis j'ai mis vos 2 mains l'un sur l'autre et me suis endormie. Qui comprendrait ?

[*Sans signature*]

[*Enveloppe dactylographiée :*]
Monsieur Paul Valéry
40 rue de Villejust
PARIS

À PAUL VALÉRY

[*Vence, samedi*] 10.6. [*19*]22

Mon cher petit cœur,

Je n'ai pas écrit encore 2 jours parce que je suis vivant sur rien — comme une goutte d'eau sur un rocher — autour, du soleil et de la pluie. Ma mère a continué de m'écrire des

1. Dans *Ainsi parlait Zarathoustra* (1883-1885), Nietzsche préconise le dépassement de l'homme par lui-même.
2. L'Hôtel Friedland se trouvait au 35, avenue de Friedland.
3. André Fernet, jeune magistrat, écrivain et aviateur volontaire dont C.P. avait été passionnément amoureuse, est mort à la guerre en 1916.

choses qui tuent, avec des reproches et des allusions à tout ce qui peut le plus poignarder, du passé, le présent. Je ne dirai pas. Elle est bête comme une pierre — et elle est une pierre qui a aimé, qui aime encore ; qui parle, et parlant manie votre cœur. Vous voyez combien la douleur coïncide avec le mauvais français.

Je suis seule, à me manger les genoux. Il y a une grammaire grecque, et moi. Une table jaune, un jardin trempé ; je ne descends au jardin que depuis 2 jours ; mes jambes ne me portaient pas. Vous avez parlé de Plutarque, de Bédier[1]. Parfois vous dites des choses belles : elles ne sont pas toutes vraies. Je crains que vous ne voyiez la Grèce comme un « classique » : bien en ordre, éperdument raisonnable...

Lionardo, les temples étaient rouges et bleus, ils vous paraîtraient de l'art russe, si vous saviez ! Les gens étaient haletants sur l'au-delà, comme dame Brimont elle-même. On se couchait dans des temples, on voyait des choses ; on exorcisait des démons ; on se *confessait* ; on prenait des précautions contre l'Enfer en apprenant, dans la nuit d'Eleusis, comment une fois mort se diriger entre les mares et les « bourbiers » ; on communiait d'eau et de farine ; on promenait des fétiches voilés sur le pont du Céphise.... Un jour, Lionardo, quand je serai vieille, je vous rendrai la Grèce : elle sera si passionnée et si folle, que vous en resterez longtemps marri.

— Je ne fais que de lire Pindare et mes verbes irréguliers ; je rentre dans cette peau souple, étrange, de la langue inconnue ; et de moments en moments elle se donne à moi, et se donnant, me livre des membres de vivants disparus. Ils me ressemblaient en ceci, je vois, qu'ils étaient *directs à l'extrême.* Me comprenez-vous ?

Le ballet ? Ce que je veux faire est cela. Ne le dites, ni ne le faites. Je le ferai, si vous le voulez, avec toi : *« Les Mystères Grecs ».* Je crois que je puis tenter cette palingénésie joliment hardie ; il n'y a pas trop de renseignements, mais sais où ; 2 semaines de Nationale et vous verrez. C'est une clef de l'antiquité que les Sorbonne ont été trop bêtes pour appro-

1. Joseph Bédier (1864-1938), éminent médiéviste.

cher, et tenir. Voyez-vous les Poules du Monde ? Voyez-vous les Grrrands Initiés courir[1] ?

Je ferais une sorte d'histoire, d'aventure, de l'âme. Il y aurait Eleusis — hiérophantes[2], *dadoque*[3], *époptes*[4] et tout, (les admirables processions,) l'initiation (avec Clément d'Alexandrie, un peu Pausanias[5], Plutarque, un peu Athénée[6], de Phérécyde[7], d'autres Pères, d'autres Boches, on peut véritablement recréer quelque chose) puis l'Âme initiée aux Enfers. Pour construire Enfers, me servirais des Tablettes orphiques, très précises (un lac ici, un cyprès là, etc.[8]) et du Xe livre de la *République*, où Platon copie visiblement[9].

Comprenez que je ne fais pas un spectacle dit de fantaisie. Mais j'abrutis le public par érudition en lui assurant que je lui donne *the real thing*[10], le vrai secret grec ; et je le fais, hein. J'ai pour moi : les Sorbonne, les écoliers, les suiveurs d'Anatole France, — les Théosophes, Les Poules, *toutes tes poules*. Qu'est-ce qu'il en dit ?

1. C.P. fait allusion au livre célèbre d'Édouard Schuré, *Les grands initiés, esquisse de l'histoire secrète des religions* (Perrin, 1889).
2. Prêtres qui présidaient à l'initiation aux mystères d'Éleusis.
3. C.P. écrit *dadoque* sans doute par confusion avec *diadoque* (« successeur »), mot qui a servi à désigner les successeurs de Platon à la tête de l'*Académie*, aussi bien que les successeurs immédiats d'Alexandre, les généraux qui se partagèrent son empire à sa mort. Toutefois, C.P. a peut-être voulu écrire *dadouque*, transcription du mot grec δαδοχος, désignant le détenteur d'un office héréditaire de « porte-flambeau ».
4. Initiés au plus haut degré aux mystères d'Éleusis.
5. Géographe grec du IIe siècle qui décrivait les sanctuaires et les légendes de la Grèce antique.
6. Rhéteur grec du IIe-IIIe siècle.
7. Philosophe du VIe siècle, maître de Pythagore.
8. C.P. a, en effet, traduit deux de ces tablettes, dont celle à laquelle cette lettre fait allusion : « À gauche des palais d'Hadès, tu trouveras la Source,/ Près d'elle, droit debout, un blanc cyprès./ N'en approche pas !/ Près du lac de Mémoire, une autre source verse de l'eau froide », *Très haut amour, poèmes et autres textes*, éd. Claire Paulhan et Lawrence Joseph (Poésie/Gallimard, 2002), p. 85.
9. Dans *La République*, Platon évoque un Enfer où les âmes peuvent choisir une nouvelle existence en fonction de leur vie antérieure : « [...] elles se rendirent ensemble dans la plaine du Léthé par une chaleur étouffante et terrible ; car il n'y avait dans la plaine ni arbre, ni plante. Le soir venu, elles campèrent au bord du fleuve Amélès, dont aucun vase ne peut garder l'eau ; chaque âme est obligée de boire de cette eau une certaine quantité ; celles qui ne sont pas retenues par la prudence en boivent outre mesure. Dès qu'on en a bu, on oublie tout. » Platon, *Œuvres complètes*, VII, tr. É. Chambry (Les Belles Lettres, 1934), p. 122.
10. La chose véritable.

Au revoir, ma pensée. Si vous ne faites pas Mystère avec moi, je ne veux *pas que vous en parliez* ni vous en serviez. Hé ?

Je vous aime beaucoup bien.

CK

$y = ax^2 + bx + c$

$y + \Delta y = a\ (x^2 + 2x\delta x + \delta x^2) + bx + b\delta x + c$

$\quad ax^2 + 2ax\delta x + a\delta x^2$

$\Delta y = 2ax\delta x + a\delta x^2 + b\delta x$

$$\frac{\Delta y}{\Delta} = 2ax + b$$

$y' = 2ax + b \qquad \Delta y' + y' = 2ax + 2a\delta x + b$

$\qquad \Delta y' = 2a\delta x$

Sais pas faire les Δ $\quad \frac{\Delta y'}{\Delta x} = 2a$

[*Dessin d'un visage de femme qui dit :* « crotte de bik et tra la la »]

[*Autre feuille :*]

Reçu livre d'Artus[1] Bien obscur.

« plaquette Jean-Louis[2], avec quelques beaux passages.

Envoyez-moi retour courrier Apulée ; vous jamais faire attention moi demander choses. Et mes machins édition italienne orphiques ? Seriez bien gentil aussi prêter livre pour distraire. Dernier roman Tharaud ? (Randonnée de je ne sais quoi[3]). Livre anglais bien roman : *Wuthering Heights*,

1. Louis Artus vient de faire parvenir à C.P. son dernier livre : *Nouvelle chronique de Saint-Léonard : le vin de ta vigne...* (Émile-Paul, 1922).
2. Jean-Louis Vaudoyer, *L'album italien* (F. Sant'Andrea, L. Marcerou, 1922).
3. Jérôme Tharaud, *La randonnée de Samba Diouf* (Plon, 1922).

Brontë[1]. Et puis *Ulysses*[2], qui les fait tant parler, encore que je déteste ce genre-là. Merci beaucoup beaucoup fort.

[*Enveloppe :*]
Monsieur Paul Valéry
40 rue de Villejust
Paris

À PAUL VALÉRY

[*Vence, lundi*] 12.6. [*19*]22

Mon cher esprit,

Pour écrire la lettre que vous voulez, s'il faut renier et trahir, ne l'attendez jamais de moi. Vous savez combien je vous aime.

La phrase de la fin d'une lettre qui vous disait toutes les pensées que j'ai eues en étant souffrante, cette phrase était une suprême honnêteté, comme une façon de vouloir qu'il n'y ait pas de restrictions de moi à vous, comme une façon de faire une coupe d'âme pour votre regard, tellement je vous accepte au plus fermé de ma vie. Rien ni personne n'est aussi près de moi que vous. Je ne puis rien dire qui dépasse cela. Ce que vous pensez me rejoint immédiatement — il n'y a de place pour rien, ne se passe rien, entre une de vos expériences d'esprit et ma tête ; je suis certaine que seul au monde, je reçois votre pensée même. Mais elle ne vient pas détruire en moi l'âme que la mort a mêlée à mes nerfs, — avec qui je n'ai point péché, — qui m'a fait tendre à être la personne que vous aimez que je suis. Bien plutôt votre pensée satisfait cette âme même.... Je n'essaierai plus d'en parler.

1. En français *Les Hauts de Hurlevent.*

2. *Ulysses*, de James Joyce, a paru en février à la librairie de Sylvia Beach, Shakespeare & Company, 12, rue de l'Odéon.

— Il ne faut pas dire d'Elémir Bourges[1] que c'est un médiocre. Car cela n'est pas vrai ; c'est un très grand vieux bonhomme de cœur et je l'admire ; et je l'aime ; vous me peinez. Je pense que vous n'aimez pas, d'instinct, qui je chéris ; et pour celui-là il y a une autre raison encore. La même que précédemment. Je vous vois constamment accepter de vrais médiocres ; et leur faire fête et compagnie ; et ne jamais juger leur rien, parce qu'ils vous brûlent de petits parfums. Souvent je cherche dans vos lettres, une critique, pour ceux dont vous pensez l'œuvre peu de chose ; elle n'y est pas. Il faut que de brusques sévérités vous viennent pour des hommes comme Bourges, dont aucun de vos petits amis n'approche. Je vous demande pardon ; peut-être je vous blesse en défendant celui-ci ; mais vous ne craignez pas souvent la même chose, ni de m'atteindre, comme en ceci. Vous qui avez si profondément senti Mallarmé, parce qu'il était un seigneur en esprit, bien plutôt qu'un grand homme, comment ne comprenez-vous pas que la fascination du cher vieux Prométhée est d'une aussi belle qualité ? — Il mange des livres, le pauvre, comme d'autres, la coco.

— Et puis, oui et amen à ce que vous dites, et qu'il faut boire le vin de sa propre vigne (vive Artus) — quand on peut. C'est ça la liberté. Mais les meilleurs vignerons sont tout emberlificotés de Zaïmphs[2] en voile d'Isis imprimé, et ça les empêche de danser leur seule vendange. Hein. Vous voyez, il a souri d'un pâle sourire, le cher Beelzébub personnel ; tout à l'heure, il donnera ses mains, et on sera tranquille et ensemble.

— Je viendrai probablement Mardi prochain. Je crève de Collinette. Ces longs jours sans parler. On ne souhaite plus rien. On ne cherche plus les lucioles du νους, puisqu'on ne les tendrait à personne.

Être deux, partager....

Je vais mieux.

1. Élémir Bourges (1852-1925), romancier symboliste, ami de Samuel Pozzi et mentor de C.P., est l'auteur du *Crépuscule des dieux* (1884) et membre de l'Académie Goncourt.

2. Voir *supra* p. 148, n. 1.

J'ai maigri ! et pâli.
Jambes encore fatiguées.

Il faut donc renoncer ballet. Regrets. Nous eussions tiré quelque chose de ce double deux. Mais ne me dites pas que vous vous adjoignez ce Poujaud ? fût-il, — et il l'est — 10 fois excellent. Et j'avais sur lui — moins excellente — l'avantage d'avoir passé 5 ans au théâtre....

Allons, allons, je suis vouée à céder mon bonheur au plateau. Vous serez amoureux d'Eurydice, mon ami ; elle aura des cuisses comme ça, et une bonne humeur inaltérable. Et je me consolerai avec Artus, qui m'aime parce que je suis fagot, ce qui a toujours un peu odeur de sacristie.

N'avez vous donc jamais vu la Démone[1] ? Anna vous y eût conduit. Morin pourra le faire : il sera dans 3 jours Hôtel Louvois — (près Nationale). Demandez-le-lui. Ce serait Beau.

Puis pas parler vous à Violente.

Pensée, ma pensée. Vous travaillez électricité, moi aussi ; j'ai toujours tout soudain mêmes goûts et curieux. Mon cher maître en tout, dont je puis tout apprendre. Je vous remercie d'être si pareil à la forme de ma petite éternité.

CK

[*Enveloppe :*]
Monsieur Paul Valéry
40 rue de Villejust
Paris

1. Augustine Bulteau.

À PAUL VALÉRY

[*Vence, mardi*] 13 Juin [*19*]22

Mon cher cœur,

Je viendrai Mercredi ou Jeudi prochain — une semaine après que vous lirez ceci. J'ai à engager un jardinier avant de partir. Il y a longtemps que j'aurais pu être à Paris, sans cet accident de sérum. Et sans doute y eussé-je été, et l'accident n'eût pas eu lieu, si j'avais eu une maison ou un parent pour m'accueillir et me recevoir, et rassurer ce faible corps où l'âme lutte en vain contre toute chose. Je suis triste absolument, mon cher cœur. Je ne vois ni raison d'être à la personne que je suis, ni aucune douceur qui serait aussi une espèce de raison. J'ai horreur de la vie que je dois mener ici, et de son inutilité, de son nulle-part. Vous savez que je suis bête, bête, bête au point de ne pouvoir me passer de l'illusion action-effort-but. C'est tous ces protestants d'Italie.... Il n'y a rien de pire ni de plus acharné qu'un protestant d'Italie. On les a mis dans cette petite maison avec moi, sur ce petit jardin, loin de ce petit train. L'Europe est comme un énorme animal d'une autre période, ailleurs ; la science et l'esprit sont au milieu du soleil ; la tendresse, des mots écrits... Il n'y a rien à faire, rien à tenter. Les protestants périssent et moisissent au fond de moi, et je regarde la flamme derrière ma figure, pâlir ——

Adieu mon cher cœur, soyez bien portant. Renvoyez votre aîné[1] avec sa classe, laissez dire la belle-sœur[2], prenez des bains et tenez-vous au frais.

Tout est mal bâti dans l'univers, puisque le Dieu ne fait rien de moi. J'ai fini par donner mes bergères. Que voulez-vous !

Vous m'aimez bien, n'est-ce pas ? Nous irons au Louvre voir des vases et des têtes, et à la Bibliothèque lire Empédo-

1. Claude Valéry, né en 1903.
2. Paule Gobillard fait partie du ménage Valéry, rue de Villejust.

cle[1], si je tiens debout quelque temps. Et j'achèterai du vin pourpre, avec de la glace dedans, et un chapeau citron, et un rubis reconstitué.

Votre Karin

[*Enveloppe :*]
Monsieur Paul Valéry
40 rue de Villejust
Paris

À PAUL VALÉRY

[*Vence,*] Mercredi 14 6 [*19*]22

Ô ma tendresse et mon pas vers l'intelligence, sur l'enveloppe de votre Dimanche, on a écrit « lettre ravissante. » C'est celle du cœur qui tombe. Depuis deux jours, Yorick joue avec une chose en bois qui est ronde, ovale, ellipsoïde, qui est molle, fibreuse, qui fait floc ! quand on la jette en l'air, qui, sous sa dent, perd des cellules roses et poussiéreuses. Vous lui avez envoyé le cœur, par dématérialisation ? C'est Richet[2] qui t'a montré ?

— Il y a deux hommes dans ma vigne. Cela me fait penser Artus. Je lui ai écrit une pyramide d'idiotie, avec un petit sourire au sommet.

Je vais retenir place train pour Jeudi ou Vendredi prochain.

Si « Les Mystères Grecs » (quel titre !) vous avaient plu, il fallait les faire, et non Orphée. Ne voyez-vous que l'un empêche l'autre ? Vous ne pouvez pas inventer le cocyte deux fois. S'il est temps, changez, changez, vous ne le regretterez point, et c'est autrement amusant à écrire. Pensez qu'on

1. Philosophe grec (490-435), auteur de *De la nature de l'univers* et de *Purifications.*
2. Charles Richet (1850-1935), physiologiste dont les recherches portent sur la sérothérapie et qui étudie des phénomènes occultes.

peut y mettre tout, et justement, le Secret de l'Univers qu'Anna demande. Et avec ça, Madame ?

Ah, quand j'ai lu qu'*enfin* vous découvriez que l'on peut voir à Paris autre chose que votre oie particulière, que vous imaginiez un peu les alentours humains que j'ai regardés, petite fille, chez mon père, et jamais revus ; que si la vie l'avait voulu, nous y aurions existé ensemble......

— J'ai relu Perrin[1] ces soirs-ci. — N'avez-vous pas cherché le livre de Fairfield Osborn, traduction Sartiaux (Masson) *L'origine et l'Évolution de la vie*[2], que je vous ai un jour demandé ? Je vous assomme — mais si Fabre[3] veut vous le prêter ? Il en a parlé dans un *Orion*[4].

Référence orphique : *Laminette orfiche*, Firenze, 1910, Comparetti. Apulée ? Le latin et le français — ou rien que l'un, si avez pas double texte. Si je vous ai fait triste en défendant Bourges, pardon. Je n'ai pas fait exprès. Je travaille au Roman[5], puisque vous ne voulez pas d'archéologie. Mais on travaille mal ici.

Pourquoi doutez-vous de moi, une lettre sur deux ? À midi, j'ai dit : « Tiens, soleil, pour Lionardo ! » Comme vous l'avez commandé. On ne voyait pas le soleil, c'est tombé dans le ciel seulement.

CK

[*Enveloppe* :]
Monsieur Paul Valéry
40 rue de Villejust
Paris

1. Jean Perrin (1870-1942), futur Prix Nobel de physique (1926), connu pour ses recherches sur l'atome.

2. Henry Fairfield Osborn, *L'origine et l'évolution de la vie*, éd. française avec préface et notes par Félix Sartiaux, (Masson, 1921).

3. Lucien Fabre, en addition à son œuvre poétique, a écrit plusieurs ouvrages de vulgarisation scientifique dont *Une nouvelle figure du monde : les théories d'Einstein* (Payot, 1922).

4. Le « Carnet des lettres, des sciences et des arts » dans *L'Action* française était signé du pseudonyme « Orion » derrière lequel se cachaient nombre d'écrivains connus dont Eugène Marsan, Lucien Dubech et, sans doute, Lucien Fabre.

5. C.P. fait allusion à *Agnès* qui ne sera pas un roman mais une nouvelle.

À PAUL VALÉRY

[*Vence, jeudi*] Le 15 Juin [*19*]22

I

« Il y a des temps, et des gens, qui ont été, qui sont, qui communiquent avec vous, »... que vous ai-je dit d'autre pendant un an, mon désespoir ! Et vous l'avez ignoré. Aucune tête dira-t-elle jamais comme la vôtre, ce que vous m'avez fait sentir ? Lionardo, pourquoi ne m'avoir pas crue. Comprenez-vous, à présent ?

À présent, je ne le dis plus. Je m'effraie de ne plus le dire. J'ai donc renoncé à quelque chose. Quelque autre chose m'est donc devenue égale. C'est vous qui avez fait cela. C'est un bien pour moi, puisque je n'ai plus de peine. Et ce n'est pas un bien pour le frémissant bonheur.

Regardez moi-même, minute que vous êtes, instant 300.000 K seconde, venez. Je ne veux pas qu'il y ait en moi rien contre vous, ou rien de.. douteux, sur quoi vous ne puissiez décider, pour quoi vous ne puissiez rien faire. Je suis sûre d'être aussi près de vous que jamais ; seulement je n'essaie pas de toucher à votre vie.

Je vous aimais tout entier ; — pléonasme ! Je ne puis aimer qu'un être entier : sa tête, où je suis, mais avec, son âme, qui veut, avec moi, Oui et Non. Et voici que je me suis cassé le cœur plus d'un an pour qu'avec moi, elle dise Oui et Non. Un an et plus, l'âme a refusé.

Je me trouve ayant changé d'amour. J'aime une Tête. Elle a deux petites ailes et fait brise agréable autour de moi. Il n'y a pas de forme à embrasser en dessous, pas d'expérience passionnée qui soit volonté. Je voulais la créer, je tendais les bras, je donnais la flamme de mon corps et sa certitude obstinée — mais la tête seule est demeurée parfaite et vole dans mon soleil. Alors, j'aime la tête, voilà tout.

Je vais vous avouer une chose laide et grave. Non seulement je n'ai plus aucune objection contre vos dames et vos partages, et vos succès, mais je préfère qu'ils soient. Et je dirai pourquoi, parce que c'est affreux. Cela me distrait. Et cela me donne une sorte de puissance par procuration. Je sais que nombre de gens n'oseront rien contre moi, parce que vous êtes de leur clan. (Jacques-Emile Blanche, Tizi[1], Brimont, etc. etc.) —. J'accepte avec indifférence, alors, ce gaspillage de vous ; j'accepte que l'homme que j'avais voulu le plus lointain, le plus défendu, — soit le plus accessible, le plus partagé, — parce que cela me rapporte une espèce d'amusement et une espèce de puissance. Je ne sais pas si vous comprenez tout ce que je vois de... désolant en ceci.

II

J'ai voulu vous le dire. Peut-être que vous ne verrez que le — le « plus facile », et que vous serez content. Alors ce sera bien, et je ne vous aurai pas menti. Mais moi, moi ! je pense aux jours où j'aurais dit : « je crève, et tout noircit, et je te hais en pleurs » — — — *C'était moi-même.* Et il me semble que nous avons perdu quelque chose.

Lionardo mio, il n'y a pas de différence entre ma réaction à moi, et à vous. C'est comme cela que je me parle.

Pourquoi n'allez-vous pas bien, mon chéri ?

Je vais arriver Samedi matin prochain — dans 6 jours. Il ne faut pas venir à la gare. Je téléphonerai ah c'est vrai, non. J'enverrai un mot. Où y a-t-il ces appartements que vous dites ? J'en veux un.

Sur l'autre page vous fais compte rendu Mansfield[2]

1. Jeanne Mühlfeld.
2. C.P. joint à sa lettre un compte-rendu d'un recueil de nouvelles de Katherine Mansfield : *The Garden Party and Other Stories* (Collins, 1922). Dans la lettre du 15 mai 1922, *supra* p. 397, C.P. fait allusion à une « préface » que Valéry lui a commandée. Il semble qu'elle n'ait jamais été écrite.

— Et j'apprendrai les maths pour le Système et pour vous penser. Mais quelle folie imprudence donner ces cahiers, qu'on va vous recopier, prêter, feuilleter... Vous comprenez bien que c'est préparé, cela ? Et mes écritures dedans ! ! !

Il est midi. Je suis dans la chambre Est, celle qui voit kiosk (couvert de feuilles) et l'olivier toute boule d'argent léger. Les murs, avec le même papier jaune, dont il restait des rouleaux. Je ne vis plus que là. On est extrêmement protégé, recueilli.

Midi. C'était hier, qu'il fallait embrasser le soleil pour Toi ? Aujourd'hui, je prononce seulement, que tu es mon alliance et ma certitude, et mon cher repos dans les apparences fatigantes... que je veux être cela pour toi, ne jamais te quitter, te former toujours l'heure qui ne déçoit pas, en laquelle il n'y a pas d'erreur, de manière, de gâchage....... Mon seul ami.

Cette première page si amère, excessive, comment ne pas l'imprimer dans mon cœur dans mon « toujours ». Dites, le savez-vous, que ce sont les choses que je fus créée pour entendre. Est-ce le vrai, est-ce à jamais vrai, tant qu'il y a de la vie à vivre, que je suis votre nécessité ? Ô vous que sans me lasser je puis comprendre et comprendre.

CK

[*Autre feuille :*]

Mansfield. Ce que vous disiez de Colette : se donne tâche très facile. N'écrit pas comme Colette. Loin ! Gentil, pas ennuyeux. Aucune raison pour ne pas faire, à cette recette-là, une nouvelle par jour. L'espèce d'humour que n'importe quel golfeur vous sert, au-dessus d'un pot de *jam*[1].

Exemple. « Impossible d'avoir de la glace.

— Excepté chez le marchand de poissons.

— Avec un poisson *entier* dedans. »

1. Confiture.

Whole est souligné. *It's intended to be funny. See*[1] ?

Philosophie : exemple : un homme, qui travaille dans une banque, fait discours sur sa destinée. « Je suis comme un insecte qui a volé dans une pièce dont il ne peut plus sortir. » Développement. Aventure : une jeune fille est à sa fenêtre la nuit. Un homme la prie de sortir faire quelques pas. « Avez-vous donc peur ? » Elle sort, naturellement. Un nuage passe sur la lune. « *All was still*[2]. » — Quel pinceau ! *Quand une difficulté se présente, elle finit.* Une ou deux figures d'enfants gentilles. Ces enfants anglais, ces petits fruits qui agacent le cœur. Mansfield n'a qu'à suivre la lignée ; rien n'est plus facile que faire histoires anglaises ; la recette, depuis le XVIIIe siècle, est établie. *Aucun style* (sens spirituel). De la facilité, du déjà vu. Ça se laisse lire. Classe ? celle d'Henry Gréville[3] en français — de Jean de la Brète[4] — en moins construit.

Son mari a dû lui servir beaucoup pour la critique et vente[5]. Pardon si un peu sévère : je n'aime pas la « facilité... ». Renverrai livre, souligné le moins mauvais. Ne parlez pas devant elle *choses assimilables.* Même remarque pour Fabre, quoique autres objets. Ce sont gens pauvres et adroits particulièrement redoutables pour vous. Il y a un bien spirituel, tu sais.

[*Enveloppe dactylographiée :*]
Monsieur PAUL VALÉRY
40 rue de Villejust
PARIS

[*C.p.*] 16-6-22

1. Entier est souligné. C'est censé être drôle. Vous voyez ?
2. Tout était tranquille.
3. Henry Gréville (nom de plume de Mme Durand-Fleury, née Alice Henry, 1842-1902), est l'auteur de nombreux romans dont plusieurs traitent de thèmes russes.
4. Jean de La Brète est le pseudonyme d'Alice Cherbonnel (1854-1945), auteur de *Mon oncle et mon curé* (Plon, 1889).
5. Katherine Mansfield a épousé le critique John Middleton Murray.

À PAUL VALÉRY

[*Vence,*] Samedi matin [*17 Juin 1922*]

Mon cher chéri,

Je partirai Jeudi (j'ai le sleeping et le billet) à 2^h 45, pour arriver Paris Vendredi matin. Vous pouvez m'écrire encore *Mardi,* et puis plus ; — oh est-ce possible que tu es si près. À l'instant, devant la table dans ma chambre, = « s'il était malade — s'il était *run over*[1] par un taxi — si je ne le — », et la terreur me serre d'un coup, et s'il y avait un train tout de suite il faudrait me « raisonner » pour ne pas monter dedans. Ô cher cher seul qui existiez, dites que vous ne mourrez jamais ! Ayez plus soin de votre corps, chère tête. Ne le promenez pas comme ça toute la journée de visite en rue. Donnez-lui un banc et un arbre ; et un long moment étendu quand il n'y a personne dans la chambre.

Votre lettre d'hier qui écrit « Je n'ai rien fait, rien fait » — et je voulais que vous soyez là, pour vous répondre : ce que vous mourez de ne pas faire, vous le ferez, parce que je t'aiderai. Écoutez bien cela, pensez bien à cela, et que l'aigle ne morde plus au côté.

Il est vrai qu'il serait bon que l'un de nous soit très, extrêmement riche. Mais aucun n'est pauvre. Vous avez peu en capital, mais une fortune en tableaux, sur laquelle compter, après tout. Et puis l'immédiat est assuré. Consommez Blumenthal-Lebey[2], et leur trente mille ; vous verrez après. Surtout ne pas souffrir en esprit. *Don't fret*[3].

1. Renversé.
2. Au printemps, Mme Georges Blumenthal (1875-1930), épouse du richissime banquier américain (1858-1941), a remis à Valéry un chèque de 15 000 francs pour l'aider à traverser la mauvaise passe qu'il connaît après la disparition d'Édouard Lebey. Par ailleurs, ces mécènes avaient créé à Paris une Fondation américaine qui couronnait nombre d'écrivains, artistes et musiciens français. Mme Blumenthal subventionnait discrètement le salon parisien de sa grande amie Jeanne Mühlfeld. Quant à Édouard Lebey, Valéry n'a touché de lui que 3 000 francs.
3. Ne t'inquiète pas.

Après, en 1923 ? Il y aura le fils en moins[1] ; — il y a l'offre Grasset, 12.000[2], qui protègent jusqu'en 1924. Et en 1924, si rien n'est là, eh bien, vous vendrez une Berthe Morisot. Cela est fou, après tout, c'est un péché, que de ne pas défendre le livre qui *doit être*, avec cette monnaie pendue à votre mur. Je ferai acheter par ma famille si voulez.

Moi ? Et moi ? J'ai de quoi être sans souci, veux-je consommer le corps de ma poule et sacrifier ses œufs futurs. Et puis le collier. Et puis ma faible et vague mère, ne peut me frustrer de tout. Et puis Claude m'a dit qu'il me ferait vivre, quand il aurait vingt ans ! Je pourrais aussi me remarier... Je pourrais aussi gagner quelque chose... Non, je ne m'en fais pas. Il y a une telle habitude de la fortune en moi, que je marche comme si elle était sûre. On vend notre terre en Argentine, cela me fera bien une vingtaine de mille cet été.

— Morin est à Paris jusque Samedi, on va vous inviter au 123[3] avec lui sûrement. Allez-y si cela vous plaît. Si on parle de moi, montrez à Madame l'image qu'elle ignore — le contraire de la brillante impitoyable que ma nourrice appelait déjà « Cœur de Rocher ». De ces rochers dont, si Moïse les touche... Au revoir, au revoir... On va être ensemble, là au royaume où nous ne sommes que nous, et Dante regarde de loin « Composé d'or[4]... » et « sur le bord doré de l'Univers[5] » où tu me tiens les mains.

CK

1. Claude Valéry devait faire son service militaire en 1923.
2. Le 23 février, Maurice Martin du Gard a dit à Valéry au cours d'un dîner : « J'ai une lettre de Grasset — trois pages de propositions pour vous, cent mille francs de rente, » (*Cahiers*, VIII, p. 534).
3. Rue de Longchamp, chez Thérèse Pozzi.
4. Ce lieu me plaît, dominé de flambeaux,
Composé d'or, de pierre et d'arbres sombres...

« Le cimetière marin », *Œuvres*, I, p. 149.

5. Je pense, sur le bord doré de l'univers,
A ce goût de périr qui prend la Pythonisse
En qui mugit l'espoir que le monde finisse.

« La Jeune Parque », *Œuvres*, I, p. 101.

Pour cahiers, faites sérier par têtes de chapitres : selon les marques, cela doit être fait, c'est très important, vous verrez comme tout va devenir clair[1]. Que la dactylo suive les disques, puisque le travail est fait. Qu'elle répète en tête de chaque paragraphe ma marque, ou son initiale, de façon à ce que nous puissions avoir tout de suite autant de Matières distinctes.

Je relis la *Danse.* Et c'est d'une telle moelle d'esprit, (sans parler de la forme divine) que tout ce que je fais me paraît *cheap*[2], et Platon un bavardeur.

[*Autre feuille :*]

Vous me faites une peur avec votre esprit répandu κατά άμαθίας[3] — j'ai toujours envie de vous enfermer, avec un couvercle dessus. Mais quelque « du monde » passant, Il sortirait ! et verserait pour rien, l'Essence... qui est pour Dieu.

Fuir Bergson. Il est très intelligent, et complètement à sec. Voici 10 ans qu'il cherche un « théorie de l'art » qui serait la métaphysique de sa psychologie. Il lui suffira de 20 phrases, pour vous voler un ½ système — ou, pire, le violer. Ai trouvé un jardinier italien qui rit toujours.

[*Enveloppe :*]
Monsieur Paul Valéry
40 rue de Villejust
Paris

1. C.P. a conçu un système de classement pour les cahiers de Valéry dans lequel chaque rubrique est signalée par un petit sigle d'une forme ou d'une couleur distinctive.
2. Du toc.
3. Sur l'ignorance.

À PAUL VALÉRY

[*Vence, mardi*] 20.6. [*19*]22

Cher du cerveau,

Tout Reinach je vous l'aurais aussi bien dit et plus clairement. Il n'y a rien dans son orphéo-renard[1]. Il est tourneboulé depuis 20 ans par le totem Frazer[2] ; cela n'est qu'une fantaisie, et si on y prend plus qu'un rapprochement ingénieux, on tombe dans des explications comme celles de la flagellation, = non système, non ascèse, mais faite pour que pénètre dans le flagellé l'esprit du jonc flagellant... qu'il dit (mythes, cultes etc. mélange) et le totem de chasteté, que ma plume est refusant décrire.

Alors, vous assurer moi aussi avoir soif gloire monde ? Très drôle monsieur. Par quelle erreur agir moi le contraire alors ? Je vais vous dire une bonne chose que vous n'entendrez pas. L'horrible tristesse où m'avez trouvée en Avril, n'était pas autre que le désespoir d'être inutile. Soif servir. Qu'en dirait l'homme, qui dit « *Non Serviam* » ! (et qui justement sert... parce qu'Iahveh est juste.) C'est cela, Gloire, pour moi. C'est d'accomplir quelque chose qui rende aux autres le monde plus beau ; ou bien plus léger. Qu'à cette chose, ou non, soit lié mon nom... je... enfin, cela m'est égal.

Que j'aime votre tête, vous n'aimez pas ? Comment ne la choisirais-je pas ? Je me la serais faite. Et le jour où, vous, vous serez fait une âme difficile, rigoureuse, qui lui ressemble, comme elle est.... Ah, ce jour-là, pauvre petite Karin !

Je serai là Vendredi, ne sais où. Recevrez bleu.

Vale caro mio[3]

CK

1. Salomon Reinach (1858-1932), archéologue éminent, est l'auteur d'*Orpheus, histoire générale des religions* (Picard, 1907).

2. L'ethnologue sir James George Frazer (1854-1941), auteur de *Totémisme et exogamie* (1910), est surtout connu pour sa vaste étude sur l'origine des religions, *Le Rameau d'or* (1890-1915).

3. Au revoir, mon cher.

[*Enveloppe :*]
Monsieur Paul Valéry
40 rue de Villejust
Paris

À PAUL VALÉRY

[*Télégramme :*]

[*Toulon, jeudi c.p. 22 juin 1922*]

TOULON SM GARE 912 12 22 17H 55
PROBABLEMENT IÉNA PRIÈRE PAS ATTENDRE AMITIÉS

[*Adresse :*]
PAUL VALÉRY
40 RUE VILLEJUST
PARIS

À PAUL VALÉRY

[*Carte-lettre, en-tête :*]
Hôtel d'Iéna
Paris 16e

[*Paris, juin 1922*] Midi ½

Cher Esprit de moi

avant venir, téléphonez demandez concierge si je suis là je lui dirai — car pas sûre ce que ferai cela dépend du 123[1]. Si je ne vous vois pas, venez après dîner ou téléphonez vers 6h.

Tendrement à vous.

[*Sans signature*]

1. C'est-à-dire, cela dépend des projets de Thérèse Pozzi.

À PAUL VALÉRY

[*Carte-lettre :*]
Hôtel d'Iéna
Paris (16e)

[*Paris, dimanche c.p. 25 juin 1922*]

À peine vous sortiez, Jean entrait sans frapper — sans demander au concierge — si je vous avais écouté —

Ne croyez pas ce que vous croyez.

[*Sans signature*]

[*Adresse :*]
Monsieur Paul Valéry
40 rue de Villejust
Paris

À PAUL VALÉRY

[*Carte-lettre :*]
Hôtel d'Iéna
Paris (16e)

[*Paris,*] Lundi matin [*c.p. 26 juin 1922*] 11h

Je ne sortirai pas, très lasse. Ai eu froid à dîner chez 123. Ai mal dormi, voisins impossibles. La vie tient à peu, quelle honte d'en dépendre.

Voulez-vous venir 4h ¼ Paméla[1] c'est la seule chose que je puisse faire sans imprudence — comme il n'y a pas à sortir.

Vale et

CK

[*Adresse :*]
Monsieur Paul Valéry

1. Glacier situé 4, place d'Iéna.

40 rue de Villejust
Pneumatique

À PAUL VALÉRY

[*Paris, lundi*] 26.6. [*19*]22

Mon cher autre vie, quand je ne vais pas bien, j'ai peur de partir et qu'il reste, après, dans mes écritures, des moments de ceux qui furent mauvais. Si vous les trouvez, ô que ceci les efface, les annule ; car c'est ceci qui est vrai.

Vous m'avez fait une démence de contradictions, de refus, et je me suis conduite là-dedans avec la façon que j'avais à cheval, de sortir d'un passage difficile au risque de casser la bête et moi. Il faut comprendre. Certaines manières de vous m'étaient affreuses, c'est pour cela. J'avais éloignement et pitié. Avoir pitié de celui qu'on admire, cela fait infiniment mal. C'est que je vous demandais *aussi* d'être mon seigneur et mon dieu. Maintenant, je veux vous aimer tel que vous êtes, et je le puis, mon chéri, parce que je regarde jusqu'au fond de vous ; et que cela que je vois est si beau et si rare et si digne de joie, que je consens bien à ce que ne le défende point une viridité[1] de diamant. Après que je vous ai tant reproché de n'avoir pas la forme qui s'oppose, et protège et résiste, est-ce que je peux ce soir vous remercier d'avoir cet espace de ciel, où il fait jour clair, où je puis contempler sans fin la tendresse de l'esprit pour l'esprit, où je puis vivre, ce qui est vivre, tout entière consentante, éveillée, reposée, consolée. Cher pays, mon pays.

[*Autre feuille :*]

1. Latinisme : résistance.

26 Juin [*19*]22

Mon

Je ne mets rien, pas de mot, cela ou cela. Vous comprenez, cher cher cœur de l'esprit. Vous venez de partir, je remonte, je suis si bien vivant avec vous, vous êtes si tendrement intime à moi.

Je viens, voilà tout. Je vous accompagne encore un peu. Que vous étiez ce que j'aime et comprends et rejoins, tout à l'heure, et comme vous me faisiez être calme, parce que j'étais deux.

Pardonnez si je vous ai fait jamais de la peine.

CK

Je voudrais vivre, pour rester avec vous.

[*Enveloppe :*]
Hôtel d'Iéna
Paris (16ᵉ)

[*Adresse :*]
Monsieur Paul Valéry
40 rue de Villejust
Paris

À PAUL VALÉRY

[*Paris, juin 1922*]

Cher proche univers,

Je ne vous verrai pas aujourd'hui ; voici quelque peu de CK par poste ; vous n'étiez pas trop content dans le téléphone ; il y avait une essayeuse à côté de moi ; vos pensées lisibles étaient écrites dans le ciel, et que je diminue les doses de présence jusqu'atteindre Rien..

Je voudrais pourtant vous voir tous les jours. Je voudrais aussi n'être jamais fatiguée — entre, un pneumatique de Violente, je le pose, là, — et ne pas craindre des malheurs, et ne jamais prendre froid. Je voudrais que nous ayions tous les deux une tâche évidente, pleine de sel, ou être heureux chacun l'un de l'autre et de nous-mêmes ; je voudrais une bonne santé plus un cœur pur. Chez Adam, l'un *était* l'autre. Hein ?

J'ouvre le pneu — il est plus incohérent que celui-ci, mais j'en retire que Violente Bourboule. Peut-être que j'y passerai. Chaumeix aussi. Mais j'aime mieux Paris, tant que je pourrai. Que Paris est joli, avec ses voitures qui luisent, et toutes ces femmes minces, et les magasins ordonnés, et les sergents qui lèvent un bâton blanc devant Herbert[1] et mon chapeau. Ô que je voudrais être comme tout le monde, et ne pas être punie dans ce coin devant ce rocher au bout de ce train, où je fais du grec pour croire que j'en suis à la vie de l'ancêtre qui était heureuse.

J'avais commencé d'écrire pour vous donner la main. Et je n'ai fait que ce petit morceau. Tenez prenez-la quand même et ne croyez pas que je préfère exister sans vous.

[*Sans signature*]

[*Enveloppe*[2] :]

1. Sans doute le chauffeur de Thérèse Pozzi.
2. Au dos, de la main de P.V. :

« Chef d'œuvre d'absence.
Naoum pacha [Gouverneur militaire du Liban 1892-1902]
"L'excuse est pire que l'offense"
final !
C.Q.N.F.P D.
Quelle est mon opinion vraie, rigoureuse, sur K et sur les vrais sentiments de K. — à mon endroit. Pas osé m'y arrêter. J'ai eu peur de trouver que je vous avais inventée et que votre principale qualité était d'être admirablement faite pour prêter à une telle invention. »

De la main de C.P. :

« La raison de ceci ? *L'aspect de Lionardo.* Il n'était pas *possible* en ce Juin 1922 de l'accepter pour amant. Or, si K refuse, c'est — selon lui — qu'elle cesse d'exister. D'où [une flèche relie ce mot au texte précédant de Valéry]. Et puis, et puis... après cet hiver théâtral, l'immense fatigue de K... Retrouver un Corse, l'écume aux lèvres. » [Recto :] « Et pourtant K tenait infiniment à vous-même en ce Juin-là. Seulement elle avait ce besoin de vivre et d'être sereine enfin. »

Monsieur Paul Valéry
40 rue de Villejust
Pneumatique

À PAUL VALÉRY

[*En-tête :*]
Hotel d'Iéna
Paris 16e

[*Jeudi*] 13.6 [7 *19*]22[1]

Je ne pouvais répondre sans disgrâce à ce mot de Mardi.

Je croyais que vous [alliez] téléphoner hier comme d'habitude. J'avais réservé le jour pour aller au Muséum, repoussant Brimont à la semaine d'après. Je fus à Montmartre. L'aspect de Paris m'a donné une émotion presque terrible. De cette immensité d'existence jusqu'à moi, j'ai perçu ce que l'enfant Bergson appellerait « flux », justement une fois et plus justement qu'il ne le fait, sa « durée. »

Charge de vie à succomber ; effroyable induction qui m'a de la tête aux pieds traversée. Cette infinie moisissure de maisons, c'était de la sensibilité actuelle. Je n'aurais pas pu demeurer là longtemps sans folie. Car ce champignonnage affreusement animé m'apparaissait souffrant, traversé de sensation comme j'étais traversée de son existence, — loi de Lenz[2] ! — Enfin, jamais je n'oublierai cela. Je crois, vous savez — du moins pour moi — qu'il y a des jours expériences, qui font signal-post le long de votre vie. Ce Montmartre au-dessus de Paris électrique, commandera certainement beaucoup de pensées de mon avenir. Je me suis enfuie dans la Basilique ombreuse. Des cierges brûlaient. J'en ai acheté un. Brûle pour que j'échappe, que je ne sois plus partie des récifs de coraux qui *sentent.* D'une main assurée, psychoscope a

1. Datée au crayon par C.P. sur l'enveloppe : « 13 juillet 22 ».
2. Loi formulée par le physicien russe Heinrich Friedrich Emil Lenz (1804-1865) selon laquelle les courants électriques induits s'opposent à l'action qui les a créés.

poussé le bâton blanc sur son petit piquet ; tellement assurée, tellement décidée, que la cire s'est cassée en deux. Une vieille bonne femme, avec paroles restrictives, a tâché d'étayer entre les supports le flambeau chancelant de la liberté.

Vous n'êtes pas malade ? Ce n'est pas à celle-ci, qu'il faut enseigner le mot FIDÈLE. Le ciel, le sâit.

J'aimerai jusqu'à ma mort en vous, ce que j'aimais *et que vous êtes.* Ce que vous avez refusé d'être, je ne l'aimais sans doute qu'en moi ; n'en parlons jamais ; j'en ai trop écrit. Aimez-moi encore, si je suis ce que vous avez vu. Si je ne le suis, — et que ce soit beau, — je tâcherai de l'être. Parce que, *être,* je ne crois pas comme vous croyez, que ce soit un tant donné, qu'on a ½ livre, ou ¼ et rien à faire. Je crois qu'Être vaut ce qu'on veut, et s'augmente. C'est parce que je crois cela, que je vous appelais, hors la nuit. Venez me voir.

Je relis ça. C'est bien pasteur. Ce qu'il grouille dans mes sangs, celui-là. Il leur en fait dire, aux globules ! — Vous savez, je me manque sans vous, mon demi-cerveau. C'est tout plein de choses à partager. Comment pouvez-vous croire que je puis vous quitter ? ? ?

[*Sans signature*]

[*Enveloppe :*]
Monsieur Paul Valéry
40 rue de Villejust
Paris
Pneumatique

À CATHERINE POZZI

[*Paris vers la mi-juillet 1922*]

Ce soir je suis abattu, *achevé*, et je vous le dis, en vérité, découragé de vous aimer. Mon amour jette ses extrêmes flammes désespérées qui n'éclairent plus que ma vie assommée, et qui ne peuvent plus lutter contre la cendre, qui est tristesse morne. J'ai peur de n'avoir adoré qu'un fantôme. J'aimai celle qui fut.

À quoi bon vous voir si mal ? vous voir pour être si froidement accueilli quand je vous embrasse. Vous tournez la tête, vous subissez avec ennui. Vous me parlez de mon âge.

Vous ne savez donc plus faire de miracles, idole ? Peu à peu vous vous dépouillez de tout cet enchantement qui m'a rendu fou. Celle qui est s'emploie à dissiper celle qui fut.

Votre gentillesse est plus atroce que vos duretés[1].

À CATHERINE POZZI

[*Paris, vendredi*] Ce 14 juillet [*1922*] soir

... Je ne savais pas que c'était hier ta fête[2], mon chéri. Pardonne-moi de ne pas l'avoir su. J'aurais essayé de te faire quelques petits vers. Je ne puis rien te donner de bien joli, et même je ne sais si j'eusse fait les vers que j'aurais voulu. Je suis si loin de moi ! — Presque aussi loin de ce moi qu'il me semble que tu l'es, toi-même. Je repasse ces deux heures que tu m'as données aujourd'hui et qui m'ont été douces. Pardonne-moi encore ceci que je te dis : je te sens douce et

1. Le 17 juillet, Valéry écrit à André Lebey : « J'ai eu d'autres ennuis avec ce bouquin [*Charmes*], mais tout pâlit à côté des *grands ravages.* On est là, aimable. L'amabilité est pire que tout. *Je sens une lassitude infinie.* Je sens une imminente solitude intime. Autrefois elle était peuplée de mes idées. Maintenant je me fous de mes idées. Et elles me le rendent. » Paul Valéry-André Lebey, *op. cit.*, p. 412.

2. C.P. est née le 13 juillet 1882.

froide avec moi. Ne réponds pas. Je te mets la main sur la bouche.

Douce et froide, tu sais, l'eau du bain qui était brûlante, tout à coup elle tiédit et semble froide à la chair toute entière. — Tu as parlé de mon *âge.* — Quelle corde tu as touché avec un couteau. C'est lui dont tu m'avais donné l'oubli. C'est lui que tu avais vaincu. C'est lui qui fait, quand je regarde mon heure, et ce cœur qui ne la veut pas, que j'ai envie de pleurer et de crever tout de suite, puisque tu me montres le fil, que tu le laisses filer, ma Parque que tu te fais.

Quel sort étrange !. J'ai connu en quelques mois l'amour et la gloire. Et voici le plus malheureux des hommes. Je sais bien que c'est ma « sensibilité » extrême, singulière, effrayante qui me fait cette vie insupportable. Toi, du moins, malgré ta terrible santé, tu es comme il faut être. Tu ne passes pas ton temps dans ces enfers — et je comprends que tu ne comprennes pas. Oh ! être comme tout le monde ! Ne pas souffrir, ne pas souffrir. Je veux dire — ne pas souffrir *activement,* ne pas être contraint de mettre toute sa force et tout son esprit, à souffrir. Quand leur fonction serait de vous défendre. Tu te défends si bien, toi. Et moi je ne sais pas.

À PAUL VALÉRY

[*Paris,*] Samedi matin [*15 juillet ? 1922*]

Sauf contr'ordre vous prendrai aujourd'hui à 2$^{h.}$ 30 pour aller Muséum.

CK

assurez-vous c'est ouvert

À PAUL VALÉRY

[*Carte Pneumatique*]

[*Paris, jeudi, c.p. 20 juillet 1922*]

Bureau poste

Vous comprenez *dearest*[1] ce n'est pas possible, cet homme qui est sous ma fenêtre.. car il y a des gens en face, et le concierge stupide — et j'ai une horreur nerveuse qu'on me remarque ou parle de mes événements[2].

Demain Vendredi : je pose chez mon cousin Domergue[3] de 2 à 3 ½. J'ai un dentiste à 4 ½. Si je ne suis pas claquée tenterai Primoli[4]. Téléphonez-moi rue de Longchamp à 5h 40 si pouvez. J'ai pensé tout le jour que vous étiez malheureux parce que ai pas dit Bonjour. Je voudrais vous voir sans que qui qu'en dise [*sic*]. *Yours ever*[5].

C

[*Adresse :*]
Monsieur Paul Valéry
40 rue de Villejust

1. Très cher.

2. Le 20 juillet, Valéry écrit à André Lebey : « Ce qui est terrible c'est quand l'être inconscient, la partie de nous sur laquelle nous pouvons si peu, est en rébellion. Ici elle est esclave de souvenirs. Même quand je suis assez calme, je sens au fond de moi murmurer les enfers. C'est l'impression de l'ennui absolu. Tout m'ennuie, m'excède, et mes intérêts les plus certains me laissent vague et froid. J'ai fait cette chose terrible (pour un être comme moi) d'avoir lié mon travail le plus personnel à un autrui. J'ai associé ceci et cela, de sorte que... Il n'y a pas de maison galante qui puisse quelque chose contre un attachement si approfondi. » Paul Valéry-André Lebey, *op. cit.*, pp. 413-414.

3. Jean-Gabriel Domergue (1899-1962), portraitiste, futur conservateur du musée Jacquemart-André.

4. Comte Joseph Primoli di Foglia (1851-1927), arrière-petit-fils de Lucien Bonaparte, qui tenait une place éminente dans la haute société à Paris et à Rome.

5. Vôtre pour toujours.

À PAUL VALÉRY

[*Paris,*] Vendredi [*21 juillet 1922*] — 4h ½

Je rentre si fatiguée que je vous demande de venir ; j'irai chez vous demain. Venez quand vous voudrez. Plutôt vers 6, si voulez seule.

On a photographié beaucoup de serpents[1] mais il fallait « poser ». Ces gens sont décourageants ; à la fin j'avais l'air aussi bête que je suis.

Vale et

[*Sans signature*]

[*Enveloppe :*]
Monsieur Paul Valéry
40 rue de Villejust
à porter

[*Au dos :*]

μωριν γουτε ιχι σερα λα ι ευρε σι δεσιρες καυσερ[2]

À CATHERINE POZZI

[*Paris*] Vendredi [*21 juillet 1922*[3]]

Depuis que je vous ai quittée... Oui, depuis que je vous ai quittée, j'ai passé le temps à La Graulet. J'ai essayé de finir ces vers. Tout fondait en eau. Je voyais je revivais ces moments maudits — je ne m'en arrache pas. Dire que vous allez là-bas[4], que vous pouvez y vivre, que vous rirez et penserez à

1. C.P. s'appelle parfois « serpent ».
2. C.P. écrit en français avec des caractères grecs : « Morin goûte ici sera là 1 heure si désires causer. »
3. Lettre datée « Juillet » par C.P.
4. À La Graulet.

tout, et non pas à cela seul — et dire que je suis maintenant où j'en suis avec vous.

Deux ans. Cet amour balbutiait à peine. Ceci d'effrayant aussi. Votre cœur n'a pas tenu contre les choses que je vous ai pu faire. Le mien, voyez où il est, après deux ou trois coups épouvantables qu'il a reçus de vous[1]. Mais ne vous fâchez pas. Je vous comprends. C'est *moi que je ne comprends pas.* Il y avait donc en moi cette espèce d'affreuse richesse[2] inépuisable. Tout le trésor tombe dans mon sang et m'empoisonne.

— Je ne puis pas venir à bout de ces vers. Si vous saviez ce que je vois au moindre mot qu'ils demandent. Je me tords intérieurement comme dans le feu. Au lieu de vous regarder, car vous me faisiez peur, et non à tort, — je regardais le feu à côté de vous accroupie, qui me fixiez noirement. Ce feu était triste, triste. Le soleil aussi. Tout cela célébrait ma destruction inutile.

Vous vous êtes trompée d'âme. Je n'avais qu'un cœur. On n'aime pas un livre, dites-vous. Comme c'est dur à entendre. Je ne suis pas un livre. C'était mon cœur qui se défendait avec des pensées. Maintenant il n'y a plus rien. Vous êtes entrée « ah, pardon ! je me suis trompée d'âme. Il y a erreur. Je vous chéris. Vous êtes ignoble. Je serai toujours avec vous. » Mes oreilles sonnent, sonnent. C'est un fleuve infini.

Je ne sais pourquoi je vous écris tout ceci ; qui ne va qu'à vous irriter. Que ne vous ai-je pas écrit ! — J'ai dû me répéter si souvent que d'un coup d'œil ma lettre est vue et classée aussitôt. Je vous écris parce que je ne puis pas me faire à — parce que peut-être je ne vous écrirai plus autant maintenant, ni de si près. Cet été va changer bien des choses entre nous. Je sens bien qu'il le faut. Il ne faut plus l'apparence et les inconvénients de l'apparence quand la réalité n'est plus. Le désespoir le plus correct est de rigueur pour moi. Je prévois une période bien obscure, et un difficile hiver. Il ne sera pas mondain, celui-ci ! Je ne demande que la grâce de tra-

1. C.P. souligne « qu'il a reçu de vous » et ajoute un point d'exclamation.
2. C.P. souligne « richesse ».

vailler, travailler. Revenir à l'humble état d'heureuse froideur. Faire sans croire. Oublier le chemin de la source des larmes.

Je passais deux heures, trois heures à vous écrire. Le reste à vous invoquer. Mes pas cherchaient les lieux où vous aviez passé. Que de temps et d'actes perdus ! — On a beau marcher, on a beau penser, écrire, inventer — cela ne vous fait pas une *âme*, n'est-ce pas ?

C'est curieux, j'ai toujours méprisé et évité ce mot, qui n'est entré dans mes écrits que par la *Jeune Parque* et à défaut d'autre. Je *suis assassiné par un mot qui n'a point de sens*[1]. Vengeance des dieux obscurs.

À PAUL VALÉRY

[*Paris, vers dimanche 23*] Juillet [*19*]22

Il m'est difficile de supporter la pensée que vous êtes malheureux.

Je pense que vous viendrez me dire au revoir. Je pars Samedi. Vous n'êtes pas le plus capable d'aimer ni le plus riche, de cette « richesse inépuisable » du cœur ; mais vous souffrez. Vous n'êtes pas des deux le plus fidèle, mais vous souffrez. Vous n'avez pas reçu de peines données par moi, mais seulement le contre-coup de celles que vous m'avez infligées. Quand un homme en blesse un autre, et que celui-ci fuit, est ce que le premier a le droit de dire qu'ils se sont fait mêmes maux ? On pourrait trouver grotesque une telle assurance. Elle m'a fait fuir un peu plus vite, voilà tout.

Mais vous êtes malheureux, et je vous tends les mains. Vous l'êtes aussi parce que vous êtes méchant et injuste, et que sans doute vous haïssez en vous même les explications que vous vous faites à propos de moi.

Je vous recevrai si vous souhaitez de venir. Vous voudrez bien ne pas me parler de la différence de nos sentiments ni

1. C'est C.P. qui souligne.

de votre richesse supérieure. J'avais de quoi vous aimer pendant cette éternité. — Non plus des espèces de consolations que vous envoie Pylade[1], et dont je ne sais pas si elles me font mépriser davantage l'image qu'il a de vous, ou celle qu'il a de moi. Je ne sais comment il survit ici pour vous la plus triste, mais la plus profonde tendresse.

Vous la retrouverez demain ou plus tard, selon qu'il vous plaira.

[*Sans signature*]

À PAUL VALÉRY

[*Paris,*] Mercredi [*26 juillet 1922*] 5 heures

Mon cher petit, je serai rentrée à 7h moins le quart et Gilbert Morin[2] vient dîner à 8 moins le quart. Si vous préférez me voir avant, c'est comme vous voudrez.

Et je suis toujours là pour consoler vos peines et il faut toujours me les dire. Quand je fais front dur, c'est que je prends d'instinct l'acte que je voudrais pour vous, l'air que je voudrais pour vous — comme un entraîneur forme, sur la pelouse, d'un pied emporté, le galop du cheval qui ne marche pas.

Déchire-moi quand je suis trop bête.

CK

[*Au crayon :*]

Jeudi — J'écrivais ceci et il n'y a pas eu moyen de le poser chez vous. Que vous est-il arrivé ? — J'aurais eu tel plaisir à vous avoir dîner, il faut excuser ces domestiques impossibles qui trouvaient déjà intolérable que j'aie *un* convive. Nous vous avons attendu en parlant religion et politique catholique.

1. André Lebey, que Valéry prenait comme confident, lui a envoyé, en guise de consolation, des adresses de bordels. Le 7 septembre, Valéry lui écrira : « Je pense à tes conseils et aux diversions dont tu m'as souvent prêché l'emploi. [...] L'aventure que tu sais doit finir. C'est une question de salut. » Paul Valéry-André Lebey, *op. cit.*, p. 417.

2. C.P. se plaît à nommer Gaston Morin « Gilbert ».

[*Dans la marge :*]

Téléphonez-moi ou passez ce matin.

[*Enveloppe :*]
Monsieur Paul Valéry
40 rue de Villejust
Pneumatique

[*C.p.*] 27-7-22

À PAUL VALÉRY

[*Paris,*] Samedi [*29 juillet 1922*]

Qu'y a-t-il, mon cher vous, je n'ai rien reçu — vous n'allez pas chez Mühlfeld, je vais chez Brimont —

Mais je ne suis pas tranquille. Que vous n'ayiez pas tâché d'être libre, signifie que vous êtes de nouveau tourmenté.

Je crois deviner ce qui vous a fait peine. C'est que j'accepte, ce que vous me reprochiez il y a 2 ans d'avoir si violemment détesté. Vous voudriez que je le déteste encore ? C'était alors qu'il fallait permettre, puisque vous ne m'aimiez pas encore ? Je vous en prie Lionardo mio, soyez doux avec moi. Je ne veux que ne pas vous voir triste. Ne travaillez pas si amèrement sur mes paroles. Je ne veux que demeurer avec vous, et ne jamais cesser de nous appuyer l'un sur l'autre.

CK

Je rouvre ceci avant que de partir. Voyez-vous, croyez-le, j'ai un souci bien grand d'être vraie, de ne pas, — si facilement, — vous jouer de mots ; quand j'écris : j'ai besoin de vous ; cela signifie peut-être toutes les exclamations dont vous contenterait une autre femme.

Juillet 1922[1]

Ode à la Sage

Aux sacrifices de la chair
Si tu préfères ton absence,
Tu n'es plus qu'un esprit très cher
Qui se réduit à son essence..
Mais touche-moi, regarde-moi !
Je suis calme à l'égal de toi,
Mon âme est enfin reposée !
Je ne vois plus à mon réveil
Mon visage en pleurs, et pareil
Au tombeau baigné de rosée.

Comme la Muse au soir du jour
Se sent de la lyre lassée,
Tu rends aux dieux la grande amour
Qu'en tes mains ils avaient placée.
J'ai compris tes yeux absolus ;
Je ne peux plus, je ne veux plus
[N'y voir]   [tendresses]
Y voir les ombres des caresses,
Mes bras sont tombés de ton col,
Et j'abandonne au vent le vol
De tes tuniques charmeresses !

1. Manuscrit dactylographié daté par C.P. au crayon dans la marge : 1922.

30/7/22[1]

Ô mon mal, vous êtes guéri[2] !
Ô mon cœur, vous êtes paisible,
Ô mon feu, de roses nourri,
Comme ta cendre est insensible !
Quel repos dort dans sa tiédeur !
[la]
Jamais plus, de ta douce odeur
Le violent et vain délice
Ne viendra troubler mes esprits
Et peindre à mes songes surpris
Un suave et secret calice !

Soient donc, ma sœur, soient oubliés
Ces vifs éclats qui furent nôtres !
[Var. Ces amants plus vrais que les autres]
Nos désirs se sont déliés,
Nos yeux seront comme les autres.
[Mes yeux seront comme les vôtres.]
Nous pardonnerons aux baisers,
Au bonheur, aux soupirs puisés
Dans l'appel, l'approche, et l'extrême
De cette offrande qui reçoit
Ce qu'elle abandonne de soi
Dans le sein de l'Autre et du Même !

1. De la main de Valéry.

2. Note de C.P. dans la marge : « Ode écrite en 1921 au printemps quand après avoir manqué mourir par lui, je ne voulais plus garder de l'amour que la tendresse. »

Comme la masse des humains
[l'amour]
À qui la force est mesurée,
Nous aurons orné nos chemins
[fleur] [brève]
D'une amour de peu de durée.
Follement, nous avions rêvé,
Ô Vous, ô moi, d'avoir trouvé
Un désir qui toujours s'accroisse,
Et qui tire même des maux,
Une croissance de rameaux
Jamais égale à notre angoisse...

[*Les 10 vers suivants sont barrés :*]

Adieu, suprême enchantement !
Je l'avais prédit, Eurydice,
Qu'il fallait que le dieu maudisse
Un si parfait contentement..
Où se trouve donc, dans le monde,
La personne la plus profonde,
Puisque mon cœur enfin s'est tu ?
Le ciel n'entend plus que les palmes
Se plaindre, et redire aux jours calmes :
Eurydice, Eurydice, es-tu ?

[dorés]
[Mais,] Tendres jours, moments éclatants,
Il fallait donc que l'ombre vienne !
[où sont les]
Où le soleil ? Où gît le temps
[disaient]
Qui me disait : je serai tienne
Toujours, toujours, tienne, toujours.,
Vous portiez le don des amours
Dans l'étreinte et dans la pensée !
— Mais dans vos pays écartés,
Moins de flamme et moins de clartés
Vous ont de moi récompensée.

CATHERINE POZZI À AUGUSTINE BULTEAU[1]

Juillet 1922[2]

Fœmina chérie,

Je vous ai répondu, la page à côté ; mais il faut que vous me receviez plus près de votre cœur — que vous me défendiez — m'entendiez et me donniez absolution. C'est imprudent et fou d'écrire ce que je vais écrire, mais je crève. Lisez la petite page enclose ici. Elle vous toucherait, si vous ne saviez la vérité. Jugez-nous. Voici notre histoire. J'ai tout fait pour lui, et rien depuis 2 ans ne comptait, que son bien. Il m'aimait depuis deux mois, quand il m'a demandé de revenir à mon mari. Cela arrangeait les choses ; (il tenait sans savoir, un rôle que dans le *Rubicon*[3] le public trouve ignoble et qui est celui du mufle, n'est-ce pas, le monsieur qui sauvegarde ses risques.) — J'ai obéi. J'ai tenté de revenir à l'enfer pour lui plaire. L'enfer m'a fermé porte au nez, mais cela n'a pas dépendu de moi, et j'acceptais cela, pour lui. Peu de temps après, vous savez ce qui est advenu de ma santé... J'ai été brave. Pendant ce temps, il dînait en ville. J'ai fui comme un fou de lieu en lieu, souhaitant être morte —. Il parlait, au salon quotidien.

J'ai été sauvée on ne sait comme. Mais le trou du poumon gauche s'est agrandi. Quand cela saignait encore, que je ne devais bouger, il fallait subir le drame de reproches dits, écrits avec génie, parce que je me refusais. Pourtant, depuis que je suivais cette route si cruelle par sa faute, il n'avait pas tenté de l'adoucir pour moi. Une amitié, une liaison bizarre, sans laquelle il était difficile d'apercevoir quelque sentiment acceptable, tenait la première place de sa vie, et elle avait toujours passé avant moi. Mes prières, mes peines n'y fai-

1. Sur l'enveloppe, de la main de C.P. : « *Not sent* [jamais envoyée]. Elle ne l'a jamais lue. » Augustine Bulteau est morte le 22 septembre 1922.

2. Lettre datée de la main de C.P. au crayon rouge.

3. Dans *Le rubicon* (1910), première réussite théâtrale d'Édouard Bourdet inspirée par ses déboires conjugaux, un jeune homme, sachant qu'une jeune femme est restée vierge après son mariage, exige qu'elle couche avec son mari avant de devenir sa maîtresse.

saient rien. J'avais pour rien offert mon sang en échange. Payer cela, de son sang !... Cela valait sans doute encore plus cher. Je menaçai de partir. Je le tentai. Je reçus une promesse écrite, un engagement qui ne fut pas tenu huit jours. Et ceci, parmi quelles larmes, reproches, menaces, retours sur soi et moi. Vous ne le saurez jamais.

Cependant il m'avait fait une offense la pire, que je n'ose écrire, qui avait failli me libérer. Mais je retombais toujours au pouvoir des mots admirables. Ce fut le dernier printemps. Je m'en allai en Auvergne[1]. Je n'y reçus que des lettres cruelles au milieu de douceur et d'adorations m'accusant de gâcher le bonheur. Pour ne pas le gâcher, il fallait accepter une humiliation domestique trop humiliante pour décrire, et la rivalité triomphante de la personne que je trouvais la plus ridicule au monde et la plus fausse. Ne faites pas attention si je dis ceci maladroitement. J'écris en ne me regardant pas et seulement pour que vous sachiez, car c'est être trop seule, trop seule, et je ne saurai bientôt plus ce que je pense et ce que je dois.

J'avais mis comme condition à sa venue en Périgord, qu'il mît ordre à son intérieur — et replaçât au rang de relation hebdomadaire, l'endroit où je le savais, avec honte, être tous les jours mi dieu mi valet. Tout l'été ce débat, par correspondance. Il ne céda pas. Il ne vint pas.

Je fus malheureuse. Il fallait mesurer, en ce jardin là-bas de notre première rencontre, ce que j'avais espéré, ce que j'avais obtenu, et de quoi je l'avais payé. Car un an avant, j'étais encore jeune et de nouveau forte ; et maintenant rien ne pourrait jamais guérir. C'était en Septembre dernier ; de nouveau la congestion à gauche.

Dans un sentiment d'abandon, c'est moi qui cédai, qui lui écrivît de venir quand même et sans conditions hélas. Il ne le fit pas. Alors, je pris le train, à peine sortie de mon lit ; risquer Paris n'était pas bien sage. Mais ce n'était que risquer une fois de plus.

Je trouvai un homme pelotonné sur soi, ne parlant que de ses nerfs et de ses fatigues et déceptions. Je restai une semaine. Il refusa de raccompagner à la gare et prendre mon

1. C.P. a fait une cure à La Bourboule à la mi-juin 1921.

billet et donner le réconfort de l'adieu, parce que c'était l'heure de son dîner et qu'il avait peur qu'on l'interroge à table. Dans le sleeping je demeurai toute la nuit les yeux ouverts devant une espèce de désespoir du dégoût. Je ne lui écrivis plus. Il m'assassinait de lettres et d'explications sur sa nature. Je finis par répondre. Il s'établit une sorte de nouvelle intimité. L'imbécile espoir repoussa des feuilles, et je demandai de nouveau qu'il ordonnât une existence digne et décente, où je puisse habiter.

Je vous demande pardon, votre tête tourne peut-être. Cela va être fini. Il évitait les réponses directes à cela. Je sus que sa vie était pareille. Alors, passa dans la mienne un homme assez jeune, assez bon, assez gentil, assez agréable, qui s'éprit très fort. Bêtement j'imaginais un refuge. Je crus pouvoir l'épouser peut-être, il se disait libre. Quand je sus qu'il ne l'était pas tout à fait, j'avais déjà signalé à « mon malheur » que je renonçais à lui comme un autre semblait promettre tout ce qu'il ne voulait pas tenir. C'était presque mal vis-à-vis de cet autre, de l'avoir indiqué ; car — je vous dirai tout — j'espérais que ce que mon sang, mes peines n'avaient obtenu, la jalousie l'obtiendrait. Alors, je crois que je serais restée. Je crus qu'il allait écrire : je ferai ce que vous voudrez, restez.

— Au lieu de cela, il se mit au lit, remua tout Paris de sa maladie, et me fit envoyer des bulletins de santé tragiques ; et puis écrivit.

— L'autre ? L'autre homme si gentil, je ne pus pas l'aimer ; il avait une amie, elle vint. Ces bonheurs sont inacceptables. Et il était si différent de tout ce qui est rare et —. Mais il est un ami.

— Pendant ce temps, celui-des-malheurs continuait de supplier, ou de menacer, et dans chaque lettre, avec les paroles les plus sensibles, il y avait quelque chose qui blessait ou qui rendait l'âme révoltée. Enfin il vint. C'est alors peut-être que je sentis que je ne pouvais plus.

Pendant qu'il était là, — je vous demande les yeux dans les yeux de détruire ceci — arrive un chèque de 13.000 frs., aumône d'une juive américaine[1] qui l'envoyait sur la de-

1. Mme Georges Blumenthal.

mande de qui vous savez[1]. Je fus foudroyée. J'espérais je ne sais quoi. Probablement, qu'il acceptât en répondant qu'il rendrait le plus tôt possible. (Il suffisait pour cela de vendre un des tableaux de sa famille ; cent mille^frs^ accrochés au mur.) Il ne fit rien. Il dansa de triomphe et me dit : « vous voyez bien que vous aviez tort d'exiger que je cesse *d'y* vivre »..

— Je suis revenue à Paris. Je n'ai pu lui rapporter son bonheur. Je n'ai plus à lui donner que compagnie, qu'affection, que l'aide — et toute la tendresse qu'on aurait pour l'enfant qui déçoit, mais vous est si proche. — Il me fait malgré moi être la coupable du drame qu'il crée. Pas de jour sans ces paroles qui tuent.

Toche[2], j'ai tenté de revenir en arrière. Je lui ai tout expliqué — comme j'aurais parlé à moi-même. J'ai supplié qu'il rendît cet argent qui va le faire deux fois prisonnier d'une personne impossible à [*illisible*]. Il m'a fait des théories sur la beauté morale, qui était une construction gratuite, et des rapprochements sur Racine pensionné.

J'ai demandé une fois de trop, qu'il travaillât, qu'il ait du courage, qu'il se fasse un vivre libre. Pourquoi pas avec ses mains, si l'esprit ne gagne rien ? Ne vaut-il pas mieux, que ceci — Et puis qu'il reprenne chez lui une autre place que celle du vieux petit garçon apeuré. Il me répond par des théories sur sa « sensibilité d'écorché » qui l'empêche de vouloir.

Ah Toche — Ce matin, pour lui parler, pour qu'il soit moins triste, j'ai été le voir dehors ; hier pourtant j'étais souffrante. Mais tant de fois du printemps passé, ne tenant pas debout, je le rejoignais pour qu'il fût content — Il m'attendait pour me lire ce petit papier que voici. Toche, les « coups » que je lui ai portés, dont il parle, c'est chaque fois que j'ai tenté de partir à bout d'être humiliée... Ceux qu'il m'a portés, tu les sais. Non, vous ne savez pas tant de choses. Vous ne savez pas qu'il se plaint de moi à son ca-

1. Jeanne Mühlfeld.
2. Surnom donné à Mme Bulteau par ses intimes.

marade André Lebey, qui lui envoie des listes de maisons de passe en réponse. C'est celui-là, que j'avais trouvé pour dieu.

[*Sans signature*]

[*Enveloppe :*]
Madame Bulteau
Villa Parques
40 Bd de la République
Poissy
S. et O.

À PAUL VALÉRY

[*En-tête :*]
HÔTEL LOUBAT
& TERMINUS
LIBOURNE (Gironde)

Libourne, [*mardi*] le 1er 8 1922

Je veux vous envoyer des nouvelles dès ici, mon triste petit enfant. J'ai fait voyage facile. Très fatiguée hier, plus qu'il n'était raison. Tombée sur un lit, un bon lit, où je me suis promenée dans un demi rêve bête. La même grosse dame en soie, au comptoir, et le charmant vieux garçon qui a l'air si philosophe parce que sa bouche est de travers. Il fait beau sans faire trop chaud. Je repars à 4 heures.

Dans le train, j'ai lu votre lettre deux fois[1]. Elle m'a été pénible, comme beaucoup de vos lettres. Non point tant sa tristesse, qui me caresse bien quand même un coin du cœur, mais ses explications, qui, pareilles aux autres (que d'autres) manquent absolument le but moi. Tout au plus m'indiquent-

1. Faisant un retour sur son passé récent, C.P. écrira dans son *Journal* le 28 septembre 1922 : « Enfin, je pris le train pour le Périgord, munie d'une lettre de plusieurs pages, où il composa un dernier portrait du cœur profond et du cœur de surface… à quoi je répondis fort vivement et sans politesse, d'une escale, pour une invisible audience qui jugerait ce combat. On répond à Dieu, aux Cieux, à soi-même ; le méchant autre n'y lit rien. »

elles où se situe le but vous. Que je le sais, où il est ! Hélas, il y sera encore quand l'atome plomb sera redevenu d'or.

Point par point. Vous pleurez sur « ce qui était en nous-mêmes ». Cher pauvre petit malheureux, ce n'est pas pleurer qui peut. Vous en aviez la garde ; vous l'avez gâché ; d'aimer, ce n'est pas « tomber sur un autre comme sur une pierre ». D'aimer ? C'est crier : vous me voulez, bonheur ? Que vais-je faire pour que vous me vouliez de mieux en mieux ? Quel merci vais-je vous dire, bonheur, quel changement plus beau, quel effort, quelle étoile inventer au ciel, quelle hydre vaincre (quel chien, quelle ourse[1] ?) (quelle lâcheté, quelle crainte, quelle habitude ?.... entrez, Pasteur.) Ô Bonheur ! vous pleurez de ceci ? Je l'enlève. Vous admirez ça ? Je le suis.

Qu'elle est jeune, la plume qui écrit ces choses. Mais l'âme qui plume court, a-t-elle hésité, elle, moi, quand l'amour lui a demandé, à peine il la connaissait, le retournement le plus piteux de sa vie, et de revenir à ce mari brutal. — L'amour, demander cela ! — Ah, quand vous vous moquez de tout ce qu'on appelle les valeurs « morales », vous ne faites qu'applaudir au premier coup que vous m'avez porté. Tout me semblait facile, pour l'amour de vous. Je voudrais savoir ce qui vous a semblé facile, pour l'amour de moi. Même pas renoncer à une visite.

Et puis, ce n'est pas ma « raison d'État » qui s'est mise entre nous. Vous devinez bien qu'elle n'aurait pas été assez forte. Elle était là, et m'assurait que je devais fuir, un mois après notre première rencontre. J'en ai ri. Je lui ai répondu : « Je sais où je vais, raison ; mais, j'accepte. » Non, non, la Raison n'est pas de cette affaire-ci ; encore que vous me fassiez l'honneur de croire que je crains le risque, — qui suis allée au diable pour vous.

C'est l'âme tout entière qui en a assez. Ne m'obligez pas à dire pourquoi ni à vous faire peine. Ne nous comparez pas. Ne dites pas qu'il faut que j'aie pour vous le cœur que vous avez pour moi ; car je ne vous ai pas déçu, car je n'ai pas ignoré mille fois et mille encore ce que vous adorez dans le monde. Car je ne vous ai pas tenu deux ans compagnie en me lamentant sur moi-même, vous déchirant l'âme à toute

1. Cf. « Ode secrète ». Voir *supra* p. 372, n. 2.

heure des pointes de malheurs plus affreux d'être évitables. Pardonnez-moi, je vous aimerais encore si mon amour n'avait pas été... Non, je ne veux plus écrire ceci.

Vous voyez, à quoi bon écrire ? Vos lettres contiennent toujours passages à faire horreur. Cette supplication même pour que mon cœur soit changé ou le vôtre durcisse, n'est-elle pas l'injure la moins tolérable, si justement ce serait *ne plus être ce que je veux être,* que consentir à l'amour dans les conditions que vous proposez ? Que « tomber sur vous comme une pierre » malgré la honte que me donnent tant de vos actions ? Et si je ne le fais, votre haine n'est-elle pas bien laide à savoir, pour qui ne vous a fait que du bien et ne s'en est allée que découragée ? Allez, ce n'est pas mon cœur ni le vôtre qu'il fallait changer, c'est votre courage. Votre estime de soi, votre fierté.

La « découverte » que vous décrivez est du pur *De Libertate.* Je vous aurai au moins servi à cela.

Je n'ose plus vous écrire de venir à La Graulet. Je conçois maintenant dans quel drame vous me feriez vivre là, quels reproches navrants, quels débats aveugles ; car vous êtes celui qui ne céderez jamais, et ne reconnaîtrez jamais le vrai d'avec l'injuste. Et cela m'éloignerait un peu plus.

Au revoir. Voulez-vous que je vous retrouve à Paris ? Fin Septembre — Voulez-vous aller à Montpellier avec moi (Octobre) ? J'aimerais d'exister là-bas avec vous. Tout ce que je préfère de Lionardo, tout ce qui m'est enchevêtré à l'âme, est là-bas dessiné par les collines sur le ciel.

Je vous assure que cela me fait mal d'avoir à vous dire telles choses. Je vous vois douloureux [*illisible*] peu que je n'ouvre les bras. Et il faut que vos paroles me les ferment. Voyez-vous, L, ce reproche continuel, je n'en veux plus. Ce « ma faute », j'en suis écrasée. Ce « pourquoi êtes-vous telle », ces demandes au ciel, ces haines, ces retours, — cela me semble les errements de l'enfer sans issue ; je m'en détourne. Vous savez pourquoi, et tout. Ce ne sont pas des raisons. Ce sont des sentiments. Je vais d'instinct à un certain être caractère ; je m'éloigne d'instinct d'un autre. Si je vous aimai, quoi que vous fussiez cet autre, c'est que je croyais le contraire, — (car vous êtes au moins le contraire en esprit) et puis, que je crus vous changer. C'était très bête. Je ne m'accuse que de cette bêtise. D'infidélité, de manque de « profondeur », je n'ai pas à m'accuser.

Je persiste à croire « en transcendance » que, puisque vous êtes celui auquel mon instinct va, pour une part (pour toute votre part spéculation rigoureuse et pure) il dépend de vous de l'être pour l'autre part.. l'humaine. Mais vos anathèmes sont des violences de faible, et ne peuvent rien, que me peiner. Et vos « pourquoi est-ce ainsi », ne s'adressent pas à une affliction physique, mais à tout ce qui est vous libre,

... je ne voudrais plus écrire, cette même vieille lettre. Voyez-vous, elle m'a donné une courbature, cette lettre que j'écris depuis deux ans. Il n'y a pas de raison autre peut-être à ce que soudain, *je regarde ailleurs.*

[*Sans signature*]

[*Enveloppe :*]
Monsieur Paul Valéry
40 rue de Villejust
Paris

[*C.p.*] LIBOURNE GARE/GIRONDE/2-8-22

CATHERINE POZZI, *JOURNAL*

[*Après le 10 août 1922*]

Considérations pour Hell, après lettre du 10 Août [*19*]22
Ou : de la muflerie imperceptible.
(il faut avoir l'œil exercé, et savoir..)

Il arrive à Paris, entre chez soi, se trouve seul, se trouve. Remarquer que c'est une épreuve très révélatrice, que ceci : que d'ouvrir la porte d'une pièce où l'on a vécu, et depuis fut inhabitée. C'est comme si le dépôt du passée avait fermenté, comme si les habitudes, pensées, passions, péchés, vertus, déposées heure par heure, formaient je ne sais quel « tout », quel conglomérat psychique indépendant, renforcé ; conserve d'âme au goût très fort. On l'aspire, on se reconnaît........ Voyons, comment vous vous connaissez. Nous allons savoir d'un coup,... en même temps que vous, qui vous êtes.

Ah, que nous ne nous étions pas trompé, mon vieux Karin, dans le papier (1921), intitulé « desum[1] » ! envie de travailler pour... ne pas écrire. Penser, passer....... Il est là. Il est assis. Il n'appartient plus à notre monde. Il est « regard pur ». Il a le pouvoir unique, enchanté, de VOIR LES IDÉES. Seul homme des hommes, il peut exister où l'intelligence n'a pas de corps, où, comme des éclairs ou des ailes, des pensées qui ne sont portées par aucune vie traversent un ciel........... Il les suit du regard. Il ne choisit pas. Il ne fait aucun effort. Il ne se tient à aucune. Il ne pourrait pas. Car, justement, c'est parce qu'il ne choisit pas, parce que, dans son regard, n'intervient, aucune volonté, qu'il VOIT. Il a vendu sa volonté, pour voir. C'est une manière de parler : il n'a pas eu de pacte à conclure. Choisir lui faisait peur. Le fond de lui, tout entier, est peur. Il a choisi de ne jamais choisir, mais subir ; non par patience, mais comme l'enfant ou la femme qui se cache la tête devant le coup. Chaque moment, pour son système nerveux, est un coup. On ne l'a pas fait riche ; il faut vivre, il fallait vivre avec des gens médiocres et il n'a pas eu le nerf de nager jusqu'à la place où il aurait été bien. Là où il est, où le vivre l'a porté sans qu'il remue, il n'est pas bien, pas mal. Il pourrait être plus mal... Mais cette habitude ancienne de cacher sa tête, d'attendre, et puis arrive ce qui peut, au lieu de le protéger, n'a fait que le rendre définitivement inapte à l'existence. Car il se passe ceci : cacher sa tête n'empêche pas qu'on n'ait [*sic*] un corps. Il est atteint tout de même. Et plus atteint : la sensibilité qui attend le coup, est plus aiguë, plus prête à la douleur que celle qui est toute chaude dans l'action, et comme déjà frottée, habituée...

Justice ! On n'échappe pas à vivre. Pour avoir été lâche devant le mal possible, et tenté de l'éviter en se faisant tout humble, tout immobile, on n'est pas à l'abri, mais on souffre plus que ceux qui ont consenti à risquer quelque chose. Il

1. On trouve ce « portrait » partiellement reproduit dans le *Journal* de C.P. daté de Montpellier, 30 janvier 1921. Il commence par : « Quelle peut être l'origine de son absence ? »

souffre plus. Tout lui est horreur, et d'autant plus horreur qu'il n'est pas anesthésié par le combat, mais qu'il offre, en quelque sorte, aux coups, un système intact, isolé, une machine à résonner d'autant plus intense qu'aucun train d'ondes extérieur ne la parcourt.

Mais il est un moment de lui, qui échappe à la servitude d'éprouver. C'est celui-ci. Quelle heure est-il Kriton[1] ? — L'aube profonde. La vie n'a pas commencé. De nulle part, ne peut venir encore, l'ennui, ou l'injure, ou le dégoûtant devoir. Il s'assied à sa table. Il se regarde. Absolument sans impulsion vers rien, il n'a qu'à suivre les ellipses de la foudre qui joue, dans son esprit, une partie sans enjeu.

II

Quelle heure est-il, aube profonde ?

L'homme est assis à la table. Les rayons de la lampe, proches de son dur visage, de sa main, des environs de sa main, d'une confusion de papiers, s'épuisent en quelques mètres dans les obstacles du désordre : tout chose pauvrement faite et que l'attention refuse, et qui n'est que moyen et forme de l'habitude. Mais sur la chambre, bois, linge, étoffe, vers, d'où l'esprit s'est arraché la veille ainsi que la mer se retire. Paris, jusqu'aux premières besognes, est sans yeux, de toutes ses âmes ; elles sont tombées dans le sommeil d'un moment, entre les lumières et le jour.

L'homme attend. Au centre du décor de l'étude il ne ressemble pas à un penseur, mais à un chasseur ; son corps n'a pas d'abandon ; son regard surveille sa nuit[2]. Depuis quelques heures, pour quelques heures encore, s'oublie une moitié de la terre ; à la place où fut chaque dormeur, la forme d'un acte persiste et mime une charade dont le mot insensé s'éteint aux abîmes : repos même dont le ciel noir détermine l'apparence, le même nombre de figures occupe le destin.

1. Dans le dialogue de Platon, Criton entre dans la prison de Socrate à l'aube pour l'encourager à s'enfuir. Celui-ci refuse, soutenant qu'on doit obéir aux lois de l'État, même si elles sont injustes.

2. C.P. entoure d'un trait le début de ce paragraphe avec l'annotation « *further, this* », indiquant ainsi qu'elle souhaite reporter le passage plus loin.

SERVICE
DES POSTES ET DES TÉLÉGRA-
PHES

—

ENVELOPPE DE RÉEXPÉDITION
[...]

Courrier réexpédié à M*onsieur Paul Valéry*
Chez Madame Pozzi
La Graulet

Bergerac
Dordogne[1]

[*C.p.*] PARIS — *11* PL. VICTOR-HUGO/*18-9-22*

BERGERAC DORDOGNE/*20-9-22*

À PAUL VALÉRY

[*La Graulet, fin septembre 1922 ?*]

Lettre à la Hollande, Horticole, qui doit envoyer des centaines de tulipes pour ton printemps (et quels crocus), lettre au jardinier[2], lettre au fabricant de galantines. Entrée de M, sortie de M[3], pluie, le feu meurt, il faudrait aller chercher le cerveau, le mettre en corona. Tant pis pour l'univers, c'est le *De Libertate* que je veux faire. C'est aller chercher l'ego pur, c'est connaître, c'est dessiner sous mon fantôme, la K qui

Je perds à chaque seconde une idée d'or, que
Il ne dit pas

1. L'italique est de la main de Valéry.
2. C.P. s'occupe de son jardin à Vence.
3. Peut-être Marie Michault, une domestique.

et qui est à 25 mètres
toute pâle
sous microbe fort.

Mais Vous Êtes, Vous Êtes, il fera beau, on aura chaud, et les arbres du jardin d'esprit nous attendront encore. Ceci est bête parce que l'Ésotérisme est un devoir.

Dearest you[1].

[*Sans signature*]

À PAUL VALÉRY

[*La Graulet, mercredi*] 27. 9. [*19*]22 7 h ½

Mon ami chéri, mon univers invisible, mon seul au monde, j'ai grand souci de vous, écrivez-moi comment vous êtes. Je suis navrée que vous soyez sorti. J'ai peur que vous n'ayez repris froid. Il me semble que je vous soigne mal. Votre chambre n'est-elle pas froide ? Avez-vous la fièvre ? Respirez-vous ? J'ai eu le cœur brisé de sentir votre faiblesse, quand vous avez dit « je ne puis parler », avec cette soudaine impuissance des forces, que j'ai si souvent connue ; mais moi, je résiste à tout. Moi, je remonte toujours. Je sens combien de choses en vous sont atteintes, et à la fois voudrais désespérément les guérir, et sais que votre personne ne le permettra pas. Votre personne, leurs personnes... Soyez avec moi. Appuyez-vous sur ma santé, qui sait trop bien survivre. Puisque vous avez mon esprit, ne pourriez-vous copier mon corps ? S'il pouvait faire que vous ayez sa résistance ! Que vous faut-il ? Êtes-vous triste ? Croyez-vous que vous dormirez ? Voici la plus bête des lettres.

Écoutez, j'ai de l'opium. Je ne voulais pas vous en donner, mais sous forme de laudanum, c'est tolérable. Je puis vous en envoyer 6 gouttes dans un verre. Il faudrait les prendre soit une heure avant repas, soit 2 ou 3^{h} après. Je ne réponds pas

1. Vous très chéri.

que cela vous fasse dormir. Mais *vous ne tousserez plus.* Et certainement, l'opium est favorable aux maladies de la respiration. Ce serait même une cure à tenter, que j'aurais tentée, si les suites psychiques n'étaient ce qu'elles sont. Enfin, quand je souffre, j'en prends, sachant que je ne prendrai jamais plus que la dose consentie, qui est très faible ; je vous propose d'essayer. J'ai bien réfléchi, et ne crois pas que vous soyez tel qu'on pervertît, parce que Teste d'abord... Un inconvénient, c'est qu'on n'expectore plus ; si vous préférez vous libérer ainsi, jugez-en, je ne sais que faire. Il faut vous asseoir dans votre lit la nuit, demandez d'autres oreillers si vous n'en avez assez. (*Sans quoi, congestion augmente.*) Demandez du feu si vous avez froid. Je crains que vous ne laissiez trop votre fenêtre ouverte.

Soyez calme et sage, mon chéri. Je vous tiendrai tendrement dans mes bras jusqu'à ce que vous dormiez.

CK

Brûlez[1]

À PAUL VALÉRY

[*La Graulet, fin septembre 1922*]

Je ne pourrai pas vous voir parce que c'est mon tour du microbe. Je crois mieux m'enfermer un jour, sans traverser la terrasse, pour essayer de le vaincre. On devrait trouver quelque chose mieux que le corpus, pour habiter le monde.

Envoyez nouvelles.

Ai repris *De Libertate* hier, et cela *va.*

σε ἀσπάζομαι[2]...

1. Au crayon.
2 Je t'embrasse.

28.9.[*19*]22

Voici qu'il écrit, de la plage chic, où le loge un prince[1]. Reprise du désespoir décrit ; et ce désespoir m'attriste et m'inquiète. Comment le guérir ? Lettres mêlées de snobisme, de vanité, d'intelligence, de reproches voilés. Lettres parlant de toutes choses, avec cet aigu, que je comprends si bien ; et puis, lettres parlant de soi, expliquant sans préciser (parce qu'il suffirait de préciser pour devenir juste,) qu'on est ruiné « par une malheureuse affaire ». En l'espèce, la malheureuse affaire a deux yeux noirs, un cœur de moraliste, des jambes de danseuse, et la maudite passion du parfait. [...]

Dans chaque réponse à ces lettres, je le priais de revenir : mais en disant tout clair, qu'il ne serait que mon amitié la plus passionnée ; unique, s'il voulait, mais amitié. Tendresse, s'il voulait. Comme il ne quittait cependant pas le rôle de l'homme qui a tout perdu, c'était donc qu'il exigeait encore. Nous demeurions là, chacun entêté dans sa certitude. [...] Il ne voulait pas venir, sans que je promette tout. [...]

Une lettre arriva, et bien la plus inattendue. Puisque je ne voulais plus lui donner le chiffon de soie, le parfum, et cette fierté si facile, qui surpasse les autres, une autre serait là. Il la peint déjà ; elle écrit des choses qui sont « du Karin même[2] ». En un coup, il fallait comprendre que celui-ci ne se

1. En dépit de son emploi du présent, C.P. fait ici un retour en arrière et médite sur sa correspondance avec Valéry lors de son séjour chez le prince Roffredo de Bassiano, à Blonville, près Deauville, où il a séjourné entre le 25 août et le 2 septembre.

2. Dans une lettre du 7 septembre 1922, Valéry fait ici part à André Lebey de cette tentation féminine, « aventure étrange ou ordinaire » : « Quand j'allais partir pour Deauville, toujours désespéré, ou triste à crever (tu sais pourquoi), j'ai reçu une lettre d'X. Un X qui parlait à ce *« poète »* et lui parlait d'*« amitié passionnée »*. J'ai répondu vaguement mais doucement. J'ai pensé à tes conseils et aux diversions dont tu m'as souvent prêché l'emploi. Ce qu'il y a d'extraordinaire, c'est que ce correspondant inconnu a des phrases et un stylo qui rappellent parfois étonnamment l'autre correspondant, le connu, celui qui fait mon tourment perpétuel./Double correspondance. L'une, qui m'a fait tant (? ?) de mal et m'a fait subir tant de variations effrayantes, veut que je *reste,* mais elle a la phobie de *l'amour.* L'autre, à l'état naissant (et inconnue), m'écrit des choses vagues, tendres et bizarres. » Paul Valéry-André Lebey, *op. cit.*, p. 417.

passerait plus du bonheur ; du jeu ; de cette sorte de douceur que, pour lui, j'avais commencé. La seconde édition était déjà prête. Je crois que ce qui me fut intolérable avant tout, fut que ce serait la même chose. Qu'une autre soit moi, je savais que c'était improbable ; mais genre moi, cela se pouvait. Je le rappelais, par une espèce de sentiment sauvage pour l'autre qu'il avait été, que je défendais encore, gardais, voulais garder encore, à travers son être indifférent d'aujourd'hui. Mais pour lui, je n'avais jamais cessé d'être la même. Il est revenu.

À PAUL VALÉRY

[*La Graulet, septembre-octobre 1922*]

Mon enfant chéri, jetez ceci au feu, je n'ai pas confiance dans vos tiroirs et moins dans la cachette de vos papiers. Je suis toute seule et je le préfère. C'est être deux. Il faut bien que je vous dise, que je trouve une certaine douceur à cette absence présente, à cet étrange état que le hasard nous apprend. Nous aurons parcouru tout le possible. Oui, ceci pourrait être autrement et mieux ; mais encore, pourrait être autrement et malheureux, par exemple avec du temps et du pays entre nous. Je suis seule mais vous êtes proche ; et je ne puis vous parler, mais je sais ce que vous faites, et pour un peu, pensez.

Voici finie une biographie — faible — de Dante (Revue[1]). Je me demande s'il ne fut pas de nos cousins, bords d'Arno, — tous ces gens étaient parents —. Le grand œuvre K, repris hier, va se poursuivre. Cela tiendra jusqu'au dîner. Je crains ne pouvoir re sortir. Causeurs m'ennuient me sont inassimilables puissent-ils ne pas entrer. Ne soyez pas triste. Voici que la Sœur-de-Tête est là. Mettez-la autour

1. Édouard Rod, « La biographie de Dante, à propos de publications récentes », *La Revue des Deux Mondes*, 15 décembre 1890, pp. 809-839. C.P. consigne des notes sur cet article dans son cahier de travail.

de votre front comme mouchoir en batik et inventez un autre monde

[*Sans signature*]

[*Enveloppe :*]
Mr Valéry

À PAUL VALÉRY

[*La Graulet, lundi*] 2. 10. [*19*]22

Réponse à une charmante lettre où l'on remercie K d'être K et de trouver soi et soi comme parleur auditeur.

Il suffira que K soit malade triste ou morte, et *retirée de l'usage,* pour qu'une autre personne sans retard écrive, vive, et représente « du Karin même. »

Excusez-la, c'est ce qu'elle pense maintenant, et quand avez-vous dit la vérité ? Tout ceci est pauvre.

La mort du seul être qui m'admirât au monde[1] — me crût — veuille mon bien, — voyez, j'étale ma naïveté — et du seul sur qui je puisse compter, fait qu'il va falloir me pardonner quelques jours, d'être sauvage.

[*Sans signature*]

1. Augustine Bulteau.

À PAUL VALÉRY

[*La Graulet, samedi*] 21 octobre 1922

1

Pardonnez-moi d'avoir regardé votre travail en votre absence, que je n'avais fait que tenir, en votre présence. Mon excuse est la confiance totale sur quoi nous avons bâti. Cependant vous savez que ce n'est pas mon habitude, de me renseigner en dehors de vous même ; et certes j'aurais attendu votre retour pour le faire, si vous n'aviez eu devant moi, hier soir, un mouvement que vous et moi ne connaissions pas.

J'ai pris ces feuilles sur votre table, comme je fais toujours et comme vous m'avez habituée, depuis le temps où vous même m'avez donné les cahiers. Mais en une seconde vous et moi nous avons senti ensemble, que vous vouliez me les reprendre, ou faire n'importe quoi pour m'empêcher de lire car vous compreniez bien qu'il n'y avait aucune raison exprimable de m'écarter là où vous avez choisi que j'assiste et demeure depuis trois ans.

Aucune raison exprimable ! Mais le sentiment qui pour la première fois, hélas c'est bien la première fois, vous a commandé d'écrire sans que le regard de mon attention vous suivît, — connaissait la raison de votre mouvement, et celle de ma demande. Je ne vous en parlerai pas.

Si je vous ai donné ma santé, croyez-vous qu'il me coûtât tellement plus de vous donner le travail de ma pensée ? Allez, il y a longtemps que je vous ai abandonné cela aussi, dans mon cœur. Un jour, qui n'était séparé que par quelques semaines de notre première rencontre, Karin écrivit à Karin qu'elle « lui donnait sa vie et sa gloire », à l'étranger venu pour détruire son corps et puis son esprit.

Ce n'est pas cela qui est intolérable. Ce qui me fait un mal qui va durer, c'est l'espèce de doute sur vous dont cela me torture.

Pourquoi ? Comment ? Écoutez ce que j'essaie de dire, et devinez ce que je ne dis pas. Vous savez qu'en 1920, en décembre, je vous ai montré le *De Libertate* ; nous l'avons feuilleté dans la chambre du Plaza, au 7e et vous n'y prêtiez guères de goût, mais j'étais comme l'enfant qui montre une première fois son trésor au premier ami. Et puis — et pour mettre autre chose que le passage de quelque soie rose dans l'appartement qui n'était qu'un passage lui-même — j'y ai porté ces feuilles du manuscrit écrit en 1915. Jamais vous ne les avez touchées, là ; et j'avais une peine que je ne me disais pas, de ce que l'extrême de ma pensée vous parût si peu de chose. Pourtant, l'on me croyait intelligente ; pourtant, ceci était l'essentiel et le parfait de mon invention. Vous aviez parcouru, sans commentaire. Qu'étais-je donc alors, et comment me racontiez-vous qu'aucune ne vous donnait, que moi, plaisir de l'esprit ?

— J'ai cessé de vous parler de mes « œuvres ». Je me mis à ne plus croire en elles. Il aurait suffi, alors, des mots que vous n'avez pas dits, pour que je continue, termine, et fasse bien peut-être, — finissant d'avance cet instant de l'avenir, qui était... ici. Je ne l'ai pas fait, parce que votre mépris pour ce travail me l'a fait penser négligeable — et certes je savais toujours qu'il était ma seule, vraie originalité, mais puisque vous l'aviez négligée, aucun autre lecteur sans doute n'y regarderait non plus.

Et maintenant, voici que ce qui n'était pas digne que vous le regardiez, quand ce n'était exposé que par ma plume, est assez bon pour devenir votre pensée même, et votre meilleur. Comment voulez-vous que les considérations *les plus pénibles* ne se fassent toutes seules en moi ? Car ou bien mon système et mes inventions de jadis étaient négligeables, et vous deviez passer à côté — ou bien c'était assez bon même pour vous, et pourquoi n'en avoir rien dit, rien, pas même que c'était... curieux ?

2

Voyez, il est impossible que j'échappe à ces pensées. Vous même, l'autre jour, avez reconnu que je ne me trompais pas : je vous ai fait relire un fragment de ces fragments qui si malheureusement ont dormi sept années : vous n'avez pu refuser que c'était là de votre intelligence et déjà de vos mots. Il semblait encore, quand en Juillet de cette année je vous ai fait lire ce que j'en recopiais, que cela ne pouvait pas vous être « indifférent ». Cela le fut, et si bien. Comprenez-vous ma tristesse et tout ce qui se dresse en moi contre l'apparente injustice de ce moment-ci ?

Vous voyez bien que je ne vous ai jamais fatigué de mes systèmes. Cette année à Vence, vous me reprochiez de ne « jamais parler de mes idées à moi ». Et rien ne serait plus désagréable à mon cœur, que de vous faire croire par ce papier, que je viens réclamer une louange qui n'est jamais venue… ou même le plus faible des intérêts, que je n'ai pas su éveiller (autrement que par un flacon de rose.) Je n'aurais jamais rien dit, je vous jure ; ni demandé l'aumône de votre attention à ce que je croyais devoir n'être qu'un univers pour moi, insensible aux autres.

Mais le voici ! Le voici. Qui s'y méprend ? Même pas vous-même. Alors quelqu'un en moi ne cesse de répéter cette question insupportable : quelle raison fait que mon zéro devienne votre fortune ; pourquoi, si ce que j'ai pensé était assez bon pour être repensé de vous, n'était-ce pas assez bon pour qu'au moins vous disiez : « c'est bien, petite fille. »

Vous connaissez, n'est-ce pas, ce double démoniaque prêt à surgir au milieu du malheur pour en éclairer chaque circonstance ? Je ne puis [faire] qu'il se taise en moi, qu'il ne me montre pas que *vous ne vouliez pas que j'écrive ce livre…*

Je suis malheureuse et n'ai pas l'intention de vous offenser.

CK

À PAUL VALÉRY

[*La Graulet, lundi*] 23. 10. [*19*]22

Mon chéri,

Il est dix heures et demie. Vous venez de regagner la maison, et la nuit pendant laquelle peut-être vous n'allez pas dormir. Je vous écris ceci, pour que demain vous emportiez un peu d'énergie, de confiance ; quelques pensées d'encre et papier qui vont se changer dans votre cœur en vie[1]. Qui vont grandir en vous, et vous emporter là où le bonheur est calme ; qui vont être en un moment nerf sang jeunesse, comme elles étaient dans ce cœur de moi qui vous les envoie. Nos années de peine sont finies, il ne faut pas avoir peur. Maintenant toutes choses peuvent osciller et comme manquer devant les pas de nos destins ; vous savez bien que nous avons bâti dans l'éternel la chose douce et grande en laquelle jusqu'à la fin nous réfugier. C'est cela qu'il faut voir, en même temps que vous regardez l'incertain, le difficile ; et je suis sûre que, de croire, d'attendre cela au-dessus de tout, doit faire que nous l'aurons, malgré le reste. Tu vois comme je parle mal. Je suis fatiguée ; mais ce n'est pas une belle explication que je veux mettre ici, c'est la tendresse comme endormie en toi, et la certitude absolument tranquille : une part de nous ne dépend plus du hasard[2].

---

1. Valéry s'apprête à quitter La Graulet pour rentrer à Paris. De là, il partira le 27 octobre pour Londres, où Georges Jean-Aubry a organisé pour lui un séjour au cours duquel il va inaugurer une plaque posée sur la maison où avaient habité Verlaine et Rimbaud et faire une « causerie » chez lady Colefax, sur « La poésie et le langage ». Denis Bertholet, *Paul Valéry*, (Plon, 1995), p. 246.

2. Le même jour, Valéry laisse dans un cahier de C.P. des instructions pour la disposition de ses cahiers : « Inutile publier l'intégralité des cahiers. Je crois préférable publier à la suite des fragments et pensées ayant trait aux mêmes sujets en les classant et en formant des chapitres — à chaque chapitre pourrait être ajouté un commentaire./ Les mêmes sujets sont, de cahier en cahier, quelquefois de page en page, pris et repris sous plusieurs aspects différents, parfois contradictoires. Faire remarquer ce travail d'approximation et faire remarquer que les cahiers représentent la pensée de leur auteur à l'état naissant, parfois en recul sur elle-même, saisie à l'instant même de sa génération, et subissant très fréquemment de brusques inflexions et des encarts. Il en résultera parfois une

Voulez-vous obliger le cœur de mon ami à la confiance, à l'insouciance, et ne pas avoir ce mal d'anxiété qui est un péché, qui me fait souffrir ? Je suis avec vous comme votre esprit même, pour alléger le jour de tout ce qui n'est pas moi. Chaque fois que quelque chose en toi craint ou cède, je veux que vous entendiez ce que je vous dis. Mon cher petit, je suis venue pour que vous possédiez un moment d'espace clair où penser, où aimer, où trouver, où connaître, où faire, où devenir, où être. Il y a sept termes ; le ciel est au numéro huit.

Karin

Vous savez, je crois au ciel. Ce n'est pas ce que vous alliez dire. C'est un endroit étonnant, mathématique, léger. Nous interrogerons Virgile, Dante, les Pères. Nous explorerons nous bâtirons nous aimerons

je dors

onze heures

Toutes les bénédictions soient sur votre voyage.

Mon chéri

CK

---

grande difficulté à assigner à telle page telle place. Dans ce cas et si d'ailleurs le fragment considéré en valait la peine (ce qui est laissé à votre jugement,) il serait peut-être indiqué de reproduire le même passage dans tous les chapitres où il se rapporterait par quelque endroit — on le ferait observer au lecteur par une brève note./(ordre arbitraire d'ailleurs)/ 1er groupe — littérature, poésie, arts/ 2e groupe moi — *Menschliches allzumenschliches* [*Humain trop humain*, recueil de 638 aphorismes de Nietzsche classés sous neuf rubriques] — Testifications/ 3e groupe — système/4e Religion etc. »

À PAUL VALÉRY

[*La Graulet,*] Mardi 24. 10. [*19*]22

Mon bien chéri,

Il est onze heures moins vingt. Je me suis réveillée un peu avant dix heures. Je m'étais rendormie après votre départ. Je n'ai pas entendu siffler le train. Maman vient de me dire qu'il avait eu du retard, que peut-être vous aviez manqué l'autre, qu'alors n'arrivez qu'à 10^{h} ½ ce soir. Je saurai cela par Lafont[1] tout à l'heure. On a enfermé Yorick chez vous pour qu'il ne suive pas. Il a cherché votre trace en flairant quand on l'a lâché. C'est l'heure où vous sortez sur la terrasse pour le jeu de la divinité pomme de pin. Et puis vous entrez ici. Je devrais m'habiller, mais il faut que je vous écrive, assise dans la robe de moine, sur la table où il y a du binôme, des livres et une branche de lierre. C'est le lierre que Maman coupait sur la terrasse le jour où il faisait si beau, où nous nous tenions les mains dans le hamac. Voici une feuille. J'ai tout à fait envie de pleurer. Je ne sais si je vais m'habituer à être sans vous. Pas de réponse pour mes places, je télégraphie, et dès que je les aurai vous le saurez ; par lettre si j'ai la réponse demain ; par dépêche sans cela. Je vous écrirai demain à Paris, et Jeudi, à Londres.

Maman, Jacques, Tommy, Yorick[2] sont sur la terrasse dans la brume. André[3] secoue vos tapis. Je lui demande, puisque vous vouliez le savoir, ce qu'a fait le chien. Il paraît qu'il s'est couché dans l'antichambre, qu'on n'a pas pu l'en faire sortir, qu'il n'a pas voulu prendre du lait à la cuisine. Mais ce qui se passe dans sa tête, le grand Tootoo le sait seul. Et puis il s'est résigné. Il donne la pomme de pin à d'autres. Et comme on rentre, il se couche devant la porte du salon ; non plus la vôtre, mais sur la terrasse, qui lui est symétrique. C'est la vie.

1. Un domestique.
2. Tommy et Yorick sont des chiens.
3. André Balivet, le maître d'hôtel.

Midi ¼

Mais moi, je n'irai pas vers d'autre porte. Est-ce qu'on ne pourrait pas considérer la valeur du vivant en fonction de son temps de résonnance ? Une des limites, renvoie l'onde tout entière, en miroir ; l'autre l'absorbe, et la période s'en poursuit au fond du nouvel espace humain, en changeant de mesures mais non pas de rapports. C'est des choses que je ne sais pas dire, et dont la φ[1] va vous faire crier. Mais on parle, tu comprends, comme si tu étais là. Que tout est changé, parce que tu n'es pas là ! Je vois bien que je vais t'écrire tout le temps.

Maman compose dépêche pour chef gare Bordeaux. Elle souhaite m'expédier ; le cadet aussi. Ils doivent attendre de leur famille.

Images de Vence. Des pianos dans l'antichambre, un jardinier et une jardinière attentifs mais pleins de comptes ; les trois carrés qui sont peut-être fleuris ; les meubles affreux de la dame d'avant ; les déménageurs ; la dame d'avant ; ses petits vols d'une chaise cassée, d'une glace, de linge ; et puis elle me sucre un sourire ; je deviens excédée ; le peintre ne vient pas, faut-il abattre la cloison ; on ne veut plus me vendre des arbres ; enfin il se met à pleuvoir et Émile n'est pas là pour le calorifère. — Qu'est-ce qu'il fait à Londres en ce moment ? —

Mon petit, mon petit ! Du moins on peut s'allonger dans la chambre bleue, qui est en ordre, celle-là ; on peut tirer les rideaux, allumer une cigarette, respirer le flacon de rose, et savoir que vous existez…

CK

[*Enveloppe :*]
Monsieur Paul Valéry
40 rue de Villejust
Paris

1. La philosophie.

À PAUL VALÉRY

[*La Graulet*]
Mercredi 25 Octobre [*1922*] midi ½

Part de moi,

Rien de vous hélas. Il n'a pas écrit dans le train. J'ai les places pour Vendredi 27, train de 19 h 30 qui arrive à Nice Samedi vers midi. Je serai à Vence à 1 heure. Demain Jeudi, je vous écrirai à Londres. En recevant ceci, vous pourrez encore me répondre ici, car je dois recevoir le courrier de Vendredi. Je quitterai La Graulet en auto, vers 4 heures. Je dînerai au Terminus à 6 h ½. Il y a encore eu un monsieur masqué dans le train de Marseille ; c'est bien ennuyeux. Yorick sera dans le wagon ; mais il lui donnera une pomme.

2 h

Hier à 3 h ½, par une brume très froide, la belle de Paris[1] est arrivée en visite, apportée par les deux vieux garçons. Elle avait une robe beige de Paquin, charmante, en laine, sans un atour, qu'elle a tout de suite essayé de me revendre ; je l'ai mise devant ta glace ; le col était trop bas ; il y avait des cendres chaudes dans la cheminée qui chauffaient mon jupon, comme pour que l'amour éteint puisse encore préserver d'un rhume. Elle avait un chapeau très cher, sans rien dessus ; un manteau de loutre royale, avec la bête en dedans et qui ne montrait que ratine simple ; ses cheveux s'élevaient au-dessus de tout ce brun, couleur de ces flammes d'arbres d'octobre qui ferment la prairie ; et ses yeux comme de l'eau de mer étaient pleins de palaces, d'auberges, de robes et de mâles. J'ai pris trois heures à savoir tout, de tous les couturiers.

1. Non identifiée.

Il paraît que le Bourdet a gagné 100.000 avec la pièce du jeune homme qui aime la jeune fille[1], malgré l'ennui ; que sa femme[2] a une masse énorme et pas d'énergie, malgré les dernières équations ; qu'il la trompe avec précaution ; qu'elle a un passé qui le gêne ; il paraît que Farge a de nouveau rossé Guérin pour mort[3] ; que la 12 de Dion est la meilleure, qu'on fait beaucoup de marron et de vert, et les jupes encore courtes.

J'étais fatiguée pâle à 7 heures. Claude m'a lu Moreux « *Pour comprendre Einstein*[4] » ; cet abbé désarme par son innocence ; nous lui avons ajouté quelques hypothèses ; et j'ai barboté dans la physique bien à fond, pour laver le zaïmph qui sentait trop fort Chanel Vionnet. La physique a coulé tiède chaud froid dessus, le frivole m'a laissée, l'invisible a surgi tout mince énergique et bien préparé. Alors nous avons dîné sur un chou farci dont vous auriez pris trois services, mais je n'avais pas faim. Il faisait bien sommeil. Cependant il a fallu absolument écrire les trois dernières pages d'un cahier auquel je n'aurai plus rien à dire, puisque je vous aime maintenant. Et c'est ça que j'ai dit. Quel chemin bizarre, avoir fait, vers ce papier, sur lequel je t'assure que j'ai confiance !

Aujourd'hui l'hiver est toujours là, il vaut mieux partir, encore que l'Italien m'écrive qu'il pleut à Vence.

Jacques a beaucoup parlé de vous hier soir ; il a inventé un moyen de vous aider : demander mille frs à cent personnes ! Rassurez-vous, je l'en ai dissuadé. Vendre trois tableaux se-

1. Il s'agit de *L'heure du berger, comédie en 3 actes*, dont la première représentation au théâtre Antoine remonte au 16 février 1922.

2. Édouard Bourdet s'est remarié avec Denise Rémon en 1921.

3. Il s'agit de l'illustrateur Henri Farge (1884-1970) et — peut-être — du peintre et dessinateur Charles Guérin (1875-1939), l'un et l'autre bien introduits dans les milieux littéraires. La nature de ce fait divers demeure obscure. Henri de Régnier, ami de Farge et de sa femme Madeleine, note dans son journal du 17 novembre 1922 : « Ce matin, chez Henri-Robert [avocat célèbre] pour l'affaire Farge. » Henri de Régnier, *Les Cahiers inédits 1887-1936*, éd. David Niederauer et François Broche (Pygmalion, 2002), p. 792.

4. Abbé Théophile Moreux, *Pour comprendre Einstein* (Doin, 1922).

rait plus simple ; mais il n'y a plus que les princes et les collectionneurs, pour faire argent aussi simplement.

Au revoir. Et je n'ai pas besoin de dire au revoir à la compagnie dont rien ne me séparera plus.

[*Post-scriptum :*]

Ce matin à l'heure de la cloche, quand Yorick est sorti, je l'ai vu qui courait à votre chambre, dont la porte était ouverte ; et j'ai senti qu'il faisait déduction « il est revenu ! » Mais à peine entré, il a couru ailleurs avec hâte, en corrigeant « ne restons pas dans cet endroit désaffecté ».

[*Sans signature*]

À PAUL VALÉRY

La Graulet Jeudi 26. 10. [*19*]22 2 h ½

Premier moi de moi,

Il fait un froid doré, puissant. Les feuilles deviennent tout à fait de cuivre, sous ses dents bleues. Je pars demain soir. Votre double petite lettre ce matin. Il y a des malles et des robes inquiètes partout. Je m'en vais faire le tour du parc encore, avec toi. Je m'en vais tout de suite, pendant que nous sommes seuls, — famille, en ville, — et je n'ai presque rien à t'écrire, parce que tu es si près et presque me réponds. Quand je prends un journal et lis le monde, je veux dire, l'état de l'intelligence moyenne dans le monde, tu es là, et je sais ce que tu penses de chaque histoire ; quand je travaille, tu es debout, un peu en avance sur chaque chemin ; et je compte pour rien toutes les heures où l'un n'a pas partagé quelque chose avec l'autre.

4 heures. —

Je rentre, les pieds mouillés et les mains si froides que je ne peux plus tenir la plume. J'ai emmené Marcellin pour choisir des arbres. Il commençait par dire oui, et puis quand je marquais l'arbre, il criait « aïe aïe ça ch'est trop vieux ». Enfin je l'ai subjugué pour trois chênes d'Amérique, deux grands buis, des lauriers, 12 petits en argent, et deux minces hauts, 2 mètres avec une touffe ronde, je ne sais pas ce que c'est. Et puis nous sommes arrivés près du lac ; j'ai crié ; il y avait de grands troncs tués par terre ; c'est Maman qui fait déboiser sans me dire ; je gémissais que j'aurais tout pris si j'avais su ; Marcellin disait, chinq chents kilogs alors ; enfin voilà, je suis revenu tout bleu et gelé ; et comme nous tournions vers l'allée qui revient du tennis le regard sur les longs prés finissait dans un doux feu rose qui était à la pointe du petit bois, là où feuille touche ciel.

Au revoir ma pensée commune, (commune mais supérieure,) écrivez-moi, couvrez-vous, prononcez le *speach* [*sic*] distinctement, achetez des chemises, commencez des affaires, mais gardez un avenir tout large et rond, avec un K au milieu.

Dites-moi tout, pour vivre deux fois.

CK

[*Enveloppe :*]
Monsieur Paul Valéry
C/o Madame Alvar
14 Holland Park
London
Angleterre

À PAUL VALÉRY

[*Vence*] Mardi 31. 10. [*19*]22

Mon chéri,

Je ne vais pouvoir vous écrire qu'à peine pendant quelque temps, et je le fais au prix de difficultés et peine : voici que mes yeux désespérants vont mal — ou plutôt mon œil (le droit) — il me fait souffrir au point de me réveiller la nuit — subites congestions, il s'injecte de sang. J'ai mis compresses hamamelis[1] cette nuit (vaso-constricteur) ai pu dormir. Je vous écris en le tenant fermé de la main gauche. Dès qu'il regarde quelque chose il brûle. Si cela ne cède pas au repos, je devrai aller Paris voir Morax[2]. Dans ce cas, vous allez me revoir, à peine serez-vous revenu. Je ne sais pourquoi, il y a quelque temps, 6 mois environ, bien avant ceci, que je pressens qu'il serait possible que je devinsse aveugle ; simplement par calcul des probabilités de la chose la plus affreuse que je n'ai pas éprouvée encore. Celle après quoi je serai nue de tout, Iaveh m'ayant retiré les villes, la compagnie des hommes, il lui reste à me prendre les livres... J'écris cela, comme vous le diriez, encore que je ne croie point à Iaveh, et que si cette malédiction m'arrive, je trouverai moyen d'en faire encore un autre bonheur.

Le gauche est déjà esquinté par une page. J'arriverai toujours à t'écrire même en fermant les 2 yeux... mais lire tes lettres !..... cela est si amer à imaginer... Je ne dois pas. Cette aventure va vous ennuyer je ne la dis que pour m'excuser écrire peu — et illisiblement.

Il fait beau. Le jardin est charmant. Dites-moi tout de suite ce qu'il faut planter en contrebas des citronniers (les gelés) car il y a là une place favorable, et cela boucherait les indiscrétions d'en face. Vous savez, les citronniers sont au bout, en long, il y en a 6 — et de l'autre côté il y a le chemin d'entrée ; or, il y a la place à gauche en contrebas pour 5 arbres, en contrariant avec les citronniers.

Jardin du haut [*dessin*]

1. Plante dont les feuilles et l'écorce sont employées pour soigner des affections vasculaires.

2. Victor Morax (1866-1935), chef du service d'ophtalmologie à l'hôpital Lariboisière, travaille à l'Institut Pasteur. Il est microbiologiste et s'intéresse en particulier à la tuberculose oculaire.

C'est les points noirs. Ils seraient 0,50 plus bas que les citronniers.
Orangers et citronniers sont chargés de fruits ! !

La treille *croule* sous les *raisins muscats.*

Je vis avec vous, mon âme ; je file dans ces rues admirables où ma jeunesse libre s'est crue reine du monde. Saluez Piccadilly Circus, Oxford Street où j'habitai, et le minuscule Harrington Hotel où je fis des économies. Aussi logé au Hyde Park Hotel et dans une pension famélique Welbeck Street.

Ne dites pas « *tell it my love* » mais « *give it*[1] ». Elle vous remercie — elle est bien sage...

Je voudrais faire du grec tout le jour, et puis vous écrire. Je ne peux pas. Soyez heureux, ma petite vie profonde.

CK

Il est question déplacer les violettes — trop à l'ombre — quoi à la place ? Gazon avec tulipes dedans ? ? R.S.V.P. ô jardinier chef.

Reçu ce matin 1ère lettre Londres hier, Dover avant-hier dépêche. Mon univers réel, merci d'être toujours là

[*Plan du jardin :*]

Ne seriez-vous pas ô Jardinier Parfait d'avis de dessiner quelque allée là dedans ? Le haut fait par vous est on ne peut mieux. Le bas m'attriste. Je ferai absolument ce que vous choisirez.

Toujours Mardi

Mon cher de moi,

Il est 3 heures. Je vais essayer de vous écrire encore avec

1. Ne dites pas « dites-lui mon amour » mais « donnez-lui [mon amour] ».

un œil. Tout est béni de soleil. Cela sent violemment et doucement l'Italie dans ma chambre. Il n'est pas possible que je perde la lumière. J'aurai un bandeau, comme Annunzio et l'amour, mais à droite seulement. Il n'y a pas de désespoir tout à fait affreux, dans le soleil. Ne penses-tu ?

Je crois que cette maison va devenir charmante. L'antichambre est grattée de son papier, et la salle à manger, qui s'agrandit d'autant. Que j'ai plaisir à penser que je crée un lieu pour vous, plein de couleur et de repos ! Décidément, je fais du salon — (votre chambre) une bibliothèque, le panneau livres par là. Cette pièce est trop délicieuse, à présent, pour n'y pas travailler ; car elle ouvre sur le carré du milieu si bien ordonné, et voit aussi le nouveau champ de giroflées (qui seront roses, violettes, pourpres, dans un mois.)

La chambre aux toiles de Jouy, sera la chambre à l'est soleil du matin, près de moi. Elle a déjà un papier jaune, sur lequel les toiles sont d'un sang de grenades, vous verrez. Répondez pour plinthe escalier (le machin en faux bois qui court sur le mur, et sur lequel s'appuie bêtement la fenêtre qui regarde le garage.) Dois-je l'enlever ? Je le crois. Pour plinthe salle à manger à surélever, il faut que je mesure hauteur paravent, d'abord. L'Italien a été à Saint Laurent du Var chercher oranges en caisse, que je mets dans les espaces libres en bas des carrés, pour fermer.

— Claude n'a pas recommencé à travailler, seulement Vendredi. Il paraît que la moitié élèves partis car on a triplé les prix. Niveau est devenu assez bas. Je pense qu'il sera bon que je refasse du latin pour l'entraîner. Et je vais me faire lire à haute voix une histoire romaine en résumé, que j'ai dictée à Grasse, à Brada[1], — qui est bien jeune, jeune, mais il y a de l'air dedans. Avons retrouvé le binôme ! et je comprends que je comprends des choses que je désespérais de comprendre. Si cet œil le voulait, comme j'occuperais nos soirs ! Claude est plein de vie, et tout à

1. Germaine Samazeuilh, dite Brada, amie de jeunesse de C.P., l'avait aidée à préparer le baccalauréat.

fait gentil, curieux, intéressant et tendre, depuis qu'il est seul avec moi et que l'espèce père a décru. Il lit avec volupté les affaires italiennes, qui sont d'un comique héroïque et sans périls ; il y a du Scapin dans nos ancêtres, surtout quand ils veulent faire genre statue. — Voilà une troisième guerre, hein ?

— Vous ne m'avez pas dit si cette Alvar était jolie[1]. Le fait compte. Monsieur des baignoires, on ne se sert pas de vase, c'est affreux. Je ne sais ce que c'est. Ne vous ruinez pas en *tips*[2]. Vous n'avez aucune raison de le faire, les laquais sont payés, sur-payés. Achetez des cols, une chemise, et prenez des échantillons des étoffes (ça malin) à faire venir par votre tailleur. Ne m'en veuillez pas de vous écrire que pauvretés. Tous mes zaïmphs à peau sacrée sont encore au fond. Dessus, il n'y a que la vie légère, triste, ardente pour rien, de toujours qui s'enroule trois fois autour de ton front, et te fait dieu.

Karin

[*Enveloppe :*]
Monsieur Paul Valéry
[*Barré :*] C/o Madame Alvar
14 Holland Place Park
London
Angleterre

[*Autre main :*]
40 Rue de Villejust
Paris — 16
France

[*C.p.*] NOTTING HILL *II/2-11-22*

1. Valéry loge à Londres chez Mme Alvar qui accueille souvent des artistes français.
2. Pourboires.

À PAUL VALÉRY

Vence [*jeudi*] 2 Nov[*embre 19*]22

Cher Monsieur des cartes postales

Je vous ai écrit tous les jours excepté hier. Une lettre est partie Vendredi soir de Bordeaux, une Samedi de Nice, une Dimanche d'ici, une Lundi, etc.[1] — Je ne comprends pas que celles de Vendredi et Samedi ne soient pas encore à Londres Lundi. Je ne savais où adresser hier. Je vois par votre laconique Lundi que vous embarquez à cette heure-ci. Et je m'avance vers Paris, pour vous parler enfin de terre à terre... cela me paraissait si difficile à passer, ce *channel*[2]. J'ai encore mal aux yeux. Je ne puis envoyer qu'une page, et au prix de grand effort. Mais cela va mieux. Je préfère que vous n'ayez pas reçu mon avant-hier, tout à fait médiocre par le tonus, qunéiforme, aKarine.

— Il fait doux. Hier, j'ai pris un coup de soleil, à travers deux ombrelles superposées. Les plus grands travaux sont devant être accomplis : un maçon arpente le pré pour mesures de murs ; un entrepreneur enlève les lanternes et les cacas roses façade, (tout cela pour ces jours-ci) mon Italien a trouvé des orangers, que je place entre les amandiers sous la terrasse pour égayer l'entrée, et protéger des regards de la route. Enfin l'on transforme l'arrière poulailler en étable, avec vache dedans. C'est l'Italien qui a exigé cette vache, sans ça il s'en va ; j'ai dit oui parce que je l'aime ; il me donnera 1 litre lait cadeau par jour. Cependant l'on gratte les murs intérieurs, on va commencer chercher les tons. Il faut que vous veniez, vous vous amuserez beaucoup. Je vais à Marseille le 11.12.13.14 Novembre rendez-vous avec Jacques qui lui-même a rendez-vous avec Morin. Venez en descendant de Zürich[3], nous ferons une noce marine et indo-chinoise. Au

1. C.P. a quitté La Graulet pour Vence vendredi 27 octobre. Aucune des lettres qu'elle mentionne ici n'a été retrouvée.

2. Cette Manche.

3. De retour à Paris de son séjour à Londres, Valéry va repartir pour faire une tournée de conférences à Genève, Lausanne, Zurich et Neuchâtel.

revoir mon chéri ; je ne sais plus rien de vous, après toutes ces cartes, ni même si vous m'aimez.

Et il faut que je ferme toutes les portes sur mon cœur, pour entendre la voix qui me parle du fond de ma vie.

CK

[*Enveloppe, adresse dactylographiée :*]
Monsieur Paul Valéry
40 rue de Villejust
Paris

À PAUL VALÉRY

[*Vence,*] Samedi matin 4.11. [*19*]22

Mon cœur de Tout,

Post card de *Wednesday*[1]. Il n'a rien reçu. Il est *anxious*[2]. Au diable l'espace. Que deviennent mes lettres. Madame Alvar les mange peut-être. L'écriture de l'enveloppe l'a tentée — ou est-ce que j'ai mis *Place* au lieu de *Park* ? Mon âme, je t'en prie, ne cesse pas d'écrire ; ou plutôt, si tu le fais, que ce soit dit, accepté, délié ainsi par l'un et l'autre et sachant pourquoi. Vois, je n'ai rien su de votre temps ni de vos visites, rien, que la baignoire, l'eau chaude et les coupes à potage de l'arrivée il y a huit jours.

Hier soir, je commençais d'imaginer que nous nous quittions. Je tirais un peu sur la corde (celle qu'on ne sent pas, et puis qui « tout de suite vous étrangle »...) (Vous disiez ces mots précis, ces mêmes mots un de nos derniers matins, et je revois où : l'allée le long du Pavillon, passé le Pavillon, passant devant le banc devant la grande prairie[3].)

Cette tendresse douloureuse que j'ai pour vous, comment se déliera-t-elle ? Elle a résisté à toutes les blessures, à tous

1. Carte postale de mercredi.
2. Inquiet.
3. C.P. évoque La Graulet.

les ennuis ; et, plus, à toutes les déceptions. Qui la recueillera, quand vous ne la revêtirez plus ? À quel être errant de l'enfer, des limbes ou du ciel ? Quel frère s'y roulera pour dormir ? Je sais bien qu'après vous, il me restera Dieu. Mais — outre que je ne conçoive pas une arrivée à l'esprit dont vous ne seriez propre partie, — Dieu, pour m'être sans cesse sensible, n'en demeure pas moins extrêmement vague. Quelque chose comme l'électricité avant Maxwell[1]. Quand je coudrais même tous mes sentiments les plus profonds en un manteau royal, je ne saurais pas sur quelle Forme absolue les jeter.

On cloue en bas ; on scie ; on travaille à l'un ou l'autre membre de cette maison si mal inventée que toute la fantaisie possible ne la rendra peut-être pas délicieuse. La salle à manger, grattée de trois papiers qui croissaient inversement et peau à peau, en hideur, attend les conceptions arlésiennes ou japonaises. Je vais faire enlever ce soir, la plinthe de l'escalier, qui court en tortillon sous la fenêtre qui regarde la cour, car on n'a pas idée de poser une fenêtre sur une plinthe.

[*Dessin.*]

Dehors, le jardin est presque charmant. Les deux palmiers sont devenus immenses. L'eucalyptus a 3^{m} (trois). Il y a des chrysanthèmes rose très pâle, des dahlias. J'ai trouvé, à côté, un admirable buis, haut plus que moi de plus d'un mètre, et taillé comme un cyprès. Où voulez-vous le placer ? Peut-être, à l'entrée de la maison, seul. Les orangers sont couverts d'oranges ; — j'ai mangé deux citrons ; la treille a tant de raisins que je ne sais comment faire. Il fait le soleil large d'ici, inondant tout.

Je vous ai écrit que, si vous le vouliez, j'irais à Marseille, que Gaston Morin et Jacques s'y rencontrent le 11, que nous pourrions y arriver, vous par Lyon de Suisse, moi en quelques heures. Mais si *Desum*[2] n'éprouve pas qu'une dénivella-

1. James Clerk Maxwell (1831-1879) avait énoncé en 1864 une théorie générale de l'électromagnétisme, unissant en un seul concept des phénomènes électriques, magnétiques et optiques.
2. L'Absent.

tion (comme dirait Lebon[1]) le fait glisser au sud, qu'attendrions-nous, ici, de son amour ? La lettre pareille, du moins, mon chéri.

Catherine

Si ce Marseille soudain semblait un point de moindre effort, télégraphiez à temps. Je n'irais sans vous.

[*Enveloppe* :]
Monsieur Paul Valéry
40 rue de Villejust
Paris

À PAUL VALÉRY

[*Vence,*] Samedi *half past twelve*[2]
4 Nov[*embre 19*]22

Mon présent,

Je vous ai écrit à Paris, il y a une heure. Je vous récris, à Zürich. Il se fera bien que vous receviez ces deux lettres, et, j'espère, celle-ci, en arrivant. Le mistral s'est levé. Le soleil écrase ; je dois tirer les rideaux pour mieux voir. Toutes portes craquent et crient dans la maison.

Je pense à ces moments que nous avons eus, quand l'un retrouvait l'autre et s'emparait à la fois de toutes les pensées qui n'avaient pas été données, et de la tendresse que quelque idée mauvaise avait retenue ; à ces retours du simple au simple. Vous souvenez-vous ? Je pense que peu de choses égalent cela en puissance de douceur.

Parlez-moi, cher secret si connu mais si peu familier ; vous dont j'épouse l'essence mais dont je ne puis me lasser, car vous n'êtes pas seulement ma curiosité d'aujourd'hui, mais si je

1. Gustave Lebon (1841-1931), médecin et sociologue lié d'amitié avec Samuel Pozzi, auteur de *La psychologie des foules* (1895).
2. Midi et demi.

change, m'apprenez que vous étiez déjà mon changement ; si je trouve, que vous jouiez déjà de ma découverte, et enfin que l'avenir ressemble au passé pour nous réunir l'un à l'autre.

Je reprends le travail tous les jours, le matin d'abord, et puis de 3 à 4 heures. Dans le dégoût des travaux d'ouvriers, dont le temps t n'est pas de mon espace, et qui vont mettre deux semaines à commencer ce que j'ordonne en deux heures, il n'est que de s'asseoir à la grande table de chambre bleue, que placer Karin ante Karin, et devant elles deux, trois gerbes de chrysanthèmes. Et dedans près, tout contre serré, mon ami, qui ne m'admire pas.

C

[*Enveloppe :*]
Monsieur Paul Valéry
aux soins du Ministre de France à *Zürich*
Zürich
Suisse

À PAUL VALÉRY

[*Vence,*] Lundi. [*6 novembre 1922*]
Sera postée à Nice, devrait arriver demain.

Oh Lionardo mio, il ne fallait pas vous taire. Pourquoi supposiez-vous des choses que je ne pouvais penser, après ces jours de confiance ? Je commençais d'être malade d'inquiétude.

Moi, je n'accusais pas votre amour. J'y crois ; c'est bien là ma dernière folie. J'étais terrifiée… je devenais terre… en vous croyant mourant. Vous êtes un corps si léger, ma douce âme ; je l'ai compris là-bas en vous voyant être malade ; et plus jamais ne serai sûre de pouvoir mourir avant vous.

Cette chose qu'il faut que j'écrive à présent, n'en soyez atteint d'aucune manière ; mais vraiment tout mon sentiment est de l'écrire, et la voici : que vous mouriez et que je demeure, et je ne vivrai plus que pour vous. Cela signifie tout ; il faut le croire ; et ne pas me demander d'expliquer davantage.

Vous n'allez à Zürich que 15-20 Novembre. Vous ne répondez pas à l'interrogation, viendrez-vous dans le Midi après ? L'hiver commence pire que jamais à Paris ; ici nous sommes en blanc, serge et toile ; il n'est pas même nécessaire d'allumer du feu. Le souci m'est constant, que vous ne preniez une seconde congestion pulmonaire, et la seconde est tellement plus grave toujours... c'est celle qui fait la marque inguérissable. Je vous en supplie mon enfant, ne traitez pas légèrement cette crainte, ni consentez à cet avenir. Et puis — ô pense, pense, qu'il est si peu de temps à deux vivants, pour demeurer l'un contre l'autre.

Une chose extraordinaire, hier. Dans la rue un M^{r} m'aborde (genre casino, avec une dame demi bien) me demande acheter l'auto pour 13.000. Refus. Exaltation du monsieur, qui me veut prouver que je dois vendre. Puis, sans transition, me parle de la villa — et m'en offre *150.000 net.* Refus. Discours sans fin du Mr ; réponses ; c'est pour en faire une pension (encore) et il ne me délogerait pas cet hiver ; ne demanderait à posséder que l'hiver prochain, mais veut faire l'acte de vente *aujourd'hui.* Refus, mais permission venir m'en reparler. Il arrive à 2^{h} — et, entrant, offre 170.000. C'est comme je vous le dis. S'il avait offert ferme, avec un notaire au cul, je pense que j'accepterais. Mais il m'inspire méfiance. Il ressort d'ailleurs que ce n'est pas pour pension, mais pour sanatorium, et que le Dr Greffier (votre gendre[1]) est dans l'histoire. Je vais aller voir Maître Hugues ce soir ; on me dira bien ce qu'il faut penser. Évidemment, je lâche à 170 si le type est solvable. Prière raconter à Brimont. Ai payé La Collinette 104, plus 10.000 de droits. En somme, je n'ai fait qu'une affaire dans ma vie ; et malgré moi, comme un chien qu'on fouette : c'est cette maison. Le maçon — l'entrepreneur qui l'a construite — était ici il y a 2 jours ; je lui ai demandé ce que cela coûterait d'en construire une pareille : « il ne le fait pas à 120.000 » — or il y a 9.000 m^2 de terre, et la terre (d'autres lots sont à vendre par ici, et les prix établis) est a 7 francs minimum = 120 + 63. De plus, c'est la seule maison parfaitement abritée, appuyée à la montagne, assez proche ville et loin route, ayant chauffage etc. —

1. Il doit s'agir d'une plaisanterie. La fille de Valéry, Agathe, n'avait alors que seize ans. Elle ne se mariera qu'en juillet 1927.

Enfin, elle fera prime pour sanatorium, c'est évident ; il me semble que je puis ne pas lâcher. (Ils ajouteraient une aile à droite, près tonnelle.) — Ceci d'ailleurs me paraît affaire à travailler en ouvrant yeux. Votre « gendre » est une fripouille. L'autre, a comme fonction « d'inspecter » les casinos de Nice et d'Aix-les-Bains ! Ils ont, (dit Mrs. Johnson[1]) empaumé une vieille dame avec des valeurs, qui sans doute est le mouton gras de l'entreprise.

— Vu Mrs. Johnson hier ; charmante, enfantine, pleine d'idées pour le bien des hommes ; se jette à chercher une lettre d'un rédacteur de *L'Écho de Paris* à qui elle a envoyé de l'argent et des idées humanitaires ; me parle d'une société à fonder pour le placement de *lady-servants*[2] ; et enfin me montre une jolie vraie vieille maison du pays, à vendre à côté de chez elle, avec le toit comme vous les aimez et des orangers sauvages. Soixante mille. Si je vends la Collinette, voulez-vous que je l'achète ? Elle me revient ainsi, à rien exactement. Mais si je vends, resterai-je ici ? J'y ai réfléchi ; je ne crois pas que ce soit *advisable*[3]. La raison, c'est Claude.

Une, deux visites au directeur de l'École Moderne, m'ont convaincue qu'il faudrait chercher ailleurs, l'an prochain, le haut latin, les belles sciences. Je ne puis me séparer de l'enfant, qui serait malheureux interne, à qui je suis utile, puisqu'il retrouve chaque hiver en peu de semaines dès qu'il me retrouve, la flamme de curiosité, le plaisir des choses pensées — le voici, tel que vous ne l'aviez pas reconnu en Septembre ; il a suffi que nous fussions seuls tous les deux pour que le langage du boulevard saisi des issues de Mr Bourdet, ne se répétât plus. Mais un dialogue physico-chimico-politique, plus honnête vraiment, et qui me donne l'impression de faire du tout petit P.V. — oh, tout petit, tout petit. Alors, nous n'aurions, — pour son bac, ses licences, — que 3 Facultés au sud ; et il ne faut quitter Vence que pour une Faculté : Aix Marseille ; Montpellier ; Alger. Après dîner, en discutant ensemble, avons opté pour Alger. C'est où nous en sommes.

1. Nous manquons de précisions sur cette personne.
2. Gouvernantes.
3. Souhaitable.

Cependant, les peintres raclent, les compositions décor mur se travaillent, et je t'aime, je t'aime, si tristement, si vainement, si hors d'atteinte et de retour.

C

Ne réclamez pas lettre C/o le Ministre de France Zürich, car on lit à la frontière. Renvoyez-moi le paquet de Mme Soy[1] ou détruisez. Il y a une chose que je ne pourrais pardonner c'est la plaisanterie d'envoyer à B[2]. Fais-le maintenant, aujourd'hui.

Allez voir Maman arrivée ce soir.

Cher toi, cher moi, dis-moi, dis-moi…

[*Dessin*]

Dessin de Claude

La plinthe a large = (épaisseur) 11 cm.

Il serait possible diminuer largeur plinthe et la poser plus bas de façon à ce que la fenêtre n'appuie dessus mais une plinthe près du sol, bizarre

[*Enveloppe* :]
Monsieur Paul Valéry
40 rue de Villejust
Paris

[*C.p.*] NICE ALPES-M^MES^/6-11-22

1. Mme Soi, c'est-à-dire elle-même ?
2. Il est peut-être question d'envoyer ce paquet à Renée de Brimont.

À PAUL VALÉRY

[*Carte postale illustrée :*]
(2164) ROMA — *Tempio di Vesta* et *fontana*

[*Vence,*] Ce Vendredi 17 Nov[*embre 1922*]

Cher Maître,

Vous avez deux lettres à Neuchâtel, sans autre intérêt que le témoignage d'un disciple fidèle. Faites, que nous sachions vos voyages prochains. Eurydice m'a dit vous avoir écrit à Genève, mais avoir reçu trop tard l'avis de Zürich pour vous y suivre. Il fait beau, nous n'allons pas trop bien et cette île d'oranges et giroflées est au bout de l'univers.

[*Sans signature*]

Monsieur Paul Valéry
aux soins du Consul de France à
Lausanne
Suisse

À PAUL VALÉRY

[*Vence,*] Dimanche matin 19 11 [*19*]22

Vous écrire, si je veux autre chose qu'envoyer l'agenda des pas inutiles, — une lettre, c'est cela d'abord, malheureusement ; vous écrire c'est tomber dans un songe. C'est tout quitter, c'est toucher à ce fond, cette assise de la vie, à quoi l'on ne pense pas, et qui supporte la personne occupante, occupée. Seul être de tous les êtres, vous qui êtes immobile avec moi devant, au-delà des choses.

Vos lettres du 16-17 — ou plutôt voici l'une du 16 ; la carte n'est pas datée. Depuis deux jours je n'avais rien. Je comprenais que c'était votre avance vers l'ouest et ces boches (que je devrais vous faire connaître, car vous y découvririez des richesses) (et ils seraient éblouis de vous). Mais enfin vous revenez. J'ai télégraphié tout à l'heure, pour que vous sachiez qu'il y a du papier à Neuchâtel, à Lausanne, aux soins de consuls inexistants peut-être — admirez ce voyageur, qui me donne dimanche l'adresse du lundi ! et les lettres mettent un jour, d'ici à Nice...

Yeux un peu mieux pour avoir cessé d'écrire. (Écrire, pire que lire) et presque, de lire. Si cela devait durer, je deviendrais aussi amère, et pleine de pitiés de moi, qu'il est inélégant de montrer au créateur. Non, pourtant, je ne crierai pas contre toi, créateur — ces sottises contre les hommes, viennent d'ailleurs. « ... *per lor maladizion se non si perde, che non possa tornar l'etterno amore* [1]... » Il ne m'a pas blessée ; Il aime celle qui l'aime, en moi, et cherche l'esprit. Si je retombe et chaque fois meurs, et reçois ces coups dans le côté, sur la tête, ce n'est pas Lui qui m'aveugle ou m'étrangle, et punit de le désirer. — On est obligé, vous comprenez bien, de redevenir Cathare, pour accepter l'inacceptable. — Enfin, j'y vois ; ces phrases « profondes » devancent le temps ; il ne s'agit encore que d'accidents bêtes, de quoi perdre un mois de novembre dont il aurait pu se faire quelque chose.

Je continue de penser l'article anglais[2]. Que c'est difficile. Je relis Léonard, et c'est la même « surprise acceptante ». Voilà du latin, que vous compreniez tout de suite, et qui peigne l'étonnement et son contraire — cela que vous avez d'abord été pour moi, comme d'apercevoir l'imprévu, qui était pourtant le voulu...

1. *Per lor maladizion sì non si perde,*
che non possa tornar, l'etterno amore,
mentre che la speranza ha fior del verde.
Dante, *Purgatorio* III, v. 133-135

Mais de ces maudissons le dam n'est tel
qu'on ne puisse ravoir l'éterne amour
tant qu'espérance un brin de vert conserve.
Dante, *Œuvres complètes*, tr. André Pézard (Gallimard, Bibliothèque de la Pléiade, 1965) p. 1137.

2. Il s'agit, peut-être, d'un article sur Katherine Mansfield (qui n'a jamais été retrouvé).

Je dois cesser d'écrire. Et je n'ai pas dit, cela pour quoi j'ai vraiment commencé d'écrire : que je suis inquiète de vous, très, très inquiète ; que je vous connais fatigué, prêt à être en danger d'une grippe qui passe — qu'il ne faut pas attendre pour venir dans le Midi vous refaire un peu — que cela ne vous coûtera rien, que Meyer[1] ou un autre vous aura bien le voyage, que deux cent volumes sont à vous, parmi lesquels beaucoup vous plairaient ; que la maison devient ravissante,... ne pensez même pas à

CK

Ma mère doit venir. Je serais aise qu'elle vînt pendant que vous êtes là — à cause de tous — elle ne vous déplaît pas et vous lui plaisez. J'ai 2 chambres à donner (les deux de l'est) et je vous laisse en plus la bibliothèque, avec un immense bureau à tiroirs qui ne sera que pour vous, on aura défense d'entrer. Mon ami Lionardo, il faut, il faut.

CK

Allez voir Longchamp Lalla pour qu'elle me parle de vous. Où planter le grand buis ? Si escalier ocre comment fenêtre et plinthe ? Le vert émeraude et blanc pur salle à manger ravissant.

[*Feuille jointe :*]

Cette lettre est fade et l'on n'y sent pas du tout le bout du cil de la bête mais je ne suis pas très bien, mon cœur du cœur. Ne lis pas trop ; embrasse seulement la pauvre mince présence qui s'approche.

[*Enveloppe, adresse dactylographiée :*]
Monsieur PAUL VALÉRY
40 rue de VILLEJUST
PARIS

[*C.p.*] VENCE ALPES M^{MES}/20-11-22

1. Voir *supra* p. 322, n. 1.

À THÈRÈSE POZZI

[*Carte-lettre :*]

[*Paris*] Samedi [*16 décembre 1922*]

Chère dame et amie

Je me sens fatigué depuis ce matin, et si déprimé ce soir, que je renonce à venir après le dîner vous dire au revoir. J'espère venir demain vers 6ʰ ½ mais si j'en étais empêché, vous trouveriez dans votre si grande bonté de quoi m'en excuser. Je vous souhaite un beau voyage, et un séjour heureux dans cette Vence charmante, où je voudrais tant vous accompagner. Je vous prie de remercier Madame Catherine de toutes ses bontés, et je n'oublie Jacques, dont les prévenances me touchent profondément.

Recevez, chère dame et amie, mes vœux les plus affectueux et l'expression de ma respectueuse amitié

Paul Valéry

[*Enveloppe :*]

par pneumatique

Madame Pozzi
123 Rue de Longchamp
XVIᵉ

À CATHERINE POZZI

[*Carte postale illustrée d'une rue au Japon :*]
CHERRY BLOSSOMS AT AKASAKA-MITSUKE

[*Paris,*] Mardi [*c.p. 19 décembre 1922*]

Chère amie,

Je voudrais bien avoir des nouvelles du voyage de Madame votre mère. J'espère qu'elle n'en a pas été trop fatiguée. Je vous avoue que je l'ai suivie par la pensée, et que ma tête a roulé vers le Sud et le soleil, cette nuit. Je déjeune demain tête à tête avec *Martine*[1].

Dites-moi ce qu'il en est de vos yeux. Je suis anxieux de leur état. Je vous envoie mille amitiés, et mille souvenirs à Madame votre mère.

P.V.

[*Adresse :*]
Madame Catherine Pozzi
La Collinette
Vence sur Nice
Alpes Maritimes

CATHERINE POZZI, *JOURNAL*

8 janvier 1923

Un mot d'une lettre me rappelant le séjour de Jolie de Brimont et tout l'intermède équivoque de mars[2], un autre mot citant l'Amazone[3] qui s'enquiert de moi « avec un œil améri-

1. Martine de Béhague.
2. C.P. fait allusion à la visite de Renée de Brimont à Vence et à la crise provoquée par le séjour de Valéry avec elle à Nice.
3. Nom donné par Rémy de Gourmont à son amie américaine, Natalie Clifford Barney, à qui il avait adressé ses *Lettres à l'Amazone* (G. Crès, 1914).

cain » achèvent de faire surgir une ancienne Catherine, celle qui fut janséniste et ne mentait pas.

Mercredi 10 janvier 19[*23*]

En 1921, peu après ce mois-ci, j'étais à Montpellier, pour subir et porter votre faute[1] et vous m'écriviez « je ne vous enverrai que du papier et des paroles » ; et vous m'avez, à *cela*, abandonnée, mais sans cesser de vivre avec la personne[2] que je ne pouvais imaginer sans horreur vous voir servir.

Quelques mois avant 1922, quand je me jetais à Paris malgré d'avoir été de nouveau malade, et pour être protégée contre la folie intermittente de mon frère le plus jeune, et consolée de n'être pas aimée de Maman ; avec un chagrin excessif sans doute, mais faisant mal ; vous m'avez à peine accueillie et n'avez pu trouver le temps de me suivre jusqu'au chemin de fer qui me remportait, car vous aviez l'habitude de rentrer à cette heure-là[3]. Seulement après, vous m'avez envoyé du papier et des paroles ; il y en a pleins tiroirs. Peu de jours avant 1923, ce qui reste indomptable et bien vivant de flamme et de force est menacé de la nuit[4]. Vous m'avez abandonnée à une mort pire que La Mort, si elle est vraie, si elle advient ; mais vous donnez le papier et les paroles, et c'est assez, dites-vous, « d'un homme comme moi ».

[...]

Lettre de Hell, redevenu domestique, et content.

1. C.P. se croyait enceinte.
2. Jeanne Mühlfeld.
3. C.P. fait allusion à la crise affective du 23 octobre 1921.
4. C.P. se croyait menacée de cécité.

11 janvier 1923

Dimanche, il y avait cette lettre de L., pleine d'angoisse parce qu'il sait être non loin de moi celui-ci[1], pleine de menaces : « lui aussi pourrait, etc. » Cette lettre est tombée dans mes mains comme je partais pour l'église. J'étais prête à prier, car je venais d'avoir l'idée de la présence du Christ dans l'humanité, comme je m'éveillais... Si je contemple le dessus de mon âme de ce jour-là, il me paraît un grand espoir religieux, et cet espoir, porté en avant par un dégoût de L. et de moi-même. J'ai à peine lu cette lettre.

Dimanche 21 janvier [*1923*]

Je n'ai pas écrit à L. depuis le 7. Depuis ce temps (deux semaines), je ne fais qu'envoyer des nouvelles dictées, sous prétexte de mes yeux. À quoi bon continuer ce dialogue passionné, dont les phrases ne sont pas destinées à devenir de la vie ? Prendre un livre dans ma bibliothèque, c'est la même chose.

Vendredi 26 janvier [*1923*]

Je n'ai toujours pas écrit à L. J'ai dicté une lettre quelconque hier. Voici le facteur et mon cœur devient serré. Je souhaite, comme tous les matins, qu'il n'y ait pas de cette écriture qui m'apporte, depuis, trois ans, le malheur.

Et voilà la lettre. Il gémit, il appelle mon silence « la plus dure épreuve », il ne comprend pas. Ô qu'il se taise enfin, enfin ! *Je ne peux plus* recevoir ces prières du saint à son Dieu, ces hymnes à moi, ces tendresses étincelantes ; il y a une moquerie trop atroce à être appelée ainsi, en même temps qu'abandonnée.

1. Jean Marchand.

À PAUL VALÉRY*[1]

[*Vence, samedi*] Le 27. 1. [*19*]23

Est-ce que ceci est une lettre à quelqu'un ? Pour qui serait-elle écrite ? Mais à soi, comme toutes les lettres qu'on écrit. Ou bien au témoin invisible dont la présence est nécessaire afin que résonnent en quelque ESPRIT toutes les paroles inutiles qui sont prononcées dans le monde. Preuve bien fraîche, à offrir à Mr. Maritain[2], de l'existence de Dieu. — Se défendre, c'est se diminuer, et s'expliquer, c'est se défendre. Comment est-il le plus beau d'agir, face à celui qui vous a fait le plus de mal, et qui ne le comprend pas ? Est-ce d'en exposer l'histoire, afin que le silence ait ensuite une raison ? Comme si la raison valait quand balancent contre vous les désirs noués avec la vie, et l'égoïsme de la vie qui vous a choisi pour sa propre nourriture ! Que votre sang coule un peu dans ces circonstances, « *it is part of the thing*[3] », et ne vous justifiera jamais de vous en aller.

Il ne faut pas se justifier. Il est, aussi, lâche de faire ressentir la blessure en l'infligeant, à qui refuse de la comprendre, expliquée. Le premier moyen est pauvre, le second, médiocre. Et puis, dans un cœur désespéré en vérité, il n'y a place que pour de la fatigue. Les coups sont donc indignes de lui, comme les discours. — C'est pour vous éviter les uns et les autres, Valéry, que j'ai voulu que vous ne vissiez plus mon visage.

La prudence du ciel, en me bouchant les yeux avec cette douleur inexplicable et presque toutes les nuits, m'a proposé une excuse décente de dicter mes lettres et de les rendre impersonnelles, échappant à la tentation du reproche, à la honte de la plainte ou de l'aveu. Cette lettre-ci, qu'il faut bien que je dédie à la Grande Oreille, ne vous troublera même pas, d'être tracée avec une écriture qui cache trop

1. Copie dactylographiée, jointe au *Journal*.
2. Jacques Maritain (1882-1973), philosophe thomiste, et sa femme Raïssa, vont devenir des confidents et conseillers spirituels de C.P.
3. Cela fait partie de la chose.

mal qu'elle vient d'un être trop vivant. J'espère qu'il n'y aura pas autant de peine, que de pitié ; et comme pour la première fois depuis que je vous écris, je ne le fais pas pour vous appeler à moi, j'espère qu'elle sera sans violence.

Il faut excuser la maladresse possible de quelques mots que j'emploierai et qui ne viendra que d'une habitude héréditaire d'examen de conscience, dressée à n'employer, quand il s'agit de se peindre, que de la couleur pure, généralement désagréable à voir. En voici. Jetez-la si elle vous offense. Je jure qu'elle n'est pas mise sur ceci avec méchanceté.

Quand je vous ai aimé, vous étiez, ce que vous êtes toujours, l'esprit vivant où trouver le son parfait de ma seule musique profonde, et je me suis connue, avec surprise, la seule réponse vivante qui pût vous parler. Quand je vous ai connu, vous étiez domestique. Je crois que j'en ai plus souffert que vous. Passons sur cela. Il semblait que quelques succès mondains (que vous partagez avec Jaloux, Bonnard[1], Benoit[2], Marchand, Domergue, et une foule d'autres qu'à tort ou à raison vous comptez pour rien), vous relevaient à vos propres yeux de l'horrible attitude que la vie vous avait poussé à prendre.

Je ne pensais pas ainsi. Vous n'entendrez jamais, en conséquence, l'espèce de martyre que j'ai subi. Il y a un grand vice en moi, c'est l'orgueil. C'est dans ses vices n'est-ce pas, que l'on souffre ; il n'y a pas longtemps que je le sais. Vous n'avez rien épargné à cette part de moi, la plus ancienne, la plus acharnée, la plus énergique, — la pire, suivant l'évangile, et pourtant celle qui m'a seule soutenue quand tout était perdu. Je lui ai fait faire, à ce moi douloureux, les actions qu'il pensait ne jamais descendre à faire, et il vous a accepté dans l'humiliation, parce que j'avais besoin que vous soyiez heureux.

Mais vous, n'aviez pas du tout besoin que je sois heureuse. Je vous aimais tellement, pourtant, que c'était possible. Que

1. Abel Bonnard (1883-1968), écrivain et journaliste, futur ministre de l'Éducation nationale dans le gouvernement de Vichy.

2. Le romancier Pierre Benoit (1886-1962), élu à l'Académie française en 1931.

c'était facile. Il n'y avait qu'à me donner l'illusion d'une noblesse, d'une rigueur, d'une pureté invisibles, qu'à faire de votre pauvre vie quelque chose de si fier, de si sauvagement inaccessible, qu'elle soit aussi belle qu'une vie libre, aussi haute que si elle n'avait pas été attachée. Plus de deux ans de prières ne purent vous faire exaucer cela, et vous m'avez donné seulement l'horreur de voir l'homme que j'aimais le plus, accepter des aumônes, et servir à la fois de parasite, d'animal familier, et discoureur pour soirées parisiennes, à la personne la plus vulgaire mais la plus outrecuidante de ce temps, qui disait à qui voulait entendre, qu'elle ne vous élevait pas aux avantages d'amant parce que vous n'étiez pas en situation de l'emploi.

Je pleurais, je vous reprochais ; je vous pardonnais en moi-même, et j'espérais toujours. Et tout de suite, le destin que vous m'aviez ouvert devint terrible. Vous aviez pensé à votre joie, pas à ma sécurité. Je portais pourtant encore le nom d'un autre. La faiblesse de mon corps était pourtant grande, qui venait à peine de guérir.

Valéry, je ne crois pas que j'aie fait beaucoup d'actions admirables dans ma vie. Mais j'en ai fait une. Je n'ai pas refusé de payer. Tous les courages que vous avez toute la vie évité d'avoir, je les ai eus à votre place, d'Octobre à Mai 1921[1]. Je ne vous demande pas de vous faire même une faible image de ce que fut ce malheur. Mais sa vraie amertume, ce ne fut pas la terreur du corps, qui me l'a donnée. Vous m'avez abandonnée à cela, Valéry, bien abrité que vous étiez dans les coussins de Madame Mühlfeld.

Ah, je sais, vous étiez aux gages de Lebey encore. N'osez pas vous contenter de cela. Il n'est pas de serviteur qui n'obtienne 8, qui n'obtienne 3 jours s'il les exige. C'était d'autant plus facile que vous aviez écourté vos vacances de la Graulet, en disant que vous reprendriez cette semaine dans l'hiver. D'autant plus facile, que votre famille de province habitait l'endroit où je m'étais enfuie. Vous m'avez abandonnée. J'ai lutté seule. Quand, à bout de forces je vous ai écrit que, si je survivais, je serais cassée, usée, incapable de redonner en-

1. Pendant cette période, C.P. a accepté le risque d'avoir un enfant de Valéry.

suite des joies à l'amour, vous m'avez répondu des injures, et redemandé vos cahiers.

Cette épreuve finit à Paris, sur le lit où je cachais si bien mes hémorragies de tous les soirs, et où vous veniez me tenir des reproches, sans fin, sans pitié, car je ne savais plus chercher à vous promettre de paradis. Sur ce lit où je suis devenue phtisique. Je le suis toujours.

Il faut que notre mélange intellectuel soit quelque chose de bien extraordinaire, pour que j'aie continué d'être près de vous. Comment, après une horrible atteinte en Septembre, je vous revins pourtant, risquant avec folie le voyage que vous n'aviez voulu faire, (j'avais mis comme condition, le renoncement à Mme Mühlfeld) (et vous aviez naturellement préféré ma tristesse, à cette contrainte-là,) et comment vous n'avez pu m'être acquis même jusqu'à la gare, car c'était l'heure de votre dîner, et de supporter un blâme chez vous, pour si peu de chose que votre enfant mourante, il n'y fallait songer… tout cela, c'est une chose si ancienne. Je n'en parle plus.

Je n'avais pas cessé d'espérer, voyez-vous ! C'est cela, le véritable étonnement, la merveille de cette histoire. Je vous connaissais, comme jamais être vivant ne connut autre ni ne connaîtra : et j'avais fait votre théorie. Je savais que vous êtes peut-être le seul exemple ayant existé d'un « tropisme » absolument constant, qui soit humain. Votre vie ne différait en rien de celle des organismes très simples, mus seulement par des différences de niveau. La volonté, l'organe du choix, curieusement introversé [*sic*], ne subsiste pour vous qu'au domaine des idées ; là, royalement, [elle] vous a fait atteindre à cette rigueur dont vous êtes destiné à ne jamais comprendre l'usage, quand elle mène une Action.

Il m'est arrivé, très tôt, de deviner que le bien profond que je pouvais vous faire, c'était d'obtenir que cette volonté toute spirituelle, descendît peu à peu jusqu'à votre vie. Ce n'était que de vous faire consistant avec une des notions que vous avez acceptées, qui est l'identité, *l'inséparabilité* de la pensée et de la chair. Pour que je réussisse, beaucoup de choses étaient contre moi. Votre « lieu », comme votre « temps », était tout ordonné déjà par les nécessités, par la direction d'une pente de moindre effort et d'habitude.

Elle a brusquement changé son chemin. Le hasard de la mort de l'homme aux gages duquel vous étiez, le départ de la mondaine qui vous tenait à son service. Quelle chance de Dieu ! Savez, entendez-vous, Valéry, ce que c'est, que d'attendre une chose trois ans, d'y donner son intelligence et son cœur, d'y crever son corps, et de la voir, quand tout l'a rendue possible, manquer ? Vous avez commencé l'hiver en descendant vivre avec les vivants. Que je fus heureuse ! Que je vous aimai ! Vous entendiez bien, sans savoir pourquoi, la confiance joyeuse de mes lettres et leur tendresse, leur tendresse si absolue qu'elle ressemblait plus à l'entretien de l'âme chrétienne, après la foi...

Enfin, quand vous fûtes de retour du bon travail fait en Europe, et libre d'ordonner l'avenir, je vous attendis. Il vous fallait gagner une douzaine de mille francs cette année ; et rien n'obligeait que vous les gagniez loin de moi. Un éditeur avait exactement offert 12.000 de votre prochain volume, et le bonheur faisait qu'il était écrit. Il était prêt, avec quelques autres, dans ces cahiers déjà classés par moi. Quel beau travail à deux, que mettre au net ensemble ! quelle richesse d'aide, d'entente et d'amour ! En attendant, je vous fis une maison. Tout ce qui vous plaisait, je l'achetai, tout ce que vous décriviez, je le copiai.... Les peintres, les maçons, organisaient le dernier cadeau de mon invention, une maison à votre bonheur, un lieu de votre esprit, le premier que la vie vous donnait enfin.

C'est tout, Valéry. Je m'étais trompée. J'ai attendu tout l'hiver. Au bout de trois mois, j'ai appris que vous aviez préféré une autre place de domestique ; puis, que vous vous êtes lié à une petite besogne suffisante seulement à nous désormais séparer[1]. Grâce au mal que j'ai pris pour vous, je ne puis, moi, venir à Paris, où vous signez contrat. Encore

1. Martine de Béhague a engagé Valéry comme conservateur de son importante bibliothèque avec un traitement de 6 000 francs par an. Il recevait, en outre, des honoraires de 12 000 francs par an de la princesse Edmond de Polignac pour faire des conférences dans son salon de l'avenue Henri-Martin. Bertholet, *op. cit.*, p. 253.

qu'une pneumonie de plus ou de moins vous paraisse assez supportable ; je n'ai même pas de maison, il faut loger chez ce frère qui me hait[1], à qui je n'avais pardonné que par égard pour vous.

Mais ceci n'est pas le pire. J'ai été, depuis Novembre, prise de douleurs des yeux, incompréhensibles, et plus atroces, d'être cela. J'ai connu la suprême terreur. Vous ne savez pas. Je vous attendais, comme le dernier refuge. J'ai crié, et je crois bien que certaines de mes lettres devaient être déchirantes, à faire pleurer un mort. Vous n'êtes pas venu. Libre, vous n'avez pas pris les 3 jours au jour de l'an, vous n'avez pas demandé un billet à un journaliste, vous n'avez pas vendu un manuscrit, vous n'avez pas fait le médiocre effort et le petit voyage... Vous m'auriez abandonnée, aveugle, comme vous m'avez abandonnée, portant votre péché. Mais alors, mon obstination vous trouvait des raisons contre moi-même. Je me disais : si rien ne l'attachait, il ne m'abandonnerait pas... Le désespoir absolu de cet hiver, c'est qu'il prouve que libre alors, vous m'auriez comme maintenant abandonnée.

J'ai fini. Et maintenant, je vous dis : il ne faut pas venir. Vous en nourrissez peut-être une vague velléité encore ; il est trop tard. Il est trop tard. En reprenant des gages, fût-ce pour épousseter la bibliothèque d'une de mes amies, vous avez affreusement blessé le haut espoir que j'avais de vous. En n'envoyant, dans un dernier hasard cruel de mon corps si puni, que « du papier et des paroles », vous avez fait crier avec trop de moquerie l'un contre l'autre, le mot que vous me dites et l'acte que vous me donnez. Si vous pouviez voir l'ironie désolée avec laquelle je lis vos hymnes à moi-même......................... Je ne peux plus vous parler, mon pauvre petit enfant. Vous, qui m'êtes apparu parfois comme mon but éternel......

J'avais trouvé ce moyen, de dicter mes lettres, car je n'ai plus assez de foi, pour vous montrer mon vrai visage. Ne me répondez pas un plaidoyer. Quand vous me diriez mille fois et mille fois encore, que vous ne « pouviez me donner

1. Jacques Pozzi, frère cadet de C.P., logeait chez leur mère.

que ce qui était à vous » c'est-à-dire, votre langage, ce n'est pas vrai. Je n'ai ni demandé de sacrifices, ni proposé que ce que vous pouviez faire honnêtement. Celle qui vous a livré la vie et la sécurité, et puis, ces mots sont vains. Mais enfin, si vous ne vouliez être qu'un manuscrit de ma bibliothèque, il ne fallait pas ruiner mon corps, ni l'appeler votre bien. C'est le printemps, et que cela m'est égal. Un rosier est en fleur, dont, depuis trois mois, je surveille les boutons en pensant que vous deviez vous en réjouir. Les roses vont être pour Henri Gonse[1]. Il sera, après demain peut-être, dans ce qu'on appelle depuis Novembre « la chambre de Valéry ».

Vous étiez trop sûr, Valéry, que vous étiez pour moi le seul ami possible et parfait. Je ne sais ce que j'obtiendrai de celui-là, qui m'est comme légué par Fœmina, mon amie morte. Elle disait de lui, en le comparant à vous, qu'il n'y avait pas deux hommes plus différents.... Je ne saurai jamais quelle a été sa volonté en nous rapprochant l'un de l'autre par cette main irrésistible qui ne nous lâchera plus. Et, pour tout dire, je n'espère rien de cette rencontre. Je sais bien que je suis faite pour rester seule. Mais sans une mère qui me comprenne et m'aime, (elle n'aime de moi que ce peu qui tint neuf mois à sa chair, et vient, bien cruellement, par une lettre à son fils cadet que je n'aurais pas dû surprendre, de me montrer que je n'avais vraiment plus rien au monde,) sans un homme pour me protéger, l'amitié me paraît quelque chose que je regarde avec une faim désespérée.

J'ai dicté que je viendrais à Paris : mensonge pieux, le premier je crois. Probablement, je pars en Avril par l'Italie, pour un immense voyage. Je suis si fragile qu'il est bien possible que nous ne nous revoyions pas. Ceci était d'ailleurs mon pressentiment : un de nous doit mourir cette année. Vous saurez tout : c'est pour cela qu'au prix de toute ma force je vous ai appelé. Riez-en. Moi, je vous dis, Valéry : fasse le ciel

1. Henri Gonse (1874-1946), décorateur, avait été un des intimes de Mme Bulteau, surnommée Fœmina.

que dans mille soleils vous et moi ensemble retrouvions l'année dont vous n'avez pas voulu.

EAR[1]

À PAUL VALÉRY*[2]

[*Vence, mercredi*] 31. 1. [*19*]23

Tout disparaît devant cette vérité grande comme l'esprit : il n'était question, au commencement de cet hiver, de rien moins que (enfin libre de dessiner vous même votre destin,) de ce qu'allait y être ma place. Vous avez décidé ceci : comme au passé, un encrier. C'est tout ; l'on renvoie cette feuille sans souhaiter faire d'offense.

Je ne retire pas mon engagement (si vous ne retirez) d'éditer votre œuvre si je vis plus longtemps. Qu'elle soit sauvée du « zèle » de quelques uns et de l'ignorance des ayant-droit, peut justifier contre vos regrets le gâchage de beaucoup de « papier et de paroles », d'ailleurs qui seront exactement conservés. Vous recevrez tant que cela vous sera agréable, des nouvelles dictées.

Nota bene Vous avez parfois considéré l'Encrier comme la place la meilleure, mais on ne vit pas que d'encre — tant du moins que l'on n'est pas mort. Si nous avions eu le plaisir de nous connaître l'un l'autre hors vie, le rien de votre espace que vous m'offrez m'eût certainement suffi. Il n'y a eu qu'une véritable difficulté entre nous, voyez-vous : c'est que j'étais vivante.

Le temps arrangera cela.

[*Sans signature*]

1. En anglais : oreille. C.P. reprochait parfois à Valéry, qui ne cessait de discourir sur lui-même, de la tenir seulement pour une oreille.
2. Lettre dactylographiée. Recopiée dans le *Journal* précédée par l'indication : « Avec lettre renvoyée non décachetée ».

CATHERINE POZZI, *JOURNAL*

Lundi matin 12 janvier [*février 1923*]

Je lui ai renvoyé ses lettres : je voulais en finir. Il m'écrit des cartes ouvertes. Enfin, j'ai lu et, naturellement, il menace de mourir : c'est la même histoire que l'an dernier. Du papier et des paroles, du papier et des paroles. J'ai de nouveau cru. J'ai télégraphié qu'il pouvait venir — mais il faut d'abord qu'il aille conférer ailleurs[1]. Et, comme tout lui semble remis en place, il m'admoneste, lettre avant avant hier afin que je ne pense plus à lui avec ma tête mais avec mon cœur. J'ai répondu, un essai théologique sur la Forme et l'Intellect. [...] Et ce matin, lettre, montrant que d'autres dames sont offertes, pour rien. Mufle que vous êtes, je ne répondrai pas. Les femmes sont touchantes devant ce qu'elles voient luire d'esprit.

À PAUL VALÉRY*

[*12 février 1923*]

Bouleverser votre vie ! Grands dieux, vous avez pu tracer ces mots sans rire ! Quand, pour me « satisfaire », comme vous dites, vous n'avez même pas changé votre chemin d'un trottoir à l'autre dans l'avenue Victor Hugo !

Tout cela est d'un médiocre achevé. Mais je ne puis permettre que vous me revêtiez d'une apparence aussi ridicule, que celle de la maîtresse qui « fait souffrir » sans même savoir pourquoi, qui bouleverse la vie de son admirateur comme un chien renverse des quilles, et n'a cependant que le reproche aux lèvres selon une méchanceté lunaire bête comme le sexe à lui tout seul.

1. Le 14 février, Valéry partira pour Bruxelles où il donnera des conférences sur la poésie pure et sur Baudelaire.

Je vous ai donné mon esprit, mon âme ; et ce que j'avais de biens visibles au soleil, est vôtre ; il n'était pas en mon pouvoir de vous apprendre en même temps la manière de vous en servir.

K

À PAUL VALÉRY*

[*Vence, vendredi*] 16. 2. [*19*]23

Le ton de votre lettre, cette ironie et cet air offensé, ferait rendre l'âme à qui saurait notre histoire. Il ne s'agit pas de Mr Lebey qui est un imbécile mais des paroles qu'il dira. Vous avez très soin de votre réputation ; pour mon fils, il faut que j'aie soin de la mienne.

Je vous avais offert l'extrême de moi — mais il y avait une limite à ce possible, celle de mon « honneur » visible au monde. Allez, je ne crois pas que le vrai, l'honneur devant soi même, ait pâti d'avoir aimé aveuglement, obstinément, et dans un tel malheur. Mais l'honneur pour les hommes, l'étiquette, le nom, que je jetterais aux chiens si j'étais seule, est aussi celui d'un enfant. C'est tout. Gardez vos paroles de digne reproche. Vous saviez depuis le commencement de l'hiver que je ne pouvais vous recevoir seul à seul. Il fallait sacrifier quelque chose à cela, fût-ce une conférence et son battage. Venir 8 jours en Janvier ou en Décembre (quand je n'étais pas seule) et nous retrouver quand les *circonstances qui se voient* permettraient ce bonheur.

Tout ce qui est pour moi difficulté, toute l'anxiété ou le dommage que peut apporter un scandale ou son ombre, ou sa possibilité seulement, vous est de rien. C'est cette preuve-là de votre insouci [*sic*] de moi qui m'effraie ; et ce sont les mots qui expriment cette preuve, dont vous me blessez une dernière fois aujourd'hui.

Que deviendrons-nous ? Je ne vois aucune manière de continuer à vous connaître. Je n'en puis plus d'aimer ce que vous êtes pour moi. Comme depuis 3 ans, vivre suspendue à vos mots d'amour et à vos actions d'indifférence ? Vous voir choisir ce qui nous sépare, être éternellement abandonnée, et puis nourrie de papier ? Recevoir un mois de vos vacances, et pour ce mois brûler un an dans une fidélité désespérée ?

Qu'allez-vous faire ? Vous irez prendre des thés, et parler. Que pouvez-vous faire ? Écrire les 10 pages que je n'ai jamais reçues. Elles diraient : « mon enfant, ma pauvre petite qui m'avez donné le sang de votre souffle et l'âme de votre courage, et la brûlante fidélité, et ce monde d'esprit où je retrouve le monde, et la conscience de ma conscience, et les tendresses de l'amour, je comprends enfin quel homme je viens d'être pendant des années, et j'en ai l'horreur. Je comprends ce que cela fut que de gâcher pour moi la vie et l'esprit et l'espoir en vain, en vain. J'ai l'horreur des insultes à votre fierté, des pas au service d'une autre que je n'aimais même [pas], des promesses jamais tenues, du long abandon. Plus horreur, puisqu'en vous disant les paroles éternelles, que mon existence démentait, j'exigeais à chaque minute, tout de vous. J'ai horreur d'avoir compté pour rien vos biens, votre santé, votre nom, votre honneur et vos peines, horreur d'avoir usé de tout mais sans donner que du papier à lettres en échange... ». Dites-vous cela ? Il vaut mieux que vous ne le disiez pas : je pardonnerais encore. Il ira seulement aux pintades, se faire peloter la gloire.........

Ah, je crains qu'il vous soit difficile de retrouver avant longtemps une vivante à votre mesure. Il lui manquera toujours quelque chose : soit le grec, ou Rome, ou la fantaisie, ou la biologie, ou la souplesse, ou la passion, ou les sciences ou peut-être seulement, le désespoir.

[*Sans signature*]

À CATHERINE POZZI

[*Carte postale illustrée :*]

Quentin Massys, *La Décollation de Saint-Jean-Baptiste.* Musée Royal d'Anvers

Lundi [*c.p. 19 février 1923*] — Bruxelles

Chère amie je pars à 5^h pour Paris, remportant une très jolie chose, que m'a donnée un sculpteur d'ici qui a beaucoup de talent. Je suis fatigué des réceptions. Trouvé un physiologiste très remarquable avec qui j'ai eu une conversation de deux heures vraiment bonne et fructueuse[1]. Je vous envoie mille amitiés.

J'espère avoir des nouvelles de vous à Paris.

P.V.

[*Adresse :*]
Madame Catherine Pozzi
La Collinette
Vence
Alpes-Maritimes

À PAUL VALÉRY*

[*Vence, jeudi*] 22. 2. [*1923*]

Vous écrivez que la douleur que vous venez de lire « vous poursuit, vous accable, vous éclaire ». Il fallait finir votre lettre là — qu'elle vous éclaire enfin.... Mais ces 2 mots, où il y a le pardon que je puis donner, et une sorte d'espoir peut-être, vous les effacez aussitôt en ajoutant ce portrait de l'accusé innocent, que pas une de vos réponses ne manque

1. Il s'agit sans doute du médecin lettré qui a organisé la visite de Valéry, le docteur Willy Schuermans.

d'établir. Oui, je vous hais, hélas, ou plutôt je hais en vous ce visage plein d'équivoque, qui sait changer d'une parole mon mal en caprice, et mon reproche en péché ; qui ne voit véritablement que soi même, et jusqu'en moi, soi même.

Mon erreur était d'être vivante, je vous l'ai bien dit. Non, je ne regarde pas *papier* ce que vous avez regardé *chair*. Souvent, en vous accusant de ne me donner que des *lettres*, j'ai pausé, hésité, parce que ces lettres étaient cela — que toute ma vie a voulu. Mais il n'y avait qu'elles. Comprenez-vous ? Non vous ne comprenez pas, vous êtes une sorte de fou en psyché. À présent, c'est bien la fin de ce qui fut vous et moi si vous ne choisissez le contraire. Ce contraire, je veux que vous le décidiez librement.

Aller à Beaulieu est inutile pour vous rapprocher car je n'accepterai pas que vous me retrouviez par surprise. Si vous partez le jour où vous recevrez cette lettre vous pouvez arriver ici. Attendez ! Il ne s'agit pas de reprendre le conte de fées là où il s'arrêtait fin Janvier. Vous viendrez, si vous le voulez encore après ce qui va suivre. (Ma mère est ici jusqu'au 11 Mars, après son départ vous irez à l'hôtel).

Vous viendrez après 2 choses : la 1re sera d'annoncer aux vôtres que vous allez acheter une bicoque dans le Midi. La seconde sera d'écrire à Copeau[1] que vous ne pouvez disposer pour lui que fin Avril.

C'est tout. Je ne veux plus me marier sans contrat. J'ai assez de ces divorces. Il faut que je sois sûre, et que vous me consacriez autre chose que les vacances de passage, et enfin qu'une circonstance solide, faite de pierre et de ciment et d'arbres, et indépendant de vos poèmes postaux auxquels je ne crois plus, m'assure de ne pas être mêmement abandonnée tout l'hiver prochain.

Au revoir, esprit encore allié aux idées de ma tête. Non pas l'amant qui ne veut mon bonheur ni peut-être mon existence, mais vous dont rien, pas même lui, ne m'a jamais séparé.

CP

1. Jacques Copeau (1879-1949), cofondateur de *La Nouvelle Revue Française* en 1909 et, en 1913, du théâtre du Vieux-Colombier où Valéry fera une série de conférences les 23, 24 et 25 mai.

À PAUL VALÉRY*

[*Vence, dimanche*] 25 Février [*1923*]

Nous allons nous perdre, nous qui avons été produits l'un de l'autre, et à cause de ceci seulement, qu'il ne vous plaît pas de me promettre que vous ne m'abandonnerez plus. Je ne vous ai pas prié pour autre chose de plus difficile.

Il y a trois semaines, je t'écrivais que le désespoir de cet hiver, c'était ce qu'il m'apprenait sur autrefois, quand tu étais écrasé sous ce que le grec appelle « les pas-un-jour-même-choses », autrefois où je te défendais contre moi, où je me jurais que tu ne t'efforçais si peu au bien de ma vie, que parce que tu ne pouvais pas le faire ; où le pire de mes chagrins, où le danger même qu'on porte à deux, te laissait immobile, mais ce n'était pas en ton pouvoir de venir. Et voici la première année de liberté, et vous n'êtes pas venu. Vous n'êtes pas venu ; mais au printemps, vers Pâques, quand tout le monde part pour azur, vous prendrez un billet et un peu de vacances... et le hasard fera que je puisse vous loger par là.

Je n'ai rien changé dans ta vie, ni la direction de tes amitiés, ni les habitudes de tes soirées, ni la direction de tes voyages. Si je n'existais pas, vous auriez pris ce mois de vacances quand même, et la déviation qu'y imprime mon existence ne dépasse pas les cent kilomètres qui font sortir de ce département. Je suis si faible pour vos plaisirs que je vous aurais reçu malgré cette désastreuse pensée. Mais vous avez laissé mener les affaires ainsi, que nos deux temps ne peuvent s'ajuster plus ; car il y a les convenances, le respect de l'enfant. Non, non, Maman présente, cela n'était pas la même chose.

Je vous proposai ceci : de venir encore 10 jours, tant que durait sa présence ; puis d'aller à l'hôtel tout auprès. Mais je demandais, encore, de me rassurer pour les demains qui font peur (ils ont toujours ressemblé aux hiers), j'ai tenté d'obtenir le mot qui fait cœur tranquille. C'était trop engager pour vous, un avenir où vous ne m'avez jamais fait de place — à quel point la perfection de notre entente m'a torturée, parce que je lisais dans vos lettres *ce que je m'écrirais,* et que je savais que la personne de celui-là, m'était plus défendue que n'est inaccessible celle du roi Salomon ! Ah, non son esprit m'est refusé ; sa personne. Son esprit est à moi. Et parce que je n'en suis pas contente, il se révolte enfin. Tu m'as trompée, tu m'as trompée. Si tu ne me dédiais que ton esprit, il ne fallait pas vouloir de mon corps. Le dieu ne m'a pas scindée en deux ; il m'a faite une seule chose.

[*Sans signature*]

CATHERINE POZZI, *JOURNAL*

27 février [*1923*] Mardi

Il m'a répondu hier à la lettre du 22. Il m'envoyait de beaux vers sur moi[1], et une carte désespéré et suppliante. Et puis, une autre enveloppe dans la même lettre avec une carte insolente et la déclaration qu'il « n'accepterait pas d'ultimatum »... À quel point je l'avais prévu ! J'avais écrit Dimanche, « je ne sais pas les raisons par quoi vous répondrez ;

1. Il s'agit probablement de « Béatrice » :

Le moindre pli de cette amour
Inflige la plus grande peine ;
Un instant fait noircir un jour,
Un soupir te rend incertaine,

Te fait paraître sans retour.
Et tu me sembles si lointaine
Quand au fond de cette fontaine
Où se reflète mon amour

Je crois voir d'assez tristes signes,
Des ombres de soleils insignes,
Et des reprises de tes yeux ;

Et la douce amère parole
Par quoi se fane de mes cieux
La parfaite et pure corolle.
Œuvres, I, pp. 1694-1695.

sans doute, que vous ne voulez pas de conditions. si conditions, ne sont que la triste demande qu'enfin vous ne me quittiez plus. » Ces deux cartes dans la même enveloppe sont le plus bel exemple de son déséquilibre mental. Aimer un fou, c'est aller à la folie.

La première est de l'homme qui adore, qui se souvient, qui prie que l'on se souvienne, qui mendie une parole qu'il puisse doucement se répéter. La seconde est d'un homme qui part en claquant la porte, comme si la porte était sa main, giflant le mur. Et puis il expose son hiver, et je vois qu'il ment.

6 mars [*1923*]

Le 27 février, je lui ai écrit pour lui proposer de remettre sa venue en Avril, puisqu'il avait inutilement perdu le temps qui était si bien préparé pour lui — Avril, vacances de Pâques ; — et d'ici là, je pourrais aller à Paris et raccompagner ma mère. L'on s'arrangerait en Avril, je ne sais comme — Lettre hélas, imbécilement généreux. Ce même jour du 27 Février, il m'a écrit pour me proposer la même chose — cela l'arrangerait mieux de n'arriver qu'en Avril. Il demandait réponse télégraphique ; je l'ai faite comme il voulait ; j'ai reçu le lendemain un bleu — « *profondément merci* » –, qui venait, — ainsi témoignait la lettre suivante, — d'un homme qui avait couru tout un jour Paris comme un fou, suspendu à ma pensée, malade d'anxiété — —

À CATHERINE POZZI

[*Carte postale illustrée :*]
BRUXELLES porte de Hal

[*Paris,*] *Friday*[1] [*c.p. 9 mars 1923*]

Chère amie, je prends toutes dispositions en vue d'un départ le 29 courant. Vous seriez aimable de me dire s'il faut emporter ma fourrure. Ici il pleut mais il ne fait pas excessivement froid. Mille amitiés à tous.

P.V.

[*Adresse :*]
Madame Catherine Pozzi
La Collinette
Vence
Alpes Maritimes

À PAUL VALÉRY*[2]

[*Paris, samedi*] 24.3. [*19*]23

Mon cher vieux pantin, amenez votre femme sans scrupule à la gare[3] : elle n'a plus rien à craindre de moi. Il est vrai que je fus un peu saisie, — comment dire ? étonnée en esprit, depuis quelques jours, de voir que vous aviez pris la place du rôle Lionardo que j'étais venue entendre ; mais ce voyage inutile fut utile ; j'y ai compris pourquoi depuis trois ans, cherchant l'Autre, c'est vous que je trouve. Et vraiment je vous dois de grandes excuses, d'avoir toujours attendu que vous remplissiez sa partie.

1. Vendredi.
2. *Journal :* « Remise en mains propres ». C.P. est à Paris depuis le 13 mars.
3. À la gare où Valéry va partir pour Vence avec C.P. le 26 mars. Il y restera un mois, jusqu'au 30 avril 1923.

La première surprise passée, je suis certaine que je m'habituerai à vous très gentiment, que nous allons nous entendre comme deux copains et rire au soleil en nous racontant vos histoires ; à moins que les autres petits pénates de votre compagnie ne vous manquent trop ; mais on en trouve aussi là-bas et je vous en chercherai.

Le sleeping est 13-14, voiture 3, à 5^h et demie. Je vous assure enfin, que je ressens le sacrifice que vous faites en renonçant à l'espèce d'existence pour laquelle vous êtes fait — et que vous remplissez si bien ; si ce sacrifice ne devait vous être changé en santé, je n'aurais pas osé vous prier chez moi — où ne se trouve, pour remplacer tant de personnes indispensables, que la mienne, qui ne le pouvait être que pour un seul : l'imaginaire étrange avec lequel mon esprit et mon désir vous avaient confondu.

[*Sans signature*]

À PAUL VALÉRY*[1]

[*Paris, mai 1923*]
À la mémoire respectée du colonel Moll[2]

Lionardo mio

Ô Phèdre ! car le divin Platon, c'est lui qui fit la division monstrueuse. Les Hellènes n'étaient que corps faits âmes. La céleste beauté, ne la touchaient-ils pas, muscle, marbre ? Ils savaient qu'elle est bond de l'écume, hanche, épaule, course du sang. Immédiate et familière, malgré que déesse, ils la mesuraient à leur stature.

Mais un jour, le plus sage d'entre eux te rencontra sur la route, et le chemin que vous prîtes ensemble a fait errer les hommes très longtemps. Phèdre, les méandres de votre

1. Feuille volante insérée dans le *Journal*.
2. Rappel de l'appartement de la rue du Colonel-Moll qui a abrité les amours de C.P. et de Valéry pendant l'hiver 1920-1921 et qu'ils nommaient « le colonel ». Le lieutenant-colonel Henri Moll (1871-1910) s'était vaillamment comporté dans de nombreux conflits coloniaux en Afrique.

discours admirable ont si bien trompé les membres de l'esprit..

Depuis ce jour, pourtant si clair, la belle beauté est inhumaine. Parce que Platon, rapportant vos folies, l'a renvoyée au ciel supérieur, elle n'en descend, quand ses suppliants la veulent contraindre, que si différente, — presque ennemie, ô douleur, du bien sensible qui l'attend. Une secrète incohérence existe, d'elle à lui ; et les yeux avides, à la fois heureux et troublés, apprennent malgré eux que la matière défait l'idée. Un poids fatigue, et dirige au sol ; la ligne, inhabituée au rythme de l'espace, s'enfuit en directions contraires, égarant sans plaisir l'attention qui la veut suivre ; et par mille commencements qui ne s'épanouissent plus en accord, mille fois l'intelligence se répand et se décourage.

En vain l'amant ordonne : Parais ! âme ! mystère ! mon œuvre n'attend plus que toi..

CATHERINE POZZI, *JOURNAL*

Mercredi 16 mai [*1923*]

Et à 6 heures, pneumatique d'Azéro[1]. Ah, que puis-je, que puis-je faire de vous ? Vous avez une plume à ensorceler : « Elle est assise avec moi dans la cave de Platon. Nous tournons le dos à l'Univers. Sois toujours là », dit-il.

Jeudi [*24 mai 1923*]

Ce matin, avant que sortir en courses avec le nouveau chauffeur, j'écris une page que je déposerai chez Azéro, en revenant des boulevards. Lui écris, expliquant ce qui ne fut pas bien hier, et pourquoi[2]. Il croit que je n'y ai pas été ; aussi dis-je, que c'est une dame qui m'a rapporté que.. etc.

1. Azéro désigne Valéry. C.P. est retournée à Paris le 14 mai 1923.
2. Il s'agit de la première de trois conférences sur la poésie données par Valéry pour l'École du Vieux-Colombier.

etc. 4 heures. L'Azéro vient, goûter, avant sa seconde conférence. Et donc, j'avoue d'avoir entendu l'autre ; puis, observations. Nous partons ensemble, il accepte que j'entende ceci encore. Conférence 2 ; aucun rapport avec hier. Un homme vivant, jeune, qui s'amuse de penser, et vous parle. Succès. Dames bien.

Dimanche 27 mai [*1923*]

Il m'a demandé une lettre, hier. Et je lui avais écrit une espèce d'hymne de détresse, nous interrogeant tous les deux, et répondant enfin qu'il fallait nous aimer, sans faire de mal à qui nous sépare à présent, puisque je la connais[1].

Jeudi 14 juin [*1923*]

Midi. Visite d'Azéro. Je lui avais envoyé, dans un pneu, un mot de Marie de Régnier concernant un des prix littéraires qu'il attend ! (Il vit d'attendre et recevoir la prébende que chance laisse tomber. Chance, ou comtesse, ou amateur, ou dame). Et au dos du pneu, j'avais écrit que des ennuis Bourdet étaient sur moi[2].

Vendredi 15 juin [*1923*]

Le soir, l'Azéro passe, laisse un mot (6 heures), j'étais sortie : il a le prix Vollard : 15.000[3]. Après dîner il entre.

1. À la conférence de Valéry, C.P. a observé — sans s'approcher d'eux — Jeannie Valéry, sa fille Agathe, son fils cadet, François, et sa sœur, Paule Gobillard.

2. Édouard Bourdet vient de réclamer par voie de justice la garde de son fils Claude.

3. Le Prix des Peintres, créé par Ambroise Vollard, est décerné par un jury où figurent le donateur lui-même, Sem, Matisse, Rouault, Laurencin et Sert. *Le Figaro* estime que Valéry mérite cet honneur à cause de son amour « pour les spéculations désintéressées » et de son « mépris pour la renommée ». Bertholet, *op. cit.*, p. 255.

À PAUL VALÉRY*

[*Paris,*] Samedi [*16*] Juin [*19*]23 7^h ½

J'ai simplement assez de passer après Mühlfeld, après Dubost[1], après Bassiano, après qui et qui et quelle. Se suspendre à vos soucis ou à vos bonheurs ne m'a pas valu, en échange, un mot de sympathie pour le drame où je me débats.. Que dis-je ! de *curiosité.*

Voulez-vous me rendre mes lettres. Il m'est affreux de les savoir si près de votre femme que je respecte. Vous ne passeriez pas à les relire un temps qui est mieux employé à entendre des cantatrices d'Italie, ou à prendre ici et là encore, le thé. Quant à moi, si je perds aussi mon fils, il me restera les bras du dernier qui se propose ; et sur lequel, du moins je n'ai pas d'illusion. J'ai mêlé l'âme aux choses de l'amour, ce fut puérilité. Je vous demande, en quelque compagnie que vous me rencontriez, d'être modéré en votre langage. Souvenez-vous que je vous ai fait écrire quelques beaux vers ; et que, si je cède à mon corps, cela n'a pas été sans faire un grand effort pour qu'il soit mené par l'esprit.

C

1. Jeanne Dubost tient un salon politique et musical au 68, avenue d'Iéna. C.P., qui la méprise, écrit dans son *Journal* le 16 juin 1923 : « … [Valéry] téléphone : "Je suis chez les Dubost (la femme imbécile du banquier, celle qui aime Laurencin, envoie des roses au poète et court après la folie d'après-demain et le meuble d'aujourd'hui). Je viens d'entendre une cantatrice italienne exquise etc. etc. etc." »

À CATHERINE POZZI

[*Paris,*] Mercredi [*27 juin 1923*]

J'ai vu *Marthe Hyde*[1] hier soir. Elle téléphonera à son amie *ce soir.* Peut-être ensuite à vous directement — ? — Je tâcherai de passer ici vers *4 ½ — 5* ~~pour vous donner les renseignements~~. Irai chez G.G.[2] qui espère vous voir *vers 6*^{h}.

Pas mal *worked*[3] ce matin.

Hier chez Winnie c'était fort beau et fort bien[4]. Daisy Fellowes[5] avait une robe ! et une beauté ! — Quel malheur que vous n'ayiez pas été. Wanda[6] au clavecin — bien drôle à voir. etc. etc.

Mille amitiés —

[*Enveloppe non affranchie :*]
Madame *Catherine Pozzi*

CATHERINE POZZI, *JOURNAL*

Mercredi 27 Juin [*1923*]

Le soir de ce mercredi 27, je rentrais à 7 heures, quand, sur ma table, est une lettre de lui : « vous m'avez traité durement ce matin, mais j'aime, dit-il. J'aime et je souffre. » Re-

1. Marthe Leishman Hyde, fille d'un ambassadeur américain, avait divorcé de James Hazen Hyde, fils du fondateur de la puissante *Equitable Life Assurance Society*.
2. Il s'agit sans doute de l'éditeur Gaston Gallimard.
3. Travaillé.
4. Valéry écrit « hier » pour « avant-hier ». Il s'agit, sans doute, d'une interprétation des *Tréteaux de Maître Pierre* de Manuel de Falla chez la princesse Edmond de Polignac, avenue Henri-Martin, le 25 juin 1923. La première représentation publique de cette œuvre, dirigée par Wladimir Golschmann, a eu lieu samedi 23 juin 1923.
5. Mrs. Reginald Fellowes (1887-1962), née Marguerite Decazes, nièce de la princesse de Polignac, célèbre pour sa conduite fantasque dans le beau monde parisien entre les deux guerres.
6. Wanda Landowska (1879-1959), virtuose du clavecin.

mettre mon chapeau, écrire sur un télégramme « J'aime aussi, mais pourquoi me faites-vous si triste ? Venez m'embrasser — » Sortir, appeler un taxi, jeter ce bleu à la poste Victor Hugo, être à la maison pour le dîner sans que personne ait remarqué que j'étais repartie ; après le dîner, entendre la sonnette qui sonne à la porte d'entrée un coup bref, et sentir, et puis voir, s'avancer l'ami, que Jacques retient, puis qui est là, devant ma chambre, et dans mes bras. Nous avons besoin l'un autant que l'autre, de la confiance dans la tendresse absolue. C'est cela, « l'absolu ». Il faut souffrir, parce que nos personnes sont si différentes.

Mercredi 4 [*juillet 1923*]

Lettre charmante d'Azéro pour mon réveil. Hier fut un jour sans moi, « un jour sans pain... » Il vient. Comme nous parlons de ce que nous sommes l'un à l'autre, je dis qu'il me semble clairement le concevoir. Vous m'aimez, parce que vous vous voyez en moi... et certes il faudrait plutôt dire, non que vous m'aimez, mais que vous vous aimez, Narcisse, dans cette source spirituelle qui ne cesse de vous figurer.

À PAUL VALÉRY*

[*La Bourboule ? jeudi*] 9.8.1923

Je sais que je vous ai comme trahi, esprit de moi, esprit moi, en écrivant à votre femme[1]. Je n'ai jamais fait contre vous rien d'aussi grave que ce geste d'amitié. Je revois notre 1re rencontre, le 1er instant de vous et de moi ensemble. Vous

1. C.P. a pris prétexte de la nomination de Valéry à la Légion d'honneur pour envoyer une lettre de félicitations à sa femme. Son *Journal* du 3 septembre explique son véritable motif : « Ceci fut mon dernier moyen et le refuge vers la moins probable des alliées. Je sentais que si elle me serrait la main, en amitié, il n'y aurait plus de force en moi pour être toujours la "maîtresse". J'espérais que ce sentiment serait assez humain pour qu'il le comprît./C'est fait. Elle m'a répondu : elle est mon amie. Mais lui ne comprend pas. »

ne savez quand ce fut. C'est dans la salle de travail si belle et calme de Montpellier. Votre frère me tend une enveloppe ; et la présence qui devait effacer les autres me frappe au visage.

Ce deux, ce nous, à jamais seul. Comment ai-je pu consentir à ce que cela fût troublé par une autre ? La pire : celle qui se juge moitié de vous.

Je vous aime toujours. Mais maintenant, c'est à part de la vie ; hors la vie, si j'écrivais ainsi qu'un philosophe de 1873. Il m'en a trop coûté, et l'âme déchirée, de vous adorer en présence comme je vous adore encore en esprit.

Je lui tends la main. J'avais pensé qu'elle serait invisible dans votre maison, puisque j'y entrais ; que votre maison ne serait plus votre maison, mais là où j'habite. J'avais pensé ne jamais lui parler ; que vous feriez de votre espace un désert, pour que nous puissions nous trouver ensemble sans rougir. Je lui ai écrit comme à une amie. Que peut faire de pire contre l'amour, le désespoir ? Ce n'est pas un désespoir avec larmes. Il est calme. Les larmes sont au passé. Rien d'autre en ce mot que ce mot : où il est dit, on n'attend plus, c'est tout. Le désespoir, le vrai, fut quand j'appris que, venant de m'aimer, vous lui donniez l'extrême signe de l'amour sans l'aimer elle-même. C'est le soir où j'ai su cela en sanglotant, qu'a commencé en moi l'étrange révolution qui me fait détacher mon corps de mon corps.

Lionardo, cette lettre n'est pas pour vos yeux de chair. Je l'écris, je l'enclos dans votre dernière lettre ; elle est pour l'instant d'amour éternel, pour le moment incompréhensible que vous êtes, et qui n'a pas de nom, peut-être pas de visage. En tous cas, pas de temps.

Un homme s'est trouvé, en qui j'ai pressenti que ce moment pourrait prendre vie, et alors me serrer entre des bras pareils aux miens ; vous existiez au profond, au solitaire de lui. Vous m'avez répondu, aimée, adorée, comprise ; mais il n'a cessé de me vraiment trahir. Entre moi et le hasard, il a sans cesse suivi la voie indifférente. Plus pur que tous les autres, parce que vous étiez flamme et raison — il n'a cessé de vous faire servir les compagnies dont j'avais extrêmement de la honte. Et vous qui êtes le seul fidèle comme vous êtes le seul libre, il vous a attaché aux nécessités imaginaires ; il a laissé que je ne connaisse que la lourde solitude et l'abandon qui rend méchante.

Il m'a fait jurer de vous quitter, mon inséparable. Il vous a fait souffrir. Ô bien aimé, je ne le dis qu'à cette feuille, qu'à mon âme, qu'à la conscience que j'ai de vous : ce n'est pas à toi que j'ai renoncé. Je sais, tranquillement sûre, qu'en renonçant à être *sa femme* je ne change rien à notre alliance ; que le besoin que j'ai de toi est plus ancien encore que le désir de la joie

du bonheur

C

JEANNIE VALÉRY À CATHERINE POZZI

Château de Chazeron — Par Loubeyrat
Puy de Dome
[*lundi*] 20 août [*1923*]

Je suis bien sensible, Madame, à la pensée délicate qui vous incite à me féliciter de la décoration de mon mari.

Vous me dites — et je m'en trouve très flattée — que vous voudriez me connaître. Ceci répond au désir que j'eus depuis longtemps de vous rencontrer. Peut-être, il est vrai suis-je trop portée naturellement à modérer ces désirs-là. Ce n'est pas que je n'éprouve le plus vif intérêt à faire la connaissance des personnes qui apprécient mon mari avec toute la finesse de leur culture et de leur talent personnels. Mais je vois trop clairement que je n'ai rien de moi-même à leur apporter.

Cette réserve ne m'empêche certes pas de répondre à votre démarche avec la même spontanéité qui vous l'a dictée dans des termes qui m'ont très directement émue.

Si j'ai même trop tardé à le faire à mon gré, c'est la faute d'un récent déplacement.

Puis, mon mari m'a engagé à attendre un peu pour pouvoir adresser ma lettre à La Graulet.

J'espère que vous y revenez contente de votre saison dans le Sancy et plus heureuse de retrouver un lieu dont on m'a souvent décrit le charme.

En vous exprimant encore mes sentiments reconnaissants, je vous serre les mains, chère Madame.

J.P. Valéry

[*Enveloppe :*]
Madame Catherine Pozzi
La Graulet
Dordogne

[*C.p.*] Châtel-Guyon 20-8-23

JEANNIE VALÉRY À CATHERINE POZZI

[*Carte postale :*]
34 — Environs de Châtel-Guyon. —
Château de Chazeron, façade principale.

[*Château de Chazeron, vendredi*]
24 août [*1923*]

Combien je regrette avec nos amis Léouzon-le-Duc que vous n'ayez pas vu ce curieux château, chère Madame[1].

Quant à moi, j'ai manqué l'occasion qui s'offrait si naturellement de vous connaître. Mardi je vous ai su fatiguée, j'ai craint de vous déranger. Mercredi, descendue à pied je suis arrivée à l'hôtel, 10 minutes après votre départ !

J'ai eu du moins le plaisir de voir votre fils si gentiment aimable et qui s'exprime avec une aisance au-dessus de son

1. C.P. est partie pour le Morvan le 22 juillet avec son fils Claude dans la voiture prêtée par sa mère. Poursuivant son chemin vers La Graulet, elle s'est arrêtée pour faire une cure en Auvergne, non loin du château de Chazeron, où les Valéry prenaient des vacances chez leurs amis Léouzon-le-Duc.

âge. Le mien[1] a oublié dans votre auto son caoutchouc et un volant qu'il y avait déposés. Vous avez dû trouver ces colis bien étonnants.

Excusez-le de cette étourderie, chère Madame, et croyez que je déplore vivement d'avoir été privée du plaisir de vous rencontrer.

Jeannie P. Valéry

À PAUL VALÉRY

[*La Graulet, début octobre 1923*]

Pourquoi ne partiriez-vous pas demain matin[2] ? Vous venez de me prouver, folie de moi et illusion, que je ne suis rien d'autre pour vous qu'un corps et qu'une oreille. L'un pour la soie, l'autre pour l'orgueil. J'ai souffert trois ans sans vous le dire, de ne pas compter pour vous en esprit autrement que comme un écho — Et je vous le dis enfin il y a une heure ; et vous n'y voyez que ce qui concerne le νους[3] éternel, seul présent, seul digne d'être présent. Votre dureté, l'insulte immédiate de la réponse, montrent trop clair que la plainte qui était avec le reproche, n'a pas même été lue.

Je voudrais crever en vérité.

Quel Dieu me pardonnera l'immense gâchage, en faveur de celui pour qui je n'existais que comme miroir ou comme caresse ?

[*Sans signature*]

1. François Valéry.
2. En septembre 1923, Valéry a fait un séjour à La Graulet qu'il a quitté le 5 octobre.
3. En grec : esprit.

À PAUL VALÉRY

[*La Graulet, vers vendredi le 5 octobre 1923*]

[*Sur une feuille d'agenda :*]
OCTOBRE/2. Mardi. [*1923*] SS. Anges Gardiens.

Ne sachant que faire de linge rendu par blanchisseur, 1 heure après votre départ ai expédié Montpellier. Il y a 2 chemises (une bleue, une à raies noires) 4 cols, 1 caleçon, 1 gilet bleu… Aura-t-il racheté de quoi se changer, le cher esprit sans corps ?

CATHERINE POZZI, *JOURNAL*

14 octobre [*1923*]

Lionardo a traversé, vers l'Angleterre, aujourd'hui. Nous nous écrivons tous les jours ; ne nous quittons pas. Anniversaire de Mallarmé ; fête à Valvins. Le disciple chéri n'y est pas. Il a cédé à l'appel de ceux qui organisent des conférences ; il est parti, il n'a pas attendu un jour pour honorer la mémoire qui domine encore sa conscience[1].

13 novembre [*1923*]

Il y a Lionardo, auquel j'écris qu'il est tout ce que j'ai demandé à la vie. Il l'est, en esprit. Je le préfère à tous les esprits.

1. À l'instigation de Georges Jean-Aubry, Valéry est parti à Londres le 8 octobre pour faire des conférences sur Victor Hugo et sur Baudelaire. Même s'il n'a pas assisté à la cérémonie à Valvins qui commémorait le vingt-cinquième anniversaire de la mort de Mallarmé, Valéry a néanmoins honoré la mémoire du poète dans deux articles publiés dans *Le Gaulois* le 17 octobre 1923.

À CATHERINE POZZI

[*Carte-lettre :*]
Hôtel Meurice
Rue de Rivoli
Paris

Vendredi soir [*c.p. 21 décembre 1923*]

Mon chéri,

Nolhac[1] a été charmant. La conversation t'aurait beaucoup intéressée —

Je pense au *poor Yorick* — C'était un ami. Le seul vrai peut-être. Adieu notre ami, gros chien.

Je ne vais plus à Trieste. Bonsoir chéri. Brûle ce rien.

Celui qui aime

[*Enveloppe :*]
Madame Catherine Pozzi
123, Rue de Longchamp
Paris — 16e

CATHERINE POZZI, *JOURNAL*

30 Xbre [*1923*]

Lionardo chez moi ce soir. Nous parlons de physique, pendant deux heures. Puis, je lui dis que je ne sais pas si, lui disparu, je me résoudrai à être, comme il veut, l'exécuteur testamentaire, pour ses Cahiers. J'ai demandé, en échange de l'immense travail, qu'il me laissât « le système » en bloc, tant que je vivrais. Mais il y a les « ayants droit »... Le papier exprimant ses volontés, qu'il me confie, semble fait seulement pour défendre la fortune de ces gens contre moi. Moi,

1. Pierre de Nolhac (1859-1936), élu à l'Académie en 1922, ancien conservateur du musée de Versailles, est l'auteur de nombreux ouvrages sur l'humanisme de la Renaissance et sur l'art et la littérature de la France du XVIe au XVIIIe siècle.

j'administre ; j'édite, et je rends des comptes. Il n'est pas même question de merci.

31 janvier 1924. Vence.

Quelques jours avant que nous ne partions[1], j'ai enfin obtenu que Lionardo me rendît mes lettres. J'ai promis de les lui rendre par testament. — Je tentais de les classer. J'ouvris les paquets qui étaient cachetés de cire rouge. Il me semblait utile, aussi, de détruire ce qui était ou trop pauvre, ou trop dangereux. Mais je ne crois pas avoir brûlé plus que deux ou trois bouts de papier des énormes liasses. J'ai vu qu'il n'était pas possible de rien enlever sans fausser notre histoire. Il faut que cela reste dans cet ensemble, ou périsse tout à fait. Je n'ai pas tout relu. Ce que j'ai relu fut horrible à relire. Horrible en vérité ; c'est un parfum d'horreur et de douleur qui monte à l'âme, venu de ces jours-là.

Est-ce qu'il est bon de laisser, pour ceux qui en auront de la curiosité dans l'avenir, le témoignage de ce débat désespéré entre le cœur et l'esprit ? Les lettres de Lionardo sont beaucoup plus belles que les miennes, naturellement. Il habille d'un parfait français, tout ce qu'il fut. [...]

Et, avec mes lettres, Lionardo avait laissé des bouts de papier qu'il écrivait soit en les recevant, soit en les attendant, et que j'ai trouvés. Il est difficile de mettre plus de moyens, ni plus d'art, ni plus de passion, à s'abîmer une bien-aimée. [...]

En relisant les lettres, j'ai trouvé : une copie de lettre à André Gide que Lionardo avait écrite pendant sa semaine de Nice, des vers à Renée de Brimont[2]. La lettre est imprudente et lâche. Il parle de son état, de son désir de suicide (!) et, trop clairement, de son désastre amoureux. Il raconte que Renée l'embrasse sur le front « avec une pudeur antique » (sic). Les vers sont mauvais, même pour un malade. Ils re-

1. Ayant quitté Paris le 21 janvier 1924 au soir, C.P. est arrivée à Vence le lendemain.
2. Voir *supra* la lettre de Valéry du 1er avril 1922, p. 360, et le poème adressé à Renée de Brimont, p. 356.

mercient d'un don d'œillets qu'elle lui avait fait. (Cette antique chrétienne ne paraît point avoir été sans arrière-pensées.) Et ils expliquent ma noirceur. Je suis « la main que l'on ne peut saisir, qui frappe celui qu'elle avait su choisir » (pauvre, pauvre) ; « il n'est de maux qui ne me viennent d'elle »...[...]

Toujours dans ce paquet de littérature a deux, il y avait quelques appréciations de la main de Lionardo sur moi. L'une concernait, comme il dit, « ces travaux que vous entreprenez, que vous ébauchez, et dont vous vous plaignez un peu à moi et beaucoup à vous-même de ne pouvoir les accomplir. » J'ai mis le papier dans ma bonbonnière à pilules, avec dessus « remède à garder » ou « médecine », je ne sais plus... Il n'en dit d'ailleurs, sur ces travaux, que mon impuissance. (Admirable rigueur, de qui, ayant pris monopole sur ma tête, moque parce que je ne l'exploite pas pour moi !)

L'autre, l'autre est pire. Et pire, parce que ce n'est pas, comme les papiers précédents, écrit en rage et en vengeance ; mais bien au dos d'une des lettres les plus affectueuses que je lui aie adressées. Cette lettre de moi finissait par ces vers :

J'aime celui qui ne sait pas
À jamais, où porter ses pas ;
Heimarmené[1], ne faites pas
Qu'un vent l'emporte où je ne suis pas,
Je vous supplie —
Mais appliquez heur et malheur
Au même point de ce dormeur
Tel, qu'il finisse sur le cœur
De son amie.

La sténographie Lionardo dit : « Poésies de C., toujours ridicules. »

1. En grec : Destinée.

6 février 1924 Vence

Nous sommes arrivés ici le mardi 22 [janvier], ayant quitté Paris le 21 au soir. Lionardo avait quitté Paris le dimanche 20, par Montpellier, où il devait faire une conférence, voir sa mère huit jours, puis arriver ici pour tout le mois de février. Il a, le 19 février, une conférence à Monaco[1]. Le jour de son départ, nous nous sommes mal quittés. Je ne pouvais le regarder, à cause de tout ceci. Il ne comprenait pas. Il comprit le soir : je lui écrivis. Il me répondit par une carte-lettre assez embarrassée : à la fin de cette carte-lettre — signée pour la première fois de son petit nom comme pour se rapprocher — il me lègue ses cahiers sans condition, dit qu'il a laissé chez lui un papier à cet effet.

Ainsi, je partis, un peu consolée, pourtant avec un sentiment désemparé, brusquement solitaire. Cet homme ne m'aimait pas. J'avais trop vu, trop lu, ce que j'étais pour lui. Il ne m'a aimée peut-être que quand il a cru huit jours que j'allais aimer Jean Marchand. Hélas, dans ces confessions sur bouts de papier dont j'ai retrouvé la collection éparse au milieu des paquets de mes lettres, il parle de moi, après beaucoup d'injures, comme d'un « *raram avim*[2] » — on écrit « *avem* » quand on sait le latin — comme d'un être exceptionnel d'où l'on aurait pu, d'où il aurait pu tirer de grandes choses. (L'avez-vous essayé jamais, quand je revins ?)

D'ici, depuis seize jours, je ne lui ai écrit que trois fois. La première, pour répondre à une de ses lettres de Montpellier, où il disait que c'était « son état qui avait (en 1922) tourné Renée contre moi ». [...]

Jeudi dernier 31 Janvier, j'ai reçu un de ces mandements connus sur le ton de l'ukase : avoir à dire par retour de courrier si je souhaitais ou non le voir ; sinon il prendrait des dis-

1. Invité par le prince Pierre de Monaco, Valéry parlera de la « Situation de Baudelaire ».
2. Oiseau rare.

positions pour partir immédiatement à Toulon Hyères[1], le climat de Montpellier augmentant ses maux (névralgies gorge, dents, abcès). Je télégraphiai : « venez, si c'est une question de santé » ; le lendemain la réponse par dépêche était presque tendre : « Merci de tout cœur. Espère arriver dans quelques jours. »

Tout allait recommencer. Je le savais d'avance ; ces orages ne nous défont pas l'un de l'autre. Je l'acceptais. Ce même Jeudi, après avoir télégraphié, j'avais écrit une carte-lettre : « Venez regarder en moi votre esprit, agrandi, infiniment réfléchi, et venez boire l'eau fraîche. Après, vous détournerez de moi quelques amis, et me figurerez à moi-même si petite, que j'en apprendrai absolument l'humilité. Mon pauvre frère, que puis-je dire. Je n'ai rien à dire. » Il avait reçu la dépêche avant ma carte : c'est à la dépêche (pourtant bien froide) qu'il avait télégraphié merci. Le temps qu'une lettre arrive, et sa réponse à ma carte arrivait : une carte aussi, et glaciale, dans laquelle « tout de lui, écrit-il, est suspect d'égotisme ». Il ajoute « Peut-être. Mais peut-être est-ce non le Pénate, non le moi qui suis, mais le moi qui pense qui mérite ce blâme ? » [...]

Cette carte, réponse à ma carte de Jeudi, était de Vendredi. Rien depuis. Rien Samedi, rien Dimanche, rien lundi, rien Mardi, rien aujourd'hui. Que fait-il, où est-il que croit-il, que souhaite-t-il ? Voici la corde qui tire (cette corde dont il disait, qu'à peine on la sent, elle vous étrangle). Lui ai envoyé trois lignes vagues hier ; lignes où l'on pouvait lire ce que l'on voulait. Et je voulais, qu'il ait un élan d'abandon, un instant le cœur ouvert, qu'il écrivît n'importe quoi — hélas pas ces considérations sur lui-même ou son mécanisme..

1. Chez Martine de Béhague dont la propriété, La Polynésie, se trouve tout près de Toulon et d'Hyères.

À PAUL VALÉRY*

[*Vence,*] Mercredi 6 Février [*1924*]

J'aimerais savoir comment vous allez ? Et puis, je ne comprends plus très bien les choses : il y a huit jours exactement, que vous me demandiez de dire par *retour du courrier* si je pouvais vous recevoir. Il n'y avait rien de changé, vous comprenez, à cause de ma peine. Cependant, cela était grave d'apprendre que pendant 2 ans, — fût-ce sur un point à côté de nous, qui n'était pas un point de nous, — vous m'aviez menti.

Pour n'être pas une offense à la vie même, cela entraînait les regards aux plus tristes divinations. — Le hasard m'a fait savoir en même temps certains de vos jugements sur moi, qui représentaient naturellement une personne plus médiocre que je n'en ai conscience. Sans beauté, sans plus que des velléités de pensée, sans même cette volonté spirituelle que j'adorais ainsi que la seule victoire, elle était si différente de Béatrice et d'Athikté que je n'ai plus compris ni vous ni moi, ni ces trois années, et qu'il m'est devenu très difficile de vous parler. Voilà tout.

Mais cela n'est pas tout, si votre vie chancelle. Car je puis bien, en prenant quelques peines, arriver à me prouver que les qualités admirables que vous me retirez, ne sont pas impossibles à ma nature (il n'y faut peut-être qu'un peu plus d'air dans la poitrine, et autour de l'âme, ces solides ténèbres qui forcent à marcher,) mais il m'est nécessaire qu'existe au monde l'esprit que j'avais compris, même s'il ne me comprend pas.

[*Sans signature*]

Jeudi 7 février [*1924*]
Midi

Rien au courrier. Il n'a pas écrit depuis vendredi. Jamais, il n'a passé si longtemps sans écrire. L'hypothèse la plus plausible est qu'après sa carte et sa lettre de Vendredi, il attendait une lettre de moi contenant ce mouvement d'appel, que je n'ai pas eu. Je lui ai télégraphié qu'il pouvait venir ; écrit en avouant que je ne demandais rien de lui qui n'avait vraiment rien à me donner, mais qu'il me trouverait là comme avant. [...]

Sept heures et demi du soir.

Il n'a pas écrit au second courrier. Donc, il n'a pas répondu à la page d'avant-hier, jetée à Nice, qui disait : « J'ai reçu la petite plume de cygne. (Une plume d'un cygne du Peyrou[1].) Non, il y a quelque chose de plus doux qu'elle : c'est la confiance de deux cœurs, qui se disent tout. »

9^{h} ½ soir

[...] Il a dû demeurer à Montpellier (sa lettre étant de Vendredi) au moins jusqu'à lundi. Lundi, sans réponse de moi à sa lettre de vendredi, il n'a pas voulu me rejoindre après seulement une carte goethienne et fraternelle ; il lui faut (elle était protectrice, autant que fraternelle) la rentrée en triomphe. Cette rentrée en triomphe n'était possible qu'après qu'il aurait reçue une lettre éperdue. D'où silence pour silence, ou plutôt silence payant ma carte.

1. Jardin de Montpellier. Voir *supra* p. 64, n. 1.

À CATHERINE POZZI

[*Montpellier*] Jeudi [*7 Février 1924*[1]]

Chère Catherine,

Je viens.

Je pars tout à l'heure pour Nîmes où je coucherai chez un ami. Je coucherai Vendredi à Toulon, sans doute, et serai à Nice samedi vers 15^h^ je pense. Je télégraphierai.

Quando trovate donna di valore gittatelevi a' piedi umilmente dicendo : A voi dovem noi far onore.

Vita nuova. 11. 6[2].

[*Enveloppe :*]
Madame Catherine Pozzi
La Collinette
Vence
Alpes Maritimes

CATHERINE POZZI, *JOURNAL*

Vendredi 8 Février [*1924*]

Rien au courrier. Après un bain en hâte, descendue à pied à 11^h^ à la poste télégraphier « Inquiète sans nouvelles depuis dépêche vendredi annonçant votre arrivée. Télégraphiez nouvelles votre santé. »

1. Lettre datée par C.P.
2. Valéry ne cite pas la *Vita Nuova* de Dante mais le sonnet LXXXIV des *Rime :*

Si vous trouvez quelque dame vaillante,
jetez-vous à ses pieds moult humblement
disant : « À vous devons-nous faire honneur. »
Dante, *op. cit.*, p. 169.

24 février [*19*]24

C'était il y a quinze jours[1]. On m'avait remis le télégramme à 7 heures ; je suis tombée sur mon lit avec ce cœur que l'on a un instant après les très grands dangers. Pleurer beaucoup, à larmes perdues, me semblait la meilleure chose possible, et je ne l'ai pas fait, car il y aurait eu la trace des larmes sur mon visage.

Une fois encore, cette fois encore, nous restions ensemble et alliés. Il est arrivé le lendemain. À quel danger avais-je échappé ? Qu'aurais-je donc perdu d'irremplaçable ? Vous n'êtes pas irremplaçable, Lionardo mio, mais vous êtes très difficile à remplacer quand on a, comme je l'ai, le cœur dans l'esprit.

À CATHERINE POZZI

[*Vence*] **Lundi** [*10 Mars 1924*] 1^{h} 30[2]

Je ne l'ai vue jamais si vivante **et si soi** que pendant qu'elle me faisait ces reproches et disait les choses amères.

Maintenant que j'ai dormi deux heures, la quantité de pensées m'a éveillé un peu plus tôt encore que de coutume — ou plutôt ce sont les pensées qui m'ont éveillé et point le travail du corps comme de coutume. Se réveiller pour revivre. Pour reprendre, redessiner ce qui fut, lui donner une figure nette. Le faire événement descriptible, le baptiser, rendre « historique ». *Repenser, corriger, compléter,* faire œuvre d'artiste, *pour que les choses soient* acceptables[3]... Pour que les choses soient il faut les amender, re-tracer, donc insister, déduire, créer les symétries ; mettre des accents, faire donc tout autre chose.

1. Valéry séjourne à Vence du 10 février au 10 mars 1924.
2. Lettre datée par C.P.
3. C.P. souligne les trois premiers mots de cette phrase à laquelle elle ajoute le dernier mot (« acceptables... »). Ainsi remaniée, la phrase est mise en évidence par de gros traits marginaux.

C'est là précisément ce que j'ai fait en écrivant l'autre soir ce qui m'a été reproché[1]. Et la symétrie du texte le prouve. Et — le texte même — qui, si on y réfléchit sans.. *force vive*, est inapplicable au réel. On *ne voit même pas ce qu'il pourrait signifier dans l'espèce.* Et il ne s'explique que par la supposition de deux êtres fictifs. L'auteur du texte a créé un Soi et un Vous, une Elle et un Lui qui supposent une histoire tout autre et même des rapports très différents des deux. Il l'a créée à l'occasion de — sans doute. — et il l'a créée en *re*-dessinant — c'est-à-dire — en créant.

Il est bien remarquable que le texte soit comme *accompli* par l'événement et qu'il a fallu que par tout moyen quelque chose *coûtât cher*, et à l'un et à l'autre. Comme si le même Diable qui avait fait *écrire* à l'un des choses fictives et dangereuses, avait ensuite induit l'autre à les venir *lire* !

Rien de plus étrange, et qui rende le moi plus suspect à soi-même, — plus suspect de somnambulisme, — que de se trouver avoir offensé quelqu'un à qui on ne songe qu'à plaire. C'est une morsure de soi à soi et comme un homme qui se fait mal, se blesse, qui a la blessure et la bêtise. Et ce peut être atroce. Et l'est.

Et il n'y a que Dieu qui *peut-être* soit tel qu'il puisse déchiffrer l'offense — et même ne pas vouloir être offensé, ni pouvoir l'être, tant il met son intelligence infinie à comprendre.

1. Le *Journal* de C.P. du 8 mars 1924 explique les motifs de cette dispute : « Après midi, j'entre chez lui. Le *Diary* [le Cahier de Valéry] est ouvert sur la table. À la date d'avant-hier, il y a : « Je vous demande pardon, dit C. Voilà, se dit-il, une parole qui me coûtera cher. Voilà, pense-t-elle, une parole qui lui coûtera cher. » J'ai écrit en dessous : *chassez le mufle, il revient au galop, Proverbe étrusque.* Même soir. J'évite l'étreinte. [...] Je vous ai demandé pardon de dire, d'avoir dit avec tant de passion, la déception que j'avais d'une certaine attitude de votre vie, celle de lâcheté. Disant cela ainsi, je devais vous faire de la peine, et c'est ce que j'ai regretté. [...] Que penser de l'homme qui est encore tiède des deux bras autour de lui et du regard de la tendresse, mais dans le même moment, inscrit que tant de douceur *compte bien se faire payer* ? »

CATHERINE POZZI, *JOURNAL*

21 mars [*1924*].

Lionardo est parti, il m'écrit tous les jours. Nous ne nous sommes jamais quittés étant si proches. Nous allons peut-être nous aimer. Car ce n'était pas aimer, ces années à mourir ? Il m'a prié *pour la première fois*, de me soigner. Je tousse. Qui sait ? Ma dernière année, 1924...

À CATHERINE POZZI

[*Vence*] Vendredi — Aube [*9 mai 1924*[1]]

Mon amour, je pense que je pars demain, et mon être se serre à toi. Je remarque là-bas que la lune est déjà fondue. Elle a perdu un quart de son poids de lumière, depuis hier.

Tu dors, et moi je veille. Tu m'aimes en dormant, et je t'aime devant la blanche lumière du matin. Déjà, j'ai fait courir le chien, et me suis suspendu par les bras à l'arbre qui est au coin de la terrasse. J'ai essayé de travailler, sans rien faire que d'agiter mon esprit non loin de toi. Une soif, que l'absence rend furieuse, et que la présence même fait si doucement démente, voilà mon état. Je crois que je n'écrirai plus rien que pour toi, et seulement à toi. C'est vraiment étrange, et une merveille philosophique, que de penser que mon « scepticisme » a pour conséquence de me permettre de me moquer de tout objet intellectuel autre que la pensée de toi. Quelqu'un qui *croirait* à quoi que ce soit, à une mission, à un ouvrage devant être fait, à une vérité devant être inventée, celui-là devrait se défendre de vous.

Mais moi — on dirait que j'ai passé mes jours à considérer toute chose de l'esprit sous le rapport de ta fragilité, afin d'en arriver aujourd'hui à vous préférer aisément, trop aisément, à

1. Par son ton et l'allusion au « Narcisse » qu'elle contient, cette lettre pourrait également avoir été écrite en avril ou début mai 1922.

toute ambition, même intérieure. Après tout, les ambitions ont pour objet l'âme d'autrui. C'est autrui qu'elles espèrent de séduire ou de ployer ; mais un autrui indistinct et dont on ne sait autre chose que de l'avoir conquis. Il me semble qu'un homme vraiment grand, un homme pur, ne puisse pas accepter sa gloire sans un tel examen, et une critique d'elle si sévère, qu'il ne lui en reste jamais qu'un grain[1]. Tout le reste s'adressait, trouve-t-il, à tout autre que lui, à un fantôme absurde.

Mais de toi à moi et de moi à toi, je vois des rapports si immédiats que rien ne me manque, si je t'ai..

Ô qu'à tous mes souhaits, que Vous êtes semblable[2] *!*

Presque tout ce « Narcisse » ne parle que de vous[3]. Je pense que je pars demain, et mon être se serre à toi. On n'a rien écrit sur l'amour.

On dit du mal de l'*analyse.* Imbéciles !... On a dit : l'analyse *dessèche* !... Mais moi, elle me donne de pleurer et de m'attendrir plus profondément, plus richement et bien plus souvent, que si je prenais les choses avec les grosses pattes de l'esprit naïf et instantané[4] !

Non, mon amour, je ne te saisis pas comme le bon Yorick fait son caillou.

Je ne sais si je pourrai dépasser Nice. Je t'aime. J'étais sur le point de monter, mais leur lumière ne voulait pas s'éteindre[5]. Je me suis endormi en attente. Au réveil, il était quatre heures.

1. Cette dernière phrase soulignée, probablement par C.P.
2. Ô qu'à tous mes souhaits, que vous êtes semblable !
Mais la fragilité vous fait inviolable,
Vous n'êtes que lumière, adorable moitié
D'une amour trop pareille à la faible amitié !

« Fragments du Narcisse », *Œuvres.* I, p. 128.

3. Parmi les brouillons des *Fragments du Narcisse* on trouve : « Le Narcisse [...] Il faut que le reflet soit K et l'Ange L[ionardo] et introduire dans le dialogue cet amour. » Cité par Ned Bastet dans *Valéry à l'extrême* (L'Harmattan, 1999), p. 274.
4. Trait dans la marge de ce paragraphe.
5. Il s'agit sans doute de la lumière chez les domestiques.

À PAUL VALÉRY

[*Carte-lettre :*]

[*Vence, samedi c.p. 10 mai 1924*] 3h ½

Dixit praticien : « que c'est extraordinaire ! » Puis : « c'est l'affaire chirurgien. » — M'assure pas cancer, qu'il n'a jamais vu cancer du muscle. Croit kyste. Nécessaire radiographier. Dit pas inquiéter, peut supporter attendre et voyage[1]. Voilà.

L'idée être chair pour couteau, pas drôle. Enfin. Je crois que cela va me faire revenir. Vais réfléchir et considérer. Vous télégraphierai sans faute le 12 au matin si rentre ou reste. Écrivez de toutes façons à Vence jusqu'au 17. C'est-à-dire partirai pas avant *Samedi* 17 après courrier[2]. Cher cœur de douce tendresse intelligente, vous vivez en moi et tout ce que je pense est vous et je n'aime pas une rose sans vous, et je vous aime.

[*Adresse :*]
Monsieur Paul Valéry
chez Mr Jules Valéry
1 rue Fournarié
Montpellier
Hérault

À PAUL VALÉRY

[*Vence,*] Samedi 10 5 [*19*]24

Viens, suy moy. La sultane en ces lieux se doit rendre,
Je pourray cependant te parler et t'entendre[3].

1. « Il y a quinze jours, à Vence, Lionardo me prenant le bras, s'apercevait d'une grosseur qui était dans la région musculaire du biceps. [...] c'est seulement le soir, en prenant mon bain, que je vis cela, qui était gros comme une grosse prune mais ne faisait pas mal. Comme Lionardo partait deux jours après, j'attendis son départ (il allait en Espagne) pour consulter le médecin de Nice, qui n'y comprit rien. » *Journal*, 24 mai 1924.

2. C.P. passera par Aix-en-Provence en allant à Paris.

3. Racine, *Bajazet*, I, 1.

Peut-être il est neuf heures, ou huit. Je suis à égale distance d'une tasse de camomille et de *Bajazet*. La nouvelle que Pierre Benoit le fait jouer à Damas par des seigneurs damasquinés qu'il instruit en conférence, est cause que je vais le lire[1]. Il y a bien d'autres livres que je n'ai pas lus. Et ceux que j'ai lus étaient si durs à lire, qu'ils m'ont permis de larges pays d'ignorance, où sont aussi *Mithridate* et les derniers Hugo, et tout Mérimée, où sont le Tasse et Cervantes et Bourdaloue et Gautier et —.

Qu'il fait beau et doux, comme l'air est calme, mon cœur. Vous avez quitté le train où je vous ai vu partir[2]. Vous êtes dans la nuit, vous parlez, vous dites des choses splendides au voisin qui ouvre l'œil du milieu de son âme, y reçoit un trait d'or...

Il y a la plus femme des roses, dans un verre devant ce tapis bleu. Je l'ai cueillie avec étonnement. Elle vient d'Orléans. Elle est venue d'Orléans il y a deux ans ; je ne la connaissais pas ; Violente seule m'avait appris son nom, un jour. Elle n'a fleuri qu'aujourd'hui, comme un camélia en volutes concentriques, presque dure et veloutée avec une peau où le rose recouvre du jaune ; ce rose jaune donne une vie extraordinaire à tout un côté de la pièce, rend tous les livres *fauves* et les vases de terre, roses ; et la lumière sur ma figure devient celle du couchant ; ce peu de fleur repeint le salon et change la saison. Pardon d'en parler dix lignes ; cela compte, et compte plus que des faits, marque plus, mord plus sur mes jours, la couleur.

J'ai relu les vers italiens, chanteur par-dessus toutes les musiques ! Je pourrais vous parler, vous parler. Mais Girondeau doit emporter ceci ce soir même. — G est parti.— Je pourrai vous parler ; mais allez-vous recevoir ? Demain est le 11 ; il faut que ce papier soit à Madrid le 12.

Et moi, je vous dirai demain peut-être, ce que je fais. Je souhaite de rester, et ne pense pas au bras que le chirurgien doit voir. J'aime ce jardin que vous avez fait. Je vous remercie

1. Les nombreux écrits de Pierre Benoit (1886-1962), romancier, poète, journaliste et voyageur, sont souvent teintés d'exotisme.

2. Valéry vient de quitter Vence pour faire une tournée de conférences en Espagne.

de l'avoir fait ; je voudrais qu'il n'ait pas un arbre, pas une courbe que vous n'auriez choisi, pas un trait, pas un dessein laissé à d'autres. De Michelis est venu pour ordonner deux prises d'eau nouvelles ; je lui parlerai de la fontaine, (de la petite colonne au bord du bassin, élevée non au dieu ignoré, mais à l'Ignorance...) et vous voyez que je ne suis pas comme Hélène à laquelle Ronsard fit cette épître (pénible à connaître) parce qu'elle ne voulait pas dépenser de quoi construire une fontaine pour lui. Je ne sais plus exactement ce qu'il disait, parlant « des femmes qui »... exactement comme le font vos cahiers —— comme ils ne le font plus.

Mio, mio, je crains de vous avoir ennuyé parfois, de vous être trop connue ; bête. Moi aussi, j'ai peur de devenir bête. J'ai joie assez, de votre esprit ; je lave moins le mien. Sans doute vous voudriez m'envoyer parfois aux eaux éternelles ; sans doute vous vous détournez, sans même le faire exprès, de l'esprit d'ici sur lequel vous retrouvez l'idée d'hier, seulement l'idée d'hier. Hélas je vous aime tant que je ne me regarde plus.

Dimanche

Et j'adresse ceci à Pinar[1]. Car enfin, 12, 13, 14, 15, 16, 17, vous le recevrez bien le 18, tout de même ! Et le 18, il faut que vous sachiez ce que je fais : je pars de Vence lundi matin le 19. J'ai 160 kilomètres jusqu'à Aix, et les ferai ce même jour (par Grasse, Draguignan, et sans descendre à Toulon ni suivre l'eau). Je demeurerai au moins 4 jours à Aix, soit, le 20, 21, 22, 23, — c'est un minimum qui vous permet pourtant de m'y écrire : une lettre de Madrid *doit*, partant le 18, être à Aix le 24, et je ne partirais le 24 qu'après courrier du matin.

Après cette date, et sauf avis télégraphique (il est possible que je vous télégraphie d'Aix le 20, *si j'ai reçu quelque adresse*) ne m'écrivez qu'à Paris ; je partirai avec l'auto mais ne ferai qu'une partie du trajet, prendrai probablement le train à

1. Nom de la rue où Valéry loge à Madrid.

Lyon. Donc Aix du 19 au 24. Poste restante ; je ne retiens pas chambres, et déciderai logement d'après l'aspect. Il est possible qu'aille le 24-25 aux fêtes Bohémiens Stes Maries de la Mer ce qui me rapprocherait singulièrement de Cette à votre passage. Et maintenant, cher, cher cœur ma plus douce idée ! Je vous tiens les mains, et j'oublie les heures, les choses ; je redeviens enfant pour sentir la vie passer étrangement au-dessus de moi.

Ce mal qui ne me fait pas mal, et qui étonne le médecin, donne à rêver juste assez pour mesurer que je suis, plus que les autres, une créature de hasard. Toute ma volonté ne sert pas à composer entre une si grande faiblesse et la terre, de liaison sûre. Parfois je me regarde avec un dégoût qui se régénère en admiration, comme on fait d'un insecte qui vole, se supporte, et s'émiette dans un moment. Je pense alors qu'il n'y a pas de réalité en moi, plus que celle de vous avoir fait pleurer et rire.

Adieu mon chéri, goûtez à l'Espagne qui m'a poursuivie de chants, danses et songes, toute une jeunesse ; et que je la sente encore, quand vous la sentirez.

Votre

K

Reçu petite lettre du train.

[*Enveloppe* :]
Monsieur Paul Valéry
aux soins de Señor Alberto Jimenez
Residencia des Estudiantes
Pinar 17
Madrid
Espagne

[*C.p.*] 11-5-24

À PAUL VALÉRY

[*Carte postale illustrée :*]

Aix-en Provence. Rue du Quatre-Septembre. — Fontaine des Quatre-Dauphins (XVIIe siècle)

Vence Dimanche 11 Mai [*1924*]

Cher ami,

Je crois plus prudent rentrer Paris, sans écouter mes souhaits sylvestres ou plutôt alpestres. Afin de prendre une semaine repos, ne pars que lundi le *19* et vais en une étape à Aix par Grasse Draguignan. Ne sais à quel Hôtel, peut-être Sextius, préférable m'envoyer les cartes promises Poste Restante. — Passerai au moins 5 jours, donc jusqu'au 24 après midi. Ensuite, envisage faire ½ trajet jusqu'à Lyon en auto, et revenir par train Lyon Paris. Vous écris Pinar par ce courrier. Toutes mes amitiés affectueuses à frère et belle sœur[1].

Amicalement vôtre

[*Sans signature*]

Vous renvoie linge oublié !

[*Verso :*]

Si bras allait mal et obligée partir plus tôt vous télégraphierais puisque vous avez la bonté de vous inquiéter de moi ; mais si l'amitié ajoutait encore à vos soucis, combien j'en voudrais à la mienne !

Il faut vous faire donner un *Manton*[2] de Manilla pour Agathe.

[*Adresse :*]
Monsieur Paul Valéry
aux soins de Mr Jules Valéry

1. Allant en Espagne, Valéry fait étape chez son frère à Montpellier.
2. Grand châle brodé.

Doyen honoraire de la Faculté de Droit
1 rue Fournarié
Montpellier
Hérault

À PAUL VALÉRY

[*Vence, mardi*] 13 Mai [*19*]24

On ne peut pourtant pas mieux faire que d'écrire en double à ce rarissime individu, une lettre en France, une lettre en Espagne ! Vous deviez quitter Montpellier Mardi, cher esprit particulier, et je n'ai donc rien envoyé hier. Voici que votre lundi m'annonce départ pour mercredi ; et je tente, en courant à Cagnes, qu'un papier vous rejoigne encore avant demain 11 heures du matin. Celui-ci s'en ira plus loin, à l'Institut français.

Dans l'autre, vous donne une coupure *Figaro* qui parle de la S^té^ des conférences du Midi fondée par Mr Ripert de Marseille ; et cela me donne idée de le voir, ce monsieur, puisque j'y passe le 20, et y serai (à Aix, à 20 kilomètres,) jusqu'au 24 et peut-être plus. Voulez-vous que j'arrange une conférence Aix Marseille pour votre second passage ? Si oui, télégraphiez date Poste Restante ; je demanderai mille, ou 500 plus frais et indemnité et proposerai Baudelaire Ronsard ou le Vinci[1]. Renverrai auto et attendrai la conférence, si pas trop tard. Voudrais pas rentrer après le 27 à cause de ce bras. — Je suis bien, espace poumon ; je suis problème, espace *bras.* J'espère que cela n'augmentera pas ; mais il faut radiographier au plus tôt. Je suis lasse de ce corps, lasse de ce corps, qui ne laisse jamais qu'on soit, qu'on pense, qu'on fasse.

Jamais les roses, les livres, cet air embaumé où la nature se mêle à l'idée, ne m'auraient mieux retenue.

Mais déjà vous marchez ailleurs, vous regardez ailleurs, grands yeux bleus ! Pas si loin pourtant que vos meilleures

1. À Milan, Valéry a fait des conférences sur Baudelaire le 9 avril et sur Léonard le 11. À Madrid, il parlera de Baudelaire.

découvertes ne soient, dans ma tête, prisonnières. Il me semble que je change beaucoup. Vous savez que mon vice le plus grand est d'être excessivement une *personne.* Eh bien, je l'abandonne, ce mannequin.

Au revoir, mon petit génie à part moi. Gardez de toute fatigue cette vie précieuse, dont je sens l'être, comme s'il se pouvait que les êtres — — voici une phrase qui va au bête ; et comme elle dit mal ce que vous savez bien, finissez-la mieux.

Je suis triste, mon cher Lionardo, mais cela ne fait rien. Vous souvenez-vous de ce village Gilette[1], qui brillait dans une espèce de bleu ?

[*Sans signature*]

[*Enveloppe :*]
EXPRES
Monsieur Paul Valéry
INSTITUT FRANÇAIS
Marquès de la Enseñada 10
Madrid
Espagne

[*C.p.*] CAGNES S/MER ALPES MARITIMES/13-5-24

À PAUL VALÉRY

[*Vence,*] Mardi midi 13 5 [*19*]24

Mon cher intime, mon cher langage, mon très cher pareil, mon petit vous avant tous les autres ; ce voyage d'Espagne que vous allez faire, pour lequel vous serez déjà parti peut-être quand ceci tombera rue Fournarié chez votre frère, ce voyage, qu'il m'est mauvais ! qu'il me dérange le sentiment...

1. Village de montagne non loin de Vence.

Je reçois ce matin la lettre de lundi ; ah, que n'êtes-vous toujours à Montpellier quand vous êtes loin de moi ! De là vos paroles me parviennent ; là, je connais les chemins où vous marchez, et je ne sais quel ciel d'autrefois est au-dessus de nous deux.

Vous partirez par Barcelone il me semble. Alors, ce sera par le train de 11 h ½, et peut-être cette lettre vous sera-t-elle apportée avant, si je vais à la poste à Cagnes et paie un exprès. Sinon, votre frère fera suivre.

Et je vais envoyer en même temps autre chose à Madrid Marquès de Enseñada 10, Institut français. (J'ai écrit dimanche à Pinar, 17.) — Je suis étonnée que Thibaudet ait pu faire quelque chose de bien sur vous[1], parce que, si vous voulez le savoir, mon opinion est que personne n'a les moyens d'écrire quoi que ce soit de vivant, de vrai, d'un peu plus pénétrant qu'un regard des yeux, sur vous, — que moi. Non que je sois plus malin, mais quand on a échangé sa vie contre la connaissance d'un être, il est naturel qu'on aille plus loin en lui que ses amis mêmes. Si j'ai tort, je ne m'en doute pas.

Ma santé ? mon bras ? — Je n'ose pas trop vous dire ce que je pense. Il y a eu cette horrible intoxication par les sérums, qui m'a peut-être comme disent les domestiques, « tourné les sangs ». Je me suis donné un violent coup à cet endroit, une nuit il y a quelques mois, et de la manière stupide qui m'est bien personnelle. Je crois que l'on voudra m'opérer, et après cela, je ne crois... rien. Il me reste encore une expérience à faire pour avoir goûté parfaitement le monde, et une seule : celle de la — réaction de Wassermann[2].

Comme je serais demeurée ici avec plaisir ! Comme j'aurais pu travailler, me reposer en travaillant. Il faut partir à cause de ce bras ; et je vis cette fin de semaine en imaginant qu'après elle, il n'y aura peut-être plus jamais de paix, jusqu'à la paix. Vous apprendrez que cette maison et ce jardin me sont si pleins d'amitié à présent, que j'y éprouve un

1. Albert Thibaudet, *Paul Valéry* (Grasse, 1923).
2. Diagnostic sérologique de la syphilis.

peu de ce bonheur indifférencié qui est une aise de l'esprit et comparable à l'aise du corps qui respire bien : La Graulet seulement le donne aussi. J'ai été hier à Antibes chercher des Bougainvillées, j'en ai rapporté trois, dont un grand, plantés tout de suite le long du kiosque et qui le couvriront l'an prochain j'espère.

Le temps est limpide, d'un opalin, d'un cristallin si délicieux que l'œil boit cela comme de l'eau. Je vous suivrai à Tolède dimanche (étrange fortune que parler de ce Barrès fait pour vous être étrange !) et chercherai toutes les photographies du souvenir : l'église aux chaînes, le pont du Tage avec ses petits toits à l'entrée et à la sortie, et une montée de rue qui depuis 1900 et quelque, est restée derrière mes yeux éclairée d'un immobile soleil. Revenez bientôt, chère tendresse.

P.S. Je pars toujours lundi *matin* pour Aix-en-Provence. Je crois de plus en plus ne pas faire le voyage entier en automobile, et prendre (entre le 24 et le 26) le train à Marseille. Voulez-vous écrire à Paris, en comptant que je puis y être à partir du 26. Je vous télégraphierai d'ailleurs mon départ d'Aix. Il me semble que même si vos lettres d'Espagne mettent 5 jours, vous pouvez m'écrire une fois de là-bas à Aix Poste Restante.

[*Autre feuille :*]

Ci-joint coupure *Figaro* sur conférences du Midi[1]. *Voulez-vous que je voie ce Mr Ripert à Marseille* et arrange une confé-

1. Coupure du *Figaro* jointe :

« * Décentralisation intellectuelle./ Trop souvent, on reproche à Paris d'attirer à lui les curiosités de la province, mais la province prend parfois sa revanche ; il arrive qu'elle fasse venir Paris vers elle. Entreprise difficile ! Oui, mais le Midi l'a tentée, et il est en train de la faire réussir. Sous la direction d'*Émile Ripert*, les "*Amis des Lettres" ont fondé, à Marseille, la "Société des grandes conférences du Midi*", [CP souligne] qui se propose un programme tout justement contraire à celui des sociétés régionalistes ; celles-ci ont le louable désir de faire connaître aux Parisiens et aux étrangers les beautés de la province ; les "*Amis des Lettres*" travaillent à mieux faire connaître chez eux les écrivains de Paris.[...]

* C'est sous la signature de Mme Marie Monnier que sont exposés, à la galerie Druet, les "tableaux brodés" pour le catalogue desquels *M. Paul Valéry* a écrit *l'intéressante préface publiée dans notre Supplément* [C.P. souligne]. »

rence de vous à votre passage de retour, soit : entre le 25 et 27 ? ou avant ou après ?

Si oui, il faut me télégraphier à Aix Poste Restante à partir du 20. Je demanderai mille, ou 500 avec frais séjour et indemnité voyage. Dans ce cas je laisserais l'auto poursuivre vers Paris et je vous attendrais à Aix.

[*Sans signature*]

[*Enveloppe* :]
EXPRES
Monsieur Paul Valéry
chez Mr Jules Valéry
1 rue Fournarié
Montpellier
Hérault

[*C.p.*] CAGNES S/MER ALPES MARITIMES 13-5-24

À PAUL VALÉRY

[*Vence,*] Samedi 17 Mai [*1924*] Le soir

Lionardo *carissimo,*

La carte d'Irun, c'est tout. Depuis cette semaine, il n'use plus de cartes. Mais moi, j'ai les lettres divines, assez pour se brûler le cœur tout une vie, toute l'histoire de l'amour. Ô ma folie, ô ma seule aventure, que j'ai composée en pensant, pour laquelle j'ai refusé les autres, et dont le secret insensé m'a fait une enfance si fermée, une jeunesse trop pure, et ce temps solitaire et dédaigneux d'aujourd'hui. Ô vous qui n'êtes jamais fini, mais qui renaissez en moi depuis quatre années.

Cher, cher malheur que je choisis, est-ce que je vous aime ? Est-ce que vous m'aimez encore ? Est-il possible que le temps n'épuise pas ce qui ne peut pas être infini ? Dans une de ces lettres étonnantes, votre main écrivait « Je pleure de colère parce que ce ne sera pas toujours... Mais qui nous séparera ? Elle, moi, les hommes, le hasard, l'univers,... ceux là précisément qui nous ont réunis. »

J'ai relu cela sans retrouver ce qui vous l'avait pu faire dire ; ou plutôt, l'état qui l'expliquait. C'est je crois une lettre 1920, et je ne cite qu'à peu près. Les hommes, le hasard, l'univers... Vous étiez alors toute surprise, tout indécision, toute question ; vous étiez infiniment troublé, mais c'est après — un an au moins, — que nous avons fait de nous une métaphysique. Je devrais dire : que vous avez fait ; car le vice était en moi, et vous avez reçu les plus étranges couronnes, et vous fûtes appelé Absolu, peu, très peu d'heures après les premières minutes. Les hommes, le hasard, l'univers. Ô mio ! Ils ne peuvent pas changer le mouvement propre de mon esprit, dont vous êtes la seule résonnance. Mais ils peuvent vous présenter des images qui vous distraient, et elles seront d'autant plus fortes, que je n'ai pas voulu les vaincre d'avance ; il fallait votre persévérance pour croire en ces délices dont une peur profonde m'empêchait de préparer pour vous de puissants souvenirs. Mon très seul, très étrange, très proche, que ne suis-je, quelques jours au moins, sans nom, sans passé, sans orgueil, sans histoire, sans devoir, sans la mémoire passionnée des bonheurs imaginaires, sans le goût des efforts appliqués contre des nuages, sans le goût du ciel, de l'impossible, du surhumain, — que ne suis-je un petit corps qui serait mon corps et que je laisserais être heureux et danser en pantalon rose !

Mais chaque fois qu'il l'a fait, Érynnis[1] a paru. — Je pars pour *Aquae Sextiae*[2] lundi, après demain. J'y vais quand même. Le bras est pareil. Quand je travaille au jardin, il enfle beaucoup ; le matin après avoir dormi, il y a 1 centimètre à 1 ½ de moins. Je sais bien que cela est venu à la suite du coup donné une nuit de cet hiver très maladroitement. Et je pense des choses qu'il ne faut pas dire, et qui vous feraient revenir peut-être. Je pense aussi que Martel[3] m'opérera, que

1. Les Érinyes — pour les Romains, les Furies — étaient, pour les Grecs, des divinités infernales qui torturaient leurs victimes.
2. Aix-en-Provence.
3. Le chirurgien Thierry de Martel (1876-1940), fils de la romancière Gyp.

ma tante est morte, et que dans une famille les gens meurent toujours par quantas. Là. Vous direz ce que vous voudrez. Ah, qu'il y a de roses, *niño de mi corazon*[1] ! et quel amer appel amoureux vient du printemps, du passé de l'Espagne ; il me semble que vous marchez dans cette gaîté que le vent m'a éteinte.

[*Sans signature*]

[*Enveloppe :*]
Monsieur Paul Valéry
aux soins de l'Institut français
Marquès de la Enseñada 10
Madrid 4
Espagne
[*C.p.*] 22-5-24

CATHERINE POZZI, *JOURNAL*

Paris, le 24 mai 1924

Sur le chemin du retour[2], je me suis arrêtée à Aix, puis à Avignon. Mais je n'ai pris nul plaisir aux choses. Une espèce de nuit se levait de nouveau sur mon destin, encore que j'eusse décidé de n'y pas penser. Lionardo, d'ailleurs, écrivait peu, et j'étais triste. Puis, quand il écrivit, ce fut pour dire ses succès. Il n'abrège pas d'un jour son voyage, mais moi, je sors de chez le radiographe et je l'ai fait parler. Hélas ! Tout ce qu'il expose avoue ce que je pense. Il demande l'examen histologique. Il exige l'opération. Il offre de me traiter ensuite au radium.

1. Enfant de mon cœur.
2. Retour à Paris où C.P. est allée pour consulter un chirurgien.

À PAUL VALÉRY

[*Carte postale illustrée :*]
Girgenti — Tempio della Concordia

Paris Dimanche 25 Mai [*1924*]

Cher ami,

J'ai reçu peu de lettres et je vois que celles adressées Institut français, Marquès de la Enseñada se sont perdues. Il faut réclamer.

1° radiographie bras obscure. Un praticien veut opérer *d'urgence,* et traitement radium complémentaire. (il ne parle pas à un sourd) L'autre croit à tout autre chose. Vais les départager par un troisième. Il faut que vous vous reposiez au moins une semaine à Montpellier, avec sommeil et régime végétarien le soir. Ai été contente de parler à votre frère. Amitiés à tous.

C.

[*Adresse :*]
Monsieur Paul Valéry
1 rue Fournarié
Montpellier, Hérault

CATHERINE POZZI, *JOURNAL*

Mardi 27 [*mai 1924*]

Pas de lettre de L ce matin. Il est à Barcelone. Mais sa lettre d'hier suffit à m'empêcher d'en souhaiter d'autre. Une fois de plus, le voici bien semblable à lui-même, indifférent quand il m'advient du mal. Sa lettre d'hier, elle était écrite dans un train l'emportant hors Madrid ; il venait de recevoir les pages tristes que je lui envoyais en quittant Vence ; et il note qu'il pleurerait, et puis « qu'il voudrait télégraphier ».

Mais la dépêche coûte plus d'un franc le mot et le train d'ailleurs ne possède pas de télégraphe. C'est en arrivant à Barcelone que vous eussiez pu télégraphier, Lionardo ; je vois bien que les honneurs vous ont remis le cœur d'aplomb.

À PAUL VALÉRY

[*Paris, mercredi, c.p. 28 mai 1924*] 3 heures

Je réponds à la dépêche.

C'est seulement après une analyse histologique que l'on saura ce que j'ai, et on la fera dès que l'on aura incisé, ce qui se passe bientôt. Le chirurgien est l'homme que j'aurais choisi[1] — on le dit brutal mais il me plaît. D'ailleurs il ne m'endormira même pas et cela sera vite fait. Si c'est un abcès tuberculeux et que l'on évite la fistulisation, c'est une affaire de peu de temps. Si c'est autre chose, vous le saurez facilement ; il n'y a qu'à moi qu'on racontera des histoires.

Et comme je ne veux plus avoir d'opinion sur ce corps de peine, je le promène. Dans deux heures il sera chez les Willy Blumenthal[2] qui se sont souvenus affectueusement et inopinément de mon existence ; dans cinq heures il sera au Festival Don Giovanni ; et je quitterai d'autres gens Samedi pour aller à la maison de santé de Neuilly, où d'ailleurs on ne me gardera que quelques heures.

Pour ceci justement je préfère ne pas vous voir samedi, ce qui me ferait penser à moi, et je vous demande d'avoir la gentillesse de ne revenir que dimanche, cela vaut beaucoup mieux pour votre santé aussi, car vous devez être très fatigué. Je n'ai passé que deux jours à Aix, où je n'ai véritablement respiré qu'à la Méjanes[3], auprès d'un monsieur qu'on dit crasseux et avec lequel je m'entendais si bien. Il vous a

1. Le professeur Pol Lecène (1878-1929).
2. Mme Willy Blumenthal, née Pinto, d'origine sud-américaine, grande amie de Samuel Pozzi, tenait un salon musical dans son hôtel au 37, rue Pierre-Charron.
3. Bibliothèque à Aix-en-Provence fondée en 1788.

connu, c'est Aude[1]. Aix m'a paru inacceptable, triste et couvert d'une poussière qui n'était même pas terrestre. Combien Montpellier est plus beau, avec ses deux cœurs en jardins ! Dites-le à votre frère qui m'écrit avec une amitié dont il faut le remercier pour moi.

Au revoir. Si vous voulez bien m'entendre, restez jusqu'à dimanche soir auprès de votre mère, reposez-vous, mettez-vous à la diète vespérale, et à l'air du matin !

Baisez la main de *nonna*[2], pour votre petite amie.

Catherine

Vraiment il ne faudra pas m'en vouloir si je ne vous vois pas Samedi même ; et je voudrais que vous n'arriviez pas ce jour-là.

Au Doyen : je ne vends pas les actions R.[3]. Cette semaine, elles ont un peu baissé. Je lui répondrai.

[*Enveloppe :*]
Monsieur Paul Valéry
chez Monsieur Jules Valéry
1 rue Fournarié
Montpellier
Hérault

À PAUL VALÉRY

9 ou 10 Juin
[*Paris, lundi 9 juin 1924*]

Chère fantaisie et chère raison,

Je ne sais plus si nous devons nous rencontrer aujourd'hui, et tirer quelque feu de deux âmes sur lesquelles trop

1. Édouard Aude est l'auteur du *Musée d'Aix-en-Provence* (Paris, H. Laurens, 1921).
2. Grand-mère, c'est-à-dire la mère de Valéry.
3. Il s'agit, peut-être, d'actions de la société Royal Dutch.

d'humains se sont assis en trop peu de jours. Mon frère Jean souhaite de m'emmener au golf de Saint Cloud, puisque je représente un transport gratuit peut-être, et peut-être pour me faire plaisir ? et je le vais suivre, ou plutôt conduire, cela sera des arbres et de l'air net nous en reviendrons à 5 h ½ sans doute. Je n'ai pu aller chez les voisins, trop lasse hier. Vos amis sont gentils et charmants, mais ce qui se compte en force perdue est toujours trop cher, même quand un palais du prince et du piano sont l'échange[1].

Je voudrais une chambre tranquille et des livres. Quand *nous* l'aurons ici, cher esprit, il faudra reprendre les questions aux dieux.

Votre mince *skia*[2]

[*Sans signature*]

[*Enveloppe non affranchie :*]
Monsieur Paul Valéry
40 rue de Villejust

À PAUL VALÉRY

[*Paris*] Lundi soir [*9 juin 1924*]

Jean n'a fini de jouer qu'à 6 heures, puis sommes sortis dans la file de retour des courses ————

Caro, j'aurais voulu que vous puissiez respirer aussi tout le jour ces grands arbres délicieux. Je me suis bien amusée avec des fourmis, et *adspicere*[3] des dames très chic, les premières chic du printemps.

1. C.P. doit faire allusion à un récital dans la villa romaine du prince et de la princesse de Bassiano à Versailles.
2. En grec : ombre.
3. Regarder.

Demain jour de décision pour les papiers ; ce n'est pas vain, ce ne sera pas heure perdue, puisqu'il faut composer la pièce où nous serons « durée pure » comme dit la sirène à tête de poule[1]. Je voudrais que vous choisissiez ce papier et ces peintures avec moi. Je voudrais que vous aimiez l'endroit où j'aurai le bonheur de vous attendre. Et je sors à 10 h ½ pour cela ; passer chez Waring & Gillow[2] etc. Les peintres attendent le ton pour continuer. Donc à tout hasard, je m'arrêterai non chez vous, mais en face du palais des parfums[3], à 10 heures et demie comme dit ; et si vous n'y êtes pas à 10 heures trente cinq je continuerai sans vous, et vous pourrez venir avant 4 heures. *I must call after tea, on Princesse de Chimay etc.*[4].

Yours, lovingly[5]

CK

Il y avait la dame de Beauchamp[6] la *putana ;* elle avait des bas non admissibles pour le sport, un nez pâle levé au ciel avec insolence, elle était en beige ; elle jouait avec un verdâtre Chimay[7] que j'avais cru anglais tant il a réussi son vert, et le reste, mais aucun de ces hommes ne se doutait *qu'il obéissait à Voltaire* !

À PAUL VALÉRY

[*Paris, mardi 10 juin 1924*] ce matin

Dearest

Nous sortons à 10 h ½ chercher papiers, car déjà les peintres grattent et attendent pour faire le ton du mur. J'ai vu

1. Il s'agit d'Henri Bergson qui conçoit le temps comme « durée pure », flux continu et donnée immédiate de la conscience.
2. Ce magasin d'ameublement se trouvait au 62, avenue des Champs-Élysées.
3. Les Grands Magasins Jones Palais des Parfums se trouvaient au 39-51, avenue Victor-Hugo.
4. Je dois rendre visite, après le thé, à la princesse de Chimay etc. Hélène de Caraman-Chimay.
5. À toi, amoureusement.
6. La comtesse Thérèse de Beauchamp, née Vitali.
7. Le prince Alexandre de Caraman-Chimay.

hier de jolies choses amusantes chez Dumas derrière la Bourse[1], et un paravent laque failli acheter 17.000, mais trop grand et la moitié Montecatin pas suffi[2]. Ce soir vais Blumenthal[3] 5 h Mariecotte 4 h et opérer 6 h ½. Serai là après déjeuner *hasta las tres*[4]. Ai lu du Rilke : c'est un ouvrage *admirable*, un tour de force[5]. Le Curtius est du Bostard et Thibauditouille, mais en bel allemand[6].

La vostra

[*Sans signature*]

À PAUL VALÉRY

[*Paris, mercredi c.p. 25 juin 1924*]

Herzallerliebster Luzifer[7],

Mañana a las dos de la tarde[8] il se peut que suivre la mère qui va regarder toiles avenue de la Grande Armée, lesquelles sont toiles de l'exposition dite des Tuileries. N'y a-t-il rien de Melle Gobillard[9] ? Ensuite petit tour Pré Catelan pour aérer l'occlusion profonde. À 5 ½ l'avoué.

Mais
por la mañana[10], entre 11 et 12, l'ondulation Durand qui dure.

1. Ce magasin se trouvait au 24 et au 26, rue Notre-Dame-des-Victoires.
2. Il s'agit, sans doute, de la vente des actions Montecatini Edison.
3. Chez Mme Willy Blumenthal.
4. Jusqu'à trois heures.
5. En fevrier 1924, Rilke a envoyé à Valéry sa traduction en allemand de la plupart des poèmes de *Charmes*. *Paul Valéry, Gedichte* paraîtra à Leipzig chez Insel Verlag en 1925.
6. Ernst Robert Curtius a publié une étude importante sur la poésie de Valéry, « *Der Dichter Paul Valéry* » dans *Der neue Merkur* en mai 1924. C.P. compare le style de Curtius à celui de Charles Du Bos et d'Albert Thibaudet.
7. Bien-aimé Lucifer.
8. Demain à deux heures de l'après-midi.
9. Paule Gobillard, belle-sœur de Valéry, de la famille de Berthe Morisot et de Manet, elle-même peintre de talent.
10. Le matin.

— Été chez Primoli. Mme Paul Adam[1] infiniment claire en noir, avec des dents, des yeux, et une netteté complète (je veux dire « pure », et non « précise » ; encore que ces deux termes aient plus de rapports que vos discours ne pensent, — chut et zut.) Vous aviez meilleure mine ce soir, mon enfant, mon bon petit diable.

[*Sans signature*]

[*Enveloppe :*]
Monsieur Paul Valéry
40 rue de Villejust
Paris

À PAUL VALÉRY

[*Paris*] Je crois Jeudi soir [*c.p. 26 juin 1924*]

Mon ami chéri et frère de tête,

J'ai vu Hélène de Chimay[2] qui m'a montré sculptures d'un métier assez beau, qu'elle fait dans une petite chambre sous le toit, un tout petit atelier qui me suffirait mieux que cette cave en jaune[3] ; et qui serait exactement les deux mètres carrés que vous n'avez pas. M'a prêté Bonnard[4], gardez votre exemplaire ; c'est descriptif et soigneusement original ; c'est vain.

J'ai passé de longues heures chez un nouvel avoué intelligent, qui m'a fait apercevoir les gaffes de l'autre, et c'est trop tard[5].

1. Née Marthe Meyer, sœur de Jeanne Mühlfeld, mariée avec le romancier Paul Adam depuis 1897.

2. Princesse Alexandre de Caraman-Chimay (1879-1929), née Hélène de Brancovan, sœur d'Anna de Noailles.

3. Thérèse Pozzi vient de faire repeindre en jaune la chambre de C.P. rue de Longchamp.

4. Abel Bonnard (1888-1968), *En Chine* (Fayard, 1924).

5. C.P. projette d'intenter un procès à Édouard Bourdet qui a tardé à payer la pension alimentaire imposée par le jugement de divorce.

Je suis revenue en passant par la place d'Iéna ; on m'avait confié un colis d'œufs pour le Diplomate[1]. Je monte, œufs dans les bras ; il est étendue sur un divan bleu pâle, entouré de fleurs, de colliers d'ambre ; la fenêtre ouverte sur un jardin délicieux, un thé fumant au niveau de son coude, un livre sur ses genoux que recouvrent des soies violettes. Il me dit qu'il dîne chez Marlborough[2], danse chez Pecci[3], finit aux Ballets ; j'ai vu l'image du bonheur. Mais je pense que mon rien est plus beau que son tout, peut-être. Car nous nous promenons encore, Lionardo et moi, dans une seule âme.

Demain 5 heures je retourne place d'Iéna où deux amies (de Gironde[4]) goûtent. Je puis faire quelques pas le matin.

[*Sans signature*]

[*Enveloppe :*]
Monsieur Paul Valéry
40 rue du Villejust
Paris

CATHERINE POZZI, *JOURNAL*

Mercredi 2 [*juillet 1924*]

Matin. *Sad letter from L* (Lionardo[5]). Visite Lionardo 11^h^ – 12.

1. Jean Pozzi.
2. Gladys Deacon a épousé le 9e duc de Marlborough à Paris en 1921.
3. Anna Lætitia Pecci-Blunt (1885-1971), petite-nièce du pape Léon XIII, tient un important salon littéraire et artistique.
4. Une de ces amies est peut-être la vicomtesse de Gironde.
5. Lettre triste de Lionardo.

À PAUL VALÉRY

[*Paris, vendredi c.p. 4 juillet 1924*]

Dearest L nearest friend[1].

Quelque chose dans votre visage de tout à l'heure, me persuade — car je vous vois en esprit — que vous entendez mal ma pensée ; et l'entendant ainsi, n'êtes pas heureux et préparez un mouvement (que je subirai demain) qui puisse me rendre inconfortable comme vous, pour qu'en m'efforçant alors de transformer cet état (qui sera encore le vôtre) je nous fasse brusquement revenir à l'équilibre tous les deux. Du moins, c'est une manière de possible. Ou seulement, vous choisissez subtilement quel est celui de vos réflexes qui puisse me faire de la peine ? peut-être me punir ? De quoi punir, frère chéri ? Je sais de quoi : de ce que je dis toujours ce qu'il ne faut pas dire. Nous sommes excusables de vivre, en la gâchant un peu, l'étrange situation qu'est celle-ci ; on raterait à moins. Ma maladresse, ni votre système nerveux, n'auront pas le dessus dans cette affaire, et je ne suis pas encore triste *complètement*. Il reste un coin de pays éclairé ; je le vois, comme ces collines heureuses que les pires orages laissent toujours à l'extrême horizon.

Ce n'est pas cette lettre qui vous le montrera, cela est sûr. Elle est mal faite, car je l'écris en me pensant, plutôt que de vous penser. Aucune chance pour que mon 9 heures du soir s'applique à votre dix heures du matin. Et pourtant me voici. Laissez là ce discours de *la veille*, dont la dernière ligne seule arrive à temps : je n'ai pas voulu vous enlever rien de moi, je vous l'assure, puisque ces lettres furent du même esprit que mon esprit d'aujourd'hui. On ne reprend que ce qui est mort. Seulement, ce n'est pas à vous que je les reprenais.

[*Sans signature*]

[*Enveloppe :*]
Monsieur Paul Valéry
40 rue de Villejust
Paris

1. Très cher L, ami très proche.

À PAUL VALÉRY

[*Paris, mercredi 9 juillet 1924*] matin

Caro,

J'ai cherché un moyen de vous faire aller à ce Polo qui vous amuse. Ai téléphoné à Jean[1] pour savoir si on jouait et s'il y va : *oui* aux deux questions. Lui ai demandé si moyennant 1 place que vous pouvez offrir il peut vous trimballer. A commencé par accepter la place, puis comme j'ai expliqué que c'était donnant donnant, propose vous prendre dans petite voiture ouverte torpédo qui le conduit (c'est un officier). Il a très envie de la place (sans cela il paie 60) donc il demande que vous lui téléphoniez à 2^{h} chez restaurant Viel (déjeuner Lebon[2]) pour vous arranger ensemble. Cette idée aller avec vous lui sourit, m'a appelé sa petite poule.

Je ne sais si avec votre médaille vous entrerez aux tribunes, je ne suis pas sûre. Donc peut-être prudent garder l'autre place pour vous. Si manquez Jean chez Viel pouvez lui phoner chez lui à *4*^{h}. Je peux aussi téléphoner Viel si dites quoi dire.

Yours

Karin

Bien triste pas aller moi. Toujours bibi puni par Zeus pater

[*Carte Hôtel Plaza Athénée probablement jointe :*]

Cher ami

Ci-joint la carte d'entrée pour votre ami L.

Merci pour le catalogue de S. et M.[3]. J'irai certainement.

Amitiés

CP

1. Jean Pozzi.
2. Voir *supra* p. 504, n. 1.
3. Nous n'avons pas pu identifier ce catalogue.

[*Enveloppe :*]
Urgent
Monsieur Paul Valéry

Le N° Viel est Gutenberg *10-62*

[*Verso :*]

Mettez pardessus très chaud pour torpédo et foulard ou alors gilet laine en dessous.

À PAUL VALÉRY

[*Carte Pneumatique*]

[*Paris,*] Vendredi matin [*c.p. 11 juillet 1924*]

Dear Lionardo,

Nous allons au polo à 5 ½ (Argentine France) à Saint Cloud Jean et moi[1]. Si voulez venir soyez là 5 ¼ *avec votre médaille* car n'avons que 2 entrées. Irai chez chirurgien avant 4 heures probablement.

Yours

Le miroir jumeau

CARTE PNEUMATIQUE
Monsieur Paul Valéry
40 rue Villejust
XVIe arr.

1. Jean Pozzi.

CATHERINE POZZI, *JOURNAL*

Samedi 19 [*juillet 1924*]

Lettre de Lionardo qui dit moa moa moa.

Dimanche 20 [*juillet 1920*]

Lettre de Lionardo. *Makes me feel uncomfy*[1].

À CATHERINE POZZI[2]

[*Paris, après le 21 juillet 1924*]

Chère amie

Voici un peu de l'eau de la *Source.* Elle est vieille — au moins deux ans de flacon ! Quant au renseignement[3], je l'ai demandé en vous quittant.

Je voudrais que quelque chose vous fît du bien.

Votre

P.V.

[*Enveloppe non affranchie :*]

~~GRAND HOTEL TOULON (V~~AR)

Madame Catherine Pozzi,

1. Lettre de Lionardo. Me rend mal à l'aise.
2. Au verso d'une lettre portant l'en-tête de *La Revue de France* et datée du 21 juillet 1924.
3. Nous ne savons pas de quel renseignement il s'agit.

PAUL VALÉRY À JEAN POZZI

[*Carte postale :*]

[*Paris,*] Vendredi [*c.p. 10 octobre 1924*]

Merci cher ami de votre carte. Je ne sais où remercier votre collaboratrice.

Ici rien de neuf. Et je n'ai rien appris des mouvements qui pourraient vous intéresser. Rue de Longchamp, c'est toujours bien lentement que l'on va. Quelle cruelle durée[1] ! Les rayons toutefois ont fait quelque bien. Mais toujours cette température et toujours ces crises si pénibles !

Bien amicalement à vous, P. Valéry

[*Adresse :*]
Monsieur Jean Pozzi
10 Steindorf Strasse
Munchen Bavière
Allemagne

À CATHERINE POZZI

[*Paris,*] *Sunday*[2] [*25 janvier 1925*][3]

Cara,

Voici deux jours, *sine*[4] Karin. J'ai repris froid chez cet Estaunié[5] qui m'a tenu 1^{h} ¾ dans son ciment armé, et moi désarmé contre le subtil rayonnement de mon individu. D'où

1. À la suite du traitement prescrit pour soigner son abcès tuberculeux au bras, C.P. est tombée gravement malade pendant plusieurs mois.
2. Dimanche.
3. Lettre datée par C.P.
4. Sans.
5. Édouard Estaunié (1862-1942), polytechnicien, ingénieur en télécommunications, est l'auteur de plusieurs ouvrages scientifiques et de nombreux romans. Il a été élu à l'Académie en 1923.

des quintes qu'il ne fallait porter vers vous, et des nuits à étouffements, spasmes, et jusqu'à vomir. Hier soir, dû aller figurer au sacre d'Anna[1], et dû filer à peine le café servi. Du coup Tizi m'a expédié ce matin le Dr. Lemée[2] qui est le 1er oto rhino laryngologue de Paris. Je le connaissais d'ailleurs. Physique très chic et certainement connaît son affaire. Critique implicitement ce qui fut fait avant lui. J'aime son examen absolument sans réflexes suscités et curieusement délicat. Je lui explique mon affaire. Il prescrit, hélas, un pulvérisateur électrique ou à vapeur *ad lib*[3] qui va coûter fort cher et tout un dosage savant à faire *par moi* d'adrénaline. Plus tard il travaillera dans le goulet. Voilà tout. Je suis raplati, et cent ans sur les prairies où coule le Senthol neigent[4].

Fait un peu de peinturlure. Mais où le modèle éternel ? Je fais des horreurs mais il me semble que j'ai acquis un peu de — potentiel. Les horreurs enseignent beaucoup. Qui fait des horreurs en le sachant a plus d'espérances que qui fait des choses possibles sans le savoir. Ce qui me sauverait en peinture, c'est ma rapidité. Ce qui me perd c'est le manque de patience. Arrangez ceci selon une logique.—

Modèle éternel, je vous vois avec ces cheveux de puritain[5]. Quand je suis assis face à vous, c'est une fable. L'oiseau et le chien. Je crois que j'ai l'air d'un chien — ce qui m'ennuie. Oiseau d'Égypte, il y en a qui sont vous sur les pierres gravées de là-bas.

Je crois que vous avez un pulvérisateur puissant ! — Le prêteriez-vous à ma gorge ? ?

[*Enveloppe :*]
Madame Catherine Pozzi
123 Rue de Longchamp
Paris — 16

1. Anna de Noailles.
2. Il s'agit, sans doute, du docteur René-Émile-Marie-Joseph Lemée, auteur d'une thèse : *Sur les polypes naso-pharyngiens : ablation par les voies naturelles sans opération préliminaire* (Bordeaux 1906).
3. À volonté.
4. Syntaxe torturée : cent ans neigent sur les prairies où coule le Synthol (un médicament).
5. C.P. porte les cheveux courts, une frange sur le front.

CATHERINE POZZI, *JOURNAL*

17 juin 1925

Voici ce qui s'est passé : le professeur Lecène a fait, en juin 1924, deux ponctions dans cette grosseur de mon bras. La troisième fois, il prit des ciseaux, débrida, fit un chemin entre les deux petites plaies. [...] Le lendemain, fièvre, et puis horreur. [...] En septembre [...] les voies respiratoires furent prises à leur tour. [...] Marie de Régnier venait presque tous les jours. Paul Valéry aussi, jusqu'en mars [1925] ; alors, il est parti pour la Côte d'Azur chez sa patronne Béhague, il est revenu en avril ou en mai, — je n'ai pas consenti à le recevoir et dix lettres sont là, non décachetées.

Vence 22 Février 1926

Paul est dans ce pays. Il y est venu pour une conférence[1]. Je crois qu'il s'est arrêté chez Mme de Béhague près d'Hyères ; je suppose qu'il traversera Nice demain, après demain ? C'est seulement ici que je l'arrache de moi. Le reste n'était pas la mort absolue ; notre silence gardait un obscur peut-être. Mais qu'il passe si proche de notre maison, — de cette maison dont il n'a même pas eu le courage d'écrire le nom sur sa carte de Janvier, quand après avoir reçu le retour de la bague qu'il m'avait donnée, il traçait (avec quelle âme, je pense !) « remerciements et vœux », — et qu'il ne puisse venir, et qu'il ne monte pas où nous fûmes frère et sœur, père et enfant, hélas et (vous le savez, André[2], je ne cédais qu'à sa violence, qu'à ses drames, qu'aux menaces qu'il me faisait de partir, de mourir,) — *et pire* ; n'est-ce pas le vrai noir, André, n'est-ce pas plus noir que votre mort à vous ?

1. Valéry fait des conférences à Monaco et à Menton.
2. André Fernet.

Vendredi 26 Février 1926

Les André Siegfried sont arrivés ce matin. Et comme je savais par *Le Gaulois*, puis par *L'Éclaireur*, qu'il serait lundi à Roquebrune[1], j'ai adressé « aux soins de Mr Gabriel Hanotaux » là-bas, une enveloppe tapée à la machine qui contenait au crayon « Puisque vous passez

secret de l'extrême tendresse

Χαῖρε[2] »

parce que je ne peux pas, parce qu'il n'y a pas une seconde vivante de moi qui ne refuse de le laisser dans le silence des cadavres ainsi traverser ce cimetière bleu.

Lundi [*1er mars 1926*]

Il était à Roquebrune à 3 heures — au moment où les Siegfried partaient pour Paris qu'ils vont rejoindre. Maman les a menés à la gare, et même voiturés au-dessus de Villefranche, l'où l'on voit Menton, où est l'Hôtel Impérial, où il parlait, de ce discours usagé qu'il promène pour les foules littéraires. Gabriel Hanotaux lui tendait le papier imprimé. Ô enveloppe bleue ! Ô caractères de la Corona, ligne tracée de travers et non par une dactylographe. [...]

Mais les lettres divines et déchirantes que je recevais, les premières, étaient écrites de ce lit où la demoiselle épouse dormait. [...]

En novembre [1925], guérie, je suis revenue à Paris, après vous avoir écrit une fois la vérité, puis silence. J'étais descendue au Plaza. C'était là aussi que vous m'avez, il y a cinq ans, connue. [...]

Pourquoi avez-vous parlé d'amour ? Pourquoi êtes-vous parti à Bruxelles quelques semaines, pourquoi avez-vous écrit

1. Valéry rendait visite à son ami Gabriel Hanotaux (1853-1944), historien, ancien ministre des Affaires étrangères et délégué à la S.D.N.

2. Au sens strict, « réjouis-toi ». Mais le mot était aussi employé comme simple formule de salutation, pour dire « bonjour » ou « au revoir ».

de là-bas comme autrefois ? Pourquoi vous ai-je retrouvé si divinement fidèle ; si amèrement, si anxieusement semblable au précédent malheur ; venant à moi « comme la pierre tombe » ainsi que vous le disiez ; avare contre moi de tous vos actes, du moindre don, du moindre effort ? Pourquoi demandez-vous tout de moi, comme avant, pour ne me rendre que des mots les plus beaux du monde ? Vous demandez jusqu'à l'extrême honneur de l'âme : vous attendez donc que je sois ceci ? Est-ce un pari que le diable a fait avec le bon Dieu : jusqu'où ira Karin ? Karin lit la lettre qui la désire ; elle prend la plume et du papier ; elle envoie porter quelques lignes à la cadette Gobillard[1].

La cadette vient le lendemain. « J'ai tant de sympathie », dit-elle. Karin la regarde, s'y forçant : « Je suis la dernière pour laquelle, Madame, vous devriez vous servir de ce mot. » Elle a mis longtemps à comprendre. Puis elle a compris sans sentir. Je la fascine comme d'habitude. Elle ne sait que répondre. Son premier mouvement est de me trouver « chic ». Elle m'estime, elle m'embrasse, elle me pardonne, nous échangeons des propos religieux. Elle sort. On pourrait s'entendre...

Hélas, *Dio mio* !, elle revint. Le confesseur fut-il consulté ? Je déblaie cela, c'est irrespirable. Lui ayant promis de ne pas écrire à son époux sans qu'elle le voie, de ne pas chercher à le revoir, j'avais envoyé *à elle* trois lignes d'adieu pour qu'elle les lui remette à lui, mais où je le priais de monter me voir quelques minutes avant mon départ le lendemain pour Vence. Là-dessus, c'est elle qui vient, qui monte, qui me déclare n'avoir pas remis mon adieu mais jeté (de Corneille, nous descendons à Bataille) et qu'elle ne revient que pour exiger que je brûle toutes les lettres... Etc. etc. [...]

J'ai appelé Mariecotte, je lui ai tout dit, j'ai écrit à la hâte trois feuillets que je lui ai confiés pour qu'elle les remette à mon ami, gardé par le mariage. Il ne savait rien, il fallait du moins expliquer. Comment je l'ai fait, je ne sais plus... Je suis partie, le lendemain j'étais ici ; j'ai reçu ensuite la lettre

1. Jeannie, la femme de Valéry.

de Mariecotte me rendant compte de sa mission ; il semblait avoir peine ; l'élection[1] n'en a pas été altérée[2]...

À PAUL VALÉRY*

[*Vence, mercredi*] 3 Mars [*1926*]

Si vous n'étiez point passé aussi près, l'impossibilité de vous voir aurait été victorieuse de cette musique (je parle d'autre chose que de piano.) Mais la presque présence a donné mouvement au prodige : vous êtes ce à quoi ce que je suis répond.

Vous êtes tellement même temps que vous n'êtes plus pour moi dans le temps. La résonnance de même période ne peut pas s'altérer ; l'historiole n'y touche pas plus que l'aventure. Et je vous ai écrit trois lignes parce que je ne pouvais pas plus ne pas les écrire, que ne pas être ce qui est vous (et que, d'ailleurs, je ne prévois jamais.)

Il n'y avait vraiment dans ce crayon jeté vers Roquebrune (je ne sais nullement où vous êtes ni rien) (ce fut le hasard d'un entrefilet de l'*Éclaireur*, du *Gaulois*,) aucune impureté romanesque, embarrassée de « motifs ». Toute mon âme ou bien mon esprit n'ont fait qu'une note, n'ont vibré sans mon désir, sans mon aveu, que comme matière inhumaine, obéissant aux lois absolues.

Et vous m'avez répondu comme finissent les romans de Paul Bourget. Je mets là un « vient de paraître ». Vous y verrez qu'en imprimé, un amour cela naît, cela vit, cela meurt.

Sans doute je ne vous aimais donc pas. Nous ne nous aimions certainement pas. Mais vous (même sous Corneille) vous faites un épilogue à la Grasset. Mallarmé haïssait l'épisode et le découpage. C'est à lui que je dis, en vous ; je ne comprends pas, je ne suis ni une maîtresse ni un amant et

1. Valéry a été élu à l'Académie française le 19 novembre 1925.
2. C.P. reviendra longuement sur ces explications avec Jeannie Valéry notamment dans sa lettre suivante à Valéry du 3 mars 1926 et dans son *Journal* le 27 juillet 1928. Voir *infra* p. 631.

ma terrible fortune de vous est bien autre chose que l'amour. Si ce n'était que l'amour, vous ne seriez que dans les Îles Bienheureuses, avec Monsieur Édouard Bourdet.

Mais vous avez dit : JE VAIS À TOI COMME LA PIERRE TOMBE. C'est ainsi que je serai toujours vôtre Lionardo mio pour recevoir et recueillir la détresse pour laquelle vous n'aurez pas de refuge, et qui viendra. Voulez-vous relire et vous répéter ceci.

Et à présent qui sait — J'écris qui sait, et je vois brutalement que vous ne savez rien, que certainement vous crûtes toute chose pire, et mort l'avenir sauf par l'académie — ce ne fut pas entièrement ma faute. Je devais partir ; vous étiez absent[1] ; et quand j'eus (vous aviez entendu que je le ferais, cela que tant de fois vous fûtes si près de faire,) quand j'eus ouvert une immense fenêtre (à tomber de toute son âme) je traitai l'individu le plus inexistant de mon existence, qui était devant moi et me barrait la vie en entier, — comme un égal[2].

Je lui confiai une lettre pour vous. Quelle leçon ! On l'a gardée. Ainsi je ne vous ai pas revu, comme je vous le devais ; — comme il était impardonnable que je partisse je suis partie. À peine j'eus le temps de tracer je ne sais quel papier remis à Cotte[3] — voilà. Je n'ai eu comme viatique dans le moment le plus étranger de mon existence, qu'un baiser sur ma joue, qui me fait sans retour quitter le Christ ; on ne m'avait même pas priée de ne plus vous écrire ; *on avait envisagé que vous pouviez venir ici* sans y être expressément appelé. Mais la souffrance d'une chose incompréhensible entre moi et moi entre moi et moi.

[*Sans signature*]

1. C.P. revient encore à l'incident de novembre 1925 lorsque, Valéry étant parti à Bruxelles, elle a révélé leur liaison à sa femme à mots couverts.
2. Il s'agit de Jeannie Valéry.
3. Marie de Régnier.

À PAUL VALÉRY*

[*Vence, vers mercredi*] 17 Mars [*1926*]

Cette lettre si humiliante dans l'avenir qu'elle choisissait pour vous, si inexacte dans une analyse « moyenne » fut écrite pour diriger, non pour atteindre. Ce fut mon seul mensonge contre celui que je ne pouvais — ne pourrais, trahir. Même pas un mensonge : mais vous regarder à la mesure ordinaire, pour un autre cerveau. Ce fut vous comme un autre, vous qui n'étiez personne[1]. Cette prophétie était plus accessible à l'entendement que les raisons de ma présence et la faisait peut-être préférer.

Ainsi je n'ai « frappé dans le dos » — « la blessure aime le couteau » écrivait quelqu'un[2] — mais me suis servie d'un passage qui précisément *aurait pu être écrit par un autre* pour cacher pour préserver

cosa infinita come l'essere[3].

[*Sans signature*]

À CATHERINE POZZI*

18 Mars [*1926*[4]]

Étrange politique du Cardinal[5]. Type « anti-tétanique ». Faire mal certain pour bien incertain. En 1625[6] livre tout le

1. Barré : « non pour blesser jusqu'à l'avenir — "la blessure aime le couteau", écrivait quelqu'un. » C.P. cite (inexactement) un passage d'un des *Cahiers* de Valéry. Voir *supra* le *Journal* du 18 novembre 1921, p. 214, n. 7.
2. Voir la note précédente.
3. Une chose infinie comme l'être.
4. Ajout de C.P. : De Lionardo. Réponse à la copie qui précède. [Lettre précédente.] Copie. Timbre d'Hyères. *Textuel.*
5. Richelieu ? Derrière ce prélat, en tout cas, se profile la silhouette de Valéry tout occupé en 1925 à obtenir la « prébende » de l'Académie française.
6. Ajout de C.P. : 1925.

royaume et le secret de l'État pour une chance... d'être nommé chanoine honoraire — *fecit irreversibilia*[1]

Bohr pas à présent. *Seulement indications bibliographiques* —. *Mons pesselenus*[2] Mardi prochain.

L

À PAUL VALÉRY*

[*Après le 18 mars 1926*[3]]

Bibliographie : Niels Bohr, *Les Spectres et la constitution de l'atome.* Norman Robert Campbell, *La Structure de l'atome.*
Michelet (*Histoire,* T. XXX p. 29) mais : « Le sceau marqué du double R qui déjà sur les édits traversait l'Europe ne pouvait faire que n'existât, prépondérant dans son néant, tout occupé de sa manie, Louis nourri de vague entre Richelieu et la France. Quand après ce terrible hiver de 1625 l'adresse du Parlement imprimée sur les Presses Royales, vint donner l'être à ce fantôme, le Cardinal, pour ne pas être moins royaliste qu'un tel témoignage, partit. Étrange moment où ce cœur sans mesure feignit de confondre l'Imago fondée en droit, avec la France. Mais la France n'était pas, même légitime, en une image : mais en lui. »
Œuvres, passim.

Lord Kelvin *Physics* 1980

« Il n'y a pas soixante ans que toute ordonnance possible de notre univers semblait absurde, en conséquence de deux principes que l'on a le tort de ne plus nommer dans les livres destinés à l'enseignement. Le premier est le principe de Carnot, dont je vous ai expliqué l'économie. Le second est une

1. Il a fait des choses irréversibles. Ajout de C.P. concernant la fin de ce message : [Réponse à un post-scriptum].
2. Montpellier.
3. Ajout de C.P. : Réponse de Karin à la lettre du 18 Mars.

variante, est à vrai dire un autre nom du premier : c'est le principe d'irréversibilité, auquel nous devrions attacher encore tout au moins quelque intérêt historique, ne serait-ce que pour son fondement religieux......... »

Opus cit.

CK

À CATHERINE POZZI

[*Montpellier, vers le 1er avril 1926*[1]]

Estampage sur l'original d'une inscription *Horti Regis*[2] remontant au Ier siècle avant Notre Ère.

À CATHERINE POZZI

[*Montpellier*] *Saturday*[3] [*3 avril 1926*]

Yet here for two days[4] !

Un professeur d'ici m'a fait timidement demander d'examiner le mnss d'un livre sur l'anatomie du système nerveux ! ! Je suis dans les encéphales et les névraxes et sur le sympathique depuis 3 jours ! Quel dédale. Mais j'ai le sentiment très net, — disons la FOI, — qu'un homme de grande race intelligentielle, pourrait dès à présent tirer de ce que l'on sait, et qui ne signifie entre leurs mains, à peu près rien, (sinon cliniquement) — une assez belle forme pure de con-

1. « Le premier avril reçu de *Mons pesselanus* [Montpellier] ceci [message de Valéry accompagné d'un frottis d'une inscription antique qui n'a pas été retrouvé]. Alors j'ai crié vers lui comme autrefois en esprit je l'appelais, dans ce même pays d'enfance, où je le pressentais sans le connaître. Et il répondit ces mots imprimés — (là →) car enfin l'on ne sait jamais ce qu'il advient d'une lettre — mais il fallait tout de même bien répondre — et se préserver par de la bienveillance, de futures catastrophes. » *Journal*, début avril 1926.
2. Les jardins du roi.
3. Samedi.
4. Encore ici pour deux jours.

naissance, — de quoi remuer et révolutionner la plupart des conceptions, vieillir instantanément beaucoup de mots et de choses... Je pense toujours à cette Analytique que les peuples de l'âge de Rose[1] appelaient naïvement le Système. Leurs autels sont aujourd'hui déserts, les prêtres dispersés ; et le vent du Sahel ensevelit les temples.

L'ALPHABET n'est pas fini[2]. Difficillime et même délicatissime par endroits.

Mais *Commerce* a publié A, B, et C[3] ; le C a obtenu grand et inattendu succès. Toutefois un seul lecteur pouvait en saisir toute la vertu[4].

Salve. Vale. Nunc Silentium.

Silentium autem amicum esse potest [5] *!*

CATHERINE POZZI, *JOURNAL*

9 Mai 1926 Vence

Mon frère Jean revenant de Syrie[6] a passé 4 jours du 24 au 27 Avril — après les Vaudoyer. La veille de la venue de Jean, j'ai reçu des « épreuves » d'une publication — petit format. C'était, l'adresse, tapée par *sa* machine à écrire. Il y avait une correction de *son* écriture. À la fin, un chapitre marqué d'une

1. C'est-à-dire, au début de sa liaison avec C.P.

2. Depuis 1924, Valéry travaille à une commande de l'éditeur René Hilsum : une série de poèmes en prose qui correspondent aux lettres de l'alphabet (sauf le *k* et le *w*). L'ouvrage, publié en 1976 par la Librairie Auguste Blaizot, a été réédité en 1999 par Le Livre de Poche « classique », préfacé et annoté par Michel Jarrety.

3. *Commerce*, automne 1925.

4. En effet, *Alphabet*, dont la composition remonte pour l'essentiel aux années 1924-1925, porte en beaucoup d'endroits la trace de l'amour de Valéry pour C.P. Par exemple, la lettre C, qui traite le réveil du poète à la fin de la nuit, semble bien véhiculer des réminiscences d'un séjour chez C.P. à Vence : « L'âme s'abreuve à la source du temps, boit un peu de ténèbres, un peu d'aurore, se sent femme endormie, ange fait de lumière, se recueille, s'attriste, et s'enfuit sous forme d'oiseau jusqu'à la cime à demi nue dont le roc perce, chair et or, le plein azur nocturne. Quelque oranger respire là dans l'ombre. »

5. Salut. Adieu. Maintenant le silence. Mais le silence peut être amical ! Commentaire de C.P. au crayon : LÂCHE.

6. Le frère de C.P., Jean Pozzi, conseiller d'ambassade, a été nommé chef du service d'information et de presse du quai d'Orsay.

croix au crayon. Dans ce chapitre un passage souligné au crayon. « *Ce qui ne sera jamais, ce qui ne peut pas être embaume, a un parfum.* » Là, il s'agissait de fleurs chez une fleuriste, réflexion adventice, gratuite[1]. Mais le crayon signifiait en soulignant « L'amour qui ne sera jamais, qui ne peut pas... »

Tra la la

Peut pas pourquoi ? L'amour est-il inséparable de la trahison ? Ne m'aimes-tu plus, moi, ne m'aimes-tu au point de préférer me voir sans m'avoir ? Ô mon Dieu que je suis fatiguée. J'avais compris ce trait au crayon. Je demeurais là dans le salon bleu sentant la rose. Et je me souvenais violemment qu'au début de notre alliance, quand en faisant allusion à une intervention possible de Mademoiselle Gobillard je priais Lionardo de me dire ce qu'il ferait, il a répondu : « Si elle exige que je te perde, je lui dirais *que je ne peux pas.* » [...]

Et puis :

Et puis :

Et puis la fin du chapitre me parut belle. Que c'est grand, cela, dit mon esprit brusquement ouvert. À peine avais-je eu ce mouvement d'admiration heureuse qu'un mot m'avertit, m'éveilla. C'était un mot de moi. Une phrase de moi imprimée [prise à mon] *De Libertate.* L'horreur fut si vive que je souhaitais mourir. Je ne saurai jamais si c'est un hommage ou une vengeance. Comment jamais publier mon livre, maintenant : vous avez fait assez bien pour que l'on me rapporte à vous. Hommage, vengeance — Épouvantable lâcheté, chose qui l'aurait envoyé dans ses enfers, lui fût-elle advenue.

J'avais admiré simplement la seule invention faite par moi, le noyau de mon esprit... Une femme sans savoir que la fausse porte est miroir marche au-devant de soi et se sourit. — Hommage, vengeance, les deux probablement. — André Fernet a vu le *De Libertate* en 1915. Mais il ne témoignera pas. Morin l'a lu en 1918. C'est le seul, avant vous Lionardo, à

1. C.P. cite un passage de *Rhumbs,* « Petit café », paru aux éditions du *Divan* en mars 1926 curieusement en deux formats (d'où l'allusion de C.P. au petit format) : « — Les fleurs de la fleuriste nichée sous la grande porte du palais qui est en face dispensent à toute personne des messages et songes d'amour. Ce qui n'arrivera jamais, ce qui ne peut pas être, embaume, a un parfum. » *Œuvres,* II, p. 608.

qui follement, fièrement j'apportais mon œuvre en 1920 — en décembre — je ne sais où.

Sans ce dernier coup j'aurais sans doute répondu à l'envoi mystérieux des Bonnes Feuilles. Je ne pus pas. Le dégoût, l'indignation.

12 mai [*1926*]

Je marche, je le suis[1] ; je n'ai qu'une préoccupation de maniaque : mettre dans une boîte aux lettres la lettre cachetée de cire et portant les initiales du vieux valet de chambre de Vence, la lettre tapée à la machine et sans un signe de mes mains tant qu'on ne l'ouvre pas. Voici une boîte. « La prochaine levée sera faite à huit heures quarante. » Il est huit heures 25. Mettre une lettre dans une boîte aux lettres quand c'est une lettre à l'amour, il m'a toujours semblé que je faisais cela comme l'on communie… […] Mais dans la lettre il y a d'abord deux pages de copie — la copie d'une de ses lettres à lui d'autrefois « je voudrais porter la torche dans l'antre où l'enfance est ensevelie, et ce qui fut avant l'enfance, où je trouve tes racines mêlées aux miennes. » Et puis copie d'une lettre de moi, copie de pages du *Journal*. Ensuite une page au crayon. « Je suis à Paris. » Il recevra ce soir. […]

Le lendemain, 13 mai ; pas lettre. N'avait-il pas reçu la veille au soir ma lettre de la gare ? Ne répondra-t-il pas ? Ne la reçoit-il qu'en cette minute-ci ? Je sais, je sens bien qu'il ne répondra pas. Mais l'espoir me fait lever, habiller, sortir dès dix heures et demie, pour chercher un coiffeur […].

Le Vendredi 14 Mai, je m'éveille plus tôt que je ne m'éveillais à Vence […]. À 9 heures, on sonne pour le courrier. Aucune domestique ne s'en occupe. Je cours, j'ouvre la porte, je prends des journaux, des brochures, une lettre, une lettre — dont l'enveloppe est celle d'un hôtel de Menton, parce qu'il prend du papier partout où il voyage — mais je n'ai pas besoin de regarder le timbre de Paris, de la veille —

1. Étant partie de Vence la veille, C.P., arrivée à Paris au matin, marche à la suite d'André Balivet, maître d'hôtel de sa mère venu l'accueillir à la gare.

« Voir… Il y a de grandes difficultés. — Écrire… Si quelque chose demeure à dire après ces 4 000 échanges ! Accablé de travaux. — La chanson est douce. Pourquoi ici ? Dents, robes, ennui ? »

C'est Tout.

Il ne m'aime absolument plus. Aucune résonnance. Mais il faudrait plus que cela, il faudrait la mort même pour que je n'aille pas au bout de mon chemin, du seul chemin que j'aie cherché, que j'aie trouvé pour moi depuis l'enfance. Je me mets à taper à la machine — misérable prudence, notre dommage — et en anglais, une page confuse lui demandant de venir au moins une heure, qu'après — *you will get silence everlasting*[1].

Maman me trouve en larmes, prend ce télégramme pneumatique comme elle sort, pendant qu'obscurément et sans franchise j'explique qu'il veut me voir et ne peut pas. Maman emporte ma dactylographie, il est dix heures du matin, en disant « mais il ne faut pas que tu recommences, il ne faut pas que ça te torture —— » Pauvre Maman si droite, qui permettrait pourtant même l'amour, à condition que l'amour soit heureux.

À deux heures, comme je regarde l'autre rue — celle où je puis former seule, de mes seuls yeux, une image qui marche vers moi, qui est si souvent, souvent venue ! —, je devine, je saisis, avant que le regard ne l'ait composée, la présence réelle de ce songe d'esprit. Il s'avance très vite comme toujours. Il lève la tête, il me voit, d'un mouvement interroge, d'un mouvement je réponds — Il est là. Je tremble très longtemps sur sa poitrine…

La grande amour que vous m'aviez donnée
Le vent des jours a brisé ses rayons.
Où fut la flamme, où fut la destinée
Où nous étions, où par la main serrée
Nous nous tenions,

Notre soleil dont l'ardeur fut pensée
L'orbe pour nous de l'Être sans second

1. Vous obtiendrez un silence éternel.

Le second ciel d'une âme divisée
Le double exil où le double se fond

Son lieu divin apparaît cendre et crainte
Vos yeux vers lui ne l'ont pas reconnu
L'astre éternel qui portait hors d'atteinte
L'extrême instant de notre seule étreinte
Vers l'inconnu.

Mais le futur dont vous attendez vivre
Est moins présent que le bien disparu.
Toute vendange à la fin qu'il vous livre
Vous la boirez sans pouvoir être qu'ivre
Du vin perdu.

J'ai retrouvé le céleste et sauvage
Le paradis où l'angoisse est désir
Le haut passé qui grandit d'âge en âge
Il est mon corps et sera mon partage
Après mourir ;

Quand dans un corps ma délice oubliée
Où fut ton nom, prendra forme de cœur
Je revivrai notre grande journée
Et cette amour que je t'avais donnée
Pour la douleur[1].

1. Le *Journal* du 11 mai raconte les circonstances de la composition de ce poème dans le train qui a amené C.P. de Vence à Paris : « Après Avignon nous nous sommes couchées. Vers minuit, lasse de respirer si mal et craignant de gêner l'autre, je passai au cabinet de toilette : assise par terre, je me fis une piqûre de Sédol. La seringue stérilisée était enveloppée d'une compresse et d'ouate. Je n'avais pas fait de ces piqûres depuis cinq mois. La sorte de paix bien connue vint ensuite. Je pus penser à Lionardo sans désespoir. Au rythme du train, je me chantais en inventant lentement, vers par vers, la forme de la souffrance. » Resté inédit du vivant de Catherine Pozzi, ce poème sera publié sous le titre « Vale » dans *Mesures* le 15 juillet 1935.

À PAUL VALÉRY*

[*Paris, samedi*] 22 Mai 1926 17 heures

Briefe die ihn nicht erreichten[1]

Heureux moment de mon âme, vrai moment, la visite est partie, je reviens à vous. Finie l'heure ou fini l'acte, fini le jour, finie l'expérience, fini l'ennui je reviens à vous. Quel délice m'est en moi votre existence, Lionardo mio. Non votre existence mais votre être. Quelle surprise ravie je reçois de cette merveilleuse différence d'un autre qui n'est pas autre chose que moi ! Je vous aime avec la folle curiosité de l'univers *étranger*, cependant qu'il forme ce que j'ai de plus *intime*. Je ne me lasse pas de me surprendre à m'étonner de vous à la fois et de me retrouver en vous, comme l'on aurait des enivrements d'explorateur à rejoindre une terre adorée que vous soyiez,.... Je réfléchirais sur ce mystère naturel ; comme un moine.

21 heures

Ô mon bonheur, haute puissance au-delà du bonheur, pays infini où j'entre et je tremble, vous que je croyais d'avoir possédé ! Pays dont je n'étais pas digne, grande perspective dont ma vie est seulement l'approche.. Me voici. Est-il possible que je vous découvre ce soir, après que je croyais fermées les portes du jardin ? C'est vous, comme était le rêve de vous ; c'est vous aussi pareil que possible à votre songe ; c'est chaque puissance et chaque douceur imaginables de vous, absolument vraie. Vous êtes une vie si forte en moi, qu'elle m'effraie parce que son absence formerait de la

1. *Lettres qui ne lui parvinrent pas* est le titre d'un roman épistolaire de Elisabeth von Heyking (petite-fille de Achim et de Bettina von Arnim) paru à Berlin, d'abord anonymement dans un journal, ensuite chez Gebrüder Paetel en 1903. Le livre a eu un succès immense et a été traduit en beaucoup de langues, en français par Marius Hoche (Dujarric, 1904).

mort ; et qu'elle m'effraie parce que votre vie parfois semble n'y pas correspondre. Mais à cela j'essaie de répondre que tant que je suis, vous ne pouvez pas mourir, ni que je puis perdre ce que je vous fais être, — que quand vous partez et que vous arrachez de votre être en moi, l'être son double et sa cause ; fût votre vie cent fois étrangère à l'essentielle raison qui poursuit sa vie dans mon cœur, qu'il ne faut pas céder au doute ; puisque je vous aide, absent, à continuer ; et préserve celui que j'aime, et le porte comme un enfant nourri de mon sang et de l'espérance dont en cette heure il ne se souvient plus.

[*Sans signature*]

À PAUL VALÉRY*

[*Paris, samedi*] 22. 5 [*19*]26

Briefe die ihn nicht erreichten

Ô chère chère cause de tout ! Votre voix m'a appelée, je l'ai reconnue comme autrefois, vous m'avez rendu la belle minute d'autrefois dans ce présent qui est plus beau qu'elle. Ô secret du monde, source où boire après mourir, j'écris ceci pour les jours noirs où vous serez trop loin de mes lèvres. Alors je sais qu'il y aura de la lumière dans ces mots, assez pour que j'y voie une heure et vous retrouve, et sente avec désespoir les roses du Soleil de Dieu, à l'infini.

[*Sans signature*]

CATHERINE POZZI, *JOURNAL*

11 Juillet 1926 21^h

Mon seul amour, Lionardo mio, je ne m'éloigne jamais qu'à demi. Je m'éloigne avec des pas sans que l'âme vous quitte. Si je mourais cette nuit recevez ceci.

Quelque jeu que j'aie joué, rien qu'avec des images, et comme l'on se conte un conte, seulement ma tête s'en amusait. Allez, je n'ai blessé personne ; même pas moi.

Lionardo, c'est lorsque je doute de vous que je deviens telle. Mais dans vos bras je suis vraie, vous le savez. Dans vos bras tout mon univers est ce qu'il doit être. Le reste est erreur.

À PAUL VALÉRY*

[*Paris, mercredi*] 14.7. [*19*]26

Si doucement vous avez dit « au revoir mon chéri », qu'aujourd'hui, ce soir, nous sommes sauvés.

Ô Destin par-dessus le monde ! Certainement je comprenais que vous n'embrassiez *qu'un souvenir* sur mon visage. Passionnément vous l'embrassiez sans aucune présence. Vous étiez là, dans les pas du passé ; est-ce que les mêmes mouvements trompaient votre âme, ou savait-elle, savait-elle, que cette copie faisait le passé deux fois mort puisqu'il n'y manquait que l'Invisible ? —

Je partais, comblée d'une fidélité inanimée. Et que lui retourner en miroir. Et qu'importait que la réponse fût autre que la fidélité même ? Les fois sans flamme, où sont les dieux ? Le mien n'est qu'où l'on meurt de vivre. Est-il au ciel ? Il est dans les hommes, plus simplement, plus sincèrement, plus sainement : que Dieu me pardonne, de L'aimer en cœurs…

[*Sans signature*]

À CATHERINE POZZI

[*Anthy par Margencel,*] Dimanche
[*29 août 1926*][1]

Je passe une vilaine semaine, très souffrante d'abord. Les premiers jours, et depuis — me sont arrivées (depuis vendredi), des nouvelles inquiétantes de ma mère. Je suis dans l'angoisse. Jules[2] est parti hier soir, et j'attends, le cœur très serré.

C'est dans cet état que je vois arriver un déluge de lettres, cartes, compliments, qui s'entassent sur une table et que je ne lis pas[3].

Dites merci à J[4] pour la lettre très gentille.

Pardonnez-moi de ne pas écrire, car ceci n'est pas écrire. Je ne puis pas. Une angoisse m'étrangle.

À PAUL VALÉRY*[5]

[*La Graulet ?*] Vendredi 10 [*Septembre 1926*]

Faites ce que vous voudrez[6]. Je l'ai relue avec dégoût. J'ai horreur qu'elle paraisse, cela est mon meilleur à la fois, et mon ridicule. Cependant c'est le seul moyen d'entrer dans le travail — Alors je ferme les yeux. Que mon nom ne soit jamais dit. Cela je ne peux. Dites que c'est un étranger, un

1. Datée par C.P. : « 30.8.26 ». Valéry se trouve chez son ami Julien-Pierre Monod aux châlets d'Anthy, par Margencel, sur le lac de Genève.
2. Jules Valéry.
3. Valéry vient d'être promu officier de la Légion d'honneur.
4. Jean ou Jacques Pozzi.
5. Extrait de lettre adressée à Valéry chez Julien-Pierre Monod où la famille Valéry a été invité à passer des vacances. Catalogue de la vente *Mes Laurin, Guillou, Buffetaud, Tailleur, Collection d'un amateur ; Littérature du XXe siècle*, Nouveau Drouot, 13-15 juin 1983, 542.
6. C.P. envoie à Valéry le manuscrit de sa nouvelle autobiographique *Agnès*. Il la proposera à la princesse de Bassiano pour sa revue *Commerce* (dont il est codirecteur). Celle-ci l'acceptera, puis changera d'avis. Finalement, Jean Paulhan accueillera *Agnès* dans *La N.R.F.* où elle paraîtra le 1er février 1927.

ami[1]. Vous avez écrit dans votre dernière lettre que vous ne pouviez penser à La Graulet qu'avec une horreur sacrée. [...]

CATHERINE POZZI, *JOURNAL*

[*Mercredi*] Matin 20.10. [*19*]26

Lettre de Zurich[2].

Vendredi 22 [*octobre 1926*] au soir.

Lettre de Vienne.

Lundi matin 25 [*octobre 1926*]

Lettre de Vienne.

3 Nov[*embre 1926*]

1re lettre de Berlin.

8 Novembre [*1926*]

Lettre de Berlin.

1. *Agnès* sera publiée sous les initiales « C.K. » (Catherine-Karin).
2. Valéry, parti de Paris le 18 octobre pour faire une tournée de conférences qui l'amènera à Vienne (le 19), à Prague et à Berlin, a posté cette lettre à son passage à Zurich où il ne séjournera qu'à la fin du voyage.

À PAUL VALÉRY[1]

[*Paris*] Lundi [*8 novembre 1926*]

Cher et chaste ami de Maximilian[2],

Comment cette réponse à votre Vendredi arriverait-elle avant Mardi, si je ne vous lis que ce matin ? Les postes ne sont pas si promptes. Vos occupations berlinoises sont charmantes[3] ; être un tout petit peu à votre place éprouverait ma modestie insensée, mais amuserait bien mon cœur.

Je ne sais trop de quoi vous écrire. Mais à l'instant j'apprends que l'assimilation du calcium intéresse le système nerveux ; que les « agités » n'assimilent pas en général ; qu'un certain « tonus » est le signe du sort que prend cet élément *in vivo* ; et je couche là ce renseignement, qui peut vous servir. Il y a un grand appareil à vapeur de mercure dans la salle jaune ; je l'ai loué pour un mois ; j'ai appris la technique — un jeu, — et j'irradie qui veut, c'est-à-dire Cygne[4] et Claude. Le Conseiller[5], disputé entre le désir extrême de voir repousser ses cheveux, et la peur naturelle de l'instrument diabolique, se décidera huit heures avant mon départ.

Il pleut beaucoup.

Marie est revenue[6].

Je n'ai pas cru nécessaire de vous télégraphier à propos du destin d'*Agnès*. J'ai écrit un pneumatique à M. Paulhan (rue de Grenelle) tel à peu près que ceci :

1. Texte pris d'une photocopie partielle de la lettre complétée par des extraits publiés dans le catalogue cité *supra* p. 598, n. 5.
2. Il s'agit du célèbre journaliste politique, Maximilian Harden (1861-1927), qui a assisté à la conférence donnée par Valéry le 3 novembre à l'ambassade de France et qui, très ému, a fait porter le lendemain à Valéry une lettre admirative rédigée en français.
3. À Berlin, le 7 novembre, Valéry a fait une conférence à l'ambassade de France en présence d'importantes personnalités politiques et diplomatiques, soutenant l'idée de l'Europe et le rapprochement franco-allemand. Il reviendra à Paris par étapes, en passant par Zurich.
4. Surnom donné par Valéry à C.P.
5. Jean Pozzi.
6. Marie de Régnier.

« Monsieur, Je reçois de Prague une lettre de Mr Paul Valéry me priant d'autoriser la pcesse de Bassiano à vous céder la publication d'une fantaisie intitulée *Agnès* qui devait paraître à *Commerce*, et que vous demanderiez pour votre n° de X^bre^.

Il serait difficile d'hésiter entre *Commerce* et *La N.R.F.* et l'autorisation n'était pas nécessaire. Voulez-vous envoyer les épreuves nouvelles, s'il y a lieu, à l'adresse qui est en tête de ceci[1] ? Mais je vous prie, — encore qu'un certain anonymat dépare les sommaires —, de ne pas imprimer d'autre signature à cet essai que C.K.

Veuillez croire, Monsieur, que le sentiment de mes devoirs envers Mme de Bassiano gêne seul l'expression du grand plaisir que j'ai à passer chez vous. »

Vous avez été charmant dans cette affaire, mais de politique assez inattendue ; car enfin ou vous êtes directeur (comme on l'imprime) de cette revue, ou vous n'êtes qu'un ami. [...] Je n'avais pas demandé de paraître chez cette dame, qui n'imprime, en dehors de P.V., que des déchets d'esprit. Et savez-vous ce qui me blesse ? c'est qu'elle vous assure tout dret, qu'elle « craint » qu'on ne « lui attribue » un français qui, si ce n'est le vôtre, n'a pas l'habitude d'être vu dans ses pages. [...] J'ai écrit *Agnès* en 1922 ; [...] je vous l'ai lu ou fait lire dans un des salons de l'Hôtel d'Iéna, où vous manifestiez une admiration inaccoutumée, et par un terme, vraiment, que vous n'avez probablement employé pour personne. [...] je ne m'aime pas ; je vous aimais. Enfin les temps sont venus, dans lesquels, je me pense un peu plus mal que ne me pense le vivant d'en face. Vous y avez été pour quelque chose, depuis cette lecture-là...

Enfin ce vivant d'en face, sous délicieuse forme de Marie[2], a pris mes papiers ; et comme elle vous en donna je suppose l'idée, vous les avez mis en vente à votre tour. Cela m'ennuyait horriblement ; tant que je me défendais d'y penser ; et je n'ai laissé faire que pour avoir compris en voyant sur un

1. 11, square de Messine, résidence d'un ami de jeunesse, Henri Fourgassié, banquier qui sert d'intermédiaire pour protéger l'anonymat de C.P.
2. Marie de Régnier.

de vos cahiers de l'été, une histoire analogue, que s'ils n'étaient publiés ils seraient impubliables votre histoire parue. Va, je n'ai pas l'insolence de rapprocher et certainement tout le monde a le droit de raconter les préoccupations religieuses d'une demoiselle. Mais qui parmi vos gens, eût admis que j'avais commencé ?

À présent, je désespère pour avoir, un moment, tenu à un semblant d'œuvre, et n'avoir pas préféré de vous la voir parfaitement accomplir. La sanction est dure : être jugée par une dame américaine[1], amie des arts… et condamnée, *as things will go*[2].

Je vous remettrai les deux mille francs dont elle a payé le droit d'avoir une opinion. Comme est la Bourse, je pense racheter celle que je vous charge d'exprimer, et que vous enfermerez sous le sourire qu'Agnès n'estimait pas. Valéry, jamais rien ne me consolera d'être trop fragile pour faire des sciences. Il n'y a que les savants que je ne méprise point, et je vous aime en tant que, comme eux, vous ne comptez qu'avec l'intelligence précise, honnête, qui paie son acquisition en effort ; et qui, dans le travail présent, enferme le travail qui précède. Je n'ai pu écrire que parce qu'un instant, *je m'étais aimée.* Cela n'arrivera plus.

Votre amie
CK

[*Enveloppe*]
Monsieur Paul Valéry
de l'Académie Française
Consulat de France
Zürich
Suisse

1. La princesse de Bassiano.
2. Ainsi vont les choses.

12 Nov[*embre 1926*]

Brief von Zürich[1].

17 Nov[*embre 1926*]

Lettre de Zürich.

19 Nov[*embre 1926*]

La morphine me démolit inutilement. J'en ai pris trois fois depuis octobre ; je n'y suis plus habituée ; je vacille le lendemain. Les gens l'après-midi trouvent une personne parée. Le soir, elle est sincère ; couverture sans élégance et dos courbé. J'allume du feu quand n'en puis plus ; je m'assieds devant. Hier endormie devant.

La princesse de Chimay venait me chercher ce matin pour « voir des robes »...... Cet héroïsme n'est pas même exemplaire. Je rends le rôle. Ô reprenez-le, laissez cet acteur hors de votre théâtre, Puissant Inconnu !

Et l'Autre, buvant l'Europe, se regardant être regardé, qui cependant parfois prend à ces fêtes une minute où écrire que l'amour, quelque part au passé ou dans un avenir quelconque, peut être agrément. Sort extraordinaire.......... « Tu seras la douleur et le plaisir ».

27 [*novembre 1926*]

dicté [2]

— Ô ma rose que l'on pénètre
Cherchant le plaisir pour azur !

1. Lettre de Zurich.
2. Par Valéry.

— Bel oiseau le choc est trop dur
De votre tête à ma fenêtre.

Lascivus versu mente pudicus eras[1].

29 décembre [*1926*]

Valéry téléphone — il est 10^h ½ matin — (on me transmet,) que Rilke est mort.

Rilke, je ne recevais plus signe de lui. Valéry l'avait prié de m'envoyer un livre, — en 1924, — et nous nous écrivîmes ensuite assez souvent[2]. Il était venu à moi comme si j'avais été la Grande Aventure... Messagère d'un ciel. Au moment de mon opération au bras, je recevais dans des papiers, de la soie, du coton, et les plus jolis liens, deux roses de Muzot[3] ; des lettres « ésotériques ».....

Il est venu me voir, comme je m'efforçais, entre vivre et la mort. Sans doute ai-je représenté quelqu'Éloa de son Satan[4]. Mais plus tard, tout Paris (vingt personnes) ont su que je refusais de recevoir Valéry, qui s'en plaignait... qui s'en « étonnait ».... Rilke l'a su. Je n'ai pas expliqué à Rilke qu'après être sauve de la mort je m'échappais aussi du destin non digne de l'âme, lâchées ensemble les mains de Monsieur et de Madame.

Rilke, comme Paris, a jugé sur l'inconstance ou l'ennui ou la fantaisie ; Rilke n'a pas hésité de condamner ce qu'il eût été si facile de lui faire trouver *admirable*.

1. « Ton vers était lascif et chaste ton esprit. » L'empereur Hadrien, poète à ses heures, aurait fait graver ce vers sur la tombe de son ami le poète Voconius (Apulée, *Apologie*, 11).

2. En juin 1924, à la demande de Valéry, Rilke a envoyé à C.P. sa traduction en allemand des *Sonnets portugais* d'Elizabeth Barrett Browning. Il lui a par la suite fait parvenir les *Sonnets à Orphée* et *Les Cahiers de Malte Laurids Brigge*. Voir *Catherine Pozzi-Rainer Maria Rilke, Correspondance 1924-1925*, éd. Lawrence Joseph (Éditions de la Différence, 1990).

3. Rilke habitait le petit château de Muzot non loin de Sierre, dans le Valais.

4. L'héroïne d'*Éloa, ou la sœur des anges*, d'Alfred de Vigny, se sacrifie pour sauver le Diable. *Poèmes antiques et modernes* (1826).

Et quand son ami est redevenu moi-même, en dépit de l'âme, — nous n'avons pas envoyé de lettres de faire part.

[*Paris, dimanche*] 9 Janvier [*1927*] *evening*[1]

Vous m'avez priée ce soir d'effacer votre nom au « Corrector » de ces cahiers-ci. Je comprends très bien que vous voudriez effacer votre nom de ma vie, n'y traverser sans trace que pour le plaisir, et qu'aucun ne voie ensuite dans vos yeux, rien du reflet de mon visage.

Le plus grand témoignage que vous osâtes devant les hommes, fut cette dédicace en grec, qui est un jeu de mots[2]. Et si vous retrouvez vos lettres, moi enfin noire ; plutôt que la longue patience d'y détruire page à page ce qui me reste d'existence, il vous plaira — si mêlés en celles-là du moins — de gâcher le tout.

13 Janvier 19[*27*]

[*De la main de Valéry :*] CK

Solo Atomique et Manichéenne
Je chanterai dans la Géhenne
Ardente aux odeurs de Coty.
L'ultra-v — la tablette orphique
L'art Électrophilosophique
Car ma rose sent le rôti

1. Soir.
2. Voir *supra* p. 241, n. 1.

Chorus Air (un chanoine dégoûté)
Je suis la Constante K
Ferme et Versatile
J'ai le flair très délicat
En c'qui touch' le style

[*De la main de C.P.* :]

Puisque l'Académicien
M'entre voir — c'est pour mon bien !
La bell aventur papa
La belle aventu-u re.

À CATHERINE POZZI

[*Carte pneumatique* :]

[*Paris,*] Mardi [*c.p. 18 janvier 1927*] 10^h^

Toujours très fatigué. Rien de précis. Presque point de sommeil. Travail acharné, morne, tout le jour d'hier. Froid dans les os. Ne sortirai pas aujourd'hui[1].

[*Adresse* :]
Madame Catherine Pozzi
123 Rue de Longchamp
XVI

1. C.P. ajoute : Mille francs le mot « cœur ».

À CATHERINE POZZI

[*Paris, jeudi, c.p. 28 janvier 1927*[1]]
reçu à 20^h

[*Dessin à l'encre noire et rouge d'un couple nu, debout, dans une étreinte amoureuse.*]

CATHERINE POZZI, *JOURNAL*

Lundi soir [*7 février 1927*]

[*De la main de Valéry :*]

il a oublié son stylo
et son cœur

[*Dessin d'un cœur du sommet duquel pousse un arbre. Légende au-dessous : khardia (le cœur)*]

[*De la main de C.P.*]

Je ferais bien de ne plus écrire rien qui me trahisse différente de vous ; puisque nous ne pouvons, quelque volontaire notre absence, nous séparer.

1. Dessin daté au crayon par C.P. : 28.1.1926.

À CATHERINE POZZI

[*Paris,*] mardi [*15*] 3 mcmxxvii[1]

Je vous blague toujours mais je *t'admire* car je n'ai jamais vu si grande soif de ce que je mets au-dessus de tout.

CATHERINE POZZI, *JOURNAL*

[*21 avril 1927*]

Enfin, nous nous en allons vers le Midi, pour Pâques, Maman et moi. Un an presque heureux de Paris m'a guérie... Arrivée à peine, je tombe horriblement mal : la campagne, l'humidité. 40° C, 40° 1 C : la torture du bras reprend.

Paul Valéry, lui, est chez Hanotaux[2] à Roquebrune, à 30 ou 40 kilomètres. Il m'écrit et signe t-à-t... T.A.T. signifie « tout à toi » chez les messieurs épouvantés. Je sais bien qu'il n'a pas envie de venir, car sa famille pourrait l'apprendre. Mais je souffre tant qu'il me semble, je vais mourir. Je l'appelle ! Cruelle perplexité : ne pas venir est ignoble, venir est dangereux. Paul Valéry est trop intelligent pour n'avoir pas résolu ce problème[3].

1. Fragment de lettre attaché au *Journal* où, le 9 mai 1927, C.P. expliquera : « Quand il écrivit cela, le 15 mars 1927, il refusa d'écrire la date, de signer. La signature, c'est seulement son écriture. La date est en chiffres romains à peu près comme les expressions ardentes sont, dans ses lettres, en caractères grecs [...]. »

2. Gabriel Hanotaux.

3. Dans son *Journal* du 9 mai 1927, C.P. s'indignera du message gaillard que Valéry lui a envoyé en caractères grecs sans venir la voir pendant qu'elle souffrait du bras :« (γαστουνετ ΤΑΣΠΕΡΓΕ) [Gastounet t'asperge] (g = *a part of him* [une partie de lui-même]). Il écrivait cette gracieuse image, en réponse à un appel de désespoir, quand je me sentais tomber et qu'il n'est pas venu. Mais le grec n'est pas de l'étrusque, et tant de diplomatie cède une vérité odieuse, au premier regard d'un bachelier section C. » Le 22 juillet 1927, elle rappellera les circonstances dans lesquelles elle a reçu ces propos grivois : « Quand je souffrais tant de mon bras, à Vence, au mois d'avril, et que la fièvre allait vers 40, il était à trois quarts d'heure de voiture, et n'est pas venu. Mais il écrivait peu après : γαστουνετταςπεργε. »

À CATHERINE POZZI[1]

[Paris, avant le 5 mai 1927]

C.K.
ou
la Comédie Faciale

—

Personnages : Oculi
Nasus
Bucca
Etc.

—

Oculi.

Je suis, nous sommes — diverses fois dans l'infini ! ! Ô comme nous vivrons dans le dieu.

Nasus

Le dieu bien fichu, Médème !

Bucca

Oh. — oh : — le dévorer de baisers !

Oculi

Non, non.

Bucca

Merde !

1. Feuille insérée dans le *Journal* de C.P.

CATHERINE POZZI, *JOURNAL*

5 mai 1927

Le Sans-Nom, le Prudent qui ne veut pas être nommé, où je suis, était parti pour Montpellier peu de jours après mon propre départ pour Nice. Et un matin, une carte de la gare de Nice, m'apprenait qu'il était à Roquebrune, à trois quarts d'heure de là.

Puis une courte lettre, quand il apprend que je vais mal. Puis je l'attends. Puis je vais de plus en plus mal. Puis je reçois une autre carte de la gare de Nice, expliquant qu'il était reparti. Reparti, jetant ces mots en bas de mon chemin, et sans monter pour dire —— pour savoir, pour être — Et il demeure dix jours ou quinze, à Toulon, chez la patronne[1] dont la fortune dépasse en puissance la tendresse de l'amour, car elle paie où j'aime. Et il n'écrit, ne s'informe, ni ne demande ce qu'il advient de ce qu'il ne préfère pas.

J'ai laissé que j'aille au bout de la détresse. Rien n'a plus résisté en moi, devant la lâcheté du sort. Puis il a envoyé un bout de papier sans autre, que l'avis de son nouveau départ vers la propriété de Madame Mühlfeld (Grasse). Il s'y est installé ; il y est demeuré sans écrire, et sans se soucier davantage que de ses soucis de Paris, et des disputes de sa belle maisonnée.

[...]

En octobre 1920 — une nuit — je dormais — à La Graulet. Quelqu'un est entré. J'ai eu peur. Une voix suppliait, que j'ai reconnue. Je répondais : « non — pas maintenant. Nul au moment de maintenant ne doit me tenir embrassée ».

— « Je ne vous toucherai pas » —

Le lendemain, le cours du sang avait changé ; nous avons cru pendant sept mois, l'un et l'autre, ce qu'un médecin même aurait peut-être pu croire.

1. Martine de Béhague.

J'ai porté ce secret ; quelqu'un ne m'a pas accompagnée. Quelqu'un se cachait derrière les paroles de Madame Mühlfeld. J'écrivais à quelqu'un : « je ne me déroberai pas, paierai pour vous ».

O du Schmerzenreiche[1] ! Si j'ai jamais fait quelque chose de bien au monde, c'est vivre cet hiver 1921. Au printemps, les grandes hémoptysies. Le sang, arrêté en octobre, ainsi se reprenait à couler. Quelqu'un revint, reparut. Je ne pouvais plus le compromettre — que mourir.

Maintenant, il est chez Mme Mühlfeld à Grasse qui vient de me faire annoncer par lui que je ne serais plus reçue chez elle, *sans explication.* Il y a 5 jours, cette journée, cette nuit, de sa présence à la Colline[tte], — sans un regret, sans un tendre [*sic*], — mais la même demande précise d'heure en heure, pour le même plaisir. Je sentais que céder, c'était perdre à jamais le peu de fierté qui m'aidait encore.

CATHERINE POZZI À JEANNE MÜHLFELD*

[*Paris, vers le 5 mai 1927*]

Chère Madame,

Monsieur Valéry m'a fait part de votre décision de ne plus me voir, « sans raison aucune et sans cesser d'être amicalement disposée de loin ».

1. C.P. se réfère au *Faust* de Gœthe (I, 2, v. 3617-3619) où Marguerite s'adresse à la *Mater Dolorosa* en mettant des fleurs devant son image sur les remparts :

Ach neige,
Du Schmerzenreiche
Dein Antlitz gnädig meiner Not !

Abaisse, ô mère de douleurs !
Un regard de pitié sur ma peine !

Le « Faust » de Goethe traduit par Gérard de Nerval, éd. Lieven D'Hulst (Fayard, 2002), p. 232.

Schumann a mis ce texte en musique dans son opéra *Faust.*

Je n'ai rien à opposer à cet irrationnel, et souhaiterai donc, d'aussi loin que vous voulez le souhaiter vous-même, que vous poursuiviez sans tristesse une vie, que les soins de mon père ont eu le bonheur de préserver pour vos amis.

C.P.

CATHERINE POZZI, *JOURNAL*

Dimanche [*15 mai 1927*]

Rien de l'Autre, qui devait revenir à Paris huit jours — non cinq — après moi, qui a écrit deux fois, auquel je n'ai pas répondu, et qui demeure sans doute chez la vieille blonde enfin mariée[1], là-bas, sous les orangers et les louanges. Ces louanges qui, quand d'abord je l'aimai, me faisaient honte pour lui.

À CATHERINE POZZI

[*Carte-lettre :*]

Mercredi [*c.p. Paris, 18 mai 1927*]

Ma mère est morte ce matin. Je pars[2].

[*Adresse :*]
Madame Catherine Pozzi
123 Rue de Longchamp
Paris — XVI

1. Jeanne Mühlfeld s'est remariée avec Pierre Blanchenay, officier de marine, et habite La Petite Campagne, à Grasse.
2. La mère de Valéry, Fanny, dite Nonna, est morte à Montpellier.

CATHERINE POZZI, *JOURNAL*

au matin Jeudi 19 mai 1927

Il arrive vers Avignon. Il trouvera dans deux heures ma dépêche. Il tournera sa fatigue vers moi ; sa peur ; peut-être. Il saura que ces mots, « je suis avec vous », lui permettent le retour.. ou même il n'y pensera pas, mais tout passé, il reviendra. Je ne veux pas.

À PAUL VALÉRY*

[*Paris, dimanche*] 22 mai [*1927*]

J'ai voulu que ma pensée, la même, rendît moins affreuses les premières heures de votre deuil : mais je vous prie, en grâce, de ne pas répondre.

Vous avez dû recevoir avant, une lettre au crayon, de mardi soir, avec trois timbres. Je serai fidèle de loin, « tant que je serai là », à la conscience que nous avons formée ensemble. Comme elle était mêlée de tendresse, Nonna y demeurera aussi.

χ

CATHERINE POZZI, *JOURNAL*

23 mai 1927

Je travaillais à ma table. Midi. Je lève la tête. Au bout de la rue est un homme ; dans le milieu de la rue, regardant ma fenêtre. Il est monté. Il dit, comme en proie à une gêne, à une nervosité indicibles : « J'ai reçu votre lettre de ce matin, à quelle autre lettre au crayon fait-elle allusion ? Je ne comprends pas. Je n'ai pas reçu cette lettre au crayon… » J'ouvre ce cahier, il lit la copie, reconnaît : « Si, j'ai reçue... — Je ne vous attendais pas. — Vous voyez bien que je ne voulais pas monter. » Il est resté. Il reviendra. Voilà tout. À quoi bon rien. « Je tombe vers vous comme la pierre tombe », disait Paul Valéry en 1921. Et m'écrasera.

[*4 juin 1927*]

Aujourd'hui, le 4 juin, avant de descendre après déjeuner, j'écris à son adresse, et de mon écriture — (tout ce qui est honte m'est devenu intolérable.) (Ainsi me disait-il pas cette semaine : « ne parlez pas de moi à telle ou telle » — ainsi nous cachait-il au Bois — ainsi me priait-il, voyant sur ma table une enveloppe à l'adresse de son frère, de ne pas le nommer.) Je lui écris de ne pas revenir avant Mercredi, sous un prétexte quelconque[1].

23 juin 1927

Je ne vais pas à l'Académie[2]. Le Haut Parleur de TSF posé sur la table de la salle jaune. 2 heures. « La parole est à... » Mariecotte a reçu quelques lignes le matin, en remerciement d'un premier Paris du *Figaro*[3]. « Je viendrai à 5h ½. Priez un auteur anonyme de venir » disent les quelques lignes.

5h ½. C.K. trouve dans la chambre de Cotte, où sont tant de fleurs toujours, des messieurs autour des fleurs. Les messieurs aussi, verts. (Il[4] est heureux, à peine glorieux, sans plus de mots. Régnier est assez grand siècle. Mariecotte me

1. C.P. est en train de préparer l'examen de la deuxième partie du baccalauréat dans l'espoir d'effacer son échec de 1920 et de pouvoir enfin s'inscrire à la faculté des sciences.

2. C'est au cours de sa réception au fauteuil d'Anatole France, parrainé par Jules Cambon et Henri de Régnier, que Valéry fait l'« éloge » de son prédécesseur qu'il méprisait et dont il s'est évertué à ne pas prononcer le nom.

3. Le 23 juin, jour de la réception de Valéry à l'Académie française, Marie de Régnier publie dans le *Figaro* (1re page colonne de gauche) une « Lettre à Paul Valéry » signée Gérard d'Houville.

4. Valéry.

tend un livre de Malherbe, qu'elle ouvrit, pour y chercher une citation, ce matin —

Beau ciel par qui mes jours sont troubles ou sont calmes,
Seule terre où je prens mes cyprès et mes palmes,
Catherine, dont l'œil ne luit que pour les Dieux[1]...

À CATHERINE POZZI

[*Paris, samedi 9 juillet 1927*[2]]

[*Dessin à l'encre d'un homme assis à une table vu de dos*]

À PAUL VALÉRY*

[*Paris, mardi*] 12 Juillet [*1927*]

Voilà tout.

Ce qui est, que l'on ne sait pas, est cette alliance à deux de l'esprit, et l'amitié quotidienne entre nous. Ce que l'on m'attribue : je ne sais quelle recherche trouble de plaisir et de puissance ; le crime de vous faire déchoir à l'aventure.

Le bénéfice de l'amour est le plaisir, que la circonstance refuse. (L'amour devrait-il ressembler enfin à la prise violente et précipitée — que représentait un certain mariage, — et un certain Monsieur ?) La honte de l'amour, on me la donne, dont je ne puis pas posséder le plaisir. La gloire de l'amitié, vous me la refusez devant tous, parce que tous m'attribuent l'autre chose. Étant l'absolue amitié de l'esprit, celle des morts, — car je vous aime comme si j'étais morte, —

1. « Pour Monsieur de Montpensier, à Madame Devant son Mariage. Stances ». Malherbe écrivit ce poème pour Henri de Bourbon, duc de Montpensier (1573-1608), qui avait demandé en mariage la sœur du roi Henri IV, Catherine de Bourbon, duchesse de Bar (1558-1604). Le mariage n'eut pas lieu.

2. Dessin daté et signé P.V. au crayon par C.P.

vous permettez qu'on déteste un rôle que je ne tiens pas, que l'on croit que je joue, qui est le contraire de moi.

Si j'ai, depuis mon aveu à Jeannie, été votre chose, c'est par surprise, *vous le savez* ; (une fois en quatre mois !) et il n'est presque pas de rencontre où de quelque manière je ne refuse ce que vos amies me condamnent de poursuivre. Mais vos amies, dont la plus fortunée[1] recevait deux amants durant que vous étiez chez elle, le peintre, et le convalescent, — et dont la plus chère[2] a pendant 15 ans obligé Artus de lui amener sa femme, témoin à décharge, — sont trop morales pour tolérer ma présence dans leurs salons.

Je ne vous demande plus de leur en demander raison par aucun mouvement qui prenne parti. Mais je vous demande de comprendre pourquoi je suis indignée d'être traitée en femme d'un roman de Mauriac, quand je suis tout entière le contraire. Et si je suis le contraire, vous devez à l'amitié, à l'abandon, au passé, au présent, à nos conversations comme hors le monde, à cette vie d'effort misérable où je suis, de dire le contraire. C'est ce contraire, — cet effort sans relâche, cet oubli du corps, — auquel vous devez rendre témoignage devant les autres. Puisque je n'ai pas de bonheur et puisque vous ne pouvez me donner l'amour que quelque femme qu'on soit, on appelle, — et puisque je dois refuser celui que vous désirez partager quand il est possible, — je veux avoir toute l'amitié, celle du matin secret entre nos livres, celle du jour devant vos amis[3].

[*Sans signature*]

1. Sans doute Martine de Béhague.
2. Jeanne Mühlfeld.
3. Annotation dans le *Journal* de C.P. : « Copie d'une lettre portée tout à l'heure. » Le 18 juillet, elle ajoutera ce commentaire : « La notion de valeur est emportée par lui du monde manifeste au monde discursif. (Le bien, c'est une définition exacte, précise). Pour moi, elle régit encore le monde manifeste. Ma lettre de mardi dernier ne peut pas plus être lue dans le monde valérien manifeste, que je ne peux voir ici les raisons pour lesquelles une trajectoire électronique fait cette encre bleue. Cela est d'un autre ordre… dirait Pascal. Pour une fois, il aurait raison. Il n'y a pas d'autre drame entre nous. »

[*Paris,*] Mercredi [*20 juillet 1927*]

Hier matin (Mardi 19) lettre de Valéry courte et froide. « Je rentre[1] ». (Il revient d'une visite à Solesmes. Le même qui, sur une lettre que j'ai à Vence, dessine sa personne en diable, cul levé d'où tombe une hostie.) (Sur l'hostie il écrivit « hostie consacrée ». Mais tous les prêtres sont ses amis, et ma correspondance n'est pas évidemment lue d'eux.)

La lettre d'hier ne contient aucune telle gentillesse. Elle cite un passage d'une lettre d'un éditeur allemand[2], auquel Valéry avait sur ma demande recommandé le traducteur d'*Agnès*[3]. Cet éditeur demande que Valéry fasse une préface, donne à l'édition allemande la préface « qu'il doit faire pour l'édition française ». « Je ne sais, ajoute Valéry sèchement, où Kippenberg a pris ce renseignement —. » Je ne le sais pas non plus. — Il a pris [*sic*], qu'il a fait une induction ordinaire, et qu'il a cru celui-ci mon ami, qui préface toutes les sottises du monde.

Valéry a envoyé ces lignes, dans l'heure même de son retour. Elles finissent « Je suis... P.V. » sans aucun terme d'amitié. J'ai commis la Faute de lui écrire, en effet, il y a huit jours que j'étais digne de son amitié, celle du matin secret devant nos livres, celle du soir devant ses amis. Quant à la Préface... il y a longtemps qu'il l'a refusée. N'eussé-je jamais changé, n'eussé-je jamais avoué que j'avais été sa bien-aimée, qu'il se défendrait de même, de moi. Depuis 1920, cela, du moins, n'a pas changé.

1. Valéry rentre à Paris du Mesnil où le mariage de sa fille Agathe avec Paul Rouart a été célébré le 16 juillet.
2. Anton Kippenberg (1874-1950), directeur des éditions Insel Verlag à Leipzig.
3. Une traduction d'*Agnès* par E. Cramer paraîtra chez Insel Verlag en 1928.

À PAUL VALÉRY*

[*Paris, jeudi 21 juillet 1927*]

J'ai répondu à Kippenberg.

D'où vient, dites-vous, son idée de préface, ou celle d'un autre ? D'un raisonnement par induction. L'on vous voit introduire de Fernandat[1] à Yamata[2].

Qu'un ami de tout le monde doit être triste, de manquer à son seul ami[3].

À CATHERINE POZZI

[*En-tête : Institut de France*]

[*Paris, vendredi 22 juillet 1927*].

À la porte du Paradis,
Si tu campes un Ange, dis,
Dieu dur, des dieux le plus étrange,
Que diable faire ?...

(Le reste est à l'index,
doigt pur.)

Je pars mardi matin pour huit jours. Loir-et-Cher — et Sarthe[4].

1. L'abbé René Fernandat (1884-1959) vient de publier *Paul Valéry, essai* (Maison du Livre Français, 1927).

2. Kikou Yamata (1897-1975), romancière franco-japonaise protégée par Jeanne Mühlfeld, avait publié *Sur les lèvres japonaises* avec une lettre-préface de Valéry (Le Divan, 1924).

3. Sur le même feuillet du *Journal* : « 22 Juillet. Midi. La petite réponse ci-dessus a été mise à la poste hier, il l'a reçue ce matin. J'ai écrit les cinq lignes avec la volonté qu'elles n'expriment rien de précis, de ce que je pouvais être ; ni qu'elles soient autre chose que seulement tristes. J'ai imaginé, en les mettant à la poste, qu'il serait sous ces fenêtres ce matin ; j'en avais une horreur sacrée, sachant cependant que la solitude est pire que l'horreur. Est-elle pire ? »

4. Valéry partira mardi 26 juillet avec sa femme pour rendre visite à leur ami, Gabriel Hanotaux, qui possède une maison à Orchaise, près de Blois. Jeannie remontera seule à Paris tandis que Valéry ira voir le duc de La Force dans son château de Saint-Aubin à Fresnay-sur-Sarthe. Ensuite, il fera une brève retraite à l'abbaye de Solesmes dans la Sarthe avant de retourner à Paris lundi 1er août.

On fait ce qu'on peut ;
L'univers est peu
Avant qu'on en sorte !
Si l'amour amer
Te flanque à la porte
Vole en Loir et Cher !

CATHERINE POZZI, *JOURNAL*

22 juillet [*1927*]

Il y a ceci et cela seulement entre nous, qu'il a passé un mois chez Madame Blanchenay-Mühlfeld ce printemps, d'abord moi présente à 20 kilomètres[1] sans qu'il la quitte pour venir que quelques heures, puis moi repartie sans qu'il me suive, et quand Mme Blanchenay-Mühlfeld me faisait signifier par lui son refus de ne plus me recevoir... Il n'est pas question de sentiment de lui à elle, elle est folle de l'emphatique personnage qu'elle vient de changer d'amant en mari ! Mais elle est la puissance mondaine, et je ne suis que l'amour.

Il y a ceci : il y a cela qu'elle est de passage à Paris, que Valéry m'avait implicitement fait croire qu'il lui donnerait à entendre qu'on ne nous sépare pas, et qu'il ne l'a pas fait. Il y a cela, qu'enfin, j'ai commis cette lettre qui disait : « Vous permettez qu'on déteste un rôle qui est le contraire de moi. C'est le contraire auquel vous devez rendre témoignage devant les autres... »

Rendre témoignage ! Il mourrait, il me laisserait mille fois mourir...

1. La distance de Vence à Grasse où habitent les Blanchenay.

À PAUL VALÉRY*

[*Paris, dimanche*] 24.7.1927

Vous qui avez tant d'égards pour tant de personnes, jugez-vous que cette peine-ci soit à la mesure de votre reproche ? Jugez-vous que vous ayez conduit quelqu'un assez près de ce moment d'où l'on ne revient pas, et qui tente ? Avez-vous assez prouvé que vous êtes un homme libre ? [*lacune*] Je ne vous ai pas autrement offensé qu'en vous demandant devant vos amis, le témoignage de l'amitié. Je n'ai pas fait plus grand mal, qu'en vous assurant que, vous aimant, je renonçais à être votre maîtresse pour n'être que votre amour, puisque tous ceux dont vous dépendez le défendent, et que vous tenez à eux. Je n'ai pas été plus difficile à rendre contente qu'un enfant à qui l'on dise qu'on est son ami et qui se satisfait de l'entendre dire.

C'est donc trop pour vous, Valéry. C'est trop de me défendre un peu, et de l'immense situation où vous êtes, de faire cet acte sans danger : dire une phrase. Vous ne le pouvez pas. On fait ce qu'on peut dites-vous. À ceux dont vous n'avez rien à craindre, et pour ceci !

— Vous n'avez retenu qu'une chose : que je ne voulais plus être à vous. Je ne le voulais plus après l'avoir promis à Jeannie : j'ai manqué à cette promesse parce que cette promesse était un péché de l'amour, et que vous étiez quelque chose de si profond que le bien et le mal visibles paraissaient en tout insensés. Mais il a fallu comprendre que ce profond n'était que moi-même. Vous n'aimiez en moi qu'un moment, ou tout au moins vous n'aimiez pas mon cœur, et vous lui infligiez de tels désastres que pour ne pas mourir j'ai voulu former un autre être, qui pourtant ne quitterait jamais votre main. Ce mois d'Avril a été l'un des plus durs de ma vie ; je demande pardon au bon goût, de le dire ; je sais que cela vous est parfaitement égal.

C'est au retour et à la fin de ce printemps que pour de bon je ne suis plus votre corps ; vous voyez pourquoi, et que pour me faire continuer à mentir il suffisait que je sente votre tendresse me préférer à ceux qui se font ennemis. À présent que s'accomplit la fin de cette merveille que nous avons créée, et que vous trouvez moins précieuse que toute autre rencontre qui soit ou qui fût, je ne permettrai pas du moins que vous tentiez de dire que ceci a lieu par lubie.

Je vous dis un adieu qui sera un au revoir si le hasard en décide. Mais il y a une si violente haine de vivre en mon âme que j'en ai peur. Rassurez-vous, si quelque remords, excusez ce mot si vague, si fait de vieilles idées, vous venait plus tard, expliquez-vous tout ce qui serait de moi par la souffrance physique : c'est à celle-là seule qu'il n'est jamais honteux de céder.

Mes parents partent dans peu de jours, je serai donc bientôt tout à fait libre devant l'avenir qui ne sera qu'aujourd'hui.

Et maintenant, deux prières. La première, déchirez le pneumatique stupide que j'ai envoyé hier soir. La seconde : chaque fois qu'un disciple, qu'un admirateur, qu'un critique, qu'un interlocuteur, qu'un ami, trahira votre pensée, et recevant A vous rendra B[1] souvenez-vous de moi. C'est tout.

[*Sans signature*]

CATHERINE POZZI, *JOURNAL*

2 août [*1927*]

Reçu une fleur séchée, sans un mot.
Si mihi est convalescere[2].......

1. Dessin de C.P. : une flèche qui, partant de la lettre A, se dirige vers la droite jusqu'à un point d'où part une autre flèche en sens inverse vers la lettre B située au-dessous de la lettre A.
2. S'il m'est donné de me rétablir...

16 Août [*1927*]

L'autre matin pourtant je lui ai longuement parlé de l'amour ; de ce second corps de caresse et de trouble, qui revêt tous les membres comme un vêtement donné par l'Autre, et loin de l'Autre continue sa vie sur vous. Suis-je un monstre sensible, ou bien est-ce la loi ? Induction du corps sur ce corps. Suis-je seule à sentir si étrangement ? — « Ces lettres répondent » dit-il.

À CATHERINE POZZI

[*Paris, jeudi, 18 août 1927* [1]]

[*Dessin à la plume d'une femme assise à une table derrière une croisée*]

AU LAPIN LABORIEUX ET AGILE

ON PENSE À PIED

Et à cheval

—

CATHERINE POZZI, *JOURNAL*

25 [*août 1927*]

Que deviendront ces lettres, vôtres, miennes, le *Journal* ? Comment sauver ce passé qui n'a été vécu courageusement que pour survivre ? Il y a d'Espezel (Département des Médailles[2]) très digne de confiance et très capable de faire ce

1. Dessin daté par C.P.

2. Pierre d'Espezel (1893-1959) est conservateur à la Bibliothèque nationale, cabinet des médailles et antiques.

qu'il faut. J'écris son nom ici pour que Maman le sache. Elle pourrait lui porter tout en boîtes scellées.

Les lettres de Valéry sont à Vence, en boîtes de fer soudées, dans armoire palier 1er étage. Ces lettres m'appartiennent en toute propriété légalement, je puis en disposer. Je veux que l'on les lègue à la Nationale. Éviter que Valéry les touche ou voie ; il détruirait, ou s'il ne le fait, les siens le feront.

Légalement mes lettres lui appartiennent mais il faudrait si on les lui rend[1] obtenir qu'il les confie à Monod[2] et qu'elles ne soient jamais chez Melle Gobillard[3], qui naturellement les détruira.

[*Après le 11 octobre 1927*]

Le train part vers midi[4]. À onze, je passe à la poste jeter un pneumatique à M. Valéry : « Adieu, je pars, pour la sagesse, ou pour autre chose. » Vœux, phrase vague, et pas d'adresse. À la maison, j'ai ordonné qu'on garde mes lettres — des tendresses (?) des « deusirs », des récits de succès bien personnels, dont je [ne] veux rien savoir tant que je serai attelée à moi-même.

[*20 novembre 1927*]

Je ne l'ai pas revu dès les premiers jours de Paris. Je craignais de le revoir. Le magnifique château de science, le palais de la malade au poumon dormant, que je regardais s'élever, devenir vrai, — devenir habitable, — tomberait en ruine

1. En 1924, Valéry lui a rendu beaucoup de lettres qu'elle lui avait adressées.
2. Julien-Pierre Monod, banquier de son état, est un admirateur qui sert à Valéry de secrétaire bénévole. Sa collection de livres et de manuscrits constitue le « Valeryanum » de la Bibliothèque littéraire Jacques Doucet.
3. Jeannie Valéry.
4. C.P. quitte Paris le 11 octobre 1927 au matin pour Strasbourg où elle passera les examens écrits et oraux de la deuxième partie du baccalauréat (histoire, géographie, physique, chimie, anglais, botanique, philosophie). Elle sera reçue en tête de liste et avec une mention bien, effaçant ainsi son échec de 1920.

pour une présence. Et puis, dans la rue, en revenant de la Sorbonne où je m'étais fait conduire un matin, je l'aperçois. Voici la paix finie. J'ai résisté deux jours ; puis lui ai écrit deux mots. Mais avant de les recevoir, il entrait ici. Comme il m'embrasse ! Comme il me dit : « Mais je viens de comprendre que je t'aime ! que je ne puis être sans toi ! Que c'est gênant de t'aimer »...

[*Feuille volante, écriture de Catherine Pozzi :*]

1928
Praesta mihi ut liberes[1]
Lettres d'adieu[2]

[*Enveloppe :*]
1928 *Praesta mihi ut liberes*

À PAUL VALÉRY*[3]

[*Paris, mardi*] 24 Janvier 1928[4]

« .... De loin en loin » (comme si l'intolérable n'existait que de près en près, ou par répétition : une intégrale d'intolérable ; une mort qui ne serait la mort qu'à partir d'un certain nombre de morts) « de loin en loin, » toutes ces années, celui-ci n'a cessé de tomber à la chose pour laquelle, à peine il supposait qu'on l'avait faite, il décidait d'assassiner.

1. Fais cela pour moi : libère-moi. Formule qui renvoie à sa rupture avec Valéry.
2. Ces derniers deux mots au crayon.
3. Texte dactylographié. Collé en haut de la feuille un timbre du Comité national de défense contre la tuberculose 1927-1928 : « Le Baiser au Soleil ».
4. Annotation dans le *Journal* de C.P. : « Double de lettre envoyée le Mercredi 25.1.28 à 1[h] ½ au bureau de poste de la rue de Longchamp. » Le matin du 24 janvier, lorsque Valéry est venu chez C.P., rue de Longchamp, comme il en avait l'habitude, elle lui a donné brusquement congé, mettant fin à une liaison qui avait duré sept ans et demi. Le *Journal* du 25 avril 1928 mettra cette rupture au compte de l'attachement indéfectible de Valéry à sa femme. Toutefois, une lettre à Marie de Régnier, de 1931, allègue de multiples infidélités de Valéry comme motif principal de leur séparation. Voir *infra* la lettre de C.P. à Marie de Régnier du 5 février 1931, p. 651.

Ce mensonge a été vécu par quelqu'un sept ans, avec une fidélité, — une confiance brûlante. Perdez, jetez l'arme par laquelle vous vous donnez le droit de punir.

Nous allons nous retrouver quand ces actes-ci, non plus, n'auront d'importance. Sept ans pour apprendre que ce que l'on fait n'a pas d'importance !

C'est donc cela, le bonheur ?

[*Verso :*]

TES PAS, ENFANTS DE MON SILENCE,
SAINTEMENT, LENTEMENT PLACÉS
VERS LE LIT

PERSONNE PURE, OMBRE DIVINE,

car j'ai vécu de vous attendre[1] KARIN

À CATHERINE POZZI

[*Paris,*] Jeudi [*c.p.15 mars 1928*]

Je pars Samedi matin pour Lyon, d'abord ; puis Giens[2]. Quels que soient les motifs de ma brusque éviction, je me permets de vous informer de mon départ, cet avis ne devant pas vous déplaire, — et la seule chose, peut-être, que je puisse faire qui vous soit certainement agréable.

Je ferai remettre chez vous les livres qui vous appartiennent. Soyez heureuse.

P —

[*Enveloppe*[3] *:*]
Madame Catherine Pozzi
123 rue de Longchamp
Paris XVI

1. C.P. cite « Les pas ».
2. Chez Martine de Béhague.
3. Note de C.P. : *Ultima.*

22 mars [*1928*]

Le fou a écrit. C'était Jeudi soir dernier, sa lettre ; il y a huit jours. Il avait acheté d'autre papier et changé son écriture pour que je l'ouvre ; j'ai reconnu ; j'ai débattu si je l'ouvrais ; — j'ai bien fait d'ouvrir, car je puis garder en ceci témoignage que je suis devenue libre par ma volonté. Cela répondrait certes à la journée de Mercredi, et il avait certes été visiter deux heures plus tôt là-bas, afin de m'y voir[1]. Il n'a pu me parler, il a écrit. Pourquoi écrire ? Ces sortes de mouvements ont des motifs, et l'écriture appliquée n'était pas celle du premier mouvement.

Je ne relirai pas.

« Je pars Samedi » disait la lettre. (il y a 5 jours)

... le plus grand plaisir que je puisse vous faire... (ce départ)

quels que soient les motifs de mon éviction... »

Sans doute est-ce pour ces huit mots chargés de sens qu'on a acheté une enveloppe bleue et changé l'écriture, dessus. Il y a doute sur les motifs, insinue l'extrême colère. Et je ne vais tout de même pas répondre que je n'ai pas d'amant. Qu'il nourrisse, là-bas, ses sales idées. Un soir, une réponse très grave, se faisait dans ma tête. Je sais qu'elle finis-

1. C.P. décrit cette occasion dans son *Journal* le 14 mars 1928 : « Chez Edmée de la Rochefoucauld, à 5h ½. Nombreuses gens. [...] Je vois Quelqu'un, l'Autre. Pourquoi est[-il] ici à cette heure ? Il ne [vient] jamais qu'à 7h moins le quart ici. C'est pour cela que j'avais fait ma visite assez tôt, en étant certaine qu'il n'y serait pas. À peine si je le regarde. Cette fois, il ne vient même pas me saluer. [...] J'entraîne [Constantin] Photiadès et la marquise de Pimodan dans une direction éloignée de celle où il se trouve [...]. L'Autre en face s'agite, change d'interlocuteur, s'assied près d'une dame laide et je le vois lui parler, de profil, et son air est si étrange que je dois regarder deux fois pour le reconnaître. Puis se relève, s'approche de mon groupe ; alors, je me tourne tout à fait vers Benda et il s'agit de m'oublier en Benda. Ce que je réussis assez bien, jusqu'au moment où je propose à Benda de m'emmener chez Mme Blumenthal qui reçoit après 5 heures. Il se lève avec moi, nous partons ostensiblement ensemble. »

sait « quand j'ai compris, j'ai souffert autant que vous pouviez le désirer ».

Compris ? Compris que l'absolu de l'être avait été, ces longues, étranges années, bien sous le signe de Tristan. Seulement, c'était Tristan Bernard[1]. Et je n'ai pas répondu.

[*5 avril 1928*]

8 heures, au courrier, une lettre dont je reconnais, sans bien la nommer, l'écriture. « C'est une écriture d'homme de lettres », dit l'observation machinale. J'ouvre : rien — une feuille vide, sur la feuille, collée par un papier à timbre, une petite fleur jaune et blanc. Le papier collant porte « Évian », c'est le bord réclame du carnet de timbres. Qui est à Évian ? dit l'instant irréfléchi. Le fou ? — Mais ce n'est pas Évian, dit le calme, ce papier ne compte pas, — voir l'enveloppe. L'enveloppe est timbrée de la poste à Toulon. Bien. Je nomme à présent l'écriture déguisée.

24 avril [*1928*]

Déjeuner ; lit jusqu'à 3 ½. À 5, la femme de chambre m'apporte une lettre à l'écriture bleue tarabiscotée sur un papier de l'Hôtel d'Avignon. Je reconnais maintenant les mensonges de votre écriture ; ils sont, comme les autres, transparents. Quelle que soit l'écriture, et quel, le papier, vous ne pouvez — ou du moins, pensez — pas à tricher sur le timbre de la poste, qui porte « Var ».

J'ai froid ; je tremble. Je tape à la machine une enveloppe avec votre adresse de Paris ; j'y introduis celle-ci non décachetée ; au crayon, lisiblement, au-dessus de mon nom, j'ai tracé « Excusez-moi ». Je dis à la femme de chambre d'em-

1. Tristan Bernard (1866-1947), auteur de vaudevilles très appréciés au début du siècle.

porter immédiatement ceci à la boîte, qui ne restera pas une heure en la maison. Je suis lasse ; le poids de la fatigue du matin n'est plus insensible, puisque quelque chose dans le profond de l'être est blessé.

Qu'espère-t-il ? Et moi, qui me comprendrait ? C'est fermé, comme par la mort, ce lieu fait de lumières et d'idées, où nous étions. Qu'importe, qu'il m'aime ? Comment peut-il croire que je puis accepter de revenir dans la couche de ce couple. Dieu m'est témoin que je ne trouve pas le péché beau, ni d'éloigner un mari de sa vraie femme, de celle avec laquelle il a eu des enfants. Mais si l'on commet l'acte de désunir, cela ne peut se faire sans odieux, que pour une autre alliance plus pure....... Il m'écrivait « vous n'avez pris que ce qui n'appartenait à personne ».......... J'étais si bien la moitié de lui, que je n'ai pas hésité. Peut-il y avoir un péché, quand, monstrueusement, deux n'ont qu'une conscience ? « Puis-je être plusieurs ? » disait-il « Suis-je compatible avec le nombre ? » et trouvait, par ce miracle, qu'il pouvait penser en moi.

25 avril [*1928*]. Mercredi

La lettre timbrée « Var », je l'ai réexpédiée à 5 heures. À 8, dîner avenue Victor Hugo[1]. J'y vais dans la 5 CV. Le dîner est charmant, André Siegfried, Daniel Halévy, Massigli[2], Weiss[3], la poule à l'œil Greuze qui me parle toujours de ses flirts avec mon mari. Je reviens, je remonte ; Maman, revenue de Bergerac le soir, est là. Tout semble très bien.

Mais : j'ai dérangé deux mécaniciens, à l'aller, pour « réparer » un moteur étrange qui refusait le départ : ils y travaillent un quart d'heure ; — j'avais oublié le contact. Au re-

1. Chez Edmée de La Rochefoucauld.

2. René Massigli (1888-1988), ambassadeur, collaborateur de Philippe Berthelot et d'Alexis Léger au quai d'Orsay, assiste à de nombreuses conférences internationales où il se spécialise dans des questions de la Société des Nations.

3. Louise Weiss (1893-1983), directrice de *L'Europe nouvelle*, militante des droits de la femme et du suffrage universel.

tour, je rentre avec mon frein serré à bloc sans le voir, et dans un fracas de ferraille. (Deux indices suffisant à la NOUVELLE PSYCHOLOGIE).

15 mai [*1928*]

Est-ce que vous allez continuer à rôder autour de ma vie, vous ? J'étais si tranquille depuis votre départ. « le seul plaisir que je puisse vous faire » aviez-vous écrit. Ah, depuis que vous êtes à Paris, depuis cinq jours (Jean[1] vous a rencontré, me l'a dit). Comme le ciel est devenu lourd.

[...]

Ô vous n'aviez plus le droit de reparaître dans ma vie, après une telle fin d'un tel amour. J'ai droit à ma nuit ; et le moins dont vous puissiez payer tant de tendresse, tant de malheur et tant de courage, c'est la nuit.

Vous passiez les nuits de ces années à penser à moi ; à m'écrire ; que de lettres griffonnées sur le bord de ce lit où vous ne pouviez pas dormir — les lettres sacrées, étranges, parlantes, chaudes encore de votre main. Mais il faut savoir à présent comment vous finissiez ces nuits que vous me jetiez vers l'âme en les écrivant « encore un petit mot, mon Toi »........ Croyez-vous que rien puisse être plus dur à supporter — plus destructeur de la pensée, de l'être, de la vie même, que la simple image de la succession des états de ce passé — d'une seule de vos nuits de ce passé — de celles dont j'ai ces divins témoignages ?

Ce serait peu d'avoir atteint mon présent ; j'accepte hélas l'insulte au présent ; je suis hors l'amour et ses droits enfin. Mais autrefois ! Mais l'unique merveille, mais le temps arraché à un autre monde. C'est cela que vous avez ainsi défait — sali tant et si incompréhensiblement, — je ne puis plus rien dire. Mes mots se taisent en moi.

1. Jean Pozzi.

Mais vous m'avez fait croire qu'il n'y avait *rien* dans votre vie ; ni maîtresse, ni épouse, ni amis, ni ami, ni sœur, ni compagnon. « Elle n'a été ni mon associée, ni ma maîtresse » disiez-vous d'elle. Vous écriviez : « n'ayez pas scrupule : vous n'avez pris que ce qui n'appartenait à personne. » Et puis, m'introduisez sept ans dans votre lit, où il vous fallait faire l'aumône à l'habitante habituelle — quand je ne regardais pas.

À CATHERINE POZZI

[*Carte postale, dessin de la ville de Brissago*[1]]

[*C.p. Genève/Société des Nations/18 juillet 1928*]

Out of the golden remote wild west where the sea without shore is
Full of the sunset,...
Is it thither the wind's wings beat, is it hither to thee, o my SAD[2] ?

[*Adresse :*]
Madame Catherine Pozzi
123 Rue de Longchamp
Paris XVI

1. Note de C.P. au crayon : « Dernière manifestation de Monsieur Valéry 18 Juillet 1928. Timbrée du 18 Juillet 1928. »

2. Valéry cite, en le déformant, un poème de Algernon Charles Swinburne (1837-1909), « Hesperia », (*Poems and Ballads*, 1866) :

> De l'ouest doré, lointain, sauvage, où la mer sans rivage est
> Pleine du couchant...
> Est-ce là-bas que battent les ailes du vent, est-ce vers toi ici, ô ma TRISTE ?

En fait, Swinburne écrit : « ... *is it hither to me, O my sweet ?* » [... est-ce vers moi ici, ô ma douce ?] C.P. glose ainsi l'envoi de Valéry dans son *Journal* le 19 juillet 1928 : « Et puis, autre moment d'aujourd'hui. Une carte postale timbrée de Genève, de l'écriture de Paul Valéry. Des vers de Swinburne (précisément, ceux que je récitais, petite fille). Il a dû les copier, car c'est sans faute. Il a changé "*O, my sweet*" pour "*O, my sad*"./Cela signifie deux choses. La première, que je suis encore aimée. La seconde, que je le suis quand il est au loin. Je connais — j'ai éprouvé sur lui —, cet effet du voyage. Celui-là dont j'étais le seul ami, ne se retrouve un moment que quand, par l'absence, il a pu tout quitter de sa propre comédie. Alors, en lui, je reparais... »

27 juillet 1928

Je vais enfermer ce cahier dans la quatrième boîte que Girondeau viendra sceller ; il y en a 5, scellées, à Vence. Celles-ci ne contiennent que mon journal, peu de lettres de lui, peu de dessins, une belle gravure qu'il fit de moi quand j'écrivais *Agnès* — (quand je récrivais en Mai-Juin 1926, l'*Agnès* de 1922-3 que j'avais envoyée à Mme Bulteau.)

Je pars ce soir pour Vence. Les quatre boîtes scellées contiendront le roman de Karin et Paul... Et il est fini...

* *
*

Je saurai, longtemps après cette fin, la vérité de cette histoire de correspondance montrée. Je n'ai jamais montré de lettres de vous, je le jure de nouveau ici. Mais comme en chaque mensonge il y a aussi, un faible cœur de vérité, je vois quel fait appuie la calomnie qui m'est profondément insupportable.

Nous avons eu, Jeannie Gobillard et moi, deux « explications » en Novembre 1925 (celles dont les suites sont présentes.) Ces deux explications se sont suivies en deux jours. À la première, J. a été comme j'avais rêvé, d'avance, qu'elle dût être : la personne exempte de passions, sensible à la « forme » d'un acte ; et cet acte-ci, il ne me semblait pas qu'il fût vil.. Le malheur voulut que, le soir de son départ, je sois prise de peur, et je doute d'elle. Elle m'avait quittée non en ennemie. Mais que deviendrait-elle de loin pour moi ?

— Elle n'avait même pas exigé que je ne voie plus Paul de ma vie ; elle m'avait priée de ne pas lui faire part de notre explication ; et tenant ma parole que je ne lui étais plus rivale, elle ne changeait rien extérieurement à l'amitié d'un autre qui me faisait vivre ou mourir. Mais si elle décidait d'y changer ? Alors, pour m'assurer que je resterais vraiment présente et acceptée ; pour enfin mettre en ma faveur la politique avec la charité, je lui écrivis à elle en lui disant (que n'ai-je copié ces mêmes mots) que ———

Voyons, il faut que je retrouve le chemin de ces pensées. Ma première conversation avec Jeannie avait été amenée par une lettre de son mari, qui tout entière écrite en prière, me priait de lui rendre ce don du corps que depuis mon départ, (un an après l'opération du bras) je lui avais enlevé.

Juillet 1924 à environ Mai 1925, l'agonie. En février ou mars 25, la « Lettre à Madame Émilie Teste » qui éclaire tout[1], et mon refus de plus revoir P.V. — en Mai, départ pour Vence. Retour de Vence guérie, en Novembre. J'habite le Plaza une quinzaine de jours, puis rue de Longchamp ; P.V. *que je n'avais même pas prévenu de mon passage*, me retrouve, me poursuit, obtient que je lui tende la main — (il m'a tenu la main une heure dans la chambre de l'hôtel, sans que je l'embrasse, sans que je réponde. Il disait « mon chérie »...) (Et moi, je savais que cette instante tendresse était dehors l'amour, où l'honneur, la promesse à Jeannie, le dégoût du passé, défendaient de revenir.)

Le hasard et le mouvement des faits, alors, l'obligent, lui, à partir en conférence pour Bruxelles, et de Bruxelles j'ai reçu cette lettre qui m'a fait tout consommer. Il me suppliait de me rendre à lui... et cette lettre, que j'ai encore, mais ne relirai pas, m'appelait « l'Éternel »... (tant il savait et répétait que j'étais le seul être au monde en ce qui était de son être à lui.) et cette lettre disait que si l'Éternel le rejetait, il cèderait « aux filles d'Amalec[2] peintes et parées... » Une menace, dans la supplication ; encore qu'avec un sourire.

Mais le sentiment que rien, pour lui, n'avait été de ma détresse, de ma jalousie, de ma honte, et qu'il allait exiger que recommençât notre unité rompue par ce partage, me rendit folle de colère en un instant. — Pour mettre enfin là de l'irréparable, pour que ce « deux » ne redevienne « trois » plus jamais, j'appelai Jeannie. Je lui rendis son mari.

---

1. « Émilie Teste : Lettre » avait paru dans *Commerce, II*, Automne 1924, et ensuite sous le titre *Madame Émilie Teste. Lettre à un ami* chez Ronald Davis en 1925. C.P. voit dans ce texte de Valéry une preuve de son attachement à sa femme.

2. Les Amalécites étaient une tribu nomade, ennemie traditionnelle des Hébreux, combattue par Saül et David.

Le soir cependant, la peur remplaçait la révolte, et je n'étais plus que détresse en comprenant que mon aveu avait préparé un adieu. C'est ainsi que je me mis à écrire à Jeannie, en lui disant qu'il fallait permettre que lui et moi ne nous quittions pas, assurée qu'elle était de nos actions et de ma sincérité devant elle, car si nous nous quittions, je savais où précisément le mènerait un désespoir. Et pour ne pas paraître imaginer là l'improbable et l'impossible, je lui dis avoir reçu une lettre de lui qui montrait assez que mon abandon ne le rendrait pas à l'épouse, et j'en avouais une ligne mi-plaisant, mi triste, mi moqueuse, celle des filles d'Amalec... Je n'ai pas montré cette lettre ; et ces transports de correspondance dont parlent à présent les dames du monde, se ramènent à ceci, que seule Jeannie ou Paul ont pu dire, ou laisser entendre, ou pire, imaginer.

[...]

Et maintenant ? Maintenant, votre lettre d'adieu, en Février, était une lettre de coupable[1]. Du moins, j'ai pu obtenir de la vie que vous ne vous disiez pas trahi, de vous à vous. En Février, vous avez compris ; ne fût-ce qu'une heure. En juillet, vous venez de m'écrire que le vent d'ouest vous emporte vers moi ! Je sais donc comment vous pensez à moi ; je sais du moins que vous y pensez avec nostalgie ; avec tendresse, car vous m'appelez « *ô my sad* ».... Je sais que vous nous voyez tous les deux, et mes duretés innocentes, et vos actes qui ne le sont pas, comme on voit un grand malheur qui vous est infligé par le sort.

24 décembre [*1928*]

Il y avait un destin sur nous, qui constamment nous séparait l'un de l'autre ; je cherchais à lui donner un nom (ce qui eût été vaincre) je ne le pouvais pas. La sincérité absolue entre nous, et pourtant l'obscurité complète, je ne savais sur quoi. Et quand je recevais des lettres d'adoration

1. Non retrouvée.

et de fureur désespérées, j'écrivais par-dessus l'écriture même, « non – non » — — — Mais je ne savais à quoi je disais non.

17 janvier [*1929*]

Environ un an moins neuf jours (si je ne me trompe) après la « brusque éviction » (pour employer des termes de mon esprit-second[1]) (le premier avéré des esprits d'Europe et non seulement pour soi), j'entends quelque chose à la légende qui suivit le fait. Je me sens si légère, ce soir, si libre : c'est qu'il fait plus clair. Je crois que ne pas comprendre est le seul grand mal dont je puisse pâtir.

En peu de lignes, ceci : je suis accusée par LES SALONS d'avoir été chez Madame Valéry lui porter et montrer des lettres de M. Valéry ; ceci pour obtenir qu'elle divorce et que lui m'épouse. À entendre cette étonnante histoire dont je ne puis écrire qu'elle est invraisemblable puisque toutes ces dames (Pierrebourg, etc.) la croient, j'éprouve un véritable contentement. J'en étais restée à l'autre version : j'aurais été chez Mme Valéry (voir supra), mais par vengeance, pour détruire son foyer alors que j'avais été abandonnée. Dans la version 2, c'est moi qui abandonne (petit progrès) parce que mon coup lettres-séparation ne réussit pas.

Je sais ceci depuis hier par Mariecotte ; elle a interrogé Martine de Béhague, la généreuse ploutocrate qui loge, console mon ennemi, qui en distrait son large ennui. « Pourquoi ne voyez-vous plus Catherine ? » lui a demandé Mariecotte la semaine dernière, après un dîner, entre une porte gardée de larbins et une console d'or. « À cause de Valéry », répond-elle, et elle ajoute (comme si mon père n'avait pas été) qu'elle l'a connu avant moi. Suit, de sa bouche, l'histoire :

1. La rupture avec Valéry, son « esprit-second », a eu lieu le 24 janvier 1928. Valéry a utilisé l'expression « brusque éviction » dans sa lettre du 15 mars 1928.

Catherine montant, portant ses lettres toutes chaudes, l'escalier de la pauvre figurante... En vain Mariecotte interrompt, assure qu'un acte pareil ne me ressemble pas, *qu'elle sait que ce n'est pas.* Et l'autre continue : qu'elle a pitié de lui... qu'il est si malheureux de cette rupture... qu'il est malade... que « Catherine lui était si utile dans son travail... »

[...]

Avant-hier soir, lettre de Montpellier, de Jules Valéry ; lettre incroyable, d'une amabilité inconnue ; 4 pages ; il parle de la santé de son frère — me demande de mes nouvelles ; me raconte toute sa vie. En voilà un qui n'a pas pris le parti de Martine de Béhague ! — Nous relisons cette lettre, Maman et moi. Nous la trouvons étrange.... « Si malheureux de cette rupture » disait Martine. Et maintenant voilà le frère qui écrit. *Never more* [1]. Non. Non. *Never more.*

Mardi 29 I [*1929*]

J'ai trouvé avant-hier soir, apporté par le courrier de 8 heures, un gros paquet, livre du Dr Dartigues sur la greffe du singe à l'homme[2]. Dartigues est l'associé de Voronoff — et le hasard fait qu'il apprit la chirurgie, vingt-cinq ans plus tôt, à l'hôpital de mon père. Le hasard fait encore qu'il a dîné ici, entre Souday[3] et la duchesse[4], et Paul Valéry, un an plus tôt — je l'avais invité pour son ridicule, ses histoires, et leurs curiosités. (... « votre faiblesse pour les lâches »... disait André[5].)

1. Jamais plus. Écho du célèbre poème « The Raven » de Poe.

2. *La Greffe de revitalisation humaine, sa portée, son avenir, ses résultats. Greffage anthropoïdo-anthropique du testicule du singe dans les bourses de l'homme, par la méthode Voronoff* (Doin, 1925). Docteur Louis Dartigues (1869-1940), chef de clinique gynécologique à la faculté de médecine. Le docteur Serge Voronoff (1866-1951), chef du laboratoire de chirurgie expérimentale au Collège de France, poursuit des recherches sur le rajeunissement humain au moyen de la greffe d'organes animaux.

3. Paul Souday (1869-1929), critique influent au *Temps*, grand ami et admirateur de Paul Valéry.

4. Edmée de La Rochefoucauld.

5. André Fernet.

Mais ce soir le livre ridicule, exposant ces expériences dans la langue de Dartigues, ce qui est tout dire, — le livre dont je vais rire, est plié dans ce papier, et à l'intérieur, comme j'ouvre et déplie — sur la face interne du papier qui enveloppe le livre, de la grande écriture de Dartigues il y a : *Mardi 4 heures Monsieur Valéry.* Mardi 4 heures c'est aujourd'hui.

[...]

Après avoir lu cette phrase de Dartigues, je suis demeurée vide de sentiment une heure. Pourquoi avait-il écrit cela, à l'intérieur du papier qui enveloppait son livre ? Il a un carnet de consultations, ce médecin ; la distraction qui lui ferait noter ses rendez-vous sur du papier à paquets serait forte. — Il a voulu me prévenir probablement. On lui a demandé le secret professionnel ; en marquant le rendez-vous comme par mégarde, il ne le rompait pas. Me prévenir, pour mon plaisir. — Quel raisonnement n'entrerait pas dans un cerveau qui lui-même a déjà vingt fois pris du singe !

C'est donc au mardi 29 Janvier 1929, que menait ce soir d'Octobre 1920, et le matin où j'ai pu lire : « séparez-vous, mes deux corps, l'un à la poupe, l'autre à la proue... » Mon Dieu ! Il a été de votre volonté que l'amour qui était le triomphe de l'Esprit pendant une heure de la terre, tombât au-dessous des temps des grottes de la Madeleine et des Eyzies — quarante millions d'années plus bas, avant que le cynocéphale ait une figure.

[*4 février 1929*]

Enfin j'ai fini ce jour de Samedi[1] chez Pasteur[2]. La nuit j'ai repris le poème — et repris encore le lendemain — et enfin à 7 heures il a été fini. C'était hier.

1. Le 2 février.
2. C.P. travaille à l'Institut Pasteur.

Je l'ai envoyé à Paulhan ce matin[1]. Je ne sais si c'est pour cela que je suis dans cette tristesse horrible. Quelqu'un — *Hell*, pour ne pas dire L, *which stands for Leonard, which stands*[2]... le lira ; y verra sans doute soi-même par transparence, mourra d'espoir aux premiers mots, et recevra en dernières lignes une sorte d'adieu.

En quel futur plus sûr que ce mirage[3]...

9 Mars 1929

Comment résister ? Je n'avais que ce poumon-là. J'y ai mal, de loin en loin, depuis l'horrible été 1926, quand après le

1. Il s'agit du poème intitulé « Ave atque Vale ». Jean Paulhan, directeur de *La N.R.F.*, en publiera une version remaniée le 1er décembre 1929 sous le titre « Ave ».

2. Qui signifie Leonard, qui signifie...

3. C.P. cite le premier vers de la dernière strophe de la version d'« Ave » envoyée à Jean Paulhan :

Très haut amour, s'il se peut que je meure
Sans avoir su d'où je vous possédais,
En quel soleil était votre demeure,
En quel passé votre temps, en quelle heure
Je vous aimais.

Très haut amour qui passez la mémoire,
Feu sans foyer dont j'ai fait tout mon jour,
En quel destin vous traciez mon histoire,
En quel sommeil se voyait votre gloire,
Ô mon séjour.

Quand je serai pour moi-même perdue
Et divisée à l'abîme infini,
Infiniment, quand je serai rompue,
Quand le Présent dont je suis revêtue
Aura trahi

Qu'importe, amour, si je suis séparée
En mille instants non rassemblés encor ?
Ils ont porté, le long de ma durée,
Tout l'éternel dont j'étais assurée,
Comme un trésor.

En quel futur, plus sûr que ce mirage,
De mille instants déliés sans retour
Referez-vous mon nom et mon image,
Cœur de l'esprit, pour le nouveau voyage,
Très haut amour...

Catherine Pozzi & Jean Paulhan Correspondance 1926-1934, éd. Françoise Simonet-Tenant (Éditions Claire Paulhan, 1999), p. 83.

« retour » vers un esclavage funeste, — vers celui pour qui le bien ni le mal ne sont rien — j'ai « senti » tout ce que je ne « savais » pas. Alors j'errais à pied dans Paris, et c'est une folie qui n'est pas permise puisque je ne vis que de ne plus sortir qu'emportée comme un objet — et quand je rentrais (l'été de 1926 n'était que bourrasques et pluies) c'était pour me désespérer à la maison parce que des lettres n'arrivaient plus — et pour cause.

23 mars [*1929*]

Avant-hier, j'ai fait venir Joubert[1] pour refaire testament. J'avais la veille tout changé, fait un testament dans lequel j'ordonnais de détruire ses lettres. Après le jugement affaire Bonniot-Mallarmé[2]. J'avais le sentiment qu'il obtiendrait peut-être en faisant un procès de les reprendre — et je pensais qu'il voudrait détruire toutes traces de moi dans son destin — (il aurait de la peine — nos êtres ont été le même être au point que j'ai bien cru ne pouvoir dans mes papiers faire la part, et qu'il m'a fallu enfin tout détruire ou tout garder). Donc, je voulais ceci — plutôt tout détruire moi que lui laisser reprendre, utiliser la part « littéraire » et détruire le reste. — Et puis, au moment de ranger mes papiers, avant ce départ pour Vence, j'ai rouvert les boîtes scellées, pour rajouter les derniers cahiers — et relire tout le cahier 1920-1. C'était avant-hier soir Jeudi. Cela m'a tuée : « Le coup de grâce » — (grâce, une façon de parler !).

[...]

Le maréchal Foch est mort et on l'enterre mardi au Panthéon. C'est monsieur Valéry qui ce matin « représentera l'Académie ». Monsieur Valéry, de l'écriture duquel, calligraphiée, je lisais dans le cahier de notes de 1927 (un cahier de

1. Pierre Joubert, notaire, s'occupe des affaires financières de C.P. et de sa mère.

2. Le docteur Edmond Bonniot, gendre du poète, a poursuivi en justice l'éditeur de *Dix-neuf lettres de Stéphane Mallarmé à Émile Zola* (Jacques Bernard « La Centaine », 1929), lequel avait publié des lettres de Mallarmé sans autorisation. L'ouvrage risquait de passer au pilon.

notes joint aux autres cahiers ; nous y écrivions n'importe quoi et j'y recopiais des choses lues, y notais des conversations) ceci, que j'ai le soin de transcrire une fois encore parce que c'est une trop belle phrase, écrite par le représentant officiel de la France aux obsèques d'un corps officiel français : « Esclave d'un cliché est le héros »…….

Jeudi 28 mars [*1929*]

Et j'attendais (tout à fait comme le Tycho Brahe[1] qui a prévu tel astre à l'horizon) qu'au zodiaque, soit visible Paul Valéry. « Il écrira » pensais-je. Et, nuit et jour, en moi j'ai répondu.

Ire version : « Cette lettre n'est pas renvoyée par le ressentiment, le dégoût de l'amour mais par une amitié unique au monde qui n'a pas été, au monde, reconnue ; — et desservie, défigurée, dont le visage a disparu ». Deuxième version : « Qui revient ici ? Est-ce l'amour qui se satisfaisait de n'importe qui ? Est-ce l'amitié qui reniait l'ami ? Où fut ceci, que fait l'oubli ». Mais je n'ai pas reçu de lettre ; et je me récitais mes réponses, comme on ne répond qu'au vent. Enfin, le maréchal Foch étant mort, il a fallu lire dans tous les journaux du monde que, pour représenter l'Académie Française, était nommé…………………

29 Mars 1929

Échos des temps détruits

« Je vais à toi comme la pierre tombe ».

Plus tard, — 1926-7, les dessins. Cette vie qu'il vivait, de l'ombilic au genou, et qu'il dessinait grotesquement en arrivant chez moi tous les matins, sans me la dire ; qu'il dessinait comme on vomit.

1. Tycho Brahe (1546-1601), astronome danois.

4 août [*1929*] 4 heures

La duchesse[1] est venue. Elle m'a dit que Mr Valéry a demandé à un des professeurs de Claude de Zürich[2], de passage, ce qu'il pensait de Claude. Et le professeur a répondu que Claude était très intelligent. Et Mr Valéry lui en a parlé. — A demandé « M'a fait dire ! » — — Évidemment, je ne prévoyais cela. Je prévoyais les promenades sous la fenêtre ; les parlures aux amis communs ; — pas l'Enfant. C'est très fort. C'est même si fort que je te défends de considérer.

14 sept[*embre 1929*]

Ce matin, temps émouvant. Eden-Roc. En rentrant (à 1 heure), la lettre : état d'interrogation, de demi-peur et d'étonnement qui m'a rendu d'autres états d'anté-cosmos, quand après avoir tout fait pour, j'étais consternée que… Ô même allure nerveuse !

17.2. [*19*]30

J'ai rouvert les Boîtes Scellées pour distraire les lettres de Hell qui sont devant être détruites et que je veux réunir à part.

8 Août [*1930*] Paris

Ce silence absolu sur le *De Libertate* est probablement le fait le plus remarquable de toute notre histoire. Je le lui avais fait lire tout à la fin de 1920 — vers décembre. C'était des feuilles de notes, des poèmes, des schémas ; (environ cent pages) dessinant fort nettement *ce livre-ci*[3]. Pas un mot. Trop

1. Edmée de La Rochefoucauld.
2. Claude Bourdet est étudiant à l'École polytechnique de Zurich.
3. Le *Journal* de 1930 contient une version remaniée et augmentée du *De Libertate* de 1915, future *Peau d'âme.*

fière pour insister, j'enfermais les feuilles. Et je ne sais quelle science profonde me faisait taire à jamais — taire trop tard, car l'essai sur *Eureka* contenait des pages de mon texte, reformulés selon cette harmonie supérieure qu'il avait. Et à la fin de *Rhumbs*, je lus un jour « le péché originel... une intégrale sans doute » oh là, le texte même était. Mais n'avais-je pas ce que j'avais choisi, à la place d'un livre ? Je l'avais. — Ce qu'il a senti, lui, ses lettres l'écrivent clairement. Un être en lequel existait « quelque part de son essentiel »..... mais « avec ce qui lui était le plus étranger ». Fascination ; crainte désespérée. Il fait que le livre ne fut pas écrit. Et certes, ce qu'il redoutait qui fût écrit, c'était, bien plus qu'une métaphysique étrangère, ce qu'il aurait lui-même écrit.

CATHERINE POZZI À RENÉ SCHWOB[1]

La Graulet, 27 septembre [*1930*]

[...] J'ai reçu ce matin une lettre du pauvre monsieur Valéry, une lettre, un mandement, un rappel mystérieux et (naturellement) poétique[2]. Enlevons l'« r » : disons impudiquement un appel. Je ne me suis pas méfiée de l'enveloppe ni reconnu le type de la très reconnaissable machine à écrire. J'y pensais si peu. Il s'est donc fait lire car si la liberté humaine, toute relative qu'elle soit, permet à un dos de se montrer à un visage, et à des pieds d'emporter avec obéissance un esprit hors l'irrespirable, elle ne permet pas d'éviter ces surprises outrecuidantes que les importuns confient au facteur. Il est bien remarquable qu'un cerveau qui m'a bien connue puisse conserver une telle faculté d'espérer que je sois ce que je ne suis pas.

1. Ancien commissaire de la marine, juif converti au catholicisme, René Schwob (1895-1946) est l'auteur de *Moi, Juif, livre posthume* (Plon, 1928). L'oncle de René Schwob, l'écrivain Marcel Schwob, avait été l'ami de Samuel Pozzi et un mentor de C.P. dans sa jeunesse.

2. Valéry a tenu à marquer l'anniversaire du début de leurs amours lors de son premier séjour à La Graulet en septembre, dix ans auparavant.

CATHERINE POZZI, *JOURNAL*

16 octobre [*1930*]

J'ai trouvé un Novalis sans maître, un sale livre tout dépenaillé, et l'ai emporté. — tout de même, je ne vole pas des livres à mon ordinaire. Cela, ce n'était pas un livre, — mauvaise traduction de l'enfant Maeterlinck[1]. Mais quelle tendre amitié Novalis me commande d'avoir ! — Il est le plus souvent perdu dans son vocabulaire, il s'ensevelit sous ses mots comme cela se fait en Allemagne. Quand il en sort, c'est un pur esprit. Comment son amitié ne serait-elle pas à moi d'ailleurs ? Il a fait des sciences, ce qui se pouvait faire de chimie en 1800, et il a voulu inventer une Science qui soit une poésie.

De rapprocher la métaphysique de l'amour, de la chimie, cela m'est arrivé en 1915, couchée sur le sable de la plage de Moulleau, devant trois jeunes filles suspendues à cette jeune sagesse, — et cette sagesse voulait une fidélité aussi impossible à changer que la valence... et je ne savais pas le terme valence, mais imaginais le fait — et cette valence de l'amour je l'ai trouvée — et elle a été *ceci* : car le signe postal reçu il y a deux semaines[2], est hélas le signe d'une fidélité. Mais que cette fidélité peut être, dans la vie, déliée par des accidents, *sans cesser d'être*, comment l'eussé-je cru ? Cela contredisait la théorie — la métaphysique — l'univers. L'un des accidents fut un fauteuil à l'Académie ou le moyen de l'obtenir. Le moyen accident.. *Fecit irreversibilia*[3].

Mais Novalis ne sait pas, dans ma tête encore qu'il pense, ne sait pas comment il peut advenir que les deux espèces de l'univers dont la liaison absolue dépendait de leur espèce

1. *Les Disciples à Saïs et les fragments de Novalis, traduits de l'allemand et précédés d'une introduction de Maurice Maeterlinck.* 3e éd. (Bruxelles, P. Lacomblez, 1895). Novalis, poète romantique allemand, né Friedrich von Hardenberg (1792-1801), est également l'auteur des *Hymnes à la nuit* (1800) et d'un roman inachevé, *Henri d'Ofterdingen* (1802).

2. Il s'agit du message de Valéry reçu le 27 septembre 1930 mentionné dans la lettre précédente de C.P. à René Schwob.

3. Il a fait des choses irréversibles.

seule, et non des accidents, leur valence soit défaite par les mélanges du hasard. Ou plutôt si : elle explique ceci, la chimie. Mais elle n'explique pas que les corps considérés, de nouveau isolés, de nouveau en présence, il ne se passe plus rien. La chimie n'explique pas la mémoire...

Quoique je sois seule à me souvenir. Quoique pour l'autre aucun de ces accidents n'ait eu lieu. Il existe une certaine mystique, dont les actes, elle le croit, n'importent plus. Et certes en chimie, les mélanges où quelque élément a passé, au passé, n'importent, au présent, plus. Quelque proche le passé, et fût-il du jour même. Peut-être que la différence entre l'élément et la pensée, sa ligne invisible se voit ici.

Pour celui qui était élément et non flamme, ce par quoi il passait, ne comptait pas. Qu'écrirait-il à la suite de cette phrase ? Il écrirait que le propre de la flamme c'est d'être inaltérée par ce qu'elle touche. Pourquoi la suite des hommes et ses œuvres et sa mémoire, déclare-t-elle que l'essentiel de l'homme, c'est d'être altéré par le monde ? Car il n'y a pas, dans une plante, animal, de lieu où le contact du monde produise des changements de valeur infinie, incommensurables à l'accident. Un fait, qui ne soit pas lésion physique, atteinte à l'intégrité, — qui ne soit pas changement des conditions nécessaires à l'équilibre de ce vivant, n'a aucune valeur pour ce vivant s'il n'est pas humain. Que s'il est homme, un fait parfaitement indifférent à son état de vivant, peut être cause de changements d'une valeur infinie.

30 octobre 1930

L'étrange visage. Quand il souffre, il redescend de quelques siècles. Une douleur moyenne, un état d'ascétisme sans affres, le recule à l'Italie. Mais l'agonie le place immédiatement en Égypte. Quel Ka[1], sous quelle dynastie respire là, tend à respirer. Ô Ka, ô CK ! La veille, à voir son corps passer, — passant toujours comme une ombre, glissant par le

1. Manifestation des énergies créatrices et conservatrices dans la religion de l'Égypte ancienne.

travers du film[1] sans demeurer, — j'étais une fois de plus étonnée par sa grâce. C'est encore une ombre dont Valéry a écrit qu'à ses côtés « toutes les femmes avaient l'air de cuisinières » ; la lettre est dans une boîte de fer.

29 Novembre [*1930*]

Je disais seulement que le « monde » m'avait détestée, sur la foi des *Charmes, carminae* du Paul verbe d'or. Une seule personne d'entre ceux-ci ne m'avait pas rejetée : la duchesse de La Rochefoucauld. Je l'en aimais. J'avais été profondément consolée par elle, toute glaciale qu'elle fut quant à l'âme ; elle ne manquait jamais de m'appeler à chaque retour à Paris ; jamais, de m'écrire ; jamais, de donner des dîners pour moi. Je ne la comprends point. Je me sentais à la fois admirée par elle et jalousée. De quoi ? Elle me revenait toujours ; — elle minimisait tout ce que je faisais, savais. Mais elle revenait.

Par moments, j'ai cru que lui tentait de participer encore à ma vie, par elle. Elle lui a montré ma dernière lettre, qui contenait une phrase sotte et dix-huitième-siècle, sur Dieu. Et comme le réflexe suit la demande, il m'a écrit. J'ai reçu, cet octobre, cette lettre ornée de points d'exclamation et de dates[2] ; — « l'impuissance de Dieu », avais-je écrit.

[*Feuille coupée*]

Je n'ai pas répondu. J'ai pensé : il n'est donc pas comblé, où qu'il « aime » ? Il n'a donc pas ce qui fut moi, où qu'il soit ? — — En en sortant, vous ne vous promenez pas à deux dans un texte de Pindare. Grec, interdit. Et vous ne vous blaguerez pas. Oh, de cela, alors, je suis sûre. Il vous manque le

1. Claude Bourdet a filmé sa mère à La Graulet avec une caméra Pathé-Baby.
2. Il est probable que C.P. se trompe de date et que cette lettre est celle à laquelle elle fait allusion dans sa lettre à René Schwob du 27 septembre 1930, *supra* p. 641, et dans son *Journal* du 16 octobre 1930, p. 642. C.P. fera mention de cette lettre aussi dans son *Journal* du 5 février 1931, *infra* p. 650.

rire, et la beauté. Donc l'on met dans une enveloppe à l'adresse dissimulée, des points de suspension à mon adresse.

[...]

Il m'a fallu écrire à cette femme cependant ; Strohl demandait une introduction pour sa revue[1]. (La revue, il y a aussi cela ! la tribune, le père Fels dont on tire la felcelle.) (Les propositions de haute Politique Étrangère... L'éminence grise sous papier jaune...)

Et j'ai fini ainsi : « Excusez-moi de ne paraître vous écrire que poussée par l'intérêt ; ma dernière lettre vous donnait de mes nouvelles quoiqu'elle ne fût pas d'une clarté lumineuse. J'ai eu l'impression, assez peu après l'avoir écrite, (.....) que vous seriez trompée (...) à l'endroit du sujet d'une proposition qui faisait de l'esprit sur le compte du Dieu inefficace poursuivi tout une vie par l'âme. Que le QUI d'une lettre fût mépris pour un qui, ne pouvait pas avoir de conséquence (.....) ; la blague était plus regrettable : ce sont des grâces que le poumon m'inspire quand il se distrait de respirer. Il fait très beau et les gens du Midi sont remontés à Juillet, hors Novembre.

Votre reconnaissante (.....)

Catherine ».

Si elle a montré au mauvais, ma lettre précédente en Septembre, il verra encore celle-ci à présent. Et puis, qu'importe ! J'écris pour moi. [...] Et, concluait cette vaine lettre de Septembre : « Je suis ici.. après avoir couru toute une vie sur les jambes de l'âme. Vers quoi, vous le demandez mon amie, vers qui ? » Vers Moa, vers moimoimoi, augurait le lisant Valéry, auquel elle passait ma lettre, la suivante semaine. Dieu me soit témoin que je pensais à Dieu.

1. Jean Strohl, professeur de zoologie, avait pris Claude Bourdet sous sa protection lors de son arrivée à Zurich en 1928 pour étudier à l'École polytechnique. Reconnaissante, C.P. essaie d'aider Strohl à placer un article sur Buffon dans *La Revue de Paris* dont le père d'Edmée de La Rochefoucauld, Edmond Gustave Frisch, comte de Fels, est propriétaire.

Dimanche 14 décembre [*1930*]

Vendredi matin, Louise Louÿs mourait : elle mourait comme je mourrai, muette, fermée, isolée sur son horreur[1]. Où sont les lettres de Pierre Louÿs à Louise, à Loulouse, sa femme-enfant ? Détruites, brûlées. Où seront celles que celui qu'inventa Louÿs[2] m'écrivit ? Loulouse, il ne restera rien de nous, mais toute cette douleur que vous avez eue, est-ce que nous en ferons une fusée pour nous jeter au paradis ?

Mercredi 17 [*décembre 1930*]

« Puis-je être deux ? » m'écrivait le « amour ». « Suis-je compatible avec le nombre ? » ajoutait-il. Ce soir-là, que vint cette lettre, je tombai a genoux. Ma parole ! je remerciai Dieu. Marie Jaëll m'avait, la physique musicale aidant, menée à l'instant de cette prière. Aucune passion terrestre n'a probablement jamais été à ce point conduite par la volonté. J'ai donc engagé mon corps où j'engageais mon esprit, parce que je voulais que le corps et l'esprit ne fussent qu'une chose.

1. Louise, une des trois filles ravissantes du poète José Maria de Heredia, avait épousé Pierre Louÿs dont elle avait divorcé pour se remarier avec Augusto Gilbert de Voisins. C.P., tuberculeuse comme elle, insiste sur le parallèle entre le sort malheureux de Louise en amour et le sien. Dans une lettre de condoléances adressée à Marie de Régnier, sœur de Louise et ancienne maîtresse de Pierre Louÿs, elle écrit : « Je suis devenue sa sœur, longtemps, longtemps après, par l'affreux amour. Et maintenant qu'elle est partie il me semble que je suis morte pour toute une part de moi qui a vécu presque son destin. Et quelque part de moi se révolte et s'indigne et n'accepte pas la peine qu'elle a eue, et que peut-être elle avait enfin oubliée. »

2. Valéry et Pierre Louÿs, dès leur rencontre en 1890, se sont longtemps épaulés dans le monde littéraire. Leur amitié fervente s'est considérablement refroidie au cours des dernières années de la vie de Louÿs, mort en 1925.

Vendredi 30 janvier 1931

La Courbe de température, haute le 18 après la lettre (non lue et renvoyée, de Valéry[1]), a passé par un minimum le 28, et repart très haut depuis hier. Je commence à tout craindre. Faut-il dire « craindre » ? J'étais si près de « trouver ».

Horrible douleur de l'esprit, la veille de la réception de Pétain par Valéry et le jour[2]. « Le Héros est un simulateur ou un imbécile ». L'ironie de ce fait me détruisait. Lui ! Les morts de Verdun ! Mais je n'ai pas livré à aucun journaliste les copies de son horrible philosophie. De telle action faire ne pouvais pas. Je l'ai laissé parler, simuler.

Je crois à présent que s'il m'envoie de loin en loin ces appels « mystérieux », c'est parce qu'il voudrait reprendre sur moi assez de puissance pour détruire ces témoignages que je possède de sa vérité — (et pour récupérer à la fois ses plus beaux moments et les publier.) La 1re phrase de la lettre du 16 (il n'est pas impossible que le bouleversement éprouvé n'ait déclenché ce mal-ci) — je l'ai vue par surprise : « Ne pensez-vous pas qu'il faudrait s'occuper des manuscrits ? » Prudence ! Il ne dit pas « les lettres ». J'en ai bien plus de mille, il le sait.

Plusieurs possibles :

L'un : c'est la Béatrice en exercice qui est ennuyée par l'existence de cet énorme témoignage adressé à une autre. Témoignage comme il ne lui en est pas donné : car elle peut tout, et même amener le prix Nobel sur une fortune : mais ne peut pas réveiller un mort[3]. « Tout vendange enfin... vous la boirez sans pouvoir être qu'ivre du vin perdu[4] ». (Il lisait,

1. Comme l'indique une allusion dans le troisième paragraphe de cet extrait, Valéry lui a écrit le 16 janvier.

2. Le 22 janvier 1931, Valéry a reçu le maréchal Pétain à l'Académie française.

3. En effet, Edmée de La Rochefoucauld propose — en vain — le nom de Valéry au comité du prix Nobel.

4. C.P. cite son poème « Vale » qui contient une allusion au sonnet de Valéry « Le vin perdu ».

relisait, me disait : c'est ceci que je préfère... et il ne comprenait pas.)

Autre possible : il est mort et le sent, les injections de singe n'y font rien. Alors, il tend son désir vers cela de lui qui est sa part de vie permanente, vers ce lui, qu'il a sécrété, vers ce feu, qu'il a rayonné. Les manuscrits.. Ses plus belles lettres, ses plus rayonnants moments. Les manuscrits.. Sa part d'Être au monde.

Mais il faudrait n'avoir pas fait de physique pour croire (comme ceci) que ces manuscrits peuvent avoir aucune existence séparée. Ils étaient de l'être c'est vrai. Être ? mais être égale inaltérable. Que si vous, vous étés altéré, comment croyez-vous qu'ils puissent persister inaltérés ? Ils se sentent défaits de votre défécation. Ils n'ont aucun sens.

Il n'y a au monde d'existant aucunement que l'inaltérable. Vouloir préserver de l'altéré, c'est idiot. Préserver nie altéré. Pour que ces moments qui étaient arrachés à notre véritable ciel vous soient propriété *actuelle*, il faudrait que ce ciel ne soit pas dissous. Quand même je vous les rendrais, je ne vous rendrais que du vide. Ils sont au maximum d'entropie ; ils ne sont plus. Ils ne peuvent être pour personne. Personne n'y trouvera de la vie, les imprimeriez-vous sur feuilles d'or. Ils sont un maximum d'entropie. Ils sont devant n'être plus. Mais comme l'ombre prouve la lumière, comme pesanteur implique liberté, comme variance implique invariance, ils me prouvent l'existence d'un inaltérable ; d'un inaltéré.

5 Février [*1931*]

Toutes ces fièvres autour du Prince de ce monde — le soir où sa lettre est arrivée, ce 16 janvier-ci. Il ose — il osa — Et puis son sinistre discours à Pétain le 22[1]. Et un jour comme on me donnait *Le Figaro* sur mon lit, il y a un extrait d'une

1. Valéry a prononcé ce discours de réception à l'Académie française le 22 janvier 1931.

sorte de poème en prose de *La Nouvelle Revue Française,* de lui, à moi[1].

Ô, qui saura que c'est à moi ! et comment pourtant ne pas savoir, si le signe précis y est — c'est un poème sur le nom de Laure. Que de fois fus Laure, que de fois les *Sonnets* de Pétrarque. La pourriture de la littérature sous mes pieds. Mais n'y a-t-il pas de Laures à Laure que veux-tu ? Ô, j'en voudrais avoir le doute, seulement il a pris la peine de signer du petit signe connu : les feuilles mortes de La Graulet en automne.

C'est si particulier à La Graulet, cette cataracte de feuilles ; ces fleuves et ces étangs et ces étendues de feuilles d'or. Car alors c'était l'automne, — comme dans la ballade de Poe, et alors était La Graulet, la contrée étonnante

De vos tranquilles campagnes
La grandeur et la douceur
Là-bas furent mes compagnes,
L'une épouse et l'autre sœur.
Je voyais pleins de mystères
Sur mon front se refermant
Ces beaux arbres de vos terres
Qui grandissent en dormant[2]...

Où qu'on marche, on marche sur ces feuilles d'or. Elles sont alors toute la terre — et il disait toujours qu'il « ne pou-

1. Il s'agit de « Laure », poème en prose paru dans *La N.R.F.* du 1er janvier 1931, dans lequel Valéry évoque son premier séjour à La Graulet en automne 1920 : « Laure dès l'aube est avec moi dans une sphère unique au monde./J'appelle *Solitude* cette forme fermée où toutes choses sont vivantes. [...] / Pour que Laure paraisse, il faut que toutes choses soient ainsi, et que toutes les circonstances fassent que je sois idéalement seul. Laure exige et habite ce silence tout armé d'attentes où je deviens parfois ce que j'attends. Elle épie ce qui se murmure entre mon désir et mon démon. Son visage pâle est assez vague, mais non ses regards. Quelle puissance précise !... Où se posent mes yeux, ils y portent les siens. Que si je ferme enfin mes paupières, ces yeux renaissent et demandent. Leur pouvoir interrogateur me perce, et il arrive que je ne puisse en soutenir la profonde fixité./C'est alors que le parfum trop délicieux des anciennes robes de Laure, des mains et des cheveux de la véritable *Laure,* de la Laure qui fut de chair, se relève du néant ; il accable mes pensées, il se mêle ou se trouble de l'amère senteur des feuilles mortes que l'on brûle dans les derniers jours de l'automne, et je tombe de tout mon cœur dans une tristesse magique. » Texte repris dans « Mauvaises pensées et autres », *Œuvres,* II, p. 857.

2. Voir une autre version de ce poème de circonstance en annexe, p. 672.

vait plus respirer l'odeur des feuilles d'automne » sans revenir à cet octobre-là. Il disait aussi : « Tes yeux devant le feu » car, dans l'ancien pavillon revêtu de lierre et voilé d'arbres, nous faisions ces grands feux avec les bois morts et les feuilles mortes et j'étais assise devant et le regardais — probablement comme on regarde la mort qu'on a décidé de se donner.

« Ses regards... quelle puissance précise !...... le parfum trop délicieux des anciennes robes de Laure, des mains et des cheveux de la véritable Laure, de la Laure qui fut de chair se relève du néant ; il accable mes pensées, il se mêle ou se trouble de l'amère senteur des *feuilles mortes que l'on brûle dans les derniers jours de l'automne,* et je tombe de tout mon cœur dans une tristesse magique ».

Le 27 octobre de cet an-ci, il a écrit cette date avec beaucoup de points, une sorte de page ornementale, il a osé me l'envoyer[1]... Il m'avait demandé autrefois de lui donner un flacon contenant de mon parfum, mais je n'avais jamais voulu le faire. Comme c'est commode, pourtant, d'être littérateur ! La poste, il arrive qu'elle ne remette pas vos lettres, mais un poème imprimé que toute la presse reprend ?

***

Ô mon Dieu quand marcherai-je plus sur ceci ? Quand ne vivrai-je plus dans ceci ? Quel ange inaltérable, éblouissant, terrible, défendra qu'il lui soit permis, pour des masturbations mystiques, quand l'immonde est « idéalement seul », à l'immonde de jouir de moi ? Quel ange lui défendra, au sortir de ses actes, absent de ce qu'ils furent, de m'« aimer » ?

***

Mon Dieu je vous demande de nous séparer. Mon Dieu je demande entre l'Horreur et moi, votre miracle, — quelque chose de si présent, de si impossible à outrepasser, que

1. Ce message a sans doute été reçu le 27 septembre 1930 et non pas le 27 octobre. Voir *supra* le *Journal* de C.P. du 29 novembre 1930, p. 644, n. 2.

l'Horreur ne puisse même plus me penser, ou alors, s'il le peut, — qu'il Vous pense.

CATHERINE POZZI À MARIE DE RÉGNIER

[*5 février 1931*]

Cotte chérie,

C'est à moi sans fin à te demander de me pardonner de te faire porter un peu de ma peine, et tu le fais avec tant de générosité que tu ne cesses d'être dans ma vie la vivante d'un ciel.

Je ne refuse pas le pardon à l'Autre que tu veux que je lui donne[1], - mais Cotte ce que ce malheureux veut (car, comme il dit, je suis « son essentiel ») c'est reprendre la vie quotidienne mêlée âme à âme, ceci quand à peine Bousquet[2] quittée qui l'a mené à l'Académie il s'est donné à la duchesse de La Rochefoucauld — tu lis bien — laquelle le poursuivait depuis que j'ai écrit *Agnès* et que le héros lui en a semblé à sa hauteur.

Je n'ai pas eu le courage de t'avouer que c'était à cause d'elle que je l'avais quitté — le dégoût du partage avec le mariage était loin alors, mais a servi de prétexte. Car en 1927 il m'avait expliqué comme il savait le faire *qu'il fallait qu'il ait celle-ci,* — cette haute-ci, — pour obtenir ensuite par elle le prix Nobel. Je te dis l'affreuse vérité. J'ai assisté au siège de ce château — aucun ridicule épargné. Enfin j'ai eu un matin assez — j'ai fermé sans explication la porte — pour ne pas être là quand « cela » se passerait, qu'il annonçait... Et c'est

1. Marie de Régnier encourage C.P. à renouer avec Valéry, voyant dans leurs rapports un rappel de ses propres amours anciennes avec Pierre Louÿs. Le *Journal* de C.P. du 13 juillet 1928 explique ainsi cette sympathie pour Valéry : « [...] elle parle toujours de cet homme. Je sais pourquoi : il a été le plus cher ami de Pierre Louÿs, et Louÿs a fait connaître à Marie des jours assez semblables aux miens. [...] Mon âme lui joue son passé. » Voir aussi *supra* un fragment de la lettre de condoléances que C.P. adresse à Marie de Régnier lors de la mort de sa sœur Louise qui avait été mariée avec Pierre Louÿs. (*Journal* de C.P. du 14 décembre 1930, p. 646, n. 1.)

2. Marie-Louise Bousquet.

lui qui a donné alors aux peuples le prétexte de son mariage (à mon adieu) car il était plus moral et plus prudent.

Mais celle qui après m'avoir suivi tant mal que bien en sciences, tentait de me suivre en amour et prenait ma place, ce qui était enfin une façon de me dépasser, — elle restait étrangement en apparence mon amie ; et moi qui ne puis pas croire à la politique mondaine, m'imaginais donc que la liaison n'était pas encore faite entre eux. Il a fallu enfin le savoir, tant par tout ce que la haute dame me rapportait de la Personne qu'elle ne quittait plus, que par mille choses étranges (ainsi il lit mes lettres à elle) dont la plus étonnante est cet aveu fier et public d'elle dans la *Revue de Paris* de Novembre (1er ou 15 ?) en vers à rimes plates, où le protagoniste est trop reconnaissable[1]. Je ne parlerais pas de ceci si tu ne pensais évidemment que le plus simple est de revoir l'homme qui veut être revu.

Mais Cotte je ne suis pas une sainte ou pas comme la femme de Porto-Riche qui était de cette force[2]. Je ne peux pas ouvrir la porte de ma destinée pour une occupation en long et en large à l'homme qui viendra m'y raconter ceci. J'ai subi Bousquet et les dessins qu'il me faisait tous les jours de leurs ébats. Je suis malade d'être aimée ainsi. Je veux l'oubli. Paris a cette nouvelle sotte qui se croit destinée à l'Anthologie sous forme de Muse et ne sait même pas lire mon nom dans les descriptions des feux de feuilles sèches (de La Graulet) à Laure[3] — ni ne se doute de ces appels flat-

1. Le 15 novembre 1930, Edmée de La Rochefoucauld a publié sous le pseudonyme « Gilbert Mauge » dix-sept poèmes dans *La Revue de Paris.* Plusieurs passages en rimes plates évoquent des intérieurs cossus où l'amour s'allie à l'exercice de l'intellect. Il est, en effet, loisible de reconnaître, dissimulés sous le pronom sujet anonyme des « Deux pensées », Valéry et Mme de La Rochefoucauld elle-même :

> […] Parfois ils observaient la chambre vaguement,
> La girandole claire… Et, parallèlement
> Parcourus d'air brumeux, de cristaux et de prismes,
> Leurs esprits enchaînaient songes et syllogismes.
> Par les mêmes efforts, par les mêmes hasards
> Construite, la pensée éclairait leurs regards…
> En silence, chacun dans un étrange mode
> Inventait pour l'esprit quelque unique méthode.

2. Les conflits amoureux font la trame des pièces de Georges de Porto-Riche (1849-1930).

3. Voir *supra* p. 649, l'extrait du *Journal* du 5 février 1931.

teurs qu'on m'envoie. Cotte chérie je veux de tout mon cœur communier [*illisible*] Christ et mourir puisqu'il n'y a pas de loi morale qui protège contre l'attaque renouvelée du passé devenu cet affreux présent.

Adieu, merci pour tout.

[*Sans signature*]

MARIE DE RÉGNIER À CATHERINE POZZI

[*Bordure de deuil*]

[*7 février 1931*[1]]

Non, certes, ma Karin tu ne peux reprendre « la vie quotidienne ». Réduis en cendre ce que tu reçois mais ne t'en *laisse pas empoisonner l'existence.* Songe à Claude. Songe à ta mère. Ils sont tellement plus importants que tout le reste. Tout ce reste, ma Karin, et Bousquet et Duchesse, mais risen ! Mais c'est abject et ridicule. Abolis tous ces souvenirs — et puisque tu as pardonné d'un cœur généreux, offre-toi le surplus c'est-à-dire le *dédain* que ne saurait manquer de t'inspirer le sens du grotesque. Hors de tout cela il y a toi, ton esprit, ton intelligence, ton âme. Tout cela *est à ton fils.* Il faut les lui conserver le plus longtemps que tu peux. Tu désires te rapprocher du Christ me dis-tu. Oui — fais-le — et ce désir, cette ferveur t'aideront à vivre, à vaincre les vestiges d'un passé qu'il faut abolir. Tu le peux. Ta grippe finie, tu seras plus forte, te laisseras moins impressionner par les ennuis et correspondances. N'attache pas à toutes ces choses une importance que, vois-tu, elles n'ont pas. Si tu parviens à n'en plus souffrir, et tu y parviendras, combien tout cela te semblera vain.

Soigne-toi bien chérie, guéris — guéris pour Claude et ta maman et même aussi pour ta triste amie

Cotte

1. Lettre datée par C.P.

10 Février [*1931*] 3^h ½

Et tout de même ce n'est pas ce mannequin des Galeries Lafayette du ciel[1], qui me renvoie. Je n'ai plus de fièvre, je suis méchante aujourd'hui. Mais c'est sa lettre qu'il a osé m'adresser et que j'ai renvoyée sans lire, — (la fièvre commençait le lendemain,) et c'est la phrase du 22 aux morts de Verdun (« le héros est un simulateur ou un imbécile », pensait-il[2] et c'est plus que tout ce poème de *La N.R.F.* retrouvé au *Figaro*, retrouvé au *Mercure* — les feuilles mortes de La Graulet, — leitmotiv des lettres[3].

Dimanche 15 Février [*1931*]

Elle téléphone[4]. Ceci est digne d'être rapporté tant c'est étonnant — elle téléphone et « demande à me voir ». La femme de chambre répond que je suis malade. Elle se fâche (dit la femme de chambre) et insiste pour qu'on me rapporte sa demande. — Je fais répondre que j'ai 39° de fièvre (ce qui est aujourd'hui inexact.) « *Elle a l'air irritée* » dit la femme de chambre, elle raccroche, elle ne demande même pas de détails, ni nouvelles, ni ne dit un mot de sympathie ou de souci.

***

Elle voulait me voir, me sachant (me croyant) très mal. Ils sont inquiets des « manuscrits ». Mon Dieu ! Les lettres. C'est à cela qu'ils pensent. Elle m'infligeait l'émotion horrible d'une telle visite, avec une telle mission, me croyant mourante. Elle — Lui — quelle insensibilité — quel cynisme de

1. Paul Valéry.
2. Voir *supra* le *Journal* de C.P. du 30 janvier 1931, p. 647, n. 2.
3. Il s'agit de « Laure ».
4. Edmée de La Rochefoucauld.

pierre. Quelle insolence — quelle saleté. J'ai eu le coup au cœur, celui qui chaque fois fait plier mon corps. J'allais mieux, pourtant, la fièvre n'était presque plus sensible ce matin.

J'ai tout dit à Maman. Il le faut, car cette femme va venir peut-être. Il n'y avait que Marie de Régnier à qui réclamer ces lettres avant cette mort, mais elle est en deuil et on ne peut la voir[1]. J'ai tout dit à Maman — du moins, ce qu'elle ne savait pas, — qu'en 1927, il m'avait, après avoir obtenu par Bousquet l'Académie, annoncé qu'il fallait cette duchesse — enfin, pour le prix Nobel. Pour obtenir le prix Nobel. Cela pour ça. Celle-là, pour ça. Il m'a même écrit là-dessus une lettre à la manière de Bossuet, où il m'appelait « chrétiens » (et où il était Dieu) — une lettre si effrayante que je l'ai brûlée, j'ai eu tort, à l'instant.

[...]

Maman est revenue une heure plus tard. Son dégoût avait passé — ou bien elle trouvait ce moyen de l'annuler : « tu attaches à ceci trop d'importance » dit-elle. Je tombai au désespoir. Trop d'importance ! J'avais jeté au tiroir la lettre sentimentale de Septembre, qu'il osait faire parvenir à La Graulet[2] ; jeté en haussant les épaules. Des dates, des souvenirs, des points de suspension. Comme si une date restait suspendue, inaltérable, au-dessus du temps ! La date est suspendue à Vous. Ce que vous en avez fait d'imperceptible, vous ne savez pas ? La date vide de signification n'a pas changé une minute du bel automne. C'était en Septembre, j'ai haussé les épaules.

J'avais reçu moins facilement la vérité qu'il avait fallu savoir au commencement de l'hiver — à Vence. Mais enfin, j'avais surmonté le mal. Ce n'est qu'il y a un mois, quand est arrivée cette autre longue lettre[3], décachetée par erreur, par surprise, renvoyée dans l'instant — ce n'est qu'à la lecture de ce poème sur moi, qu'il osait publier, avec les mots d'une de ses lettres d'autrefois — Trop d'importance ! cette pour-

1. C.P. semble avoir provisoirement confié une partie de sa correspondance avec Valéry à Marie de Régnier.

2. Voir *supra* p. 641 la lettre de C.P. à René Schwob du 27 septembre 1930.

3. Celle du 16 janvier 1931 à laquelle C.P. fait allusion dans son *Journal* du 30 janvier. Voir *supra* p. 647.

suite affreuse. Et ce matin, sa maîtresse, qui veut me voir quoique je ne puisse recevoir, pour extraire de moi quels souvenirs manuscrits qui vous gênent ? Cet acte-là, Edmée, comme certaines robes : je ne l'aurais pas mis.

31 Janvier [*1932*]

Je ne désire pas que qui que ce soit sache que je travaille, à cause des 2 initiales écrits en haut de cette page [P.V.] et qui n'ont pas cessé de voltiger sur ma tragique vie, par lettres (renvoyées) passages sous fenêtre (qu'on ferme) et messages de dames en service, — intérêt flatteur et affreux dont l'autre figure est la haine.

Le 12 [*mars 1932*] 2ʰ du matin.

Il faut aussi que je copie mes poèmes[1]. Faire codicille à testament en priant Maritain d'assister à la destruction des lettres, afin qu'On ne m'accuse pas (ils n'y manqueraient pas) d'avoir détruit des manuscrits.

3 avril [*1932*]

À 11 heures, lettre de Paul Valéry. Je l'envoie à Claude qui la lit puis, sans la toucher le moins du monde, l'ayant enveloppée d'un bout de journal comme un étron, je la vais porter aux cabinets. Elle file dans les cabinets, et une eau la recouvre, une eau pareille à son contenu. Des paroles de sympathie[2] (Claude a dit qu'il n'y avait que quelques lignes) et l'assurance (il semble) qu'il n'écrirait plus — non, pas cela, quelque chose comme — ah, et puis, je n'ai pas lu. Les dernières paroles ; la lettre qui suit la lettre de Janvier

1. C.P. a déjà composé la plupart des poèmes qu'elle tient à préserver et dont la publication posthume dans *Mesures* en 1935 assurera sa renommée. Elle en écrira le sixième et dernier, « Nyx », en novembre 1934, peu avant de mourir.
2. La mère de C.P. est morte à Paris le 14 mars.

1931[1], qui me donna huit mois de fièvre, au-dessus desquels était le visage plein d'angoisse de Maman.

CLAUDE BOURDET À PAUL VALÉRY

[*3 avril 1932*]

[*Brouillon*[2]]

Monsieur,

Depuis un an environ c'était ma grand'mère qui ouvrait ce que la poste apportait à Maman. C'est moi qui le fais et qui ai, parmi les témoignages que l'inimitié n'a pu détourner d'elle, trouvé votre lettre. Je ne la lui ai pas lue mais je lui en ai fait part. Elle m'a répondu : « Si Mr Valéry n'avait pas existé je n'aurais jamais connu l'étendue de l'amour de Maman. » Je vous transmets cette parole que vous prendrez si vous la jugez telle pour un remerciement.

Ma mère a pourtant prononcé quelques mots plus directs : « Je lui souhaite la paix. » Elle a ajouté : « qu'il me laisse la paix humaine. » Vous ferez ainsi Monsieur, de ma part, ce n'est plus une prière.

Croyez à ma profonde considération.

Claude Bourdet.

CATHERINE POZZI, *JOURNAL*

4 avril [*19*] 32

Claude a répondu

Monsieur, c'est moi qui ouvre le courrier de Maman, que ma grand-mère recevait depuis quelque temps. (Je ne me

1. Valéry a écrit le 16 janvier 1931. Voir *supra* p. 647 le *Journal* de C.P. du 30 janvier 1931.
2. Écrit de la main de C.P.

souviens déjà plus de ses mots. Je lui avais dicté une phrase :) Parmi les témoignages de sympathie que l'inimitié n'a pas détourné d'elle, j'ai trouvé votre lettre, que je ne lui ai pas lue mais dont je lui ai fait part. Elle m'a répondu « Si Mr Valéry n'avait pas existé, je n'aurais jamais connu l'étendue de l'amour de Maman. » — Et Claude qui n'aime pas qu'on lui dicte, finit à sa façon. Il prie le non-plus-homme de ne plus paraître dans ma vie. « De ma part, dit-il, ce n'est plus une prière ».....

— Le lendemain (aujourd'hui 4) je trouve cette fin cinglante si dure que je descends reprendre la lettre. Elle était partie.

[...]

L'homme aura la lettre demain matin. Il a été à Montpellier[1], qui sait ce que Montpellier lui a dit ? Là notre passé fut un seul, *bien avant nous.* Et là il reçoit cette lettre terrible de mon fils. Là, assise dans un jardin, j'avais dit un soir : « ô lune, comme je l'aime ! »

« Cette fidélité, cette confiance brûlante, a vécu sur ce mensonge 7 ans. » Et cela, c'était ma dernière lettre[2]. Je n'ai pas dit une parole depuis, — je suis de ceux qui mouraient d'une idée. De cette lettre à la lettre de Claude, l'homme n'a trouvé que le passé fermé.

[...]

Minuit. Je viens de relire le cahier 1931 il y a un an, quand, après la lettre de Mr Valéry je suis tombée très malade — et quand l'ersatz, je veux dire frigidaire, enfin la Dame-dont-l'embrassement-procure-le-prix-Nobel, a tenté de pénétrer jusqu'à mon « lit de mort »......... Maman était là, le jour où j'ai tant pleuré, où Maman disait « je comprends qu'on tire un coup de revolver ».... Oui, Maman, ce ciel embaumé, Maman comprenait le revolver, parce qu'elle voyait qu'on me tuait. — Maman a désiré la mort de ces gens. — J'ai cette minute à lui faire pardonner.

Maman, il y a un an. « Je dois avoir une maladie métaphysique » disais-je au docteur dérouté. Le soir où le thermomè-

1. Chez son frère Jules.
2. Voir *supra* p. 625 cette lettre du 24 janvier 1928.

tre allait vers 40, et où Maman au téléphone pleurait... Tous ces soirs. Tous ces jours de maintenant sont des anniversaires de tous ces soirs. Ô mon ange parti, emporte-moi ! que ferai-je sans toi ! Tire-moi de là. Ô supplie Dieu, mon rayon choisi, mon heure de grâce, mon parfum chéri ! Obtiens mon départ.

Je pleure je pleure je pleure.

6 mai [*1932*]

Hier, arrivée d'une grande enveloppe contenant un opuscule sur la famille de M. Paul Valéry[1]. C'était timbré de « Jules Valéry, doyen etc. » Quelle persistance ! Jules Valéry sait que [je] ne vois plus l'Autre. Ce n'est pas de soi-même qu'il a envoyé cela. L'Autre veut avoir le dernier mot. Quel mot ! Une vantardise de chromosomes... Oui, mais vous avez oublié ceux de votre père, le douanier[2]. Seriez-vous parthénogénétique ? J'ai foutu cela sous une pile de revues, entre la bibliothèque et le mur. Qu'on l'y découvre quand le ver irréfutable aura mangé le Monsieur. « Ne plus paraître dans sa vie sous quelque forme que ce soit » lui écrivit Claude.

Noël 1932

Nietzsche a eu la pire influence littéraire sur moi. Soushomme, au contraire, la meilleure. Je lui dois de reconnaître cela. Les cahiers de l'âme-de-bonne-volonté, épluchant des rébus de physique ou des devoirs de grec tandis que l'Adorateur interjette exclamations bien parisiennes, sont rigolos[3]. Quelle affaire de librairie ! — Hélas.

1. *L'Aïeul de Paul Valéry : Giulio Grassi (1793-1874) précurseur de l'unité italienne* (Ernest Leroux, 1932).

2. Barthélemy Valéry, vérificateur des Douanes à Sète.

3. C.P. consignait des notes de lecture, des brouillons de ses œuvres littéraires et des résumés de ses conversations avec Valéry dans les cahiers qui forment son *Journal*. Valéry y ajoutait parfois des commentaires.

3 Août [*19*]33 soir

Pauvre Valéry ! Je vous ai écrit une petite lettre, ce printemps, une petite lettre au crayon (où est-elle ?) pour vous appeler au secours contre un terrestre amour. Mais je ne vous l'ai pas envoyée, et vous allez à bien autre chose.

Broderie de destin. Amour corps âme chair, le triste danger qui m'a approché, — la conclusion du *Veni Creator*[1]. *Peau d'âme* et la théologie de l'Esprit.

6 Août [*1933*] 7^h soir

Qui sache le français actuellement, il y a Bonnard, — Valéry, Jean-Louis[2], Giraudoux, Colette, ah, ils ne sont pas nombreux. Enlevons Giraudoux : il compose des sortilèges exquis mais il ne sait pas pourquoi. Et comme disait Valéry « c'est (quand il écrit) un général qui perd tous ses soldats en reconnaissances de détail ».

Valéry savait ce qu'il fallait faire. Il ne lui manquait que l'être, hélas. Ses lecteurs suivent un cadavre délicieux. Et si tu savais comme ils sont nombreux ! Et si tu savais que Valéry, c'est « de la puissance », tellement plus que de la pensée ! J'ai lu, des années, ces lettres par tombereaux qu'il reçoit ; toutes les larves, — toutes les phalènes du pouvoir. Pas un vivant. Ô Claude ! En avalant des crachats pour grandir, on ne ———

1. L'hymne *Veni Creator* conclut :

> Gloire à Dieu notre Père dans les cieux,
> Gloire au Fils qui monte des Enfers ;
> Gloire à l'Esprit de Force et de Sagesse,
> Dans tous les siècles des siècles. Amen.

2. Jean-Louis Vaudoyer.

PAUL VALÉRY, *CAHIERS* [1]

5 décembre 1934

Arrivée à 9^h — à 10^h Martine[2] me téléphone *thanaton* κάριν[3]. J'avais parlé de CK hier avec la Sorcière[4], au soleil — *Non so cosa sentire. E molto di tutto — Mi rammento che il primo scomparso doveva significarsi all'altro*[5]. —

PAUL VALÉRY À RENÉE VAUTIER

[*En-tête :*]
La Petite Campagne[6]
Tél : 425 Grasse

Mardi [*9 avril 1935*]

Ma petite Renée[7],

[...]

Vous vous souvenez que je vous ai parlé quelquefois de cette étrange passion dont j'ai tant souffert il y a quelques années. La tragédie de mon histoire intime. Or j'ai reçu hier une lettre d'inconnu[8], l'exécuteur testamentaire, dit-il, de la personne qui est morte il y a trois mois. Il m'avise qu'il a procédé à la « destruction par le feu » de toute la correspondance échangée entre elle et moi.

Cet avis sec et définitif m'a serré le cœur brusquement. Cependant, je redoutais l'existence de cette énorme masse

1. XVII, p. 694.
2. Martine de Béhague.
3. La mort de Karin. C.P. s'est éteinte à Paris le 3 décembre 1934.
4. Jeanne Mühlfeld, remariée, devenue Mme Pierre Blanchenay.
5. Je ne sais que sentir. Et beaucoup de tout. Je me souviens que le premier à partir devait faire signe à l'autre.
6. Propriété des amis de Valéry, Jeanne et Pierre Blanchenay, près de Grasse.
7. Valéry est tombé amoureux de Renée Vautier (1898-1991) au cours de séances de pose pour un buste sculpté par elle en 1931.
8. Sans doute le notaire Pierre Joubert.

de papier. Toute une vie intime, et le drame de ces échanges. Les gens achètent, vendent, publient cela !

J'imagine que c'était là, certainement, *ce que j'ai pu écrire de plus... remarquable*, car pour répondre à cet amour — et puis pour le ressusciter — il n'est pas de débauche d'idées, d'inventions, que je n'aie faite, dépensée, généralement à cette heure-ci même où je vous écris, à la pointe du jour — pendant des années ! J'aime mieux tout ceci brûlé. Elle était si sensible aux idées, à la naissance des pensées et de la compréhension ! Il y avait la passion de l'intelligence en elle à un point extrême, et notre ardeur de *tendresse mêlée d'esprit* nous faisait une liaison vraiment rare. Acharnée dans la haine !

J'aime mieux tout ceci en fumée, et pourtant. Enfin, ce fut un coup dur que cette lettre.

[...]

[*Enveloppe* :]
Madame Renée Vautier
5 rue Jacques Dulud
Neuilly sur Seine
Seine

[*C.p.*] GRASSE/ALPES MARITIMES/10-4-35

ANNEXES

ORPHÉE

La Bibliothèque Nationale conserve (Naf. 19011 f.104-111) un projet théâtral de Paul Valéry sur Orphée, Eurydice et leur descente aux Enfers. Cette pièce aurait porté à la scène l'échec de la tentative de Valéry et de Catherine Pozzi pour réinventer l'amour grâce à leur identification réciproque. Leurs échanges intimes — charnels, intellectuels, spirituels — se répercutant et résonnant dans chacun des partenaires, auraient rehaussé leur passion à un niveau jamais atteint. Nous donnons ici les extraits les plus aboutis de cette ébauche.

Orphée

— L'homme ne sait ni de quoi il est fait, ni à quelle fin, et il se sent soi-même devant toutes choses, extérieur et comme disposant d'une sorte de liberté indéterminée tant en ce qui concerne son acte qu'en ce qui concerne son opinion. Il ne sait quel rôle il doit jouer, et il croit pouvoir en jouer plusieurs, ayant cru d'abord qu'il avait quelque rôle. Il n'est donc pas étonnant qu'il se jette sur toute chose qui semble lui révéler une fonction absolue de son être, *en tant que libre*, et ce qui lui paraît le déterminer, avoir besoin de cet esprit plus vaste que les nécessités de sa vie ne le demandent, le conquiert aisément. C'est ainsi que l'amour, par l'attention qu'il peut développer, la consommation de forces, les excitations qu'il renouvelle et les résonnances qu'il occasionne — lui a été si précieux.

[...]

II. Entrée d'Eurydice. Les plaisirs d'Orphée et d'Eurydice.

Les signes d'un organisme à l'autre — les tâtonnements. La correspondance des corps. Compréhension, Pressentiment, Résonnance (dont l'effet se reprendra et se développera en psychologicis[1] *après Eurydice en Enfer.) (Duo peut-être des êtres séparés, vus simultanément sur une scène à deux parties, enfers et terre).*

Il assemble par ses chants un temple aux div [inités] infernales. Faut-il introduire une divinité femelle jalouse ? Perséphone ? — Faut-il essayer un symbolisme, c. à d. une multiplicité de sens ? Sommeil. Éveil.

[...]

Fragment d'Orphée. La séparation.

I. Et maintenant, chère tête, il faut que je vous quitte et me rende semblable à votre âme, car l'âme ne se reconnaît elle-même qu'à son pur éloignement de toutes choses. Je vais rejoindre mon absence, et me réjouir de votre image, avec un amer bonheur privé de joies, mais orné, au lieu de délices, orné chaque jour de pensées. Ne croyez pas qu'un long séjour dans les bras et parmi les jardins de la douce nuit soit accordé à celui qui s'inquiète des dieux. Les dieux ne lui donnent rien qu'il ne doive scrupuleusement leur remettre. Une caresse qu'il peut cueillir, un fruit qu'ils lui laissent détacher de leur empire, sont choses profondément à eux-mêmes destinées. Ils nous prêtent quelque peu de leur puissance, ils nous peignent quelque peu leurs jouissances, ils nous amusent de quelqu'un de leurs éclairs mais il faut leur restituer ces présents. Nous les leur rendons tout parés de nos larmes. ~~Comme ils ignorent les déchirements, et les désastres, nous pouvons donc les enrichir en quelque manière, eux dont les fêtes et les banquets qui ne commencent ni ne finissent, brillent dans l'éternel ennui de l'Éther...~~

II. Perséphone

Séparez-vous, corps curieux. À présent que vous vous êtes fait tant de bien, il ne vous reste plus qu'à vous efforcer de ne plus vous causer que le moindre mal. Ô mes deux corps, séparez-vous, et que chacun gardant les images superficielles, le parfum des parfums dans les yeux fermés et la tendre consistance de l'autre à la limite de ses doigts, regagne son gris Argos avec des dépouilles vaines et des trésors lointainement ravis. L'un sous la voile, l'autre à la rame, ils s'écartent, après toute une piraterie de délices s'étant l'un l'autre pillés sous leurs astres réunis. Chacun se voit sur la mer aux deux routes blanchissantes s'éloigner de soi-même, se perdre dans les événements de l'écume éternelle. Chaque navire est une source bouillonnante qui s'éloigne. L'absence changera ces plaisirs en beauté. La distance entre vous sera vaincue par la vibration du lien qu'elle va tendre entre les âmes. Il ne va pas se rompre, mais résonner.

1. Latinisme : considérations ou éléments psychologiques.

Orphée. (Séparation)

— Il me semble que je ne t'ai rien dit encore. Tout ce que nous vécûmes, et tout ce que nous avons éprouvé, tout cela si haut, si profond, si — etc. et tout cela même qui aurait pu se produire entre nous, (si toutefois c'est concevable), de plus universel et le plus intime encore, je n'y vois qu'une toute première, une faible et simple préparation de je ne sais quel ineffable commerce. Je vois, je vois une sorte de composition de nous-mêmes, une résonnance de dualité, un retentissement de sensation dans l'esprit et dans le double de l'esprit — une nouvelle ἐντελέχεια[1].

Ce qui est plus fort que nous. Ce qui est noué en nous

Duo d'Orphée. Proximité. Résonnance — jusqu'à répétition identique des quatrains.

L'amour, ici, est considéré comme le sentiment de Soi, qui mené vers un point extrême n'y peut jamais parvenir mais se transforme par une modulation ineffable de délicatesse, en nuage, puis en monstre qui est *Sens* et tout tombe enfin dans un précipice où gît une dernière douceur. L'amour se change au cours de lui-même. Le groupe des corps tombe à l'abîme où il s'endort.

Idée nette des scènes — échange ou lutte, conflit (confrontation d'unités absolues)

[...]

Eurydice était dans les bras d'Orphée, comme s'il eût par son art emprisonné la vie et le sentiment, capté la faculté de se souvenir et de prévoir, dans un objet très familier, analogue à un instrument de musique. Il ne cessait de baiser cette longue et étrange Lyre dont il ployait les branches à son gré. Il en tirait des pensées et des sensations qui leur étaient communes. — Il épousait ce corps de toute son âme, c. à d. de la volonté de tout son corps, et elle lui rendait la sienne de tout le sien. Ces deux corps, ces deux volontés, ces deux âmes, ces deux mondes, ces deux puissances opposées, créaient de leur contraste unanime et de leur différence indivisible, de nouveaux états et des connaissances ineffables. Chacun n'était que soi, sans doute ; mais au moyen de l'autre, il était tout entier. Chacun avait deux corps dont l'un agissait, l'autre subissait le bonheur de l'autre. (donc l'un n'avait pour fonction que de faire le bonheur de l'autre.) —

1. Activité, énergie agissante et efficace.

Quand ils s'étaient séparés pour un temps et qu'ils se retrouvaient, ils se prenaient les mains. Ces mains se prenaient les unes les autres comme les commencements des corps. Elles se nouaient et se fondaient elles se quittaient pour saisir l'une le col, l'autre la ceinture de l'être qu'elles venaient de capturer. Les yeux cessaient de voir à cause de la proximité des visages ; les lèvres se prenaient et les mains reconnaissaient la statue qu'elles ne finissaient jamais de modeler. Elles faisaient tomber les voiles et les légères résistances. Elles éveillaient les parties les plus délicates. Alors il fallait toucher. Glucun θesauron. Très doux trésor[1], et tout leur était permis quant à l'adoration, à la caresse, à l'adaptation, à la gustation de leur chair.

Orphée — I Je ne puis pas me défaire de ces nœuds si délicats et si serrés que les membres d'Eurydice ont formé cette nuit autour de mon corps. Je suis comme un homme ayant échappé à un grand danger et qui porte toujours avec lui le moment dans lequel il a cru d'être perdu. Cet instant *qui a été, un instant, le dernier*, en demeure plus fort que les autres. Il est plus présent que le soleil, que le repas, que les affaires, et que tout le reste du temps suivant. J'ai une bouche invisible sur ma bouche, j'ai une poitrine exactement contre la mienne. Il y a sur mes épaules, autour de mes reins, le long de la tige de mon dos, des forces imprimées.— Je ne sais plus vivre hors de l'étreinte du mince monstre.

II. C'est un corps à double tête qui peut parler avec soi-même. Elles se disent ce qui se fait en lui.

III. J'en appelle aux sages les plus subtiles, à ceux qui ont pesé le pour et le contre, mais quant à moi, je ne sais que penser de ceci : Si l'esprit d'Orphée est plus distant de son corps que cet esprit l'est de l'esprit d'Eurydice ? Et ainsi de suite, car il y a quatre choses en présence et six relations possibles ; six questions pour les sages.

IV. Chacun est comme quelqu'un qui tâterait son souverain bien à trouver un voile. On le touche et on le possède ; on en cherche tous les points, mais cependant il est enfermé. Il y a donc une joie, mais une fureur ; une certitude, mais un obstacle. Mais béni soit l'obstacle ! À force de s'y rompre monte jusqu'aux cieux l'extrême assaut de la volupté !

V. Pensez-y, ô penseur. — Demande-toi quelle place doit tenir dans ta considération des choses, dans ta passion de concevoir et dans l'ordre que tu cherches, ce délice ?

1. Traduction de l'expression précédente tirée de l'*Antigone* de Sophocle (v. 29).

VI. Si Eurydice peut tenir lieu de toutes choses, un être peser l'univers, la partie chasser le Tout, elle a donc quelque chose d'autre et de plus.

Monologue d'Orphée après la perte première d'Eurydice — et celui après la seconde et définitive.

Il appelle son art — son monde fictif

—

L'acte de l'amour. Écrasement de l'être contre l'ultime sensatıon — Tout ordonné à ce point — de néant.

POÈMES DE CIRCONSTANCE

Nous reproduisons ici quelques-uns des poèmes de circonstance les plus achevés de Paul Valéry concernant Catherine Pozzi conservés à la Bibliothèque Nationale de France.

Percez le mur et la mélancolie
Trouvez mes yeux, votre point le plus cher
Touchez au prix de la France abolie

Un clair jardin qui regarde la mer !
Là l'autre Rose à la rose se lie
Là, vit le cœur qui m'est le plus amer !

Reine de moi, des cieux et de la vigne
Voici mes yeux, la maîtresse du sol :
Son doigt fait voir la place qu'elle assigne

À quelque fleur qu'elle montre du col.
Mais de sa terre elle me trouve indigne,
Il faut mes yeux reprendre votre vol.

(Naf. 19010, f. 49)

Silence

Il ne reste de nous, ce soir, qu'un grand silence.
Vers l'ombre, on voit pencher l'implacable balance ;
Bientôt, de ce beau jour que j'ai tant attendu,
Dans le creux de nos mains l'or tiède aura fondu.
La puissance du soir à la fin s'est montrée :
Un grand silence touche à plus d'une contrée ! —

Le temps qui disparut n'est plus si loin de nous,
Ni la mort, qui s'éveille, et baisant nos genoux,
Se fait plus familière avec cette âme sombre.
[Nos plus doux souvenirs mordent nos cœurs dans l'ombre,]
Où nos faveurs se font d'implacables refus !
Ô quel soupir arrache à celui que je fus
La rose qu'il respire au milieu des ténèbres !
Des jours sublimes les présences funèbres
[...]

(f. 62)

Sur le bord des cieux
(Béatrice) est triste
Sur le bord des cieux
Pleurez mes chers yeux.

Adieu tous les dieux !
Quels sont les plus tristes,
Les miens ou tes yeux
Les bruns ou les bleus ?

Sur le bord des cieux
Des cieux améthyste
Le plus doux des dieux
Me ferme les yeux.

(Naf. 19011, f. 49)

De vos oisives campagnes
La grandeur et la douceur
Là-bas furent mes compagnes
L'une épouse, et l'autre sœur.

Ô langueur, or immobile
Le temps simple s'immolait
Le jour pur mourait tranquille
Sur les toits de la Graulet.

Je voyais, noirs de mystères
Sur mon front se refermant
Ces beaux arbres de vos terres
Qui grandissent en dormant.

Juillet [19]22

(Naf. 19015, f. 63)

Te voici donc, grand Oiseau compliqué,
Qui de lapin si souvent fait figure !
Mais quand veux-tu que l'on ré inaugure
Cette maison qui n'est au coin du quai

Me voici bien ! Pauvre serpent piqué
Par la fuyarde et frêle créature !
Tout mon destin n'est que littérature
Et par un songe, un songe forniqué !

Amants heureux qui cultivez sans ombres
De vos jardins, les recoins les plus sombres
Et qui loisir et charmilles avez,

Entre deux dons et deux festins de fraise,
N'oubliez point les pauvres gens privés
De solitude, et double

(f. 67)

J'ai vu couvert de larmes
Ce visage de fer,
Et se rompre les armes
D'un œil qui fut si clair.

J'ai vu l'orgueil se tordre,
Et soi-même se mordre
D'un pitoyable Esprit !
Mais il semblait encore
Se murmurer « j'adore
Celle qui me surprit.

Hier, dans mon silence,
J'étais dur, j'étais pur,
Et fruit qui se balance
Ignorant d'être mûr ».

Mais enfin cette pomme
Se fit, je ne sais comme,
Cueillir de votre main
Vos dents s'y sont marquées
Et vos lèvres arquées
Boivent le sang humain !

Mange, cruelle, mange !
Je m'aime mieux mangé

Que chû dans cette fange
Au pied de l'oranger !

À d'autres, l'immondice !
Mais mangé d'Eurydice
C'est n'avoir point d'égal,

Un Orphée authentique
À cette chair antique
Soit l'antique régal !

(f. 68)

[*Copié par C.P. sur du papier à en-tête de l'hôtel Plaza Athénée.*]

REPÈRES CHRONOLOGIQUES

1871 Naissance de P.V. à Sète. Son père, Barthélemy Valéry, est d'origine corse, vérificateur principal des douanes ; sa mère, née Fanny Grassi, est fille du consul d'Italie.

1882 Naissance de C.P. à Paris, 10, place Vendôme le 13 juillet. Son père, Samuel Pozzi, fils de pasteur, est un chirurgien et un gynécologue éminent, collectionneur et homme du monde ; sa mère, née Thérèse Loth-Cazalis, une héritière lyonnaise de souche catholique. Le ménage ne s'entend pas.

1884 Mai : naissance de Jean Pozzi, frère de C.P., futur diplomate. Septembre : P.V. rejoint son frère aîné, Jules, à Montpellier où, en octobre, il entre en 3e au lycée. Leurs parents s'installent dans cette ville le mois suivant.

1887 Mars : mort de Barthélemy Valéry à l'âge de soixante-deux ans. Son fils aîné, Jules, est nommé subrogé tuteur de P.V.

1888 P.V. reçu à la deuxième partie du baccalauréat et commence des études de droit.

1890 Mai : P.V. rencontre Pierre Louÿs grâce à qui il fera la connaissance d'André Gide en décembre. Octobre : début de sa correspondance avec Mallarmé.

1891 P.V. publie « Narcisse parle » et plusieurs autres poèmes dans *La Conque*, revue fondée par Pierre Louÿs ; d'autres poèmes ainsi que « Paradoxe sur l'architecte », paraissent dans *L'Ermitage*. Il est reçu par Mallarmé et par Huysmans.

1892 Octobre : crise affective à Gênes provoquée par son obsédante passion pour Mme de Rovira, jeune veuve à qui il n'a jamais adressé la parole. Par la suite, P.V. prend la décision de renoncer à l'amour et à la poésie.

1893 C.P. commence à tenir un journal intime.

1894 P.V. s'installe dans une petite chambre rue Gay-Lussac à Paris, commence à écrire ses *Cahiers*, fait un voyage à Londres.

1895 C.P. tombe sous l'influence de Marie Jaëll, professeur de piano qui poursuit des recherches scientifiques sur le toucher musical. P.V. écrit *Introduction à la méthode de Léonard de Vinci.*

1896 Ayant quitté un cours privé pour demoiselles, C.P. continue ses études avec un précepteur qui se rend à domicile. Mars : P.V. travaille à Londres comme traducteur pour les services de presse de la Chartered Company. Juin : naissance du frère cadet de C.P., Jacques Pozzi. Octobre : P.V. publie « La soirée avec Monsieur Teste » dans *Le Centaure.*

1897 Avril : P.V. devient rédacteur au ministère de la Guerre.

1898 Samuel Pozzi élu sénateur (Dordogne). Septembre : P.V. bouleversé par la mort de Mallarmé.

1900 La famille Pozzi s'installe au 47, avenue d'Iéna. Sur les conseils de Degas et de Mallarmé avant sa mort, P.V. épouse Jeannie Gobillard, nièce de Berthe Morisot, et quitte son poste au ministère de la Guerre pour devenir secrétaire particulier d'Édouard Lebey, administrateur de l'agence Havas.

1903 C.P. s'éprend d'Audrey Deacon, jeune Américaine rencontrée au cours de vacances en Engadine. Naissance de Claude Valéry, fils aîné de P.V.

1904 Mort d'Audrey Deacon à Florence.

1906 Naissance d'Agathe Valéry, fille de P.V.

1907 C.P. reprend ses études dans un collège de femmes, Saint Hugh's Hall, à l'université d'Oxford pendant le trimestre de printemps.

1909 C.P. épouse Édouard Bourdet, fin janvier. Leur fils, Claude Bourdet, naît en octobre.

1910 Succès du *Rubicon*, première pièce d'Édouard Bourdet, écrite pendant son voyage de noces.

1912 C.P. atteinte de la tuberculose. Gide demande à P.V. de réunir ses écrits pour les présenter à Gallimard.

1913 C.P. reprend son journal, délaissé depuis 1906.

1914 Mars : première publication de C.P. dans les *Cahiers alsaciens* : « Le problème de la beauté musicale et la science du mouvement intelligent. L'œuvre de Marie Jaëll ».

1915 Au cours de l'été, C.P. commence la rédaction d'un essai poético-philosophique, *De Libertate.* Resté inachevé, il paraîtra en 1935, après sa mort, sous le titre *Peau d'âme.*

1916 André Fernet, jeune écrivain et aviateur volontaire dont C.P. est amoureuse, est tué dans un duel aérien en Lorraine.

1917 P.V. publie *La Jeune Parque* chez Gallimard, commence à fréquenter des salons parisiens.

1918 Samuel Pozzi est assassiné dans son cabinet de consultation par un déséquilibré. Ayant décidé de se séparer d'Édouard Bourdet, C.P. se fiance (officieusement) avec Gaston Morin, professeur à la faculté de droit de Montpellier.

1920 « Le cimetière marin » paraît dans *La N.R.F.* le 1er juin. C.P. et P.V. se rencontrent le 17 juin dans un dîner parisien et s'éprennent l'un de l'autre. En automne, P.V. passe un mois à La Graulet, propriété de la famille Pozzi en Dordogne. Décembre : P.V. publie *Album de vers anciens* chez Adrienne Monnier à Paris.

1921 C.P. divorce d'avec Édouard Bourdet. P.V. publie *Eupalinos* et l'*Âme et la Danse.*

1922 C.P. achète une villa à Vence, La Collinette, prise en location en novembre 1921. La mort d'Édouard Lebey en février oblige P.V. à tenter de vivre de sa plume. Juin : publication de *Charmes.*

1923 Mai : P.V. fait trois conférences au théâtre du Vieux-Colombier. Juin : il reçoit le prix des Peintres. Août : il est nommé chevalier de la Légion d'honneur.

1924 En juin, début de la correspondance de C.P. avec Rainer Maria Rilke qui envoie à P.V. sa traduction de seize poèmes de *Charmes.* La princesse de Bassiano engage P.V. comme codirecteur de sa revue, *Commerce,* avec Léon-Paul Fargue et Valery Larbaud.

1925 En novembre, à peine remise d'une longue septicémie, C.P. révèle sa liaison à la femme de P.V. Le 19 novembre, P.V. est élu au fauteuil d'Anatole France à l'Académie française.

1926 Mai : C.P. écrit « Vale », le premier de ses grands poèmes « canoniques », dans le train qui l'amène de Vence à Paris. P.V. publie *Rhumbs* chez *Le Divan* en mars, *Narcisse* chez Stols en avril.

1927 *Agnès,* nouvelle autobiographique, paraît le 1er février dans *La N.R.F.* sous les initiales C.K. (Catherine-Karin). Le 18 mai, Fanny Valéry, mère de P.V., meurt à Montpellier. En juin, P.V. prononce son discours de réception à l'Académie française.

Octobre : C.P. est reçue à la deuxième partie du baccalauréat à Strasbourg et s'inscrit aussitôt à la faculté des sciences de Paris et à l'Institut Pasteur.

1928 Rupture de C.P. avec P.V. le 24 janvier. En octobre, C.P. publie dans *La N.R.F.* un article sur *Vacances* de Julien Lanoë.

1929 C.P. collabore au *Figaro* où, entre septembre 1929 et février 1930, elle envoie quatre articles de vulgarisation scientifique. À la demande de Jean Paulhan, elle traduit de l'allemand plusieurs poèmes de Stefan George mais refuse de les publier. « Ave », le seul de ses poèmes publié de son vivant, paraît dans *La N.R.F.* le 1er décembre.

1930 Edmée de La Rochefoucauld propose le nom de P.V. au comité du prix Nobel (ce prix ne lui sera pas décerné). En avril, C.P. écrit « Nova » et en juin publie dans *Le Figaro* « Nous vus de l'Est », compte-rendu d'un livre sur la civilisation française de Ernst Robert Curtius avec qui elle a noué une amitié amoureuse.

1931 Janvier : P.V. reçoit le maréchal Pétain à l'Académie française. En juin, *Amphion*, « mélodrame » de P.V., est représenté à l'Opéra pendant que l'auteur est en Angleterre pour recevoir un doctorat *honoris causa* d'Oxford. P.V. s'éprend de Renée Vautier au cours des séances de pose où elle sculpte son buste. Septembre : C.P. écrit « Scopolamine ».

1932 Mort de Thérèse Pozzi en mars. C.P. entre en conflit avec son frère Jean à propos de l'héritage. Nommée tutrice de son frère Jacques, interné à cause de ses crises de violence, elle s'installe dans l'immeuble construit par ses parents au 47, avenue d'Iéna. Novembre : C.P. oblige Jean Paulhan à retirer « Nova » et « Scopolamine » de *La N.R.F.* où il s'apprête à les publier sans son autorisation.

1933 Juillet : P.V. est nommé administrateur du Centre méditerranéen à Nice. Novembre : C.P. achève « Maya ».

1934 Novembre : C.P. écrit « Nyx » peu avant sa mort le 3 décembre, chez elle, à Paris. Elle a cinquante-deux ans.

1935 Mars : Destruction partielle par le feu de la correspondance de C.P. et de P.V. devant huissier. Juillet : Publication de six poèmes de C.P. dans *Mesures*. Novembre : Édition de *Peau d'âme* chez Corrêa.

1936 Avril : Publication dans *Mesures* de trois poèmes de Stefan George traduits par C.P.

1937 Décembre : P.V. prononce la leçon inaugurale de son cours de Poétique au Collège de France. Il tombe amoureux de Jeanne Loviton, en littérature « Jean Voilier ».

1945 Mai : P.V. achève son dernier poème, « L'ange ». Il s'éteint le 29 juillet à Paris. Après des funérailles nationales ordonnées par le général de Gaulle, il est inhumé dans le cimetière marin, à Sète.

1987 Édition du *Journal 1913-1934* de C.P. chez Ramsay.

1995 Édition du *Journal de jeunesse 1893-1906* de C.P. chez Verdier.

BIBLIOGRAPHIE SUCCINCTE

ŒUVRES DE CATHERINE POZZI

Livres

Agnès, nouvelle, préface de Lawrence Joseph, La Différence, 2002.
Journal 1913-1934, édition de Claire Paulhan et Éric Dussert, préface de Lawrence Joseph, Phébus *libretto*, 2005.
Journal de jeunesse 1893-1906, édition de Claire Paulhan et Inès Lacroix-Pozzi, Éditions Claire Paulhan, 1997.
Œuvre poétique, textes recueillis, établis et présentés par Lawrence Joseph, La Différence, 1988.
Peau d'âme, préface et notes de Lawrence Joseph, La Différence, 1990.
Très haut amour, poèmes et autres textes, édition de Claire Paulhan et Lawrence Joseph, *Poésie*/Gallimard, 2002.

Correspondance

Catherine Pozzi & Jean Paulhan, *Correspondance 1926-1934*, édition établie, introduite et annotée par Françoise Simonet-Tenant, Éditions Claire Paulhan, 1999.
Catherine Pozzi – Rainer Maria Rilke, *Correspondance 1924-1925*, édition établie et présentée par Lawrence Joseph, La Différence, 1990.
« Ernst Robert Curtius, lettres à Catherine Pozzi (1928-1934) présentées et annotées par Lawrence Joseph », *Ernst Robert Curtius et l'idée d'Europe*, Champion, 1995 pp. 329-392.

Textes publiés en périodiques

« Le problème de la beauté musicale et la science du mouvement intelligent. L'œuvre de Marie Jaëll », *Les Cahiers alsaciens*, n° 161, 1er février 1927, pp. 155-179.

« *Vacances,* par Julien Lanoë », *La Nouvelle Revue Française,* n° 181, 1er octobre 1928, pp. 577-581.
« Images parlantes », *Le Figaro,* 9 septembre 1929, p. 5.
« Puits aériens », *Le Figaro,* 6 octobre 1929, p. 5.
« Les venins, poisons régulateurs de vie », *Le Figaro,* 3 décembre 1929, p. 5.
« Le bactériophage de d'Hérelle, virus de la guérison », *Le Figaro,* 26 et 27 février 1930, p. 5.
« Nous, vus de l'Est », *Le Figaro,* 20 juillet 1930, p. 5.
« Lettre à Pierre-Jean Jouve », *L'Autre,* juin 1992, p. 98.
« Journal inédit », *La Bartavelle,* n° 2, juin 1995, pp. 93-96.

ŒUVRES DE PAUL VALÉRY

Alphabet, édition établie, présentée et annotée par Michel Jarrety, Le Livre de Poche Classique, 1999.
Œuvres, édition de Jean Hytier, Gallimard, Bibliothèque de la Pléiade, 2 vol., 1957-1960.
Cahiers, édition de Judith Robinson, Gallimard, Bibliothèque de la Pléiade, 2 vol., 1973-1974.
Cahiers, Centre National de Recherche Scientifique, 29 vol., 1957-1961.

SUR CATHERINE POZZI ET PAUL VALÉRY

ALLAIN-CASTRO, Monique, « Catherine Pozzi, *Journal 1913-1934* », *Bulletin des Études Valéryennes* n° 52, novembre 1989, pp. 11-19.
AURY, Dominique, « Un éclair de génie », *La Nouvelle Revue Française,* n° 427, avril 1988, pp. 58-60.
BASTET, Ned, *Valéry à l'extrême, les au-delà de la raison,* L'Harmattan, 1999.
BERTHOLET, Denis, *Paul Valéry,* Plon, 1995.
BOUTANG, Pierre, *Karin Pozzi et la quête de l'immortalité,* La Différence, 1991.
BUNG, Stephanie, *Figuren der Liebe, Diskurs und Dichtung bei Paul Valéry und Catherine Pozzi,* Wallstein Verlag, 2005.
JARRETY, Michel, « Orphée et Valéry : de la voix de l'architecte à la voix de l'éros », *Revue de littérature comparée,* 4 (octobre-décembre 1999), pp. 499-509.
JOSEPH, Lawrence, *Catherine Pozzi, une robe couleur du temps,* La Différence, 1988.
—, « Catherine Pozzi's *Agnès* : Writing as Self-Construction » *Biography* 11 : 1, Winter 1988, pp. 47-59.
JULIEN, Hélène M., *Le Roman de Karin et Paul, le « Journal » de Catherine Pozzi et les « Cahiers » de Paul Valéry,* L'Harmattan, 2000.

—, « Catherine Pozzi : lecture du journal, écriture de la fiction » *Bulletin des études valéryennes 87, mars 2001, pp. 43-54.*

KAUFMANN, Vincent, « Un amour de Valéry », *Critique* 44, 1988, pp. 883-894.

LUSSY, Florence de, *« Charmes » d'après les manuscrits de Paul Valéry*, Minard, 2 vol., 1990 et 1996.

MAIRESSE, Anne, *Figures de Valéry*, L'Harmattan, 2000.

MALAPRADE, Anne, *Catherine Pozzi, architecte d'un univers*, Nathan, 1999.

MICHEL, François-Bernard, *Prenez garde à l'amour, les muses et les femmes de Paul Valéry*, Grasset, 2003.

PEETERS, Benoit, *Paul Valéry, une vie d'écrivain ?*, Les Impressions Nouvelles, 1989.

SPOIDEN, Stephane, « Catherine Pozzi à corps perdu », *Bulletin des études valéryennes 80*, novembre 1998, pp. 17-34.

VASSEUR, Fabien, *Poésies – La Jeune Parque de Paul Valéry*, Gallimard, Foliothèque, 2006.

WALZER, Pierre-Olivier, « Catherine Pozzi, Paul Valéry et *Agnès* », *Bulletin des études valéryennes* n° 52, novembre 1989, pp. 21-32.

—, « Lettres closes : Paul Valéry et Catherine Pozzi », *Revue d'histoire littéraire de la France 90*, 6, novembre-décembre 1990, pp. 965-973.

INDEX

Sont recensés ici les noms de personnes et de personnages — à l'exception de Catherine Pozzi, de Paul Valéry et de leurs multiples surnoms — qui figurent dans cette correspondance. Sont relevés aussi les titres des écrits des correspondants.

ŒUVRE DE PAUL VALÉRY

Aux Éditions Gallimard

LA JEUNE PARQUE, 1917.

INTRODUCTION À LA MÉTHODE DE LÉONARD DE VINCI, 1919 (« Folio essais », *n° 195*).

LA SOIRÉE AVEC MONSIEUR TESTE, 1919.

ODES, 1920.

LE SERPENT, 1921.

CHARMES, 1922. *Nouvelle édition en 1952.*

EUPALINOS OU L'ARCHITECTE *précédé de* L'ÂME ET LA DANSE, 1923.

EUPALINOS OU L'ARCHITECTE - L'ÂME ET LA DANSE - DIALOGUE DE L'ARBRE, 1944 (« Poésie/Gallimard »).

VARIÉTÉ, 1924.

VARIÉTÉ II, 1929.

VARIÉTÉ III, 1936.

VARIÉTÉ IV, 1938.

VARIÉTÉ V, 1944.

VARIÉTÉ I et II (« Folio essais », *n° 327*).

VARIÉTÉ III, IV et V (« Folio essais », *n° 404*).

UNE CONQUÊTE MÉTHODIQUE, 1925.

CAHIER B 1910, 1926.

VERS ET PROSE, 1926.

ALBUM DE VERS ANCIENS, 1927.

DISCOURS DE RÉCEPTION À L'ACADÉMIE FRANÇAISE ET RÉPONSE DE GABRIEL HANOTAUX, 1927.

MONSIEUR TESTE, 1927. *Nouvelle édition augmentée de fragments inédits en 1946* (« L'Imaginaire », *n° 29*).

LETTRE SUR MALLARMÉ ADRESSÉE À JEAN ROYÈRE, 1928.

POÉSIES, 1929.

LITTÉRATURE, 1930.

MORCEAUX CHOISIS. Prose et Poésie, 1930.

RÉPONSE AU DISCOURS DE RÉCEPTION À L'ACADÉMIE FRANÇAISE DE M. LE MARÉCHAL PÉTAIN, 1931.

ŒUVRES, *en 12 volumes,* 1931-1950.

CHOSES TUES, 1932.

MORALITÉS, 1932.

L'IDÉE FIXE OU DEUX HOMMES À LA MER, 1933. *Nouvelle édition revue et corrigée par l'auteur* (« Idées », *n° 100*).

DISCOURS EN L'HONNEUR DE GOETHE, 1933.

RHUMBS, 1933.

AUTRES RHUMBS, 1934.

SÉMIRAMIS. *Mélodrame en trois actes et deux interludes. Musique d'Arthur Honegger*, 1934.

PIÈCES SUR L'ART, 1934. *Édition revue et augmentée en 1936.*

SUITE, 1934.

Préface à l'ANTHOLOGIE DES POÈTES DE LA N.R.F., 1936.

L'HOMME ET LA COQUILLE, 1937. *Illustrations d'Henri Mondor. Préface inédite de l'auteur*, 1937.

DEGAS DANSE DESSIN 1938 (« Folio essais », *n° 323*).

DISCOURS AUX CHIRURGIENS, 1938.

INTRODUCTION À LA POÉTIQUE, 1938.

MÉLANGE, 1941.

TEL QUEL I (Choses tues, Moralités, Ébauches de Pensées, Littérature, Cahier B 1910), 1941.

TEL QUEL II (Rhumbs, Autres Rhumbs, Analecta, Suite), 1943.

TEL QUEL (« Folio essais », *n° 292*).

MAUVAISES PENSÉES ET AUTRES, 1942.

CANTATE DU NARCISSE, 1943 (« Poésie/Gallimard »).

« MON FAUST ». Ébauches, 1945 (« Folio essais », *n° 114*).

REGARDS SUR LE MONDE ACTUEL et autres essais, 1945. *Nouvelle édition, revue et augmentée* (« Folio essais », *n° 106*).

L'ANGE, 1946.

HISTOIRES BRISÉES, 1950.

LETTRES À QUELQUES-UNS, 1952 (« L'Imaginaire », *n° 360*).

ANDRÉ GIDE - PAUL VALÉRY : CORRESPONDANCE 1887-1933. *Préface et notes par Robert Mallet*, 1955.

TRADUCTION EN VERS DES BUCOLIQUES DE VIRGILE *précédé de* VARIATIONS SUR LES BUCOLIQUES, 1956.

PAUL VALÉRY - GUSTAVE FOURMENT : CORRESPONDANCE 1887-1933. *Introduction, notes et documents par Octave Nadal*, 1957.

ŒUVRES. *Édition de Jean Hytier* (« Bibliothèque de la Pléiade »)

TOME I, 1957. *Nouvelle édition en 1980.*

TOME II, 1960. *Nouvelle édition en 1984.*

POÉSIES, 1966 (« Poésie/Gallimard »).

CAHIERS. *Choix des textes établis, présentés et annotés par Judith Robinson-Valéry* (« Bibliothèque de la Pléiade »)

TOME I, 1973.

TOME II, 1974.

LA JEUNE PARQUE *suivi de* L'ANGE, *d'*AGATHE *et de* HISTOIRES BRISÉES. *Édition de Jean Levaillant*, 1974 (« Poésie/Gallimard »).

LE PRINCIPE D'ANARCHIE PURE ET APPLIQUÉE *suivi de* « Paul Valéry et la politique » par François Valéry, 1984.

CAHIERS 1894-1914. *Édition intégrale établie, présentée et annotée sous la coresponsabilité de Nicole Ceylerette-Pietri et Judith Robinson-Valéry* (vol. 1 à 3) ; *Nicole Ceylerette-Pietri* (vol. 4 à 6) ; *Nicole Ceylerette-Pietri et Robert Pickering* (vol. 7 à 9).

TOME I, 1987.

TOME II, 1988.

TOME III, 1990.

TOME IV (1900-1901), 1992.

TOME V (1902-1903), 1994.

TOME VI (1903-1904), 1997.

TOME VII (1904-1905), 1999.

TOME VIII (1905-1907), 2001.

TOME IX (1907-1909), 2003.

TOME X (1910-1911), 2006.

POÈMES - PETITS POÈMES ABSTRAITS - POÉSIE - EGO SCRIPTOR. *Édition de Judith Robinson-Valéry*, 1992 (« Poésie/Gallimard »).

POÉSIE PERDUE. Les poèmes en prose des « Cahiers », 2000. *Édition présentée, établie et annotée par Michel Jarrety* (« Poésie/Gallimard).

CAHIERS PAUL VALÉRY. *Publication de la Société Paul Valéry.*

N° 1 : POÉTIQUE ET POÉSIE, 1975.

N° 2 : « MES THÉÂTRES », 1977.

N° 3 : QUESTIONS DU RÊVE, 1979.

N° 4 : CARTESIUS REDIVIVUS, 1986.

1894 CARNET INÉDIT dit « CARNET DE LONDRES », 2005. *Édition de Florence de Lussy.*

ŒUVRES DE CATHERINE POZZI

POÈMES, Gallimard, 1987.

AGNÈS, La Différence, 1988.

ŒUVRE POÉTIQUE, La Différence, 1988.

PEAU D'ÂME, La Différence, 1990.

CORRESPONDANCE CATHERINE POZZI - RAINER MARIA RILKE, La Différence, 1990.

JOURNAL DE JEUNESSE 1893-1906, Éditions Claire Paulhan, 1997.

JOURNAL 1913-1934, Éditions Claire Paulhan, 1999.

CORRESPONDANCE CATHERINE POZZI - JEAN PAULHAN, Éditions Claire Paulhan, 1999.

TRÈS HAUT AMOUR, « Poésie/Gallimard », 2002.